한국현대시의 고전.

한용운의 시, 새롭게 읽기.

『님의 沈默』 총체적 분석연구

金容稷

서정시학

김용직

경북 안동 출생
서울대학교 문리과대학 국문학과.
동대학원 석사, 박사과정 졸업.
서울대학교 인문대학 교수, 한국비교문학회 회장.
한국문학번역원 이사장 등 역임.
현재, 서울대학교 명예교수, 학술원 회원

저서로는 『韓國近代詩史』 1·2권, 『韓國現代詩史』 상·하권,
『한국문학을 위한 담론』, 『북한문학사』 외 다수의 연구서
『碧天集』, 『松濤集』, 『懷鄕詩鈔』 등 한시집.

서정시학 신서 19
『님의 沈默』 총체적 분석연구
─────────────────────────

2010년 6월 25일

지 은 이 : 김용직
펴 낸 이 : 김구슬
펴 낸 곳 : 서정시학
편집교정 : 최진자
인   쇄 : 천일문화사
주   소·서울시 성북구 동선동 1가 48 백옥빌딩 6층
전   화·02-928-7016
팩   스·02-922-7017
이메일·poemq@dreamwiz.com
출판등록·209-07-99337
ISBN 978-89-92362-89-4   93810
계좌번호 : 국민은행-070101-04-038256

값. 27,000

서정시학 신서 19

님의 沈默 총체적 분석연구

한용운의 시, 새롭게 읽기

김용직 지음

서정시학

◆ 책머리에 ◆

 이것은 이 얼마 동안 내가 시도해 본 한용운 시 읽기의 결과물이며 총괄 보고서다. 돌이켜보면 내가 한용운의 이름을 처음 알게 된 것은 10대의 중반기에 접어들고 나서의 일이다. 그 무렵 우리 또래는 소학교 생활의 막바지를 맞은 터였다. 누구의 말처럼 도적처럼 찾아온 해방을 맞이하여 태극기를 휘두르며 만세를 부르고 난 다음 얼마가 지나자 새 나라의 학교가 다시 열렸다. 일장기와 소국민선서를 떼어낸 교실에서 우리는 일본어가 아닌 모국어를 배우게 되었고 일제치하에서는 가지는 것조차 금제였던 우리말 책을 마음대로 읽을 수 있었다. 그때 받은 학교 교재의 한 자리에 실린 것이 한용운의 「복종」이었다.

 8·15를 맞은 해 늦은 가을 나는 어머니를 따라 가게 된 안동시의 새시장 책가게에서 조선문학전집의 한권인 시집을 보았다. 그 첫머리에 만해의 시 「예술가」, 「사랑의 측량(測量)」, 「복종」 등을 보고는 낯선 거리에서 고향 친구를 만난 것처럼 기쁘고 반가웠다. 언제나 우리 어머니는 아들인 내가 원하면 선선하게 주머니 끈을 푸는 고마운 분이었다. 그날도 그랬다. 내가 시집과 함께 소설들로 된 책 몇 권을 샀으면 하자 곧바로 내 손에 지폐 몇 장을 쥐어 주셨다. 하지만 그 뿐이었다. 그 후 오랫동안 나는 그때 산 시집을 넘겨보지 않았다. 당시 내 독서능력이 만해의 시를 읽고 그 참뜻과 가락을 제대로 파악해 낼 수준에 이르지 못했기 때문이다.

 내가 만해의 시와 문학을 어느 정도 비평적 차원에 놓고 생각하게 된 것은 학부 생활을 마감하고 나서의 일이다. 그 무렵에 나는 내 전공연구를 한국 현대시의 역사 쓰기로 결정했다. 기초 작업으로 나는 절대주의 분석 비평의 방법을 익히고 나서 초창기 한국 근대시인의 작품들을 차례로 읽어 나갔다.

걸음마 단계의 내 시 읽기 실력으로도 우리 근대시의 형성기에 선진(先陣)을 담당한 육당(六堂)이나 고주(孤舟)의 작품에는 크게 매력을 느끼지 못했다. 『창조』, 『폐허』, 『백조』 동인들의 시들도 우리 주변의 통념에 준하는 선에서 정리, 체계화가 이루어질 것 같았다. 그러나 만해의 시 쪽으로 내 눈길이 이동하자 사정이 크게 바뀌었다. 당시 내 주변의 만해 시에 대한 평가는 대체로 애정시라는 선을 맴돌고 있었다. 시집 『님의 침묵』의 시편에서 주제어로 생각된 것은 분명히 <님>이었다. 만해의 시를 애정시의 범주에 놓게 되면 이때의 <님>은 사적(私的)인 차원에 그치는 이성으로 잡힐 수밖에 없게 된다. 만해의 시를 이렇게 읽으면 <님>의 함축적 의미가 아무래도 요령부득이 되어버릴 듯했다. <님만이 님이 아니라 그룬 것은 다 님이다. 衆生이 釋迦의 님이라면 철학은 칸트의 님이다. 薔薇花의 님이 봄비라면 마시니의 님은 伊太利다>. 중생을 섬기는 석가여래의 의식은 분명히 개인적인 테두리에 그치는 것이 아니었다. 철학자로서 칸트가 평생을 바쳐 파헤치고자 한 경지 역시 남녀간의 애정에 수렴될 수가 없는 것으로 생각되었다. 마치니(G. Mazzini)의 조국애가 남녀 간의 감정 놀음일 수는 더욱 없었다.

구조분석을 통한 작품 읽기를 진행시키면서 나는 만해의 시가 다원적(多元的)인 것임을 알 수 있었다. 『님의 침묵』에는 분명히 「정천한해(情天恨海)」, 「심은 버들」, 「두견새」와 같이 사적인 차원에서 이성간의 사랑을 노래한 작품들이 포함되어 있었다. 그러나 그보다 훨씬 많은 수의 작품들은 사사로운 세계에 그치지 않고 공적인 의식을 바탕으로 한 것이었다. 그들은 크게 두 유형으로 나눌 수 있을 것 같았다. 그 하나가 「논개(論介)의 애인이 되어서 그의 묘(廟)에」, 「계월향(桂月香)에게」로 대표되는 반제(反帝), 항일저항시의 갈래에 속하는 것이었고 「님의 침묵」 이하 보다 많은 작품이 불교의 교리에 뿌리가 닿는 신앙의 차원을 노래한 것이었다.

1970년대 중반기부터 나는 본격적으로 한국 근대시의 역사 쓰기에 착수했다. 그 과정에서 불가피하게 나는 우리 시를 그 제작자들 곧, 시인이 처한 시대상황과의 상관관계 속에서 살피지 않을 수 없었다. 이 무렵부터 나는 문학사의 한 방법이 되는 역사주의의 시각을 통해 시와 시인들을 해석, 평가하는 입장이 되었다.

일제는 상상 이상으로 지능적인 식민지의 경영자였다. 그들은 우리 주권을 침탈한 다음 곧 우리 민족을 거세, 말소하려는 통치책을 폈다. 그들은 우리 민족이 시도하는 저항의 싹을 아주 미소한 것이라도 나타나기만 하면 규제, 탄압, 뿌리째 뽑아버리고자 했다. 일제는 잘 짜여진 사찰조직과 경찰력, 군사적인 힘까지를 보유하고 있었다. 그에 비해 우리 민족이 시도하는 항일저항 투쟁은 거의 모두가 적수공권의 상태에서 이루어졌다. 이것은 일제치하의 민족적 저항이 파멸과 죽음의 길을 스스로 택하는 일임을 뜻했다.

식민지 체제하의 긴박 그 자체인 상황은 시인과 작가라고 예외로 작용하지는 않았다. 한용운과 거의 같은 시기에 시집을 낸 변영로(卞榮魯)는 「논개(論介)」를 쓴 것이 화근이 되어 총독부 경찰에 의해 구금, 투옥되었다. 신경향파와 카프에 속한 시인, 작가들도 식민지 체제하의 민족적 궁핍상을 다룬 작품활동을 한 것이 빌미가 되어 철창신세를 졌다. 일제치하를 산 우리 시인, 작가가 이런 탄압을 피하는 길은 두 가지밖에 없었다. 그 하나가 일제의 국책에 따른 작품을 쓰는 입장이었고 다른 하나가 붓을 꺾어서 문필

활동을 포기하는 길이었다. 만해 한용운의 문학 활동을 살피면서 나는 그가 그 어느 쪽에도 해당되지 않음을 보고 적지 않게 놀랐다. 이미 드러난 바와 같이 그는 명백하게 항일 저항시인 「논개의 애인이 되어서」, 「계월향」 등의 작품을 써서 발표했다. 그럼에도 그는 총독부 경찰에 의해 구금, 투옥되지 않았다(3·1운동 때 투옥 당한 것은 작품 활동 때문이 아니라 실제 활동으로 그렇게 된 것 이다). 뿐만 아니라 만해는 일제가 초전시 체제를 선포한 1930년대 후반기에 처해서도 신사참배를 거부하고 육당이나 춘원과 달리 시 국강연 요청에 응하지 않았다. 시와 논설 등 그가 쓴 어떤 글에도 식민지 정책에 영합하는 내용이 담긴 것은 발견되지 않는다. 그럼에도 그는 여느 저항자처럼 구금, 투옥, 고문을 당한 나머지 폐인이 되거나 병몰, 옥사로 생을 마감하지 않았다. 이것을 나는 비극적 상황 속의 초비극성이라고 이해, 파악했다. 『님의 침묵』에 담긴 만해의 시는 나에게 이런 단면을 지닌 매력적 존재였다.

　『님의 침묵』에서 제기되는 또 하나의 문제가 종교사상과의 상관관계다. 두로 알려진 바와 같이 시집 권두에 실린 「님의 침묵」 은 <諸行無常, 會者必離, 離者必會>의 불교 교리에 근거를 둔 노래다. 그러면서 이 작품의 줄기를 이룬 사상관념은 생경한 관념의 상태로 있는 것이 아니라 거기에는 시가 요구하는 말의 맛과 멋이 느껴지며 그 나름의 가락이 빚어져 있다. 만해 시의 이런 단면은 「알 수 없어요」에 이르면 그 팽창계수가 기하급수격이 된다. 오랫동안 이 작품은 단순 애정시로 읽혀 왔다. 그러나 이런 시 읽기로는 이 작품의 마지막 부분이 무슨 뜻을 가지는지가 제대로 파악되지 않는다.

　타고 남은 재가 다시 기름이 됩니다. 그칠 줄 모르고 타는 나의 가슴은 누구의 밤을 지키는 약한 등불입니까.

　본래 이성간의 사랑이란 일상적인 것이다. 많은 경우 그것은 사적인 차원에 그치며 특별히 철학이나 사상이 개입하는 국면에 이르지도 않는다. 뿐만 아니라 남녀 간의 사랑이 성립되기 위한 필요충분조건에 시대의식이나 역사주의의 시각이 선행하는 것도 아니다. 형이상의 차원이나 본체론(本體論)의 국면이 개입할 여지는 더욱 없을 것이다. 이런 논리적 전제와 함께 이 구절을 읽으면 <타고 남은 재가 다시 기름이 됩니다>는 우리의 인식을 혼란에 빠뜨릴 가능성이 있다. 일상적인 차원에서 기름이 가열, 발화된 다음 재가 될 수는 있다. 그러나 그 역(逆)은 참이 아니다. 타고 남은 재가 기름이 되거나 사멸한 것이 다시 살아나는 것은 현실원칙이 적용되는 일상적 차원에서는 있을 수 없는 일이다. 그러나 불교의 법보론의 한 가닥인 연기설(緣起說)에 따르면 있는 것은 없는 것이며 없는 것은 곧 있는 것이다(色卽是空, 空卽是色). 여기서 우리는 「알 수 없어요」의 줄기에 해당되는 생각이 불법(佛法)의 교리에 근거한 것임을 알게 된다. 이것은 만해 시의 많은 양이 불교식 제일 원리의 세계를 바탕으로 한 것임을 뜻한다.

　만해의 시 읽기가 본 궤도에 오른 단계에서 나는 또 한 번 내 나름대로의 충격에 휩싸인 적이 있다. 「알 수 없어요」는 연기설의 사상을 바탕으로 한 점에서 의심의 여지가 없이 형이상시로서의 자리매김이 가능한 작품이었다. 그것을 읽어가는 가운데 나는 만해가 그의 시에서 놀라울 정도로 완벽한 시적 기법을 구사하고 있음을 발견했다. 이미 지적한 바와 같이 <타고 남은 재가 기름이 됩니다>는 <諸行無常>의 우리말 판이다. 이런 말솜씨가 진술의 차원에 그치는 경우 그것은 좋은 의미의 시가 될 수 없다. 신비평에서 형이상시의 길은 사상이나 관념을 장미의 향기처럼 감감적 실체로 만들어야 그 가능성의 문이 열리는 것으로 정의가 되어 있다. 이런 논리를 기억하는 자리에서 우리는 다시 「알 수 없어요」의 마지막 줄에 주목할 필요가 있다. <그칠 줄 모르고 타는> 이하에서 나의 가슴은 심의(心意)현상의 하나인 우리 자신의 마음에 그친다. 그것을 등불로 비유함으로써 만해는 윤회전변(輪廻轉變)을 뜻하는 불법의 한 사상관념을 장미의 향기처럼 감각할 수 있도록 전이시키기에 성공했다.

이야기를 좀 비약시켜 보겠다. 우리 고전시가의 황금 광맥을 이루어 온 것은 한시(漢詩)의 갈래에 속하는 절구(絶句)와 율시(律詩) 들이다. 이 양식의 작자들은 한시대에 이름을 드날린 명인, 석학들이었다. 그런데 이들의 많은 시는 물리적 차원이나 현실적 세계를 노래한 데 그치지 않았다. 우리 선인들이 끼친 한시에는 본체론(本體論)의 세계, 형이상의 차원을 노래한 것이 빈번하게 나타난다. 이 듬직한 줄기의 문화전통이 우리 근대시단의 형성초기에 희석화되고 잠적상태로 돌아가 버렸다. 육당(六堂)과 고주(孤舟) 이후 우리 시인들은 제1원리의 세계를 포기해 버렸던 것이다. 「님의 침묵」이나 「알 수 없어요」를 통해 단적으로 드러나는 바와 같이 만해 시는 우리 근대 시단의 한 빈터를 메우고 나타난 형이상 시였던 것이다.

이와 아울러 시집 『님의 침묵』을 통하여 만해는 기법면으로 보아도 거의 기적에 가까운 차원을 구축했다. 시집을 내기 전 그는 전혀 우리 시단과 담을 쌓고 지냈다. 여느 경우처럼 그는 문청(文靑)시대에 서구와 일본의 근대시들을 수용할 기회를 갖지 못했다. 친구가 있어서 그들을 통해 우리말 시 쓰기를 배우고 익힌 자취도 포착되지 않는다. 그럼에도 「알 수 없어요」나 「나룻배와 행인」으로 대표되는 바와 같이 그는 문단 등장과 함께 당시 수준으로 보아 정상급에 속하는 작품을 들고 나와 우리 문단 안팎을 뒤흔들었다. 이것을『유심(惟心)』창간호에 발표한「심(心)」에 대비시켜 보면 매우 재미있는 이야기가 가능하다.

> 心만이 心이 아니라 非心도 心이니라
> 心外에는 何物도 無하니라
> 生도 心이오 死도 心이니라
>
> — 「心」일부

여기서 우리가 발견할 수 있는 것은 시의 기본 요건으로 생각되는 말의 음영이나 작품의 가락이 아니다. 여기서 만해는 관념에 그치는 생각을 한자(漢字)에 한글 토를 단 정도의 문장으로 적었을 뿐이다. 참고로 만해가 이 작품을 발표한 것이 1922년도 말이었다. 그로부터 4년 뒤에 나온 것이『님의 침묵』이다. 그는 거기서 거의 완벽한 수준의 형이상시를 발표했다. 아무리 말을 아껴도 이것은 기적이 일어난 일이다. 대체 이 돌발적 사태는 어떻게 이루어질 수 있었던 것인가. 이렇게 제기되는 의문을 풀기 위해 우리가 검토해 보아야 할 것이 만해가 써서 남긴 한 묶음의 한시(漢詩)들이다.

> 우주의 무궁한 조화로 하여
> 옛 그대로 절집 가득 매화 피었다
> 고개 들어 三生의 일 물으렀더니
> 유마경 책머리에 거의 진 꽃들
>
> 宇宙百年大活計
> 寒梅依舊滿禪家

回頭欲問三生事
一秩維摩半落花

— 「觀落梅有感」

　　이 작품의 일차 소재가 되어 있는 것은 봄날 절의 뜨락에 가득
피어 있는 매화꽃이다. 물리적인 차원이라면 그것은 나뭇가지 위
에 꽃이 핀 정경이며 자연 현상의 하나에 그치는 일이다. 만해는
이 행에 앞서 '宇宙百年大活計'라는 구절을 선행시켰다. 이것은 이
시의 으뜸 제재가 자연 현상의 범주에서 벗어나 있는 것으로 어엿
하게 사상, 관념의 차원을 가지고 있음을 뜻한다. '回頭欲問三生事'
이하는 그런 정신의 경지를 더욱 확충하여 공고히 하게 만든 부분
이다. 이것으로 이 시는 만해가 평생을 걸어 화두로 삼은 불교의
유심철학(惟心哲學)에 바탕을 둔 것이 되었다. 그러면서 이 작품은
그런 사상, 관념을 생경하여 표출하는 방법에 의거하지 않았다. 여
기서 불교의 선지식(禪知識)은 봄날 절집에 가득 피어 넘치는 기
운으로 봄을 알리는 매화로 대체되어 있다. 그와 아울러 '一秩維摩
半落花'로 이 한시(漢詩)는 정신의 깊이와 사상, 관념을 장미의 향
기처럼 느끼도록 만들어 내었다. 『님의 침묵』 이전에 이미 만해는
이렇듯 형이상시의 요체를 터득한 것이다.

　　이것으로 이 작업이 지향하는 『님의 침묵』의 기능적 이해, 파악
이 어떻게 이루어질 수 있는가가 가늠될 수 있을 것이다. 『님의
침묵』의 종합적인 의미 파악을 위해 나는 만해가 일상생활에서 지
니게 되는 감정만을 노래하는 데 그치지 않은 시인이라고 보았다.
그는 나라 겨레에 대한 사랑을 가락에 실어 담았고 나아가 불법의
도저한 세계를 작품의 제재로 삼았다. 이런 인식과 함께 이 작업
은 각 작품의 어휘와 구절들을 검토, 분석하기로 했다. 그것을 토
대로 각 작품의 의미맥락을 파악하고 시인이 처한 시대상황과 이

념, 사상이 시인의 작품에 어떻게 작용하고 있는가를 살피고자 했다.

나는 세상이 다 아는 바와 같이 불법에 대해서는 제대로 공부한 적이 없는 그 방면의 문외한이다. 만해 시의 강한 줄기를 이룬 유심철학 또한 초보적인 지식도 제대로 익히지 못한 외방인이다. 그런 내가 만해 시의 주석을 위해서 거듭 불법의 세계를 넘보았다. 원시종교의 맥락에도 관심을 가지고 그쪽의 관계문헌들도 다소간 인용했다. 이런 미비점을 가진 채 그것도 짧은 기간, 거친 손길로 이루어진 것이 이 책이다. 필연적으로 이 책에는 적지 않은 허점과 오류가 포함되어 있을 것이다.

끝으로 나는 이 한권의 책을 만해 한용운 선생과 함께 대전의 국립묘지에 길이 잠들어 계시는 아버님 영전에 바치고자 한다. 두 분은 다 같이 일제 식민지 체제하를 민족 저항 운동자로 시종하셨다. 특히 나의 아버님은 좌파 출신의 반제 투쟁자 가운데는 거의 유일하게 민족 단일 전선인 신간회(新幹會)에 중앙간부로 참여하셨다. 일제의 고등경찰 비밀문건 한자락에서 그런 사실을 발견하고 나는 당시 만해가 신간회 경성지부의 회장인 사실도 기억해 내었다. 뿐만 아니라 행동 이념을 달리하고 있었음에도 신간회의 해소론이 일어나자 두 분은 다같이 그에 대해 반대 선언을 했다. 이 우연이면서 우연으로만 생각되지 않은 두 분의 관계가 내 마음속에는 아직도 정신이 닻으로 한자리를 차지하고 있는 것이다.

이 자리를 빌려 나는 백담사의 오현(五鉉) 회주에게 감사한다. 내가 원고 상태인 이 작업의 일부를 보여주었을 때 그는 잡담 제하는 태도로 발표의 자리를 만들어 주었다. 넘칠 정도로 따뜻한 그의 배려가 없었다면 내 만해 시 읽기가 이렇게 빨리 책이 되지는 못했을 것이다. 매회 300매를 넘긴 내 원고를 싫은 내색도 보

이지 않고 연재해 준 새 『유심(惟心)』지의 편집진에게도 감사드린
다. 또한 내 작업이 진행중일 때부터 관심을 표명하고 이 책을 발
간하는 수고를 아끼지 않은 서정시학의 최동호(崔東鎬) 교수의 후
의도 잊을 수가 없다. 그동안 내 주변에서 성원을 아끼지 않았으
며 성가신 일들도 기피하지 않고 맡아준 가족과 친지, 선배와 동
학, 후배들 모두들 고맙다. 나를 아껴주고 기회 있을 때 마다 힘이
되어준 모든 분들의 앞길에 햇살이 가득하고 기쁨과 즐거움이 넘
실대기를 바라면서 이 글을 끝맺는다.

2010년 3월
관악산 서울대학교 명예교수연구동 한자리에서

김용직

『님의 침묵(沈默)』, 그 바로 읽기의 길을 찾아서

① 형성기 근대시단의 기념비, 『님의 침묵(沈默)』

만해 한용운(萬海 韓龍雲)의 『님의 침묵(沈默)』은 우리 근대시
사의 물굽이를 바꾼 시집이다. 이 시집이 나오기 이전 우리 시단
은 서구 근대문예사조의 한갈래인 세기말, 탐미주의 경향의 창작
방법에 지배당하고 있었다. 그 색조는 침울하고 퇴폐적이어서 일
제 식민지체제에 신음하는 우리 겨레에게 위안이 되거나 용기를
일깨우는 북과 나팔이 되지 못했다. 이런 서구 추수주의(西歐 追
隨主義)는 주요한, 김소월(金素月) 등의 출현과 함께 어느 정도 지
양, 극복이 되었다. 민요조 서정시(民謠調 抒情詩)로 명명할 수 있
는 작품들을 통해 그들은 생경한 외국어투를 우리시에서 몰아내었
다. 그에 대체된 상태로 고유한 우리말의 결과 맛이 깃든 시가 되
었고 우리 시 나름의 독특한 가락도 빚어졌다.

그러나 다른 시각으로 보면 1920년대의 민요조 서정시에는 꼭

하나 결국으로 지적될 수밖에 없는 단면이 생겼다. 그것이 작품세계의 단선성(單線性)이며 개인적인 감정을 치우쳐 노래한 점이다. 한용운은 『님의 침묵』을 통해서 그 이전 한국 근대시의 고립적 미학의 차원과 단선적인 세계를 시원스럽게 지양해 주었다. 「나룻배와 행인(行人)」, 「복종(服從)」 등을 통해 불교의 실천덕목 가운데 하나인 인욕(忍辱)과 보살행의 정신을 바탕으로 한 시를 선보였다. 「알 수 없어요」, 「님의 침묵」 등의 작품에는 몇 천 년의 전통을 가진 유심철학의 경지가 한폭의 아름다운 그림이 되는 기적이 이루어졌다. 우리가 『님의 침묵』을 검토, 평가하는 일은 그러므로 우리 문화 전통의 보고(寶庫)를 살피는 길이 된다. 또한 그것은 한국 근대시의 심장부를 겨냥하는 것이며 그 황금 방석을 차지하는 일에 비유될 수도 있다.

2 초판본과 재판본

시집 『님의 침묵』의 초판본은 1926년 5월 회동서관(滙東書館)에서 발행되었다. 4·6판으로 「님의 침묵」 이하 89편의 작품을 수록한 이 책의 부피는 본문이 168면이었고 그 머리에 서문에 해당되는 「군말」이 실렸다.

회동서관판에 이은 『님의 침묵』 재판은 1934년 7월 한성도서에서 발행되었다. 출판사가 바뀌었음에도 『님의 침묵』의 초판과 재판 사이에 판형이나 면수와 체제상의 변동현상은 아주 미미하게 나타난다. 꼭 하나 예외격으로 나타나는 것이 「군말」 부분이다. 초판에서는 「군말」이 붉은 잉크로 인쇄되었다. 그것이 재판에서는 다른 본문과 마찬가지로 검은 잉크 인쇄로 나타난다. 또한 초판과 달리 재판 「군말」에 한해서 철자법상 손질이 가해졌다. 고 송욱 (宋稶) 교수의 검토에 따르면 이때 이루어진 개정현상이 <긔룬 것>→<기른 것>, <조은>→<좋은>, <자유(自由)에>→<자유(自 由)의>, <않너냐>→<않느냐>, <있너냐>→<있느냐>, <거림자> →<그림자>, <돌어가는>→<돌아가는> 등이다.

「군말」을 통해서 보면 『님의 침묵』의 초판과 재판의 차이가 상당한 것으로 추정될 수 있을 것이다. 그러나 이와 같은 사정은 정작 본문에서는 아주 다르게 나타난다. 다시 송욱 교수의 검토에 따르면 『님의 침묵』의 초판과 재판 본문에서 다른 표기로 나타나는 곳은 「첫키쓰」의 한 구절인 <나의 운명(運命)의 가슴에서>가 <나의 운명의 슴에서>로 되어 있으며 「잠꼬대」의 한부분인 <도룽태>가 <도퉁태>로 된 것 등 두 곳뿐이다. <가슴>에서 <가>가 탈락된 것을 우리는 지형(紙型)의 마모로 설명할 수 있을 것이다. 당시의 인쇄물은 전자조판으로 이루어지는 지금과 크게 달랐다. 원고가 들어오면 인쇄 공장에서는 그에 의거하여 일일이 활자들을 골라서 판을 짰다. 그것을 다시 지형으로 뜬 다음 그 지형에 납을 녹여 붓는 과정을 거쳤다. 그렇게 연판(鉛版)이 이루어져야 그 위에 잉크를 칠하여 본문의 인쇄가 가능했다. 이때 연판과 지형이 취급과정에서 원형 일부가 훼손되는 일이 생겼다. 초판과 재판 『님의 침묵』 본문에 나타나는 두 군데의 차이는 바로 구식 인쇄에서 빚어진 부작용으로 설명이 가능하다.

돌이켜보면 한성도서 발행인 『님의 침묵』 재판이 초판의 지형을 그대로 이용한 것은 한용운 시집의 정본화(正本化)에 상당한 차질을 일으키는 요인이 되었다. 『님의 침묵』 초판이 간행될 무렵 아직 우리 주변에는 표준어 사정이 이루어지지 않았다. 철자법 통일안도 마련되기 전이었다. 거기서 빚어진 부작용으로 『님의 침묵

』에는 여러 군데에 방언이 나오며 구식 철자법에 따른 표기가 나타난다. 「군말」의 <그룬것>, <너희는 이름 조은 자유(自由)에 알쓸한 구속(拘束)을 밧지 안너냐> 등이 (하선필자) 그 단적인 보기다. 『님의 침묵』 재판이 나오기 전인 1930년대 초에 조선어학회는 철자법 통일안 작성에 착수하여 1933년도에 그것을 완성 공표했다. 그에 부수되어 표준어 사정 역시 그 테두리가 잡혔다. 이런 상황에 힘입어 우리 문단의 여러 작품들 또한 1930년대 중반기경부터는 대체로 맞춤법에 의거한 말과 글들을 사용하게 되었다. 그럼에도 재판에 이르기까지 『님의 침묵』은 구태의연한 표기로 남게 된 것이다.

③ 본문 교정의 몇 가지 원칙

제3판 『님의 침묵』은 1950년 4월 둘째 판을 낸 것과 같은 한성도서에서 발행되었다. 이 판은 첫째나 둘째 판과 같은 4·6판이었으며 본문 조판 역시 앞서 판의 형태를 지키는 선에서 이루어졌다. 다만 본문의 어려운 한자가 괄호 안에 들어갔다. 그 보기가 되는 것들이 <맹서(盟誓)>, <미풍(微風)>, <파문(波紋)>, <자비(慈悲)>, <백호광명(白毫光明)>, <악마(惡魔)> 등이다. 이와 아울러 구식표기가 맞춤법 통일안에 준하는 형태로 시정되었다. 또한 된시옷이 현행과 같이 고쳐졌으며 띄어쓰기도 제대로 이루어져 나왔다. 이것은 셋째 판 『님의 침묵』이 혁신, 결정판을 지향한 가운데 발간되었음을 뜻한다. 그러나 모처럼의 개정시도에도 불구하고 이 셋째 판은 여러 곳에 결함이 나타난다. 초판의 표기들이 무슨 이유에선지 개악된 예도 나타난다. 어떤 작품에서는 구절과 행을 누락시키는 착오까지가 일어났다. 구체적으로 그것들을 적어보면 다음과 같다(앞의 것이 초판, →표 다음이 3판의 것).

(1)글자를 잘 못 읽은 경우

서정시인(敍情詩人)→숙정시인(叔情詩人)(「예술가」 제3연). 이것은 서정시(抒情詩)가 서정시(敍情詩)로 표기된 것을 모르고 숙정시(叔情詩)로 읽은 데서 빚어진 착오일 것이다.

(2) 단어의 뜻을 잘 못 잡은 경우

나의 마음을 가저가랴거든 마음을 가진 <u>나한지</u> 가저가서요→님이여 나의 마음을 가져가랴거든 마음을 가진 <u>나에게서</u> 자져가서요. 「<u>하나가 되어주서요</u>」(제1행)

여기 나타나는 바와 같이 제3판에서 <나한지>가 <나에게서>로 바뀌어 있다. 꼭 같은 손질이 넷째 줄의 <님한지>→<님에게>도 뒤풀이 되어 나온다. 이때의 <-한지>는 충청도 방언이며 표준어로 고치면 <-함께>가 된다. 이 역시 3판『님의 침묵』이 범한 지나쳐 볼 수가 없는 오류다.

(3) 한 작품에서 구절, 또는 한 연을 송두리째 누락시킨 경우

「이별」은 초판, 재판에서 아울러 8연으로 되어 있다. 이것이 3판에서는 7연으로 축소되어 버린 채 8연이 누락되었다. 참고로 이때 누락된 8연 3행을 제시해 보면 다음과 같다.

> 아아 진정한 애인(愛人)을 사랑함에는 주검은 칼을 주는 것이요, 이별은 꽃을 주는 것이다.

아아 이별의 눈물은 진(眞)이요 선(善)이요 미(美)다.
아아 이별의 눈물은 석가(釋迦)요 모세요 짠다크다.

이렇게 3행으로 된 한 연이 누락되어 버렸기 때문에 제3판『님의 침묵』은 초판이나 재판과 달리 한 면이 줄어들었다. 결과 168면이던 이 시집이 이 판에서 167면이 되었다. 이미 앞에서 지적된 바와 같이 이 판은 명백하게 초판을 참조한 가운데 이루어졌다. 그럼에도 편집과 교정과정에서 이렇게 면수가 줄어든 까닭을 고려해보지 않은 까닭이 무엇인가 수수께끼로 남는다.

(4) 한 구절 또는 몇 개의 단어들이 누락된 경우

앞에서 이미 결함이 지적된 3판의 「리별」 20면 첫줄과 둘째 줄은 다음과 같다.

> 아아 진정한 애인(愛人)을 사랑함에는 주검은 칼을 주는 것이오 이별은 꽃 생명(生命)보다 사랑하는 애인(愛人)을 사랑하기 위하여는 죽을 수가 없는 것이다.(하선 필자)

이 인용에서 하선을 친 전반부와 후반부는 전혀 뜻이 통하지 않는다. 이것을 초판과 대조해 보기로 한다. 그때 우리는 하선을 그은 부분이 그 실에 있어서 21면 마지막 줄을 송두리째 삽입한 것임을 알 수 있다. 그 결과 이 부분에서 착오가 일어났을 뿐 아니라 이하 이 작품의 한 연이 잘려 나가게 된 것이다.

이와 꼭 같은 착오가 「사랑의 끝판」에도 되풀이되어 있다. 『님의 침묵』 마지막에서 두 번째 작품인 「사랑의 끝판」 제2연은 다음과 같이 되어 있다.

님이여, 하늘도 없는 바다를 거쳐서, 느릅나무 그늘을 지어버리는
것은
달빗이 아니라 새는 빛입니다.
홰를 탄 닭은 날개를 움직입니다.
마구에 매인 말은 굽을 칩니다.
네 네 가요, 이제 곧 가요.

3판『님의 침묵』에서는 이 부분 첫째 줄이 <그늘을 지어버리는 달>로 끝나고 <빛이 아니라 새는 빛입니다>가 탈락되고 없다. 그리하여 3판에서는 <그늘을 지어 버리는 달>로 165면이 끝난다. <빗이 아니라> 이하는 그 다음인 166면으로 이어져야 할 구절이다. 그것을 탈락시킨 것은 재래식 인쇄과정에서 일어난 실수로 생각된다. 어떻든 이것으로 이 작품도 의미맥락이 통하지 않는 부분을 안게 된 것이다.

④ 한용운 시의 구조적 파악과 정본화(正本化)

한성도서의 셋째 판 이후 오랫동안『님의 침묵』의 새로운 판은 나오지 않았다. 그 지양, 극복이 이루어진 것이 1970년대에 접어들고 나서다. 다시 고 송욱 교수의 조사에 따르면 이 무렵에 나온『님의 침묵』의 다른 판들은 다음과 같다

한용운 시집,『님의 침묵』(진명문화사, 1972)
한용운,『님의 침묵』(삼성문화재단, 1972)
한용운,『한용운 시집』(정음사, 1972)

이 가운데 진명문화사 판은 한 해 동안에 10여 판이 발행될 정도로 독서층의 열띤 호응을 얻었다. 삼성문화재단 것은 문고판이어서 처음 3,000부를 인쇄했다. 그것이 두 달 만에 매진되어 재판이 발행되었을 정도다. 정음사 본 역시 다른 시집에 비해 월등 많은 부수가 나간 것으로 전한다. 이렇게 독자들의 뜨거운 호응이 있었음에도 불구하고 이들 시집에는 감추어 버릴 수가 없는 난점들을 지니고 있었다. 그것이 이들 시집이 가진 내용상 문제였다. 출판사를 달리하고 체재와 판형을 새롭게 한 것이었음에도 이 세 시집은 다 같이 그 내용을 1950년도 판 한성도서 것을 기준으로 했다. 따라서 그 내용이 원작과는 거리를 가지는 또 하나의 개악본이 되어버렸다.

시집 『님의 침묵』을 에워싼 위와 같은 착오들이 『한용운 전집』 발간과 함께 지양, 극복의 문이 열렸다. 정확히 1970년 7월에 신구문화사에 의해서 『만해한용운전집(萬海韓龍雲全集)』 다섯 권이 간행되었다. 시집 『님의 침묵』은 그 첫째 권 머리 부분을 차지하고 나왔다. 이 신구문화사 판이 바탕으로 한 것은 8·15 후에 나온 『님의 침묵』이 아니라 1934년도에 나온 재판이었다. 재판을 참조한 가운데 발간되었으므로 이때의 『님의 침묵』에는 1950년도 판의 착오가 모두 시정되었다. 구체적으로 거기에는 8·15 직후에 나온 판본들이 범한 오류, 곧 글자를 잘못 읽은 경우라든가 단어의 뜻을 잘못 짚은 것, 구절과 행을 누락시키거나 엉뚱한 곳으로 바꾸어 넣은 것 등이 모두 교감, 수정되었다. 단 전집을 편찬, 교정한 사람들은 『님의 침묵』 초판을 참조하지 않았다. 그 나머지 이 판에서도 재판에서 빚어진 오자, 탈자가 그대로 답습되었다.

뿐만 아니라 전집의 『님의 침묵』에는 또 다른 문제점들도 내포되어 있다. 첫째 전집은 철저하게 한글 전용 원칙을 지키고 있다. 한자표기가 필요한 부분에는 한글을 먼저 쓴 다음 해당 한자를 괄호 안에 집어넣는 방식이 택해졌다. 이것은 한자에 익숙하지 못한 한글세대 독자에 대한 배려로 생각된다. 그러나 시에서 말의 표기는 소리와 뜻만으로 이루어지는 것이 아니라 시각적 측면도 가지고 있다. 이런 각도에서 보면 초판의 <그것은 慈悲의 白毫光明이 아니라 번득거리는 惡魔의 눈(眼)빗입니다>를 <그것은 자비의 백호광명(白毫光明)이 아니라 번득거리는 악마의 눈빛입니다>로 고친 것이 전적으로 옳은 것인가에는 재고의 여지가 생긴다.

이와 아울러 『전집』은 원칙적으로 사투리를 배제하고 본문표기를 한글맞춤법에 맞도록 수정하고 있다. 그 나머지 <님>이 <임>으로 그리고 <고혼>이 <고운>으로 고쳐졌으며 <하얐읍니다>가 <하였습니다>로 <있나버요>가 <있나봐요>로 수정되었다. 시인에 따라서는 그의 작품에서 음운의 효과를 살리기 위해 짐짓 <고운>을 <고혼>이라고 쓴다든가 <임>을 <님>으로 쓰는 예가 지금도 우리 주변에 나타난다. 그렇다면 『전집』이 택한 한글맞춤법 제일주의 역시 재검토 될 필요가 있는 것이다.

『전집』에 이어 나온 것이 송욱 교수의 『전편해설,《님의 침묵》』(과학사, 1974)이다. 송욱 교수는 이 해설서의 각 작품을 원본 『님의 침묵』을 기준으로 삼고 제시하는 방법을 택했다. 그에 따라 모든 한자 부분이 원형대로 표기되었으며 방언으로 생각되는 말들도 명백하게 잘못된 것이 아니면 그대로 두는 입장을 취했다. 이밖에 그는 원문을 <현행 맞춤법으로 고치는 경우에 발음이 달라지면 고치지 않는 것을> 원칙으로 삼았으며 발음이 달라져도 고칠 수밖에 없는 것에는 괄호 안에 초판의 발음을 넣어 밝히도록 했다.

(1) 결정판에 나타나는 어휘 해석의 문제

명백하게 송욱 교수의 작업은 『님의 침묵』을 정본화시키고자한 시도였다. 그러나 이 의욕적인 작업에도 시각을 달리해 보면지나쳐버릴 수 없는 문제점이 내포되어 있다. 가령 「가지마서요」제2연 둘째 줄 <자맥질>에서 송욱 교수가 사투리의 표시를 붙인것이 그 예다. 만해의 많은 시가 그런 것처럼 이 작품의 화자는여성이다. 여성이 쓰는 말씨로는 <자맥질>을 <자맥질>로 고치는것보다 그대로 두는 것이 제격일 수 있다. 이 부분의 주석에는 마땅히 그런 설명이 붙어야 했다. 또한 「가지마서요」의 제3연 제1행<그것을 사랑의 제단(祭壇)에 제물(祭物)로 드리는 어엽븐 처녀(處女)>에서 <어엽븐>을 송욱 교수는 표준 철자법에 의거 <어여쁜>으로 고쳤다. 이에 대해서 별도로 주석을 달지 않은 것을 보면송욱 교수는 이 말을 지금 우리가 흔히 쓰는 어여쁘다, 곱다, 아름답다로 잡은 듯 보인다. 우리 고어에는 어여쁘다, 곱다, 아름답다로 어여쁘다와 달리 <가엾다>의 뜻으로 <어엽브다>→<어엿브다>가 쓰였다. <어엿븐 그림재 날 조찰 뿐이로다 – 정송강, 「속미인곡」>

(2) 주제 내용 파악에서 빚어진 몇 가지 오류

이와 아울러 『전편해설, 《님의 침묵》』에는 매우 심각한 또 하나의 난점이 내포되어 있다. 송욱 교수는 『님의 침묵』의 부제로<사랑의 증도가(證道歌)>라는 말을 썼다. 이것은 『님의 침묵』의전 작품을 불교사상에 입각한 형이상시로 볼 수 있다는 송욱 교수나름의 시각에서 빚어진 것이다. 그러나 그의 생각과는 달리 이시집에는 명백하게 불교적인 인생관과는 무관한 단순 애정시가 있다. 시집 머리에서 네 번째의 작품인 「나는 잊고자」가 바로 그에 해당되며 「심은 버들」 또한 그에 준하는 작품이다.

> 뜰 앞에 버들을 심어
> 님의 말을 매랴드니
> 님은 가실 때에
> 버들을 꺾어 말채찍을 하얐습니다.
>
> 버들마다 채찍이 되야서
> 님을 따르는 나의 말도 채칠까 하얐드니
> 남은 가지 千萬絲는
> 해마다 해마다 보낸 恨을 잡어 맵니다.

— 「심은 버들」 전문

이 작품의 <님의 말을 매랴드니>를 송욱 교수는 <공(空)을 존재의 면에서만 붙잡으려 한 것>이라고 해석했다. 여기서 <말>과 <버들>이 해탈(解脫), 지견(知見)의 길목을 차지하는 화두가 되기 위해서는 물리적 차원을 벗어난 형이상의 위상이 구축되어야 한다. 그러나 문맥 파악으로 드러나는 바와 같이 이 작품의 어디에도 그런 해석을 가능하게 만드는 의장은 발견되지 않는다. 그렇다면 이 시를 공(空)사상으로 설명하는 것은 물리적 차원을 아무런 중간 과정을 거치지 않은 채 사상, 관념의 범주로 돌려버린 꼴이 된다. 이것은 속류 전기비평이 범해버린 자의적 해석일뿐 작품의 올바른 해석과는 무관한 것이다.

이와 아울러 이 시집에는 「논개(論介)의 애인이 되야서 그의 묘에」, 「계월향(桂月香)에게」 등과 같이 불교식 해탈의 경지를 노래하기에 앞서 반제(反帝), 민족의식을 바닥에 깐 것이 있다.

이에 대해서도 송욱 교수는 「논개」의 마지막 줄에 나오는 <용서하여요>를 <인(忍)>이라고 단정했다. 불교에서 인(忍) 또는 인욕(忍辱)은 사바세상의 번뇌와 고통을 견디고 이겨내어 해탈, 지견(知見)의 기틀을 만들려는 수도자가 정진(精進)의 과정에서 거치는 수행의 절목(節目) 가운데 하나다. 따라서 불교에서 인(忍)은 법보론(法寶論)의 범주에 속하는 것으로 역사의식이나 민족주의에 속하는 정신의 범주와는 그 성격이 다르다. 한용운의 「논개」나 「계월향(桂月香)에게」는 아무리 확대 해석되어도 불교적 형이상의 차원, 곧 본체론을 전제로 한 시가 아니다. 이렇게 보면 여기서 이루어진 송욱 교수의 해석은 또 하나의 착시현상이 일으킨 결과다.

전문 연구서가 아닌 감상문 정도의 차원에서 『님의 침묵』을 에워싼 해석상의 오류는 더욱 빈번하게 나타난다. 일제시대와 8·15 직후에 나온 우리 주변의 사화집에서는 흔히 「알 수 없어요」를 애정시의 갈래에 드는 것으로 분류해 왔다.

> 바람도 없는 공중에 垂直의 波紋을 내이며 고요히
> 떨어지는 오동닙은 누구의 발좌최입니까
>
> 지리한 장마 끝에 서풍에 몰려가는 무서운 검은 구름의 터진
> 틈으로 언뜻언뜻 보이는 푸른 하늘은 누구의 얼굴입니까.
> — 「알 수 없어요」 1, 2연

이렇게 시작하는 「알 수 없어요」의 화자는 단순 독자가 읽으면 여성에 속할 것이다. 여성으로서의 화자가 상대방에 대해 마음속에 일어나는 사랑의 정을 연연한 목소리로 읊조린 것으로 보아야 이 시가 애정의 노래라는 논리가 성립된다. 그런데 이렇게 읽게 되면 이 시의 마지막 부분이 무엇을 뜻하는가가 가늠할 수 없게 되어 버린다.

타고 남은 재가 다시 기름이 됩니다. 그칠 줄을 모르고 타는 나의
가슴은 누구의 밤을 지키는 약한 등불입니까.

　　한 작품을 애정의 노래로 읽는다는 것은 거기에 쓰인 소재들을
일단 물리적 차원으로 해석해도 무방한 것임을 뜻한다. 그립다. 보
고 싶다. 살뜰하게 생각난다와 같은 말들이 일상적인 차원에서 쓰
이는 경우 특별히 거기에 정신화가 이루어지거나 사상, 철학에 수
렴되는 개념이 개입할 여지는 많지 못하다. 이런 의미에서 단순
애정시에 속하는 작품은 정신화의 과정을 거치지 않는 물리적인
세계에 그친 것으로 보아야 한다. 이런 논리를 전제로 이 시를 읽
으면 <알 수 없어요>의 마지막 연 첫줄은 끝내 수긍이 불가능한
말이 되어버린다. <타고 남은 재가 기름이 됩니다.> 일상적인 차
원, 또는 물리적 영역에서 재와 기름은 전혀 다른 물질형태다. 이
제까지 우리 주변에서 이루어진 그 어떤 자연과학적 성과도 재를
기름으로 바꾸어낸 예가 없었다. 여기서 느끼게 되는 논리의 한계
점을 극복하기 위해 우리가 생각할 수 있는 것이 불교의 법보론
가운데 한갈래인 연기설이다.
　　연기설은 불교의 법보론에서 중심축을 이루는 개념이다. 그에
따르면 이 세계에 현존하는 모든 것은 수, 화, 풍, 토(水, 火, 風,
土)등 사대(四大)가 모여서 이루어진 것이다. 그 계기를 짓는 것을
인연이라고 하는데 인연이 다하여 사대(四大)가 흩어지면 존재는
사라져서 무(無)가 된다. 연기설에 따르면 그 역(逆)도 또한 참이
다. 여기서 법보론의 중심개념인 유무상생(有無相生), 색즉시공 공
즉시색(色卽是空 空卽是色)의 사상이 생겼다. 이렇게 보면 <타고
남은 재가 다시 기름이 됩니다>는 연기설의 관념 가운데 하나를
한용운 나름대로 가락에 실어 편 것임을 알 수 있다. 이어 <그칠

줄 모르고 타는 나의 가슴>은 화엄의 철리(華嚴 哲理)를 시인 나름대로 문맥화한 것이다. 이렇게 보면 「알 수 없어요」를 애정시로 읽은 것은 완전한 방향 착오다.

일상생활에서 우리가 나무나 돌과 절대자나 하느님을 혼동하면 뭇사람들의 웃음거리가 된다. 그럼에도 위의 예에서 보는 바와 같이 아직도 우리 주변에서는 그에 준하는 현상이 도처에 나타난다. 여기서 우리가 가질 수 있는 결론도 명백해진다. 일차적으로 우리는 만해 한용운의 시를 풍문과 잡보, 속류 예술론의 탁류 속에서 건져내야 한다. 그 연장선상에서 이 현대적 고전의 올바른 형태를 제시할 필요가 있다. 본문 비평이 끝난 다음 단계에서 만해시의 종합적이며 본격적인 해독, 평가의 기틀을 마련해야 할 것이다. 이것이 우리가 지금 새삼스럽게 『님의 침묵』을 다시 읽고자 시도하는 가장 뚜렷한 이유다.

◆ 차 례 ◆

군말

　　<님>만 님이 아니라 긔룬 것[1]은 다 님이다 衆生이 釋迦의 님[2]이라면 哲學은 칸트의 님이다 薔薇花의 님이 봄비라면 마시니의 님은 伊太利다[3] 님은 내가 사랑할뿐아니라 나를 사랑하나니라

　　戀愛가 自由라면 님도 自由일 것이다[4] 그러나 너희는 이름 조은 自由에 알뜰한 拘束을 받지 않너냐 너에게도 님이 있너냐 있다면 님이 아니라 너의 그림자니라[5]

　　나는 해저문 벌판에서 돌어가는 길을 잃고 헤매는 어린 羊이 긔루어서 이 詩를 쓴다[6]

군말

사전적인 뜻으로 <군말>이란 중요하지 않은 말, 꼭 하지 않아도 되는 군소리를 가리킨다. 그러나 여기서 <군말>은 시집의 서문으로 쓴 것이다. 내용도 시집이 의도한 바를 함축적으로 담고 있다. 따라서 이 글은 『님의 침묵』의 전편 내용 파악에 매우 중요한 구실을 하며 <군말>이 아니라 길잡이의 말이 된다.

1) **긔룬 것:** 그리워하다, 사랑하다, 정을 두다. 기본형 기루다. 충청도, 경상도 일부의 방언.

2) **중생(衆生)이 석가(釋迦)의 님:** 중생이란 범어 살타(薩埵=Sattva)의 번역어, 당나라 현장(玄奘) 이전에 쓴 말. 현장 이후에는 유정(有情)으로 되었다. 흔히는 오계(悟界)에 이르지 못한 미계(迷界)의 생명 있는 것을 말한다. 모든 인간을 뜻하는 동시에 목숨을 가진 모든 것을 두루 가리킨다. 불교는 우선 수도자가 큰 깨달음의 경지에 이르기를 기하지만 그 궁극적인 목적은 중생을 두루 구제하는 것, 곧 <제도중생(濟度衆生)>의 비원을 실천, 달성하는 데 그 목적을 둔다. 불교에서는 큰 깨달음의 경지에 이른 분, 곧 정각(正覺)의 권화로 석가여래를 내세운다. 이것은 일차적으로 중생이 기리고 섬겨야 할 대상이 석가여래임을 뜻하게 된다. 그러나 석가는 별도로 존재하는 것이 아니라 중생을 제도하는 분이다. 이런 논리에 따라 <중생의 님>이 석가가 아니라 <석가의 님>이 중생이라는 표현이 나온 것이다.

3) **장미화(薔薇花)의 님이 봄비라면 마시니의 님은 이태리(伊太利):** 앞부분은 관념어로 생각될 수 있는 <님>을 감각적으로 표현한 것이다. 이것으로 산문 형태를 취한 이 <군말>이 그 실에 있어서 상당히 강하게 시적 색채를 띠게 되었다. 또한 이런 부분을 통하

여 우리는 한용운의 의식이 유심의 경지에 이르는 것만을 기한 것이 아니라 식민지체제의 극복과 그 다음 단계에서 이루어질 수 있는 자주, 통일, 민족국가의 건설과도 맞닿은 것임을 짐작할 수 있다.

마시니(마찌니Giuseppe Mazzini, 1805-1872): 이태리의 공화체제 수립과 통일을 위해 싸운 혁명가.

4) **연애(戀愛)가 자유(自由)라면 님도 자유(自由)일 것이다**: 일상 용어의 차원, 또는 형식논리에 따른 읽기로는 비약이 된 구절이다. 여기서 연애는 사랑을 전제로 하는 개념이다. 그 사랑이 자유에 따른 것이라면 <그른 것>의 다른 이름인 님도 자유라는 생각이다. 한용운은 이것을 단정적인 말로 하는 대신 <것이다>라고 하여 유보적인 입장을 취했다.

5) **너에게도 님이 있너냐 있다면 님이 아니라 너의 그림지니라**: <있너냐→있느냐>. 한용운의 님은 석가가 섬기는 것이다. 따라서 그것은 불교도들이 도달하고자 하는 절대적 경지가 될 수 있다. 평면적인 시각으로 보면 중생과 삼라만상 모두가 님이 될 것이다. 그러나 현실적으로는 아무도 석가여래처럼 절대의 경지에 이를 수가 없다. 따라서 <너> 곧, 절대의 경지에 이르지 못한 우리들은 <님>을 갖는 경지에 이르지 못한다. <있다면 님이 아니라 너의 그림자니라>로 된 구절은 그리하여 나온 것이다.

6) **나는 해 저문 벌판에서 (……)**: 이 부분에는 한용운이 『님의 침묵』을 짓게 된 동기가 비로소 그 올바른 모습을 드러낸다. 이 무렵에 한용운은 그 자신이 어느 정도 유심철학의 경지를 터득한 것으로 믿었다. 그가 터득한 석가여래의 세계는 자유, 평등, 박애와 함께 무량 평화의 경지로 생각되었다. 한용운은 이런 대오 견성(大悟 見性)의 경지를 혼자 간직하는 것으로는 만족할 수가 없었다. 그는 자신이 터득한 무량진리의 세계를 미망의 숲에서 헤어나지 못하는 중생들에게 알리고 싶었을 것이다. 그 나머지 이 시집에 담긴 것과 같은 여러 편의 종교시를 썼다. 여기서 <어린 양(羊)>

은 세속적 차원의 모든 사람을 가리킨다. 곧 중생의 비유형태로
객관적 상관물인 양을 쓴 것이다.

님의 沈默[1]

님은 갔읍니다 아아 사랑하는 나의 님은 갔읍니다[2]

푸른 산빛을 깨치고 단풍나무 숲을 향하여 난 적은 길[3]을 거러서 참어 떨치고 갔읍니다

黃金의 꽃같이 굳고 빛나든 옛 盟誓[4]는 차디찬 티끌이 되아서 한숨의 微風에 나러갔읍니다

날카로운 첫 「키스」의 追憶은 나의 運命의 指針을 돌려 놓고 뒷걸음쳐서 사러졌읍니다

나는 향기로운 님의 말소리에 귀먹고 꽃다운 님의 얼골에 눈멀었읍니다

사랑도 사람의 일이라 만날 때에 미리 떠날 것을 염려하고 경계하지 아니한 것은 아니지만 이별은 뜻밖의 일이 되고 놀란 가슴은 새로운 슬픔에 터집니다

그러나 이별을 쓸데없는 눈물의 源泉을 만들고 마는 것은 스스로 사랑을 깨치는 것인 줄 아는 까닭에 걷잡을 수 없는 슬픔의 힘을 옮겨서 새 希望의 정수박이[5]에 드러부었읍니다

우리는 만날 때에 떠날 것을 염려하는 것과 같이 떠날 때에 다시 만날 것을 믿습니다[6]

아아 님은 갔지마는 나는 님을 보내지 아니하였읍니다[7]

제 곡조를 못 이기는 사랑의 노래는 님의 沈默을 휩싸고 돕니다[8]

一. 님의 침묵(沈默)

　만해의 <님>은 각 작품에 따라서 크게 세 가지로 구분이 가능한 함축적 의미를 가진다. 하나가 사랑하는 이성, 곧 애인이며, 두 번째가 국가 민족일 수 있다. 그리고 세 번째가 불제자로서 만해가 외곬으로 믿고 귀의하기를 기한 석가여래 부처다. 이들 세 가지 유형의 <님> 가운데 이 시는 세 번째 경지를 노래한 작품이다. 만해는 그런 <님>을 그려내는 기법으로 상당히 감각적인 말들을 썼다. 그리하여 이 시는 딱딱한 교리 설명에 떨어져 버리지 않고 그 나름의 심상을 제시하는 가운데 견성(見性)의 경지를 열어 보이려는 단면을 가진다.

　　1) **님의 침묵(沈默)**: 한용운의 한글 시에 나오는 <님>은 ① 불법의 진리를 터득한 상징적 존재, ② 한용운이 대사회적 행동의 구심점으로 삼은 국가, 민족, ③ 이성으로 생각되는 사랑하는 사람 등 세 가지로 구분 파악이 가능한 함축적 의미를 갖는다. 여기서 <님>은 그 가운데 하나로 불교적인 것이다. 불교에서 침묵은 문자 그대로의 말없음이 아니라 번뇌를 벗어나 마음이 평화롭게 되고 우주의 진리를 깨친 차원을 표상하기도 한다. 그런 경지를 불교에서는 해탈지견(解脫知見)이라고 말한다. 이렇게 보면 여기서 <침묵>은 단순한 언어의 상실이 아니다. 이것을 오독하여 <님의 침묵>을 국권 상실에서 빚어진 비애의 결과라고 본 예가 있다. 이런 작품 읽기는 극복되어야 한다. 여기서 침묵은 해탈지견의 차원과 그 다른 이름인 묘유(妙有), 진여(眞如)의 경지에서 이루어진 말과 표현의 경지를 넘어선 차원으로 파악되어야 한다.

　　2) **님은 갔습니다 아아 사랑하는 나의 님은 갔습니다**: 여기서 <님>

은 일단 화자가 살뜰하게 기리고 사랑하는 인격적 실체로 파악된다. <사랑>은 또한 다분히 여성성을 느끼게 하는 화자가 이성(異性)을 그리는 색조(色調)를 띠고 있다. 그러나 이 작품에서 <사랑>은 그에 그치지 않고 유심철학에 뿌리를 둔 불교의 교리에 수렴되는 개념이다. 불교에서는 제행무상(諸行無常)과 함께 그 하위 개념인 인생무상(人生無常) 등의 말을 자주 쓴다. 이때의 <행(行)>이란 삼라만상과 우리 자신의 정신 영역에 나타나는 여러 현상을 가리킨다. <무상(無常)>이란 모든 현상이 영구불변하는 것이 없는 채 변화, 유전함을 가리킨다. 『죄업보응경(罪業報應經)』을 보면 다음과 같은 구절이 있다.

> 흐르는 물이 언제나 흐르는 것이 아니며 불은 한때 타오르는 것이나 쉬이 사그러 진다. 솟아오른 해는 곧 떨어져 버리고 달이 떠올라도 이내 기우는 것이니 높거나 영화를 누리는 일 호걸과 귀인의 자리는 모두가 무상한 것이어서 왔다가는 지나가 버리는 것이다. 그러므로 우리 자신이 이 세상에서 태어나 살기는 어려우며 사라져 버리기는 쉽다.
> 水流不常滿火盛不久燃日出須臾沒月滿已復缺尊榮豪貴之無常有復邈於此者故智人身難遇易失

이와 같은 제행무상(諸行無常)의 사상을 감상적으로 노래하게 되면 <님은 갔읍니다>가 되풀이 될 수 있다. 그러나 승가(僧伽)에서는 우주와 인간의 삼라만상, 곧 만유(萬有)가 유동 전변하는 가운데도 불변하는 것이 있다고 본다. 형식논리에 따르면 만유가 아무리 유전해도 유전한다는 그 사실은 불변이다. 아무리 변화를 거듭해도 변화하는 그 사실만은 변하지 않는다. 유심철학의 이런 사상이 이 작품의 마지막에 나오는 <아아 님은 갔지마는 나는 님을 보내지 아니하였읍니다>와 같은 말을 이루어 낸 것이다.

3) **푸른 산빛을 깨치고 단풍나무 숲을 향하여 난 적은 길**: 한용운의

시에서는 여기저기에 시각적 심상, 색채 감각 심상이 제시되어 있
다. 이것과 다음의 <날카로운 첫키스의 추억>을 결부시켜서 만해
시의 모더니즘을 말한 예가 있었다.(송욱, 『전편해설 '님의 침묵'』
(과학사, 1974. 이하 인용에서는 『전편해설』로 함) 이런 생각은 한
용운의 시와 한시(漢詩)의 상관관계를 고려해 보면 재고될 여지가
생긴다. 한용운이 즐겨 쓴 한시에는 <보라빛 푸른 산 붉은 단풍나
무(碧山紅樹)>, <푸른 산, 푸른 시내(靑山碧溪)>, <푸른 산, 흰 구
름(靑山白雲)> 등의 말들이 거의 관용구처럼 나온다. 만해의 한시
에도 <솔아래 푸른 안개 걷히고/학이 깃질하는 자리 맑은 꿈 일
렁인다(松下蒼烟歇/鶴邊淸夢遊)>(「월욕락(月欲落)」), <기이한 꿈이
푸른 산에 이르다(奇夢到靑山)>(「조동종대학 별원」), <흰 물결 푸
른 평초 모두가 사람 마음(白水蒼萍共世情)>(「고의(古意)」) 등의
구절이 있다. 따라서 이 부분은 한용운 시의 또 한 줄기인 한시의
소양에 결부시켜서 해석되어야 한다.

4) **황금(黃金)의 꽃같이 굳고 빛나든 옛 맹서(盟誓)**: <옛 맹세>의 수
식어절. 주제어가 <황금(黃金)>인 점이 주목된다. 불교에서 우주
의 만상은 수시로 변하는 것, 무상전변(無常轉變)하는 것이다. 그
가운데 변하지 않는 실체를 상징하는 빛깔이 황금이다. 그로 비유
되는 맹세가 <티끌>이 되었다고 함으로써 유심철학의 중심개념
가운데 하나인 아공(我空)과 법공(法空)의 경지를 열어 보이려 한
것이 이 부분이다.

5) **정수박이**: → 정수리, 머리 위에 숨구멍이 있는 자리. <새 희망의
정수박이> 희망의 은유 형태로 강조한 것.

6) **우리는 만날 때에 (……) 만날 것을 믿습니다**: 불교를 구성하는 3
대 요소가 3보(三寶)로 일컬어지는 불보(佛寶), 법보(法寶), 승보
(僧寶) 등이다. <불보>는 석가모니 부처의 평생을 표준으로 한 수
도, 성불론(成佛論)이다. 법보론은 불법의 참 뜻이 어디에 있는가
를 밝히려는 원리탐구로 이루어지며 승보론은 사문(沙門)에 귀의
한 불제자들 곧 승단(僧團)이 지향하는 바 해탈, 대자대비의 길을

닦으려는 수행을 뼈대로 한다. 이 가운데 법보론의 중요개념 가운데 하나가 연기설이다. 연기설의 한 대목에 따르면 우주에 가득한 현상들은 인연으로 만나서 나타난 것일 뿐이다. 인연이 다하면 사람들은 헤어져 흩어지면서 모두가 제 각각의 길을 떠난다. 이것을 사람들은 흔히 회자정리(會者定離)라고 하는데 그 출전은 『유교경(遺教經)』의 <세계무상(世界無常), 회필유리(會必有離)>, 곧 <세계에 변하지 않는 것은 없으며 만난 다음에는 반드시 이별이 있다>가 된다. 이 부분은 그것을 한글 문장으로 바꾼 형태다. 다음에 주제어가 엇바뀌어 나오는 것은 불경에 흔히 나오는 전도 반복 형식을 취한 결과다.

7) **아아 님은 갔지마는 나는 님을 보내지 아니하였읍니다**: 이 행의 의미 맥락은 표층구조와 저층구조 등 두 개의 가닥으로 이루어져 있다. 여기서 화자는 살뜰하게 사랑하는 <님>을 보냈다. 그러나 마음속으로는 사무치게 생각하는 그이이기 때문에 끝내 떠나보냈다고 생각할 수가 없다. 이것은 일상적인 차원에서 이루어진 두 사람 사이의 애정형태다. 이와는 다른 신앙의 경지가 있다. 불교의 선지식에 따르면 삼라만상은 유전하며 현상계의 모든 것이 무상(無常)하다(제행무상(諸行無常) 또는 오온개공(五蘊皆空)). 그런 경지에서는 내가 없다(무아(無我)). 내가 없는 것이라면 내가 받들어 섬길 님도 애초부터 존재할 리가 없다. <나>와 님이 없는 차원에 이별이 생길 리도 없는 것이다. 이렇게 읽으면 이 문장은 모순 어법을 통해서 불교의 철리 가운데 하나인 제행무상을 만해 나름대로 노래한 것임을 알 수 있다.

8) **제 곡조를 못 이기는 사랑의 노래는 님의 침묵(沈默)을 휩싸고 돕니다**: 여기서 <사랑의 노래>는 세속적 가곡이 아니다. 해탈지견(解脫知見)의 차원에서 듣는 음악 또는 석가여래의 나라에 울려퍼지는 가락으로, 그 자체가 해탈, 지견(知見)의 경지다. <님의 침묵>이란 구절이 이미 세 번이나 쓰였음에 주의가 필요하다. 첫째 시집 제목으로 쓰였으며 다음번은 바로 이 작품의 제목으로 같은

41

말이 사용되었다. 그리고 세 번째 쓰인 것이 이 작품을 총괄하는 바로 마지막 자리에서다. 이것은 「님의 침묵」이 이 시뿐만 아니라 전체 만해 시의 기능적 이해를 위한 열쇠 구실을 할 가능성을 점 치게 한다. 석가모니는 그 탄생 때부터 하늘과 땅의 축복을 받았 으며 현악기, 타악기로 연주되는 음악과 가락에 휩싸였다.

이에 능인보살이(석가모니의 전신임) 흰 코끼리로 변하여 어머니 뱃속에 들어온바 때가 4월 8일이었다. 부인이 목욕을 하고 몸에 향을 바르며 새 옷을 갈아입고 나서 잠시 몸을 쉬고 있는 사이에 꿈을 꾸 었다. 공중에서 흰 코끼리가 나타났는데 광명이 천하를 비추었고 가 야금(琴)을 타며 북(鼓)을 연주하고 노래하는 소리가 들려왔다. 꽃을 뿌리고 향을 사르며 부인에게로 다가오더니 홀연히 모습이 사라지자 부인이 놀라 잠을 깨었다.
　　於是能仁菩薩, 化乘白象, 來就母胎, 時四月八日, 夫人沐浴塗香著新 衣畢, 小如安身, 夢見空中有乘白象, 光明悉照天下, 彈琴鼓樂絃歌之聲, 散花燒香, 來詣我上, 忽然不現, 夫人驚寤
　　　　　　　　　　　　—『수행본기경(修行本起經)』 상권, 「보살강신품(菩薩降身品)」

무량의 축복 속에서 태어난 석가여래는 그러나 곧 중생의 제도 를 지망하고 출가(出家)하여 고행, 수도에 들어간다. 그런 과정을 거친 다음 득도, 성불하여 중생들에게 생로병사(生老病死)와 이합 집산(離合集散)의 고통이나 번민이 없는 경지를 열어 보이는 것이 다. 그 상징적인 공간 형태가 불국토(佛國土)며 극락이다. 이 차원 에서 석가여래의 세계는 한없이 아름다운 선율과 노래 속에 싸여 들었다. 『장아함경(長阿含經)』에 그 모양이 다음과 같이 적혀 있 다.

모든 천신들은 이때 보살을 향하여 믿음을 아뢰었다. 수행하는 사 람들도 허공에 있거나 땅 위에 있거나 혹은 모든 방향에서 기쁨을 이기지 못하였으며, 그 체(體)가 두루 원만함에 환희심을 이기지 못하여 입에는 구창(口唱)으로 '리리치치리리'라고 하는 소리가 흘러나왔다. 그 소리가 사방 허공에 두루 퍼졌으며, "아!, 둘도 없는 보살이시여. 이제 모든 마왕과 마군들을 항복시키셨습니다"라고 부르짖는 맑은 소리는 입은 옷가지들을 떨게 하였다. 하늘의 음악(天樂)과 하늘의 노래(天歌)도 보살을 기리며 칭송한 것이다. 또한 하늘의 꽃과 만다라화, 마하만다라화, 만수사화, 마하만수사화, 우발라화, 구물두화, 발두마화, 분다리화와 하늘의 전단향과 세말향을 보살에게 뿌렸다. 다 뿌리고 나자 꽃과 향기가 다시 비오듯 왔으며 갈수록 많이 내렸다.

> 爾時所有一切諸天, 向於菩薩生信行者, 若虛空中及在地上, 或復諸方,
> 彼等悉大歡喜踊躍, 遍滿其體, 不能自勝, 以歡喜心, 口唱是言, 唎唎祁祁
> 梨梨, 其聲遍滿四方虛空, 震叫響徹弄諸衣服, 嗚乎希有菩薩, 今已降伏
> 諸魔及魔軍衆, 以作天樂以作天歌, 贊嘆菩薩, 復將天花, 曼陀羅花, 摩訶
> 曼陀羅花, 曼殊沙花, 摩訶曼殊沙花, 優鉢羅花, 拘勿頭花, 鉢頭摩花, 分
> 陀利花, 以天栴檀細末之香, 散菩薩上, 散已復散, 雨而更雨
>
> ―『불본행경(佛本行經)』제30권, 「보살항마품(菩薩降魔品)」

이런 인용들을 통해 우리는 <사랑의 노래>가 지니는바 뜻을 유추할 수 있다. 이때의 <사랑의 노래>는 석가모니 부처의 불국토(佛國土)를 상징하는 것이며 그가 이루어낸 대자대비(大慈大悲)의 차원이 음악의 선율을 타게 된 것이다. 이와 아울러 만해가 노래한 님의 <침묵>이 단순한 <침묵>이 아니라 <님의 침묵>인 점이 주시되어야 한다. 이미 드러난 바와 같이 이 시에서 님은 무상전변(無常轉變)의 세계를 넘어 적정(寂靜 無爲)의 경지에 이른 분이다. 세속적 번뇌를 끊어버리고 만뢰(萬籟) 구적(俱寂)의 차원에 이른 그는 크게 참된 분, 곧 석가모니인 것이다. 석가여래가 생전에 설파한 법리(法理)는 과거, 현재, 미래에 두 번 다시 나올 수가 없는 진리자체이기 때문에 입불이법문(入不二法門)이라고 한다. 이 위대한 진리에 대해서 석가여래가 입적(入寂)한 후 여러 보살이 모이게 되었고 그 자리에서 유마힐(維摩詰)이 주재한 법회가 열렸다. 그 자리에서 유마힐은 여러 보살에게 석가여래가 갈파한 진리를 말하게 하였다. 그런 다음 문수사리(文殊師利)에게 그것을 총 괄해달라고 부탁했다. 그때 문수사리가 한 말이 『유마경(維摩經)』 에 적혀 있다.

문수사리가 가로되, 내 생각 같아서는 일체법에 대하여 말하지 않 고 설법하지도 않으며 제시하는 바도 없고 식별하지도 않으며 또한 갖가지 문답도 않고 가만히 있는 것이 입불이법문(入不二法門)이 될 것 같소.

이어 문수사리가 유마힐에게 물었다.

우리들은 각자가 제 나름대로 다 이야기를 하였으니 거사님 당신 이 설법할 차례요 무엇을 보살의 입불이법문이라 하겠습니까

그때에 유마힐은 묵연히 아무 말 없이 침묵을 지켰다.

문수사리가 감탄하며 말하기를, 옳다. 참으로 옳구나. 문자와 말과 설명 그런 것, 모두 다 없는 것이 진짜 불이에 들어가는 법문이 되 는 것이구나.

이 입불이법문품을 설하실 때에 대중들 중에 5천 명의 보살이 다 불이법문에 들어가 무생법인을 얻었다.

如是 諸菩薩 各各說已 問文殊師利 何等 是菩薩 入不二法門也 文殊 師利曰 如我意者 於一切法 無言 無說 無示 無識 離諸問答 是爲入不 二法門 於是 文殊師利 問維摩詰 我等 覺者說已 仁者 當說 何等 是菩 薩 入不二法門 時維摩詰 默然無言 文殊師利 歎曰 善哉 善哉 乃至無 有 文字 言語 是眞 入不二法門 說是入不二法門品時 於此衆中 五千菩 薩 皆入不二法門 得無生法忍

— 『유마힐소설경(維摩詰所說經)』 제8, 「입불이법문품(入不二法門品)」

여기 나타나는 바와 같이 「님의 침묵」에서 이별은 이미 슬픔이 나 눈물의 범주를 넘어서 있다. 제행무상(諸行無常)의 철리를 깨 달은 다음 해탈, 견성(見性)의 차원에 이르러 그것은 천상의 노래 가 울려 퍼지는 자리가 되었고 하늘의 꽃이 비처럼 내리고 불국토 의 향기가 떠돌았을 뿐이다. 보살의 입들조차 할말을 잃은 경지에 이른 것이다.

이별은 美의 創造

이별은 美의 創造[1]입니다

이별의 美는 아츰의 바탕(質) 없는 黃金[2]과 밤의 올(絲) 없는 검은 비단[3]과 죽엄 없는 永遠의 生命과 시들지 않는 하늘의 푸른 꽃[4]에도 없읍니다

님이어 이별이 아니면 나는 눈물에서 죽었다가 웃음에서 다시 살아날 수가 없읍니다[5] 오오 이별이여

美는 이별의 創造입니다

二. 이별은 미(美)의 창조(創造)

「님의 침묵」이 도입부라면 이 작품부터는 시집 『님의 침묵』의 본론에 들어간다. <이별>은 불교에서 연기설의 중심개념이 되는 사제(四諦)의 한부분이다. 이미 드러난 바와 같이 불법에서 제행 (諸行)은 무상(無常)이다. 그로 하여 우리 인간은 이합집산(離合集散)을 겪기 마련이다. 이 작품에서 화자는 사랑하는 사람. 곧 님과 이별한다. 이것은 화자에게 크나큰 고액(苦厄)일 것이다. 그것을 만해는 <미의 창조>라고 바꾸어 말했다. 이로 보아 이 시는 단순 애정의 노래가 아니라 유심철학의 경지에 연계되어 있는 것이다.

1) **이별은 미(美)의 창조(創造):** 불교는 이 세상을 고액의 바다라고 본다. 그 고액을 3고, 8고 등으로 나누는데 그 가운데 8고의 하나 가 애별리고(愛別離苦)다. 그 내용은 평소 애착을 가진 것, 사랑한 것, 특히 부모 형제 등과 헤어지게 되면서 받는 고통이다. 이런 <이별>을 미의 창조라고 한 것은 일종의 반어(反語)다. 이 작품의 화자는 우선 세속적인 애욕을 가진 사람이다. 그런 그에게 이별은 일체의 정신 활동을 지배한다. 그 나머지 그를 소재로 한 노래가 나오니까 이런 반어를 쓴 것이다.

2) **이별의 미(美)는 아츰의 바탕(質) 없는 황금(黃金):** <아츰>→<아 침>, <이별의 미>=<아침의 바탕 없는 황금>과 같은 등식 관계에 주목이 필요하다. 여기서 <이별의 미>는 한용운이 생각한 시, 또 는 예술의 경지다. <아침의 바탕 없는 황금>-유심철학의 기본 개 념이 되는 언어도단, 절대의 경지.

3) **밤의 올(絲) 없는 검은 비단:** 밤을 옷감에 비유하면 올이 있어야 빛깔을 낼 수 있다. 그러나 밤은 검은 빛깔임에도 올(絲)은 갖지

않았다. 일종의 반어법이며 시적 의장(意匠)으로 이런 형상을 포착, 제시 해서 문맥화 한 점에 한용운 시의 묘미가 있다.

4) **죽엄 없는 영원(永遠)의 생명(生命)과 시들지 않는 하늘의 푸른 꽃:** 유심철학의 한 차원. 『반야바라밀다심경』에 우주의 삼라만상은 공(空)이며 그 법칙은 불생불멸(不生不滅) 부증불감(不增不減)이라고 되어 있다. 이 말은 제법공상(諸法空相)의 설명에 해당된다. 삼라만상은 무상하기 때문에 실체가 없는 것이라고 할 수 있다. 용수(龍樹)보살이 지은 명저에 중론(中論)이 있다. 그는 공(空)사상에 철하여 공(空)은 실체가 없는 것이나 그렇다고 삼라만상이 모두 없어져 버리지 않음을 문제 삼았다. 용수는 그것을 일종의 관계성으로 설명했다. 본래 우리는 누구의 아들이며 누구의 부모다. 아들은 부모를 아버지 어머니라고 부른다. 그 아들도 자식을 낳으면 아버지, 어머니가 된다. 이것은 부모와 자식의 관계가 불변이 아님을 뜻한다. 또한 실체가 아님을 뜻한다. 이것을 반야심경은 불생불멸(不生不滅)이라고 하고 불구부정(不垢不淨), 부증불감(不增不減)이라고 말한 것이다. 이런 차원이 되면 생명은 영원하여 죽음이 없다. 만해는 그 경지를 <하늘의 푸른 꽃>이라고 한 것이다. 이와 아울러 <시들지 않는 하늘의 푸른 꽃>은 불교의 상징적 꽃인 연꽃을 연상케 한다.

5) **이별이 아니면 나는 (……) 웃음에서 다시 살아날 수가 없습니다:** 불경에는 삶과 죽음, 이별과 만남, 기쁨과 슬픔 등 상대적 개념을 내세워 진리의 길을 제시하고자 한다. 여기 나오는 눈물과 웃음, 죽었다가 살아남이 그런 말법의 가닥을 느끼게 한다.

알 수 없어요

　바람도 없는 공중에 垂直의 波紋을 내이며 고요히 떨어지는 오동잎[1]은 누구의 발자최입닛가

　지리한 장마 끝에 서풍에 몰녀가는 무서운 검은 구름의 터진 틈으로 언뜻언뜻 보이는 푸른 하늘[2]은 누구의 얼골입닛가

　꽃도 없는 깊은 나무에 푸른 이끼를 거처서 옛 塔 위의 고요한 하늘을 슬치는 알 수 없는 향기[3]는 누구의 입김입닛가

　근원은 알지도 못할 곳에서 나서 돍부리를 울니고 가늘게 흐르는 적은 시내[4]는 구비구비 누구의 노래입닛가

　연꽃가튼 발꿈치로 갓이없는 바다를 밟고[5] 옥같은 손으로 끝없는 하늘을 만지면서[6] 떨어지는 날을 곱게 단장하는 저녁놀은 누구의 詩입닛가[7]

　타고 남은 재가 다시 기름이 됩니다 그칠 줄을 모르고 타는 나의 가슴은 누구의 밤을 지키는 약한 등ㅅ불입닛가[8]

三. 알 수 없어요

얼핏 보기에 이 시는 매우 감각적 세계를 노래한 듯 생각된다. 그러나 그 실에 있어서 이 시의 뼈대가 되고 있는 것은 형이상의 세계다. 이제까지 우리 주변에서는 이 작품을 잘못 읽어 단순한 애정의 노래로 분류했다. 이 경우 화자가 질문을 던지며 해답을 구하고 있는 대상이 단순한 이성(異性)의 애인으로 잡힌 것이다. 그러나 이런 작품 읽기는 형이상(形而上)의 차원을 물리적 차원으로 끌어내린 것이 되어 돌이킬 수 없는 오류에 떨어진다. 이 시의 바탕이 되고 있는 것은 유심철학(惟心哲學)에 의거한 세계인식이다. 따라서 이 시는 단순한 서정의 시가 아니며 애정의 노래도 아니다. 불교의 법보론 가운데도 요체가 되는 연기설을 뼈대로 한 점에서 이 시는 우리 현대시사에 유례가 드물다고 판정되는 형이상시(形而上詩)며 그 성공작이다.

1) **수직(垂直)의 파문(波紋)을 내이며 고요히 떨어지는 오동잎**: <수직의 파문>을 송욱 교수는 한용운의 독특한 표현으로 <그러한 파문 때문에 고요함은 한결 깊이를 지닌다. 오동잎에서 님을 보니까 자연과 님은 일치하고 일체(一體)가 된다>라고 해석했다. 이런 해석은 이 시가 갖는 의미맥락을 제대로 파악하지 못한 결과로 요령부득의 말이다. 이 작품 첫 행에서 다섯 행까지는 그 형태가 일정하다. 앞자리에 자연의 여러 현상이 소재가 되었다. 그에 이어 그들 말을 꾸며낸 구절이 나온다. 형식상 이들은 비유의 보조관념을 이루고 있는 것이다. <수직의 파문>은 그런 보조관념의 수식어절 가운데 한부분이므로 한용운 나름의 수사일 뿐이다. 그것을 무아(無我), 자연의 경지로 본 것은 지나친 확대해석이다. 이 시의 기

능적 이해를 위해서 먼저 우리는 이 작품의 형태부터 분석할 필요가 있다. 첫 행부터 이 작품은 마지막 행에 이르기까지 그 문장이 의문형으로 끝난다. 이제 그들을 도표로 만들면 다음과 같다.

	수식어절	주 지	매체와 의문문 종결
1연	바람도 없는 공중에 ~ 고요히 떨어지는	오동잎은	누구의 발자최입니까
2연	지리한 장마끝에~언뜻언뜻보이는	푸른하늘은	누구의 얼굴입니까
3연	꽃도 없는 깊은 나무에~ 하늘을 스치는 알 수 없는	향기는	누구의 입김입니까
4연	근원을 알지 못할~가늘게 흐르는 적은	시내는	누구의 노래입니까
5연	연꽃같은 발꿈치로~해를 곱게 단장하는	저녁놀은	누구의 詩입니까

여기서 우리가 읽어야 할 것은 한용운이 자연과 인생의 범주에 속하는 여러 현상에서 인상적인 것을 든 다음 그들을 모두 수수께끼로 본 점이다(불가지론은 아님). 이것은 유심철학에서 세계인식의 계기를 마련하기 위해 제기하는 질문식 방법을 이 시가 쓰고 있음을 뜻한다. 그러나 이런 질문 방식은 불교적인 세계인식의 방법, 곧 선정(禪定)에서 요구되는 돈오(頓悟)의 계기를 만들려는 것일 뿐이다. 이것을 자연과 <님>, 현상과 나의 일치로 보는 것은 불교의 수양론에서 결정적 역할을 하는 중간과정을 생략해버리고 결과론을 휘두르려는 태도다.

2) **지리한 장마 끝에 (……) 언뜻언뜻 보이는 푸른 하늘**: 1)에 이어 2)와 거의 같은 화법으로 된 구절이다. 단 여기서는 비유의 주지=푸른 하늘, 매체=무서운 검은 구름의 터진 틈으로 바뀌어 있다. 이 부분을 『전편해설』은 <<무서운>> 검은 구름이란 표현에 주목해야 한다. 지리한 장마를, 깨닫지 못하는 중생(衆生)이 보내는 시간이라고 치면, 바람은 무상(無常)의 바람이며, 검은 구름은 번뇌

혹은 의정(疑情)의 구름이리라. 그러기에 구름을 무섭다고 한 것이다>라고 했다. 『전편해설』의 해석으로는 바람과 구름이 불교의 화두가 될 수는 있다. 그러나 불교에서는 화두가 그 자체로 희로, 애오의 개념과 일체화되는 것은 아니다. 그런 일이 가능하기 위해서는 선정(禪定)의 과정이 요구되며 깨달음의 경지에 이르러야 한다. 따라서 송욱 교수의 해석은 견강부회다. 여기서 <무서운>은 유심철학의 절대적 경지를 표현하기 위한 한용운 나름의 의장(意匠)이다.

3) **꽃도 없는 깊은 나무 (……) 하늘을 슬치는 알 수 없는 향기**: 여기서 <깊은 나무>는 키가 큰 나무 곧 매우 높은 나무다. 그 위에 <꽃도 없는>을 붙인 것은 초공(超空), 불생불멸(不生不滅)의 경지다. 일상생활에서 우리는 사물을 지상에서 본다. 여기서는 그것을 땅 위에서가 아니라 하늘에서 본 것으로 시각을 바꾸어 놓았다. 이 말을 <옛 탑>에 곁들임으로써 신비스러운 느낌이 배가 된다.

4) **근원은 알지도 못할 곳에서 나서 (……) 가늘게 흐르는 적은 시내**: 이 부분의 주제어는 시내다. 불교에서는 감각적인 차원을 색·성·향·미·촉(色·聲·香·味·觸) 등으로 나누어 설명한다. 이런 범주에 따르면 시내는 소리를 내는 것이므로 성(聲)의 계역에 속한다. 이 추상적인 개념을 <가늘게 흐르는 (……) 구비구비 누구의 노래>라고 구체화 시킨 것이 이 작품을 만들어 낸 한용운의 솜씨다.

5) **연꽃같은 발꿈치로 갓이업는 바다를 밟고**: 부처 가운데도 아름다운 법신(法身)을 가진 연화(蓮花)보살의 심상을 떠올리게 한다.

6) **옥가튼 손으로 끝없는 하늘을 만지면서**: 주석 5)에 연결되는 부분으로 촉각 의식이 바탕을 이룬 가운데 <연꽃같은>, <옥같은 손> 등이 시각, 특히 색채 감각적 심상을 빚어낸다. 이것이 공미적심상(共美的心象)을 제시함으로써 이 작품을 한폭의 그림으로 만들 수 있게 한다.

7) **떨어지는 날을 곱게 단장하는 저녁 놀은 누구의 시(詩)입닛가**: 이

행의 주지는 이 앞서 부분과 달리 감각적 차원이 아닌 관념어로서의 시(詩)다. 관념어를 위해 이와 같이 선명한 감각적 표현이 쓰여 있음을 특히 주목해야 한다. 이것은 서구의 형이상 시인들이 즐겨 쓴 기법이다.

8) **타고남은 재가 다시 기름이 됩니다 그칠 줄을 모르고 타는 나의 가슴은 누구의 밤을 지키는 약한 등ㅅ불입닛가** 이 부분을 기능적으로 이해하기 위해서는 <타고남은 재가…>로 된 앞문장과 다음 문장을 일단 분리시킬 필요가 있다.

'타고 남은 재가 다시 기름이 됩니다'

이런 어조는 매우 단정적이어서 어떤 종교의 경전에 포함된 잠언을 읽는 느낌을 준다. 이에 반해 이 작품의 마지막 문장은 앞선 것과 그 구조가 전혀 다르다. 여기서 주지와 매체가 되고 있는 것은 '나의 가슴'이며, '누구의 밤을 지키는 약한 등불'이다. '나의 가슴'은 심의현상(心意現象)이지 감각적 실체가 아니다. 범박하게 말해서 사상, 관념의 비유 형태에 속한다. 그에 대해서 약한 등불은 앞선 여러 연의 경우와 달리 단순하게 물리적 객체일 뿐이다.

이 두 요소의 수렴과 구조화를 통하여 한용운은 정신적인 범주에 드는 것과 물리적인 차원을 일체화하고 있다. 말을 바꾸면 우리 자신의 정신세계, 또는 사상, 관념을 감각적 차원과 동일한 문맥 속에 넣어 제3의 실체가 되게 했다. 이렇게 가닥을 잡고 보면 「알 수 없어요」에서 의미 맥락의 뼈대가 어디 있는가를 짐작할 수 있다.

"타고 남은 재가 다시 기름이 됩니다" 이것은 이 작품에서 유일하게 평서문으로 이루어진 부분이다. 흔히 우리는 평서문인 경우, 그 의미 맥락 파악이 손쉽다고 한다. 그러나 여기서는 그런 통념이 전혀 무의미하다. 그 실에 있어서 우리는 '타고 남은 재'가 어떻게 다시 기름이 될 수 있는지 도리어 강한 의문을 품게 되는 것이다. 제기되는 의문을 풀기 위해 우리는 부득이 「알 수 없어요」
의 외재적인 정보를 이용하지 않을 수 없다. 두루 알려진 것처럼
한용운은 당대의 고승대덕(高僧大德)이었다. 그는 도저한 유심철
학(惟心哲學)의 경지를 이 시의 뼈대로 했다. 구체적으로 그 뼈대
의 내용이 된 것이 불교의 기본 원리 가운데 하나인 연기설(緣起
說)이다.

불교의 법보론(法寶論) 가운데 요체가 되는 연기설에 따르면 이
세상의 모든 현상은 인연의 나타남이다. 삼라만상은 인연이 있어
모인 것이며, 그 인연이 곧 있음(有)이다. 인연이 다하여 '사대(四
大)'가 흩어지면 현상은 소멸하여 무(無)가 된다. 그 반대 역시 참
이다. 이것을 『반야바라밀다심경』에서는 <색즉시공, 공즉시색(色
卽是空 空卽是色)>의 여덟 자에 집약시켰다. 그것을 한용운은 '타
고 남은 재가 다시 기름이 됩니다'로 표현한 것이다. 그리고 다시
화엄(華嚴)의 큰 철리(哲理)를 단정적인 어조로 말하여 '그칠 줄
모르고 타는 나의 가슴'으로 그 다음을 잇게 했다. 「알 수 없어요」
를 이렇게 읽으면 이 작품의 뼈대를 이룬 것이 도저한 불교의 법
보론임이 명백해진다. 사상, 관념 가운데도 매우 깊고, 높은 제일
원리(第一原理)의 세계가 이 시의 바탕이 되어 있다. 이런 사상이
이 시에서 감각적 실체로 탈바꿈한 다음 다시 그것이 제3의 차원
으로 제시되어 있는 것이다. 이것은 한용운의 『님의 침묵』이 우리
현대시사에서 형이상시(形而上詩)의 한 국면을 훌륭하게 개척한
것임을 뜻한다.

이제 우리는 「알 수 없어요」가 한국 현대시의 역사에서 전인미
답(前人未踏)의 경지인 형이상 시의 차원을 개척한 것임을 확인했
다.(고전문학기의 한국시에는 형이상시가 상당량 생산되었다.) 우
리 문학사에서 끼치는 이 작품의 의의는 그에 그치지 않는다. 근
대문학사에서 형이상시라면 우리는 곧 영국의 Metaphysical Poetry
를 생각하게 된다. 그런데 영국의 그것은 J. 던이나, A. 마이블의
경우로 대표되는바 주제 내용이 대체로 남녀 간의 애정에 관계된

다. 그에 반해서 한용운의 이 작품은 본체론(本體論)에 입각한 것이다. 불교의 법보론에서도 진수가 되는 연기설을 의미의 뼈대로 했다. 그러면서 형이상의 관념을 감각적 실체로 전이시켜 아름다운 정서의 노래로 탈바꿈시킨 것이 「알 수 없어요」다. 이것은 비단 우리나라뿐만 아니라 근대 이후의 서구에서도 그 예가 드문 형이상시가 한용운에 의해 발표되었음을 뜻한다.

「알 수 없어요」로 대표되는 한용운의 작품들이 나온 것은 1920년대의 중반기였다. 이 시기의 한국시는 육당(六堂)과 고주(孤舟)의 개화 계몽주의 단계를 갓 벗어난 참이다. 이 무렵의 한국시단을 대표한 시인들 곧 주요한, 김억, 김소월 등이 모국어의 가락을 빚어내기에는 성공했다. 그러나 그 의미 내용은 대체로 풍경묘사에 그쳤거나 감미로운 가락에 개인적 비애를 곁들인 것이 주류가 되었다. 이것을 지양, 극복하려는 시도가 1920년대 중반기경에 나타났다. 그것이 신경향파와 그에 이은 카프다. 이들은 현실을 떠나 몽환의 상태에 떨어진 문학활동의 중심을 현실주의가 되게 하려고 시도했다. 그것으로 시대의식을 담고자 한 것이다. 그러나 그들이 현실추구의 한 형태로 잡는 이념은 사상, 관념의 생경한 진술 형태로 굳게 되어 시적 해조를 빚어내지 못했다.

만해(萬海)에 이르러 이런 차원이 일거에 극복되었다. 그에 의해 형이상(形而上)의 의미 내용이 아름다운 가락을 타고 노래된 것이다. 그것으로 그의 시는 우리 현대시사의 한 기적이 되었다. 대체 이 기적이 이루어진 논리적 근거가 된 것은 무엇인가. 이런 의문이 제기되는 자리에서 우리가 검토해야 할 것이 만해가 써서 오늘 우리에게 끼치는 한시(漢詩)다.

우주의 무궁한 조화로 하여
옛 그대로 절집 가득 매화 피었다
고개 들어 삼생(三生)의 일 물으렸더니
유마경 책머리에 거의 진 꽃들

(宇宙百年大活計
寒梅依舊滿禪家
回頭欲問三生事
一秩維摩半落化)

― 「관락매유감(觀落梅有感)」 전문

　이 작품의 일차 소재가 되어 있는 것은 봄날 절집의 뜨락에 피어 있는 매화꽃이다. 물리적인 차원이라면 그것은 나뭇가지 위에 꽃이 피는 일이며 자연 현상의 하나일 뿐이다. 만해는 이 행에 앞서 '우주백년대활계(宇宙百年大活計)'라는 말들을 선행시켰다. 이것은 이 시의 으뜸 제재가 자연 현상의 범주에서 벗어나 있는 것으로 어엿하게 사상적 차원을 거느렸음을 뜻한다. '회두욕문삼생사(回頭慾問三生事)'이라는 그런 정신의 경지를 더욱 확충하여 공고히 하게 만든 부분이다. 이것으로 이 시는 만해가 평생을 걸어 화두로 삼은 불교의 유심철학을 바탕으로 하게 되었다. 그러면서 이 작품은 그런 사상, 관념을 직접 표출하는 방법에 의거하지 않았다. 이 작품에서 불교의 선지식은 절집 가득 피어 흐드러지게 봄을 알리는 매화로 대체되어 있다. 그와 아울러 '일질유마반락화(一秩維摩半落化)'로 이 한시는 정신의 깊이와 사상, 관념을 장미의 향기처럼 느끼게 하고 있다.

　여기서 우리가 얻을 수 있는 교훈의 내용도 그 테두리가 명백해졌다. 만해의 형이상에서 기법의 원천이 되고 있는 것은 바로 한시(漢詩)다. 「관낙매유감(觀落梅有感)」과 「알 수 없어요」의 대비를 통해서 우리는 그것을 명백하게 파악할 수 있다. 이와 같이 만해를 기능적으로 읽어내는 것은 한국 현대시의 심장부를 평가, 파악해내는 일이다.

　『만해 한용운 전집』 제1권에는 여기 나오는 一秩維摩半落花를

<일추유마반낙화(一秋維摩半落花)>라고 읽고 그에 대해서 <一秋 – 가을이라는 말이 한시와 맞지 않으나 유마(維摩)로 자처했으므로 그런 표현이 가능하다. 다음의 조항을 참조하기 바란다. 維摩 – 대승경전인 <유마경>의 주인공으로 인도의 거사(居士), 그는 속생활을 하면서도 보살행의 큰 실천자였다>라는 주석을 붙였다. 만해의 이 한시는 측기(仄起)식인 7언절구다. 측기식 7언절구에서 첫행과 마지막의 둘째 소리는 반드시 측성(仄聲)이 되어야 한다. 그런데 가을 추(秋)는 평성(平聲)이어서 쓰일 수 없는 것이다. 이렇게 해석해야만 책인 유마경이 유마가 되고 그것이 다시 만해와 일체화되는 길이 열린다. 『한용운 전집』에 나오는 만해의 한시(漢詩) 읽기는 오독이므로 수정되어야 한다.

나는 잊고저

남들은 님을 생각한다지만
나는 님을 잊고저 하야요[1]
잊고저 할수록 생각히기로
행혀 잊힐까[2]하고 생각하야 보았습니다

잊으랴면 생각히고
생각하면 잊히지 아니하니
잊도 말고 생각도 말어볼까요[3]
잊든지 생각든지 내 버려두어볼까요
그러나 그리도 아니되고
끊임없는 생각생각에 님뿐인데 어찌하야요

귀태여[4] 잊으랴면
잊을 수가 없는 것은 아니지만
잠과 죽엄뿐이기로
님 두고 못하야요[5]

아아 잊히지 않는 생각보다
잊고저하는 그것이 더욱 괴롭습니다

四. 나는 잊고저

만해의 시는 거의 모두가 그 의미 맥락이 단순하지 않은 복합적 의미를 가지고 다중구조에 의거하고 있다. 말들의 의미가 표층구조와 저층구조가 다른 것이다. 그 가운데도 이 작품은 그 정도가 심한 것으로 반어법(反語法)에 의거한 점이 주목되는 시다.

1) **남들은 님을 생각한다지만/ 나는 님을 잊고저 하야요**: 이 부분은 다음에 나오는 <잊고저 할수록 생각하기로>와 같은 맥락으로 읽어야 한다. 송욱 교수는 이것을 유심철학의 차원으로 읽었다. 불교에서는 신앙의 시작을 <발심(發心)>이라고 한다. <화엄경>을 보면 발심을 <중생고(衆生苦)>를 영별하고 세간을 <이익>하는 것이라고 정의되어 있다. 또한 <발심>의 결과로 <상(常)히 삼세일체(三世一切) 제불(諸佛)의 억념(憶念)하는 바가 되며, 삼세일체 제불의 무상보리(無上菩提)를 당득(當得)>이라고도 하였다. 이것은 득도한 다음의 불제자가 이미 법신(法身)과 다른 것이 아니라 이신동체임을 뜻한다. 그런데 이 구절에는 화자와 <님>이 전혀 별개가 되어 있다. 득도한 불제자가 <무상보리>의 경지를 잊고자 한다면 그것은 있을 수가 없다. 대승(大乘)에서는 해탈, 득도가 곧 공사상(空思想)을 터득한 것이기 때문이다.

2) **잊힐까**: 잊게 할 수가 있을까. 여기서 보조어간 <히>를 한계전 교수는 역설적 강조로 보았다. 『님의 침묵 해석판』(서울대학교 출판부, 1990).

3) **잊도 말고 생각도 말어볼까요**: 살뜰하게 그리운 사람. 간절하게 보고 싶은 사람을 사무치게 생각하는 화자의 심경을 담은 것이다. <잊도 말고>와 <생각도 말어>는 전혀 반대되는 개념의 말이다. 그것을 한 문맥 속에 넣어 노래한 것은 화자의 걷잡지 못하는 애

정의 정도를 나타낸다. 이것을 『전편해설』은 존재와 공(空), 또는 색불이공(色不異空)의 차원으로 읽었다. 아무리 범박하게 보아도 비평은 문학적 담론이다. 문학적 담론은 시와 달라서 사실 판단에 앞서 논리적 절차를 거쳐야 한다. 그럼에도 송욱 교수의 해석에는 이와 같은 비평의 전제가 실종되어 버렸다. 이것은 일방적인 생각을 앞세운 것으로 문학적 담론에서 있을 수 없는 금기를 범한 것이다.

4) **귀태여**: 구태어. 충청도 지방의 사투리. 또는 만해식 말씨.

5) **잠과 죽엄뿐이기로/ 님 두고 못하야요:** 이 앞부분의 의미맥락으로 보아 「님」은 적어도 애별리고(愛別離苦)의 굴레를 벗어난 것 같다. 그러나 화자는 그런 해탈의 차원보다 세속적인 애정에 매달린 사람이다. 그 나머지 그는 끝내 <님>을 사랑하는 마음을 포기하지 못한다. 이렇게 보면 이 시는 님을 절대 잊을 수가 없다는 생각을 역설적으로 강조한 것이다. 화자는 깨었거나 살아 있는 상태로는 <님>을 잊을 수가 없다. 깊은 잠, 잠의 연장 형태인 죽음만이 <님>에 대한 사모의 정에 종지부를 찍을 수 있다는 생각이다. 이로 미루어 보아 이 시는 애정시이면서 그 바닥에는 해탈 이전의 사랑에 대한 집념이 깔려 있다. 따라서 이 시를 초공(超空)과 무아(無我)의 경지로 읽은 것은 명백한 오류이다.

가지마서요

   그것은 어머니의 가슴에 머리를 숙이고 자긔자긔한[1] 사랑을 받으랴고 삐죽거리는 입설로 表情하는 어여쁜 아기를 싸안으랴는 사랑의 날개가 아니라[2] 敵의 旗발입니다[3]

   그것은 慈悲의 白毫光明[4]이 아니라 번득거리는 惡魔[5]의 눈(眼) 빛입니다

   그것은 冕旒冠[6]과 黃金의 누리[7]와 죽엄[8]과를 본체도 아니하고 몸과 마음을 돌돌 뭉쳐서 사랑의 바다에 풍당 너랴는 사랑의 女神[9]이 아니라 칼의 웃음입니다

   아아 님이여 慰安에 목마른 나의 님이여 걸음을 돌리서요 거기를 가지 마서요 나는 시려요[10]

   大地의 음악은 無窮花[11] 그늘에 잠들었읍니다

   光明의 꿈은 검은 바다에서 잠약질[12]합니다

   무서운 沈默[13]은 萬像의 속살거림에 서슬이 푸른 敎訓을 나리고 있읍니다

   아아 님이여 새 生命의 꽃에 醉하랴는 나의 님이여 걸음을 돌리서요 거기를 가지 마서요 나는 시려요[14]

   거룩한 天使의 洗禮를 받은 純潔한 靑春을 똑따서 그 속에 自己의 生命을 너서 그것을 사랑의 祭壇에 祭物로 드리는 어엽븐 處女가 어데 있어요[15]

   달금하고 맑은 향기를 꿀벌에게 주고 다른 꿀벌에게 주지 않는

이상한 백합꽃이 어데 있어요[16]

　自身의 全體를 죽엄의 靑山에 장사지내고 흐르는 빛(光)으로 밤을 두 조각에 베히는 반딋불이 어데 있어요[17]

　아아 님이여 情에 殉死하려는 나의 님이여 거름을 돌리서요 거기를 가지 마서요 나는 시려요[18]

　그 나라에는 虛空이 없읍니다[19]

　그 나라에는 그림자 없는 사람들이 戰爭을 하고 있읍니다[20]

　그 나라에는 宇宙 萬像의 모든 生命의 쇳대를 가지고 尺度를 超越한 森嚴한 軌律로 進行하는 偉大한 時間이 停止되얐읍니다[21]

　아아 님이여 죽엄을 芳香이라고 하는 나의 님이여 거름을 돌리서요 거기를 가지 마서요 나는 시려요[22]

五. 가지마서요

　불교를 우리는 흔히 허무적멸(虛無寂滅)의 길이라고 말한다. 거기서 궁극적으로 추구하는 세계가 세속적 의미의 생명과 그에 부수된 여러 감정이 아니라 그것을 철저하게 배제하기 때문이다. 이 작품의 주제가 바로 불교의 그런 면이다. 기법으로 처음부터 일관되게 반어가 쓰인점이 주목된다.

1) **자긔자긔한**: <아기자기>의 한용운식 표현.

2) **아기를 싸안으랴는 사랑의 날개**: 여기서 <사랑>이 불교식 세계관에 완전 수렴되지 않음에 주의해야 한다. 불교에서는 사랑을 가리키는 말로 <애(愛)-trsnā>와 <자비(慈悲, maitiri, karunā)>의 두 말이 있다. <애>는 <갈애(渴愛)>, <애욕>, <탐욕>의 다른 말로 득도, 무아의 경지에 이르는데 장애가 되는 사념들이다. <자비>는 남에게 즐거움을 주게 되는 <자애(慈愛)>와 남의 괴로움을 덜어주는 <대비(大悲)>로 이루어진 말이다. <자비>-부처나 보살이 중생을 불쌍히 여겨 고통을 덜어주고 안락하게 해 주려는 마음. 이렇게 보면 이 작품의 화자는 <자비>를 지향하나 완전히 그 경지에는 이르지 못한 사람이다.

3) **적(敵)의 깃발**: 색계(色界)의 차원에 사는 여성화자에게 사랑의 최고 형태는 모성애다. 모성애를 가진 사람에게 그것을 방해 하려는 모든 상대는 <적(敵)>이 될 수밖에 없다. 그것을 비유 형태로 표현하면 <적의 깃발>이 된다. 송욱 교수는 이것을 평면적으로 해석하여 ① 생명을 죽게 하고 수도를 방해하는 모든 것, 곧 악마라고 보고 ② 우리 민족을 죽게 하는 것을 일제(日帝)라고 하였다.(『전편해설』) 전혀 방향 감각을 상실한 풀이로 오역을 범한 것이다. 이런 해석에는 심한 논리의 비약이 있다. 여기서 사랑은 속계의 모

성애까지를 지양한 영생의 길을 여는 차원으로 보아야 한다. 화자의 님은 그 길을 지향한다. 그러나 <나>는 <님>을 그런 명분으로 잃고 싶지 않다. 이 부분은 화자의 그런 심경을 나타낸 것으로 세속적인 사랑의 경지를 말한 것에 그친다. 따라서 이것을 선사상(禪思想)에 직결시키거나 반일, 민족의식의 발로로 보는 것은 빗나간 해석이다.

4) **백호광명(白毫光明)**: 백호는 부처가 지닌 32상 중의 하나. 눈썹 사이에 난 흰 터럭으로 거기서 빛이 발하여 무량세계(無量世界)를 비추었다. 백호방광(白毫放光)이라고도 함. 부처의 32상이란 『대지도론(大智度論)』의 4권에 나오는 것으로 ① <족하안평립상(足下安平立相): 발바닥이 평평하여 서 있기에 편함>, ② <족하이륜상(足下二輪相): 발바닥에 두 개의 바퀴 모양의 무늬가 있음>, ③ <장지상(長指相): 손가락이 긺> 등을 뜻하며 <백호상> 또는 <백모상>은 마지막인 32번째의 상이다.

5) **번득거리는 악마(惡魔)**: 악마는 불교에서 마(魔)-마라(魔羅-māra)를 가리킨다. 몸과 마음을 혼미하게 만들어 선법(善法)을 방해하는 것. 장애자, 살자(殺者), 악으로도 번역한다. 이 행은 앞행과 꼭 같은 구조로 되어 있다. 즉 앞부분이 긍정적 차원임에 반해 뒷부분은 <적>, <악마> 등 부정, 배제되어야 할 내용으로 되어 있다.

6) **면류관(冕旒冠)**: 임금 또는 대부(大夫) 이상의 귀인들이 조례 때나 제의(祭儀) 때 입는 정복과 함께 쓴 관모. 여기서는 불보(佛寶)의 상징으로 절대적인 정신의 경지를 상징한다.

7) **황금의 누리**: 지극히 순결하고 고귀한 세계. 잡 것이 섞이지 않고 도저한 차원에 이른 자리. 금, 황금은 불타의 세계를 상징한다. 이에 대한 자세한 것은 <생명(生命)> 주석 3) 참조.

8) **죽엄**: 생(生)과 사(死)는 불교에서도 철저하게 해석, 규명되어야 할 화두 구실을 한다. 따라서 이 말은 6), 7)과 함께 불교에서 결정적 입장을 뜻하는 안팎의 여건으로 보아야 한다.

9) **사랑의 여신(女神)**: 불교에서 사랑은 앞에서 밝힌 바와 같이 <자비>라고 한다. 자비를 가지게 되면 불교에서는 이미 성(性)을 떠난다. 그것을 구태어 여신이라고 한 것에는 한용운의 의도가 작용한 결과다. <사랑의 여신>에 대가된 것은 <칼의 웃음>이다. 칼과 웃음은 전혀 동질적인 것이 아니다. 만해는 이런 표현을 통해 악마와 업장의 심상을 역설적으로 강조하고자 했다.

10) **아아 님이여 위안(慰安)에 목마른 나의 님이여 걸음을 돌리서요 거기를 가지 마서요 나는 시려요**: 돌리서요→돌리세요, 돌리십시오. 시려요→싫어요. 첫째 연의 마지막 단락이다. 끝자리의 말 <거기를 가지 마서요 나는 시려요>가 이하 각 연에 후렴구로 되풀이되었음에 주의를 요한다. 불교에서는 이 세상을 고해(苦海)라고 한다. 이 세상에는 어디에나, 언제나, 생로병사(生老病死), 이합집산(離合集散)의 고뇌가 있기 때문이다. 그런 속에서 <위안(慰安)에 목마른 나의 님>은 번뇌를 끊고 큰 위안, 곧 초공(超空)의 정신세계에 이르려는 사람일 것이다. 이 절대의 경지에 이르려는 <님>을 여성화자가 간절한 목소리를 담아 만류하고 있다.

11) **무궁화(無窮花)**: 우리나라를 상징하는 꽃. 일찍 만해는 3·1운동으로 투옥된 가운데 다음과 같은 시를 썼다.

| 달아 달아 밝은 달아
네나라에 비춘 달아
쇠창을 넘어와서
나의 마음 비춘 달아
桂樹나무 베어내고
無窮花를 심고자 | 달아 달아 밝은 달아
님의 거울 비춘 달아
쇠창을 넘어와서
나의 품에 안긴 달아
이지러짐 있을 때에
사랑으로 도우고자 | 달아 달아 밝은 달아
가이 없이 비친 달아
쇠창을 넘어와서
나의 넋을 쏘는 달아
구름재(嶺)를 넘어가서
너의 빛을 따르고자 |

— 「無窮花 심고자」(옥중시)

여기에는 만해의 민족의식이 내포되어 있다. 이에 대해서는 송욱 교수가 <무궁화는 우리 민족을 상징하니까 한국 사람의 선정(禪定)을 표현한다>고 한 것이 있다. 널리 알려진 대로 선정이 지향하는 것은 세속의 번뇌를 벗어나 해탈의 경지에 이르는 일이다. 해탈은 우주와 삼라만상이 공(空)임을 깨치는 것으로 완성된다. 단적으로 말하여 그것은 도저한 정신의 경지로 철학에서 말하는 본체론(本體論)이며 형이상의 차원이다. 본래 인간의 정신적 범주에는 물질적 차원, 윤리, 도덕, 역사의 차원, 본체론, 형이상의 차원이 있다. T.E. 흄의 생각에 따르면 물질적 차원과 인간이 주체가 되는 윤리, 도덕, 역사적 차원 사이에는 깊은 단절이 가로놓여 있다. 나무나 풀, 산과 시내를 이해하는 것과 꼭같은 차원으로 인간의 감각, 도덕을 파악할 수는 없기 때문이다. 이와 꼭같은 논리가 인간의 차원과 형이상의 차원의 차원에도 적용될 수 있다. 희로애오의 감정을 벗어나지 못한 인간을 다루는 것과 꼭같은 차원에서 하느님과 절대자를 이해, 파악할 수는 없다는 말이다. 그럼에도 『전편해설』에서 송욱 교수는 윤리, 도덕, 역사적 개념과 해탈, 지견(解脫, 知見)의 경지를 혼동한 발언을 했다. 여기 나오는 <무궁화>는 불교도면서 항일 저항자이기도 했던 한용운의 민족의식을 표상하는 것으로 보아야 한다.

12) **잠약질**: 자맥질의 충청도 사투리. 여기서 <광명의 꿈>이 선정(禪定)의 열매라면 <검은 바다>는 아직 색욕의 범주를 벗어나지 못한 상태다. 이런 양극에 속하는 말들을 써서 한 행을 만든 것은 만해의 의식세계가 매우 강하게 뒤설레고 있음을 말해준다.

13) **무서운 침묵(沈默)**: 무거운 침묵이라고 하지 않고 <무서운>이라고 한 것에 주의를 요한다. 이것은 절대의 침묵을 뜻한다. 번뇌를 끊고 무아(無我)가 되기를 기하는 선정을 통해서만 얻어낼 수 있는 경지다. <만상(萬相)의 속살거림>은 여러 현상들이 진리와는 거리를 가지는 형태로 제 나름의 존재 형태를 주장함을 가리키며 <서슬이 푸른 교훈>은 그런 일이 부질없음을 준엄하게 판별해 냄을 뜻한다. <언어도단>의 경지라고 보아야 할 것이다.

14) **아아 님이여 (……) 걸음을 돌리서요 거기를 가지 마서요 나는 시려요**: 첫 연의 마지막과 꼭 같이 여기서도 이 작품의 화자는 색계

의 유혹을 뿌리치고 선정에서 얻어낸 대지(大智)와 대각(大覺)의 차원을 제시하고 상대에게 그것을 지향하지 말도록 <가지 마서요>라고 하였다. 보살행을 실천해야 할 불제자의 말이 이렇게 되어 있는 것은 반어법이라고 보아야 한다.

15) **거룩한 천사(天使)의 세례(洗禮)를 받은 (……) 어엽븐 처녀(處女)가 어데 있어요**: 이 행은 전반부와 후반부로 나누어 해석해야 한다. 이 부분의 기능적 이해를 위해서는 주어부인 <처녀가>와 서술부인 <어데 있어요>의 의미맥락이 제대로 파악되어야 한다. 얼핏 보아도 나타나는 바와 같이 <처녀>는 순결 그 자체이면서 스스로의 목숨을 사랑의 제물로 삼는 순애의 상징이다. <어데 있어요>는 '그런 사람이 없다'가 아니라 화자 자신임을 암시한다. 이 부분의 의미맥락을 제대로 파악하려면 주부와 술부 사이에 <나 같이>를 넣을 필요가 있다. 이것으로 화자는 자신이 얼마나 절절하게 <나의 님>을 사랑하고 있는 가를 말한 것이다. 따라서 <어데 있어요>는 부정이 아니라 일종의 반어를 통하여 <나의 사랑>을 강조한 것이다.

16) **달금하고 맑은 향기를 꿀벌에게 주고 다른 꿀벌에게 주지 않는 이상한 백합꽃이 어데 있어요**: <달금한>→<달콤한>. 이 부분 역시 바로 앞줄과 꼭같은 의미 맥락으로 이루어져 있다. 여기서는 백합꽃이 화자를 뜻한다. 그 사랑은 <님>을 위해서만 존재한다. 이 절대적 사랑은 그 누구에게도 없고 나만 가졌다는 뜻이다.

17) **자신(自身)의 전체(全體)를 죽엄의 청산(靑山)에 장사지내고 흐르는 빛(光)으로 밤을 두 조각에 베히는 반딧불이 어데 있어요**: 이 부분의 구문 역시 15)나 16)과 꼭같다. 화자는 자신을 반딧불이에 대비시킴으로써 <님>에게 바치는 그의 사랑을 절대적인 것이라고 강조한다. <어데 있어요>는 그의 사랑이 다른 그 누구의 것과도 비교될 수가 없을 정도로 절대적임을 강조하고 있다.

18) **아아 님이여 (……) 거기를 가지 마서요 나는 시려요**: 이 제3연의 마무리도 앞의 두 연과 꼭같은 구문으로 되어 있다. 화자가 각 행 전

반부에서 제시한 경지는 여기서 강하게 배제되어 있다. 이것이 무엇을 뜻하는가를 해석할 근거는 포착되지 않는다. <시려요>→<싫어요>

19) **그 나라에는 허공이 없읍니다:** 여기서 화자는 비로소 거듭 <가지 마서요>라고 한 장소의 공간적 성격을 말했다. 얼핏 보아도 나타나는 바와 같이 그곳은 곧 <그 나라>를 가리킨다. 불교에서 절대의 경지는 <공(空)>이지만 그것은 세속적 차원으로 말하는 빈 곳이 아니다. 생성전변(生成轉變)의 바탕을 이루는 곳이 이때의 공(空)이다. 『반야바라밀다심경』의 한 구절인 <공즉시색(空卽是色)>을 이 자리에서 다시 상기해보아야 한다. 만해는 이것을 한글로 문장으로 만들어 <그 나라에는 허공이 없읍니다>라고 했다.

20) **그 나라에는 그림자 없는 사람들이 전쟁(戰爭)을 하고 있읍니다:** 세속적인 차원에서 그림자 없는 사람이란 존재하지 않는다. 따라서 <전쟁을 하고 있읍니다>도 전혀 현실적이 못 되는 것, 곧 허상의 세계다. 이것으로 화자는 먼저 <초공(超空)>의 세계를 제시했다. 그리고 <님>에게 그를 떠나지 말도록 이렇게 만류하고 있는 것이다.

21) **그 나라에는 (……) 위대한 시간이 정지되았읍니다:** 이 부분의 기능적인 이해를 위해서는 <위대한 시간이 정지>되었다의 구절에 주목해야 한다. 불교에서는 공간과 함께 시간도 실체가 없는 임시적 개념이다. 따라서 오도(悟道)의 경지에 이르면 시간은 정지해 버린다. 이것으로 그 나라가 열반 해탈의 경지를 가리킴이 드러난다.

22) **아아 님이여 주검을 방향(芳香)이라고 하는 나의 님이여 걸음을 돌리서요 거기를 가지 마서요 나는 시려요:** <주검을 방향>이라고 시작하는 이 구절에서 <님>의 해석은 이 시의 구조 분석을 위해 최후의 열쇠가 되는 말이다. 주검은 문자 그대로 없어짐이다. 그것을 <방향(芳香)>이라고 하는 차원은 <사생일여(死生一如)>의 경지다. 이것은 화자의 님이 정각(正覺), 오도(悟道)의 참 길을 지향하는 사람임을 뜻한다. 전후 문맥으로 보아 화자도 한때 그와 꼭

같은 길을 걷고자 한 사람이다. 그런 그가 철저하게 <님>을 향하여 진리의 길을 가지 말라고 호소한다. 여기서 이 작품의 의도가 문제될 수 있다. 모든 종교에서는 절대의 경지를 가리킬 때 그 기법으로 반어법을 이용한다. 또한 시의 언어는 매우 빈번하게 직설적인 차원을 벗어난다. 이것으로 이 작품의 기법상 비밀이 벗겨진다. 만해는 그가 지향하는 구도의 차원을 1연에서 3연에 이르는 각 연의 각 행 전반부를 통해 간명하게 제시했다. 그리고는 각 행 후반부에서 그것을 부정, 배제했다. 각 연 끝자리에서 그런 생각이 총괄된다. 그와 아울러 넷째 연인 이 작품의 총괄부분에서 정각(正覺), 오도(悟道)의 경지와 거리를 두려는 여성화자의 생각이 크게 강조되면서 매듭지어져 있는 것이다.

이런 의미 맥락을 짚어보면 이 작품은 사홍서원(四弘誓願), 특히 그 두 번째 가닥인 <번뇌무진서원단(煩惱無盡誓願斷)-끝없는 번뇌를 맹서코 끊으오리다>와 전혀 반대되는 내용을 주장하는 것 같다. 그러나 이 작품의 화자는 여성이다. 그 가운데도 살뜰한 모성애를 가지며 이성의 님을 섬기는 사랑의 화신이다. 그런데 그의 사랑은 이 세상의 범주에서 맴돈다. 즉 이 작품의 화자가 지닌 사랑은 이 세상에 성취되기만을 바라는 애욕에 속한다. 그에 대비되는 <님>은 중생제도의 비원에 철저한 사람이다. 여기서 여성화자는 정에 여리고 가녀린 마음을 가진 자임에 주의를 요한다. 이 시의 화자는 바로 그녀다. 이 시의 마지막이 <나의 님이여 걸음을 돌리서요>라고 끝맺고 있는 점에 주의가 필요하다. 이 작품을 통해 만해는 대자대비, 보살행을 실천하려는 <님>과 끝까지 세속적 사랑에 매달리는 화자를 대립시켰다. 그 어세로 보아 의미맥락상 역점은 오히려 후자에 놓여 있다. 그렇다면 당대의 선지식인 만해는 무엇 때문에 이런 불교의 교리에서 벗어난 시를 쓴 것이다. 이 것은 애욕을 벗어난 차원이 외곬으로 애욕의 동앗줄을 끊는 편에 있는 것이 아니라 오히려 양자를 맞세워 대립시킴으로써 이루어질 수 있다고 본 만해 나름의 전략이라고 보아야 한다.

고적한 밤

하늘에는 달이 없고 따에는 바람이 없읍니다[1]
사람들은 소리가 없고 나는 마음이 없읍니다[2]

宇宙는 주검인가요[3]
人生은 잠인가요[4]

한 가닥은 눈썹에 걸치고 한 가닥은 적은 별에 걸쳤든 님 생각
의 金실은 살살살 걷힙니다[5]
한 손에는 黃金의 칼을 들고 한 손으로 天國의 꽃을 꺽든 幻想
의 女王도 그림자를 감추었읍니다[6]
아아 님 생각의 金실과 幻想의 女王이 두손을 마조 잡고 눈물
의 속에서 情死한 줄이야 누가 알어요[7]

宇宙는 주검인가요
人生은 눈물인가요
人生이 눈물이면
주검은 사랑인가요[8]

六. 고적한 밤

말씨가 부드럽고 여성스러운 작품이다. 말씨만으로 읽는다면 1920년대의 시골 여성이 선배나 이성에게 보내는 편지글의 한 토막을 연상케 한다. 그러나 이 작품의 뼈대를 이룬 생각은 그와 달리 불교의 교리에 바탕을 둔 것으로 형이상적인 것이다. 따라서 이 작품은 불교의 인생관, 특히 유심철학의 시각에서 읽어야 한다.

1) **하늘에는 달이 없고 따에는 바람이 없읍니다**: 여기서 하늘과 달, 땅과 바람은 일상용어에 나오는 물리적 차원이 아니다. 그 형태가 다음 행을 이루는 소리나 마음과 엄격하게 대가되어 있음에 주목해야 한다. 둘째 행위 사람들 소리나 나의 마음은 물리적 차원이 아니라 심성화(心性化)된 말들이다. 이로 미루어 <없고>, <없읍니다>의 주어가 된 하늘의 달, 땅의 바람도 단순하게 물상(物象)의 범주에 드는 자연의 일부가 아니라 정신화된 것으로 보아야 한다.

불교의 교리 가운데 하나가 우주의 삼라만상을 끊임없이 변화하는 것, 곧 가화(假化)로 보는 생각이다. 진리를 파악하려는 자는 이 가화(假化)를 넘어 생성전변(生成轉變)의 뿌리가 되는 본체와 실상(實相)을 파악해야 한다. 이때 문제되는 생성전변의 원리를 법(法)이라고 한다. 진리를 파악하려면 법(法)의 다른 이름인 삼라만상의 참 이치를 깨쳐야 한다. 이 참 이치를 법보론(法寶論)에서는 성(性)이라고 하며 그것을 파악하는 것을 견성(見性)이라고 한다. 이 견성의 경지에 이르면 일체 현상이 부정되어 색즉시공(色卽是空)과 오온개공(五蘊皆空)의 차원에 이른다. 이 경지를 한글 문장으로 나타내면 하늘에 있는 달이 <없고>, 땅 위에 부는 바람도 <없읍니다>가 될 수 있다.

2) **사람들은 소리가 없고 나는 마음이 없읍니다**: 1)과 꼭 같은 어법이

다. 그러나 이 부분의 함축적 의미 내용은 1)과 크게 다르다. <사람들은 소리가 없고>는 <사람들은 몸이 없고>로 해도 무방할 것이며 <나는 마음이 없습니다>는 <나는 태어나지도 않았다>고 표현할 수도 있다. 거듭 인용되었지만 불교의 중심이 되는 사상은 우주와 우리 인생의 일체가 공(空)이라는 생각이다. 『반야바라밀다심경』에는 <제법공상(諸法空相)>이라는 말 다음에 <무수상행식(無受想行識)>이라는 구절이 있다. 불교에서는 정신과 물질을 둘로 나누고 다시 그것들을 오온(五蘊)이라고 총칭한다. 인간과 우주의 물질적 구성 요소가(육체까지를 포함) 색(色)이며, 그것을 인식하는 초보적 범주들이 수상행식(受想行識)이다.

　　수상행식은 우리가 지니고 있는 정신 작용을 다섯 종류로 나눈 것이다. ① 수(受)는 우리 자신의 감각적 수용작용을 가리키며, ② 상(想)은 마음속에 그려내는 것, 곧 표상작용(表象作用)이다. ③ 행(行)은 의지작용(意志作用), 즉 마음을 가다듬고 다스려가는 것, ④ 식(識)이 여러 현상들을 식별해 내는 것 등이다. 이런 이치를 아는 것을 불교에서는 가화(假化)를 떨쳐 버리고 실상을 파악하는 일로 본다. 이것이 인간 고해를 벗어나 해탈을 이루어내는 큰 지혜를 얻는 몫에 들어서는 일이다. 이렇게 보면 이 시의 둘째 행은 바로 <제법공상(諸法空相)>이나 <오온개공(五蘊皆空)>의 한글화로 볼 수가 있다.

3) **우주(宇宙)**: 불교에서 우주란 삼라만상이 태어나 자라며 제 나름대로 진화해 가는 공간이다. 만해가 민족의식을 가질 때 이 공간은 무궁화 피는 곳, 곧 한반도가 된다. 그러나 여기서 그것은 <주검>의 개념에 수렴되어 있다. 이것은 이 시의 뿌리가 유심철학 쪽에 뻗어 있음을 뜻한다.

4) **인생(人生)은 잠인가요**: 불교에서 유의성이 가장 큰 인생은 가화(假化)의 차원을 넘어 견성(見性)의 경지에 이르러야 할 사람이다. 그를 위해서 인생은 갖가지 업장을 물리치고 용왕매진(勇往邁進)해야 한다. 「불교 유신론」을 쓰고 일제의 조선불교 말살정책에 항

거한 한용운이 그것을 모를 리가 없었다. 그런 그가 인생과 잠을 등식관계로 묶은 것(종결어미에 의문사를 쓰기는 했다.)에 주의가 필요하다. 이 역시 유심철학의 한 가닥인 견성(見性)의 경지를 확인한 것이다.

5) **한 가닥은 눈썹에 걸치고 (……) 금(金)실은 살살살 걷힙니다:** 매우 감각적인 말들이 쓰이었다. 이 작품과 같은 시는 사상, 관념을 뼈대로 한다. 사상, 관념을 진술의 차원에서 표현하면 거기에는 예술적인 맛이 담길 수가 없다. 한용운은 그 보완책으로 <님 생각의 金(금)실 (…)>과 같은 말을 썼을 것이다. 그러나 이런 표현은 통속 수사에 그친 느낌이 있어 그 나름의 한계를 가진다.

6) **한 손에는 황금(黃金)의 칼을 들고 (……) 환상(幻想)의 여왕(女王)도 그림자를 감추었읍니다:** 5)와 비슷한 구문으로 이루어져 있다. 여기서 <황금(黃金)의 칼>은 불법을 수호하고 전파하는 것을 상징하는 것으로 볼 필요가 있다. 또한 환상(幻想)의 여왕(女王)은 실재하지는 않으나 불법의 전파와 확립에 결정적 역할을 한 존재를 뜻한다. 본래 선정(禪定)의 자리에서는 불법의 뼈대를 이루는 개념이나 정경(情景)들 가운데 참이 아닌 것은 부정, 배제된다. 이 부분은 그런 뜻을 심상으로 제시하고자 한 것이다. 송욱 교수는 <천국의 꽃>을 불법(佛法), <환상의 여왕>은 부처님이라고 해석하고, <무심(無心)의 경지>에서 모든 마음이 해소되는 경지로 보았다. 이런 해석은 다음 행과 뜻이 연결되지 않으므로 빗나간 것이다.

7) **정사(情死):** 견성의 경지에 이르면 생과 죽음은 같다(生死一如). 그것이 가능하기 위해서는 오욕칠정(五慾七情)이 배제, 극복되어야 한다. 여기서 정(情)이란 유정(有情)의 다른 말로 색계(色界)에 머물러 미혹을 미처 벗어나지 못한 차원의 것이다. 이 부분에서 화자는 아직 법성(法性)을 터득하지 못했으며 석가여래의 큰 가르침에 귀의하지 못한 사람이다. 그러니까 스스로의 가슴을 달래지 못한 채 유달리 <고적한 밤>을 보내는 것이다. 단적으로 말하여

이 시는 불법 귀의의 노래가 아니라 그 이전의 여러 세속적 미혹을 떨쳐버리지 못한 속중이 부른 노래다.

8) **인생(人生)이 눈물이면/ 주검은 사랑인가요:** 이 부분에서 <인생은 잠인가요>가 <인생은 눈물인가요>로 바뀐 것을 주목할 필요가 있다. 화자와 같이 사랑을 가진 여자는 즐겁고 웃음이 가득한 삶을 살기가 소망이다. 그런데 상대자는 그 반대로 허무적멸(虛無寂滅)의 세계를 지향한다. 화자가 눈물을 말하는 것은 여기에 까닭이 있다. 견성(見性)의 경지를 지향한다는 것, 허무적멸의 차원을 엿보게 되었다는 것은 수도자의 입장으로 보면 축복받아야 할 일이다. 그럼에도 화자는 그 반대의 심경이 되어버린다. 이와 아울러 주목되는 것이 <주검은 사랑인가요>라는 마지막 구절이다. 견성(見性)의 경지가 자기 것으로 터득되지 않은 화자에게 주검과 사랑이 일체화가 될 리가 없다. 명백히 그것은 이율배반이다. 그럼에도 이것은 현실로 받아들여야 하는 것이 화자다. 이 어기찬 사실을 단정적으로 말하지 않고 의문문으로 나타낸 데에 이 시의 묘미가 있다.

바로 앞의 작품과 꼭 같이 여기서도 여성화자가 등장하고 있음에 주의가 필요하다. 그를 통해 만해는 불교의 인생과 세계관에 대해 회의적인 질문을 던지고 있다. 이것은 참으로 근본적 의문이 견성(見性)의 지름길을 열 수 있다는 생각을 바탕으로 한 것이다. 이런 이유에서 우리는 이 작품을 단순 애정시로 보아서는 안 된다.

나의 길

이 세상에는 길도 많기도 합니다[1]

산에는 돌길이 있읍니다 바다에는 배ㅅ길이 있읍니다 공중에는
달과 별의 길이 있읍니다[2]

강ㅅ가에서 낚시질하는 사람은 모래 위에 발자최를 내입니다
들에서 나물캐는 女子는 芳草를 밟읍니다[3]

악한 사람은 죄의 길을 좇어갑니다.

義 있는 사람은 옳은 일을 위하야는 칼날을 밟읍니다[4]

서산에 지는 해는 붉은 놀을 밟읍니다

봄 아츰의 맑은 이슬은 꽃머리에서 미끄름 탑니다[5]

그러나 나의 길은 이 세상에 둘밖에 없읍니다

하나는 님의 품에 안기는 길입니다[6]

그렇지 아니하면 주검의 품에 안기는 길입니다[7]

그것은 만일 님의 품에 안기지 못하면 다른 길은 주검의 길보
다 험하고 괴로운 까닭입니다[8]

아아 나의 길은 누가 내었읍니까

아아 이 세상에는 님이 아니고는 나의 길을 내일 수가 없읍니다

그런데 나의 길을 님이 내었으면 죽음의 길은 웨 내셨을까요[9]

七. 나의 길

행 구분이 없고 연도 구분되어 있지 않다. 처음부터 줄글 형태를 취했다. 그러나 만해의 다른 작품처럼 말들이 심하게 비틀려 있지 않아 비교적 쉽게 읽힌다. 이 시의 화자는 출세간(出世間) 이전의 차원에 머문 사람이지만 불법에 귀의하고자 하는 살뜰한 마음만은 지니고 있다. 이 시는 그런 그의 심경을 노래한 것으로 문맥 사이에 한용운이 지닌 반제(反帝), 민족운동자로서의 의식이 내포되어 있다.

1) **이 세상에는 길도 많기도 합니다**: 한용운은 여기서 길을 땅 위의 길이나 바다 위, 또는 지도상(地圖上)이라고 하지 않았다. 이것은 <나의 길>의 <길>이 다분히 정신화된 것임을 가리킨다. 불교에서는 길을 <도(道)-mārga>라고 한다. 그 뜻은 깨달음에 이르는 수행, 가르침, 궁극적 진리, 이치, 근원 등을 가리킨다.

2) **산에는 돌길이 있읍니다 (……) 공중에는 달과 별의 길이 있읍니다**: 첫 번째와 두 번째 길은 물리적 차원의 것이다. <달과 별의 길>에는 의인화의 기법이 쓰여 있으나 관념이 개입하지는 않았다. 이것을 『전편해설』에서는 중생이 불도에 이르는 방법이라고 읽었다. 상징이 아닌 것을 상징으로 오독한 보기가 된다.

3) **강가에서 낚시질하는 사람은 (……) 나물 캐는 여자(女子)는 방초(芳草)를 밟습니다**: 정신화 되기 이전의 <길>을 노래하면서 그것을 심상화하기 위해서 <모래 위에 발자최>, <나물캐는 여자>가 밟는 <방초(芳草)> 등 객관적 상관물을 이용하였다.

4) **의(義)있는 사람은 옳은 일을 위하야는 칼날을 밟습니다**: 죄업(罪業)을 말한 앞줄과 좋은 대조가 된다. 불교의 <의(義)>는 대상,

곧 인식된 대상을 뜻하거나 직관으로 파악된 현상을 가리킨다. 그러니까 여기 나오는 <의>는 그와 범주를 달리하는 것으로 세속적인 차원에서 악을 배제하고 옳은 것을 지켜나가려는 정신적 저항의 원동력이 된다. <칼날을 밟습니다>는 유교의 경전에 나오는 견위수명(見危授命)을 연상시킨다. 이것으로 이 구절에 불교의 범주 밖에 속하는 개념도 들어 있음을 짐작하게 된다.

5) **서산에 지는 해는 붉은 놀을 밟습니다/ 봄 아츰의 맑은 이슬은 꽃머리에서 미끄름탑니다:** 이 두 줄의 주지들은 <지는 해>, <맑은 이슬>등이다. 그들을 의인화한 것에 주의할 필요가 있다. 이것은 바로 앞의 4·5행이 관념적인 데 대한 보완책으로 보인다. 만해는 시가 사상, 관념만으로 이루어지는 것이 아님을 아주 과민할 정도로 의식하고 있었던 것 같다. 그 나머지 이와 같은 심상 제시의 기법이 쓰인 것이다.

6) **님의 품에 안기는 길:** 여기서 <님>은 만해가 한마음으로 믿고 귀의하기를 기한 석가모니 부처며 불법 자체다. 한용운은 자신의 신앙이 불교인 까닭을 그들 통하여 자아(自我)를 실현할 수 있고 나아가 평등, 박애에 이를 수 있기 때문이라고 했다.

> 나는 불교를 믿습니다. 아주 일심(一心)으로 불교를 지지합니다. 그것은 불교가 이러한 것이 되는 까닭입니다.
> (1) 불교는 그 신앙이 자신적(自信的)입니다. 다른 어떤 교회와 같이 신앙의 대상이 다른 무엇(예(例)하면 신이라거나 상제(上帝)라거나)에 있지 아니하고, 오직 자아(自我)라는 거기에 있습니다.
> 석가의 말씀에 「심즉시불(心卽是佛)·불즉시심(佛卽是心)」이라 하였으니, 이것은 사람사람이 다 각기 그 마음을 가진 동시에 그 마음이 곧 불(佛)인 즉 사람은 오직 자기의 마음 즉 자아를 통해서만 불을 성(成)하리라는 것이외다. 그러나 여기에서 말하는 소위 자아라함은 자기의 주위에 있는 사람이나 물(物)을 떠나서 하는 말은 아닙니다. 사람과 물을 통해서의 「자아」입니다. 즉 사람사람의 오성(悟性)은 우주만유(宇宙萬有)를 자기화(自己化)할 수 있는 동시에 자기가 역시

우주 만유화할 수 있는 것이외다. 이 속에 불교의 신앙이 있습니다. 고로 불교의 신앙은 다른 데 비하여 예속적이 아니외다.

(2) 불교의 교지(教旨)는 평등입니다. 석가의 말씀에 의하면 사람이나 물(物)은 다 각기 불성(佛性)을 가졌는데, 그것은 평등입니다. 오직 미오(迷悟)의 차이가 있을 뿐입니다. 그러나 그 소위 미오의 차라 하는 것도 미(迷)의 편으로서 오(悟)의 편을 볼 때에 차이가 있으려니 하는 가상뿐이요, 실제로 차이가 있는 것은 아닙니다. 깨달으면 마찬가지입니다.

(3) 근래의 학설로나 주의(主義)에 있어 가장 문제가 되는 것은 유심론(唯心論)과 유물론(唯物論)이외다. 그런데 다만 피상으로 볼 때는 불교는 유심론의 위에 선 것이라 할지나 실상은 불교로서 보면 심(心)과 물(物)은 서로 독립치 못하는 것입니다. 심이 즉 물(空即是色)이요 물이 즉 심(色即是空)이외다. 고로 불교가 말하는 「심」은 물을 포함한 심이외다. 삼계유심(三界唯心)·심외무물(心外無物)이라 하였은즉 불교의 「심(心)」이 물을 포함한 심인 것은 더욱 분명합니다. 그러면 하필 왜 심이라고 편칭(偏稱)하였는가. 그것은 특히 우리 사람을 두고 말하면, 물 즉 육(肉)이 심을 지배하는 것보다 심 즉 정신이 육을 지배하는 편이 많아 보이는 까닭이외다.

그러면 불교의 사업은 무엇인가. 가론 박애(博愛)요 호제(互濟)입니다. 유정무정(有情無情), 만유를 모두 동등으로 박애·호제하자는 것입니다. 유독 사람에게 한할 것이 아니라 일체의 물을 통해서 하는 것입니다. 이 말이 제국주의니 민족주의니 하는 것이 실세력을 갖고 있는 오늘에 있어서 이러한 박애, 이러한 호제를 말하는 것은 너무 우원(迂遠)한 말이라 할지 모르나 이 진리는 진리이외다. 진리인 이상 이것은 반드시 사실로 현현(顯現)될 것이외다.

요컨대 불교는 그 신앙에 있어서는 자신적이요, 사상에 있어서는 평등이요, 학설로 볼 때에는 물심을 포함, 아니 초절(超絶)한 유심론이요, 사업으로는 박애·호제인바, 이것은 확실히 현대와 미래의 시대를 아울러서 마땅할 최후의 무엇이 되기에 족하리라 합니다.

나는 이것을 꼭 믿습니다.

—『개벽』 45호(1924.3)

⁷⁾ **주검의 품에 안기는 길:** 불교에서 <죽음> 곧 <사(死): marana>
는 일체 중생이 수명을 다하고 체온과 의식을 잃어버려 신체가 허
물어짐을 뜻한다. 그러나 사문(沙門)에 귀의하여 해탈지견(解脫知
見)의 경지에 이르러 비록 육신이 허물어져도 인생의 올바른 이치
를 깨치고 대자대비의 경지에 이르면 극락왕생(極樂往生), 곧 영
원한 목숨을 누리게 된다고 한다. 그러니까 여기서 <죽엄>은 미
혹에 빠진 채 고해 속에 헤매는 것을 뜻한다. <해탈지견(解脫知
見)>에 이르는 길은 다음과 같이 설명된다. 불교에서는 속세의 미
혹과 속박에서 벗어나 해탈, 자유의 몸이 되는 범주를 설정하여
다섯 단계로 나눈다. 계신(戒身), 정신(定身), 혜신(慧身), 해탈신
(解脫身), 해탈지견신(解脫知見身) 등이 그것이다.

① 계(戒): 형(形) 곧 육체의 미혹된 부분, 악을 제거해 내는 것,
부처와 아라한이 가진 공덕으로 행동과 말이 청정무구함을 뜻한
다.

② 정(定): 정은 삼매(三昧)라고도 한다. 마음이 한곳에 집중되
어 미혹스럽지 않고 평정, 청정, 무구(無垢)한 상태. 이를 위해 승
가, 특히 선종에서는 선정(禪定)을 거듭한다.

③ 혜(慧, prajñā): 승가에서 모든 속세의 현상. 곧 사람과 삼라
만상은 가화이다. 그런 현상들을 본체로 파악하며 현상의 이치
와 선악 등을 명확하게 해석, 판단, 추리해 낼 수 있는 능력이
<혜>다. 직관 또는 오성(悟性)으로 현상의 허(虛)를 파악해내는
힘. 『유교경(遺敎經)』을 보면 <지혜(智慧)>를 가리켜 다음과 같이
말했다.

약(若) 지혜가 유(有)한 즉 탐착(貪着)이 무하며 상자성찰(常自省
察)하여 과실이 무하니 시즉(是卽) 법중(法中)에 능히 태탈을 득(得)
하고, 약(若) 불이자(不爾者)는 기(旣) 비도인(非道人)이요 또 비백의
(非白衣)라 명(名)할 바가 무(無)하니라. 실지혜(實智慧)는 시(是)
노·병·사(老病死)의 해(海)를 도(度)하는 견고선(堅固船)이며 일체

병자의 양약(良藥)이며 번뇌수(煩惱樹)를 벌(伐)하는 이부(利斧)라. 고
로 여등(汝等)은 당이(當以) 문·사·수(聞, 思, 修)의 혜(慧)로 자증
(自增), 자익(自益)할지라. 약시(若是) 인(人)이 지혜의 조(照)가 유
(有)하면 수(雖) 시육안(是肉眼)이나 시명견(是明見)의 인(人)이니 시
위지혜(是爲智慧)니라.

—『불교대전』 제6 자치품(自治品) 제3절 수혜(修慧), 1. 지혜의 공덕

④ 해탈(解脫, vimoksa): 모든 번뇌의 속박에서 벗어나 자유자
재한 경지. 속세의 일체 인연, 굴레에서 벗어나 마음에 미혹이 없어
지고 참 평화를 얻어낸 차원을 가리킨다.『불교대전』은 「열반경」의
한 구절을 인용하였다.

해탈(解脫)은 명왈(名曰) 구경(究竟)이라. 계박(繫縛)을 피(被)한 자
가 득탈(得脫)하여 세욕(洗浴) 청정(淸淨)한 연후(然後)에 환가(還家)
함과 여(如)하니 해탈(解脫)도 역이(逆爾)하여 필경 청정(淸淨)이라.
능히 번뇌의 결박(結縛)을 원리(遠離)하면 시명(是名)이 해탈(解脫)이
라.

⑤ 해탈지견(解脫知見): 오분법신(五分法身)이 지니게 되는 마지
막 단계의 공덕. 부처와 아라한만이 갖춘 공덕으로 사제(四諦), 곧
고(苦), 집(集), 멸(滅), 도(道) 등 제를 두루 말아 이르게 된 진지
(盡知)의 차원. 이미 사제(四諦)를 체득했기 때문에 다시 체득할
필요가 없다고 아는 무생지(無生智)를 갖춘 경지를 가리킨다.

[8] **다른 길은 주검의 길보다 험하고 괴로운 까닭입니다:** 이 작품의
의미구조를 총체적으로 파악하기 위해 매우 중요한 구실을 하는
부분이다. 앞에서 이미 드러난 바와 같이 한용운에게 <님>은 석
가여래와 아라한으로 상징되는 해탈지견신(解脫知見身)의 차원이
다. 그에 반해서 이 시에서 <주검>은 번뇌, 미망의 차원을 벗어나
지 못한 중생의 사멸을 뜻한다. 그것보다 더 <험하고 괴로운> 것
이 <님의 품에 안기지 못하면>이라고 한 이 시의 화자가 거쳐야

할 또 하나의 길이다. 세속적인 죽음은 생로병사(生老病死)라고
할 정도로 고통을 수반시킨다. 이 고통보다 더 큰 고통을 수반하
는 <길>이란 무엇인가.

여기서 우리는 한용운이 반제 투쟁을 거치면서 겪은 육체와 정
신적 고통을 생각하지 않을 수 없다. 그는 이미 20대 중반에 사문
에 몸을 맡겨 계(戒), 정(定), 혜(慧)의 과정을 거쳤다. 그것으로
해탈과 지견의 경지에 이른 터였다. 그런 그의 정신세계로 보면
국가, 민족을 위한 투쟁, 반제와 항일독립운동은 본령이 아니라 일
종의 외도일 수밖에 없었다. 여기서 빚어진 고통을 생각해보면 이
부분은 독립운동가로서의 한용운의 모습을 떠올리게 한다. 일찍
한용운은 3·1운동 때 민족대표의 한 사람으로 서대문 형무소에
투옥되어 3년이 넘는 세월을 옥수로 살았다. 뿐만 아니라 20대 초
에 만해는 민족운동의 길을 찾아 1년 가까이 연해주와 간도지방으
로 유랑생활을 했다. 간도지방에서 그는 일제와 무력투쟁을 전개
하려는 독립군 기지도 찾았다. 거기서 그는 오발 사고가 일어나
독립군의 총탄을 네 발이나 머리와 몸통에 맞았다. 이때의 고통이
그에게는 해탈지견의 길을 포기한 채 속인으로 최후를 맞는 것보
다 더 큰 것으로 각인된 것 같다. 이렇게 보면 <주검>보다 험하
고 괴로운 <다른 길>은 한용운의 민족운동가로 산 길이 된다. 이
런 의식이 문맥 바닥에서 검출되는 점으로 보아 이 시에는 반제투
쟁에 결부 설명될 측면도 지닌다.

[9] **아아 나의 길은 누가 내었읍니까 (……) 그런데 나의 길을 님이
내었으면 죽음의 길은 웨 내셨을까요**: 대각(大覺)은 고통과 번뇌,
곧 미혹을 전제로 한다. 마장(魔障)의 다른 이름인 미혹을 헤치고
넘어 불퇴진(不退陣)의 용왕매진(勇往邁進)을 거쳐야 비로소 견성
(見性)의 경지가 열리기 때문이다. 이렇게 읽어야 끊임없이 선지
식(善知識)을 추구한 한용운의 정신자세가 파악될 수 있다.

꿈 깨고서

님이며는 나를 사랑하련마는[1] 밤마다 문밖에 와서 발자최 소리
만 내이고 한 번도 들어오지 아니하고 도로 가니 그 것이 사랑인
가요[2]
　그러나 나는 발자최나마 님의 문밖에 가본 적이 없습니다
　아마 사랑은 님에게만 있나버요[3]

　아아 발자최소리나 아니더면 꿈이나 아니 깨었으련마는
　꿈은 님을 찾아가랴고 구름을 탔었어요[4]

八. 꿈 깨고서

이 작품의 님은 이성의 애인이다. 따라서 이 작품은 불법의 차원이 아니라 단순하게 이성간의 사랑을 노래한 애정시다. 그러나이 작품의 화자는 수계(受戒)와 선정을 넘어 참 지혜를 얻고자 하는 사람이기도 하다. 따라서 이 시에는 유심철학의 경지를 지향한화자의 정신세계가 내포되어 있다

1) **님이며는 나를 사랑하련마는**: 여기서 <님>은 일차적으로 이성이다. 화자는 그를 살뜰하게 사랑한다. 그 사랑이 기다림의 형태로이루어졌기 때문에 이런 표현이 되었다.

2) **밤마다 문밖에 와서 발자최 소리만 내이고 (……) 그 것이 사랑인가요**: 이성간의 애정에 불교도로서의 의식이 포함되어 있다. 불교에서 참사랑은 자신만이 아니라 널리 중생을 제도하는 차원으로승화되어야 한다. 그런데 우리가 중생제도를 기한다고 해도 이 세상의 모든 사람이 해탈지견(解脫知見)의 경지에 이를 수 있는 것은 아니다. 부처 자신이 미혹을 벗어나지 못한 중생과는 전혀 다른 차원에 자리하기 때문이다. 화자는 그런 의식을 가졌으므로<밤마다 문밖에 와서 발자최 소리만 내이고 한 번도 들어오지 아니하고 도로 가니>라고 했다. 여기 나오는 말들은 그런 차원에서이해되어야 한다. 이에 대해서는 『전편 평설』의 적절한 지적이 있다.

우리는 흔히 부처님의 발자최 소리를 부처님 자신과 착각하는데그렇게 하면 결코 佛法을 깨달을 수는 없다. 불교에서는 아주 까마득한 옛날에 道를 이룬 본래의 부처님(本佛)이 있고, 이 本佛의 本體를本門이라고 한다. 이 세상에 나온 부처님은 衆生을 구제하기 위하여

大門에서 자취를 드러낸 부처님 혹은 本佛의 자취로서의 부처님(迹佛)이라고 보고, 이런 面을 本門에 대하여 迹門이라고 한다. 또는 本門, 迹門의 구별을 經典의 해석에도 적용하며, 『法華經』의 前半 十四品은 迹門이고 後半 十四品은 本門이라고 한다.

3) **있나 버요**: <있나 보아요>의 잘못으로 생각됨. 사랑이 님, 곧 석가모니 부처에게만 있다는 것은 견성(見性)과 득도(得道), 해탈지견(解脫知見)의 어려움을 뜻한다. 이미 지적된 바와 같이 승가에서의 사랑이란 대자대비(大慈大悲)와 맥락을 같이한다. 그런 차원의 사랑은 수도자로 생각되는 화자가 손쉽게 실현시킬 차원의 것이 아니다. 그것을 구체화시켜서 읊은 것이 <발자최나마 님의 문 밖에 가본 적이 없습니다>이며 거기서 파생된 생각이 <사랑은 님에게만 있나봐요>로 표현된 셈이다.

4) **아아 발자최소리나 아니더면 꿈이나 아니 깨었으련마는 꿈은 님을 찾아가라고 구름을 탔었어요**: 발자최 소리, 곧 <님>의 자취는 적어도 화자로 하여금 견성(見性)의 길을 생각하게 한다. 그러나 <꿈>은 그것과 전혀 무관하다. 불교에서 <꿈>은 진리나 현실과 반대되는 범주에 든다. 그런 꿈 속에서 화자는 <님>을 찾으려고 구름을 탄다는 것이다. 여기서 우리는 불법에 탐닉된 채 두서, 분별을 차릴 줄 모르는 인간을 본다. 이 시는 득도를 열망하지만 그 과정을 이수해내지 못한 나머지 애타는 한사람의 목소리를 담은 것이다.

藝術家

나는 서투른 畵家여요

잠 아니오는 잠ㅅ자리에 누어서 손가락을 가슴에 대히고 당신의 코와 입과 두 볼에 새암 파지는 것까지 그렸읍니다[1]

그러나 언제든지 작은 웃음이 떠도는 당신의 눈ㅅ자위는 그리다가 백번이나 지었읍니다[2]

나는 파겁못한 聲樂家여요[3]

이웃 사람도 돌아가고 버러지 소리도 끊쳤는데 당신의 가르쳐 주시든 노래를 부르려다가 조는 고양이가 부끄러워서 부르지 못하얐읍니다

그래서 가는 바람이 문풍지를 스칠 때에 가만히 合唱하얐읍니다

나는 敍情詩人이 되기에는 너머도 소질이 없나버요

「질거움」이니 「슬픔」이니 「사랑」이니 그런 것은 쓰기 싫여요

당신의 얼골과 소리와 걸음걸이와를 그대로 쓰고 십흡니다

그리고 당신의 집과 침대와 꽃밭에 있는 적은 돍도 쓰겄읍니다[4]

九. 예술가(藝術家)

피상적으로 읽으면 이 시는 시인의 사적인 감정을 가락에 실어 편 작품이라고 할 수 있다. 사적인 감정을 가락에 실어 편 시는 흔히 단순 서정시로 규정된다. 그러나 그 실에 있어서 이 시는 그 바닥에 유심철학의 철리(哲理)를 깐 것이다. 그러니까 단순 서정시가 아니라 한용운이 쓴 형이상시 가운데 하나다. 형이상의 차원을 노래했으면서도 이 시는 사상, 관념이 기법의 적절한 풀무를 거치지 않은 채 토로되었을 때의 생경함이 전혀 느껴지지 않는다. 그리하여 『님의 침묵』에 담긴 시 가운데도 성공작으로 평가될 수 있다. 만해의 여러 작품이 그렇지만 이 시에는 몇 군데 방언식 표기로 되어 있는 말이 나온다. 1연 둘째행 <가슴에 대히고>는 <대이고>, <새암>은 <샘>의 아어(雅語)형 표현이면서, 전라, 경북, 충북, 제주도 지방 방언. 2연의 첫째 행에 나오는 <파겁>은 지금 흔히 쓰이지 않는 한자어로 <破怯>이라고 쓴다. <익숙하여서 두려움이 없는 것>을 뜻한다. <못하얏읍니다>는 현행 철자법으로 <못하였습니다>이다. 제3연 첫행 <너머도→너무도>, <없나버요→없나봐요>. 같은 연의 <적은 돍>은 <돌>로, <쓰겄읍니다→쓰겠습니다>로 고쳐 읽어야 한다.

1) **잠 아니오는 잠ㅅ자리에 누어서 손가락을 가슴에 대히고 당신의 코와 입과 두 볼에 새암 파지는 것까지 그렸읍니다:** 1연에서 3연에 이르기까지 시인 자신인 화자는 그 자신을 예술가인 화가, 성악가, 서정시인 등으로 비유했다. 화가로 비유된 화자가 그림을 그리는데 <잠자리에 누어서 손가락을 가슴에 대이고> 한 점을 지나

쳐 버려서는 안 된다. 그림은 잠자리에 누워서 그릴 수가 없다. 그림을 그리기 위해서는 종이나 캔버스가 있어야 하고 물감들을 써야 하며 밑그림을 그리기 위한 연필이나 본작업에 필요한 붓도 필요하다. 따라서 여기서 화자가 그린 그림은 마음속에서 만든 것이다. 마음속에서 그린 그림을 두 볼에 새암 파지는 것까지 그렸다는 것은 대상에 대해서 화자가 사무치는 애정을 품고 있었음을 뜻한다. 송욱 교수는 만해의 이런 생각을 불교의 <심체(心體) 무상(無相)>에 말미암은 것으로 보고 『불교대전』에 나오는 『심지관경(心地觀經)』 한부분을 이용했다.(『불교대전』, 『한용운 전집』(3), 36면).

마음(心)과 마음에 속하는 여러 가지 精神作用(心所)은 그 本性이 空寂하여서 볼 수도 없고 들을 수도 없다. 마음은 허깨비와 같은데, 衆生이 <여러 가지 인연에서 생긴 實體가 없는 存在를 마치 그것이 實體가 있는 存在인 것처럼 생각하고 집착하기>(遍計) 때문에, 그것을 表象(想) 혹은 知覺하여 苦樂을 받는다. 마음의 作用은 흐르는 물과 같아서 여러 가지 생각(念)이 생기다가는 소멸하며 잠간 동안도 머물지 않는다. 또한 마음은 모진 바람과 같아서 순식간에 방향과 장소를 바꾸며, 마치 등불의 불꽃처럼 여러 인연이 합치면 타오른다. 또한 마음의 作用은 번개처럼 잠시도 머물지 않고, 원숭이처럼 五慾(눈, 귀, 코, 입과 촉감에 따르는 욕망)이라는 나무에서 논다. 그리고 마치 畵家처럼 여러 가지 색채로 그려내고, 아이종처럼 매를 맞아가며 여러 번뇌에 부림을 당한다. 또한 마음의 작용은 도둑처럼 功德을 훔치기도 하고, 돼지 떼처럼 더러움을 즐기기도 하며, 꿀벌처럼 맛이 있는 곳으로 모이기 마련이다. 그러나 마음의 本性은 크고 작은 것도 없으며 苦와 樂도 없어서 항시 변화함이 없고, 가장 훌륭하다.

(원문 생략, 번역 송욱)

2) **그러나 언제든지 작은 웃음이 떠도는 당신의 눈ㅅ자위는 그리다가 백번이나 지웠읍니다:** 석가여래의 모습에는 언제나 은은한 미

소의 자취가 나타난다. 그러나 이것은 대자대비의 경지에 이른 다음의 모습이다. 태어났을 때 구담이 지닌 32상 중 눈에 관계되는 것으로는 29번째 상인 안색여감청(眼色如紺靑)과 30번째 상으로 안첩여우왕(眼睫如牛王)이 있을 뿐이다. 해탈지견, 대각의 경지는 이미 초공의 차원이며 무아(無我)의 경지다. <무아>의 경지에서 <나>, 또는 내것이라는 생각은 존재하지 않는다. 그러니까 희·로·애·오의 경계와 전혀 무관한 것이다. 여기 나오는 웃음은 <적은 웃음>으로 되어 있다. <적은 웃음>의 다른 말은 한자어로 <미소>라고 한다. 이 말은 곧 <염화시중(拈花示衆)>의 미소를 떠올리게 한다. 본래 견성(見性), 진여(眞如)의 경지는 말이나 글로 나타내고 전달할 수가 없다. 이것을 선종(禪宗)에서는 불립문자(不立文字)의 차원으로 말한다. 부처님이 어느 날 영취산에서 설법을 하자 하늘에서 꽃비가 내렸다. 석가모니 부처는 그 가운데 하나를 들어 그곳에 모인 여러 대중에게 보였다. 수많은 무리들이 그 뜻을 몰라 어리둥절하고 있었다. 그런데 그 가운데서 평소 불경을 외우기에 가장 늦은 가섭(迦葉)이 빙그레 웃었다. 어리석다고 생각한 가섭이 누구보다 먼저 견성(見性), 진여(眞如)의 경지를 깨친 것이다. 이렇게 보면 여기 나오는 <웃음>은 가섭의 심상에 부처의 모습을 수렴시킨 것이다. 그런 웃음이 깃든 <당신의 눈자위>를 100번이나 지었다. 이것은 곧 시인 자신인 화가가 절대자의 모습을 마음 속에서 100번 이상 그렸음을 뜻한다. 이런 말들을 통해 화자의 <해탈지견>을 지향하는 마음의 열도를 짐작할 수 있다.

3) **파겁못한 성악가(聲樂家):** 파겁(破怯): 무슨 일에 익숙하게 되어 두려움이나 부끄러움을 모르게 되는 상태. 첫 연에 화가를 등장시킨 다음 여기서 성악가가 나오는 것에 주의가 필요하다. 화가는 의식의 범주로 치면 눈과 관계되는 개념이며 성악가는 귀에 상관된다. 불교의 진리론에서는 우주, 삼라만상을 인식하는 첫째 단계의 방법으로 감각기관을 든다. 안(眼)·이(耳)·비(鼻)·설(舌)·신(身) 등이 그것인데 이것을 오근(五根)이라고 한다. 이것을 불교에

서는 주관의 범주에 놓고 그에 대가되는 객관계로 색(色)·성(聲)·향(香)·미(味)·촉(觸)이 있다고 본다. 이때의 색(色)은 시각기관의 범주에 드는 빛깔, 형상, 형태, 모습 등을 가리킨다. 또한 성(聲)은 소리를 듣는 청각기관 곧 이근(耳根)에 관계되는 개념이다. 대승불교의 교의를 집약한 『반야바라밀다심경』에는 해탈지견에 수렴되는 대지(大智)의 경지가 <제법공상(諸法空相)>, <무안이비설신의(無眼耳鼻舌身意)>라는 말로 표현되어 있다. 여기서 <의(意)>는 6근 중의 하나로 의식기능, 인식기능을 가리킨다. 이에 <무색성향미촉법(無色聲香味觸法)>이 이어진다. 이때의 <법(法)>이란 색·성·향·미·촉 등 감각작용을 통해 수용계통의 체험이 아닌 인지작용, 의식작용을 하는 차원을 가리킨다. 『반야바라밀다심경』에 따르면 견성(見性)과 지견(知見)에 이르는 길은 이들을 초극하는 것으로 이루어진다. 이 시의 1연과 2연에는 적어도 이에 대한 인식의 자취가 내포되어 있다.

4) **나는 서정시인(抒情詩人)이 되기에는 (……) 그리고 당신의 집과 침대와 꽃밭에 있는 적은 돍도 쓰겠읍니다**: 이 시의 셋째 연인 이 부분도 형태로 보아서는 1, 2연과 아주 비슷하다. 화자인 <나>는 그 자신이 예술가로서는 수준 미달이라고 말했다. 그 이유로 들고 있는 것이 서정시의 정석으로 생각되는 즐거움이나 슬픔, 사랑 같은 것은 소재로 하기 싫기 때문이다. 그에 반해서 <내>가 쓰고 싶은 것은 <당신>의 얼골과 소리와 걸음걸이다. 또한 집과 침대와 <꽃밭에 있는 적은 돍>들이다. <돍→돌> 이들은 모두 당신의 모습을 관념의 형태가 아니라 구체적인 사물로 제시할 수 있는 객관적 상관물이다. 사상과 관념이 구체적 사물이 아니라 관념의 형태로 노래되면 그것은 좋은 의미의 서정시가 되지 못한다. 그것을 극복하는 길은 구체적 사물을 통해 관념을 장미의 향기(감각적 실체)로 바꾸는 기법을 사용함으로써 열린다. 이 시의 마지막 두 행이 바로 그런 말솜씨로 되어 있다. 이것은 이 시가 바로 성공적인 서정시로 평가될 수 있음을 뜻한다.

이별

아아 사람은 약한 것이다 여린 것이다 간사한 것이다[1]
이 세상에는 진정한 사랑의 이별은 있을 수가 없는 것이다[2]
주검으로 사랑을 바꾸는 님과 님에게야 무슨 이별이 있으랴[3]
이별의 눈물은 물거품의 꽃이요 鍍金한 金방울이다[4]

칼로 베인 이별의 「키스」가 어데 있너냐
生命의 꽃으로 빚인 이별의 杜鵑酒가 어데 있너냐
피의 紅寶石으로 만든 이별의 紀念 반지가 어데 있너냐[5]
이별의 눈물은 咀呪의 摩尼珠요 거짓의 水晶이다[6]

사랑의 이별은 이별의 反面에 반드시 이별하는 사랑보다 더 큰
사랑이 있는 것이다[7]
  혹은 直接의 사랑은 아닐지라도 間接의 사랑이라도 있는 것이다
  다시 말하면 이별하는 愛人보다 自己를 더 사랑하는 것이다[8]
  만일 愛人을 自己의 生命보다 더 사랑한다면 無窮을 回轉하는
時間의 수리바퀴에 이끼가 끼도록 사랑의 이별은 없는 것이다[9]

  아니다 아니다 「참」보다도 참인 님의 사랑엔 주검보다도 이별이
훨씬 偉大하다.
  주검이 한 방울의 찬 이슬이라면 이별은 일천 줄기의 꽃비다[10]
  주검이 밝은 별이라면 이별은 거룩한 太陽이다[11]
  生命보다 사랑하는 愛人을 사랑하기 위하여는 죽을 수가 없는

것이다

진정한 사랑을 위하야는 괴롭게 사는 것이 주검보다도 더 큰 犧牲이다

이별은 사랑을 위하여 죽지 못하는 가장 큰 苦痛이요 報恩이다

愛人은 이별보다 愛人의 죽엄을 더 슬퍼하는 까닭이다

사랑은 붉은 촛불이나 푸른 술에만 있는 것이 아니라 먼 마음을 서로 비치는 無形에도 있는 까닭이다[12]

그럼으로 사랑하는 愛人을 주검에서 잊지 못하고 이별에서 생각하는 것이다

그럼으로 사랑하는 愛人을 주검에서 웃지 못하고 이별에서 우는 것이다

그럼으로 愛人을 위하야는 이별의 怨恨을 죽음의 愉快로 갚지 못하고 슬픔의 苦痛으로 참는 것이다

그럼으로 사랑은 참어 죽지 못하고 참어 이별하는 사랑보다 더 큰 사랑은 없는 것이다

그리고 진정한 사랑은 곳이 없다

진정한 사랑은 愛人의 抱擁만 사랑할 뿐 아니라 愛人의 이별도 사랑하는 것이다

그리고 진정한 사랑은 때가 없다[13]

진정한 사랑은 間斷이 없어서 이별은 愛人의 肉뿐이요 사랑은 無窮이다

아아 진정한 愛人을 사랑함에는 주검은 칼을 주는 것이요 이별

은 꽃을 주는 것이다[14]

아아 이별의 눈물은 眞이요 善이요 美다

아아 이별의 눈물은 釋迦요 모세요 짠다크다[15]

十. 이별

이 작품은 연 구분이 있으나 문체는 거의 줄글 그대로다. 사이 사이에 오도송(悟道頌)의 한 구절에 나옴직한 표현이 나타나는 것도 이 작품의 특색이다. 한용운은 그가 수도생활에서 얻어낸 정신적 체험을 비교적 자유스러운 말들을 쓴 가운데 노래했다. 말을 집약적으로 쓰지 않고 수상형식을 취한 단면을 드러내는 것도 주목할 만하다. 형식과 내용 양면에서 한용운 시의 한 유형인 신앙시로 분류될 수가 있는 작품이다.

1) **아아 사람은 약한 것이다 여린 것이다 간사한 것이다**: 작품 첫 연에서 <것이다>가 세 번 되풀이 된 것을 주목해야 한다. 줄글로 이어지는 이 작품에서 가락을 빚어내기 위한 의장으로 생각된다.

2) **진정한 사랑의 이별**: 불교의 경전에는 생자필멸(生者必滅)과 대가 되는 말로 회자정리(會者定離)가 있다. 이 말은 인생무상(人生無常)의 하위 개념으로 수도자가 터득해야 할 해탈지견(解脫知見)의 대지(大智)를 얻는 관문 같은 것이다. 여기서 <진정한 사랑>이란 <회자정리>의 참지식을 터득한 차원을 가리킨다. <이 세상>은 미혹을 벗어나지 못한 중생이 득실거리는 자리이므로 그런 차원의 이별은 있을 수가 없다는 생각이다.

3) **주검으로 사랑을 바꾸는 님**: 대지(大智)를 얻어낸 사람에게 생사(生死)는 일여(一如)며 만남과 이별은 별개의 것이 아니라 하나다. 「님의 침묵」에서 한용운은 이미 그런 경지를 <이별을 쓸데 없는 눈물의 원천(源泉)을 만들고 마는 것은 스스로 사랑을 깨치는 것인 줄 아는 까닭에 걷잡을 수 없는 슬픔의 힘을 옮겨서 새 희망(希望)의 정수박이에 드러부었읍니다>라고 노래했다. 그런 차원을

달리 표현한 것이 이 부분이다.

4) **이별의 눈물은 물거품의 꽃이요 도금(鍍金)한 금(金)방울이다**: 물 거품에 꽃이 피어날 리가 없다. 도금한 금방울은 그 자체가 가짜 이다. 이것은 이별의 눈물이 참 슬기나 참 생명의 길을 깨치는 것 에서 어긋나는 것임을 반어(反語)로 표현한 것이다.

5) **칼로 베인 이별의 「키스」가 어데 있너냐 (……) 피의 홍보석(紅寶 石)으로 만든 이별의 기념(紀念) 반지가 어데 있너냐**: 2연 앞에 나오는 3행의 문장은 그 말미가 모두 <어데 있느냐>로 끝난다. 그 주지는 이별이며 매체가 수식어를 거느린 <키스>, <두견주>, <기념 반지> 등이다. 그것들은 모두 현실적으로 만들어 낼 수가 없는 물질로 이루어진 것이다. 그에 대해서 <어데 있느냐>는 매 체들이 가화(假化)이며 환영(幻影)에 지나지 않음을 강조하려는 기법으로 쓰인 것이다.

6) **이별의 눈물은 저주(咀呪)의 마니주(摩尼珠)요 거짓의 수정(水晶) 이다**: 견성(見性)의 경지에 이르면 이별과 다시 만나는 것은 별개 의 것이 아니라 하나다. 그 이별에 눈물을 보이니까 이런 표현이 이루어진 것이다. 여기서 <마니>는 보옥(寶玉), 보주(寶珠)의 뜻이 다. 범어로는 구슬과 옥을 모두 마니라고 한다. 마니주는 불행과 재난을 없애며, 탁한 물을 맑게 하고, 우리의 마음을 밝게 바꾸는 상징이다. 우리가 소원한 그대로 여러 가지 일을 이루게 해주는 구슬을 여의보주(如意寶珠) 혹은 여의주(如意珠)라고 한다. 부처님 의 유골 즉 사리(舍利)가 변한 것이라고도 한다. 천수관음(千手觀 音)의 사십수(四十手) 중에서 오른쪽 한손에 일정마니(日精摩尼), 왼쪽 한손에 월정마니(月精摩尼)가 있다. 일정(日精)마니는 자연히 빛과 열을 내고 비추는 구슬이며, 월정(月精)마니는 명월진주(明月 眞珠), 월애주(月愛珠)라고도 하는 것으로, 여러 번뇌를 거두어 없 애고 신선함을 주는 영험을 가진다.

7) **사랑의 이별은 이별의 반면(反面)에 반드시 이별하는 사랑보다 더**

큰 사랑이 있는 것이다: 대자대비(大慈大悲)의 차원에서는 사랑과 이별이 별도로 존재하지 않는다. 이것을 진술의 차원에서 말한 것이 이 부분이다.

8) **다시 말하면 이별하는 애인(愛人)보다 자기(自己)를 더 사랑하는 것이다:** 세속적인 차원에서도 사랑을 하는 사람은 애인을 때로 자신보다 더 사랑한다. 따라서 이 부분은 일상적인 차원에서는 선뜻 납득이 안 되는 말들이다. 그러나 견성(見性)을 지향하는 사람에게는 우선 대자대비의 차원이 문제된다. 대자대비의 차원에 이르기 위해서는 안이비설신의(眼耳鼻舌身意)를 무로 돌릴 수 있는 자기완성이 필요하다. 그를 위해서 애인은 일단 배제되고 <나>의 수도와 정진이 이루어져야 한다. 이것을 한글 문장으로 쓰면 <자기를 더 사랑하는 것>이라는 표현이 가능하다.

9) **만일 애인(愛人)을 자기(自己)의 생명(生命)보다 더 사랑한다면 무궁(無窮)을 회전(回轉)하는 시간(時間)의 수리바퀴에 이끼가 끼도록 사랑의 이별은 없는 것이다:** <수리바퀴>는 수레바퀴의 사투리. <애인을 자기의 생명보다 더 사랑하면>은 앞에서 드러난 바와 같이 세속적 사랑, 곧 견성(見性)의 경지에 이르지 못한 사랑이다. <사랑의 이별>이란 이별이 곧 만남과 같은 차원의 것이다. 그것은 바로 견성의 차원이다. 따라서 그런 사랑에 이르지 못한 차원이 지속되는 한 <수레바퀴>에 이끼가 끼게 되는 시간이 흘러도 참사랑은 이루어질 수가 없다. 이 부분의 시간개념을 강조하기 위해 이끼가 비유로 쓰인 것은 적절하지 않다. 영원히 이루어지지 않는 일에 대한 비유로 수미산이 바다가 되어도라는 어투가 쓰여야 할 자리기 때문이다.

10) **아니다 아니다 「참」보다도 참인 님의 사랑엔 주검보다도 이별이 훨씬 위대(偉大)하다. 이별은 일천 줄기의 꽃비다:** 여기서 한용운의 말은 다시 난해하게 된다. 이런 구절의 뜻을 풀어낼 실마리는 다음 연에 제시되어 있다.

그럼으로 사랑하는 애인(愛人)을 주검에서 잊지 못하고 이별에서 생각하는 것이다

그럼으로 사랑하는 애인(愛人)을 주검에서 웃지 못하고 이별에서 우는 것이다

그럼으로 애인(愛人)을 위하야는 이별의 원한(怨恨)을 주검의 쾌유(愉快)로 갚지 못하고 슬픔의 고통(苦痛)으로 참는 것이다

그럼으로 사랑은 차마 죽지 못하고 참어 이별하는 사랑보다 더 큰 사랑은 없는 것이다

죽음은 견성의 길을 막아 버린다. 그러나 만해에 따르면 이별은 적어도 애인으로 상징되는 사랑의 대명사여서 대자대비의 문을 여는 매체구실을 한다. 그것은 고통을 수반시키지만 적어도 참 사랑의 문이 되기도 하는 것이다. 이에 반해서 <주검>은 끝내 대자대비의 길을 포기하게 만든다. <이별이 주검보다 훨씬 위대하다>는 말은 이로써 가능한 것이다.

11) **주검이 밝은 별이라면 이별은 거룩한 태양(太陽)이다**: 이것은 앞의 내용을 되풀이한 비유 형태다. 만해는 이런 비유가 시라고 생각할 정도로 소박한 면도 가지고 있었다.

12) **사랑은 붉은 촛불이나 푸른 술에만 있는 것이 아니라 먼 마음을 서로 비치는 무형(無形)에도 있는 까닭이다**: 불교에서는 형(形)이란 말이 독립되어 쓰이는 예는 잘 나타나지 않는다. 대개 형색(形色: samsthānārūpa)으로 쓰이는데 그 뜻은 눈으로 보고 오관으로 느끼어 인식하는 물질을 가리킨다. 이로 미루어 무형(無形)이란 감각될 수가 없는 것을 가리키게 된다. 사랑이 마음을 서로 비치는 그것을 통해 완성되는 것으로 정의한 것이 한용운이다. 이것으로 사랑의 완성형태가 해탈지견(解脫知見)의 차원임을 알 수 있다.

13) **그리고 사랑은 곳이 없다 (……) 그리고 진정한 사랑은 때가 없다**: 지견(知見), 견성(見性)의 차원에 이른 사랑이라면 당연히 초시간적이며 또한 초공간적이다. 이 부분 끝에 나오는 <사랑은 무궁(無

窮)이다>라는 그런 차원에 쓰인 말로 오히려 진부하게 느껴지기 까지 한다.

14) **아아 진정한 애인을 사랑함에는 주검은 칼을 주는 것이요 이별은 꽃을 주는 것이다** <칼>은 참사랑의 길을 잘라내는 것. <꽃>은 중생을 대자대비의 차원에 이르게 하는 매체다. 이별이 대자대비의 경지를 여는 개념이므로 이런 표현은 필연적으로 나오는 것이다.

15) **아아 이별의 눈물은 진(眞)이요 선(善)이요 미(美)다/ 아아 이별의 눈물은 석가(釋迦)요 모세요 짠다크다** 이것은 이 앞자리에서 <이별의 눈물이 거짓의 마니주>라고 한 것과 전혀 반대가 된다. 한용운은 이별을 불교적 개념으로 파악했다. 그런 생각은 되풀이해서 그 절대적 의의를 강조하고자 했다. 그것을 총괄하는 자리에서 이별의 눈물=진, 선, 미라는 비유를 쓴 것은 한계를 가진다. 다시 그 다음 행에서 석가와 모세, 짠다크를 이끌어들였다. 이에 대해서 『전편해설』은 다음과 같은 평석을 붙였다. <깨달음과 자비(慈悲)(이별의 눈물)는 진선미(眞善美)를 모두 지니며 그 원천이기도 하다. 그리고 동서고금(東西古今)을 막론하고, 진리(眞理)를 행동과 표현으로 드러낸 모든 인물(석가, 모세, 짠다크)이 나온 근원이 바로 깨달음이다. 우리는 짠다크 다음에 만해(萬海) 자신을 덧붙여도 좋으리라! 불란서를 위하여 적장의 간담을 서늘케 하던 것은 묘소(渺少)한 짠다크의 미모가 아니라, 용감한 짠다크의 정신이었다. (-「선(禪)과 인생(人生)」, 『전집』(2권), 311면). 이처럼 만해는 선(禪)을 설명할 때에도 잔다크에 언급함을 잊지 않았다.>

송욱 교수의 위와 같은 생각은 비유의 주지와 매체가 지니는 구조상의 역학을 오해한 결과다. 거듭 드러난 바와 같이 이 시에서 <이별의 눈물>이란 지견(知見)과 견성(見性)의 촉매체로 파악될 수밖에 없다. 그렇다면 석가나 모세는 그 매체로 쓰일 수 있다. 그러나 짠다크는 프랑스를 위해 싸웠을 뿐 한 번도 인생과 우주에 대한 존재론적 반성을 가진 바 없다. 전장에서 적장의 간담을 서늘하게 한 것과 존재탐구의 다른 이름인 견성(見性)을 위한 노력 사이에는 아무런 상관관계가 성립되지 않는다. 그런 짠다크를 이별의 눈물(참사랑의 완성을 상징함)과 절대적 상관관계가 있는 것으로 제시한 한용운의 기법에는 다소간 논리의 착시 현상이 내포되어 있다. 다만 이런 표현으로 한용운이 노린 바가 이별이 참사랑을 터득하는데 절대적 의미를 갖는다는 것을 강조한 것으로 보인다.

길이 막혀

당신의 얼골은 달도 아니언만
산넘고 물 넘어 나의 마음을 비칩니다[1]

나의 손길은 웨 그리 쩔러서[2]
눈 앞에 보이는 당신의 가슴을 못만지나요[3]

당신이 오기로 못올 것이 무엇이며
내가 가기로 못갈 것이 없지마는
산에는 사다리가 없고
물에는 배가 없어요[4]

뉘라서 사다리를 떼고 배를 깨트렸습니까
나는 보석으로 사다리 놓고 진주로 배 모아요
오시랴도 길이 막혀서 못오시는 당신이 긔루어요[5]

十一. 길이 막혀

시를 기법으로 익히려는 초심자에게 상징은 흔히 비유와 혼동된다. 비유는 주지와 매체라는 두 요소로 이루어진다. 그와 흡사하게 상징도 그 자체가 아닌 매체로 제시되며 주지는 따로 있는 것이다. 상징은 거의 모두가 주지가 나타나지 않은 채 매체만으로 이루어진다. 이런 까닭으로 시를 공부하는 초심자에게 상징이 비유의 하위 개념인 은유와 혼동되는 것이다. 그러나 은유와 상징 사이에는 근본적인 차이가 있다. 은유가 그렇지 않음에 대해 상징은 반드시 폭이 넓고 깊이를 가지는 사상, 관념을 그 바닥에 깔고 있다. 대한민국의 상징으로 우리는 백두산과 태극기를 든다. 백두산이 우리나라의 상징이 되는 것은 그 높이나 규모 때문만이 아니다. 거기에 우리 민족의 역사 전통, 민족의 얼이 내포되었기 때문이다. 태극기에도 우리 국토와 민족의 역사, 문화전통, 선열의 정신 등이 모두 담겨 있다. 이렇게 보면 비유와 상징의 차이가 명백해진다. 비유에서 주지와 매체의 관계는 등식으로 이야기될 수 있다. 그러나 상징에서 그것은 부등식의 관계다. 매체에 대해서 주지의 내포와 외연이 매우 크고 많기 때문이다. 이 작품에서 상징에 해당되는 것은 <달>이다. 만해는 <달>에 불제자로서의 그가 지닌 마음을 담았다. 그것으로 한편의 서정시를 만들어낸 것이 이 작품이다.

[1] **당신의 얼골은 달도 아니언만/ 산넘고 물 넘어 나의 마음을 비칩니다:** 여기서 <당신>은 한용운이 한 마음으로 귀의하여 해탈, 지견(知見)의 경지를 열고자 한 불타를 가리킨다. 불교에서는 소승

(小乘)의 단계를 넘어선 그 세계를 유심철학의 차원으로 돌린다. 유심철학의 중심 화두는 심(心)이다. 이때의 심(心), 곧 마음이란 속인(俗人)들의 그것이 아니라 견성(見性), 지견(知見)을 기하는 수도자의 차원에 속한다. 유심철학에서의 모든 차별은 마음의 작용에서 빚어지는 것으로 본다. 우주의 삼라만상과 무변 중생으로 일컬어지는 인간 세계의 사람들은 인연에 따라 나타나서 살다가 사라지는 것이다. 그에 대해서 갖가지 분별을 가하고 차별을 두게 되는 것은 오직 마음이다. 중생들의 마음에 따라 고락(苦樂)과 미추(美醜), 선악(善惡), 대소(大小), 장단(長短), 유무(有無)와 생멸(生滅)의 개념이 생긴다. 이 미혹을 극복하여 자재(自在), 평등(平等), 청정(淸淨) 자체가 되는 경지를 승가에서는 심인(心印)이라고 한다. 이때의 심인(心印)이란 언어를 떠난 깨달음을 가리킨다. 불법의 경지에서 언어란 실상이 아니라 가화에 지나지 않는다. 그런 언어를 떠나 사물을 그 자체로 파악하려는 태도를 심인(心印)이라고 하는 것이다. 이 심인에 대해서는 한용운이 『십현담주해(十玄談註解)』의 허두에 주해를 붙인 것이 있다.

> 마음은 본래 형체가 없는 것이다. 모양도 여의고 자취도 끊어졌다. 마음이라는 것부터가 거짓 이름인데 다시 인(印)이란 말을 덧붙여 쓸 수 있으리요. 그러나 만법은 이것을 기준으로 삼고 모든 부처는 이것으로 증명을 하였다. 그러므로 이것을 심인(心印)이라 한다. 본체와 가명이 서로 용납할 때 심인(心印)의 뜻이 스스로 밝아진다.
>
> 心本無體　離相絶跡　心是假名 更用印爲
> 然萬法以是爲準　諸佛以是爲證　故名之曰印
> 本體假名　兩不相病　心印之旨明矣
>
> ── 『한용운전집』(3), 336면.

심인(心印)은 또한 심주(心珠), 심경(心境), 심등(心燈), 심원(心遠)과 함께 심월(心月)이라고도 한다. 심인(心印)이란 말과 글이 부정되는 불립문자(不立文字)의 경지를 전제로 한다. 견성(見性)의 경지에 이른 마음은 도장을 찍을 때 새겨서 찍게 되는 것과 같이 각인(刻印)의 뜻을 담고 있는 것이다. 이에 대해서도 한용운은 매우 시적인 주석을 달아 놓았다.

그대에게 묻노라, 心印은 어떤 얼굴을 지었느냐

(비) 연지 곤지 등 화장품이 세상에 가득하니 세상 사람이 다 미인이다. 그러므로, 성(城)을 기우일 만한 특출한 미인이 없다.

(주) 부처님의 몸 가운데 갖추어져 있는 삼십이상과 팔십종호의 모양도 다 심인(心印) 가운데 있는 것이다. 그러나 심인 자체가 본래 빈 것이기 때문에 이 빈 심인 안에 있는 삼십이상, 팔십종호도 다 공화(空華)에 속한다. 그러니 어떤 얼굴이 있으리요. 다섯 가지 채색으로도 물들임에는 부족하고 규구(規矩)로도 형태를 만들 때에는 부족한 것이니, 또한 대답해 보라. 과연 어떤 얼굴을 지을 수 있겠는가? (오랜만에 이르기를) 고운 꽃 밝은 달과 같은 일체의 아름다운 것이 일찍이 다 가버리고 없어져야만 미인의 얼굴이 그 옥과 같이 아름다움을 온전히 나타낸다.

<常察禪師原文> 問君心印作何顏

(批) 脂粉滿地 世無傾城

(註) 三十二相 八十種好 在心印 盡屬空華 果何顏之有 五彩不足以染 規矩不足以形 且道果作何顏 良久云 花月已謝 美人全如玉

요컨대 승가에서 참진리를 가리킬 때 심인(心印)이란 말을 쓴다. 그리고 그 상징으로 꽃과 함께 달을 쓰면서 공화(空華), 심주(心珠), 심등(心燈), 심월(心月)이란 상징어가 생긴 것이다. 이렇게 보면 「길이 막혀」의 이 부분은 유심철학의 한 교리에 밀착된 것임을 알 수 잇다. 마지막 행 허두의 <산넘고 물 넘어>는 <산넘고 물건너>로 썼으면 더 좋았을 부분이다. 한용운의 작품에는 때로 이와 같이 언어에 대한 무신경이 출몰하기도 한다.

2) **쩔러서**: 짧아서, 기본형 짧다.

3) **눈 앞에 보이는 당신의 가슴을 못만지나요:** <당신의 가슴>은 말할 것도 없이 불타의 마음이다. 유심철학의 깊은 뜻을 헤아려내지 못하고 있음을 이렇게 말한 것이다. 매우 빈번하게 한용운은 그가 터득한 불교의 철리(哲理)를 이와 같이 육감적으로 제시하는 용기도 가지고 있었다.

4) **산에는 사다리가 없고/ 물에는 배가 없어요:** 견성(見性)과 지견(知見)의 경지는 스스로 터득하는 것이지 누군가 만들어 주는 길이 아니다.

5) **나는 보석으로 사다리 놓고 진주로 배 모아요/ 오시라도 길이 막혀서 못오시는 당신이 긔루어요:** <배 모아요>-모으다의 뜻 가운데 어떤 물체를 만들기 위해 여러 부분을 맞추고 쌓으다의 뜻이 내포되어 있다. <진주로 배 모아요>는 배를 건조함에 진주를 모아서 맞추고 다듬어서 하겠다는 의도가 담겨져 있는 것이다. 구슬과 보석들이 유심철학의 경지를 알리는 상징임을 이미 앞에서 드러난 바와 같다. 그것을 내세워 불타에 대한 절대 귀의의 마음을 읊은 것이 이 부분이다.

自由貞操¹⁾

내가 당신을 기다리고 있는 것은 기다리고자 하는 것이 아니라 기다려지는 것입니다.

말하자면 당신을 기다리는 것은 貞操보다도 사랑입니다²⁾

남들은 나더러 時代에 뒤진 낡은 女性이라고 삐죽거립니다 區區한 貞操를 지킨다고

그러나 나는 時代性을 理解하지 못하는 것도 아닙니다

人生과 貞操의 深刻한 批判을 하야 보기도 한두번이 아닙니다

自由戀愛의 神聖(?)을 덮어 놓고 否定하는 것도 아닙니다.

大自然을 따러서 超然生活을 할 생각도 하야 보았읍니다³⁾

그러나 究竟 萬事가 다 저의 좋아하는 대로 말한 것이요 행한 것입니다

나는 님을 기다리면서 괴로움을 먹고 살이 집니다 어려움을 입고 키가 큽니다

나의 貞操는 「自由貞操」입니다⁴⁾

十二. 자유정조(自由貞操)

한용운의 한시(漢詩)에는 항일, 반제의 결의를 직설적으로 토로한 것이 있다. 「안해주(安海州)」는 안중근(安重根)의 이등박문(伊藤博文) 사살을 기린 것이다. 「황매천(黃梅川)」에는 <취의종용영보국(就義從容永報國), 일명만고겁화신(一瞑萬古劫花新)>의 구절이 있다. 「피난도중체우유감(避難途中滯雨有感)」에서 한용운은 일본군의 구둣발이 시골에까지 미쳤음을 개탄하여 <해국병성접절인(海國兵聲接絶嶙)>이라고 했다. 「추회(秋懷)」는 3·1운동 때 민족대표의 한 사람으로 일제의 감옥에 투옥된 다음 그가 맛본 처절한 심경을 읊은 것이다.

> 나라위해 싸운 10년 칼은 헛되어
> 헛브다 이 한 몸이 옥에 갇혔네
> 승전(勝戰) 소식 바이 없이 벌레만 우니
> 몇줄기 흰머리칼 추풍(秋風)을 맞네
> 十年報國劍全空
> 只許一身在獄中
> 捷使不來虫語急
> 數莖白髮又秋風

한용운의 한글 시에는 이와 같은 반제, 민족의식이 직설적으로 토로되지 않았다. 이것은 한 가지 상황이 작용한 결과로 생각된다. 한시는 그 대부분이 활자화되어 일반 독자에게 공표될 기회가 없었다. 그 결과 한시에서는 얼마간 반일적(反日的)인 내용이 담길 수 있었다. 그러나 한글 시는 『님의 침묵』의 경우처럼 거의 모두가 활자화로 발표되었다. 이 과정에서 우리 시인, 작가들의 작품은 모두 일제 총독부의 검열을 받지 않을 수가 없었다. 검열과정에서 항일, 민족의식이 담긴 작품들은 가차 없이 삭제, 몰수되고 그 작자는 연행, 구금되기가 일쑤였다. 그럼에도 이 시가 담긴『님의 침묵』이 일단 일제의 검열에 통과된 까닭은 어디에 있었는가. 그 이유를 우리는 이 시의 언어가 은유형태로 된 점에서 찾아볼 수가 있다.

1) **자유정조(自由貞操)**: 사전을 찾아보면 <정조>는 <정절(貞節)>과 같은 뜻이다. 여성이 성적인 순결을 지키고자 할 때 <정조>를 지킨다고 한다. 그렇다면 이 말은 <자유>나 <방종>과는 반대되는 개념이다. 그것을 같은 문맥에 놓고 쓴 이 시의 제목에는 문제가 있다. 승가에서는 속세의 미혹을 떨쳐 버리고 속박에서 벗어나는 것을 자유라고 한다. 대체로 자재(自在)라는 말을 더 많이 쓴다. 여기서 자유는 그런 차원에 수렴되는 개념이다.

2) **내가 당신을 기다리고 있는 것은 기다리고자 하는 것이 아니라 (……) 말하자면 당신을 기다리는 것은 정조(貞操)보다도 사랑입니다**: 여기서 <당신>은 화자가 섬기며 받들고자 하는 대상이다. 화자는 그를 기다리는 것이 아니라 기다려지는 것이다. 전자에는 다소간 의무감이 곁들여 있다. 바꾸어 말하면 타의가 작용할 여지가 있는 것이다. 그러나 후자는 완전히 자의(自意)에 의한 것이다. 이것을 화자는 <사랑>이라고 했다. 이런 말솜씨는 한용운의 시에 거듭 나오는 것으로 그의 시가 갖는 장점을 이룬다.

3) **남들은 나더러 시대(時代)에 뒤진 낡은 여성(女性)이라고 삐죽거립니다 (……) 대자연(大自然)을 따러서 초연생활(超然生活)을 할 생각도 하야 보았읍니다**: 이 연 전반부에서 화자는 시대 상황도 감안한 생활을 생각해본다. 그것이 배제된 다음 나오는 것이 <대자연>을 따른 <초연생활>이다. 이때의 <초연생활>이란 시간, 공

간 개념을 초월하고자 하는 것으로 시대의식이나 반제운동의 테두리를 넘어선 것이다. 그것이 <생각도하야 보았읍니다>로 된 것은 유보 상태가 되었음을 듯한다.

4) **나는 님을 기다리면서 괴로움을 먹고 살이 집니다 어려움을 입고 키가 큽니다/ 나의 정조(貞操)는 「자유정조(自由貞操)」입니다**: 여기 나오는 <님>은 앞에 나온 <당신>과 같다. 그를 기다리는 화자는 고난을 무릅쓸 각오를 피력한다. 또한 그 생활이 초자연의 범주에 속하는 것과는 다른 것도 밝힌다. 이성의 사랑이 아니면서 한용운이 전심전력으로 받들고, 기리면서 그가 오기를 기다린 것은 나라의 독립밖에 없다. 그리하여 이것은 은유형태를 취한 가운데 민족의식을 바닥에 깐 시로 볼 수가 있다.

하나가 되야 주서요

님이여 나의 마음을 가져가랴거든 마음을 가진 나한지 가져가서요[1] 그리하여 나로하야금 님에게서 하나가 되게 하서요

그렇지 아니하거든 나에게 고통만을 주지 마시고 님의 마음을 다 주서요 그리고 마음을 가진 님한지 나에게 주서요[2] 그레서 님으로 하야금 나에게서 하나가 되게 하서요

그렇지 아니하거든 나의 마음을 돌려 보내 주서요 그리고 나에게 고통을 주서요[3]

그러면 나는 나의 마음을 가지고 님의 주시는 고통을 사랑하겠읍니다[4]

十三. 하나가 되야 주서요

이 시는 처음부터 한결같이 님을 그리는 내용으로 되어 있고 그 님은 다분히 종교적 차원에 이른 절대자의 심상을 지닌다. 그런 점에서 찬미가의 성격이 강한 것이다. 또한 형태도 행과 연구분 없이 줄글로 쓰였다. 이런 이 시의 형태와 내용은 한용운과 R. 타고르 사이의 상관관계를 타진하게 만든다. 이 작품이 <님>에게 바치는 노래인 것처럼 R. 타고르의 『기탄잘리』에서 찬미의 주체가 된 것은 주(主)이다. 또한 그 형태는 연 구분이 없는 사문시의 성격을 띠고 있다. 다음은 김억(金億)의 번역으로 된 1923년도 이문당(以文堂)판 『기탄잘리』의 네 번째 작품이다.

> 저의 생명의 생명이여, 주의 생명의 접촉이 저의 온 몸에 오실 것을 알으매 저는 항상 제 몸을 깨끗하게 하려고 합니다.
> 제 맘에 이성의 불을 켜 놓으신 진리가 주이심을 알으매 저는 항상 저의 생각에서 온갖 거짓이 안 생기도록 하겠읍니다.
> 제 맘 속의 가장 깊은 성전에 주께서 앉으심을 알으매 저는 항상 제 맘 속에서 모든 악을 내쫓고, 저의 사랑이 꽃처럼 곱도록 만들겠읍니다.
> 저에게 일할 만한 힘을 주신 것은 주의 힘을 알으매, 저는 저의 하는 일로써 주를 나타내도록 하겠읍니다.

한용운이 R. 타고르를 읽었을 가능성은 산문과 시를 통해서 동시에 포착된다. 한용운은 1918년 9월에 창간호가 나온 『유심(惟心)』에 타고르의 Sadahna를 「생의 실현」이란 제목으로 번역 소개했다(2호까지 연재). 또한 시집 『님의 침묵』에는 「타골의 시 GARDENISTO

를 읽고」가 포함되어 있다.

1) **님이여 나의 마음을 가져가라거든 마음을 가진 나한지 가져가서
요**: <한지>는 <함께>를 뜻하는 충청도 방언. 단 여기서 <님>은
R. 타고르의 <님>, 또는 <주>에 완전 수렴되는 개념이 아니다.
R. 타고르는 인도의 최상급 계층 출신으로 그의 종교가 불교가 아
닌 힌두교였다. 힌두교는 인도의 토착 풍속과 브라만교의 습합 형
태로 이루어진 종교로 그 뿌리를 이룬 것 가운데 하나가 우파니샤
드다. 그에 따르면 인간과 세계는 자아의 본체인 아트만과 우주의
본체인 브라만으로 나뉜다. 불교와 비슷하게 브라만교에서도 인생
은 고해로 파악된다. 그 극복방법으로 인간은 희생을 실천하고 고
행을 통하여 대자연과 일체가 되어야 한다. 그것으로 인간이 평화
와 영복을 누린다는 것이다. 승가가 지향하는 것은 이와 달리 삼
라만상과 우주를 무로 돌리는 차원이다. 그러니까 불타의 차원은
브라만교의 지향을 아득히 초극한 것이다. 따라서 여기 나오는
<님>은 타고르의 <주>와 꼭같은 것이 아니라 그 지양, 극복형태
다.

2) **마음을 가진 님한지 나에게 주서요**: 앞에서 이미 드러난 바와 같
이 여기서 <님>은 정각(正覺), 오도(悟道), 해탈지견(解脫知見)에
이른 불타를 가리킨다. 그의 마음은 속중(俗衆)의 마음이 아니라
심인(心印)이나 심주(心珠), 심월(心月)의 그것이다. 화자는 그런
마음을 그 자신이 지닐 수 있기를 간절하게 소망한다. 그 까닭은
화자인 <내>가 <님>과 완전하게 한몸이 되고 싶기 때문이다.

3) **그렇지 아니하거든 나의 마음을 돌려 보내 주서요 그리고 나에게
고통을 주서요**: 이미 드러난 바와 같이 여기서 님은 해탈의 경지
에 이른 절대자다. 화자는 그를 기리면서 스스로 번뇌를 끊고 <해
탈지견>의 경지에 이르기를 기한다. 그에게는 진리를 파헤치고 말
겠다는 불퇴전(不退轉)의 각오가 있는 셈이다. 그를 위해서라면

어떤 고행도 감수하고자 하는 각오와 절의가 여기에 담겨 있는 것이다.

4) **그러면 나는 나의 마음을 가지고 님의 주시는 고통을 사랑하겠읍니다**: <님의 주시는>은 <님이 주시는>, <님께서 주시는>으로 바로 잡아야 할 부분이다. <사랑하겠읍니다→사랑하겠습니다>. 일상적인 차원이라면 고통은 기피해야 할 것이지 사랑할 수 있는 것이 아니다. 그러나 정각(正覺), 견성(見性)의 차원을 노리는 화자의 입장으로 보면 그것은 해탈지견(解脫知見)의 문을 열어주는 기틀이 된다. 그러니까 화자에게 그것은 고맙고 사랑하지 않을 수 없는 것이다.

나룻배와 行人

나는 나루ㅅ배
당신은 行人[1]

당신은 흙발로 나를 짓밟습니다
나는 당신을 안고 물을 건너갑니다
나는 당신을 안으면 깊으나 옅으나 급한 여울이나 건너갑니다[2]
　만일 당신이 아니 오시면 나는 바람을 쐬고 눈비를 맞으며 밤
에서 낮까지 당신을 기다리고 있읍니다[3]
　당신은 물만 건너면 나를 돌아 보지도 않고 가십니다 그려
　그러나 당신이 언제든지 오실 줄만은 알아요
　나는 당신을 기다리면서 날마다 날마다 낡아 갑니다[4]

나는 나루ㅅ배
당신은 行人

十四. 나룻배와 행인(行人)

    불교에서 중생은 태어나자 곧 고통의 바다(고해-苦海)를 표류하는 존재가 된다. 승가는 거기서 우선 자신을 건져내기를 기한다. 그 다음 무변 중생을 제도(濟度)하고자 하는 것이 보살행(菩薩行)의 지향점이다. 이 시는 그런 불교의 교리를 뼈대로 하면서 객관적 상관물을 이용하여 승보론의 기본 정신 가운데 하나인 제도중생(濟度衆生)의 이상을 한폭의 그림으로 그려 내고자 했다. 첫연과 마지막 연에 같은 말을 쓴 행을 배치함으로써 작품의 가락을 살리고자 한 점도 주목되어야 한다.

1)   **나는 나룻배/ 당신은 행인(行人)**: 네 개의 단어로 된 두 행이 각각 비유를 이루고 있다. <나룻배>와 <행인> 등 매체는 그 속뜻이 대승불교의 교리에 수렴된다. 소승불교(小乘佛教)의 단계에서 승가는 자리(自利)를 위주로 했다. 일체 미혹과 번뇌의 씨앗을 자르고 해탈지견(解脫知見)의 경지에 이르는 것은 <나>를 미망(迷妄)에서 건져내기 위한 것이었다. 대승불교는 이에 만족하지 않는다. 불자는 자신만을 구할 것이 아니라 널리 중생도 제도해야 할 것이라고 생각하게 되었다.
    이런 사상을 집약한 경전에 『반야바라밀다심경(般若波羅蜜多心經)』이 있다. 이때의 반야(般若)란 가화(假化)와 미혹에서 벗어나서 인간과 우주의 참모습을 볼 줄 아는 지혜를 가리킨다. 심경(心經)이란 중심이 되는 경전, 요점을 적은 경전이란 뜻이다. 바라밀다(波羅蜜多)는 pāramitā를 음사한 것이다. 이것을 한자어로 옮기면 피안(彼岸)이 된다. 인간고해에서 중생을 제도하여 사철 봄날처럼 따뜻하고 평화를 누리는 다른 기슭으로 중생을 건너 주는 것, 곧 도피안(到彼岸)의 뜻이 여기에 내포되어 있는 것이다. 승가에서는 우리가 사는 세상, 곧 현재의 세간을 <차안(此岸)>이라고 한다. 차안에 사는 우리는 미혹에 벗어나지 못한 나머지 번뇌에 싸여 헤맬 뿐이다. 그들은 모두가 고통 받으며 무명(無明)의 세계를 헤맨다. 정각(正覺)으로 해탈의 경지에 이르면 우리는 오만 가지 속박에서 벗어나 자유를 누리며 해탈의 경지에 이를 수 있다. 그런 경지가 피안(彼岸)이다. 이와 같이 고해(苦海)를 벗어나 자유와 평화의 땅에 이르는 것을 바라밀다, 곧 도피안(到彼岸)이라고 하는 것이다.

바라밀다는 물길을 건너는 것이므로 그 도구로서 탈 것이 등장하게 된다. 소승(小乘)은 혼자 물길을 건너는 것이므로 작은 배에 비유되었다. 그에 대해 대승(大乘)은 여러 중생들을 태워야 하므로 큰 배로 대비가 된 것이다. 위의 두 줄은 이런 불교의 교리를 만해 한용운 나름대로 변형시켜 시로 만든 것이다. 탈 것으로서의 배를 <나룻배>라고 하고 관념어인 대중, 또는 중생을 <행인>이라고 하였다. 이것으로 대승불교의 뼈대를 이룬 제도중생(濟度衆生)의 교의가 관념에 그치지 않고 심상으로 제시된 것이다.

2) **당신은 흙발로 나를 짓밟습니다/ (……) 나는 당신을 안으면 깊으나 옅으나 급한 여울이나 건너갑니다:** 2연에서 흙발로 나, 곧 배를 타자인 중생의 마음대로 짓밟게 하는 것은 보살행을 실천하는 득도자(得度者)다. <나는 당신을 안고 물을 건너갑니다>. 본래 배는 사람을 싣고가는 것이지 안고 가지는 않는다. 배는 사람이 만든 것으로 무정물이기 때문이다. 그것을 유정물인 인간처럼 표현한 것이 한용운 나름의 재미있는 말이다. 2연의 셋째 행은 의미구조보다 가락을 살리기 위해 쓴 것 같다. <깊으나 옅으나 급한 여울이나>식 표현은 일종의 비슷한 말 주워섬기기다. 우리말은 이런 말법을 통해서 듣는 이나 읽는 이에게 그 나름의 흥취를 자아내게 하는 장점을 가진다.

3) **만일 당신이 아니 오시면 나는 바람을 쐬고 눈비를 맞으며 밤에**

113

서 낮까지 당신을 기다리고 있읍니다: <맞이며>는 <맞으며>의
잘못. 나룻배에 비유된 <내>가 <행인>으로 비유된 중생을 기다
린다. 바람을 쐬고 눈비를 맞으며 밤과 낮을 도와서 그들을 고대
한다. 우리는 여기서 제도 중생을 기하는 보살행(菩薩行)의 비원
을 읽을 수 있는 동시에 인내를 전제로 한 수도자의 정신을 파악
할 수 있다. 한용운은 <인내>에 대해서 <인내(忍耐)라는 것은 참
기 어려운 것, 혹은 참을 수 없는 것을 참는 것이니 그리고 보면
인내는 즉 고통이다>라고 말했다.(『전집』(2), 342면). 고통이 따르
기 마련인 인내를 승가에서 귀하게 여기는 까닭은 무엇인가. 이에
대해서 한용운은 『육바라밀경(六波羅蜜經)』, 『인욕경(忍辱經)』 등을
인용했다.

> 「만약 우하(愚下) 광란 중생이 매욕(罵辱)하거든 안인수지(安忍受
> 之)할지라. 비(譬)컨대 취상(醉象)을 금제(禁制)키 난(難)함에 철구(鐵
> 鉤)로 조복(調伏)함과 같이 진심취상(嗔心醉象)은 인욕구(忍辱鉤)로
> 제어(制御)하여 영기조복(令基調伏)하느니, 이것이 안인바라밀(安忍波
> 羅密)이니라.
> 　무량무변(無量無邊)한 천마(天魔)·귀신(鬼神)·야차(夜叉)·나찰(羅刹)
> 이 내침(來侵)함에 보살은 오직 안인바라밀다(安忍波羅密多)를 장하
> 여 능히 피군(彼軍)을 파하며, 내지 八만 四천 번뇌원적(煩惱怨賊)이
> 라도 안인(安認)으로 최복제멸(摧伏除滅)하며, 이와 같은 천마 대군
> (天魔大軍)과 번뇌원적(煩惱怨賊)뿐 아니라, 내지 극하극소(極下極小)
> 한 원적이라도 또한 안인(安忍)으로써 조복하느니 이것이 안인바라밀
> (安忍波羅密)이니라.」
>
> 　　　　　　　　　　　　　　　　　　　　— 『육바라밀경(六波羅密經)』

> 「인(忍)의 밝음은 일월(日月)에 유(踰)하며 용상(龍象)의 힘을 위맹
> (威猛)이라 서하나 인(忍)에 비하면 만만(萬萬)의 하나도 불급(不及)
> 하며, 칠보(七寶)의 빛(耀)은 범속(凡俗)의 소귀(所貴)나 그 우(憂)를
> 부르고 재환(災患)을 이루되 인(忍)의 보(寶)는 종시획안(終始獲安)하
> 며, 시방(十方)에 보시(布施)하면 대복(大福)이 비록 있으나 인(忍)에

불급하니 회인행자(懷忍行慈)하면 세세 무악(世世無惡)하고 중심 염연(中心恬然)하여 독해(毒害)가 종무(終無)하니 세(世)에 소호(所怙)가 없으나, 오직 인을 시(恃)할지라. 인은 안택(安宅)이니 재괴(災怪)가 불생하며, 인은 신개(神鎧)니 중병(衆兵)이 불가(不加)하며, 인은 대주(大舟)니 난(難)을 도(渡)하며, 인은 양약이니 능히 중명(衆命)을 구하는지라, 인자(忍者)는 뜻에 하원(何願)을 불획(不獲)하리요.」

— 『인욕경(忍辱經)』

4) **당신은 물만 건너면 나를 돌아 보지도 않고 가십니다 그려/ 그러나 당신이 언제든지 오실 줄만은 알아요/ 나는 당신을 기다리면서 날마다 날마다 낡아 갑니다:** 중생을 고해(苦海)에서 건져내어 해탈의 피안으로 인도해 주니까 <나>의 비유형태인 <나룻배>는 마땅히 중생의 칭예(稱譽)와 감사의 대상이 되어야 한다. 그러나 그렇게 되면 나는 보살행의 대도(大道)를 저버리게 된다. 내가 득도, 성불하려면 행인의 흙발을 감수하는 것은 당연한 일이다. 이것이 바로 안인(安忍)이며 안인바라밀(安忍波羅蜜)의 경지이기 때문이다. 이렇게 읽으면 이 시의 위와 같은 부분에는 뜻밖에도 모순어법이 쓰였음을 알게 된다. 나는 행인(行人)인 당신을 건네 주기 위해 애타게 그를 기다린다. 그럼에도 살뜰한 마음으로 기다리는 행인은 나를 타고 물을 건너버리면 고맙다는 인사말 하나도 없이 나룻배인 나를 버린다. 그럼에도 나는 끝내 당신들을 기다리고 있어야 한다. 그것이 도피안(到彼岸)을 전제로 한 보살행의 속성이기 때문이다. 이것은 이 시의 뼈대가 된 보살행 자체가 역설과 그를 통해 이루어진 아이러니에 의거하고 있음을 뜻한다.

차라리

　님이어 오서요[1] 오시지 아니하랴면 차라리 가서요 가랴다 오고 오랴다 가는 것은 나에게 목숨을 빼앗고 주검도 주지않는 것입니다[2]

　님이어 나를 책망하랴거든 차라리 큰 소리로 말씀하야 주서요 沈默으로 책망하지 말고 沈默으로 책망하는 것은 아픈 마음을 얼음 바늘로 찌르는 것입니다[3]

　님이어 나를 아니 보랴거든 차라리 눈을 돌려서 감으서요 흐르는 곁눈으로 흘겨보지 마서요 곁눈으로 흘겨보는 것은 사랑의 보(褓)에 가시의 선물을 싸서 주는 것 입니다[4]

十五. 차라리

　불교에서는 이 세상, 곧 차생(此生)만 있는 것이 아니라 앞서
겪은 세상이 있다. 그것을 전생(前生)이라고 한다. 또한 차생(此生)
다음의 세상으로 후생(後生)이 있다. 이 세상에서 자유, 평화를 누
리기 위해서 우리는 아름다운 일, 착한 일을 해야 한다. 그것을 가
능하게 하는 인간의 기질을 현기(顯機)라고 한다. 그런데 현기(顯
機)에 대해서 명기(冥機)라는 말도 있다. 사람에 따라서는 유별나
게 선행(善行)에 힘쓰지 않았음에도 행복을 누리는 이들이 있다.
이들은 전생에서 행한 착한 일의 혜택을 받는 사람들이다. 이런
논리에 따르면 이 세상에서 우리가 하는 선행(善行)은 후생에 좋
은 결과를 낳게 한다. 이처럼 전생, 차생, 후생은 별개로 있는 것
이 아니라 인연의 동앗줄로 묶여서 불가분리의 관계를 가진다. 한
편 우리가 선행을 하는 기질, 곧 혜기(慧機)를 체질화하려면 계
(戒)·정(定)·혜(慧)의 경지에 이르러야 한다. 그런데 이런 체질을
얻어내어 해탈신(解脫身)이 되기 위해서는 제법무상(諸法無相)의
철리를 깨쳐야 한다. 이 과정은 엄청난 고통을 뒤따르게 한다. 이
시는 이때에 빚어지는 수도자의 마음속 갈등을 노래한 것이다. 행
과 연 구분이 없는 산문시의 형태에 화자가 품은 생각을 담아서
편 작품으로 넓게 보면 증도가(證道歌) 가운데 하나다.

　1)　**님이여 오셔요**: 여기서 <님>은 만법(萬法)의 권화인 동시에 해탈,
　　　열반의 상징인 부처다. 그를 어서 오라고 한 것은 화자도 득도, 성
　　　불하여 해탈지견(解脫知見)의 차원에 이르고 싶음을 말한 것이다.
　2)　**가라다 오고 오라다 가는 것은 나에게 목숨을 빼앗고 주검도 주**

지않는 것입니다: 승가에서는 사홍서원(四弘誓願)에 철하여 보살행을 실천할 단계에 이르지 못한 사람들을 범부(凡夫)라고 한다. 범부는 여러 현상에 구애되어 번뇌에 싸여 있다. 범부는 세속적인 욕망을 떨쳐 버리지 못한 나머지 마음이 편할 수가 없다. 만해는 『열반경』을 인용하여 범부와 번뇌의 관계를 밝힌 바 있다.

일체(一切) 범부(凡夫)는 색(色)에 취착(取着)하며 내지 식(識)에도 착(着)하느니, 색(色)에 착하는 고로 탐심(貪心)이 생(生)하고, 탐심이 생하는 고로 색(色)이 계박(繫縛)이 되고, 내지 식(識)의 계박(繫縛)이 되는 지라, 계박하는 고로 생, 로, 병, 사(生老病死), 우비(憂悲), 대고(大苦)와 일체 번뇌를 득면(得免)치 못하느니, 시고(是故)로 취착(取着)이 명위(名爲) 범부(凡夫)니라.

— 『한용운전집』(3), 103면.

위의 구절은 득도, 성불을 기하지만 그에 이르지 못한 수도자가 스스로의 마음에 일어나는 안타까움을 펴서 말한 것이다.

3) **침묵(沈默)으로 책망하는 것은 아픈 마음을 얼음 바늘로 찌르는 것입니다:** 견성(見性)의 경지는 언어로 표현할 수가 없다. 불립문자(不立文字), 언어도단(言語道斷) 등의 말은 여기서 나온 것이다. 침묵은 바로 불교의 이런 측면을 가리킨다. 화자가 아주 범부(凡夫)라면 불타의 침묵을 통한 책망, 곧 가르침을 느끼지 못했을 것이다. 그것을 <얼음 바늘>로 찌르는 아픔으로 받아들인 점으로 보면 이 시의 화자는 이미 범부에 그치는 범부가 아님을 짐작할 수 있다.

4) **님이여 나를 아니 보랴거든 차라리 눈을 돌려서 감으서요 흐르는 곁눈으로 흘겨보지 마서요 곁눈으로 흘겨보는 것은 사랑의 보(褓)에 가시의 선물을 싸서 주는 것입니다:** 곁눈으로 본다는식 표현은 화자의 성이 여성으로 설정되었기 때문에 이루어진 표현으로 보아야 한다. <사랑의 보(褓)에 가시의 선물>도 별다른 상징적 의미

는 없다. 만해의 한글 시에는 이와 같이 여성의 감정과 말씨로 이루어진 것이 많다. 여성은 남성에 비해 매우 강하게 세속적인 감정, 특히 애욕의 정에 민감하게 반응한다. 이 시는 그런 여성화자의 감정을 통해서 보살행의 높이와 깊이, 어려움을 드러내 보이려고 한 신앙시인 동시에 형이상시다. 송욱 교수는 여기 나오는 눈을 흘겨보는 님을 직접 진여(眞如), 묘공(妙空)의 경지에 이른 존재로 보았다. 그러나 속중에 대해, 안타까움을 가지는 것만으로 해탈, 견성(見性)이 되는 것은 아니다. 대자대비에 이르는 중간 과정에 대한 설명이 없이 공(空)의 경지와 직결시킨 『전편해설』의 견해는 따라서 정곡을 벗어나 있다.(『전편해설』, 89면)

나의 노래

나의 노랫가락의 고저장단은 대중이 없읍니다[1]

그레서 세속의 노래 곡조와는 조금도 맞지 않습니다

그러나 나는 나의 노래가 세속 곡조에 맞지 않는 것을 조금도 애닯어하지 않습니다

나의 노래는 세속의 노래와 다르지 아니하면 아니 되는 까닭입니다[2]

곡조는 노래의 缺陷을 억지로 調節하랴는 것입니다

곡조는 不自然한 노래를 사람의 妄想으로 도막쳐 놓는 것입니다

참된 노래에 곡조를 붙이는 것은 노래의 自然에 恥辱입니다

님의 얼골에 단장을 하는 것이 도로혀 험이 되는 것과 같이 나의 노래에 곡조를 붙이면 도로혀 缺點이 됩니다[3]

나의 노래는 사랑의 神을 울립니다.

나의 노래는 處女의 靑春을 쥐어짜서 보기도 어려운 맑은 물을 만듭니다

나의 노래는 님의 귀에 들어가서는 天國의 音樂이 되고 님의 꿈에 들어가서는 눈물이 됩니다[4]

나의 노래가 산과 들을 지나서 멀리 계신 님에게 들리는 줄을 나는 압니다

나의 노랫가락이 바르르 떨다가 소리를 이르지 못할 때에 나의 노래가 님의 눈물겨운 고요한 幻想으로 들어가서 사라지는 것을

나는 분명히 압니다

　나는 나의 노래가 님에게 들리는 것을 생각할 때에 光榮에 넘
치는 나의 작은 가슴은 발발발 떨면서 沈默의 音譜를 그립니다[5]

十六. 나의 노래

　진술 형식을 취한 문장으로 이루어진 작품이다. 매체를 통해 주지의 심상 파악 절차를 거치지 않아도 손쉽게 읽혀질 듯 생각될 수 있다. 그러나 실제 이 작품을 읽어보면 그 속뜻 파악은 생각하기보다 어렵다. 이 작품의 주제어로 생각되는 <노래>가 일상적인 차원의 것이 아니라 상징성이 강하기 때문이다. 만해의 다른 작품과 비슷하게 이 시 또한 형이상적이다.

1) **나의 노랫가락의 고저장단은 대중이 없읍니다:** 여기 나오는 <고저장단>은 초판 시집에 <고저쟌단>으로 되어 있다. 오식이므로 바로 잡았다. 한용운의 시에는 <노래> 또는 <곡조>, <가락> 등의 말이 자주 나온다. 그 이력서 사항을 참조해 보면 만해는 보수사림(保守士林)의 후예로 시골에서 태어났다. 어려서 한문을 익힌 다음, 국내와 시베리아, 간도 지방을 떠돌아다녔다. 그 과정에서 그가 가야금이나 창(唱)을 배운 자취는 전혀 나타나지 않는다. 또한 성장기에 신식학교를 거의 다니지 않았다. 따라서 서양음악에 기저를 둔 창가를 익히고 서구의 명곡을 들을 기회도 없었다. 그럼에도 만해의 시에 거듭 <노래>, <곡조>, <가락> 등의 말이 나오는 까닭은 무엇인가. 여기서 우리가 생각하여 볼 것이 만해의 <노래>가 가지는 성격이다.
　작품 「님의 침묵」의 <노래>는 <님의 침묵을 휩싸고 도는> 가락이었다. 이 작품에서도 <나의 노래>는 <사랑의 신>을 울리는 노래다. 『님의 침묵』에 수록된 여러 작품을 통해서 보면 만해의 <님>이나 <사랑의 신>은 불타나 아라한과 등식관계로 파악된다. 이렇게 보면 만해의 <노래>란 신앙의 경지에서 나온 것이다. 불교음악의 기원은 흔히 범패(梵唄)로 잡는다. 승가에서 법회를 시작할 때 승가에서는 <여래묘색신(如來妙色身)>의 게송을 읊으며 부처님의 높고 큰 덕을 기린다. 이때 곡조에 맞게 읊조리는 소리가 범패가 되었다. 범패의 선행형태는 브라만들이 부른 노래다. 우파니샤드가 그것을 대표한다. 그런데 우파니샤드에는 브라만들이 부르는 노래, 찬미가가 절대적 의미를 지닌다.

> 찬미가야 말로 참된 땅이다.
> 거기에서 삼라만상이 자라니까.
> 찬미가야 말로 참된 하늘이다.
> 하늘 따라 새들이 날고 그 아래 사람도 항해하니까.
> 찬미가야 말로 천상계(天上界)이다.
> 그가 내리는 단비로 삼라만상이 자라니까.
> 찬미가야 말로 참된 인간이다.
> 그는 위대하다. 사람들로 하여금 저마다 나야말로
> 찬미가이노라고 믿게 하라

> The hynm is truly (to be considered as) the earth, for from it all whatsoever exists arises.
> The hymn is truly the sky, for the birds fly along the sky. The hymn is truly the heaven, for from its gift (rain) all whatsoever exists arises.
> The hymn is truly man. He is great, he is Pragapati. Let him think, I am the hymn.
> — Max Müller (ed). *The Upanishads*(Oxford Univ. Press, 1987), p.203.

불교와 브라만교는 그 교리와 신앙 형태가 다르다. 그러나 이들 두 종교는 인도의 고대문화에 뿌리를 둔 점에서는 많은 부분에서 상통하는 점이 있다. 특히 음악 문화의 흐름을 이은 점에서 불교는 브라만교의 계승형태인 동시에 개혁 형태이기도 하다. 이 작품의 <노래>나 <노랫가락>은 이런 시각으로 해석될 수 있을 것이다.

2) **그래서 세속의 노래 곡조와는 조금도 맞지 않습니다/ (……) 나의**

노래는 세속의 노래와 다르지 아니하면 아니 되는 까닭입니다: <그래서>는 <그래서>, <애닯어>는 <애닯아>의 오철이다. 이 작품에서 화자의 <노래>는 처음부터 독자적 존재 의의나 가치체계를 가지지 않는 것이었다. 불타를 찬미하는 노래니까 세속의 곡조에 맞지 않을 수가 있는 것이며 세속의 노래와 다를 수밖에 없다.

3) **곡조는 노래의 결함(缺陷)을 억지로 조절(調節)하라는 것입니다(……) 님의 얼골에 단장을 하는 것이 도로혀 험이 되는 것과 같이 나의 노래에 곡조를 붙이면 도로혀 결점(缺點)이 됩니다**: <곡조>와 <노래>가 상호보완 개념이 아니라 별도로 해석되고 있음을 주의할 필요가 있다. 여기서 <곡조>란 <노래>, 곧 음악을 기법면에서 꾸려나가는 의장으로 생각되고 있다. 만해에게 노래는 제도중생의 권화인 불타를 기리는 방편일 뿐이다. 그러니까 기법이나 절차가 전혀 문제될 리 없다. <나의 노래에 곡조를 붙이면 도로혀 결점(缺點)이 됩니다>는 그런 차원에서 해석되어야 한다.

4) **나의 노래는 님의 귀에 들어가서는 천국(天國)의 음악(音樂)이 되고 님의 꿈에 들어가서는 눈물이 됩니다**: 수도자로서 <내>가 님, 곧 불타와 같은 경지가 되는 일은 거의 불가능한 일이다. 그러나 <노래>를 통해서 나는 <천국의 음악>을 부르는 차원을 실현시킬 수 있다. 또한 <님>의 눈물이 되기도 한다. 이때의 눈물이란 석가모니부처의 마음이 움직인 나머지 나타난 것으로 야광명주(夜光明珠)의 다른 이름이다. 이런 기적이 이루어질 수 있으니까 화자가 <나의 노래>에 절대적인 의미를 부여한다.

5) **나는 나의 노래가 님에게 들리는 것을 생각할 때에 광영(光榮)에 넘치는 나의 작은 가슴은 발발발 떨면서 침묵(沈默)의 음보(音譜)를 그립니다**: <침묵의 음보>는 <침묵의 소리>, <침묵의 음악>을 연상시키는 말이다. 그러나 소리나 노래와 달리 <음보>는 기호로 되어 있어서 애초부터 소리를 내지 않는다. <침묵의 음보>는 불립문자(不立文字), 언어도단(言語道斷)과 같은 경지로 해석되어야 할 것이다.

당신이 아니더면

당신이 아니더면 포시럽고 매끄럽든 얼골[1]이 왜 주름살이 접혀요
당신이 기룹지만 안터면[2] 언제까지라도 나는 늙지 아니 할테여요
맨츰에 당신에게 안기던 그때대로 있을테여요[3]

그러나 늙고 병들고 죽기까지라도 당신 때문이라면 나는 싫지
안하여요
나에게 생명을 주든지 죽엄을 주던지 당신의 뜻대로만 하서요
나는 곧 당신이여요[4]

十七. 당신이 아니더면

『님의 침묵(沈默)』에 수록된 몇 개 작품이 그렇듯 이 작품의 화자는 여성이다. 여성인 화자가 사무치는 마음으로 섬기려는 대상은 이성의 애인으로 추정되는 <당신>이다. 화자는 <당신>과 이별한 사이지만 곧 만날 것을 간절하게 소망한다. 이렇게 읽으면이 시는 단순 연가(戀歌), 곧 애정시로 해석될 수 있다. 그러나 끝자리에서 이 시는 그런 <당신>이 나로 하여금 영생(永生)과 사멸(死滅)을 택일(擇一)케 할 수 있는 존재임을 암시했다. 여기에서연역될 수 있는 <당신>은 세속적인 시간과 공간을 초월하여 영생하는 존재다. 이것으로 우리는 이 시가 애정시인 동시에 그 바닥에 순수무구, 영생불사의 세계를 지향하고 있음을 알게 된다.

1) **포시럽고 매끄럽든 얼골**: <포시럽고>-기본형 <포시럽다>. 경상도 북부와 충청도 지방의 사투리로 살림이 넉넉하여 걱정이 없는상태. 또는 몸과 얼굴이 낙낙하고 여유가 있어 보이는 모양을 뜻한다. 경상북도에서는 흔히 <내 처지가 어떤데 포시럽게 살기야바라겠나>, <지금 삼남(三南)이 물난린데 포시럽게 옥식(玉食)을받아 먹겠노>식으로 말한다. 따라서 <포시럽고 매끄럽든 얼골>은젊어서 곱고 윤기를 지녀 자색(姿色)을 자랑한 때의 모습을 가리킨다.

2) **당신이 기룹지만 안터면**: <당신이 그립지만 않았다면>의 뜻. 여기서 어미의 일부인 <터면>→<트면>이 가정법의 기능을 가지는점을 주의해야 한다. 이런 어법은 근대시의 기법으로 쓰인 것이며시인의 의도한 바를 간접적으로 강조할 때 사용된다. 예컨대 김소월의 「먼 후일(後日)」은 <먼 후일 당신이 찾으시면/ 그때에 내말

이 잊었노라>로 되어 있다. 여기서 <찾으시면>은 가정법에 의거한 건인데 그것은 다음 행의 <잊었노라>가 갖는 의미 내용에 힘을 싣기 위해 준비된 어법이다. 이것으로 지금은 살뜰하게 못 잊는 상대방을 야속하게 생각하는 마음이 강조된 것이다.

3) **맨츰에 당신에게 안기던 그때대로 있을테여요**: <맨츰>은 <맨 처음>의 방언. <당신에게 안기든>. 이것은 매우 감각적이며, 관능적이기까지 한 표현이다. 『님의 침묵』에 담긴 시의 이런 면은 만해의 한시(漢詩)나 시조와 좋은 대조가 된다.

> 빈산에 가득하다 달 빛 그림자
> 홀로서 걸어보니 하냥 맑은 마음
> 누굴 위해 일어나는 아득한 이 정(情)
> 밤은 깊어 흐르는데 덧이 없어라
> 空山多月色
> 孤往極淸遊
> 情緒爲誰遠
> 夜闌杳不收
>
>   ―「완월(玩月)」

> 가을 밤 빗소리에 놀라 깨니 꿈이로다
> 오셨던 님 간 곳 없고 등잔불만 흐리구나
> 그 꿈을 또 꾸라 한들 잠 못이루어 하노라
>
> 야속다 그 빗소리 공연히 꿈을 깨노
> 님의 손길 어디 가고 이불귀만 잡았는가
> 베개 위 눈물 흔적 씻어 무삼하리요
>
>   ―「추야몽(秋夜夢)」1, 2수

이들 두 작품의 주제에 해당되는 것은 그리움이다. 앞에 나온 한시(漢詩)에서 그것은 달빛을 매체로 하여 노래되었다. 화자는 산 속에서 달을 보면서 그지없는 정회(情懷)를 가진다. 그러나 그 마음은 고요와 맑음으로 수렴될 뿐 관능과는 전혀 무관한 것이다. 「추야몽」은 「당신이 아니더면」과 꼭같이 지금 곁에 없는 사람을 그리는 노래다. 「당신이 아니더면」과 비슷하게 이 작품에서 화자는 당신과 만날 것을 고대하며 꿈꾼다. 그러나 그의 마음속에 <님>은 육체나 감각적 차원을 넘어서 있다. 그는 <님>을 그리지만 그 마음은 <이불귀>만 적시는 <눈물>로 상징된다. 이 역시 <당신이 아니더면>과는 전혀 다른 정황이 아닐 수 없다.

위의 두 작품들은 장소나 계절로 빚어진 화자의 정감을 노래한 것들이다. 말을 바꾸면 서경, 영물(詠物)의 유형에 속하는 시로 형이상의 차원은 가지지 않았다. 「당신이 아니더면」은 이들과 달리 불교사상이 바닥에 깔린 작품이다. 불교사상의 구경(究竟)은 널리 알려진 바와 같이 색, 신, 의(色身意)의 경지를 배제, 초월하는 것에서 비롯된다. 그럼에도 「당신이 아니더면」으로 대표되는 만해의 신앙시에는 매우 진한 색조(色調)로 육감적 정경이 담겨 있는 것은 무슨 까닭인가.

분명하게 근대시를 인식한 가운데 씌어진 한용운의 한글 시와 한시(漢詩), 시조 사이에 나타나는 거리는 어떻게 해석될 수 있는가. 이 경우 우리는 전자에 임한 한용운의 의식과 『님의 침묵(沈默)』에 담긴 작품을 쓴 그의 정신자세가 달랐음을 알아야 한다. 전자의 경우 시와 예술은 사무사(思無邪)의 경지에 속하는 것이었다. 그러나 한용운의 자유시는 서구의 충격과 함께 시작된 신시(新詩)였다. 서구, 특히 근대 이후의 서구에서 시와 예술은 인간을 위한 인간중심의 경지였다. 거기서는 남녀 간의 애정이 작품제작의 중요 동기를 이루게 되었다. 또한 육체와 본능은 시와 예술의 중요 요건 가운데 하나로 손꼽히게 되었다. 이렇게 보면 이 시의 한부분인 <당신에 안기면>이 한용운의 시의 특징적 단면이거나 일탈이 아님을 알 수 있다. 『님의 침묵』에서 그는 불제자가 아니라 시인이기를 기한 것이다.

4) **나에게 생명을 주든지 죽검을 주던지 당신의 뜻대로만 하서요/ 나**

는 곧 당신이여요: 이 부분을 송욱 교수는 해탈의 경지로 보고 <나는 곧 「당신」 즉 공(空)의 경지(境地)에 있다. 그러나 공(空)은 번뇌와 사고(四苦)를 떠나지 않는다>라고 했다. 유심철학에서 <공(空)의 경지>란 제행무상(諸行無常), 만법구적(萬法俱寂)의 차원에 이르러 자재신(自在身)이 되었음을 뜻한다. 이미 자재신(自在身)이 된 경지에 다시 사고(四苦)의 개념이 포함될 여지는 없을 것이다. 이 시의 화자는 아직 지견(知見), 해탈의 경지에 이르지 못한 사람으로 보아야 한다. 다만 그는 기본적으로 불성을 가졌으며 부처에 귀의하려는 마음도 가지고 있다. 그러나 그의 마음이 곧 공(空)의 차원에 이른 것은 아니며 세속적인 희로애오의 테두리를 벗어나지 못한 면을 가진다. 이 부분은 그런 화자가 <당신>을 한마음으로 생각하는 나머지 쓰게 된 구절로 보아야 한다.

잠 없는 꿈

나는 어느 날 밤에 잠 없는 꿈[1]을 꾸었읍니다

「나의 님은 어데 있어요 나는 님을 보러 가겠읍니다 님에게 가는 길을 가져다가 나에게 주서요 검이여」[2]

「너의 가랴는 길은 너의 님이 오랴는 길이다 그 길을 가져다 너에게 주면 너의 님은 올 수가 없다」[3]

「내가 가기만 하면 님은 아니 와도 관계가 없읍니다」

「너의 님이 오는 길을 너에게 갖다 주면 너의 님은 다른 길로 오게 된다 네가 간대도 너의 님을 만날 수가 없다」[4]

「그러면 그 길을 가져다가 나의 님에게 주서요」

「너의 님에게 주는 것이 너에게 주는 것과 같다 사람마다 저의 길이 각각 있는 것이다」[5]

「그러면 어찌하여야 이별한 님을 만나 보겠읍니까」

「네가 너를 가져다가 너의 가랴는 길에 주어라 그러하고 쉬지 말고 가거라」[6]

「그리할 마음은 있지마는그 길에는 고개도 많고 물도 많습니다 갈 수가 없읍니다」

검은 「그러면 너의 님을 가슴에 안겨주마」하고 나의 님을 나에게 안겨주었읍니다

나는 나의 님을 힘껏 껴안았읍니다

나의 팔이 나의 가슴을 아프도록 다칠 때에 나의 두 팔에 베여진 _虛空_은 나의 팔을 뒤에 두고 이어졌읍니다[7]

十八. 잠 없는 꿈

이 시는 크게 두 부분으로 이루어져 있다. 첫째 줄부터 끝자리에서 넷째 줄까지가 전편이다. 전편은 첫줄과 마지막 줄을 제외하면 모두가 대화체로 되어 있다. 후편은 <그러면 너의 님을 가슴에 안겨주마>하고 <나의 님을 나에게 안겨주었습니다>와 그 다음 한 줄 등, 두 줄로 이루어져 있다. 이 작품의 의도가 이 세 줄에 담겨 있다. 서정시는 그 속성이 시인 자신의 감정을 바탕으로 하는 것이다. 이런 속성으로 하여 서정시는 대화체를 쓰는 일을 극히 예외로 한다. 이 시에서 한용운은 그런 금기를 깨었다. 전편에서 그는 두 사람을 등장시켰다. 한 사람은 시인 자신으로 생각되는 질문자다. 그는 마음속에 간직한 의문을 상대방인 겸에게 묻는다. 그 사이에 오고가는 대화는 네 번으로 8행이다. 이것은 이 작품의 중요 부분이 구성상 극시의 형태를 취하고 있음을 뜻한다. 이 역시 한용운이 서정시의 금기를 무릅쓴 단면이다.

1) **잠 없는 꿈**: 국어사전을 찾아보면 꿈은 잠자는 동안에 무의식이 빚어내는 여러 가지 현상이라고 되어 있다. 이것은 꿈의 필요조건이 의식 전의 영역, 곧 잠임을 뜻한다. 그런데 한용운은 시의 제목을 <잠 없는 꿈>이라고 하였다. 이것으로 이 작품의 내용이 일반적인 개념에 의한 것이 아니라 역설에 의한 것임을 짐작하게 된다. 『금강경(金剛經)』의 끝자리 한 부분에 <일체 현상으로 태어나 자라고 사글어 들다가 사라지는 것들은 꿈이며 환영이며 물거품이며 그림자와 이슬 같으며 번개 같은 것이니 마땅히 그처럼 볼지니라(一切有爲法 如夢幻泡影 如露亦如電 應作如是觀)>라는 구절이 있다.(제32분, 「응화비진분(應化非眞分)」

여기 나오는 꿈, 곧 <몽(夢)>은 『대품경(大品經)』에 나오는 십유(十喩) 가운데 하나다. 이 세상의 모든 현상은 마치 꿈과 같아서 실체가 없고 환영에 지나지 않음을 가리킨 것이다. 대승불교에서는 우주의 삼라만상과 천변만화를 크게 물질과 정신, 곧 물(物), 심(心) 두 개의 현상으로 나눈다. 그 모두가 공무(空無)하다는 것이 용수(龍樹)가 세운 공사상의 시발점이다. 이 이치를 표시하기 위해 십유의 개념이 성립되었다. 참고로 밝히면 십유의 내용은 다음과 같다.

① 환(幻): 사람을 현혹시키는 마법의 비유로 모든 현상, 곧 사물에 실체가 없음을 가리킨다.

② 염(焰): 마음은 일체 미혹의 근원이다. 이것을 태양의 불꽃에 비유한 것이다.

③ 수중월(水中月): 물에 비친 달 그림자는 진짜 달이 아니다. 이 역시 사물에 실체가 없음을 가리킨다.

④ 공중화(空中華): 허공에 여러 가지 색이 나타나는데 눈병을 앓는 사람이 그것을 보면서 꽃이라고 생각한다. 그러나 이 또한 실체가 없는 가화(假化)일 뿐이다.

⑤ 향(響): 메아리. 상대자에게 한 말이 울림(응답)을 일으킴을 뜻한다.

⑥ 건달바성(乾達婆城): 건달바는 하늘의 악사다. 떠돌이로 일정한 거처가 없다. 실재하지 않는 것의 비유다.

⑦ 몽(夢): 꿈꾸고 있는 상태에서 본 대상이 실재할 리가 없다. 존재하지 않는 것을 존재하는 것처럼 생각하는 마음을 가리킨다. 분별로써 만들어낸 대상이 실재 할 수가 없고, 그것은 오직 인식작용일 뿐이라는 생각으로 유식학파(唯識學派)의 교리를 말하는 개념 가운데 중심을 이룬다.

⑧ 영(影): 승가에서는 우리가 하는 인식의 대상을 육근(六根), 육경(六境), 육식(六識) 등으로 나눈다. 그에 잇단 개념으로 모든

현상을 구성하는 요소를 육계(六界)라고 한다. ㉠ 지계(地界), ㉡ 수계(水界), ㉢ 화계(火界), ㉣ 풍계(風界), ㉤ 공계(空界), ㉥ 식계(識界). 이들 역시 빛과 그림자처럼 실재가 없음을 뜻한다.

⑨ 경중상(鏡中像): 거울에 비친 상은 실재가 아니다.

⑩ 화(化): 실재가 아니라 변화로 나타난 현상을 가리킨다.

수정주의자들의 차원을 극복한 다음 석가여래가 택한 것이 내관자성법(來觀自省法)이었다. 그 이전 인도의 종교가나 철학자들은 인생과 우주의 근본이 브라만(梵, Brahman)에 있지 않으면 물질에 있다고 보았다. 석가모니는 이런 생각을 뒤집어 해탈은 그런 외부적 여건을 파헤쳐서 파악함으로써 가능한 게 아니라 인생의 내면에서 생기는 각종의 미혹을 제거하는 데서 이루어지는 것이라고 설파했다. 석가여래가 이런 수행의 길을 택하자 그의 마음속에는 일시에 마장(魔障)이 나타났다. 석가여래의 일대기에는 이것을 마군(魔軍)의 습격이라고 한다. 마군의 이름으로 나오는 것이 탐욕군(貪慾軍), 기갈군(飢渴軍), 한열군(寒熱軍), 애욕군(愛慾軍), 수면군(睡眠軍)이다. <잠 없는 꿈>도 그 비유형태로 사용된 것이다.

2) 「**나의 님은 어데 있어요 나는 님을 보러 가겄읍니다 님에게 가는 길을 가저다가 나에게 주서요 검이여**」: 님을 향해서 화자가 품은 사무치는 정을 나타낸다. <검이여>는 순수한 우리 말로 하느님, 또는 신(神)에 대비될 수 있다. 여기서 주의해야 할 것이 <검>이 화자가 그리워하는 님과 다른 점이다.

3) 「**너의 가려는 길은 너의 님이 오라는 길이다 그 길을 가저다 너에게 주면 너의 님은 올 수가 없다**」: 앞문장으로는 <님>이 인격적 실체인지 관념상의 것인지 알 수가 없다. 뒷문장으로 그가 석가여래임을 유추할 수 있다. 이성의 님이라면 가려는 화자와 오려는 님이 같은 길에 나서면 서로 마주친다. 그러나 불교에서 견성(見性), 해탈지견(解脫知見)은 스스로 체득함으로써만 이루어진다. 이것은 불교가 교주의 가르침을 따르기만 함으로써 득도가 이루

·어지지 않음을 가리킨다. 불교가 지향하는 해탈과 자재신(自在身)·
되기는 수도자가 비원을 세우고 스스로가 고행을 통하여 깨달음
을 얻어야만 이르게 되는 경지다.

4) 「내가 가기만 하면 님은 아니 와도 관계가 없습니다 /(……) 네가
간대도 너의 님을 만날 수가 없다」: 이 두 줄은 앞 두 줄과 같은
맥락으로 읽어야 할 부분이다. 해탈과 득도를 위한 길은 피나는
노력과 수행의 과정에서 이루어지는 것이지 결과가 아님을 가리
킨 것이다.

5) 「너의 님에게 주는 것이 너에게 주는 것과 같다 사람마다 저의
길이 각각 있는 것이다」: 이 부분 후반부는 앞문장과 모순된다.
그러나 되풀이 지적된 것처럼 견성(見性)과 해탈의 길은 득도성
불의 길인 점에서는 너와 나에게 꼭같다. 그 차원에 이르기 위해
서는 각자가 서로 다른 고행, 수도 과정을 거쳐야 한다. 이것이
앞의 길과 뒷문장에 나오는 그것이 서로 다를 수밖에 없는 이유
다.

6) 「네가 너를 가져다가 너의 가라는 길에 주어라 그러하고 쉬지 말
고 가거라」: 해탈지견(解脫知見)의 경지를 열어내기 위해 단독자
로서 나서라는 뜻과 함께 목표달성을 위해 외곬으로 정진하라는
뜻을 함께 담아 이렇게 말했다.

7) 나는 나의 님을 힘껏 껴안았읍니다/ (……) 나의 두 팔에 베여진
허공(虛空)은 나의 팔을 뒤에 두고 이어졌읍니다: 화자가 온몸으
로 기리며 받들고저 한 님은 석가세존이었다. 그는 물질적인 의미
에서 실체가 아니라 초공(超空)과 묘유(妙有)의 경지다.『반야바라
밀다심경』의 허두에는 <관자재보살(觀自在菩薩)> 다음에 <도저하
게 바라밀다를 행하실 때 오온이 다 공(空)이라고 비추어 살피시
고 일체의 고액을 제도하였다(行深般若波羅密多時照見五蘊皆空 度
一切若厄)>라고 되어 있다. 여기서 온(蘊)이란 음(陰), 또는 중(衆)
이라고 번역되는 것으로 우주 구성의 요소가 종류별로 모인 집합
을 가리킨다. 그러니까 <오견개공(見五蘊皆空)>은 인생과 세계,

우주의 삼라만상이 궁극에 있어서는 모두가 공(空)이라는 생각이다. 이로써 우리는 이 시가 알레고리의 형태를 취한 가운데 유심철학의 비의(秘義)를 바닥에 간 것임을 알 수 있다.

생명(生命)[1]

닻과 치를 잃고 거친 바다에 漂流된 적은 生命의 배는 아즉 發見도 아니된 黃金의 나라[2]를 꿈꾸는 한 줄기 希望의 羅針盤[3]이 되고 航路가 되고 順風이 되야서 물ㅅ결의 한 끗은 하늘을 치고 다른 물결의 한 끗은 땅을 치는 무서운 바다에 배질합니다[4]

님이여 님에게 바치는 이 적은 生命을 힘껏 껴안어 주서요

이 적은 生命이 님의 품에서 으서진다 하야도 歡喜의 靈地에서 殉情한 生命의 破片은 最貴한 寶石[5]이 되야서 쪼각쪼각이 適當히 이어져서 님의 가슴에 사랑의 徽章을 걸겠읍니다[6]

님이여 끝없는 沙漠의 한 가지의 깃듸일 나무도 없는 적은 새인 나의 生命을 님의 가슴에 으서지도록 껴안어 주서요[7]

그리고 부서진 生命의 쪼각쪼각에 입맞춰 주서요

十九. 생명(生命)

  불교에서 모든 수도자가 궁극적으로 노리는 것은 한가지다. 이 세상의 일체 고액(苦厄)에서 벗어나 해탈한 자재신(自在身)이 되어 무구정토(無垢淨土)에서 극락왕생(極樂往生)하려는 것이 그것이다. 불교문학의 양식으로 극락왕생의 소망을 주정적(主情的)으로 노래한 것을 원왕생가(願往生歌)류라고 한다. 한용운의 이 작품도 이 유형에 속하는 시다. 다만 이 시에서 극락왕생의 소망은 직설적인 형태가 아니라 객관적 상관물을 이용하여 노래되었다. 전반부에서 수도자의 심상은 거친 바다를 헤쳐 가는 배에 비유되어 있다. 그리고 후반부에서는 그것이 끝없는 사막을 지나가는 새로 바뀌었다.

[1] **생명(生命)**: 불경에서 생(生)은 현상계의 유전환멸(流轉還滅)을 설명할 때 쓰이는 개념이다. 대승불교의 십이연기(十二緣起) 가운데에서 생(生)은 수(受), 애(愛), 취(取), 유(有) 다음에 나온다.
  ① 수(受): 감수작용(感受作用)을 뜻한다. 육식(六識), 곧 안, 이, 비, 설, 신, 의(眼, 耳, 鼻, 舌, 身, 意) 등의 인식작용에 의해 감각과 지각이 일어나면 그것을 받아들이는 상태를 말한다.
  ② 애(愛): 정화 과정을 거치기 전의 욕망, 곧 탐욕에 수렴되는 개념이다. 갈애(渴愛)라고도 하는데 수(受)에서 일어난 것을 맹목적으로 추구하는 욕심이다.
  ③ 취(取): 애(愛)의 촉발로 일어난 욕구로 대상을 마음대로 가지고자 하는 감정의 한 상태다. 애(愛)가 마음속에 일어나는 애증(愛憎)을 직접 드러내는 데 반해 이것은 그 다음에 일어나는 실제 행동이다. 업장(業障)에 직결되는 그릇된 마음으로 망령된 언어를 사용하고, 남의 것을 훔치며 때로는 살상(殺傷)까지 저지르는 원

인이 된다.

④ 유(有, 범어 bhava): 취(取)에 의하여 생겨난다. 우리말로 <있음>이며 몸과 말로 짓는 행동 다음에 일어나게 되는데 욕계(欲界), 색계(色界), 무색계(無色界) 등으로 구분된다. 욕망을 주격으로 하는 것이 욕계이며 욕망은 없으나 분별심은 있는 것이 색계(色界)다. 무색계(無色界)는 욕망과 물질은 없으나 분별심이 있는 상태를 가리킨다.

⑤ 생(生): 위와 같은 유(有)로 말미암아 존재 자체로 생성된다. 유(有)는 생(生)을 가능하게 하는 원인이기 때문에 <생으로 하여 유(有)가 생겨났다(生成依有)>라고 한다. 『금강경(金剛經)』 제3부에는 제행무상(諸行無常)의 이치를 깨친 것을 보리심(菩提心)이라고 하고 그런 믿음을 지닌 상태를 항복기심(降伏其心)이라고 했다. 금강경에는 중생이 해탈의 경지에 이르게 되면 일체 마장이 제거되어 모두 구제를 받을 것이라고 다음과 같이 적혀 있다.

부처가 수보리에게 가르치되 제보살 마하살은 마땅히 이와같이 그 지없이 믿는 마음을 지닐지니 이렇게 된 일체 중생의 무리, 곧 난생(卵生), 태생(胎生), 화생(化生), 모양이 있는 것이나 없는 것이나 생각이 있는 것이나 없는 것이나 모두가 해탈, 열반하여 큰 깨달음을 얻을 것이다.(佛告須菩提 諸菩薩摩訶薩 應如是降伏其心 所有一切 衆生之類 若卵生 若胎生 若濕生 若化生 若有色 若無色 若有想 若無想 若非有想 非無想 我皆令入無餘涅槃 而滅度之)

위와 같은 맥락으로 보면 불경에서 속중의 생(生)은 다분히 진리의 전단계로 지양극복이 필요한 개념이다. 그에 반해서 이 작품에 나오는 생명(生命)은 유전변화를 극복하여 이루어진 참다운 생명, 곧 극락왕생(極樂往生)의 차원으로 이해가 가능한 생이다.

2) **생명의 배, 황금(黃金)의 나라**: <생명의 배>는 우리 각자의 인생인 동시에 부처의 가르침에 눈뜨기 시작한 마음의 상태도 지닌 사

람을 가리킨다. <황금의 나라>는 해탈의 경지, 부처님의 나라를
뜻한다. 「장엄염불(莊嚴念佛)」을 보면 불국토(佛國土), 부처님의 나
라는 황금빛으로 빛나는 공간이다.

아미타불 보살님의 금빛 몸이어
거룩하고 장엄하며 절륜하구나
阿彌陀佛眞金色
相好端嚴無等倫

미타부처 거룩한 몸 금빛으로 솟아 있고
왼손은 가슴 위에 오른손은 드리웠네
彌陀丈六全軀立
左手當胸右受垂

푸른 비단 옷을 입고 붉은 가사 걸쳤으며
금빛 얼굴 눈썹 사이 흰 터럭은 빛이나네
綠羅衣上紅袈裟
全面眉間白玉毫

관음불 큰 부처님께 저희는 귀의합니다
황금의 산과 같고 치자 꽃과 같은 이시여
歸命聖菩觀自衣
身若全山薝蔔花

저희 마음 옥호광명 잊지 못하여
부처님의 금빛 체신 잊지 못하옵니다
心心常係玉毫光
念念不離全色相

3) **나침반(羅針盤)**: 초판 『님의 침묵』(1925년도 회동서관 발행)에는
이 말이 羅盤針으로 오식이 나왔다.

139

4) **꿈꾸는 한 줄기 희망(希望)의 (……) 물ㅅ결의 한 끗은 하늘을 치고 다른 물결의 한 끗은 땅을 치는 무서운 바다에 배질합니다**: 극락왕생의 소망을 <희망>이라고 했다. 희망이 <나침반>이 되고 <순풍>이 된다면 물결이 하늘과 땅을 치는 바다, 특히 <무서운 바다>의 표현은 이상하다. 여기서 바다는 고집멸도(苦集滅道)의 경지에 이르기 위한 과정으로 보아야 한다. 만해의 시에는 <지리한 장마 끝에 서풍에 몰려가는 무서운 검은 구름>과 같이 <무서운>이 사전적 뜻으로만 쓰이지 않았다. 견성(見性), 또는 해탈지견(解脫知見)의 경지를 염두에 두고 쓴 말법이다.

5) **환희(歡喜)의 영지(靈地)에서 순정(殉情)한 생명(生命)의 파편(破片)은 최귀(最貴)한 보석(寶石)**: 화자에게 <님>은 진리며 생명자체다. 그가 안아주는 것이므로 그는 기쁨과 즐거움만이 있는 땅에서 사랑의 감정을 안고 눈감게 된다. 그때 화자의 몸을 이렇게 말한 것이다.

6) **이 적은 생명(生命)이 님의 품에서 으서진다 하여도 환희(歡喜)의 영지(靈地)에서 (……) 님의 가슴에 사랑의 휘장(徽章)을 걸겠읍니다**: 이 부분부터 작품의 무대가 영지(靈地)로 바뀌었다. <으서진다>는 으스러진다의 방언이다. 여기서 <생명의 쪼각쪼각>은 한마음 부처님의 뜻을 받들려는 귀의심(歸依心)일 것이다. 이에 대해서는 『전편해설』에서 송욱 교수가 『벽암록』의 한 구절을 인용한 것이 있다. <남을 위하여 기꺼이 붉은 마음을 쪼각쪼각 날린다(不妨爲人赤心片片)>. 매우 신선한 발견이다.

7) **님이여 끝없는 사막(沙漠)의 한 가지의 깃듸일 나무도 없는 적은 새인 나의 생명(生命)을 님의 가슴에 으서지도록 껴안어 주서요**: <깃듸일>은 <깃들일>. 나무 한구루가 없는 사막에 사는 새의 비유를 통해 석가세존의 품에 귀의하고자 하는 화자의 염원이 심상으로 제시되어 있다.

사랑의 測量

질겁고 아름다운 일은 量이 만할수록 좋은 것입니다[1]

그런데 당신의 사랑은 量이 적을수록 좋은 가버요[2]

당신의 사랑은 당신과 나와 두 사람 새이에 있는 것입니다[3]

사랑의 量을 알랴면 당신과 나의 距離를 測量할 수 밖에 없읍
니다

그래서 당신과 나의 距離가 멀면 사랑의 量이 많고 거리가 가
까우면 사랑의 量이 적을 것입니다[4]

그런데 적은 사랑은 나를 웃기더니 만한 사랑은 나를 울립니다[5]

뉘라서 사람이 멀어지면 사랑도 멀어진다고 하여요

당신이 가신 뒤로 사랑이 멀어졌으면 날마다 날마다 나를 울리
는 것이 사랑이 아니고 무엇이여요[6]

二十. 사랑의 측량(測量)

　여성으로 생각되는 화자가 마음속으로 살뜰하게 그리는 사람을 사모하는 나머지 부른 사랑 노래다. 행 구분이 없이 줄글의 형태를 취한 가운데 마음속 파동을 감미로운 어조로 읊고 있다. 『님의 침묵』에 포함된 단순 애정시의 갈래에 드는 작품으로 말들이 잘 다듬어져 있고 격조를 가진 시다.

1) **질겁고 아름다운 일은 양(量)이 만할수록 좋은 것입니다:** <질겁고>는 <즐겁고>의 오철, <만할수록>은 <많을수록>으로 바로잡아야 한다.

2) **가버요:** <-인가보아요>. 만해가 『님의 침묵』을 만들었을 무렵에는 아직 한글 맞춤법 통일안이 확정되지 않았을 때다.(한글 맞춤법 통일안 확정 공포, 1933년) 이런 사투리식 표기는 그런 상황에서 빚어진 것이다.

3) **당신의 사랑은 당신과 나와 두 사람 새이에 있는 것입니다:** 앞행과 이 부분을 들어 『전편해설』에서 송욱 교수는 「당신의 사랑」이 공(空)의 경지를 가리킨다고 해석했다. 공(空)의 경지는 물질이나 인간이 차원을 극복하고 해탈의 경지에 이르러야 이루어지는 개념이다. 그런데 여기서 「당신의 사랑」은 분명히 <당신과 나와 두 사람 사이에 있는 것입니다>라고 되어 있다. 이것을 유심철학의 경지로 읽은 것은 온당할 수가 없는 생각이다.

4) **사랑의 양(量)을 알라면 (……) 그래서 당신과 나의 거리가 멀면 사랑의 양(量)이 많고 거리가 가까우면 사랑의 양(量)이 적을 것입니다:** 사전을 찾아보면 측량은 <기계를 써서 물건의 길이, 넓이, 높이, 깊이 등을 재어 헤아리는 것>으로 되어 있다. 사랑은 물질

이 아니라 감정이다. 감정인 사랑의 길이, 넓이를 우리가 재어볼 수가 없다. 이 불가능을 가능하게 만드는 길이 있다. 그것이 당신과 <나> 사이의 거리를 마음속으로 헤아려 보는 일이다. 우리 나라 고전을 보면 많은 경우 <사랑>은 <생각>의 뜻으로 쓰였다.

뉘아니 스랑ᄒᆞᅀᄫᆞ리(孰不恩懷)

— 「용비어천가」, 78장

므ᅀᅳ매 여기며 스랑하야(心想思惟)

— 「금강경언해」, 상, 18

생각하는 것, 그리워하는 것과 동의이음(同意異音)인 사랑은 한가지 매우 특이한 속성이 있다. 그것이 여건이 나쁘다든가 거리가 멀면 멀수록 그 열도나 팽창계수가 높아지거나 커지는 일이다. 만해가 이런 사실을 가락에 실어 읊은 것이 <당신과 나의 거리가 멀면 사랑의 양(量)이 만하고> 이하의 문장이다. 이것으로 <사랑의 측량>이라는 반어(反語)가 그 나름대로 논리의 근거를 갖게 된 것이다. 이 작품은 반어를 통해 인생의 진실 가운데 하나를 가락에 실어 본 것이다.

5) **적은 사랑은 나를 웃기더니 만한 사랑은 나를 울립니다:** <만한> →<많은>. 위에서 드러난 바와 같이 화자의 사랑은 거리가 멀어지면 그에 비례되어 팽창계수가 커진다. 그에 반해서 거리가 가까워지면 그 질량이 축소되는 것이다. 화자는 희로애오의 감정에 좌우되는 인간이다(득도자가 아니다). 속중(俗衆)에 지나지 않은 화자에게는 사랑이 커지면 그의 마음은 그리움이나 번민으로 하여 괴로워진다. 이런 논리의 연장선상에서 사랑의 양이 적어지면 그만큼 괴로움이 감소되는 것이다. 그 결과 위와 같은 심경이 토로된 것이다.

6) **당신이 가신 뒤로 사랑이 멀어졌으면 날마다 날마다 나를 울리는**

143

것이 사랑이 아니고 무엇이여요: 사랑하는 사람들이 서로 헤어지는 것을 이별이라고 한다. 유심철학에서 이별은 눈물을 뒤따르게 하지 않는다. 인생이 인연임을 알고 있는 경지에서는 회자정리(會者定離), 생자필멸(生者必滅)의 철리가 터득되어 있기 때문이다. 그런데 이 시의 화자는 이별한 님을 생각하고 눈물을 흘린다. 이것은 이 시가 불교식 형이상의 차원에서 쓰인 것이 아니라 사랑 노래임을 말해주는 각명한 증거다.

眞珠[1]

  언제인지 내가 바닷가에 가서 조개를 줏었지요 당신은 나의 치마를 걷어 주셨어요 진흙 묻는다고[2]

  집에 와서는 나를 어린아기 같다고 하셨지요 조개를 줏어다가 작난한다고 그러고 나가시더니 금강석[3]을 사다 주셨읍니다 당신이

  나는 그때에 조개 속에서 진주를 얻어서 당신의 적은 주머니에 너드렸읍니다[4]

  당신이 어디 그 진주를 가지고 기서요 잠시라도 웨 남을 빌여 주서요

二十一. 진주(眞珠)

　　줄글 형식으로 된 짤막한 작품으로 별로 까다로운 상징적 기법
은 쓰이지 않았다. 그럼에도 이 시는 단순 서정시가 아니다. 이 시
의 화자는 여성이며 그 나름의 사랑을 지니고 있다. 그의 상대는
남성으로 유추되며 석가여래는 아니나 아라한의 경지에 이른 경우
로 생각된다. 이 시는 여성 화자인 <내>가 이악(離惡), 불살(不殺)
의 경지에 이른 상대에게 보내는 사랑의 노래다. 화자가 아직 애
욕의 세계를 벗어나지 못했으므로 그는 엄격하게 말하면 아직 득
도(得道)의 경지에는 이르지 못했다. 그러나 그 생각의 한 자락이
성문(聲聞)에 있으므로 넓은 의미의 신앙시에 속한다.

1)　　**진주(眞珠)**: 욕심을 버리고 악을 물리치려는 청정심(淸淨心)의 상
　　징으로 생각된다. 불경에 진주가 나오는 예는 많지 못하다. 불경에
　　는 석가여래불의 불국토(佛國土)가 지닌 장엄, 화려한 모양을 제
　　시하여 금, 은과 연꽃, 높은 누각, 맑은 연못, 갖가지 보석이 가득
　　하다고 말했다.

　　　　사리불아 그 땅(극락)을 무엇 때문에 극락이라고 이름 지었는가.
　　그 나라의 중생들이 여러 괴로움이 없이 다만 여러 락(樂)을 누리는
　　고로 그 이름이 극락이라. 사리불아 극락국토에는 일곱 겹으로 된 다
　　락집의 난간과 일곱 겹으로 된 비단 방장과 일곱 겹의 행수(行樹)가
　　있으니 그 모두가 네 가지 보배로 마을과 저자를 둘렀으니 고로 그
　　이름이 극락이라.
　　　　또한 사리불아 극락국토에 칠보의 못이 있고 여덟 개의 공덕수가
　　넘쳐 흐르나니 그 바닥은 금모래만으로 덮여 있고 사방의 계단 길은
　　금과 은 유리와 수정으로 이루어져 있으며 그 위에 누각이 있는데

그 또한 금, 은, 유리, 수정과 조개, 홍보석과 마노로 장엄하게 장식되어 있느니라. 또한 못의 연꽃은 큰 것이 수레바퀴만하고 푸른 색깔 맑은 빛깔과 누른 색 누른 빛깔, 붉은 색 붉은 빛깔, 흰 색 흰 빛깔로 그윽하고 현묘하며 향기가 맑은 것이니 극락국토에 이르게 되면 이와 같이 공덕이 장엄한 것이다.

舍利佛 彼土 何故 名爲極樂 其國 衆生 無有衆苦 但受諸樂 故名極樂 又舍利佛 極樂國土 七重欄楯 七寶羅網 七重行樹 皆是四寶 周市圍繞 是故 彼國 名爲極樂 又 舍利佛 極樂國土 有七寶池 八功德水 充滿其中 低地 純以金沙 布地 四邊階道 金銀瑠璃玻瓈 合成 上有樓閣 亦以金銀瑠璃 玻瓈 硨磲赤珠 瑪瑙 而嚴飾之 池中蓮華 大如車輪 靑色淸光 黃色黃光 赤色赤光 白色白光 微妙香潔 舍利佛 極樂國土 成就如是功德莊嚴

—『아미타경』, 「불토의정분(佛土依正分)」

『전편해설』은 여기 나오는 진주를 『법화경』의 <옷 속의 보주(寶珠)> 비유와 관계가 있는 것으로 보았다. 이것은 중간과정을 생략하고 만해가 승려이기 때문에 그의 작품에 나오는 진주를 불교의 경전과 직결시킨 결과로 보인다. 이때 제기되는 문제를 검토하기 위해 우리는 『법화경』 해당부분을 검토해 보아야 한다.

이때에 500나한이 부처님 앞에 나가 이에 깨달음을 얻게 되니 기뻐하기 그지없는 채 자리에서 일어나 부처님 발치에 엎드리고 스스로 잘못을 뉘우치며 책망하여 말하였다.

"세존이여. 우리들은 이미 잘못 생각하여 스스로 지상의 해탈을 얻었다고 믿었습니다. 지금에야 우리는 그것이 무지한 소치임을 알았습니다. 우리는 마땅히 여래의 지혜를 얻어야 했는데, 오히려 소지(小智)에 만족한 때문입니다. 세존이여. 이는 마치 어떤 이가 친구 집에 가서 술에 취해 잠든 경우와 같습니다."

이때 친구는 관청 일을 보러 가야 하기 때문에 값을 헤아릴 수 없는 보주(무가보주)를 벗의 옷 속에 달아주고 사라졌습니다. 친구는 취해 잠이 들어 아무 것도 몰랐습니다. 그는 잠에서 깨어나서 여기저기를 떠돌다가 다른 나라에 이르러 먹고 입기에도 매우 힘이 들고 고생하여, 조금만 소득이 있어도 곧 만족하였습니다. 헤어졌던 친구가 나중에 그를 우연히 만나서 이렇게 말했습니다.

"아니 이 친구야, 어찌하여 먹고 입기에 이 지경이 되었나. 내가 그전에 자네로 하여금 안락하게, 그리고 마음껏 모든 욕망을 만족시킬 수 있도록 어느 세월에도 값을 헤아릴 수 없을 만큼 무가보주를 자네 옷 속에 달아 두었다네. 그 구슬은 지금도 여전히 거기 있네. 자네는 이를 깨닫지 못하고 애를 태우며 고통을 겪으며 살아가려 기를 썼으니 참으로 어리석구려. 자네는 지금 그 보배를 팔아서 그 돈으로 필요한 것을 사게. 그러면 모든 것이 뜻대로 되어, 없고 모자라는 것이 없이 마련이 될 거야."

부처님도 역시 이와 같습니다. 부처님이 보살로 계실 때에 우리들을 교화하여 모든 존재를 통틀어 크게 슬기로운 마음을 일어나게 하셨는데, 그것을 깨치지 못한 채 우리는 이미 유일지상의 길을 얻어서 스스로 해탈했다고 생각하여, 오히려 살아가기에 몹시 고생하고 조금만 소득이 생겨도 그것에 만족하였습니다.

爾時五百阿羅漢 於佛前 得受記已 歡喜踊躍 卽從座起 到於佛前 頭面禮足 悔過自責 世尊 我等常作是念 自謂已得 究竟滅道 今乃知之 如無智者 所以者何 我等應得 如來知慧 而便自以 小智爲足 世尊 譬如有人 至親友家 醉酒而臥 是時親友 官事當行 以無價寶珠 繫其衣裏 與之而去 其人醉臥 都不覺知 起已旅行 到於他國 爲衣食故 勤力求索 甚大艱難 若少有所得 便以爲足 於後親友 會遇見之 而作是言 拙哉丈夫 何爲衣食 乃至如是 我昔欲令 汝得安樂 五欲自恣 於某年日月 以無價寶珠 繫汝衣裏 今故現在 而如不知 勤苦憂惱以求自活 甚爲癡也 汝今可以此寶 貿易所須 常可如意 無所乏短 佛亦如是 爲菩薩時 敎化我等 令發一切智心 而心廢忘 不知不覺 旣得阿羅漢道 自謂滅道 資生艱難 得少爲足

— 『법화경』 권4, 「오백제자수기품(五百弟子受記品)」 제4(의역, 필자)

이런 인용을 읽어 보아도 우리의 머릿속에는 의혹의 그림자가 여전히 가시어지지 않는다. 그것이 『아미타경』 자거(硨磲)와 『법화경』의 보주(寶珠)가 곧 진주일까 하는 점이다. 불교는 중인도를 기반으로 발생했고 초기에는 내륙, 산악과 산림지방에 전파되었다. 그런데 연유했으리라 생각되는 바로 바다를 바탕으로 한 신앙 강론이 제대로 발달되지 않았다. 혹 이 경우에 반대 증거로 불경에 나오는 고해(苦海), 법해(法海) 등의 말과 함께 심해(心海), 해인(海印) 등의 예를 드는 이가 있을지 모르겠다. 이들 말은 무량, 절대의 차원을 뜻하는 것이지 생물이 태어나서 자라는 실재 공간으로서의 바다가 아니다.

불경의 자개와 보주(寶珠)가 진주일 수 있음을 유추해내기 위해서 우리는 두 가지 조금 다른 각도로 접근을 시도할 필요가 있다. 자개의 원료인 조개는 강에서도 나지만 바다의 패각이어야 보배 구실을 한다. 극락정토의 장식품으로 그것이 등장한 것은 그 산물인 진주와의 관계를 점치게 한다. 이와 아울러 우리가 주목해야 할 것이 브라만 문화에 등장하는 진주의 자취다. R. 타고르가 인도의 현대 시인이면서 브라만 계층 출신임은 이미 밝힌 바와 같다. 그의 시집 『신월(新月)』의 두 번째 작품인 「해안(海岸)」에는 <무한한 세계의 해안에 아이들이 모입니다. (……) 그들은 모래로 집을 지으며, 조개껍질로 작란을 합니다. (……) 그들은 헤엄칠 줄 모르며, 그들은 그물을 던질 줄 모릅니다. 진주잡이는 진주를 잡으려 물속으로 들어가며, 상인들은 배를 타고 갑니다>라는 구절이 있다.

만해가 타고르를 통해 진주를 수용했을 가능성은 두 가지 각도에서 포착된다. 앞에서 이미 드러난 바와 같이 그는 『님의 침묵』을 내기 전에 타고르의 『원정(園丁)』을 읽었다. 뿐만 아니라 같은 무렵에 그는 김억(金億)의 번역을 통해서 『신월(新月)』의 일부도 읽었을 것으로 추정된다. 1922년 겨울에 우리 시단에서 3차 문예 동인지가 되는 『금성(金星)』 창간호가 나왔다. 양주동(梁柱東)이 그 지상에 바로 『신월(新月)』의 작품을 소개했다. 거기에 「해안(海岸)」이 포함되어 있었는데 그 허두가 <가없는 세상의 바닷가에서 아이들은 모인다. 무궁한 하늘은 머리 위에 고요하고 물결은 쉬지 않고 덜레인다. 가없는 세상(世上)의 바닷가에 아이들은 모여서

소리 지르며 춤춘다>라고 번역해 놓았다. 김억이 이것을 문제 삼아 다음과 같이 비판했다.

지금 원문과 대조하면 알 것입니다. 낫낫치 전문(全文)을 들기가 귀치 안아서 마디마디를 들게 됩니다. The infinite sky is motionless overhead and the restless water is boiterous의 the restless water is boiterous를 '물결은 쉬지 안코 덜네인다' 한 역법(譯法)에는 암만 하여도 동의할 수 없습니다. restless는 형용사인데 이 역문에는 부사가 되어 boiterous를 형용하였습니다. '뒤복기는 물결은 떠듭니다'고 나는 옮기고 싶습니다. 하고 The children meet with shouts and dances를 '아희들은 모혀서 소리 질으며 춤춘다'고 하였습니다. 이것은 아희들이 다 모혀서 소리 질으며 춤춘다는 뜻이 아니고, '아희들은 소리 질으며 춤을 추며 모힙니다'하는 그 모히는 상태를 말한 것입니다.

김억의 위와 같은 비판이 있자 양주동(梁柱東)이 즉각 반박을 하고 나섰다. 『금성(金星)』, 3호(1924.5)에 실린 「『개벽』 4월호 『금성』평을 보고 김안서 군에게」가 바로 그것이다.

(1) 「해안」에 나오는 dead dealing을 '죽음을 분배(分配)하는 물결'이라고 한 것은 졸역(拙譯)이다. 다행히 나는 원문을 가지고 있어서 그것이 서툴다는 것을 알 수 있었으나 원문을 구할 수 없는 사람들에게는 이 분배가 무슨 뜻인가 납득이 가지 않을 것이다. 나는 그것을 '험난한 물결'이라고 의역했다.

(2) 군의 「아기의 버릇」을 보면 cannot ever bear to lose sight of her가 '항상 자기의 어머니를 보지 않코는 견대지 못합니다'라고 되어 있다. 이것이 '잠시라도, 어머니 압헤 안 보이지는 못하는 것이다'라고 옮긴 나의 번역보다 월등한 명역이 될 수 있는 근거는 무엇인가?

김억과 양주동의 논쟁은 당시 우리 문단 안팎의 일대 사건이었다. 마침 한용운은 서대문 감옥에서 석방되어 있었고 일제의 감시를 받는 중이었으나 『개벽』이나 『금성』 등의 문예지 구독에까지 발이 묶이지는 않았다. 그렇다면 그가 타고르의 『신월』을 읽고 그 세계에서 시적 자극을 받는 일은 얼마든지 가능했을 것이다. 이것으로 우리는 만해의 작품에 나오는 진주가 불경에 직결되는 것이 아니라 그의 타고르 읽기와 상관관계를 가지는 것으로 보지 않을 수 없다. 이렇게 보면 『전편해설』의 해석은 필요로 하는 논증 과정을 생략하고 단정적인 결론을 내린 것이다. 어떤 시인도 그의 작품을 행동철학이나 사상, 신앙을 뼈대로 한 관념을 통해서만 만들어내는 것은 아니다. 『전편해설』식 해석은 이 평범한 비평의 원칙을 돌보지 않은 채 작성된 것이다.

2) **언제인지 내가 (……) 당신은 나의 치마를 걷어 주섰어요 진흙 묻는다고**: 이 부분을 통해 우리는 화자가 여성인 동시에 철저하게 〈당신〉의 보호를 받고 있는 존재임을 알 수 있다.

3) **금강석**: vajra의 역어. 현대사회에서 다이아몬드라고 하는 가장 강한 돌. 견고성으로 하여 불타의 가르침에 대비된다. 불타의 가르침은 절대 완벽하며 견고하여 어떤 사상, 사유, 지혜로도 깰 수가 없다. 이런 대비를 통해 불타의 법을 뜻하게 된다. 워낙 완벽, 견고함으로 일체 업장과 번뇌를 모두 끊어 없앨 수 있는 것이 불법의 힘에 대비된 것이다.

4) **나는 그때에 조개 속에서 진주를 얻어서 당신의 적은 주머니에 너드렸읍니다**: 여기 나오는 진주를 『전편해설』은 〈인간 조건에서 얻은 공(空)의 진리〉라고 해석했다. 이에 따르면 여성인 화자는 해탈지견(解脫知見)의 경지에 이른 것이 된다. 그러나 이제까지 우리가 파악한 대로라면 그는 아직 세속적인 애증(愛憎)의 경계에 머물러 있다. 그런 그에게 〈당신〉이 금강석을 사다 준 것은 한마음을 바쳐 석가여래의 큰 법에 귀의하라는 뜻을 담은 것으로 보아야 한다. 작은 주머니에 넣어드린 〈진주〉는 역시 아라한의 경지에 이르지 못한 화자가 세속적 애정의 표시로 당신에게 준 것이다.
〈너드렸읍니다〉의 〈너〉는 〈넣어〉.

슬픔의 三昧[1]

하늘의 푸른 빛과 같이 깨끗한 주검[2]은 群動을 淨化[3]합니다
허무의 빛(光)인 고요한 밤은 大地에 君臨하얐읍니다
힘 없는 촛불 아레에 사리뜨리고[4] 외로히 누어 있는 오오 님이여
눈물의 바다에 꽃배를 띄었읍니다
꽃배는 님을 실고 소리도 없이 가러앉었읍니다
나는 슬픔의 三昧에 「我空」[5]이 되얐읍니다

꽃향기의 무르녹은 안개에 醉하야 靑春의 曠野에 비틀걸음치는 美人이여

주검을 기러기 털보다도 가벼웁게 여기고 가슴서 타오르는 불꽃을 얼음처럼 마시는 사랑의 狂人이여

아아 사랑에 병들어 自己의 사랑에게 自殺을 권고하는 사랑의 失敗者여[6]

그대는 滿足한 사랑을 받기 위하야 나의 팔에 안겨요
나의 팔은 그대의 사랑의 分身인 줄을 그대는 웨 모르서요[7]

二十二. 슬픔의 삼매(三昧)

이 시는 얼핏 보면 개화기의 문학청년이 편지글로 썼음직한 문
투로 되어 있다. 다른 또 하나의 특징은 이 작품이 의도적이라고
할 정도로 관념적인 말을 많이 쓰고 있는 점이다. 특히 <슬픔의
삼매(三昧)>, <아공(我空)> 등의 단어는 불경의 어느 부분을 연상
하게 한다. 작품으로서의 성패를 떠나서 만해가 쓴 또 하나의 형
이상시다.

1) **슬픔의 삼매(三昧)**: 슬픔은 감정의 한 형태로 눈물을 뒤따르게 하
   며 탄식이나 아픔도 동반한다. 삼매(三昧)는 samādhi의 번역어로
   잡념과 미혹을 떠나서 한 가지 대상에만 마음을 집중시키는 경지
   를 가리킨다. 이 경지에 이르면 사물을 올바르게 파악할 수 있는
   지혜가 생기며 그것으로 인간과 우주의 진리를 깨치는 길이 열린
   다. 이것으로 우리는 여기 쓰인 슬픔이 일상적 차원에서 벗어난
   것임을 느낄 수 있다.
     불교의 슬픔, 곧 비(悲)는 따로 떨어져 쓰이지 않고 대자대비(大
   慈大悲)로 나온다. 이때의 대자(大慈)는 중생을 제도할 수 있는 큰
   사랑이며 대비(大悲)는 중생을 아껴 함께 살아가려는 비원을 뜻한
   다.(이에 대한 자세한 것은 이 책 「당신은」의 주석 해설 ① 참조)
   이것으로 우리는 이 시가 고, 집, 멸, 도(苦集滅道)의 경지를 노래
   한 것임을 짐작하게 된다.

2) **하늘의 푸른 빛과 같이 깨끗한 주검**: 우리가 일상생활에서 겪는
   죽음이란 슬픔이며 아픔 그 자체다. 그것을 깨끗하다고 한 것은
   따라서 모순이다. 불교에서는 죽음, 곧 사(死)를 생(生)의 상대개
   념으로 보고 그것을 연기설의 한 가닥인 제행무상(諸行無常)의 연

장선상에서 생각한다. 인연이 있어 이 세상에 태어난 것이 곧 나(我)다. 불경의 아관(我觀)에 따르면 이 아(我)는 다시 실아(實我), 가아(假我), 진아(眞我) 등으로 구분될 수 있다. 불교 이전의 외도인(外道人)들은 <나>, 곧 <아(我)>가 실재하는 것으로 생각했다. 그러나 인연에 따라 이 세상에 나타난 모든 것은 불교의 큰 틀로 보면 실재하지 않는다. 여기서 바로 가아(假我) 개념이 태어났다. 우리가 <나>의 <가아(假我)>임을 깨쳤을 때 비로소 아(我)가 진아(眞我)로 될 길이 열린다. 그런데 대중은 어리석음으로 이 경지를 거쳐 무아(無我), 아공(我空)의 진리에 도달하지 못한다. 불교에서는 그 지름길이 바로 석가여래에 귀의하여 한마음 그의 말씀인 경을 익히고 체득함으로써 열린다고 생각한다. 그것으로 <나>의 죽음이 해탈, 열반, 곧 깨끗한 주검이 되는 것이다. 이에 대해서는 한용운이 『무상경(無常經)』을 인용한 것이 있다.(「불교대전」, 『한용운전집』(3), 28면)

생자(生者)는 다 사(死)에 귀(歸)하느니, 용안(容顔)이 진변쇠(盡變衰)하고 강력(强力)은 병(病)의 소침(所侵)이 되어 능히 사(斯)를 면하는 자가 무(無)한지라. 가사(假使) 묘고산(妙高山)도 겁진괴산(劫盡壞散)하며 대해(大海)가 수심(雖深)이나 역복고갈(亦復枯竭)하며, 대지(大地)와 일월(日月)도 시지(時至) 다 진(盡)이니 증(曾)히 일사(一事)도 무상(無常)의 탄(呑)을 불피(不被)함이 무(無)한지라 상(上)으로 비상천(悲想天)에 지(至)하고 하(下)로 전륜왕(轉倫王)에 지(至)하여 칠보(七寶)가 수신(隨身)하며, 천자(天子)가 위요(圍繞)하여도 기(其) 수명(壽命)이 진하면 수유(須臾)도 잠정(暫停)치 아니하고 사해중(死海中)에 표류하여 연(緣)을 수(隨)하여 중고(衆苦)를 수(受)하되 삼계(三界) 내에 순환하여 급정륜(汲井輪)과 여(如)하며 잠(蠶)의 견(繭)을 작(作)하매 토사(吐絲) 자전(自纏)함과 여(如)하니 무상(無上)한 제세존(諸世尊)과 독각(獨覺) 성문(聲聞) 중(衆)도 상(常)히 무상(無常)한 신(身)을 사(捨)하였거든 하황범부(何況凡夫)리요 부모, 처자, 형제, 권속(眷屬)이 생사(生死)의 격(隔)을 목관(目觀)하면 기(豈) 불수탄(不

愁歎)이리요. 시고(是故)로 제인(諸人)을 권하느니 진실법(眞實法)을 체청(諦聽)하여 공(共)히 무상처(無常處)를 사(捨)하고 당(當)히 불사문(不捨門)을 행(行)할지라. 불법(佛法)은 감로(甘露)와 여(如)하여 열을 제(除)하고 청량(淸凉)을 득(得)하느니 일심(一心) 선청(善聽)하면 능히 제번뇌(諸煩惱)를 제(除)하리라.

3) **군동(群動)을 정화(淨化)**: 불법에 귀의함으로써 중생이 정화됨을 가리킨다. 군동(群動)은 식물이 아닌 동물, 또는 짐승의 무리.

4) **사리뜨리고**: 사리다의 방언으로 생각됨.

5) **아공(我空)**: ātmā-śūnyata 법공(法空)에 대가되는 말로 생공(生空), 인공(人空)이라고도 한다. 불교에서 아공의 개념을 제대로 파악하려면 그 전제로 무아(無我)의 뜻을 알아야 한다. 인도에서 아(我)는 ātman의 역어로 브라만(梵)의 개념에 대립되는 것이었다. 브라만이란 이미 지적된 바와 같이 우주적 실체를 가리켰다. 그에 대해서 개체의 실체성을 ātman이라고 한 것이다. 브라만교에서는 이 아(我)를 인정하고 그것을 명상(철학적 입장)을 통해서 추구하고자 했다. 그러나 석가모니는 이 존재를 인식할 수도 증명할 수도 없다고 보았다. 이에 대해서는 『중아함경(中阿含經)』에 나오는 「화살의 비유」가 있다.

외도인으로 석가모니불에 귀의한 청년 만동자(蔓童子)가 당시 종교나 철학에서 유행한 본체론(本體論)을 통해 <나>와 세계의 문제를 해결하고자 했다. 그가 문제 삼은 본체론의 내용은 다음과 같은 것으로 어느 것이나 경험 불가능한 것이었다.
1) 시간적으로 세계는 유한한 것인가, 무한한 것인가?
2) 공간적으로 세계는 유한한 것인가, 무한한 것인가?
3) 육체와 영혼은 같은가, 다른가?
4) 석가여래(생사를 초월한 사람)는 죽은 후에 존재하는가, 안 하는가?
이 청년은 이와 같은 본체론상의 문제가 해결되지 않는 한 수행을 할 마음이 없다고 말했다. 그러자 석가여래가 다음과 같은 이야기를 했다.

독 묻은 화살을 맞은 사람이 있었다. 그는 독화살을 쏜 사람의 인물, 집안 내력, 성명 등 또는 활이나 화살의 종류, 독의 성질들 일체를 알고자 했고 그 의문이 풀리기 전에는 독 묻은 화살을 뽑지 않겠다고 하였다. 그 사이에 독이 온몸에 퍼져 죽고 말았다. 우리 인간이 미혹에 빠져 헤매는 것은 마치 독묻은 화살을 몸에 맞는 것과 같다. 그것을 제거하려는 수행을 하지 않고 해결 불가능한 본체론만 고집하면 너(만동자)는 죽어서 윤회의 고를 벗어나지 못할 것이다. 석가여래의 이와 같은 설법을 듣고 나서야 동자는 비로소 자기의 잘못을 깨우치고 불도 수행에 들어갔다는 것이다.

이 비유를 통한 설법이 가리키는 바는 명백하다. 불교에서 아(我)를 알아내기 위한 본체론, 또는 형이상학적 문제제기는 애초부터 불필요한 것이다. 제행무상(諸行無常)의 개념은 우주의 삼라만상 가운데 그 어느 것도 고정된 속성과 본체가 없음을 뜻한다. 이것을 무자성(無自性)이라고 한다. 이미 절대적 요소가 없는데 어떻게 독립된 아(我)가 있을 것인가. 대승불교는 여기서 무아(無我)를 다시 인무아(人無我)와 법무아(法無我)로 나누었다. 여기서 아공이란 인무아(人無我)에 해당되며 법무아(法無我)가 법공(法空)이다. 아공이 실체로서의 자아가 없다고 하는 것이라면 법공은 불생불멸의 법이다. 『반야바라밀다심경』에 나오는 것과 같이 5위 75법, 오온(五蘊) 등의 법도 모두 없다는 생각이다. 이렇게 보면 <나는 슬픔의 삼매에 '아공'이 되얏습니다>는 생사일여(生死一如)를 깨치고 보니 해탈의 경지에 이르렀음을 말한 것이다.

6) **꽃향기의 무르녹은 안개에 취(醉)하야 청춘(靑春)의 광야(曠野)에 비틀걸음치는 미인(美人)이여/ (……) 가슴서 타오르는 불꽃을 얼음처럼 마시는 사랑의 광인(狂人)이여/ 아아 사랑에 병들어 자기(自己)의 사랑에게 자살(自殺)을 권고하는 사랑의 실패자(失敗者)여:** 이 연 3행에 나오는 <미인>과 <광인(狂人)>, <사랑의 실패자>

등은 한가지 점에서 공통된다. 이들은 다 같이 지견(知見)과 견성(見性)의 길에서 동떨어진 사람들이며 미혹의 바다에서 허우적댄다. 특히 사랑의 실패자는 그 정도가 심하다. 그는 애인인 <자기의 사랑>에 자살을 권고할 정도로 퇴폐적이다. 이들에 대해 화자는 비상한 열기를 담은 목소리로 애정을 표시한다. 이것은 이미 드러난 바와 같이 <아공(我空)>의 경지에 이른 화자의 입장으로는 이율배반이 아닐 수 없는 말이다. 대체 득도, 자재신이 되기를 기한 지 오랜 만해가 무엇 때문에 이런 내용의 시를 쓴 것인가. 이렇게 제기되는 의문에 대한 해답은 다음에 나타난다.

7) **그대는 만족(滿足)한 사랑을 받기 위하야 나의 팔에 안겨요./ 나의 팔은 그대의 사랑의 분신(分身)인 줄을 그대는 웨 모르서요**: 이 바로 앞에 나오는 사람들은 모두가 충동적인 사랑, 곧 세속적 사랑에 자신들을 내어 맡긴 경우였다. 그러나 여기 나오는 <나>는 그들과 다르다. 그는 <만족(滿足)한 사랑>을 지닌 자다. 그는 <아공(我空)>에 이른 자이므로 득도를 한 것이다. 그가 속중을 향해 나의 팔에 안기라고 한 것은 대자대비의 품을 믿으라는 것이다. 나의 팔이 <그대의 사랑의 분신(分身)이라는 부분에도 주의가 필요하다. 본래 대자대비를 실현할 수 있는 불성(佛性)은 보살이나 아라한에게만 있는 것이 아니라 속중도 두루 갖추고 있다. 그러니까 자재신(自在身)이 된 화자의 팔에 안기기만 하면 <청춘의 광야에 비틀걸음치는 미인(美人)>이나 <사랑의 광인(狂人)>, <사랑에 병들어 자기의 사랑에게 자살을 권고하는 사랑의 실패자>들 등 모두가 대자대비의 차원에 이를 수 있다. 이것으로 이 작품의 뼈대가 된 것이 수상행식(受相行識)의 차원을 극복하여 열반의 경지에 이르기를 기한 노래임이 명백해진다.

의심하지 마서요

의심하지 마서요[1] 당신과 떨어져 있는 나에게 조금도 의심을 두지 마서요

의심을 둔대야 나에게는 별로 관계가 없으나 부질없이 당신에게 苦痛의 數字만 더 할 뿐입니다

나는 당신의 첫사랑의 팔에 안길 때에 온갖 거짓의 옷을 다 벗고 세상에 나온 그대로의 발게벗은 몸을 당신의 앞에 놓았읍니다 지금까지도 당신의 앞에는 그 때에 놓아둔 몸을 그대로 받들고 있읍니다[2]

만일 人爲가 있다면 「엇지하여야 츰 마음을 변치 않고 끝끝내 거짓 없는 몸을 님에게 바칠고」하는 마음 뿐입니다[3]

당신의 命令이라면 生命의 옷까지도 벗겠읍니다

나에게 죄가 있다면 당신을 그리워하는 나의 「슬픔」입니다

당신이 가실 때에 나의 입설에 수가 없이 입맞추고 「부대 나에게 대하야 슬퍼하지 말고 잘 있으라」고 한 당신의 간절한 부탁에 違反되는 까닭입니다[4]

그러나 그것만은 용서하야 주서요

당신을 그리워하는 슬픔은 곧 나의 生命인 까닭입니다

만일 용서하지 아니하면 後日에 그에 대한 罰을 風雨의 봄새벽

의 落花의 數만치라도 받겠읍니다[5]

　당신의 사랑의 동아줄에 휘감기는 體刑도 사양치 않겠읍니다

　당신의 사랑의 酷法 아래에 일만가지로 服從하는 自由刑도 받겠읍니다

　그러나 당신이 나에게 의심을 두시면 당신의 의심의 허물과 나의 슬픔의 죄를 맞비기고 말겠읍니다[6]

　당신에게 떨어져 있는 나에게 의심을 두지 마서요 부질없이 당신에게 苦痛의 數字를 다하지 마서요

二十三. 의심하지 마서요

　　여성화자인 나를 내세워 번뇌의 고리 끊기를 기한 수도자의 노래다. 이 시에서 화자가 여성인 점은 그가 집을 떠난 것이 아니라 지키는 입장에 있음으로 증명된다. 근대사회가 되기 전, 특히 동양에서 집을 떠나 여러 곳을 들르며 갖가지 체험을 하는 것은 남성이었다. 여성은 그를 기다리는 가운데 어른을 받들고 아이들을 기르면서 다소곳이 남성들의 무사 귀환을 빌고 바라는 삶을 살았다. 『님의 침묵』에 수록된 여러 편의 시가 그런 것처럼 이 작품도 불교의 교리에 의거한 신앙시다. 불교의 교리를 관념으로서가 아니라 등장인물의 말과 행동으로 바꾸어 놓은 우의(寓意)의 기법이 주목된다.

1)　**의심하지 마서요**: 의심(疑心), 곧 의(疑)는 번뇌의 씨앗이 되는 것으로 승가의 수도를 위해서 가장 큰 해독요소로 규정된다. 「바라문연기경(婆羅門緣起經)」에 <탐, 진, 치, 만, 의(貪, 瞋, 痴, 慢, 疑)>가 분복(紛覆)하여 뇌해(惱害), 광망(誑妄), 괴질(怪嫉)의 염심(染心)을 기(起)하면 차등(此等)이 각위제번뇌(各爲諸煩惱)>라고 있다.(「불교대전」, 제5절, 업연품(業緣品), 제3장 「번뇌」, 『한용운전집』(3), 103면)

　　불교에서 염불을 하는 궁극적 목적은 고통과 속박에서 벗어나 즐겁고 평화스러운 경지를 개척하려는 것이다. 이를 위해서는 무엇이 고통과 속박의 원인이 되는가를 밝혀 나가야 한다. 불교에서는 마음속에서 일어나는 고통과 속박을 곧 번뇌로 보는데 그 원인으로 위와 같은 탐, 진, 치, 만, 의를 손꼽는다.

　　① 탐(貪): 탐욕, 사물 또는 그것을 생기게 하는 여러 근저에 대

해서 욕심을 내며 갖고자 하는 마음. 이것이 끊임없이 우리에게 미혹을 일으키고 번뇌의 씨앗이 된다.

② 진에(瞋恚): 성을 내거나 분노하는 것. 자기 마음에 들지 않는 것, 또는 그것을 빚어내게 한 원인에 대해서 갖게 되는 분노의 마음. 마음의 평정을 잃어버리고 나아가 포악한 일까지 저지르는 원인이 된다.

③ 우치(愚癡): 무아(無我)의 법리가 진리라는 것, 삼라만상이 무아(無我)임을 깨치지 못하는 암우(闇愚)로서 일체 미혹의 씨앗이 되는 마음.

④ 만심(慢心): 남을 업신여기고 자기자신을 남보다 잘났다, 훌륭하다고 생각하는 마음. māna의 역어로 삼만(三慢), 칠만(七慢), 구만(九慢)등으로 말한다. 참고로 삼만은 아승만(我勝慢), 아등만(我等慢), 아열만(我劣慢), 비하만(卑下慢) 등이다.

⑤ 의심(疑心): 인과의 진리를 의심하는 마음. 이것이 진리에 귀의하려는 대자대비의 마음을 가로막아 올바르게 수도를 이루게 하지 못하게 만드는 원인이 된다. 승가에서 의(疑)는 마음을 가다듬어 보살행의 길을 가는 데 저해 요소가 되는 것, 특히 정성(正省)에 방해가 되는 것으로 수도자에게 금기가 된다. 세 가지 의(疑)가 있다고 보는데 1) 의자(疑自): 자신이 보살행에 들기에 적격자가 아니라고 생각함. 2) 의사(疑師): 스승 곧 석가모니 부처의 가르침에 의혹을 품는 것. 3) 의법(疑法): 불법의 진실성 여부에 의문을 품는 것 등이 그것이다.

일찍부터 인과의 진리란 삼라만상이 끊임없이 생성변화함을 인정하는 것으로 시작했다. 제행무상(諸行無常)의 철리가 이를 바탕으로 이루어졌다. 중생이 석가여래불에 귀의하여 일체 고액(苦厄)과 업장(業障)에서 벗어나 해탈로 피안에 이를 길이 이로써 열릴 수 있는 것이다. 의심은 이 해탈지견(解脫知見)의 길을 가로막는 장애 요인 가운데 하나다. 이 시의 화자가 거듭 <의심하지 마서요>를 되풀이하고 있는 까닭이 여기에 있다.

²⁾ **나는 당신의 첫사랑의 팔에 안길 때에 온갖 거짓의 옷을 다 벗고 세상에 나온 그대로의 발게벗은 몸을 (……) 지금까지도 당신의 앞에는 그 때에 놓아둔 몸을 그대로 받들고 있읍니다:** 이런 한용운의 어법은 불교의 증도가(證道歌)라는 점에서도 독특한 것이다. 증도가란 본래 도를 깨친 체험을 적은 노래다. 많은 증도가의 내용은 작자인 내가 중심이 되어 있으며 종교체험을 바탕으로 한다. 이 시에도 시인 자신으로 생각하는 <내>가 등장하기는 한다. 그러나 그는 직접 그의 신앙 체험을 토로하지 않는다. 제3자인 <당신>을 내세워 그를 향해 그 자신의 생각이나 체험을 말하게 만든다. 불교에서는 석가여래의 설법을 적은 책을 경장(經藏)이라고 한다. 『법화경(法華經)』이나 『화엄경(華嚴經)』이 그것을 대표한다. 경장은 부처의 설법이 주가 되어 있으므로 그 주체는 석가여래 자신이다. 사이사이에 제자들의 질문이 끼어든 것도 있으나 그들은 어디까지나 보조역할을 할 뿐이지 대등한 입장의 설법을 뜻하지 않는다. 이 밖에도 불교의 정전에는 율장(律藏)이 있고 논장(論藏)이 있다. 율장이란 불교도들이 지켜야 할 여러 예법과 규정을 적은 것이다. 이것 역시 석가여래의 말에 의거한 것이므로 그 화자는 거의 모두가 한 사람이다.

삼장(三藏)에 포함되는 불교 경전의 또한 유형을 이루는 것이 논장이다. 이것은 석가여래 이후의 고승, 대덕 가운데 경장과 율장에 포함된 부처의 말을 재해석, 설명해 놓은 것이다. 『구사론(俱舍論)』, 『대승기신론(大乘起信論)』, 『대지도론(大智度論)』 등이 이 유형에 속하는데 이런 논장(論藏)에도 발화자와 그의 상대역 등 두 사람을 등장시킨 예가 없지 않다. 그의 시에서 한용운이 독특한 화법을 도입한 것은 이런 불교관계 경전의 영향일지 모른다. 다시 여기서는 <발게벗은>→<벌거벗은>과 같은 육감적 어휘가 나온다.

³⁾ **만일 인위(人爲)가 있다면 「엇지하여야 춤 마음을 변치 않고 끝끝내 거짓 없는 몸을 님에게 바칠고」하는 마음 뿐입니다:** <인위(人爲)>는 태어나 자라면서 얻게 된 세속적 때와 허물을 가리킨다.

여기서 인위(人爲)는 화자가 석가모니 부처에 완전 귀의하기 전의 마음을 가리킨다. 그것이 부정된 것은 화자 자신이 터럭만큼도 불법에 어긋나는 일을 할 생각이 없음을 뜻한다. <츰>은 <처음>의 방언.

4) **나에게 죄가 있다면 당신을 그리워하는 나의 「슬픔」입니다/ (⋯⋯) 「부대 나에게 대하야 슬퍼하지 말고 잘 있으라」고 한 당신의 간절한 부탁에 위반(違反)되는 까닭입니다:** 「슬픔」에 묶음표가 처져 있는 점을 지나쳐 보아서는 안 된다. 일상적인 차원으로 보면 슬픔은 비애(悲哀)의 다른 이름이다. 그러나 불교에서 비(悲)는 대자대비에 수렴되는 개념으로 세상의 모든 중생을 돌보려고 하는 큰 사랑을 가리킨다. 화자인 당신이 나에게 <부디 나에게 대하야 슬퍼하지 말고 잘 있으라> 한 것도 그런 맥락에서 파악되어야 한다. 대자대비의 경지를 개척하자는 당신의 말을 어기고 그만을 사랑한 나머지 <슬픔>에 잠겼으니 그것이 <죄>가 될 수 있다.

5) **만일 용서하지 아니하면 후일(後日)에 그에 대한 벌(罰)을 풍우(風雨)의 봄새벽의 낙화(落花)의 수(數)만치라도 받겠읍니다:** 여기서 벌은 봉건왕조의 국문장에서 난장을 맞는 죄인의 심상을 떠올리게 만든다. 야차 같은 형리가 내리치는 곤장은 사람의 살점을 찢고 선홍빛 피를 꽃잎처럼 낭자하게 튀게 했다. 이런 구절을 통해 우리는 불교도인 한용운이 갖게 된 역발상(逆發想)의 자취도 읽을 수 있다. 낙화는 순기능으로 작용하는 자리에서 석가여래불의 나라, 곧 불국토의 영광과 화려, 장엄한 정경을 배가시키는 매체 구실을 한다. 「님의 침묵」의 주석 1)에서 이미 나타난 바와 같이 불교도에게 해탈, 열반의 경지는 하늘의 꽃인 만다라화, 만수사화, 우발라화 등이 비오듯 내리는 자리다. 이것을 거꾸로 생각하면 비바람에 흩날리는 낙화 사바 세상의 업보에 시달리며 번뇌로 몸부림치는 고통의 심상으로 제시될 수 있을 것이다.

6) **그러나 당신이 나에게 의심을 두시면 당신의 의심의 허물과 나의 슬픔의 죄를 맞비기고 말겠읍니다:** <당신의 의심>은 이 작품 주

석란 1)에 나타나는 바와 같이 업연품(業緣品)의 한가닥인 번뇌의
씨앗을 지닌 일이다. <나의 슬픔>도 불교도에게 금기가 된 애욕
의 불구덩이에 한 몸을 내어던진 꼴이다. 『전편해설』에서 <나의
슬픔>은 대비(大悲)를 말한다. 대비는 중생(衆生)의 번뇌를 떠날
수 없음으로 이 두 가지를 비길 수 없다(두 가지는 <당신의 의
심>과 <나의 슬픔>, - 필자주)라고 해석되었다. 이때의 대비는
색계(色界)에 속하는 감정의 한 형태인 애욕이 아니다.

이와 달리 대자대비의 전단계에 속하는 애(愛), 곧 사랑에 대해
서는 이 책에 나오는 작품 「생명」의 주석 1)에서 이미 설명된 것
이 있다. 다시 한 번 이를 되풀이하면 그것은 연기론의 한 항목을
이루는 것으로 해탈과 견성(見性)에 이르는 정화작용을 거치기 전
의 탐욕에 수렴되는 개념이다. 불경에서 애(愛)는 흔히 애착(愛着)
으로 나온다. 『아함경』 법보품에서는 12인연을 말하는 자리에 애
(愛)에 대한 언급이 있다. <수(受)에 따라 마음에 집착함을 애착
(愛着)이라고 한다. 받아들이는바 여섯 인식 대상 가운데 마음이
갈애(渴愛)를 일으킴을 가리킨다(愛從受中心著 名之爲愛 謂於所領
受六塵中 心生渴愛也)>. 이것으로 우리는 이 부분이 나와 당신의
허물을 서로 인정함으로써 무로 돌리고자 한 것임을 알 수 있다.
이성에 대한 사랑을 노래한 이 시가 끝내는 불법의 범주를 벗어나
지 못한 것이라고 보아야 할 까닭이 여기에 있다.

당신은

당신은 나를 보면 웨 늘 웃기만 하서요 당신의 찡그리는 얼골을 좀 보고 싶은데[1]

나는 당신을 보고 찡그리기는 싫여요 당신은 찡그리는 얼골을 보기 싫여 하실 줄을 압니다[2]

그러나 떨어진 도화가 날어서 당신의 입설을 슬칠 때에 나는 이마가 찡그려지는 줄도 모르고 울고 싶었읍니다[3]

그레서 금실로 수놓은 수건으로 얼골을 가렸읍니다

二十四. 당신은

이 작품 또한 단형 서정시의 형태로 쓰인 가운데 증도가(證道歌)의 성격을 띠고 있다. 시적 화자인 나는 여기서도 견성(見性), 해탈의 경지를 추구하는 사람이다. 그가 당신이라고 부른 대상은 이미 대자대비(大慈大悲)의 경지에 이른 아라한이나 부처로 생각된다. 화자가 그런 당신에게 보내는 생각을 통해서 가슴속에 서린 절절한 생각을 노래한 것이 이 시다. 연가(戀歌) 투의 말씨가 쓰였음에도 은연중 불교의 철리 가운데 하나를 바닥에 깔고 있는 점이 주목된다.

1) **당신은 나를 보면 웨 늘 웃기만 하서요 당신의 찡그리는 얼골을 좀 보고 싶은데**: 만해의 님, 또는 당신의 한갈래에 일체 번뇌를 끊고 제도중생(濟度衆生)의 길을 걷고자 하는 인격적 실체가 있음은 이미 되풀이 지적된 바와 같다. 이와 같이 보살행을 실천하려는 사람에게 웃음은 법열(法悅)을 뜻하며 무변중생을 대할 때 생기는 표정이다. 부처의 큰 사랑을 불교에서는 대자(大慈)라고 한다. 큰 사랑을 가진 석가여래가 중생을 웃음으로 마주보는 것은 당연하다. 그러나 그에 앞선 보살행의 단계에서 제도중생을 지향하는 수행자들에게는 고민이 있고 병으로 앓기도 한다.

이미 드러난 바와 같이 불교가 진리를 터득하고 영생불교의 길에 들어선다는 것은 그 혼자만이 견성(見性), 해탈지견(解脫知見)의 경지에 이른 것으로는 완성되지 않는다. 제행무상(諸行無常)의 진리를 터득한 차원을 불교에서는 도를 깨친 것, 곧 오도(悟道)라고 한다. 이것을 다른 말로 표현하면 우주와 삼라만상의 실상(實相)을 깨친 경지, 곧 상구보리(上求菩提)의 경지에 이른 것이다.

그러나 불교 특히 대승불교(大乘佛敎)에서는 우리의 진리˙탐구가 이와 같은 자리(自利)의 차원에 머물러서는 안 된다.

오랜 고행과 수도 끝에 불교의 큰 지혜를 얻게 된 불제자는 그 다음 단계에서 무명(無明)의 자리를 얻어내지 못한 대중을 구제하는 길에 나서야 한다. 이것이 하화중생(下化衆生)의 차원이다. 불교도가 보살행을 기하는 첫 관문에서 아침저녁으로 염송하는 글귀에 사홍서원(四弘誓願)이 있다. 그 첫 구절이 <중생은 가이없을 정도로 수가 많다. 맹세코 그들을 구제하여 고해를 건너게 하리라(衆生無邊誓願度)>이다. 이와 같은 보살과 대비(大悲)의 관계를 한용운은 일찍부터 놓치지 않았다. 다음은 『불교대전』「보살의 자비」의 한부분이다.

　　보살(菩薩)은 비심(悲心)으로 시(施)를 념(念)하여 재물이 무(無)하여도 인(人)의 걸(乞)을 견하면 무(無)라 인언(忍言)치 못하고 비루(悲淚)를 타(墮)하느니, 고뇌자(苦惱者)를 견(見)하고 능히 누(淚)를 불타(不墮)하면 어찌 비(悲)를 수행하는 자라 득명(得名)하리요 비(悲)가 승(勝)한 자는 타(他)의 고뇌(苦惱)를 문(聞)하여도 상(尙)히 감인(堪忍)치 못하거든 항복타고(況復他苦)를 안견(眼見)하고 구제치 아니함은 시처(是處)가 무(無)하니라. 비심(悲心)이 유(有)한 자는 빈고중생(貧苦衆生)을 견(見)하고 가여(可與)할 재(財)가 무(無)하면 비고(悲苦) 탄식(歎息)하며 중생(衆生)이 수고(受苦)함을 견(見)하매 비읍(悲泣) 타루(墮淚)하느니 누(淚)를 타(墮)하는 고로 기(其) 심(心)의 연(軟)을 지(知)할지라. 보살(菩薩)의 비심(悲心)은 설취(雪聚)와 여(如)하니, 설취(雪聚)는 일(日)을 견(見)한 즉 융소(融消)하고 보살(菩薩)의 비심(悲心) 설취(雪聚)는 고뇌중생(苦惱衆生)을 견(見)한 즉 누(淚)를 유(流)하는 지라. 보살(菩薩)의 누(淚)는 삼시(三時)가 유(有)하니 일자(一者)는 공덕(功德)을 수(修)하는 인(人)을 견(見)하매 애경(愛敬)하는 고로 누(淚)를 타(墮)함이요 이자(二者)는 고뇌중생(苦惱衆生)의 공덕(功德)이 무(無)한 자를 견(見)하매 비민(悲愍)한 고로 누(淚)를 타(墮)함이요 삼자(三者)는 대시(大施)를 수(修)할 시(時)에 비희용약(悲喜踊躍)하여 역복타루(亦復墮淚)하느니 보살(菩薩)의 타루

(墮淚)를 계(計)하면 사대(四大) 해수(海水)보다 다(多)한 지라. 세간 (世間) 중생(衆生)이 친속(親屬)을 사(捨)하고 비읍(悲泣) 타루(墮淚) 하여도, 보살(菩薩)이 빈고중생(貧苦衆生)을 견(見)하고 재(財)가 무 (無)하여 시(施)를 부득(不得)할 시(時)에 비읍타루(悲泣墮淚)함만 불 여(不如)하니라.

— 「불교대전」 제3편, 「불(佛)의 자비」, 「대장부론(大丈夫論)」, 『한용운전집』(3), 54면.

대자대비(大慈大悲)가 보살행에서 중심개념이 되는 것과 꼭같이 그 표현형태인 웃음과 찡그린 얼굴(슬픔) 또한 견성(見性)과 제도 중생의 길목을 차지한다. 한용운은 그 가운데 대비(大悲)의 개념 을 드러내어 <당신의 찡그린 얼굴>로 제시했다. 그것을 <내>가 보고 싶다고 한 것은 보살들이 제도중생의 길에서 겪는 고통을 화 자가 느껴보겠다는 말이다.

2) **나는 당신을 보고 찡그리기는 싫여요 당신은 찡그리는 얼골을 보 기 싫여 하실 줄을 압니다**: 보살과 부처는 중생의 고통과 병을 스 스로의 아픔으로 삼아야 한다. 찡그리는 표정은 중생의 괴로움과 아픔을 함께하는 표정과 동의어가 된다. 그러니까 보살행에 들어 선 <당신>은 중생의 한사람인 <나>의 찡그리는 표정을 싫어한 다. 대비(大悲)와 보살행의 관계 일부는 유마힐(維摩詰)이 병으로 눕게 되자 석가여래가 문병을 위해 보낸 문수사리(文殊師利)와 유 마힐 사이의 대화를 통해 그 윤곽이 선명하게 드러난다.

"거사여, 이 병을 그래 견딜 만합니까? 치료의 효과는 있습니까? 더 중해지지는 않았습니까? 세존께서 매우 걱정하시어 문병하시도록 저를 보냈습니다. 거사여, 이 병은 무슨 까닭에 생겼으며 얼마나 오 래 되었으며, 어떻게 하면 나을 수 있습니까."
유마힐이 말했다. "어리석음 때문에, 애욕을 지니게 되니 병이 생 기게 되었습니다. 모든 중생이 앓고 있으므로, 나도 병을 앓고 있는 것입니다. 만약 일체 중생의 병이 사라지면, 내 병도 사라질 것입니다. 왜냐하면 보살은 중생을 위해 생사(生死)의 길에 들어서는 것입니다. 생사가 있으면 병이 있습니다. 만약 중생이 병에서 떠나 있게 되면 보살도 병이 없게끔 될 것입니다. 비유컨대 장자(長子)에게 오직 한 아들이 있는데, 그 아들이 병에 걸렸다고 하면 부모도 아프게 되지요. 만약 아들의 병이 나으면 부모의 병도 낫는 것입니다. 보살은 이와같이 모든 중생을 대하기를 아들을 대비하는 것처럼 이들을 사랑합니다. 중생이 병에 걸리면 보살도 병에 걸리고, 중생의 병이 나으면 보살의 병도 낫지요." 또 말하였다. "이 병이 무슨 원인으로 생겼습니까." 보살이 말했다. "병든 것은 대비(大悲)때문입니다."

居士 是疾寧可忍不 療治有損 不至增乎 世尊 慇懃 致問無量 居士 是疾 何所因起 其生久如 當云何滅 維摩詰言 從癡有愛 則我病生 以一切衆生病 是故 我病 若一切衆生得不病者 則我病滅 所以者何 菩薩 爲衆生故 入生死 有生死 則有病 若衆生得離病者 則菩薩無復病 譬如長子 唯有一子 其子得病 父母亦病 若子病愈 父母亦愈 菩薩如是 於諸衆生 愛之若子 衆生病 則菩薩病 衆生病愈 菩薩亦愈 又言是疾 何所因起 菩薩病者 以大悲起

3) **떨어진 도화가 날어서 당신의 입설을 슬칠 때에 나는 이마가 찡 그려지는 줄도 모르고 울고 싶었습니다:** <입설>→<입술>, <슬칠 때>→<스칠 때>. 도화 곧 복숭아꽃은 오도(悟道)와 견성(見性)의 경지를 가리킨다. 앞에서 지적된 바와 같이 한용운의 한시에 이에 해당되는 것이 있다.

한마디 크게 외쳐 온우주를 뒤흔드니
눈 속에 복숭아 꽃 송이송이 흩날린다.
一聲喝破三千界
雪裏桃花片片紅

화자가 오도(悟道)의 순간을 느끼면서 동시에 울음이 나온 까닭은 무엇인가(화자는 보살이 아니다). 이것은 하화중생(下化衆生)의 길에서 예상될 수 있는 고행이 생각났기 때문일 가능성이 크다.

幸福

　나는 당신을 사랑하고 당신의 행복을 사랑합니다 나는 왼 세상 사람이 당신을 사랑하고 당신의 행복을 사랑하기를 바랍니[1]

　그러나 정말로 당신을 사랑하는 사람이 있다면 나는 그 사람을 미워하겠읍니다 그 사람을 미워하는 것은 당신을 사랑하는 마음의 한 부분입니다

　그러므로 그 사람을 미워하는 고통도 나에게는 행복입니다[2]

　만일 왼 세상 사람이 당신을 미워한다면 나는 그 사람을 얼마나 미워하겠읍니까

　만일 세상 사람이 당신을 사랑하지도 않고 미워하지도 않는다면 그것은 나의 일생에 견딜 수 없는 불행입니다

　만일 왼 세상 사람이 당신을 사랑하고자 하야 나를 미워한다면 나의 행복은 더 클 수가 없읍니다[3]

　그것은 모든 사람의 나를 미워하는 怨恨의 豆滿江이 깊을수록 나의 당신을 사랑하는 幸福의 白頭山이 높아지는 까닭입니다[4]

二十五. 행복(幸福)

겉보기로 이 시도 한용운의 다른 작품처럼 애정시의 형식으로 되어 있다. 여성으로 생각되는 화자는 <당신>을 지극히 사랑하고 그의 행복을 바란다. 온세상 사람들이 그렇게 해주기를 바라기까지 한다. 뿐만 아니라 이 여성 화자는 세상 사람들 가운데 당신을 <정말 사랑하는 사람>이 있다면 그를 미워할 것이라는 시샘도 가지고 있다. 이런 표층구조와 달리 이 시는 또 다른 노림수를 간직한 작품이다. 여기서 사랑은 그 자체로 절대적인 긍정의 차원이 아니다. 화자가 믿는 절대 진리를 신앙으로 바꾸어 말한 것이 화자의 <사랑>이다. 따라서 <당신>을 <정말로 사랑하는 사람>에 대한 화자의 시샘은 문자 그대로가 아니라 절대적 귀의(歸依心), 곧 신앙의 열도로 읽어야 한다. 이렇게 읽으면 이 작품 역시 「당신은」과 꼭 같은 예경찬불가(禮敬讚佛歌), 지심귀명례(至心歸命禮)의 노래임을 알 수 있다.

1) **나는 당신을 사랑하고 당신의 행복을 사랑합니다 나는 왼 세상 사람이 당신을 사랑하고 당신의 행복을 사랑하기를 바랍니다:** 예불가에서 궁극적 찬송의 대상이 되는 분은 석가여래불이다. 그는 영생불멸의 진리이며 세세 무궁한 생명의 원천이다. 그러면서 그 생명은 육체적인 것이 아니라 지혜의 원천이며 진리의 법신(法身)임을 뜻한다. 부처의 지혜에 비추어보면 <나>나 <당신>이란 존재 자체는 실체로 태어나 자란 다음 없어지는 것이 아니다. 그렇다고 늘 있는 것도 아니다.(不生不滅, 不常不斷). 그 참 모습은 있는 것도 아니며 없는 것도 아닌 그런 것이다.(非有非無). 이것을 우리는 중도실상(中道實相)이라고 한다. 세상 사람이 부처를 사랑

171

한다는 것은 이렇게 보면 서방정토(西方淨土), 불국토(佛國土)가 바로 나와 내 이웃이 되고 내 고향, 내 나라가 됨을 뜻한다. <내>가 사랑하는 <당신>은 바로 그런 진리의 법신(法身)이다.

2) **그러나 정말로 당신을 사랑하는 사람이 있다면 나는 그 사람을 미워하겠습니다 (……)/ 그러므로 그 사람을 미워하는 고통도 나에게는 행복입니다**: 거듭 확인한 바와 같이 여기 나오는 <나>는 한마음 부처를 믿는 사람이다. 그런 그가 부처에 대해 참사랑을 갖는 이가 있다면 미워하겠다고 한다. 불교가 수도의 첫 단계부터 애욕과 함께 증오를 금기로 하는 것은 널리 알려진 대로다. 이런 경우 우리 머리에 떠오르는 노래로 균여대사(均如大師)의 「보현십원가(普賢十願歌)」의 한 절이 있다.

성스러운 것과 평범한 것 참과 거짓을 따로 말하지 말라
부처님 진리 받드는 자리에서 모든 것은 한 몸인 것이니
삼생(三生) 밖에 달리 불법의 진리는 없으니
우리가 어찌 나와 너를 구별하여 말 할 수 있을 것인가
삼명(三明)이 모여 쌓임은 공덕이 많기 때문이요
육취(六趣)로 나아감은 선근(善根)이 적기 때문이다
남이 하여 이룬 것은 모두 나로 하여 그리 된 것
오만 것 다 기쁘게 생각하고 모두 받들어 높여야 할 것이다
聖凡眞妄莫相分
同體元來譜法門
生外本無餘佛義
我邊寧有別人論
三明積集多功德
六趣修成少善根
他造盡皆爲自造
總堪隨喜總堪尊

불교에서 명(明)은 천지조화, 삼라만상의 생성에 관한 대경(大

經)을 아는 힘을 가리킨다. 삼명(三明)이란 아라한의 지혜에 갖추어져 있는 육신통(六神通)에 포괄되는 개념으로 숙명통, 천안통, 누진통에 바탕한 숙명명(宿命明), 천안명(天眼明), 누진명(漏盡明)이 그것이다. ① 숙명명(宿命明): 숙주수념지작증명(宿主隨念智作證明)의 준말이다. 자기와 남이 지난 세상에서 겪은 일, 지난 생활을 넉넉하게 아는 것. ② 천안명(天眼明): 천안지작증명(天眼智作證明), 또는 사생지작증명(死生智作證明)이라고도 한다. 자신이나 다른 사람의 다음 세상에 가지게 될 생사와 과보를 아는 것. ③ 누진명(漏盡明): 누진지작증명(漏盡智作證明)이라고 한다. 지금 세상의 고통을 알고 번뇌를 끊어내는 지혜. 이 삼명(三明)을 부처님에 대하여 말할 때는 별도로 삼달(三達)이라고도 한다. 이 한역가는 향가 형식을 취한 본문의 대의를 적은 것이다. 정작 질투라는 말은 본가(本歌)인 향가의 마지막 부분에 나온다.

미(迷)와 오(悟)는 한 가지인 것
연기(緣起)의 이치에서 찾을 수 있다
부처나 중생이나 모두가
남이 아니라 우리 몸일세
(…)
아 이렇게 마음먹고 나간다면
질투하는 마음 생길 수 있나.

마지막 두 줄의 원문은 <伊羅擬可行等 嫉妬叱心音至刀來去>로 되어 있다. 한용운의 시와 달리 이 작품에는 질투, 곧 남을 물리치는 마음이 정식으로 배제되어 있다. 다 같은 신앙을 노래한 시가 이렇게 반대되는 내용을 갖게 된 것은 무슨 까닭인가. 여기서 우리는 다시 한 번 이 시의 화자가 여성인 점을 기억해야 한다. 그는 또한 워낙 절대적 신앙을 가지고 있다. 그 나머지 진리의 법신에 대해 주변 여건을 생각하지 못한다. <나>를 단위로 한 사랑을 강조하다가 보면 나보다 더 크고 깊은 신앙, 곧 보살의 사랑을 생각할 수가 없다. 여기서 우리는 <정말로 당신을 사랑하는 사람이 있다면> 하고 가정법이 쓰였음에 주목해야 한다. 이것은 이미 제시된 바와 같이 형이상시에 흔히 나오는 기법으로 작자의 의도를 강조할 때 쓰인다. 이렇게 보면 화자의 <미움>과 질투는 결정적인 것이 아니다. 어디까지나 그것은 진리의 법신에 대한 그의 귀의심을 나타내고 있는 것일 뿐이다. 이렇게 보면 <그 사람을 미워하는 것은 당신을 사랑하는 마음의 한 부분이다>에는 반어(反語)가 쓰였음을 알 수 있다. 이것으로 우리는 이 시가 불교에서 삼명(三明)을 넘어 삼달(三達)의 경지에 이르고자 한 것임을 알 수 있다.

3) **만일 온 세상 사람이 당신을 사랑하고자 하야 나를 미워한다면 나의 행복은 더 클 수가 없습니다:** <나의 행복은 더 클 수가 없습니다>는 <나의 행복이 그 이상 더 클 수가 없습니다>로 읽어야 한다. 즉 부정이 아니라 화자의 감정을 최상급으로 강조한 것이다. 이것으로 당신을 향한 화자의 사랑이 절대적인 것임이 다시 확인된다. 믿음을 위해 한목숨이 희생되어도 그런 가운데 행복을 느낀다면 이것은 마음속으로 순교(殉敎)까지를 각오한 신앙상의 열정이다.

4) **그것은 모든 사람의 나를 미워하는 원한(怨恨)의 두만강(豆滿江)이 깊을수록 나의 당신을 사랑하는 행복(幸福)의 백두산(白頭山)이 높어지는 까닭입니다:** 절대 신앙의 경지를 표현하기 위해 비유법이 쓰였다. 두만강과 백두산이 매체가 된 것은 반제의식이 작용한 것으로도 설명이 가능하다. 그러나 이 작품의 근본 동기는 그에 있지 않다. 어디까지나 그것은 진리의 법신에 대한 화자의 귀의심을 강조하기 위한 복수(複數的) 상관물일 뿐이다. 다만 여러 비유의 매체 가운데 두만강, 백두산이 쓰인 사실은 간과될 수 없다. 이것은 적어도 한용운이 마음 밑바닥에 웅숭깊은 민족의식을 간직하고 살았음을 알려주는 뚜렷한 증거다.

錯認

나려오서요 나의 마음이 자릿자릿하여요 곧 나려오서요

사랑하는 님이여 어찌 그렇게 높고 가는 나뭇가지 위에서 춤을
추서요

두 손으로 나뭇가지를 단단히 붓들고 고히고히 나려오서요

에그 저 나무 잎새가 연꽃 봉오리 같은 입설을 슬치겠네 어서
나려오서요[1]

「네 네 나려가고 싶은 마음이 잠자거나 죽은 것은 아닙니다마
는 나는 아시는 바와 같이 여러 사람의 님인 때문이여요 향기로운
부르심을 거스르고자 하는 것은 아닙니다」고 버들가지에 걸린 반
달은 해쭉해쭉 웃으면서 이렇게 말하는듯 하얐읍니다[2]

나는 적은 풀잎만치도 가림이 없는 발게 벗은 부끄럼[3]을 두 손
으로 움켜쥐고 빠른 걸음으로 잠자리에 들어가서 눈을 감고 누었
읍니다

나려오지 않는다든 반달이 사뿐사뿐 걸어와서 창밖에 숨어서
나의 눈을 엿봅니다[4]

부끄럽든 마음이 갑작히 무서워서 떨려집니다

175

二十六. 착인(錯認)

여기에 이르기 까지 『님의 침묵』에 담긴 한용운의 시는 <나>의 노래였다. 화자인 <내>가 그의 님을 향한 마음을 담아 읊은 것이 그 내용이었다. 이 시는 그와 조금 다른 방법에 의거하고 있다. 여기서 화자는 일차적으로 달을 두고 그의 신앙심을 토로했다. 그리고 이때의 달은 물리적 차원의 것이 아니라 의인화된 것으로 그 바닥에 화자의 귀의심이 담겨 있는 것이다. 달은 브라만교 때부터 하늘을 상징하는 신격(神格)으로 월신(月神), 또는 월천(月天)이라고 했다. 석가여래의 설법이 이루어지자 십이천(十二天)의 하나가 되었고 그 모양이 둥근 것(月輪)과 함께 반월형(半月形)으로 그려졌다. 이 작품의 반달은 『화엄경』의 「약찬게」와 관계가 있다. 다만 여기서 달은 의인화되었다. 그것을 화자가 가져본 신앙체험으로 바꾸어 심상으로 제시한 솜씨는 한용운만의 몫이다.

1) **나려 오서요 (……)/ 에그 저 나무 잎새가 연꽃 봉오리 같은 입설을 슬치겠네 어서 나려오서요**: 아직 믿음이 제대로 자리를 잡지 못한 화자에게 견성(見性)의 경지는 까마득하게 높은 곳으로 생각되었을 것이다. 그것을 감각적으로 표현한 것이 이 부분이다. 나뭇잎새를 <연꽃 봉오리>에 비유하고 그 감촉을 <입설>→<입술>로 전이시킨 것은 한용운이 가져본 시적 수사의 하나다. <슬치것네>→<스치겠네>.

참고로 밝히면 한용운의 한시에 달을 제목으로 한 것에는 「완월(玩月)」, 「견월(見月)」, 「월욕생(月慾生)」, 「월초생(月初生)」, 「월방중(月方中)」, 「월욕락(月欲樂)」 등이 있다.

뭇별은 바야흐로 제 빛을 잃고
오만 귀신 제 짓거리 걷어치웠다
이윽히 밤기운이 땅을 적실제
산과 숲 모두가 제몸 가눈다
衆星方奪照
百鬼皆停遊
夜色漸墜地
千林各自收

— 「월욕생(月欲生)」

언덕에 백옥(白玉)이 솟아오르면
푸른 시내 황금 빛이 아롱대이지
산골살이(절집) 가난함은 탓하지 말게
저 보배(달)를 마음껏 즐길 것임에
蒼岡白玉出
碧澗黃金遊
山家貧莫恨
天寶不勝收

— 「월초생(月初生)」

2) 「네 네 나려가고 싶은 마음이 잠자거나 죽은 것은 아닙니다마는 나는 아시는 바와 같이 여러 사람의 님인 때문이여요 향기로운 부르심을 거스르고자 하는 것은 아닙니다」고 버들가지에 걸린 반달은 해쭉해쭉 웃으면서 이렇게 말하는듯 하았읍니다: 반달이 해탈, 견성(見性)의 경지에 이른 석가여래의 의인화임은 이미 지적된 바와 같다. 석가여래불이 이른 곳은 절대적 높이로 말할 수밖에 없는 자리이다. 그렇기 때문에 사부대중(四部大衆), 정각(正覺)의 경지에 이르지 못한 중생의 시각으로 보면 그 높이가 아마득하여 쉽게 하강할 수가 없는 것이다.

『전편해설』에는 이 높이를 『벽암록』의 10측 「평창(評唱)」의 한 구절에 대비될 수 있는 것으로 보았다. <산하와 대지를 꿰어 뚫고

177

솟아오르면 아슬아슬히 높다. 삼라만상을 거느리려 내려가면 험하고 가파르다(山河大地/ 通上孤色/ 萬象森羅/ 徹下險峻)>(-『전편해설』, 135면, 의역 필자) 그러나 『전편해설』이 화자의 마음을 의정(疑情)으로 보고 이 부분을 <공(空)이 인간조건, 혹은 의정(疑情) 안으로 내려 온다>고 본 것은 요령부득의 말이다.

승가에서 의(疑), 또는 의심(疑心)은 (의정(疑情)이란 말은 일반화된 것이 아님) 「의심하지 마서요」의 주석 1)에서 이미 지적된 바가 있다. 다시 한 번 되풀이 하면 그것은 탐(貪), 진(瞋), 치(癡), 만(慢)과 함께 번뇌를 일으키게 하고 석가여래가 가리킨 길을 가로막는 장애의 요인이 된다. 『아함경』 「불보품(佛寶品)」의 허두에는 의(疑)에 관한 매우 좋은 예화가 나온다. 석가여래의 설법에 의문을 품은 외도인(外道人) 선니(仙尼)가 석가세존에게 어떻게 그런 깨달음을 얻었는지를 물었다. 그러자 석가여래가 대답했다.

부처님께서는 선니에게 말하였다.
"너는 의심하지 말라. 미혹이 있기 때문에 의심이 생긴 것이다. 선니는 마땅히 알 것이니 스승에 세 종류가 있다. 그 세 가지는 무엇인가? 어떤 스승은 현재 세상에서 진실로 이것이 나(我)라고 하며 제가 아는 대로 말하지만, 목숨을 마친 뒤의 일은 능히 알지 못한다. 이것을 스승이 세상에 나온 것이라 한다.
다시 선니여, 어떤 스승은 현재 세상에서 진실로 이것이 나라고 보고, 목숨을 마친 뒤에도 또한 이것이 나라고 보아 아는 대로 말한다.
다시 선니여, 어떤 스승은 현재 세상에서도 진실로 이것이 나라고 보지 않고 목숨을 마친 뒤에도 진실로 이것이 나라고 보지 않는다.
그 첫째 스승은 현재 세상에서만 진실로 이것이 나라고 하여 제가 아는 대로 말하였는데 그것을 단견(斷見)이라 한다. 그 둘째 스승은 현세에서나 후세에서나 진실로 이것이 나라고 하여 제가 아는 대로 말한다. 이것을 상견(常見)이라 한다. 셋째 스승은 현재 세상에서도 진실로 이것이 나라고 보지 않고, 목숨을 마친 뒤에도 또한 나를 보지 않는다. 이것이 곧 여래(如來), 응공(應供), 등정각(等正覺)이다. 그래서 현세에서 애욕이 끊어지고 욕심을 떠나 모든 번뇌가 없어져 열반을 얻는다."

佛告仙尼 汝莫生疑 以有惑故 彼則生疑 仙尼當知 有三種師 何等爲
三 有一師 見現在世眞實是我 如所知說 而無能知命終後事 是名第一師
出於世間 復次 仙尼 有一師 見現在世眞實是我 命終之後亦見是我 如
所知說 復次 仙尼 有一師 不見現在世眞實是我 亦復不見命終之後眞實
示我 仙尼 其第一師見現在世眞實是我 如所知說者 名曰斷見 彼第二師
見今世後世眞實是我 如所知說者 則是常見 彼第三師不見現在世眞實是
我 命終之後 亦不見我 是則如來 應 等正覺說 現法愛斷 離欲滅盡 涅槃

　　『아함경』의 한부분을 통해서도 파악되는 바와 같이 의(疑)는 정
각(正覺), 견성(見性)과 반대되는 개념이다. 이것을 같은 맥락으로
본 『전편해설』의 해석은 따라서 아주 빗나가버린 것이다.

3) **나는 적은 풀잎만치도 가림이 없는 발게 벗은 부끄럼**: <풀잎만치
도 → 풀잎 만큼도>. 벌거벗은 부끄러움. 다른 감정이 섞여들지 않
고 완전히 부끄러움만으로 이루어진 감정의 상태. 불교에서 부끄
러움은 곧 선심소(善心所)의 하나로 허물을 부끄럽게 여기는 심리
작용을 가리킨다. 『구사론(俱舍論)』에 근거를 둔 개념으로 불경에
서 심소(心所)란 마음의 속성, 또는 성질을 뜻한다.

4) **나려오지 않는다든 반달이 사뿐사뿐 걸어와서 창밖에 숨어서 나
의 눈을 엿봅니다**: 석가여래의 가르침은 워낙 절대적인 것이니까
그 상징으로 쓰인 반달은 무변중생이 손쉽게 이웃하지 못한다. 그
러나 제도중생(濟度衆生)을 기하는 석가여래의 사랑은 언제나 우
리 모두를 감싸 안는다. 내려오지 않는다는 반달이 창밖에서 <나
의 눈>을 엿보는 것은 여기에 그 까닭이 있다. 부끄럽던 마음을
가진 화자가 무서워 떨게 된 까닭은 무엇인가. 그가 광대무변, 장
엄 그 자체인 석가여래의 세계를 이 자리에서 새삼스럽게 느꼈기
때문이다.

밤은 고요하고

밤은 고요하고 방은 물로 시친 듯 합니다[1]
이불은 개인채로 옆에 놓아두고 화롯불을 다듬거리고 앉었읍니다
밤은 얼마나 되얐는지 화롯불은 꺼져서 찬 재가 되얐읍니다
그러나 그를 사랑하는 나의 마음은 오히려 식지 아니 하얐읍니다[2]
닭의 소리가 채 나기 전에 그를 만나서 무슨 말을 하얐는데 꿈
조처 분명치 않습니다 그려[3]

二十七. 밤은 고요하고

전편이 다섯 줄로 된 이 시는 모두가 서술형 문장으로 되어 있다. 앞에서부터 셋째 줄까지는 그 내용이 평범한 일상사로 되어있다. 그러나 나머지 두 줄에서 이 작품의 의미 맥락은 크게 바뀌었다. 넷째 줄 <내>가 사랑하는 <그>는 우리 주변에서 일상 만나 이야기를 나누고 헤어지는 평상인(平常人)이 아니다. 그는 보살행을 거쳐 해탈견성(解脫見性)의 경지에 이른 존재다. 그를 향한 화자의 생각을 적은 것이므로 이 작품도 넓은 의미에서 증도가(證道歌)에 속한다.

¹⁾ **밤은 고요하고 방은 물로 씻친 듯 합니다**: <시친듯>, 기본형 <시치다>=<씻다>의 방언. 밤의 고요와 물로 씻은 듯한 방(僧房)을 말함으로써 화자가 느낀 정적(靜寂)이 크게 강조된다. 『전편해설』은 이것을 다음 줄에 나오는 <이불을 개인채로 옆에 놓아두고, 화롯불을 다듬거리고 앉았습니다>에 연결되는 것으로 보아 선정(禪定)의 경지라고 읽었다. 매우 피상적인 생각이다.

승가의 선정(禪定)이란 일체의 마장(魔障)을 배제하고 번뇌를 끊어 던지는 데 일차적 목적이 있다. 수도자는 선정(禪定)을 통해 수상행식(受想行識)이 없는 것이며 일체 현상이 환영에 지나지 않음을 깨칠 수 있다. 선정(禪定)을 통해서만 수도자가 제행(諸行)뿐만 아니라 제법(諸法) 또한 무(無)로 돌릴 수 있는 것이다. 제법무아(諸法無我)의 개념이 여기서 이루어졌는데 대승불교에서는 이것을 공(空), 또는 공성(空性, śūnyatā)이라고 표현한다.

무아(無我)나 공은 <나>를 비운 상태이므로 거기에는 자기중심의 탐욕이 없다. 남을 괴롭힌다든가 시기, 질투, 아부나 거만, 멸

시나 남을 하대하는 법도 생기지 않는다. 이 경지에 이르면 사람들은 <나> 중심이 아닌 타자(他者)의 입장에서 생각하고 행동할 수 있다. 자기와 남이 대립하지 않고 대자대비(大慈大悲)의 길이 열림으로 무아(無我), 곧 공(空)은 소아(小我)가 아니라 대아(大我)로 완성되는 것이다.

선정(禪定)으로 현실의 고액(苦厄)을 넘어서고 번뇌를 차단하면 그 경지가 곧 절대적인 고요함이다. 이것을 불교에서 열반적정(涅槃寂靜)이라고 한다. 한용운은 불교 강담에서 선정과 선(禪), 그리고 정려(靜慮), 적정(寂靜) 등의 관계를 밝혀 다음과 같이 말한 바 있다.

> 선을 범어(梵語) 선나(禪那: Dhyana)의 약이니 한역(漢譯)에 사유수(思惟修), 정려(精慮), 정정(正定), 공덕림(功德林), 기악(棄惡) 등의 별역이 있으니, 사유수(思惟修)는 소대지경(所對之境)을 사유하여 연수하는 뜻이니, 지도론(知道論) 一七에 이르기를
> 여러 공덕을 선정(禪定)하는 것은 모두 사유수이다. 선(禪)을 진언(秦言)으로는 사유수라 한다.(諸定功德 都是思惟修 禪 秦言思惟修)라하고, <대승의장(大乘義章)> 십삼(十三)에 이르기를,
> 선이란 중국말이다. 이것을 사유 수습이라 번역하기도 한다.(禪者是中國之言 此翻爲思惟修習)라 하고, <마하연론(摩訶衍論)>에 이르기를 선을 번역하면 사유수라 한다(飜禪 秦言思惟修)라 하였으며, 정려(精慮)는 심체(心體)가 적정(寂靜)하여 이산(離散)치 않는 뜻이니, <구사론(俱舍論)> 이십팔(二十八)에 이르기를 무슨 뜻이기에 정려(精慮)라고 하는가. 고요함으로 말미암아 능히 모든 사려(思慮)를 살피는 까닭이다. 사려를 살핀다 함은 곧 그 뜻을 참되게 인식한다 함이니, 마음이 선정에 들어 있으면 능히 진실 그대로를 샅샅이 인식할 수 있다고 설하는 것과 같은 취지다.(依何義故 立精慮名 由是寂靜 能審慮故 審慮 卽是實了知義 知說在定能如實了知)
>
> ― 「선(禪)의 의의」, 『한용운전집』(2), 324면.

참고로 밝히면 대승불교의 전단계에서 정려(靜慮)나 적정(寂靜)

의 다른 이름인 열반(涅槃)은 유여열반(有餘涅槃)과 무여열반(無餘涅槃) 등 두 종류로 구분되었다. 유여열반이란 업보에 의해서 태어난 육체가 남아 존재하는 동안의 정려(靜慮), 또는 적정(寂靜)을 뜻한다. 현세에서 얻을 수 있는 열반인 셈이다. 무여열반은 육체가 사라진 다음 얻을 수 있는 것이다. 체신이 소멸된 다음임으로 이때의 열반은 몸과 마음이 다 같이 적정(寂靜)의 경지에 든다. 무여열반의 보기로는 석가여래의 죽음이 손꼽힌다. 입적(入寂)과 함께 석가여래는 삼세(三世), 영겁(永劫)의 지존(至尊)이 되었다. 이것을 완전열반(完全涅槃)이라고 하고 또는 원적(圓寂)이라고도 말한다. 말하자면 석가는 죽음으로써 절대의 고요, 정적이 된 것이다. 이렇게 보면 이 시에서 한용운이 가져본 정적은 원적(圓寂)의 자취를 좇으려는 것으로 수도자가 지향하는 신앙체험으로서 절대 경지에 속한다.

2) **그러나 그를 사랑하는 나의 마음은 오히려 식지 아니 하았습니다:** 여기서 <그>는 절대 정적의 경지에 이른 사람, 곧 원적(圓寂)의 구현자로 화자가 한마음으로 귀의하기를 기한 석가세존이다. 어두운 밤, 화톳불도 사그라진 추위 속에서 일념귀명(一念歸命)을 뜻한 선정(禪定)에 들어선 정경이 떠오른다.

3) **닭의 소리가 채 나기 전에 그를 만나서 무슨 말을 하았는데 꿈조처 분명치 않습니다 그려:** 화자는 석가세존에 대해 정례심(頂禮心)을 가지고 있을 뿐 대오각성, 열반의 경지에는 이르지 못했다. 대오정각(大悟正覺)의 도저한 경지에 이르지 못했으므로 그는 <그를 만나서 무슨 말>을 하였는데 그것이 꿈인지 현실이라고 할 수 있는지 분명하지 않은 것이다. 대오각성에 이르렀다면 꿈조차 현실이 되고 그 현실이 마침내는 법공(法空), 무아(無我)에 수렴될 것이다.

秘密[1]

秘密입니까 秘密이라니요 나에게 무슨 秘密이 있겠읍니까

나는 당신에게 대하야 秘密을 지키랴고 하얏읍니다마는 秘密은 야속히도 지켜지지 아니하얏읍니다

나의 秘密은 눈물을 거쳐서 당신의 視覺으로 들어갔읍니다

나의 秘密은 한숨을 거쳐서 당신의 聽覺으로 들어갔읍니다

나의 秘密은 떨리는 가슴을 거쳐서 당신의 觸覺으로 들어갔읍니다[2]

그 밖의 秘密은 한쪼각 붉은 마음이 되야서 당신의 꿈으로 들어갔읍니다[3]

그러고 마즈막 秘密은 하나 있읍니다 그러나 그 秘密은 소리 없는 매아리와 같아서 表現할 수가 없읍니다[4]

二十八. 비밀(秘密)

　게송(偈頌)이라는 것은 부처님의 가르침을 읊은 모든 시를 가리킨다. 그 가운데 고기송(孤起頌)이라는 것이 있다. 게송(偈頌)가운데 경(經), 율(律), 논(論)에 나오는 불교의 교리를 운문으로 읊은 시가 있다. 이것을 우리는 중송(重頌)이라고 한다. 고기송은 중송과 달리 경전들의 내용에서 독립된 생각을 읊은 것이다. 만해한용운의 한글 시는 거의 모두가 불제자로서 그의 신앙심을 다룬노래다. 그런 의미에서 그들은 게송의 성격이 강하다. 이와 아울러『님의 침묵』에 수록된 그의 시는 불교 경전의 내용에 곁들여서 만든 것이 아니다. 그런 의미에서 「비밀」을 포함한 한용운 시는 중송이 아니라 고기송의 유형에 속하는 것으로 볼 수 있다.

　『님의 침묵』에 수록된 시들의 또 다른 특성으로 손꼽아야 할 것이 그 논리성이다. 한용운의 많은 한글 시에는 논리의 비약이없다. 이제까지 살핀 바와 같이 그의 대부분 시는 화자가 전제한화제를 다음 자리에서 차분하게 이어받는다. 그리하여 그의 시의어법은 많은 경우 앞뒷문장이 평면적으로 맥락을 이루며 연결되는것이다. 대체 이것은 무엇을 뜻하는가. 한 조사보고에 따르면 한용운이 우리에게 끼치는 한시(漢詩)의 총수는 모두 176수다(김광원,『만해의 시와 십현담 주해』(바보새, 2005, 86면). 이 가운데 고시(古詩) 다섯 수가 포함된 것을 제외하면 그 나머지는 모두가 5언, 7언 등의 절구(絶句)와 율시(律詩) 들이다. 그 이전에도 한시는 불교의 고승대덕들에 의해 많이 쓰였다. 그런데 대승불교, 특히 선종(禪宗)에 속하는 고승들의 시는 대개가 압운과 평측(平仄)을 지키기보다 파격을 일삼은 작품이 더 많이 나타났다. 그 좋은 보기가 되는 것이 『벽암록(碧巖錄)』의 다음과 같은 작품이다.

삼계(三界)가 모두 공(空)인데 어디 가서 마음을 찾으랴
흰구름 머리를 덮고 흐르는 시내는 거문고의 가락
한가락에 두 가락이 이어도 아는 이는 없고
비가 그친 밤 못가에 가을 물만 짙푸르구나
三界無法何處求心
白雲爲蓋流泉作琴
一曲兩曲無人會
雨過夜塘秋水深

이 작품은 4행으로 되어 있으나 전반부 두 줄과 후반부 두 줄
은 그 자수가 다르다. 절구를 이루지 못했으며 고시(古詩)가 지켜
야 할 각운도 제대로 쓰이지 않았다. 그저 선(禪)의 경지를 읊고저
했을 뿐 심한 파격이 이루어진 것이다. 한용운의 한시(漢詩)는 이
미 앞에서 몇 수가 제시되었다(「알 수 없어요」, 「착인(錯認)」 주석
란 참조). 다시 그의 5언 절구 한 수를 들어보면 다음과 같다.

산은 쓸쓸하고 해도 또한 지는데
덧없이 아득하여라 그 누구와 함께 하리
문득 들리는 기이한 새울음 소리
말라버린 선(禪)은 제대로의 공(空)도 아니다
山寒天亦盡
渺渺與誰同
乍有奇鳴鳥
枯禪全未空

그의 이력서 사항으로 보면 한용운은 신식교육을 전혀 받은 적

이 없다. 한글 시 역시 당시 한국문단과 교섭이 있어서가 아니라 수도와 교단운동을 하는 틈틈이 써서 모았을 공산이 크다. 그렇다면 그에게 시작(詩作)의 기준이 된 것은 먼저 한시(漢詩)일 수밖에 없었다. 한시 가운데도 금체시(今体詩)가 당시 우리 주변에는 두루 쓰였다. 이런 시대의 분위기 속에서 한시를 짓다가 보니 1차적으로 한용운은 금체시의 엄격한 격식을 자연스럽게 받아들였다. 그와 아울러 그가 한글 시를 습작하고 있었을 때 우리 문단을 지배한 것이 육당(六堂)과 고주(孤舟)의 창가와 신체시들이었다. 문명 개화를 지향한 그들의 시는 대체로 진술형태를 취했고 내용에도 비약이 없었다.

육당(六堂)과 고주(孤舟)의 뒤를 이어 다음에 나타난 것이 『창조』와 『폐허』, 『백조』 동인 들이었다. 그 중심이 된 시인 가운데는 주요한, 김억, 변영로, 홍사용, 이상화 등과 김소월이 있었다. 성공적이라고 평가된 그들의 시에는 한가지 공통점이 발견된다. 그것이 부드럽고 여린 생각에 여성들이 많이 쓰는 말씨가 주류를 이룬 점이다. 이에 한용운은 매우 자연스럽게 그들의 말투와 어법을 본으로 삼게 된 것이다.

이와 아울러 앞에서 우리는 『님의 침묵』에 담긴 거의 모든 시가 불교의 게송(偈頌)에 준하는 내용으로 이루어진 것임을 확인했다. 이것을 정리하면 한용운이 지은 한글 시의 특성이 명쾌하게 파악된다. 『님의 침묵』에 담긴 대부분의 시는 그 정신의 뿌리가 불교의 교리(敎理)에 닿아 있는 것이다. 그 기법으로는 한시 습작으로 터득한 격식이 참작되었다. 그와 함께 우리나라 신시(新詩)에서 주조(主潮)가 된 문장의 연속성과 함께 여성적인 말씨도 한몫을 했다. 「비밀(秘密)」 역시 한용운이 지은 한글 시의 이런 틀을 충실하게 이행한 작품이다.

비밀(秘密): 불교에서 비밀은 비밀관정(秘密灌頂), 비밀부정교(秘密不定敎) 등과 같이 독립되어 쓰이는 것이 아니라 다른 교리를 드러내기 위해 사용되는 말이다. 석가세존의 가르침은 워낙 높고 심오하여 말로서 전달할 수가 없다. 언어도단(言語道斷), 불립문자(不立文字) 등의 용어는 여기서 나왔다. 그러나 보살행의 단계에서부터 불교는 하화중생(下化衆生)을 기도하지 않을 수 없었다. 중생들 가운데는 기본적인 교리도 이해하지 못한 사람이 허다했다. 하물며 삼세(三世)를 아우르고 영겁(永劫)을 휘덮을 석가여래의 진리를 그들이 말이나 글로 깨쳐 낼 리가 없었다. 그럼에도 제도중생(濟度衆生)의 비원을 포기할 수 없는 것이 석가여래의 가르침이었다. 이에 듣는 이의 계층이나 신분, 지적 수준에 관계없이 누구나 알아듣도록 하는 오묘한 진리 전수의 방법이 개발되었다. 이것을 비밀부정교(秘密不定敎)라고 한다. 이런 차원의 가르침은 일상적인 언어가 아니다. 따라서 듣는 이가 그 말의 뜻을 곧바로 정확하게 이해할 수는 없었다. 비밀부정교(秘密不定敎)는 불교 나름의 특수 교화가 개발한 종교 교육의 한 방법이었다.

불교에서는 비밀부정교의 방법으로 중생이 참된 지혜를 얻도록 하기 위해 두 가지 방법을 썼다. 그 하나가 영입비밀(令入秘密)이다. 영입비밀은 설교를 중생의 생각에 따라 하는 방법을 쓴다. 언어도단의 경지에서 이루어지는 또 하나의 설법이 전변비밀(轉變秘密)이다. 이것은 말이나 문자의 표면에 나타난 표현과는 전혀 다른 각도에서 사상(事象)의 바닥에 깔린 참뜻(眞義)이 드러나도록 하는 방법에 의거한다. 『전편해설』은 이 작품에 대해 영입비밀과 전변비밀을 아울러 갖춘 것으로 평가했다. 앞의 작품과 꼭같이 이 작품의 화자 역시 대일여래(大日如來)와 같은 차원에 이르지 못한 수도 수준의 여성화자다. 그렇다면 『전편해설』의 판단은 지나친 것이다. 여기서 비밀은 정례심(頂禮心)으로 부처에 귀의하고자 하는 수도자의 신심(信心)에 관계되는 것으로 보아야 한다.

**나의 비밀(秘密)은 눈물을 거쳐서 당신의 시각(視覺)으로 들어갔
읍니다/ (……)/ 나의 비밀(秘密)은 떨리는 가슴을 거쳐서 당신의
촉각(觸覺)으로 들어갔읍니다**: 제 2연의 주어는 모두가 비밀(秘密)
이다. 그 비밀은 차례로 당신의 것이 되어버린다. 이때 매체(운반
체)가 된 것이 시각과 청각, 촉각이다. 이것은 곧『반야바라밀다심
경』제법공상(諸法空相)의 다음 자리 문장과 연결된다.

> 이런 까닭으로 공(空) 가운데는 색이 없으며 수, 상, 행, 식이 있지
> 않으며 눈, 귀, 코, 혀와 몸, 의식이 색, 성, 향, 미, 촉과 법이 없으며
> 안계(眼界)가 없고 의식계(意識界)도 없는 것이다.
> 是故 空中無色 無受想行識 無眼耳鼻舌身意 無色聲香味觸法 無眼界
> 乃至 無意識界

『반야심경』의 지배적인 생각이 공(空) 사상임은 널리 알려진
바와 같다. 우주 삼라만상과 인생의 본질은 형태가 없다는 뜻을
담은 것이 무색(無色)이며 무수상행식(無受想行識)이다. <무색>이
란 물질이 있다는 생각이 미망이며 그런 현상 자체가 없다는 뜻이
다. 무수상행식(無受想行識)은 정신작용, 곧 심(心)을 이루는 감정,
상상, 욕망, 의식 등도 실체가 없다는 지적이다(수상행식에 대한
자세한 설명은 이 책「고적(孤寂)한 밤」주석란 2) 참조).

여기서부터 우리에게는 어쩔 수 없는 의문이 제기된다. 일반
사회인들은 해를 보면 밝다고 생각하고 아침 저녁 울려 퍼지는 사
원(寺院)의 종소리에 서방정토(西方淨土)를 떠올린다. 장미꽃 향기
에 가슴 가득 행복을 느끼며 어머니의 품에서 잠든 기억 속에서
마음의 평정을 얻을 수 있다. 이처럼 엄연히 있는 감각적 현상을
없다고 단정하는 것은 모순이 아닌가. 불경 공부의 초입에서부터
고개를 쳐드는 이런 의문에 대해 석가여래의 가르침에는 어떤 해
답이 마련되어 있는가.

제기된 의문에 해답을 마련하기 위해 우리는 다시 색과 수상행

식의 개념에 주목해야 한다. 불교에서는 색과 수상행식을 우주와 인생의 구성요소로 본다. 그 상위 개념이 오온(五蘊)이다. 여기서 온(蘊)은 집합을 뜻한다. 색온(色蘊)은 눈을 통해서 이루어지는 안근(眼根)에 관계되며 이것은 다시 색(色)의 개념에 수렴되어 색경(色境)이 된다. 우리 인간에게는 이밖에도 감각기관으로 귀와 코, 혀, 몸이 있다. 이들에 대응되는 것이 이근(耳根), 비근(鼻根), 설근(舌根), 신근(身根)이다. 이와 아울러 우리의 현상 인식에는 감각기관을 통하지 않은 것들이 있다. 이것을 불경에서는 무표색(無表色)이라고 한다. 무표색이란 몸이나 입을 통해서 이루어지며 우리 몸 안에서 생기게 되는 감정이나 의식작용의 결과로 생기는 현상을 가리킨다. 이것을 불경에는 의근(意根)이라고 한다.

안, 이, 비, 설, 신, 의 등의 근(根)은 다시 그것들이 visaya의 역어인 경(境)에 대응된다. 이때의 경이란 감각작용으로 얻어낸 결과로서의 대상을 가리킨다. 그 유형이 색, 성, 향, 미, 촉(色聲香味觸)과 함께 법경(法境)이다. 불경에서는 심(心), 곧 마음이 이루어지는 첫 단계를 감각기관이 작용하는 경우로 잡는다. 이것을 육근(六根)이라고 하며 다른 말로 육내처(六內處)라고 한다. 또한 그들에 대응되는 색, 성, 향, 미, 촉과 법경을 육경(六境)이라고 하며 육외처(六外處)라고 부른다. 이제 그들을 도표화하면 다음과 같다.

육근(육내처)	육경(육외처)	육식
안근(眼根)	색경(色境)	안식(眼識)
이근(耳根)	성경(聲境)	이식(耳識)
비근(鼻根)	향경(香境)	비식(鼻識)
설근(舌根)	미경(味境)	설식(舌識)
신근(身根)	촉경(觸境)	신식(身識)
의근(意根)	법경(法境)	의식(意識)

이렇게 정리하고 보면 『반야심경』의 한 구절에 내포된 <공 가

운데는 색이 없으며 안, 이, 비, 설, 신, 의가 없다>의 뜻이 스스로 밝아진다. 석가모니 부처의 설법 가운데 핵심이 되는 무아(無我) 와 공사상(空思想)에 따르면 <안, 이, 비>와 그에 대응되는 육경 (六境)들은 애초부터 있을 수가 없다. 이것을 한용운은 「비밀(秘密)」의 2연 전반부 석 줄을 통해서 <당신의 시각으로 들어갔읍니다> <당신의 청각으로 들어갔읍니다><당시의 촉각으로 들어갔읍니다>라고 읊은 것이다.

우리가 불경을 익히기 전에는 육근(六根)과 육경(六境)의 개념을 전혀 짐작하지 못했다. 그들이 제행무상(諸行無常)의 사상과 어떻게 연결되는가는 더욱 알 수가 없었다. 「비밀」의 화자는 해탈, 견성(見性)의 뜻을 세운 사람이다. 그러니까 그는 『반야심경』을 되풀이해서 읽었을 것이며 <공중무색무수상행식(空中無色無受想行識)>의 속뜻도 어느 정도 가늠이 되었을 것이다. 이것으로 「비밀」의 이 부분이 가리키는 바가 어느 정도 이해될 수 있다. 적어도 여기에는 화자가 얻어낸 정신의 경지가 오온개공(五蘊皆空)의 차원에 이르렀음을 알리는 표현이 담겨있는 것이다.

3) **그 밖의 비밀(秘密)은 한쪼각 붉은 마음이 되야서 당신의 꿈으로 들어갔읍니다:** 선정(禪定)의 결과로 얻어낸 대일여래(大日如來)의 큰 지혜는 끝내 심(心) 자체로 실체가 없다. 그 심(心) 또한 무(無)로 돌려야 하는 경지를 이렇게 말한 것이다.

4) **마즈막 비밀(秘密)은 하나 있읍니다 그러나 그 비밀(秘密)은 소리 없는 매아리와 같아서 표현(表現)할 수가 없읍니다:** 메아리는 소리가 있다. 소리 없는 메아리라는 것은 단순 표현의 차원에서는 있을 수가 없는 것을 뜻한다. 그러나 불교의 진리는 없는 것이면서 실재한다. 실재하니까 중생과 삼라만상이 부처에 귀의하며 수많은 사람들이 설법을 듣고 해탈, 도피안(度彼岸)을 기하게 되는 것이다. 이 없는 듯 있는 경지를 한용운 나름대로 표현한 것이 <소리 없는 메아리>의 비유다. 석가세존의 가르침은 워낙 광대무변(廣大無邊) 절대지고(絶對至高)의 차원을 연 것이다. 이것은 비

밀부정교(秘密不定教)의 차원으로서도 전할 수가 없는 경지에 있다. <소리 없는 매아리(메아리)>는 이 절대의 경지를 역설적으로 표현한 것이다.

사랑의 存在

사랑을 「사랑」이라고 하면 발써 사랑은 아닙니다[1]

사랑을 이름 지을만한 말이나 글이 어데 있읍니까

微笑에 눌려서 괴로운듯한 薔薇빛 입설인들[2] 그것을 슬칠 수가 있읍니까

눈물의 뒤에 숨어서 슬픔의 黑闇面을 反射하는 가을 물ㅅ결의 눈인들 그것을 비칠 수가 있읍니까[3]

그림자 없는 구름을 거쳐서 매아리 없는 絕壁을 거쳐서 마음이 갈 수 없는 바다를 거쳐서 存在? 存在입니다[4]

그 나라는 國境이 없읍니다 壽命은 時間이 아닙니다

사랑의 存在는 님의 눈과 님의 마음도 알지 못합니다[5]

사랑의 秘密은 다만 님의 手巾에 繡놓는 바늘과 님의 심으신 꽃나무와 님의 잠과 詩人의 想像과 그들만이 압니다

二十九. 사랑의 존재(存在)

이 작품의 주제어는 <사랑>이다. 그 의미 내용은 한용운의 다른 시와 같이 형이상의 경지에 관계된다. 다만 여기서 중심 소재가 되어 있는 사랑은 그 자체가 아니라 법보론의 개념과 연결된다. 그것을 인상적으로 부각시키기 위해 한용운은 객관적 상관물들을 이용했다. 이것은 이 작품이 1920년대의 한국 시단의 한 이색일 수 있었음을 뜻한다.

[1] **사랑을 「사랑」이라고 하면 발써 사랑은 아닙니다**: 일종의 반어(反語)가 쓰였다. 이 반어는 화자가 생각하는 사랑의 절대성을 강조하기 위해서 사용된 것이다. 『전편해설』은 이런 표현을 잘못 잡아서 여기 나오는 사랑을 선종(禪宗)의 공(空) 사상과 직결시켜 놓았다. 그러나 이런 표현은 불교 경전뿐만 아니라 동양 고전에 흔히 나온다.

> 도(道)를 도(道)라고 하면 이미 그것은 도가 아니요, 명(名)을 명(名)
> 이라고 하면 이미 그것은 명이 아니다.(道可道非常道 名可名非常名)
> ― 『도덕경(道德經)』 제1장

우리 생각이 크게 빗나가지 않았음을 둘째 줄의 <사랑을 이름 지을 만한 말이나 글이 어데 있읍니까>가 각명하게 밑받침 해준다. 화자에게 <사랑>이 워낙 소중하게 생각되기 때문에 이런 다음 줄이 추가 되었다. 이런 어법에 따라 <사랑>의 주지가 궁극적으로 공사상에 수렴될 수는 있다. 그렇다고 여기 나오는 화자의 사랑이 곧바로 무아(無我)를 넘어서 불교의 진리 자체인 공(空)과 일체가 된다는 해석은 성급한 판단이다.

²⁾ **미소(微笑)에 눌려서 괴로운듯한 장밋(薔薇)빛 입설인들**: 『님의 침묵』 초판본에는 여기 나오는 미소(微笑)가 증소(徵笑)로 되어 있다. <입설>은 <입술>의 방언이다. <미소(微笑)에 눌려서 괴로 운듯한>은 일종의 반어적 표현이다. 미소는 웃음의 일종이다. 행복을 마음으로 느끼며 그윽히 웃는 웃음이 미소다. 따라서 그에 눌려서 괴로워지는 일은 우리가 일상생활에서는 맛보지 못하는 감정이다. 그러나 그런 웃음도 양이 불어나고 시간이 오래 지속되면 지나치다고 생각될 수 있을 것이다. 그것을 한용운 나름대로 표현한 것이 <미소에 눌려서>가 되었다. <장밋빛> 입술과 같은 표현을 여기서 쓴 것은 박래품 취향이다. 진홍빛을 장밋빛이라고 한 것은 산중에서 수도생활을 계속한 그에게는 꽤 대담한 매체 사용이었을지 모른다. 그러나 한국근대시단에 등장, 활약한 초기의 시인들은 그들의 글이나 말에 장미의 비유를 아주 흔하게 썼다. 남궁벽(南宮壁), 변영로(卞榮魯), 오상순(吳相淳) 등은 시 전문 동인지 이름을 『장미촌(薔薇村)』으로 붙이기까지 했다.

³⁾ **눈물의 뒤에 숨어서 슬픔의 흑암면(黑闇面)을 반사(反射)하는 가을 물ㅅ결의 눈인들 그것을 비칠 수가 있습니까**: <눈물의 뒤에 (…) 가을 물ㅅ결의 눈인들>에는 한용운의 수사벽이 다시 꿈틀대고 있다. <가을 물결의 눈>으로 <가을 물결>이 의인화되었다. <슬픔의 흑암면(黑闇面)>을 반사한다는 것은 생각하기에 따라서 수사를 위한 수사에 지나지 않는다. 후반부의 <그것>은 사랑을 가리킨다. 그에게 절대적 의미를 갖는 사랑을 한용운이 이렇게 표현한 것이다.

⁴⁾ **그림자 없는 구름을 거쳐서 매아리 없는 절벽(絶壁)을 거쳐서 마음이 갈 수 없는 바다를 거쳐서 존재(存在)? 존재(存在)입니다**: 여기서 표면상 주제어는 <존재>다. 그리고 그 속뜻은 <사랑>이다. <그림자 없는 구름>, <메아리 없는 절벽(絶壁)>, <마음이 갈 수 없는 바다> 등의 표현도 재미있다. 시의 기법 가운데 하나에 비유가 있다. 비유는 말할 것도 없이 주지(主旨)와 매체(媒体)로

이루어진다. 그런데 좋은 시에서 비유의 두 요소는 유사성이 있는 것보다 이질성이 강한 것으로 이루어진다. 봄이라는 명사가 주지인 경우 아지랑이, 종달새, 시냇물, 복숭아 꽃이 매체로 쓰이면 그런 비유는 별로 주목을 받지 못한다. 현대시가 즐겨 바다에 나비를 대비시키고 꽃잎과 탈바가지를 병치시키는 까닭이 여기에 있다. 이런 시각으로 이 시를 읽어보면 한용운의 말솜씨에도 상당히 돋보이는 것이 있다.

  <그림자 없는 구름>과 사랑이나 <매아리 없는 절벽(絶壁)>과 사랑 사이에는 본래 아무런 상관관계가 없다. <바다>와 <사랑>의 다른 이름인 <존재(存在)> 사이에는 참으로 엄청난 거리가 있다. 이것을 아무런 중간과정 없이 병치(竝置)시켜 놓은 것이 한용운의 이 작품이다. 이제까지 별로 평가되지 못한 이 작품은 이런 점으로 보아 재평가될 필요가 있다.

5) **사랑의 존재(存在)는 님의 눈과 님의 마음도 알지 못합니다:** 여기서 우리는 <사랑의 존재(存在)>라는 말에 주목해야 한다. 어휘 사전에서 존재라는 말은 그 자체로 있는 것을 뜻한다. 어떻든 있는 것이니까 그것을 절대자로 생각되는 <님>이 못 볼 리가 없다. 더욱이나 불교에서 절대자인 석가여래는 그 혜안(慧眼)으로 우주의 삼라만상을 고루 헤아릴 수 있는 존재다. 그가 거느리는 심해(心海)를 화자는 바다로 느낄 수 있다. 그런 석가여래조차 제대로 파악하지 못할 정도로 화자의 사랑은 절대적이다.

  혹 여기서 사랑을 표현한 화자의 시각이 매우 불교적인 점을 지적할 경우가 있을지 모르겠다. 그런 사람은 이 시가 불교적 교양을 가진 화자가 썼으므로 이 시의 사랑이 견성(見性)과 해탈지견(解脫知見)의 차원에 직결될 것으로 생각할 수 있을 것이다. 이에 대해서 우리는 시가 곧 시인이 아니며 시인의 사상이나 의도가 그대로 작품일 수가 없다는 사실을 지적할 수밖에 없다. 정지상(鄭知常)의 「송우인(送友人)」을 시인이 기도한 서경천도(西京遷都)와 상관관계에 있다고 주장한 예가 있었다. 참으로 졸렬한 발상이다.

서정주의 「국화 옆에서」에 나오는 국화를 일본 황실의 문장으로 본 글도 나왔다. 일제치하에서 그가 몇 편의 친일 시를 남긴 것은 사실이다. 그러나 「국화 옆에서」는 8·15 후 서정주가 쓴 것으로 일제치하에서 그가 지닌 황국신민의식과 아무런 상관관계가 없다. 이런 의견에 반대하는 논자들을 위해 우리는 일상생활에서 갖게 되는 행동 양태를 문제 삼아도 좋다. 두루 알려진 것처럼 서정주는 시인으로서만 아니라 생활인으로서도 상당한 지적 능력을 지닌 사람이었다. 그런 그가 일제가 물러간 마당에 천황제를 그리워하고 환국신민 서사에 준하는 작품을 썼다면 그 결과는 어떻게 되는가. 서정주에게 돌아갈 것은 비난과 욕설뿐일 것이다. 서정주는 이미 우리가 확인한 바와 같이 이런 사태를 예견하지 못할 정도로 지능계수가 낮은 사람이 아니었다. 이런 사례를 통해서 우리가 얻을 수 있는 교훈도 명백하다. 이 부분에 나오는 <사랑>은 불교적 빛깔만으로 이루어진 것이 아니다. 불교의 법보론을 씨날로 하면서 이 시에는 한용운 나름으로 파악한 사랑이 소재되어 있는 것이다. 따라서 이 시는 증도가에 그치지 않고 사랑 노래이면서 형이상의 차원을 아울러 개척한 이색적 작품으로 보아야 한다.

꿈과 근심[1]

밤 근심이 하 길기에
꿈도 길 줄 알었더니
님을 보러 가는 길에
반도 못가서 깨었고나

새벽 꿈이 하 쩌르기에
근심도 짜를 줄 알었더니
근심에서 근심으로
끝간데를 모르겠다[2]

만일 님에게도
꿈과 근심이 있거든
차라리
근심이 꿈되고 꿈이 근심 되여라[3]

三十. 꿈과 근심

3연으로 되어 있지만 한용운의 시 가운데는 단형(短形)에 속하는 작품이다. 말씨도 간결한 가운데 여성으로 생각되는 화자가 님을 향한 정을 읊은 것이다. 한용운의 다른 작품과 달리 이 시의 내용에 형이상적인 것은 없다. 단순 애정시로 분류될 작품이다.

1) **꿈과 근심**: 불교에서 꿈이 지니는 의미에 대해서는 이미 이 책「잠 없는 꿈」의 주석란 1)에서 밝힌 것이 있다. 거기서 이 말은 모든 현상들이 꿈이나 환상과 같음을 뜻했다. 그러나 여기서 꿈은 그와 같은 형이상의 개념에 완전 수렴되지 않는다. 이때의 꿈은 우리가 잠자는 동안 깨어 있을 때와 같이 체험하는 현상들을 가리킨다. 한용운 이전에도 우리 시인들의 작품에는 꿈을 제재로 한 것들이 적지 않게 있었다.

> 요즘은 어떠신지 궁금합니다
> 달이 창을 비칠 때면 정한 넘쳐요
> 꿈결에 다니는 길 자취 날지면
> 님의 집 앞 뜰 길이 모래되오리
> 近來安否問如何
> 月到紗窓妾恨多
> 若使夢魂行有跡
> 門前石路半成沙
>
> — 이옥봉(李玉峯), 「몽(夢)」

한용운의 시의 의미, 내용상 줄기가 그리움이듯 위의 작품의 주된 정서 또한 그리움에 곁들인 정한이며 애상으로 파악된다. 정한과 애상은 우리 전통 시가의 정감을 지배한 중요 품목이다. 「꿈과

근심」은 위와 같은 우리 전통시가와 흐름을 같이하고 있는 셈이
다.

2) **새벽 꿈이 하 쩌르기에/ 근심도 짜를 줄 알았더니/ 근심에서 근심**
으로/ 끝간데를 모르겠다: 이 연은 앞연과 그 형태가 아주 비슷하
다. 1연에서 밤 근심의 대로 <꿈>을 놓은 것과 같이 2연에서는
새벽 꿈의 짝으로 근심을 놓았다. 그리고 1연 첫째 줄과 둘째 줄
에 근심이 길게 생각되기에 화자는 님을 만날 수 있는 꿈도 길 것
이라고 기대한다. 그러나 님을 보러가는 길에 <반도 못가서> 꿈
이 끝났다. 그와 꼭같이 2연에서는 새벽 꿈이 짧기에 근심도 짧을
것이리라 생각한다. 그럼에도 근심은 꼬리를 물고 일어나 끝날 줄
모르고 계속된다. 이와 같은 기법을 한시(漢詩)에서는 대장(對仗)
이라고 한다. 금체시(今体詩) 가운데 하나인 율시(律詩)는 3행과 4
행의 말들이 정확하게 짝을 이룬다. 5행과 6행도 그와 같다.

> 달빛 적은 뜨락에 오동잎 지고
> 서릿발 속 들국화도 시들었구려
> 다락은 하도 높아 하늘이 한 자요
> 사람들이 마신 술은 천 잔이라네
> 흐르는 물소리는 가얏고에 어울려 차겁고
> 매화꽃 향기는 피리에 젖어들어 향기롭군요
> 내일 아침 우리 다시 헤어진대도
> 정이야 기나긴 물결이 되리
> 月下庭梧盡
> 霜中野菊黃
> 樓高天一尺
> 人醉酒千觴
> 流水和琴冷
> 梅花入笛香
> 明朝相別後
> 情與碧波長

— 황진이(黃眞伊), 「봉별소판서세양(奉別蘇判書世壤)」

얼핏 보아도 나타나는 바와 같이 이 시의 3행과 4행 앞부분은 <누고(樓高)>와 <인취(人醉)>로 대우가 되어 있다. 3행 <천일척 (天一尺)>의 대로 <주천상(酒千觴)>이 쓰인 것 역시 그와 같다. 5행의 <유수(流水)>대 <매화(梅花)>와 함께 <화금냉(和琴冷)>과 <입저향(入笛香)> 또한 어김없는 짝으로 나타난다. 이런 한시를 한용운이 즐겨 썼다. 이것은 「꿈과 근심」에 나타나는 대우적 기법이 그의 한시 체험과 상관관계가 있을 것임을 추정케 하는 것이다.

3) **만일 님에게도/ 꿈과 근심이 있거든/ 차라리/ 근심이 꿈되고 꿈이 근심 되어라:** 1연과 2연에서 님을 그리워한 나머지 괴로워한 이는 화자 자신인 <나>였다. 이것이 이 마지막 연을 통해서 상황이 일변된다. 화자는 여기서 <님>을 생각하는 나머지 그에게 <근심> 이 생긴다면 덧없이 끝나버려 짧게만 생각되는 꿈이 근심으로 바뀌기를 바란다. 다음에 주어와 서술부의 말을 바꾸어 같은 뜻을 더욱 강조했다. 만해의 이와 같은 말법은 화자의 님을 향한 애정을 극대화시키게 되었다.

한용운의 이 작품에는 한시의 절구(絶句)에서 뼈대가 되는 구문 감각이 살아 있다. 1연과 2연은 기(起)와 승(承)이 되는 부분이다. 3연에서 이 작품의 의미 맥락은 크게 바뀌면서 동시에 깨끗이 매듭을 지으며 끝을 맺는다. 이것으로 절구의 전(轉)과 결(結) 부분이 형성되어 의미맥락상 충절을 가지는 한편의 서정소곡(抒情小曲)이 이루어진 것이다.

葡萄酒[1)]

　가을 바람과 아츰 볏에 마치맞게[2)]익은 향기로운 포도를 따서
술을 빚었읍니다 그 술 고이는 향기는 가을 하늘을 물들입니다[3)]
　님이여 그 술을 련잎잔에 가득히 부어서 님에게 드리겠읍니다
　님이여 떨리는 손을 거쳐서 타오르는 입설을 취기서요

　님이여 그 술은 한밤을 지나면 눈물이 됩니다
　아아 한밤을 지나면 포도주가 눈물이 되지마는 또 한밤을 지나
면 나의 눈물이 다른 포도주가 됩니다 오오 님이여

三十一. 포도주(葡萄酒)

내용에 관련적인 부분이 있기는 하나 형이상시는 아니다. 산문
체로 이루어진 가운데 <님>을 향해 바치는 시, 곧 헌시(獻詩)의
속성을 내포하고 있다. 한용운의 다른 작품에 비해 구조가 복잡하
지 않은 것이 특색이다.

1) **포도주(葡萄酒)**: 기독교에서 포도주는 예수 그리스도의 피를 상징
한다. 이것은 이 시의 바탕이 된 한용운의 문화감각이 불교의 테두
리를 넘어서 있음을 뜻한다. 본래 불교에서는 금주(禁酒)가 신도들
이 지켜야 할 오계(五戒)의 하나다. 참고로 밝혀보면 불교신도가 반
드시 지켜야 할 다섯 가지 수칙은 ① 살생하지 말 것, ② 도둑질하
지 말 것, ③ 사음하지 말 것, ④ 거짓말하지 말 것과 함께 ⑤ 술을
마시지 말 것 등 다섯 가지다. 『불교대전』 제6편 자치품(自治品) 제
2장 지계(持戒), 5절 계주(戒酒)의 허두에서 음주(飮酒)의 해(害)를
밝히기 위해 『제법집요경(諸法集要經)』의 일부를 제시해 놓았다.

　약(若) 인(人)이 주(酒)에 근(近)하면 명혜(明慧)가 불생(不生)하여
해탈분(解脫分)이 무(無)하느니, 시고(是故)로 상(常)히 원리(遠離)할
지니라. 약인(若人)이 음주(飮酒)를 락(樂)하면 세속사(世俗事)를 호설
(好說)하여 다언(多言)으로 분쟁(紛爭)을 기(起)하느니, 시고(是故)로
상(常)히 원리(遠離)할지니라. 주(酒)를 음(飮)하면 자재(資財)를 손
(損)하고 혼미(昏迷) 해태(懈怠)하느니 여시(如是)한 과(過)가 유(有)
한 고로 상(常)히 원리(遠離)할지니라. 주(酒)는 과(禍)의 근본(根本)
이라, 제근(諸根)이 치산(馳散)하여 혹(或) 고성(高聲) 희소(戲笑)하며,
포악(暴惡)한 언어(言語)를 출(出)하여 양선(良善)한 인(人)을 훼(毁)
하느니, 시고(是故)로 당(當)히 원리(遠離)할지니라. 약(若) 인(人)이
주(酒)에 곤(困)하면 혼취(昏醉) 여폐(如斃)하여 쾌락(快樂) 장년(長

年)을 구(求)하느니 위환(爲患)이라 하유(何有)리요. 시(是)는 제난(諸難)의 본(本)이요, 과환(過患)의 원(源)이라, 상(常)히 원리(遠離)할지니라. 주(酒)는 금파과(金播果)와 여(如)하여 초감(初甘) 후독(後毒)이니라. 주(酒)를 긱(喫)하는 인(人)은 노화(蘆花)와 여(如)하여 불구(不久)에 자경기(自輕棄)니라. 음주는 수(雖) 일죄(一罪)나 능히 일체악(一切惡)을 생하느니 시고(是故)로 당제(當制)니라.

— 『한용운전집』(3), 146-147면.

2) **아츰 볏에 마치맞게**: <아츰→아침>, <볏에→볕에>, <마치맞게→마침맞게>. 기본형 <마침맞다>, <꼭 알맞다>의 뜻.

3) **향기로운 포도를 따서 술을 빚었습니다 그 술 고이는 향기는 가을 하늘을 물들입니다**: 일제시대에 유행한 대중가요의 하나에 <술은 눈물인가 탄식이런가>하는 것이 있었다. 술을 마시는 사람들은 대개 마음이 평온하지 못한 사람들이다. 그들은 홧김에 술을 마신 다음 눈물을 흘리며 탄식한다. 여기 나오는 포도주와 눈물의 관계도 일차적으로 그렇게 해석해 볼 수 있다. 이것을 『전편해설』은 <<나의 눈물>, <다른 포도주> 이러한 표현에 주목해야 한다. 즉 자비(慈悲)를 실천하는 길과 깨달음을 얻는 것이 모두 부처님이 아니라, 자기에 달려 있다는 뜻으로 해석할 수 있다. 또한 깨달음이야말로 창조의 근원이라는 뜻이 되기도 한다>라고 해석했다. 이런 생각에는 단순 담론의 차원으로 보아도 논리적 모순이 생긴다. 일상적인 차원에서 포도주나 <나의 눈물>은 물리적인 경지에 그친다. 포도주가 눈물이 되는 경지도 단순 감정이 있을 뿐 형이상의 차원이 성립되지는 않는다. 그에 반해서 불교의 깨달음이란 해탈, 지견(知見)을 전제로 한 초공(超空), 무아(無我)의 세계다. 우리는 상식의 차원에서라도 일상적 차원과 종교적 차원, 또는 물리적 차원과 제일원리나 절대자의 경역을 혼동해서는 안 된다. 그럼에도 『전편해설』의 해석은 이 평범하기 그지없는 논리적 전제(前提)가 전혀 지켜지지 않고 있다. 모처럼 이루어진 한용운의 시

읽기에 이런 사례가 나온 것은 즐거울 수가 없는 일이다.

참고로 송욱 교수가 이 작품 해석의 첫머리에 가한 기록을 제시해 보면 다음과 같다. <포도주는 기독교에서 크리스트의 피를 상징(象徵)한다. 이는 만해(萬海)가 모더니스트이기도 한 사실을 드러낸다. <가을 바람과 아침 볕에 마치맞게 익은 향기로운 포도는> 신선함과 지혜의 맑은 광명(光名)을 뜻하기에, 포도주는 바로 깨달음을 상징하고 있다. 그러므로 <향기>는 염료(染料)가 아니지만 <그 술 고이는 향기는 가을 하늘을 물들였다>고 할 수 있다.

誹謗[1]

세상은 誹謗도 많고 猜忌도 많습니다

당신에게 誹謗과 猜忌가 있을지라도 關心치 마서요

誹謗을 조아하는 사람들은 太陽에 黑點이 있는 것도 다행으로
생각합니다[2]

당신에게 대하야는 誹謗할 것이 없는 그것을 誹謗할는지 모르
겠읍니다

조는 獅子를 죽은 羊이라고 할지언정 당신이 試鍊를 받기 위하
야 盜賊에게 捕虜가 되얏다고 그것을 卑怯이라고 할 수는 없습니
다[3]

달빛을 갈꽃으로 알고 흰 모래 위에서 갈마기를 이웃하야 잠자
는 기러기를 음란하다고 할지언정, 正直한 당신이 狡猾한 誘惑에
속혀서 靑樓에 들어 갓다고 당신을 志操가 없다고 할 수는 없읍니다[4]

당신에게 誹謗과 猜忌가 있을지라도 關心치 마서요

三十二. 비방(誹謗)

　한용운이 쓴 증도가(證道歌)의 하나다. 사전을 찾아보면 증도라
는 말에는 두 가지 조금 다른 뜻이 있다. 하나는 신앙으로 얻어낸
깨달음이나 그 경지를 가리킨다. 다른 하나가 깨달음에 이르기 위
한 수행이나 가르침을 뜻한다. 이 작품은 두 번째의 유형에 속하
는 뜻이 내포된 증도가. 여기서 한용운은 직설적인 말로 깨달음
에 이르는 길을 가르치고자 하지 않았다. 이 작품의 화자는 <당
신>을 향해 그의 믿음을 말한다. 이것은 이 시가 증도를 위해 제
나름의 의장(意匠)을 갖추었음을 뜻한다. 이런 예들이 거듭되어 있
는 것이 시집 『님의 침묵』의 특색이다.

1)　**비방(誹謗)**: 불교에서 수행자가 삼가야 할 일 가운데 하나가 악구
　(惡口)다. 악구는 망언과 같은 뜻으로 정어(正語)의 반대개념이다.
　불교에서는 화를 부르는 근원이라 하여 절대 금제가 되는 것 가운
　데 하나다. 『잡아함(雜阿含)』「사정경(邪正經)」에서 정어(正語)를
　정의하여 <어떤 것이 정어(正語)인가 망언된 말, 한입으로 두말하
　기, 나쁜 말, 교묘하게 꾸민 말 등과 반대되는 것이다(何等爲正語
　謂難妄語 難兩舌 難惡口 難綺語)>라고 했다. 또한 『아함정행경(阿
　含正行經)』에서는 비방을 특히 경계하여 <남을 거짓 증언하여 죄
　법에 들게 하지 말며 나쁜 말을 전치 말 것이며, 말로 서로 다투
　지 말 것이며, 사람의 뜻을 중상하지 말아야 하며, 듣지 않은 것을
　들었다고 하거나 보지 않은 것을 보았다고 하지 말 것이다(人을
　妄證하여 罪法에 入케 하지 말며 악언(惡言)을 전치 말며, 言語相
　鬪하여 人意를 中傷치 말며, 不聞을 言聞하며, 不見을 言見하지 말
　지니라)>라고 했다.

²⁾ **비방(誹謗)을 좋아하는 사람들은 태양(太陽)에 흑점(黑點)이 있는 것도 다행으로 생각합니다:** 태양은 본래가 광명(光明) 그 자체다. 그러나 근대과학의 분석에 따라 거기에도 어두운 곳, 곧 흑점이 있음이 알려졌다. 비방을 좋아하는 사람들은 남이 가진 장점과 긍정되는 점은 모두 인정하지 않고 그 결점만을 말한다. 여기 나오는 태양의 흑점은 그것을 지적한 매체로 쓰인 것이다. 이 문장은 앞부분과 뒷부분이 대우를 이루면서 첫째 구절이 두 번째 구절을 수식, 강조한다. 화자의 신심(信心)이 그것으로 더욱 뚜렷해진다.

³⁾ **조는 사자(獅子)를 죽은 양(羊)이라고 할지언정 (……) 그것을 비겁이라고 할 수는 없습니다:** <조는>은 <조으는>. 사자는 졸고 있다고 하여도 백수왕임에 틀림이 없다. 화자가 존경하는 당신도 그와 같아서 한때 도적에게 포로가 되었다고 하여 그 위의(威儀)가 부정될 수는 없다. 초판본에는 <卑怯>이 <卑劫>으로 표기되어 있다. 오식이므로 본문에서 바로 잡았다.

⁴⁾ **달빛을 갈꽃으로 알고 흰 모래 위에서 갈마기를 이웃하야 잠자는 기러기를 음란하다고 할지언정, 정직(正直)한 당신이 교활(狡猾)한 유혹(誘惑)에 속혀서 청루(靑樓)에 들어 갔다고 당신을 지조(志操)가 없다고 할 수는 없읍니다:** <갈꽃>은 <갈대꽃>을 가리킨다. 3)의 경우와 꼭같이 전반부와 후반부가 짝을 이루었다. 전반부의 주제어격인 기러기는 달빛을 갈꽃으로 알고 모래 위에서 잠을 잔다. 사념(邪念)을 전혀 모르는 청정무구 그대로의 객체다. 그런 갈마기를 음란하다고 하는 것은 말이 안 된다. 후반부의 당신은 보살계(菩薩戒)의 경지를 이미 넘어선 분이다. 그런 그가 일시적 착각으로 청루(靑樓)에 올랐다고 그것을 패륜아로 모는 것은 정당하지 못하다는 생각이다. 초판『님의 침묵』에는 갈마기가 <갈마기>로 되어있다. <속혀서>는 속히어서, 곧 기만을 당하여서의 뜻. <지조(志操)>도 초판에서는 <지조(持操)>로 되어 있다.『전편해설』이 이를 발견하고 바로 잡았다. 그러나 불경에는 이와 비슷한 말에 <지계(持戒): 계형(戒行)을 지켜 범하지 않음>, <지율(持

律): 부처의 계를 굳게 지킴이 있다> 등이 있다. 이밖에도 개화기 이전 우리 주변에는 지절(持節)이라는 말이 흔하게 쓰였다. 이때의 <지절(持節)>은 절조(節操)를 지킨다는 뜻으로 지조보다 그 뜻이 오히려 강했다. 이로 미루어서 지조(持操)가 반드시 지조(志操)의 오식으로 볼 일이 아닐 것이다.

「?」[1)]

희미한 졸음이 활발한 님의 발자최 소리[2)]에 놀라 깨어 무거운 눈썹을 이기지 못하면서 창을 열고 내다 보았읍니다

동풍에 몰리는 소낙비는 산모롱이를 지나가고 뜰 앞의 파초닙 위에 빗소리의 남은 音波가 그늬를 뜁니다[3)]

感情과 理智가 마조치는 刹那에 人面의 惡魔와 獸心의 天使가 보이랴다 사라집니다

흔들어 빼는 님의 노래가락에 첫잠든 어린 잔나비의 애처로운 꿈이 꽃 떨어지는 소리에 깨었읍니다[4)]

죽은 밤을 지키는 외로운 등잔ㅅ불[5)]의 구슬꽃이 제 무게를 이기지 못하야 고요히 떨어집니다

미친 불에 타오르는 불쌍한 靈은[6)] 絶望의 北極에서 新世界를 探險합니다[7)]

沙漠의 꽃이여 그믐밤의 滿月이여 님의 얼골이여[8)]

피랴는 薔薇花는 아니라도 갈지 안한 白玉인 순결한 나의 입설은 微笑에 목욕 감는 그 입설에 채 닿지 못하얏읍니다[9)]

움직이지 않는 달빛에 눌리운[10)] 창에는 저의 털을 가다듬는 고양이의 그림자가 오르락 나리락 합니다

아아 佛이냐 魔냐 인생이 띠끌이냐 꿈이 黃金이냐

적은 새여 바람에 흔들리는 약한 가지에서 잠자는 적은 새여[11)]

三十三. 「?」

　문맥을 감안하면 이 작품은 크게 세 부분으로 나누어 볼 수가 있다. 그 첫 번째에 해당되는 것이 화자가 자신을 환경이나 배경과 별개로 의식한 단면을 드러내고 있는 부분이다. 둘째 줄 <동풍에 몰리는 소낙비는 산모롱이를 지나가고> 이하가 그에 해당된다. 다음 두 번째 의미단락을 이루는 부분이 <희미한 졸음이 활발한 님의 발자최 소리에 놀라 깨어> 이하이다. 여기에는 의식되기 이전의 세계, 곧 무의식과 전의식의 세계가 나타난다. 이 시의 세 번째 단락으로 포착되는 것이 <사막(沙漠)의 꽃이여 그믐밤의 만월(滿月)이여 님의 얼골이여>이하의 부분이다. 여기에는 의식의 영역과 무의식의 영역이 뒤섞여서 나타난다. 그와 아울러 화자가 노린 신앙의 경지, 곧 절대자에 대한 귀의심이 노래되어 있는 것이 이 단락이다.

　본래 불교의 세계는 현존하는 것, 의식되는 것만에 머무는 것이 아니다. 그 정신이 펼치는 날개는 과거를 아우르고 아득한 미래의 영역을 남김없이 수렴하고자 한다. 또한 그 의식이 파헤치기를 시도하는 것은 눈에 보이는 것, 귀에 들리는 것, 곧 감각되는 계역(界域)만이 아니다. 이런 속성으로 말미암아 불교도의 말이나 글에는 의식의 영역에 속하는 부분과 함께 의식 이전의 단면이 자주 뒤섞여 나타난다. 한용운의 이 작품이 바로 그런 측면들을 내포하고 있는 보기의 하나가 된다.

---

[1] 「?」: 물음표는 서구적 충격이 가해진 다음 우리 주변에 수용되어 쓰이기 시작한 문장 기호 가운데 하나다. 한용운 이전에 이런 기

호만으로 시의 제목을 삼은 예는 발견되지 않는다. 이 작품의 기능적 이해를 위해서는 이 기호의 함축적 의미가 무엇인가를 파악할 필요가 있다. 여기서는 이 기호를 대승불교가 집중적으로 파악하고자 한 마음, 곧 심(心)으로 보고자 한다.

① 적집심(積集心), 집기심(集起心): 불교가 교리의 기점으로 삼은 것이 이 세상을 고해(苦海)라고 본 점임은 이미 밝힌 바와 같다. 이 세상에서 고통의 씨앗이 되는 것이 번뇌(煩惱)다. 번뇌는 곧 마음, 의식의 문제다(불교에서 의식(意識)은 육식(六識)의 하나로 지금 우리가 쓰고 있는 사전적 뜻과는 전혀 다르다). 이것을 불교에서는 심(心) citta 또는 manas라고 하여 연기설의 중심과제로 삼고 집중적으로 다루어왔다. 범어로 citta라는 말에는 모이는 것-적집(積集)이라든가 모임으로써 일어나는 것-집기(集起)의 뜻이 있다. 여기에서 적집심(積集心), 집기심(集起心) 등의 용어가 생겼다. 불교에서 심(心)을 왜 이렇게 집합 형태로 말하는가 하는 의문은 불교의 교리를 검토해 보면 곧 그 까닭이 드러난다. 불교에서 심(心)은 반드시 대상과의 상관관계를 통해서 의미를 가지게 된다. 그런데 이때의 정신현상은 색, 성, 향, 미, 촉, 설, 신, 의(意) 등 우리 자신의 감각기관을 통해서 이루어진다. 이들 감각기관이 대상으로 하는 것은 우주와 삼라만상, 인간의 내부와 외부, 아득히 지나버린 과거에서 현재와 무궁한 세월을 뜻하는 아승기겁, 영겁과 통한다. 거기서 빚어지는 여러 정신현상의 소재들은 무궁무진이라고 보아야 할 것이다. 불교에서는 이런 일체의 정신현상을 수용하고 분석, 검토하지 않을 수 없다. 불교의 심(心)이 적집(積集)과 집기(集起) 등의 외연을 지니는 까닭이 여기에 있다.

② 심(心)과 심소유(心所有): 한마디로 심(心), 또는 정신현상이라고 하지만 그것은 복잡하기 그지없다. 흔히 우리는 정신현상이 대상을 식별하는 기능만을 가지는 것으로 안다. 그러나 대부분의 경우 정신현상은 대상을 인식함과 동시에 의지나 감정, 충동 등을 곁들이게 된다. 향기로운 꽃을 보는 경우 우리 마음은 그것을 인

지하는 것으로 그치지 않는다. 그 빛깔이나 향기가 좋아서 가까이 가 바라보며 만지기도 하며 찬탄의 말도 던진다.

많은 경우 우리 마음은 대상의 인지와 함께 욕망이나 혐오의 감정까지를 거느리게 된다. 뿐만 아니라 같은 대상도 우리의 정신작용에 의한 시간과 장소, 기타 정황에 따라서 여러 가지로 다르게 나타날 수 있다. 이런 경우의 좋은 보기로 들 수 있는 것이 연인 사이다. A라는 남성을 B라는 여성이 사랑할 때, 적어도 사랑이 계속되는 동안 그 대상은 같다. 그러나 A가 약속에 늦으면 B는 그에 대해서 화를 내고, 원망을 하게 된다. 그러나 같은 대상에 대해 B가 만족을 느낄 때는 웃으며 좋아한다. 이렇게 여러 관계를 통해서 빚어지는 정신현상을 불교에서는 단순 정신현상과 구별한다. 일차적 정신현상을 심(心)이라고 한다. 그에 대해 제관계를 통해서 빚어지는 정신현상을 심소유(心所有)라고 한다.

③ 심(心)과 식(識), 심소유(心所有)의 관계: 우리 정신현상은 대상의 차이에 따라 그 성격이 달라진다. 또한 동일한 대상에 대해서도 시간, 장소, 정황에 따라서 변화가 생긴다. 이것을 불교는 심소유(心所有)의 개념으로 묶는다. 그런데 심소유의 전제가 되는 것이 있다. 그것이 대상의 식별(識別)이 반드시 선행하는 점이다. 어릴 때 우리는 같은 학교, 같은 반에서 같은 또래의 친구들과 공부했다. 그럼에도 A와는 사이가 좋았으나 B와는 만나기만 하면 다투었다. 이 애증의 전제가 된 것은 상대방이 A인가 B인가를 식별하는 정신현상이다. 이런 정신현상은 식별(識別)을 전제로 한다.

식별기능을 가진 정신현상을 잠정적으로 기본심(基本心)이라고 하여 둔다. 심소유에 드는 정신 현상은 그 속성에 따라 시간, 장소, 정황의 영향을 받는다. 그에 대해 기본심은 그에 선행하는 것으로 식별만을 맡는다. 이 정신현상을 일반적인 의미의 마음, 곧 심(心)과 구별하기 위해서 일단 식(識)으로 부른다.

유식학파(唯識學派)는 기본심(基本心)인 식(識)을 정리하여 팔식(八識)으로 나눈다. 이때의 분류 근거가 되는 것은 여러 식이 지닌바 성능의 차이, 그에 의거해서 작용을 일으키는 의거점의 차이, 식 자체가 지향하는바 대상의 차이 등이다. 우리 자신은 경험을 통해서 심(心)의 존재를 인정할 수밖에 없다. 그러나 우리가 경험하는 바 정신현상의 조직을 정리해보면 그런 단순 경험을 기준으로 해서는 해결이 불가능한, 혹은 서로 모순되기까지 하는 여러 현상과 맞닥뜨린다. 이런 경우 우리가 말하는 심(心)은 단순 해석으로는 기능적인 인식이 불가능하다. 또한 불능의 문제나 모순된 현상이 생긴다.

위와 같은 정신현상에 대해서 우리가 왜 그렇게 되는가 하는 의문을 풀고자 할 때 중대한 사실과 맞닥뜨린다. 그것이 정신현상이라고 부르는 심(心) 또는 식(識)이 우리가 의식적으로 자각하는 것만으로 이루어지는 것이 아니라는 점이다. 우리가 알고 있는 정신현상 가운데는 자각한 범주에 속하지 않는 것으로 매우 깊고 넓은 영역이 있을 수 있다. 이것을 서구식 용어로는 무의식이라고 한다. 우리는 의식된 세계를 좀 더 올바르게 알기 위해서라도 비록 의식되지는 않지만 전자보다 훨씬 부피가 큰 정신현상을 인정할 필요에 직면한다. 이것을 부정하면 의식할 수 있는 경험 전체도 편향된 관념의 울타리 속에 가두어 버리는 결과를 낳는다. 여기서 우리는 불교의 정신현상 또는 식(識)이 두 개의 유형으로 나누어지는 것임을 알게 된다. 프로이드식 개념을 빌리면 그들이 곧 의식되는 것과 무의식의 범주에 드는 정신현상 등 두 유형의 정신현상이다.

④ 오식(五識)을 넘어서- 무의식계(無意識界)의 발견: 불교에서는 정신현상에서 의식되는 영역을 색, 성, 향, 미, 촉(色聲香味觸) 등과 의식(意識)의 문제로 다룬다. 이들이 육근(六根)에 근거를 두고 육경(六境)에 관계되면서 의계(意界)를 이루는 점은 이미 지적된 바와 같다.(이 책 「비밀」의 주석란 2) 부분 참조). 이 경우 의계(意界)의 주제개념인 의식에 대해서는 얼마간의 보충설명이 필요하다. 의식 이외의 오식(五識), 곧 색, 안, 이, 비, 설, 신(色眼耳

鼻舌身) 등의 식(識)은 우리가 그 존재를 체험을 통해 알 수 있다. 오식은 모두가 그 작용을 가능하게 하는 기관(소의근(所依根))을 가지고 있다. 또한 그것이 향하는바 대상(소연경(所然境))도 서로 다른 것이다. 그들은 그 뿌리가 모두 우리 자신의 육체에 속해 있다. 그 지향하는 바는 대상(소연경)이 우리 자신의 내면이 아닌 외부의 물질적인 영역이다. 뿐만 아니라 이들 정신현상은 시간상으로는 모두가 현재의 세계를 대상으로 한다. 또한 그 식별작용은 한결같이 직각(直覺)에 의거한다. 그런데 의식의 소의(所依)가 되는 의근(意根)은 그와 다르다. 소의근(所依根)으로 명명된 이 근(根)은 그 영역이 육체에 속해 있는 것이 아니라 심(心)의 영역에 속한다. 이것은 우리의 정신작용의 경역이 외계의 물질에 국한되는 것이 아니라 마음의 세계, 유체법과 무체법에 걸치는 것임을 뜻한다. 시간적으로 그것은 현재의 세계만에 상관되지 않고 과거, 현재, 미래에 두루 통한다. 그 대상이 될 수 없는 것은 아무 것도 없다. 또한 그 식별작용도 직각에만 의존하는 것이 아니라 비지추도(比知推度)의 기능도 가진다.

⑤ 말나식(末那識)과 아뢰야식(阿賴耶識): 불교에서는 우리 자신의 정신현상이 전의식과 무의식의 영역에 밀착되는 것임을 설명하기 위해 두 개의 독특한 개념을 만들어내었다. 그 하나가 말나식(末那識)이며 다른 하나가 아뢰야식(阿賴耶識)이다. 사전을 찾아보면 말나(末那)는 manas의 음사로 나온다. 그러니까 이것은 육경의 하나인 의식(意識)의 확충, 심화 개념인 셈이다. 그 기능으로 보아 이 말나식은 아뢰야식을 제시, 포착하기 위한 촉매체 구실을 한다. 실제 말나식은 육식(六識)과 아뢰야식 사이를 쉴새없이 넘나든다. 그 결과 육식(六識)이 일으키는 네 개의 번뇌, 곧 아치(我癡), 아견(我見), 아만(我慢), 아애(我愛) 등을 일어나게 하는 매개 인자가 된다. 또한 아뢰야식에 저장된 종자(種子)를 이끌어내어 인식작용이 가능하도록 작용한다. 우리가 날마다 겪는 일상생활에서 꼬리에 꼬리를 물고 일어나는 생각들이 이루어지도록 끊임없

이 작용하는 것이 바로 이 말나식이다.

말나식은 야뢰야식을 제시하기 위한 전단계의 개념이다. 아뢰야
는 범어의 alaya의 음사다. 그 뜻에 저장, 집착이 있다. 이때의 저
장이란 우리가 일찍 경험했거나, 인식, 학습한 것으로 형성된 정신
작용, 곧 인상, 잠재력 등을 종자(種子)로 마음속 깊이 갈무리함을
뜻한다. 우리의 정신작용이 가능하게 만드는 심층의식이 곧 아뢰
야식이다. 한용운이 아뢰야식에 대해 말한 것은 『불교대전』에서
<인심(人心)의 연기>를 밝히고자 한 가운데 『입능가경(入楞伽經)』
한부분을 인용한 것으로 그친다. <심식연기(心識緣起)의 원인> 항
목에서 그는 다음과 같은 구절을 제시했다.

> 비유하면 큰 바다 파도는 사나운 바람으로 하여 일어나는 것이며
> 넘실대는 물결이 먼 바다를 두드리기를 그칠 때가 없는 것이니 아뢰
> 야식도 또한 그와 같아 육계(六界)와 팔계(八界)의 바람이 불게 되면
> 여러 의식의 파도가 치솟아오르고 뒤설레어 꼬리를 물게 되는 것이
> 다.(-의역 필자)
> 譬컨대, 巨海浪은 猛風으로 由起하매 洪波가 冥壑을 鼓하며 斷絶할
> 詩가 無하느니 阿賴耶識도 亦爾하여 境界風이 吹動하면 種種의 諸識
> 浪이 騰躍 轉生이니라.

한용운의 불교에 관한 담론을 살피면 그가 심(心)에 대해서 깊
이 알고자 한 관심의 폭은 상당히 깊었다. 그가 초기에 창간한 잡
지 이름이 『유심(惟心)』이었다. 『불교대전』을 보면 독특한 정신학
으로서불교의 경전들을 이해하고자 한 자취도 여러 곳에 나타난
다. 그러나 불교교리에서 심(心), 식(識)과 말나식, 아뢰야식의 문
제는 곧 공(空), 무(無)와 통하는 차원이어서 만해 정도의 법안(法
眼)과 지혜로서도 그 기능적 파악이 손쉽지 않았을 것이다. 이렇
게 보면, 이 작품의 제목이 의문부호로 된 것은 한용운의 정신적
비의(秘義)에 대한 천착욕을 말해주는 것으로 파악된다.

2) **님의 발자최 소리**: 도를 닦아 미망을 벗어나고자 하는 화자가 꿈

결과 같은 상태에서 진여(眞如)의 경지를 연 석가여래의 그림자를 보았다는 뜻. 오도(悟道)의 경지에 들어서기 직전의 상태로 지각되기 이전의 꿈꾼 듯한 경지를 말한다.

3) **동풍에 몰리는 소낙비는 산모롱이를 지나가고 뜰 앞의 파초닙 위에 빗소리의 남은 음파(音波)가 그늬를 뜁니다**: <닙>은 잎의 아어형. <그늬>는 <그네>의 오식. <빗소리의 남은 음파(音波)>는 한용운 나름의 시적 수사로 그가 생각한 우리 말 시의 멋을 살리고자 한 부분이다. 바로 앞줄이 지닌 형이상적 내용에 대비되는 구절로 자연에 곁들인 물리적 세계가 노래되어 있다.

4) **흔들어 빼는 님의 노래가락에 첫잠든 어린 잔나비의 애처로운 꿈이 꽃 떨어지는 소리에 깨었읍니다**: <님의 노래가락>은 화자가 언어 문자로가 아니라 울림으로 느낀 해탈지견의 경지, <첫잠든 어린 잔나비>는 석가여래불의 대자대비의 품 안에 안겨서 살기를 기하는 화자의 모습이다. 이 부분은 다시 현실적이 아니라 무의식의 경지에 그 끈이 닿아 있다.

5) **죽은 밤을 지키는 외로운 등잔ㅅ불**: 밤에 <죽은>이라는 수식어를 붙였다. 이것으로 밤이 물리적인 차원을 넘어 적정(寂靜)의 경지를 뜻하는 불교의 세계를 상징하게 되었다.

6) **미친 불에 타오르는 불쌍한 영(靈)**: 불은 불경에서 번뇌가 뒤설레이는 모양의 형용으로 자주 쓰인다. <삼계의 번뇌는 사나운 불길과 같으니 미혹을 물리치지 못하면 항상 우리 몸을 삼키게 되는 것이다.(三界의 煩惱는 猛火와 如하니 迷惑 不離하면 恒常 所燒가 되느니라)> 여기서 <불쌍한 영(靈)>은 화자 자신으로 대표되는 중생들이다.

7) **절망(絶望)의 북극(北極)에서 신세계(新世界)를 탐험(探險)합니다**: <절망의 북극>은 미망에서 헤어나지 못한 화자 자신의 마음속 공간을, 그리고 <신세계>는 석가여래 부처가 약속한 진여(眞如)의 세계를 가리킨다.

8) **사막(沙漠)의 꽃이여 그믐밤의 만월(滿月)이여 님의 얼굴이여:** <사막의 꽃>, <그믐밤의 만월> 등은 무량정각(無量正覺)과 대자대비의 상징인 <님의 얼굴>, 곧 석가여래 부처의 비유 형태다. 사막의 꽃은 희귀하기 그지없다. 그믐밤에는 달이 뜰 리가 없다. 이것은 석가여래의 출현이 엄청난 기적임을 말하기 위해 쓴 반어법이다. 이렇게 보면 이 한 줄의 의도가 찬불예경(讚佛禮敬)에 있음을 알게 된다.

9) **갈지 안한 백옥(白玉)인 순결한 나의 입설은 미소(微笑)에 목욕감는 그 입설에 채 닿지 못하았읍니다:** 사무치게 삼보(三寶)에 귀의하고자 하는 화자가 아직 해탈지견의 경지에는 이르지 못했음을 이렇게 말했다. 여기서 백옥(白玉)은 화자의 청정심을 상징한다. 그것을 <갈지 안한>이라고 한 것은 아직 그의 수도, 정진이 만족한 상태가 아님을 뜻한다. <그 입설>의 입설은 <입술>의 방언. 부처님은 항상 평등, 자비의 경지에 있으므로 그 표정은 미소와 함께 한다. 그것을 <미소에 목욕감는>이라고 한 것은 한용운 나름의 수사다.

10) **달빛에 눌리운:** 1920년대에 이르기까지 우리 주변에서 빛이 무게나 체적을 갖지 않는다는 생각이 상식이 되어 있었다. 그런 빛의 하나인 달빛을 중량이 있는 것으로 전이시킨 것이 이 부분이다. 문단 밖에 있으면서도 한용운은 우리말 시를 통해 지칠 줄 모르고 이런 수사적 시험을 꾀했다.

11) **아아 불(佛)이냐 마(魔)냐 인생이 띠끌이냐 꿈이 황금(黃金)이냐/ 적은 새여 바람에 흔들리는 약한 가지에서 잠자는 적은 새여:** 불교의 세계는 삼천대천(三千大千)의 공간을 휘덮고 무량겁, 아승기겁을 아우르는 영역이다. 수도자는 그 앞에 서는 순간 현상이 본체며 현실이 환상으로 뒤바뀌는 엄청난 경험을 하게 된다. 그 결과 수도자는 역설과 도착의 폭풍우에 휩쓸린다. 앞문장은 그런 경지를 노래한 것이다. 두 번째 문장에 나오는 <적은 새>는 바로 화자 자신이다. 견성(見性)의 경지에 이르기를 기한 것으로 유추

되는 그는 도저한 불교의 철리를 엿보게 되면서 이제까지 그가 의거한 논리와 세계인식의 진실이 하루아침에 부정, 전복되는 후폭풍을 경험한다. 그런 경험이 그 자신을 한 마리 새로 화하게 만든 것이다. 가지 끝에 새는 불안하기 그지없다. 하물며 바람이 사납게 부는 약한 가지 끝의 새임에 있어서랴. 그 불안, 불안정한 모습을 한용운은 한마디의 설명도 가하지 않고 오직 심상으로만 제시했다. 뿐만 아니라 이것은 꼭같은 기법을 쓴 바로 앞줄 석가여래불의 심상과 병치되어 있다. 현대시에 이르러 주목하게 된 비유의 기법에 이질적 두 요소의 문맥화가 있다. 이제까지 우리가 무심하게 넘긴 한용운의 이 작품에서 이런 기법을 발견하게 되는 것은 놀라운 일이다.

님의 손ㅅ길

님의 사랑은 鋼鐵을 녹이는 불보다도 뜨거운데 님의 손길은 너머 차서 限度가 없읍니다[1]

나는 이 세상에서 서늘한 것도 보고 찬 것도 보았읍니다 그러나 님의 손길 같이 찬 것은 볼 수가 없읍니다

국화 핀 서리 아츰에 떨어진 잎새를 울리고 오는 가을 바람도 님의 손길보다는 차지 못합니다[2]

달이 적고 별에 뿔나는 겨울밤에 얼음 위에 쌓인 눈도 님의 손길보다는 차지 못합니다[3]

甘露와 같이 淸凉한 禪師의 說法도 님의 손길보다는 차지 못합니다

나의 적은 가슴에 타오르는 불꽃은 님의 손길이 아니고는 끄는 수가 없읍니다

님의 손길의 溫度를 測量할 만한 寒暖計는 나의 가슴밖에는 아모데도 없읍니다[4]

님의 사랑은 불보다도 뜨거워서 근심 山을 태우고 恨 바다를 말리는데 님의 손길은 너머도 차서 限度가 없읍니다[5]

三十四. 님의 손人길

이 시의 주제가 되고 있는 것은 불성(佛性)이다. 화자는 그것을 <님>을 통해서 체험한다. <님>과의 관계를 통해서 그는 자신의 불성(佛性)도 확인하고자 한다. 이런 주제로 보아 이 작품 또한 증도가(證道歌)의 하나다. 전문이 서술형으로 되어 있으나 그 내용은 우의(寓意)로 이루어져 있다.

1) **님의 사랑은 강철(鋼鐵)을 녹이는 불보다도 뜨거운데 님의 손길은 너머 차서 한도(限度)가 없읍니다:** 불교에서 석가여래 세존은 자유, 평등, 영겁을 정각(正覺)과 정념(正念)에 사는 지고지성(至高至聖)의 대명사다. 『화엄경』에는 그를 가리켜 <몸과 마음이 평등하며 안과 밖으로 모두 해탈을 했으며 영겁(永劫)을 정념(正念)으로 살고, 집착이 없어서 얽매이는 바도 있지 않다(身心平等 內外俱解脫 永劫在正念 無着故無所繫)>라고 했다.

석가세존이 삼라만상을 두루 비추고 무장 무애의 자재신이 되기까지에는 대충 두 개의 필수요건과 과정이 필요했다. 하나가 대자대비를 화두로 삼은 가운데 보살행을 치르는 일이었고 다른 하나가 그 누구의 도움도 받지 않는 상태에서 스스로 닦고 깨치어 견성(見性), 해탈의 경지에 이르는 것이었다. 대자대비를 전제로 한 보살의 사랑에 대해서는 이미 앞에서 밝힌 것이 있다.(이 책 「당신은」의 주석란 1) 참조) 다시 되풀이하면 보살은 남의 병을 자신의 병처럼 아파하는 자며 다른 사람의 괴로움을 자기 자신의 고통으로 느끼는 자다. 이런 사랑을 열도로 바꾸어 말하면 강철로 녹일 것이라는 비유가 가능하다.

한편 보살행의 전제가 되는 번뇌에서 벗어나는 일과 그를 통한 해탈은 철저하게 수도자 자신이 이루어가야 한다. 이에 대해서는 한용운 자신이 말해둔 것이 있다. <불교는 그 신앙이 자신적(自信的)입니다. 다른 어떤 교회와 같이 신앙의 대상이 다른 무엇(例하면 신이라거나 상제(上帝)라거나)에 있지 아니하고 자아(自我)라는 거기에 있습니다.>(「선과 인생」, 『전집』(2), 288면). 불교의 자신성(自信性)은 수도자의 득도를 위한 과정에서 유감없이 발휘된다. 도를 깨치는 경지에 이르려면 수도자는 예외 없이 마장에 맞닥뜨리고 번뇌와 부딪혀 싸우는 험한 고비를 넘어야 한다. 그런데 대자대비의 화신인 부처가 이때 수도자가 겪는 위기와 고통에 대해서는 일체 아랑곳을 하지 않는다. 그 이유는 명백하다. 불교도가 이루어야 하는 오도(悟道)가 스스로의 노력만으로 이루어져야 하기 때문이다. 석가여래불은 끝내 불제자가 득도하는 과정에서 겪는 난관을 못 본 척해야 한다. 이것을 수난의 당사자나 제3자가 보게 되면 <님의 손길>이 한량없이 차다는 표현이 가능하다. <너머>는 <너무>의 방언.

2) **국화 핀 서리 아츰에 떨어진 잎새를 울리고 오는 가을 바람도 님의 손길보다는 차지 못합니다**: 님의 손길이 차가운 점을 강조하기 위해서 가을 바람을 끌어들였다. 그 매체로 <국화 핀 서리 아츰의 잎 새>가 의인화된 것은 한용운 나름의 수사다. <아츰>→<아침>

3) **달이 적고 별에 뿔나는 겨울밤에 얼음 위에 쌓인 눈도 님의 손길보다는 차지 못합니다**: 앞문장과 그 기법이 거의 같다. <달이 적고>는 달이 작아지고의 한용운식 표현으로 생각된다. <별에 뿔나는>은 일종의 도착, 환시 현상으로 짐작된다. 일월(日月)과 함께 성진(星辰)은 불경에 나오는 전체이지만 뿔이 난 별의 비유는 발견되지 않는다. 엄동설한에 천지가 추위에 싸이면 오만 것이 얼어붙는다. 얼음은 어느 것이나 얼어붙게 하는데 그 체적이 추위와 정비례해서 불어난다. 이때 그것은 객체의 연약한 부분을 두드러지게 공략하여 그 표면을 불거지게 만든다. 이것을 수사형태로 표현한 것이 <별에 뿔나는> 같은 말투를 이루었을 것으로 생각된다.

4) **나의 적은 가슴에 타오르는 불꽃은 (…)/ 님의 손길의 온도(溫度)를 측량(測量)할 만한 한난계(寒暖計)는 나의 가슴밖에는 아모데도 없읍니다:** <아모데도 → 아무데도>. 앞문장에서 나의 가슴의 불꽃을 끄는 것이 <님의 손길>인 점과 뒷문장의 님의 손길의 온도(溫度)를 측정한 한난계(寒暖計)가 나의 가슴의 손길인 점에 주의가 필요하다. 여기서 <나>와 <님>은 매우 육감적인 상태로 신체접촉을 하게 된다. 이런 의미맥락이 이것으로 그친 것이라면 이 작품은 감각적인 차원에 그치는 사랑 노래일 뿐이다. 그러나 이 작품에 대한 해석이 여기에 그치면 우리는 제대로 시를 읽은 것이 아니다. 이에 대해서 마지막 한 줄은 참고해야 한다.

5) **님의 사랑은 불보다도 뜨거워서 근심 산(山)을 태우고 한(恨) 바다를 말리는데 님의 손길은 너머도 차서 한도(限度)가 없읍니다.:** 여기서 <님>이 해탈, 자재신의 경지에 이른 부처님임은 2연 마지막 줄을 통해서 유추가 가능하다. <감로와 같이 청량(淸涼)한 선사(禪師)의 설법(說法)도 님의 손길보다는 차지 못합니다.> 감로와 같은 선사의 말이 미치지 못하는 정신적 차원은 바로 해탈·자재신의 몫일 수밖에 없다. 그런 님은 근심과 한(恨)을 불보다 뜨거운 열도 태운다. 이것은 중생을 제도하는 보살의 대자를 말한다. 그러나 그런 <님>의 손길이 한도가 없이 차다는 것은 무엇인가.

불교는 스스로 수도·정진하지 않고는 득도(得道)를 할 수가 없다. 수도·정진에 열도가 모자라는 상태에서 극락·왕생을 바라게 되면 전혀 구원을 받을 수가 없다. 그런 사람에게 <님의 손길>은 한없이 차기만 할 것이다. 이렇게 보면 이 시는 해탈·자재신이 된 사람이 아니라 그 과정에 있는 자의 안타까운 마음을 담은 노래라고 할 수 있다.

海棠花1)

당신은 해당화 피기 전에 오신다고 하얐읍니다 봄은 벌써 늦었
읍니다

봄이 오기 전에는 어서 오기를 바랐더니 봄이 오고 보니 너머
일즉 왔나 두려합니다2)

철도모르는 아해들은 뒷동산에 해당화가 피었다고 다투어 말하
기로 듣고도 못들은체 하얐더니

야속한 봄바람은 나는 꽃을 불어서 경대 위에 노입니다 그려

시름 없이 꽃을 주어서 입설에 대히고 「너는 언제 피었니」하고
물었읍니다

꽃은 말도 없이 나의 눈물에 비쳐서 둘도 되고 셋도 됩니다3)

三十五. 해당화(海棠花)

6행 2연에 줄글로 된 작품이나 내용에 층절은 없고 의미 맥락이 단선으로 이어져 있다. 한용운 시의 단골 기법인 여성화자를 내세워 그가 가슴속에 품은 정한(情恨)을 노래했다. 다른 작품과 달리 시상, 관념의 혼합도가 아주 낮은 작품이다. 구조가 복잡하지 않은 애정시로 비교적 평이한 구문으로 이루어져 있다.

1) **해당화(海棠花)**: 해당화는 사전을 찾아보면 장미과에 속하는 낙엽 활엽 관목이다. 바닷가 모래땅에서 자라며 가시가 많다. 5-7월 사이에 짙은 홍색 꽃이 피는데 그 모양이 아름다워 우리 주변에서는 옛날부터 흔히 글과 그림의 소재가 되었다.

> 뭇노라 저 선사(禪師)야 관동팔경 어떻더니
> 명사십리(明沙十里)에 해당화 붉어 있고
> 원포(遠浦)에 양양(兩兩) 백구는 비소우(飛疎雨)를 하더라
>
> 해당화 가지 위에 해설피의 달인데
> 버들가지 끝에는 엷은 연기 깔려든다
> 海棠枝上黃昏月
> 楊柳初頭踐淡烟

여기서 해당화는 화자가 그리운 사람을 기다리는 매체로 쓰였다. 그 붉은 빛깔이 화자가 품은 연모의 정을 상징하는 것이다.

2) **봄이 오고 보니 너머 일즉 왔나 두려합니다**: <너머→너무>, <일즉→일찍>, <두려합니다→두려워합니다>. 『전편해설』은 이 부분에 대해서 <우리는 <두렵다>는 말에 주목해야 한다. 봄과 해당화

225

와 당신은 모두 깨달음의 경지(境地)를 가리킨다. 따라서 <두려운 일이다>>라고 해석했다. 앞에서 이미 드러난 바와 같이 이 말은 오마던 <당신>이 해당화 피기 전에 왔기 때문에 혹시 그가 약속을 어기고 오지 않을까 생각하는 결과로 생기는 두려움이다. 이것을 불교의 깨달음이나 오도(悟道)의 경지에 직결시킨 해석은 따라서 크게 빗나간 것이다.

3) **시름 없이 꽃을 주어서 입설에 대히고 「너는 언제 피었니」하고 물었습니다/ 꽃은 말도 없이 나의 눈물에 비쳐서 둘도 되고 셋도 됩니다**: <입설→입술>, <대히고→대이고>. 다시 『전편해설』을 보면 <<시름없이>가 <무심(無心)>의 경지를 암시한다>로 되어 있고, <꽃은 말도 없이>를 깨달음의 경지가 인간조건과 결합된 나머지 그것이 자비(慈悲)가 되는 것으로 보았다. <자비(慈悲)>를 통해서 <꽃>, 즉 공(空)은 여러 존재를 드러낸다. 이것이 바로 둘도 되고 셋도 된다는 뜻이다>(『전편해설』, 166면)라고 해석하였다. 이미 드러난 바와 같이 세속적 삶을 사는 사람이 흘리는 눈물은 보살행을 거치는 부처의 눈물과 아무런 관계가 없다. 그에 앞서 <시름없이>가 <무심의 경지>에 맥락이 닿는다는 말도 방향을 잘못 잡은 것이다. 무심의 경지는 득도의 과정에서 얻어낼 수 있는 것이며, 때로 거기에는 검수도산(劍水刀山)을 헤치는 담력과 천길 낭떠러지에 제몸을 던질 수 있는 용기가 요구된다. 그런데 <시름없이>는 세속적 인간이 뚜렷한 목적도 없이 시간을 보낼 때 쓰는 말이다. 전혀 차원을 달리하는 현상을 혼동하는 것이 시 읽기는 아니다. 『전편해설』은 저작자 스스로가 『님의 침묵』이 나온 다음 처음 시도되는 한용운 시의 본격적인 탐구라고 자부한 업적이다. 그런 책에서 이와 같이 전후 모순되는 논리가 그것도 되풀이 되어 나오는 것은 딱하고 민망한 일이다. <꽃은 말도 없이(……)> 이하는 그대로 떠나가버린 화자가 <당신>을 생각하는 간절한 마음을 담은 것으로 보아야 한다.

당신을 보았읍니다

당신이 가신 뒤로 나는 당신을 잊을 수가 없읍니다
까닭은 당신을 위하나니보다 나를 위함이 많습니다[1]

나는 갈고 심을 땅이 없음으로 秋收가 없읍니다
　저녁거리가 없어서 조나 감자를 꾸러 이웃집에 갔더니 主人은
「거지는 人格이 없다 人格이 없는 사람은 生命이 없다 너를 도아
주는 것은 罪惡이다」고 말하얐읍니다
　그 말을 듣고 돌어 나올 때에 쏟어지는 눈물 속에서 당신을 보
았읍니다[2]

　나는 집도 없고 다른 까닭을 겸하야 民籍이 없읍니다
「民籍 없는 者는 人權이 없다 人權이 없는 너에게 무슨 貞操냐」
하고 凌辱하랴는 將軍이 있었읍니다[3]
　그를 抗拒한 뒤에 남에게 대한 激憤이 스스로의 슬픔으로 化하
는 刹那에 당신을 보았읍니다
　아아 왼갖 倫理 道德 法律은 칼과 黃金을 祭祀지내는 연기[4]인
줄을 알았읍니다
　永遠의 사랑을 받을까 人間歷史의 첫페지에 잉크칠을 할까 술
을 마실까 망서릴 때에 당신을 보았읍니다[5]

三十六. 당신을 보았읍니다

이 작품의 화자는 표면상 당신에게 그의 애정을 말한다. 그러나
그 바닥에 민족의식이 내포된 것이 이 작품이다. 그와 아울러 이
시의 말투에는 불교도로서 한용운이 가진 정신세계가 내비친다. 기
법으로 편지글 투를 이용한 것이 또한 이 시의 특징적 단면이다.

1) **당신이 가신 뒤로 나는 당신을 잊을 수가 없읍니다/ 까닭은 당신을
위하나니보다 나를 위함이 많습니다:** 여기에 이르기까지『님의 침
묵』에 나오는 님이나 <당신>은 거의 모두가 불교적인 것이었다.
여기서는 그와 달리 그 심상이 국가, 민족에 수렴된다. 이제까지
우리가 본 바에 따르면 불교는 그 지향이 초시간적인 동시에 초공
간적인 것이어서 국가, 민족을 초극하는 자리에 있었다. 그런 불교
도 가운데 한사람인 한용운이 이처럼 반제, 민족투쟁의 길을 걷고
자 한 까닭은 어디에 있었는가.『불교대전』에는 정치가가 선정(善
政)을 베풀고자 할 때 취할 행동방향을 적은 것이 있다.

> 왕은 법으로 정당하게 취할 수 없는 물건은 취하지 말 것이며, 정
> 당하게 취할 수 있는 것일지라도 때가 적당하지 않으면 취하지 말아
> 야 하느니, 때에 어긋나지 않더라도 가난한 자들을 핍박하고 괴롭혀
> 서 취하는 일은 하지 말 것이요, 비상사태와 떼도적들이 난을 일으켰
> 을 때, 내란과 내전이 일어나더라도 떳떳한 마음으로 위해(危害)를
> 피하지 않고, 여러 중생을 보호하며 가난한 자들에게 옷과 먹을 것을
> 베풀며 악행자를 선법(善法)으로 교도하면 그것이 곧 사랑의 마음인
> 것이다.
> (王論法을 依하여 應得치 아니할 物은 應取치 아니하며, 應得할 자
> 라도 非時면 不取하며, 時節을 依하여 應得할 物이라도 貧窮人을 逼
> 惱하여 取치 아니하며, 險難, 賊難, 叛逆難, 相害難에 至하면 如此한

難時에 當에 衣食을 施興하며, 惡行者를 善法으로 敎하면, 是名이 慈
心입니다. 大王이여, 當知할지라. 此二法에 依하면 是名이 法行을 行
하는 王의 衆生을 正護하는 不放逸心과 大慈悲心입니다.)

—『전집』(3), 230면.

위의 인용을 통해 불교식 정치의 윤곽이 떠오른다. 한마디로 그
것은 자비의 마음을 바탕으로 한 시혜(施惠)의 정치다. 한용운에
게 일제의 한반도 통치는 그와 너무 달랐다. 일제는 식민지체제
구축과 함께 우리 국토에서 강권, 폭압, 수탈 정치를 일삼았다. 이
와 아울러 한용운에게는 남다른 애국, 애족의식도 있었다. 이런 의
식이 일제의 식민지적 강압, 수탈을 체험하게 되자 손을 맺고 그
런 상황을 좌시할 수가 없었다. 그 결과로 나타난 것이 한용운의
반제, 항일 저항 활동이었다. 3·1운동 때 서대문 형무소에 수감된
다음 그는 「조선독립(朝鮮獨立)의 서(書)」를 기초했다. 그 한 항목
인 「조국사상」에서 그는 다음과 같이 말했다.

조국사상(祖國思想)

월나라의 새는 남쪽의 나무 가지를 생각하고 호마(胡馬)는 북풍에
느끼는 것이니 이는 그 본바탕을 잊지 않기 때문이다. 동물도 이러하
거든 하물며 만물의 영장인 사람이 어찌 그 근본을 잊을 수 있을 것
인가.

근본을 잊지 못함이 인위적인 것이 아니라 천성이며 또한 만물의
미덕이기도 하다. 그러므로 인류는 그 근본을 못 잊을 뿐 아니라 잊
고자 해도 잊을 수가 없는 것이다. 반만년의 역사를 가진 나라가 오
직 군함과 총포의 수가 적은 빌미로 하여 남의 유린을 받아 역사가
단절됨에 이르렀으니 누가 이를 참으며 누가 이를 잊겠는가. 나라가
망하자 무시로 근심 띤 구름, 쏟아지는 빗발 속에서도 조상의 통곡을
보고, 한밤중 고요한 새벽에 천지신명의 질책을 듣거니와, 이를 능히
참는다면 어찌 다른 무엇을 참아야 하는 것인가. 조선의 독립을 감히
침해하지 못할 것이다.

(祖國思想: 越鳥는 南枝를 思하고 胡馬는 北風을 嘶하느니 此는 基

本을 忘치 아니함이라. 動物도 猶然하거든 況萬物의 靈長인 人이 어찌 基本을 忘하리요. 基本을 忘치 못함은 人爲가 아니오 天性인 同時에 또한 萬有의 美德이라. 故로 人類는 基本을 忘치 아니할 뿐 아니라 忘코자하여도 得치 못하니 半萬年의 歷史國이 다만 軍艦과 鐵砲의 數가 少함으로써 他人의 蹂躙을 被하여 歷史가 斷絶됨에 至하니 誰가 此를 忍하며 誰가 此를 忘하리요. 國을 失한 後 往往 愁雲悽雨의 中에 歷代 祖先의 號泣을 見하고 中夜淸晨의 間에 宇宙 神明의 呵責을 聞하니 此를 可히 忍하면 何를 可히 忍치 못하리요 朝鮮의 獨立을 可히 侵치 못하리로다.)

우리는 『님의 침묵』이 서대문 감옥에서 한용운이 풀려난 다음 두어해 뒤에 나온 사화집임을 기억할 필요가 있다. 그는 그 무렵까지 3·1운동의 선봉에선 독립운동자로서의 의지를 조금도 꺾지 않고 있었다. 여기 나오는 <나는 당신을 잊을 수가 없읍니다>는 그런 그의 정신세계를 시로서 읊은 것이다.

2) **나는 갈고 심을 땅이 없음으로 추수(秋收)가 없읍니다/ 저녁거리가 없어서 조나 감자를 꾸러 이웃집에 갔더니 주인(主人)은 「거지는 인격(人格)이 없다 인격(人格)이 없는 사람은 생명(生命)이 없다 너를 도아주는 것은 죄악(罪惡)이다」고 말하았읍니다/ 그 말을 듣고 돌아 나올 때에 쏟아지는 눈물 속에서 당신을 보았읍니다:** 여기서 당신은 불교적 자아나 법신(法身)이 아니라 한용운이 지닌 민족의식이 인격화된 것이다. 『전편해설』은 이것을 <무심(無心)의 경지>라고 했다.

불교에서 무심이란 무심위(無心位)와 같은 말이다. 심식(心識)의 작용이 없는 자리를 이렇게 말한다. 그런데 민족의식이란 그런 초월의 세계가 아니라 바로 아집에 가까울 정도로 나와 우리의 집합 개념인 혈통과 종족, 그 문화와 역사, 전통을 행동의 축으로 한다. 이렇게 보면 『전편해설』의 해석은 난시현상의 산물이다.

한용운이 살아간 일제치하는 총독정치가 조선민족의 전면 거세 정책을 펴고 있었을 때다. 한일합방 직후부터 그들은 한반도 전역의 토지 측량을 실시하고 동양척식회사(東洋拓植會社)를 설립, 운영했다. 전자를 통해서 일제는 한반도 내의 일체 토지를 그들의 관장 아래 두기를 기했다. 동양척식회사는 우리나라 농경지를 그들이 수탈하려는 의도와 함께 발족시킨 침략 기관의 하나였다. 일제의 이런 식민지 정책으로 우리 농민들 모두는 밭갈이 할 토지를 잃었다. 우리 민족의 절대 다수가 기아선상에 내몰린 나머지 유리걸식(遊離乞食)의 길을 걷지 않을 수 없었다. 일제는 이런 우리 민족을 천대, 멸시하고 그 인권까지를 부정했다. 위의 부분에는 한용운의 그와 같은 시대와 상황의식이 바닥에 깔려 있다. 따라서 이것은 무심(無心)의 경지를 노래한 것이 아니라 매우 강도가 높은 반제의식이 피력된 것이다.

3) **나는 집도 없고 다른 까닭을 겸하야 민적(民籍)이 없습니다/「민적(民籍) 없는 자(者)는 인권(人權)이 없다 인권(人權)이 없는 너에게 무슨 정조(貞操)냐」하고 능욕(凌辱)하랴는 장군(將軍)이 있었읍니다**: 민적은 호적이라고도 한다. 일제는 한일합방과 동시에 그들의 행정조직을 통해 우리 민족 전체의 인적사항을 등록하게 했다. 그에 따라 본관, 가족관계와 출생지, 거주지, 생년월일 등이 조선총독부의 대장에 올랐다. 이것으로 우리 민족 전체를 그들의 이른바 천황(天皇)의 신민이 되게 한 것이다. 일제의 이런 호적제를 지배책의 하나라고 하여 거부한 사람들이 있었다. 한용운도 그 가운데 한 사람이었다. 일제의 이 시책을 받아들이지 않고 호적등재를 거부한 사람들에게는 매우 가혹한 규제와 처벌이 가해졌다. 장군으로 상징된 일제의 <능욕>은 그런 사태를 상징적으로 말한 것이다.

4) **왼갖 윤리(論理) 도덕(道德) 법률(法律)은 칼과 황금(黃金)을 제사(祭祀)지내는 연기**: 여기서 칼과 황금은 강압, 침략 정치의 두 힘줄인 무력과 자본을 뜻한다. 일제의 한반도 지배를 상징화한 것이다. 윤리, 도덕, 법률 등도 세속적인 미덕이나 체면치레, 질서체제를 뜻한다. 이들이 <칼과 황금>을 제사지내는 연기가 된다는 것

은 일제 식민지 체제의 패망을 뜻한다. 일제의 패망을 연기로 환유화시킨 기법이 재미있다.

5) **영원(永遠)의 사랑을 받을까 인간역사(人間歷史)의 첫페지에 잉크칠을 할까 술을 마실까 망서릴 때에 당신을 보았읍니다**: 이 부분이 3지선다형임에 주의가 필요하다. 첫째 것은 불법(佛法)의 세계를 가리킨다. 이 부분의 해석을 위해서 <영원> 다음에 무진(無盡), 구경(究竟), 초공(超空) 등의 말을 추가해 보는 것이 좋다. 여기서 말하는 사랑이 절대, 영겁(永劫)의 차원을 뜻하기 때문이다. 두 번째 토막은 정치, 사회, 문화활동 등, 현실적인 생활에서 의의가 깊고 뚜렷한 큰 발자취를 남기는 것을 뜻한다. 말을 바꾸면 역사에 기록될 일을 하는 것을 가리킨다. 마지막 세 번째가 가슴에 쌓인 울분을 푸는 방편으로 미친 척 행동하며 세월을 보내는 것이다. 이 시의 화자는 시대와 상황인식에서 빚어지는 중압감으로 심한 고민에 빠져 있다. 그런 그가 절망과 방황 끝에 발견한 것이 바로 <당신>이다. 그 심상으로 보아 당신은 바로 국가, 민족에 수렴된다. 이것으로 이 시가 총독정치의 삼엄한 상황 속에서도 반제, 민족의식을 노래한 작품임이 명백해진다.

비[1]

비는 가장 큰 權威를 가지고 가장 좋은 機會를 줍니다
비는 해를 가리고 하늘을 가리고 세상사람의 눈을 가립니다
그러나 비는 번개와 무지개를 가리지 않습니다[2]

나는 번개가 되야 무지개를 타고 당신에게 가서 사랑의 팔에
감기고자 합니다[3]
비오는 날 가만히 가서 당신의 沈默을 가져온대도 당신의 主人
은 알 수가 없습니다

만일 당신이 비오는 날에 오신다면 나는 蓮닢으로 윗옷을 지어
서 보내겠읍니다
당신이 비오는 날에 蓮 닢 옷을 입고 오시면 이 세상에는 알
사람이 없읍니다[4]
당신이 비ㅅ가온대도 가만히 오서서 나의 눈물을 가져가신대도[5]
永遠한 秘密이 될 것입니다
비는 가장 큰 權威를 가지고 가장 좋은 機會를 줍니다[6]

三十七. 비

번뇌를 끊고 선지식(善知識)을 터득하게 된 경지를 불교에서는 묘각(妙覺)이라고 말한다. 한용운 시의 화자는 여성이면서 지칠 줄 모르는 마음으로 묘각의 경지를 지향하는 사람이다. 이 시도 또한 그런 화자를 내세워 해탈지견(解脫知見), 견성(見性)의 차원을 노래하고자 했다. 기법으로 비를 의인화하고 그를 향한 화자의 귀의심을 읊은 것이 주목된다.

1) **비**: 『우파니샤드』에는 그 허두에 우주창조의 장이 있다. 그에 따르면 세계가 창조되기 전에는 오직 아트만이 존재하고 있었다. 그 밖의 생명체는 아무것도 없었다. 아트만은 우주 창조를 마음먹고 그 자신 속에서 비구름과 빛, 죽음, 물 등을 만들어내었다. 그러자 비구름은 하늘이 되고 빛은 공간이 되었다. 불교는 브라만교를 지양한 것이니까 이런 우주창조신화와 직결되지 않는다. 그러나 여기에는 적어도 지나칠 수가 없는 우주 생성의 의미가 내포되어 있다. 그것이 일찍부터 인도를 지배한 세계관 속에 비를 하늘과 같은 맥락으로 생각해 온 점이다.
   불교도로서 한용운에게는 비를 읊은 가운데 선(禪)의 감각을 곁들인 시가 있다. <정(定)에 드니 담담하기 물같은 심정/ 향불은 다시 피고 밤은 깊었다/ 수많은 오동잎에 지는 가을비/ 빈 방에 토막진 꿈 으스스하다(床頭禪味澹如水 吹起者灰夜欲闌 萬葉梧桐 秋雨急 虛窓殘夢不勝寒)> 선정(禪定)의 경지를 노래한 것이어서 이 한시의 <비>는 그저 정적을 살리는 매체가 되어 있다. 그러나 이 작품에서 비는 그와 다소간 속성을 달리한다. 여기서 그것은 적어도 묘법(妙法)의 한 부분을 가리키는 상징 구실을 하고 있는 것이다.

²⁾ **비는 해를 가리고 하늘을 가리고 세상사람의 눈을 가립니다/ 그러나 비는 번개와 무지개를 가리지 않습니다:** 앞문장의 해, 하늘과 삶의 눈은 불교의 진리에서 한 단계 먼 색계(色界)의 여러 현상들이다. 그러나 두 번째 줄의 번개나 무지개는 그런 차원을 넘어서 있다. 그러니까 해와 하늘, 세상 사람들의 눈을 가렸다는 것은 화자가 비를 초현상계의 매체로 본 것이다. 또한 두 번째 줄로 화자는 그것이 정각(正覺)의 매체일 수 있음을 말하고 있다.

³⁾ **당신에게 가서 사랑의 팔에 감기고자 합니다:** <번개가 되어 무지개를 타고>는 염송(拈頌)의 한부분을 연상케 한다. 또한 이 부분의 <당신>은 비와 그 차원을 달리하는 또 하나의 묘공(妙空)이거나 진제(眞諦)로 보아야 한다. 그래야 다음 줄 마지막의 <당신 주인(主人)은 알 수가 없습니다>와 그 뜻이 통한다. <감기고자> → <안기고자>

⁴⁾ **만일 당신이 비오는 날에 오신다면 나는 연잎으로 윗옷을 지어서 보내겠읍니다/ 당신이 비오는 날에 연(蓮) 잎 옷을 입고 오시면 이 세상에는 알 사람이 없읍니다:** 연잎 옷에 대해서는 만해의 시를 『십현담주해(十玄談註解)』와 대비시킨 김광원(金光源) 교수의 재미있는 생각이 있다. 그에 따르면 연잎은 비를 맞아도 젖지 않는다. 이것은 어떤 자리, 어떤 여건 속에서도 묘체(妙體)를 잃지 않는 불교의 철리와 관계가 있다는 것이다(-김광원, 『만해시와 십현담주해』, 바보새, 2005, 277면). 표층구조로 보면 이런 표현은 화자의 당신을 향한 사랑이 절대적임을 말한다. 그러나 그 바닥에는 화자가 체험한 불교의 묘체의식이 깔려 있다.

⁵⁾ **당신이 비ㅅ가온대도 가만히 오서서 나의 눈물을 가져가신대도:** 이미 밝혀진 바와 같이 불교에서 눈물에는 두 가지 유형이 있다. 하나는 세속적인 생활 속에서 슬픔이나 아픔으로 흘리는 눈물이다. 또 하나의 눈물은 대자대비(大慈大悲)의 경지를 열어가는 보살이 흘리는 것이다. 이때 눈물은 단순하게 슬픔으로 흘리는 것이 아니다. 적어도 거기에는 해탈의 기틀이 마련될 수 있는 것이다.

이렇게 보면 여기서 당신이 가져가는 눈물은 후자가 아닌 전자다. 그것으로 당신은 화자가 지닌 번뇌의 씨앗 가운데 하나를 소멸시켜 주는 존재다. 여기서 우리는 한 가지 의문을 가지지 않을 수 없다. 앞에서 드러난 바와 같이 불교는 자력주의다. 자력주의는 슬픔과 고통, 모든 세속적 번뇌를 타자가 아니라 스스로의 노력에 의해 극복할 것을 요구한다. 그럼에도 여기서 나의 눈물, 곧 슬픔을 당신이 가져가기를 화자가 바라는 것은 어떻게 된 것인가. 이런 물음에 대해 해답의 열쇠가 되는 것이 <나의 눈물을 가져가신 대도 영원(永遠)한 비밀(秘密)이 될 것입니다>이다. 불교는 해탈, 자재신(自在身)이 되기 위해 끝없는 고행을 한다. 그를 통해 견성(見性)과 묘공(妙空)의 경지에 들어가는 것이지만 그 자체는 현기(玄機)에 속하며 논리화가 불가능하다(언어도단의 경지). 그것을 한용운은 <연잎 옷>을 입고 오는 당신에 비유하고 영원한 비밀이라고 했다. 이 작품에서 <비>는 그런 <당신>의 또 다른 상징일 뿐이다.

6) **비는 가장 큰 권위(權威)를 가지고 가장 좋은 기회(機會)를 줍니다**: 물리적인 차원으로 보면 비는 해와 하늘, 사람의 눈 등을 가릴 수가 있다. 그러나 불법의 차원에서 보면 비는 미망의 바다를 헤매는 중생에게 대오각성의 기틀을 이루는 번개를 수반한다. 뿐만 아니라 여기서 무지개는 번뇌의 수렁을 헤매다가 견성(見性)의 경지에 이르게 된 순간 느끼는 법열(法悅)로 해석된다. 그러니까 비는 절대적 권위를 가진 것이다. 동시에 화자에게 견성(見性)과 해탈지견(解脫知見)의 기틀을 마련해 주는 매체로 파악되는 것이 비다. <가장 좋은 기회를 줍니다>라는 표현은 그러므로 가능해진 것이다.

服從

남들은 自由를 사랑한다지마는 나는 服從을 좋아하야요[1]
自由를 모르는 것은 아니지만 당신에게는 服從만 하고 싶어요
服從하고 싶은데 服從하는 것은 아름다운 自由보다도 달금합니
다 그것이 나의 幸福입니다[2]

그러나 당신이 나더러 다른 사람을 服從하라면 그것만은 服從
할 수가 없읍니다
다른 사람을 服從하라면 당신에게 服從할 수가 없는 까닭입니
다[3]

三十八. 복종(服從)

　　서정시는 <나>의 노래다. 서사시가 종족이나 집단을 바탕으로 한 것임에 비해 서정시는 시인 자신의 감정을 토로하는 양식이다. 이런 속성 때문에 서정시는 자칫하면 개인의 넋두리에 떨어질 위험성을 내포한다. 이것을 보완하기 위해 서정시, 특히 단형 서정시는 서사시에 비해 기법에 대해 유달리 신경을 곤두세워야 한다. 이 양식이 특히 정감을 감각화 하는 일에 신경을 쓰지 않을 수 없는 까닭이 여기에 있다. 이런 이유로 하여 서정시는 비유, 상징, 역설 등의 장치를 개발하는 데 힘을 기울여야 했다.

　　피상적으로 읽으면 이 시는 근대 서정시론의 교의를 어긴 작품이다. 이 작품에서 말들은 심상을 제시하는 것이 아니라 진술(陳述)의 차원에서 쓰여 있다. 여기서 사물이나 화자의 생각이 심상화 된 부분은 전혀 발견되지 않는다. 뿐만 아니라 전문이 줄글로 되어 있다. 우리 시의 속성으로 하여 요운이나 각운이 나타나지 않는 것은 물론, 다른 율격상의 장치에 대한 배려의 자취도 나타나지 않는다. 그럼에도 이 시는 그 나름의 가락을 가지고 있으며 말들이 관념의 테두리를 벗어나 읽는 이에게 정서의 메아리를 일으키게 한다.

1) **남들은 자유(自由)를 사랑한다지마는 나는 복종(服從)을 좋아하야요**: 사전을 찾아보면 자유의 뜻풀이가 <남에게 구속을 받거나 무엇에 얽매이지 않고 자기 마음대로 행동하는 것>으로 되어 있다. 이에 반해서 복종은 <남의 명령이나 의사에 따르는 것>을 가리킨다. 표층구조로 보면 이 문장은 명백하게 사리에 어긋나는 말, 또

는 논리상 모순되는 내용으로 되어 있다. 이 작품 허두를 한용운은 이와 같이 역설로 시작한 것이다.

2) **자유(自由)를 모르는 것은 아니지만 당신에게는 복종(服從)만 하고 싶어요/ 복종(服從)하고 싶은데 복종(服從)하는 것은 아름다운 자유(自由)보다도 달금합니다 그것이 나의 행복(幸福)입니다**: 종교가 추구하는 것은 진리와 선(善)으로 충만한 세계일 것이다. 시인으로서 한용운이 이루어낸 것이 있었다면 그것은 그 위에 아름다움(美)을 곁들이게 한 점이다. 불경에는 자주 무장무애(無障無礙)와 함께 자재(自在)라는 말이 나온다. 그 뜻은 자유와 같은 맥락으로 해독이 가능하다. 그것을 특히 강조하려고 했을 때 <아름다운 자유(自由)>라는 표현이 나왔을 것이다. <달금합니다 → 달큼합니다>. <달금>은 사투리나 오식으로 보기보다는 한용운 나름의 아어체(雅語体) 문장 감각이 만들어낸 결과로 보아야 한다. 이 두 줄을 통해서 한용운은 허두에 불쑥 꺼낸 역설적 표현을 그 나름대로 보충 설명하는 입장을 취했다. 복종이 자유의 완전한 배제나 포기가 아니라 행복으로 변형 승화되는 것이라는 표현은 당돌한 가운데 철학적 사변성을 느끼게 한다. 한시의 절구형식으로 치며 기(起) 다음 승(承)이 되는 부분이다.

3) **그러나 당신이 나더러 다른 사람을 복종(服從)하라면 그것만은 복종(服從)할 수가 없습니다/ 다른 사람을 복종(服從)하라면 당신에게 복종(服從)할 수가 없는 까닭입니다**: 한용운 시에는 얼핏 보면 형태상의 무신경성이 도처에 드러난다. 이미 검토된 바와 같이 그의 대부분 시는 율격에 대한 배려가 포착되지 않는다. 행들도 산문과 구별되지 않는 것이 거의 모두며 연도 엄격하게 표시되지 않았다. 그럼에도 이 작품에서 위의 두 줄은 앞에 나온 석 줄과 구분되어 연 표시가 되어 있다. 작품의 의미맥락으로 보아 이 두 줄은 「복종(服從)」의 결(結) 부분이 된다. 한용운은 이 두 줄을 통해 그의 복종이 복종을 위한 복종이 아니라 <당신>을 믿고 따르기 위한 수단, 또는 방편임을 암시한다. <당신>은 여기서 화자가 자

기의 자유까지를 희생하며 섬길 정도로 절대적 귀의처가 되는 존재다. 송욱 교수는 그의 『전편해설』에서 이런 인(忍)을 중간 과정을 생략해 버리고 공(空)에 직결되는 것으로 해석했다. 그와 동시에 그것이 복종과 같은 종에 속한다고 단정하고 선정(選定)에 귀속시켰다.

> 복종(服從)은 인(忍)을 말한다. 중생(衆生)들로부터 박해를 당하거나 훌륭한 대우를 받아도, 그러한 것에 전혀 집착하지 않고 중생(衆生)에서 공(空)의 이치를 보는 것을 중생인(衆生忍)이라고 한다. 또한 모든 것이 공(空)이며 실상(實相)이라는 진리(眞理)를 깨닫고, 마음이 동요하지 않음을 법인(法忍) 혹은 무생법인(無生法忍)이라고 한다. 복종(服從) 즉 인(忍)이 곧 자유(自由) 즉 깨달음이기 때문에 <나는 복종(服從)을 좋아한다>고 말한다. 혹은 복종(服從)이 구체적으로는 깨달음을 얻기 위한 참선(參禪)을 뜻한다고 볼 수도 있다.(-『전편해설』, 177면)

『전편해설』은 이와 같은 해석과 함께 여기 나오는 <다른 사람>을 <진리(眞理)의 탈을 쓴 거짓>이라고 판정하고 나아가 <일제를 뜻한다고 볼 수도 있다>고 보았다. 이런 해석은 <당신>을 불교의 법신(法身), 진제(眞諦)인 동시에 조국으로 읽을 수 있다고 본 생각의 결과다. 이미 되풀이 지적된 바와 같이 선정이나 복종은 공(空)과 무아(無我), 견성(見性)에 이르기 위한 과정의 하나다.

<진리의 탈을 쓴 거짓>이나 <다른 사람>은 송욱 교수의 논리에 따르면 사악의 범주에 들며 마장(魔障)의 갈래에 속한다. 그렇다면 자재신(自在身)과 동격인 <당신>과 <다른 사람>은 같은 차원으로 접근될 수가 없다. 다시 한 번 인간의 범주에 드는 애국이나 항일저항은 무애무장을 지향하는 차원과 같지 않기 때문이다. 그렇다면 『전편해설』은 다시 한 번 범주가 다른 의식의 경역을 혼돈한 채 작품해석을 한 것이 된다. 우리는 일상생활에서 아버지와 아들의 시각을 뒤섞어 버리는 것을 지적작업에서 있을 수 없는

착각이라고 말한다. 그렇다면 애국 애족, 또는 반제(反帝)와 견성(見性), 진제(眞諦)의 차원을 동일한 정신의 범주로 보는 것은 허용될 수 없는 지적 착각이다. 「복종」은 불법을 빌린 반제(反帝)의 시이기 이전에 불법의 요체를 이루는 중생제도, 보살해의 염원을 뼈대로 삼은 시다. 여기서 또 하나 우리가 주목해야 할 것이 이 작품의 구조상 특징이다. 이미 밝힌 바와 같이 이 작품에는 관념을 심상으로 제시하려는 기법이 쓰이지 않았다. 그럼에도 이 시는 그 독특한 말솜씨로 관념시가 범하는 생경성을 극복하고 있다. 『님의 침묵』에 수록된 시 가운데 이 작품이 특히 주목되어 온 까닭이 여기에 있다.

참어 주서요

   나는 당신을 이별하지 아니할 수가 없읍니다 님이여 나의 이별을 참어 주서요[1]
   당신은 고개를 넘어갈 때에 나를 돌어보지 마서요 나의 몸은 한 적은 모래 속으로 들어가랴 합니다[2]

   님이여 이별을 참을 수가 없거든 나의 주검을 참어 주서요
   나의 生命의 배는 부끄럼의 땀의 바다에서 스스로 爆沈하랴 합니다 님이어 님의 입김으로 그것을 불어서 속히 잠기게 하야주서요 그리고 그것을 웃어주서요[3]

   님이여 나의 죽엄을 참을 수가 없거든 나를 사랑하지 말어 주서요 그리하고 나로 하야금 당신을 사랑할 수가 없도록 하야주서요
   나의 몸은 터럭 하나도 빼지 아니한채로 당신의 품에 사러지겠읍니다[4]

   님이여 당신과 내가 사랑의 속에서 하나가 되는 것을 참어 주서요 그리하야 당신은 나를 사랑하지 말고 나로 하야금 당신을 사랑할 수가 없도록 하야주서요[5] 오오 님이여

三十九. 참어 주서요

    어떤 작품에는 제목이 시의 내용을 집약한 것이 있다. 그러나 이 작품에서 제목은 시의 내용과 거리를 가진다. 이 작품의 표면적 내용은 참는 것이 아니라 이별이다. 불경에서 참는 것을 인욕(忍辱)이라고 한다. 이때의 인욕이란 우리가 일상생활에서 겪는 모욕과 어려움을 참아가면서 물질적으로나 정신적으로 지나친 욕망을 제어해가는 것을 가리킨다. 남이 나를 짓밟고 위해를 가해도 보복하려 들지 않고 오히려 상대방을 불쌍히 여기는 것 또한 인욕이다.

    『대승기신론(大乘起信論)』에는 수도자가 해탈지견(解脫知見)의 경지에 이르기 위해서 실천해야 할 다섯 가지 문이 있음을 말했다. 그 첫째가 시혜(施惠)를 뜻하는 시문(施門)이며 그 다음이 불살(不殺), 부도(不盜), 불음(不淫) 등 윤리를 지키는 계문(戒門)이다. 다음이 인문(忍門)인데 『대승기신론』은 이에 대해서 <어떻게 인문(忍門) 수행을 할 수 있느냐 하면 남으로부터 고통을 받았더라도 마땅히 참아야 할 것이며 마음속에 원수를 갚겠다는 생각을 품지 말 것이요, 또한 자기를 이롭게 하거나 해롭게 하거나, 훼방하거나 칭찬하거나, 고통을 주거나 안락을 주거나, 그 모든 일을 참고 용서하도록 하는 것이다(云何修行忍門所謂應忍他人之惱心不懷報 亦當忍於衰毀譽稱譏苦樂等法故)>라고 하였다. 여기에 나타나는 바와 같이 인욕(忍辱)은 보살행을 닦는 가운데 수도자가 거쳐 가도록 되어 있는 실천덕목의 하나다. 그러니까 그 범주가 본체론과는 무관하다. 그러나 이별의 개념은 연기설의 내용이 되는 제행무상(諸行無常)의 큰 틀에 포함된다. 이것으로 이 시의 제목인

<참어 주서요>가 승보론에 속하는 것이 아니라 그와는 크게 다른 영역인 법보론, 곧 불교의 진리론의 한가닥을 내용으로 한 것임을 알 수 있다.

1) **나는 당신을 이별하지 아니할 수가 없읍니다 님이여 나의 이별을 참어 주서요**: 여기서 이별은 세속적인 의미의 헤어짐이 아니다. 인연이 다하여 이 세상을 하직하는 것을 전제로 한 개념이다. 불교에서는 이 세상의 인연이 다하여도 저 세상에서의 만남이 예정되어 있다. 그것을 삼세인연(三世因緣)이라고 말한다. 그러니까 <이별>이 제재가 된 이 작품에서 화자는 <슬퍼마서요>가 아니라 <참어 주서요>라고 말하고 있는 것이다.

2) **나의 몸은 한 적은 모래 속으로 들어가랴 합니다**: 불교에서는 엄청나게 많은 숫자를 말할 때 모래를 이끌어들여 항하사(恒河沙)라는 말을 쓴다. 거기에 겁을 붙여서 항하사겁(恒河沙劫)이라는 말도 써왔다. 이런 말들은 절대의 시간, 절대의 공간을 말하기 위한 전제로 쓰인 것이다. 그 연장선상에 무와 공(空)의 경지가 열린다. 화자의 몸이 <한 적은 모래 속으로> 들어간다는 것은 그가 이승의 인연을 다하고 그런 절대의 경지로 길 떠난다는 뜻이다.

3) **나의 생명(生命)의 배는 부끄럼의 땀의 바다에서 스스로 폭침(爆沈)하랴 합니다 님이여 님의 입김으로 그것을 불어서 속히 잠기게 하야주서요 그러고 그것을 웃어주서요**: <나의 생명의 배>가 이승에서 화자가 누린 목숨이며 생활임은 어렵지 않게 짐작이 된다. 그러나 그가 목숨을 이어온 이승이 <부끄럼의 땀의 바다>로 표현된 까닭은 무엇인가. 불경에 따르면 사바세계의 중생들은 수많은 죄업을 저지르면서도 전혀 자각과 반성을 갖지 않는다. 부끄럼을 모르고 자아성찰이 없다. 그에 비해 이 시의 화자는 그가 많은 허물을 범했음을 깨친 사람이다. 그 정도의 깨침도 타력(他力)으로 된 것이 아니라 그 자신의 수도와 고행의 결과로 이루어졌다. 그

것을 비유한 매체가 땀이 된 것이다. 여기 나오는 <폭침(爆沈)>이나 <잠김>은 물론 화자의 죽음을 뜻한다. 그러나 그는 살뜰하게 도를 닦고 또한 사무치게 불법에 귀의한 사람이다. 시각을 달리하면 그가 이승을 떠나는 것은 은혜며 축복이다. <웃어주서요>는 이런 생각에 따라 쓰인 것이다.

4) **님이여 나의 죽엄을 참을 수가 없거든 나를 사랑하지 말어 주서요 그리하고 나로 하야금 당신을 사랑할 수가 없도록 하야주서요/ 나의 몸은 터럭 하나도 빼지 아니한채로 당신의 품에 사러지겠읍니다**: 조선어학회에 의한 한글 맞춤법이 공포되자 <죽음>과 <죽엄→주검>은 다른 뜻으로 쓰이게 되었다. 사전을 찾아보면 <주검>은 시체를 가리킨다. 그에 대해서 <죽음>은 우리가 이 세상에서 인연을 다하고 죽는 일, 곧 사거(死去)를 뜻한다. 전후 문맥으로 보아 여기 나오는 <죽엄>은 <죽음>이 잘못 표기된 것이다. 이 시집에서 만해는 이런 오철(誤綴)을 군데군데 했다. 아직 한글 맞춤법 통일안이 나오기 전 단계였으므로 이런 오류가 나온 것으로 보아야 한다. 불교에서 죽음은 세속적 차원의 사거(死去)에 그치지 않는다. 이 작품의 화자에게 그것은 이미 아공(我空)과 법공(法空)의 차원을 넘어 법신(法身)의 경지에 이른 것이다. 그런 차원에서 사랑은 <죽음>의 개념과 함께 크게 달라진다. 감각적 차원을 넘어 온전히 공(空)의 개념에 수렴되어 버리는 것이다. 화자가 당신을 향해 <사랑하지 말어 주서요>라고 한 것이라든가 <나로 하야금 당신을 사랑할 수가 없도록 하야주서요>라고 한 것은 따라서 그의 사랑이 감각적 차원을 넘어 대자대비(大慈大悲)의 차원에 이르기를 기한 것이다. 대자대비, 해탈지견의 차원에서는 나와 타자가 있을 수 없다. 그러므로 <내>가 당신의 품에 사라지거나 그 반대의 일도 얼마든지 가능하다.

5) **님이여 당신과 내가 사랑의 속에서 하나가 되는 것을 참어 주서요 그리하야 당신은 나를 사랑하지 말고 나로 하야금 당신을 사랑할 수가 없도록 하야주서요**: 앞에 나온 내용의 중요 부분을 집약

해서 제시하고 있다. <당신과 내가 사랑의 속에서 하나가 되는 것>을 <참어 주서요>한 표현에 다시 주목이 필요하다. 성문(聲聞)의 과정을 거쳐 보살행 단계를 마친 화자는 이제 자재신(自在身)이 되었다. 자재신에게 전단계의 사랑은 벗어버려야 할 누더기와 같은 것이다. 그러니까 지난날의 사랑을 되뇌이는 것과 같은 어리석은 짓은 하지 말자는 것이다. 이것으로 한용운은 불생불멸(不生不滅)과 불구부정(不垢不淨)의 경지를 읊은 사상시 하나를 만들어내었다. 이 작품으로 그는 우리 현대시단사에서 중요 재산 목록을 또 하나 추가시킨 셈이다.

어느것이 참이냐[1]

엷은 紗의 帳幕이 적은 바람에 휘둘려서 處女의 꿈을 휩싸듯이 자취도 없는 당신의 사랑은 나의 靑春을 휘감읍니다[2]

발딱거리는 어린 피는 고요하고 맑은 天國의 音樂에 춤을 추고 헐떡이는 적은 靈은 소리 없이 떨어지는 天花의 그늘에 잠이 듭니다[3]

가는 봄비가 드린 버들에 둘려서 푸른 연기가 되듯이 끝도 없는 당신의 情실이 나의 잠을 얽읍니다[4]

바람을 따러가랴는 쩌른 꿈은 이불 안에서 몸부림치고 강 건너 사람을 부르는 바쁜 잠꼬대는 목 안에서 그늬를 뜁니다[5]

비낀 달빛이 이슬에 젖은 꽃수풀을 싸락이처럼 부시듯이 당신의 떠난 恨은 드는 칼이 되야서 나의 애를 도막도막 끊어 놓았읍니다

문 밖의 시냇물은 물결을 보태랴고 나의 눈물을 받으면서 흐르지 않습니다

봄동산의 미친 바람은 꽃 떨어트리는 힘을 더하랴고 나의 한숨을 기다리고 섰읍니다[6]

四十. 어느 것이 참이냐

　다른 한용운 시의 대부분이 그런 것처럼 이 작품의 뼈대가 되고 있는 것은 불교의 교리다. 그것을 한용운은 직접적으로 토로하지 않고 사건화시켜 간접적으로 부각시키는 방법을 썼다. 기능적으로 이 시를 이해하기 위해서 이를 위해 사용된 시적 장치를 찾아내어 풀어볼 필요가 있다.

1) **어느것이 참이냐**: 이 시의 제목에 의문사가 붙은 것에는 특별한 의미가 있다. 화자는 이미 불법의 근본 화두가 되는 진리를 터득하려는 한마음으로 정진에 들어간 사람이다. 그런 그에게는 마음 속 깊은 곳에서 일어나는 물음표가 있다. 그것이 우리가 이 세상에 태어나 도를 닦으며 살다가 죽는 문제며 그 이론화의 결과로 나온 제행무상(諸行無常)과 오온개공(五蘊皆空)의 철리다. 화자는 이들 문제를 화두로 삼았다. 이 제목은 그 결과로 나온 것이다.
2) **자최도 없는 당신의 사랑은 나의 청춘(靑春)을 휘감읍니다**: 이 작품의 화자는 귀의삼보(歸依三寶)로 한 마음 서방정토(西方淨土)에 가고자 하는 사람이다. 그런 화자의 살뜰한 대화 상대가 <당신>이다. 그의 사랑이 자취가 없다는 것으로 보아 화자와 그의 사랑은 감각의 차원을 넘어서 성문(聲聞)의 차원에 입문한 것 같다.
3) **소리 없이 떨어지는 천화(天花)의 그늘에 잠이 듭니다**: 천화(天花)와 이 구절 앞에 나온 천국(天國)의 음악은 다 같이 서방정토, 극락의 상징이다.(이에 대한 자세한 것은 이 책 「진주(眞珠)」의 주석란 1) 참조)
4) **끝도 없는 당신의 정(情)실이 나의 잠을 얽읍니다**: <정(情)실>은 정사(情絲)로 실타래처럼 얽힌 감정의 형태다. 이 구절 앞에 <가

는 봄비가 드린 버들에 둘려서 푸른 연기가 되듯이>가 있음을 주목해야 한다. 이것은 색즉시공(色卽是空)의 차원이 아니다. 여기서 현상계는 명백하게 감각의 차원에 머물러 있다. 이로 미루어 보아 <당신의 정실>의 주체가 되는 당신은 해탈에 이르지 못한 채 유정계(有情界)에 머물러 있다. <들린>→<드리운>, <늘어진>의 뜻.

[5] **바람을 따러가라는 쩌른 꿈은 이불 안에서 몸부림치고 강 건너 사람을 부르는 바쁜 잠꼬대는 목 안에서 그늬를 뜁니다**: <쩌른 → 짧은>, <그늬→그네>, <도막도막→토막토막>. 앞부분과 뒷부분은 뚜렷하게 대가 되어 있다. 앞부분의 꿈과 뒷부분의 잠꼬대는 이승에서의 삶이 꿈이며 가화(假化)임을 나타낸다. 그러나 화자는 아직 그 테두리에서 벗어나지 못했다. 그는 이불 안에서 몸부림을 치며 목줄이 크게 떨릴 정도로 마음의 갈등을 겪는다. 한용운의 이런 표현은 불교에서 해탈을 지향하는 자, 곧 수도자가 겪는 깨달음과 관계가 있는 듯하다. 우리 인간에는 진리 탐구의 욕구를 가진 자와 그렇지 않은 자 등 두 유형이 있다. 후자를 불각(不覺)이라고 한다면 전자는 시각(始覺)으로 명명될 수 있다. 『대승기신론(大乘起信論)』에는 그 사이의 관계를 말한 것이 있다.

> 각(覺)이란 인간의 심체(心體)가 그릇된 생각을 떠난 상태를 가리킨다. 그릇된 생각이 없어지면 그것은 마치 허공계와 같다. 그것으로 무소불편이 되며 마음속 차별을 둔 세계가 평등한 나의 모습으로 파악될 수 있다(法界一相). 이것이 석가여래의 평등법신(平等法身)이다.
> 이 법신을 우리가 이름하여 본각(本覺)이라고 하는 것이다.
> 所言覺義者 謂心體離念 離念相者 等虛空界 無所不偏 法界一相 卽是如來 平等法身 說名本覺

불교 학자들은 시각(始覺)을 원초상태에서 우리가 지닌 마음으로 파악한다. 우리의 마음이란 상황과 여건에 따라 천변만화하는 것이지만 그와 동시에 끊임없이 본연의 자리로 돌아가고자 하는 속성을 가지고 있다. 그에 따라서 시각(始覺)을 사람에 따라서는 와전한 깨달음, 또는 구경각(究竟覺)과 불완전한 깨달음—비구경각(非究竟覺)으로 나누기도 한다. 이와 아울러 시각(始覺)은 불각(不覺), 상사각(相似覺), 수분각(隨分覺), 구경각(究竟覺)으로 구분되기도 한다.

① 불각(不覺): 범부들의 깨달음을 가리킨다. 범부들은 무아(無我)의 도리를 알지 못한다. 오직 생사유전(生死流轉)의 길로 들어서게 하는 행위만을 되풀이함으로 그들의 생각을 이렇게 말한다.

② 상사각(相似覺): 성문과 독각(獨覺)의 단계에서 지니게 되는 깨달음이다. 그들은 변이의 모습, 곧 이상(異相)을 버릴 줄 안다. 또한 시기, 질투, 노여워하는 마음(瞋)과 치(癡), 만(慢), 의(疑), 고집(見) 등의 그릇된 모습을 바로잡아, 마음속에서 그들을 없애려 한다. 그것으로 크게 분별하고 고집의 뿌리를 뽑아버릴 줄 안다. 표면상으로는 정각(正覺)과 비슷하다고 하여 상사각(相似覺)이라고 한다.

③ 수분각(隨分覺): 보살들의 단계에서 얻어낸 깨달음이다. 이 단계에서는 잘못된 생각으로 제고집을 세우는 마음(假相), 일체의 이기성 등을 없애게 되며 <나>와 <남>을 구별하면서 일으키는 마음의 거친 모습이 지양된다. 대각(大覺)의 전단계에 이르렀으므로 수분각(隨分覺)이라고도 한다.

④ 구경각(究竟覺): 보살행이 완성되는 자리에서 얻게 되는 깨달음이다. 온전한 깨달음의 경지를 등각(等覺)이라고 하는데 이 목표가 달성되어 근본무명(根本無明)이 진여본각(眞如本覺)을 움직여 마음(一心)이 생멸을 일으키는 것을 깨닫게 되는 경지다. 이것으로 시각(始覺)이 비로소 본각(本覺)이 되며 석가여래불과 같은 차원의 마음이 된다.

이 부분의 문맥으로 보면 화자는 한마음 견성(見性), 해탈지견의 경지에 이르려는 소망을 가진 자다. 그런 마음으로 그는 본각(本覺)의 차원에 나가고자 하는 사람이다. 그러나 아직 그는 보살의 단계를 넘어 구경각에 이르지는 못했다. 그러니까 속세의 인연을 깨끗이 끊어 버리지 못해서 꿈이 이불 안에서 몸부림친다. 또한 당신을 떠나보낸 한으로 간장이 토막나는 것이다.

6) **문 밖의 시냇물은 물결을 보태라고 나의 눈물을 받으면서 흐르지 않습니다/ 봄동산의 미친 바람은 꽃 떨어트리는 힘을 더하라고 나의 한숨을 기다리고 섰습니다**: 시냇물을 눈물과 대비하고, 봄에 부는 바람은 낙화를 재촉하는 매체로 잡은 다음 그것을 다시 <나의 한숨>과 일체화시켰다. 이것은 <당신>을 생각하는 <나>의 마음이 번민과 갈등에 싸여 있음을 뜻한다. 이런 갈등구조는 불교 이전의 인도식 사유에 비추어 생각해 보는 것이 좋다. 불교에 선행한 브라만교에서는 우주 지배의 단초를 연 것을 브라만이라고 생각했다. 그에 파생되어 작은 브라만인 아트만이 나왔다. 『만두꺄 우파니샤드』(2)에는 <이 세상에 존재하는 모든 것은 브라만이며 아트만은 곧 브라만이다>라고 한 구절이 있다. 브라만이 큰 우주라면 아트만은 소우주에 대비되기도 한다. 이 아트만을 자아(自我)로 번역하기도 하는데 그것이 다시 영적인 아트만과 육체적인 나로 나누어진다. 이것을 도표화하면 다음과 같다.

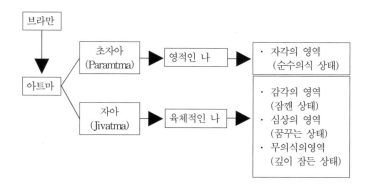

불교는 말할 것도 없이 브라만교의 지양, 극복으로 이루어졌다. 그러나 두 종교의 세계 해석은 크게 다르다. 다만 초기에 불교는 브라만교의 어느 부분을 수용한 면을 가진다. 이런 사실을 인정하는 경우 우리에게는 그 연장선상의 이야기가 가능하다.

우선 불교는 브라만교와 같이 자연 속에서 나를 찾아내며 그 반대로 나를 통해서 자연을 발견하기도 했다. 그러나 이것은 동양의 노장사상(老莊思想)에서 흔히 그렇게 이야기되는 물아일체(物我一體)라든가 주아일여(主我一如)와는 근본적으로 다르다. <꽃 떨어트리는 힘>을 더하려고 <부는 바람>과 <나의 한숨>은 한 맥락이 되지만 마지막까지 그 개별성도 가지고 있는 것이다. 이것으로 우리는 이 시의 바닥에 깐 의도를 어느 정도 지적할 수 있다. 한용운은 이 작품을 통해 무아(無我)와 초공(超空)의 경지를 노래한 것이 아니다. 그 이전에 그는 의식과 무의식의 세계, 감각되는 영역과 무의식의 영역, 실제하는 것과 현상으로 나타나지 않는 세계를 화두로 삼았다. 참된 오도(悟道)의 길을 묘파하기 위해서 그는 그 어느 쪽이 진실이며 어느 쪽이 허상인가를 알고자 했다. 이렇게 보면 이 시는 견성(見性)과 해탈지견의 노래가 아니라 그 전단계의 노래임을 알 수 있다. 이 시의 제목이 <어늬것이 참이냐>로 된 것은 만해가 지닌 그런 정신세계가 작용한 결과다.

情天恨海[1]

가을 하늘이 높다기로
情하늘을 따를소냐
봄바다가 깊다기로
恨바다만 못하리라

높고 높은 情하늘이
싫은 것은 아니지만
손이 낮어서
오르지 못하고
깊고 깊은 恨바다가
병될 것은 없지마는
다리가 쩔러서
건느지 못한다[2]

손이 자래서[3] 오를 수만 있으면
情하늘은 높을수록 아름답고
다리가 길어서 건늘수만 있으면
恨바다는 깊을수록 묘하니라

만일 情하늘이 무너지고 恨바다가 마른다면
차라리 情天에 떨어지고 恨海에 빠지리라

아아 情하늘이 높은 줄만 알았더니
님의 이마보다는 낮다
아아 恨바다가 깊은 줄만 알았더니
님의 무릎보다는 옅다

손이야 낮든지 다리야 쩌르든지
情하늘에 오르고 恨바다를 건느랴면
님에게만 안기리라[4]

四十一. 정천한해(情天恨海)

이 작품은 형태로 보아 전반부와 후반부로 2분 될 수 있다. 첫 줄부터 12행까지가 전반부다. 전반부는 얼핏 보아도 나타나는 바 세 개의 연으로 이루어져 있다(5행에서 12행을 다시 두 연으로 구분할 수 있음). 각 행은 4음절 또는 3음절이 한 보격을 이루고 있어 정형시를 의식한 자취가 뚜렷하게 드러난다. 후반부는 4행을 한 연으로 한 부분과 2행 연, 다시 4행 연이 나온 다음 3행으로 작품이 막음된다. 행들은 4보격, 3보격 등으로 이루어지고 사이사이에 <깊을수록 묘하니라>, <이마보다는 낮다>, <무릎보다는 옅다> 등 일상 우리가 쓰는 말씨로 이루어진 부분이 나온다. 내용에 유별나게 사상, 철학의 깊이가 느껴지지 않는 점으로 보아서 단순 애정시에 속한다.

1) **정천한해(情天恨海)**: 하늘 천(天)자는 봉건시대의 아동 교과서인 천자문(千字文)의 첫머리, 첫 글자다. 그 속성을 풀이하기 위해 쓰인 글자가 가물 현(玄)자다. 이때의 가물은 가물가물하다를 뜻하는 것으로 하늘의 높음을 그렇게 형용한 것이다. 또한 바다는 넓고 넓어서 끝 간 데를 모르는 공간을 뜻해 왔다. 한용운은 이 두 매체에 정과 한을 나누어 붙였다. 그것으로 그 나름의 정과 한을 줄기로 삼은 시를 쓰고자 한 것이다.

2) **높고 높은 정(情)하늘이 싫은 것은 아니지만/ (……)/ 다리가 쩔러서/ 건느지 못한다**: 이 시의 2연과 3연이다. 한용운은 여기서도 그가 즐겨 쓰는 기법을 썼다. 가슴속 깊이 정한(情恨)을 품은 화자가 하늘에 오르고자 하며 바다를 건너가고자 한다. 그래야 그리운 님과 만날 수 있을 것이기 때문이다. 그러나 그의 키는 하늘의 높

이에 닿기에는 너무 많이 모자란다. 또한 다리도 깊은 바다를 건너가기에는 턱없이 짧다. 그것을 <손이 낮아서>, <다리가 쩔러서>라고 말하고 있다. <쩔러서>→<짧아서>.

3) **손이 자래서**: <자래서>는 기본형 <자라다>의 방언으로 부사형. 경상도 지방에서는 <손이 시렁에 자래야 떡을 내려 먹지>, <장대가 자래야 감을 따지>와 같은 문장이 있다. 부정문의 한부분이 된다. 그러나 여기서는 <이르다>, <미치다>의 뜻으로 쓰였으며 <손이 자래서→손이 미칠 수 있어야>의 뜻을 가져 조건법의 감각이 내포되어 있다.

4) **손이야 낮든지 다리야 쩌르든지/ 정(情)하늘에 오르고 한(恨)바다를 건느랴면/ 님에게만 안기리라**: <쩌르든지→짧든지>. <건느랴면>은 형태상으로 <건너가고자 한다면>이 된다. 그러나 문맥상으로 보면 <건너가게 된다면>으로 되어야 할 부분이다. 표현이 정확하지 못한 구절이다. 『전편해설』은 이 부분을 인간 조건의 표현으로 보고 그 경지가 공(空)에 닿는 것으로 해석했다.

> 이 구절은 <놓아줘 버리는 기틀>로 변하고 있다. 따라서 <님> 즉 공(空)에게만 안기리리라고 한다. <손이야 낮든지 다리야 쩌르든지> 이는 자기를 잊고 無心의 境地에 드는 것을 가리킨다. 그리고 無心의 境地에서는 이미 <情하늘>도 <恨바다>도 모두 사라지기 마련이다. 결국 이 작품의 題號인 情天과 恨海는 疑情 혹은 人間條件을 뜻한다. 다만 人間條件이 空과 다르지 않음을 표시하고 있을 따름이다.(-『전편해설』, 190면)

이것은 상당히 범박한 입장을 취해도 그대로 보아 넘길 수 없을 정도로 과다 해석이 가해진 부분이다. 인간 조건이 공(空)이라는 해석은 대승불교, 또는 유심철학(惟心哲學)의 차원이다. 이런 사정이 감안되지 않은 해석은 불교의 교리를 그 뿌리에서부터 잘라버리는 발언이다. 불교에서 중생은 그저 미망 속을 헤매는 존재다.

그들은 각자가 내포한 불성(佛性)을 일깨워 삼보(三寶)에 귀의하지 않고는 공(空)은커녕 성문(聲聞)의 자리에도 이르지 못한다. 불각(不覺)에서 상사각(想思覺)의 단계를 거쳐 구경각(究竟覺)에 이르러야 비로소 무아(無我)의 문이 열린다. 무아에서 다시 대각의 경지에 이르지 않고는 만법개공(萬法皆空)의 차원에 이를 수가 없다.

이 작품은 그 구조로 보아도 형이상시가 아니다. 얼핏 보아도 나타나는 바와 같이 이 시에서 화자가 허위단심 받드는 대상은 <님>이다. 여섯째 연에서 그 <님>은 하늘보다 높은 <이마>, 바다보다 깊은 <무릎>을 가진 것으로 노래되었다. 『전편해설』은 여기서 빚어지는 심상을 석가여래불의 지고지심(至高至深)으로 표현되는 모습과 일치시켰을지 모른다. 이런 생각은 우리 사회의 통념을 뒷전으로 돌린 것이다. 우리 주변에 흔히 보이는 책으로 20년대의 발행된 서간문집이 있다. 거기 수록된 안부 편지투에는 부모님전상서 다음에 아버지 어머님의 은혜가 하늘보다 높고 바다보다도 깊은 것으로 되어 있다.

그렇다면 우리의 전세대가 쓴 문안편지의 한부분이 곧 불교적 형이상의 차원에 직결될 것이다. 이에 대한 답은 아니다 일 수밖에 없다. 시의 해석이 우리와 동시대의 감각을 떠나서 있는 것은 아니다. 더욱이나 시가 우리 사회를 지배한 문화 감각을 뒷전에 돌리고 특수 종교나 이념에만 매달릴 수는 없다. 이 작품은 명백하게 화자가 정감을 노래한 것으로 『전편해설』식 해석은 시론 이전의 자의가 독주한 경우다.

첫 「키쓰」[1]

마서요 제발 마서요

보면서 못보는체 마서요

마서요 제말 마서요

입설을 다물고 눈으로 말하지 마서요

마서요 제발 마서요

뜨거운 사랑에 웃으면서 차디찬 잔 부끄럼에 울지 마서요[2]

마서요 제발 마서요

世界의 꽃을 혼저 따면서 亢奮에 넘쳐서 떨지 마서요[3]

마서요 제발 마서요

微笑는 나의 運命의 가슴에서 춤을 춥니다 새삼스럽게 스스러워 마서요

四十二. 첫 키스

겉 보기로는 뚜렷하게 나타나지 않으나 이 작품은 형태로 보아 한 연이 2행으로 된 다섯 연의 작품이다. 각 연의 첫줄이 모두 <마서요 제발 마서요>로 되풀이 되어 있는데 그 가락이 경쾌한 것이 주목된다. 지배적인 의미 내용은 각 연의 둘째 줄에 나타난다. 그 바닥에는 화자의 불교적 감각이 내포되어 있으나 그렇다고 이 작품이 신앙의 노래는 아니다. 한용운이 별 부담을 갖지 않은 가운데 쓴 애정시며 단순 서정시로 분류될 수 있는 작품이다.

1) **첫 키쓰**: 한용운은 「님의 침묵」에서 이미 이 말을 썼다. <날카로운 첫 「키쓰」의 추억(追憶)은 나의 운명(運命)의 지침(指針)을 돌려 놓고>. 키스는 서구식 애정의 표현으로 남녀 간의 밀착도를 가늠하는 표준이 된다. 불교에서는 남녀 간의 사랑이 번뇌의 씨앗이 되는 것이라고 하여 이성 간의 신체 접촉이 엄격하게 금지가 되었다. 그럼에도 한용운이 되풀이 이런 표현을 한 까닭은 무엇인가. 「님의 침묵」에서 키스는 전후 문맥으로 미루어 보면 화자가 파악한 불법의 세계를 드러내기 위한 매체로 쓰인 것이다. 말을 바꾸면 증도가(證道歌)의 한부분으로 이용된 셈이다. 그에 반해서 여기 나오는 <첫 키쓰>는 서구식 생활 풍속의 한가닥으로 해석된다.

이력서 사항을 보면 한용운은 출가하기 전에 장가를 들어 아들까지 두고 있었다. 따라서 남녀 간의 신체접촉이 새삼스럽지가 않았다. 그러나 그 후 그는 오랜 수도 생활을 했다. 그것으로 감각적 사랑은 그의 의식에서 소강상태로 들어갔을 것이다. 한용운이 한동안의 수도생활 다음 다시 세속적인 언어를 쓰게 된 것은 불경의 해설 사업을 벌이고 불교의 대중화 운동을 위해 『유심(惟心)』을

259

발간하면서부터다. 이와 때를 같이하여 그는 당시 우리 주변에 범람하는 서구식 문화에도 접했다. 그 가운데 하나가 「키쓰」라는 단어로 표시된 서구식 애정 표현이었을 것이다. 한용운에게는 타고나면서라고 생각되는 시인 기질이 있었다. 시인은 시의 소재가 될 수 있는 감각적 사상(事象)들에 유난히 날카로운 눈길을 보내야 하는 사람들이다. <첫 키쓰>는 한용운의 그런 시인 기질이 포착하여 자기 것으로 만들고자 한 창작적 시도의 소산이다.

2) **뜨거운 사랑에 웃으면서 차디찬 잔 부끄럼에 울지 마서요:** 사랑은 많은 경우 마음을 즐겁게 하며 우리에게 웃음을 선물한다. 그러나 너무 기쁜 나머지 감격의 눈물을 흐르게 만드는 것 또한 사랑이다. 이렇게 읽으면 꼭 하나 걸리는 단어가 있다. 그것이 <차디찬 부끄럼>의 <차디찬>이다. 사랑에 곁들이는 부끄럼은 뜨겁기까지는 않으나 차디찬 것은 아니다. 이것은 이 단어가 정상적 문맥 구성에 걸림돌이 됨을 뜻한다. 이런 의문에 대해서 우리는 불교식 표현을 생각해볼 필요가 있다. 불경에는 도처에 유, 무(有, 無), 색, 공(色, 空), 미, 오(迷, 悟) 등 반대어들이 짝을 이루고 나타난다. 한용운은 오랜 수도과정을 거쳤으므로 그런 표현이 체질화되었을 것이다. <차디찬 부끄럼>은 그 결과로 나온 것이며 <뜨거운 사랑>의 짝으로 쓰인 것으로 보아야 한다. 『전편해설』은 이에 대해서도 다음과 같이 지나친 해석을 했다.

> <뜨거운 사랑에 웃는다> 함은 空을 깨달은 기쁨이며 <차디찬 부끄럼에 운다>고 함은 깨달음의 境地에서 衆生을 보는 慈悲를 말한다. 그런데 空은 자비를 떠나지 않는다. 따라서 <마서요 제말 마서요> 이런 구절이 되풀이 되는 셈이다.(-『전편해설』, 193면)

이미 앞에서 드러난 바와 같이 공(空)은 보살행의 단계를 넘어 묘유(妙有)와 진여(眞如)의 자리에 이른 것이며 대자대비의 차원도 포괄한 차원이다. 구경각(究竟覺)마저를 초극한 경지이므로 거기에 뜨겁고 차가운 감각은 개입할 여지가 없다. 이런 사실을 돌보지 않은 작품 해석은 시 읽기로 성립되지 않을 뿐 아니라 문화감각에 맹목인 채 자기 나름의 논리를 휘두르는 일이다.

3) **세계(世界)의 꽃을 혼저 따면서 항분(亢奮)에 넘쳐서 떨지 마서요**: 여기서 세계(世界)는 지금 우리가 쓰는 지구상의 여러 나라를 가리키는 개념이 아니다. 이미 되풀이 나타난 바와 같이 불교에서 우주, 삼라만상이 인연으로 자리한 공간을 삼천계(三千界), 대천(大千)세계라고 부른다. 이런 말은 호막무애(浩漠無涯)의 공간을 가리키며 마지막에 그것은 무유(無有)와 공(空)에 수렴된다. 불경에 쓰인 세계(世界)는 바로 그런 뜻을 가진다.

그러나 이 시에서 세계는 불교의 무유나 공과 다른 차원의 것으로 읽어야 한다. 송욱 교수는 이에 대해서 다음과 같이 <세계>와 <세계의 꽃>을 해탈, 대각(大覺)의 경지라고 보았다.

> <세계(世界)의 꽃>을 혼자 따는 깨달음의 경지(境地)에서 항분(亢奮), 즉, 흥분에 넘쳐서 떨 수는 없다. 깨달음이란 기쁨과 슬픔, 부처님과 중생(衆生)의 차이를 모두 넘어선 경지(境地)이기 때문이다.(『전편해설』, 193면.

송욱 교수는 남녀 간의 애정에서 맺어진 한 행동을 형이상의 차원과 혼동해버렸다. 키스는 이제 우리 주변에서 빈번하게 목격되는 것이다. 그것으로 남녀의 사랑이 절정에 이르면 그 감정이 왼 세계, 우주와 맞바꿀 정도라고 표현된다. 그렇다고 그것이 곧 대자대비의 경지와 등식화될 수 있는 것은 아니다.

여기서 <마서요>는 키스를 부정하고 있는 것이 아니다. 감격스러운 애정의 순간을 <떨지 마서요>라고 한 것은 두려워할 아무것도 없다는 것으로 이때의 키스는 오히려 사랑의 행위에 대한 강조다. 이것으로 이 시의 의미맥락에서 뼈대가 되고 있는 것이 남녀 간의 애정임이 명백해진다. 이 시가 불교의 묘법을 체험한 나머지 읊은 증도가라는 생각은 성립되지 않음이 명백하다. 시 읽기의 길은 개방된 정신자세, 포괄적인 마음에서 시작되기는 한다. 그렇다고 그 해석이 지레짐작이나 자의의 다른 이름인 망상의 독주로 이루어지지는 않는다.

禪師의 說法

나는 禪師의 說法을 들었습니다

「너는 사랑의 쇠사실에 묶여서 苦痛을 받지말고 사랑의 줄을 끊어라 그러면 너의 마음이 질거우리라」[1]고 禪師는 큰 소리로 말하얏읍니다

그 禪師는 어지간히 어리석습니다

사랑의 줄에 묶이는 것이 아프기는 아프지만 사랑의 줄을 끊으면 죽는 것보다도 더 아픈 줄을 모르는 말입니다

사랑의 束縛은 단단히 얽어매는 것이 풀어주는 것입니다[2]

그러므로 大解脫은 束縛에서 얻는 것입니다

님이여 나를 얽은 님의 사랑의 줄이 약할까버서 나의 님을 사랑하는 줄을 곱들였읍니다[3]

四十三. 선사(禪師)의 설법(說法)

형식으로 보아서는 일반 산문과 조금도 다름이 없다. 그러나 겉보기와는 달리 불교사상의 한가닥을 담고 있는 작품이다. 기법으로 불교의 선승을 내세워 그의 말과 그에 대한 화자의 생각을 적었다. 소설이나 희곡이 아닌데도 작중 인물을 등장시킨 것은 이색적이다. 우의법을 이용한 증도(證道)의 노래다.

[1] 「너는 사랑의 쇠사실에 묶여서 고통(苦痛)을 받지말고 사랑의 줄을 끊어라 그러면 너의 마음이 질거우리라」: 불교에서는 이 세상에서 일어나는 일체 고통의 씨앗을 마음으로 본다. 마음이 여러 사물에 닿아 욕심을 내면 번뇌가 생긴다. 이 번뇌를 끊어야 우리가 자유를 누리게 되며 해탈의 경지에 이를 수 있다. 보살행의 한 절목에 <번뇌는 끝이 없다. 맹세코 끊으리라(煩惱無盡誓盟斷)>가 있는 것도 여기에 까닭이 있다. 여기 나오는 <쇠사실→쇠사슬>이 앞에 관형사형인 <사랑의>에 붙어 있음을 지나쳐 보아서는 안 된다. 이때의 사랑은 보살행 이전의 것이 아니라 대자대비의 경지를 넘어서 얻어낸 것이다. 그렇다면 여기 나온 <사랑의 쇠사슬>은 이미 일차적인 해탈을 거친 것이다. 선사가 설법에서 그 줄을 끊으라고 한 것은 무슨 뜻인가.

불교에서는 그 경지에 따라 해탈을 신해탈(信解脫), 혜해탈(慧解脫), 구분해탈(俱分解脫) 등으로 나눈다. 신해탈이란 신앙형으로 깊이 삼보(三寶)에 귀의하는 것으로 얻게 된다. 그에 반해서 혜해탈은 불경의 연구, 곧 석가여래불의 가르침을 사무치게 공부함으로써 얻을 수 있는 것이다. 이들과 달리 구분해탈은 아라한의 차원에서 확보된다. 아라한 가운데도 이론과 선정(禪定)을 거듭하여 해탈지견(解脫知見)의 차원에 이른 차원에서 얻어내는 것이 바로 구분해탈이다. 신해탈이나 혜해탈의 경지에서도 제법공상(諸法空相)의 가르침은 수도자의 몫이 될 수 있다. 그러나 이때 보살과 아라한은 완전 평등, 자재신이 되는 것이 아니라 제법(諸法)이 공적(空寂)이라는 마지막 병에 걸린다. 이것을 공병(空病)이라고 한다. 이에 대해서 『유마힐소설경』은 다음과 같이 지적했다.

제법(諸法)의 공적(空寂)을 알아 평등을 얻으면 다른 병은 없으나 오히려 공병(空病)이 생긴다. 공병(空病)도 공(空)에 이르면 이 병을 가진 보살은 받는 바가 없음으로써 모든 수(受)를 받는 것이다.

得是平等 無有餘病 唯有空病 空病亦空 是有疾菩薩 以無所受 而受諸受 未具佛法 亦不滅受 而取證也

— 『한용운전집』(3), 308면, 의역 필자)

유마경의 가르침에 따르면 참다운 해탈은 구분해탈을 가리킨다. 여기서 선사가 한 설법은 신해탈을 극복하자는 말이다. 그것을 수도자의 올바른 길이라고 가리키려는 것이 이 작품의 근본의도다.

2) **그 선사(禪師)는 어지간히 어리석습니다/ (……)/ 사랑의 속박(束縛)은 단단히 얽어매는 것이 풀어주는 것입니다**: 이것으로 화자가 아직 신해탈(信解脫)의 단계에 머물러 있음을 알게 된다. 그에게 석가여래는 절대적인 존재며 그의 설법은 마디마디가 진리의 말씀이다. 따라서 그에게 부처님의 말씀이나, 불법(佛法)은 그대로 해탈의 길로 생각된다.

3) **님이여 나를 얽은 님의 사랑의 줄이 약할까버서 나의 님을 사랑하는 줄을 곱들였읍니다**: <약할까버서→약할까봐서>, <곱들였읍니다: 실을 여러 겹 꼬아 단단하게 만들다>(김재홍 편, 『시어사전』(고려대출판부, 1997). 여기서 여성화자는 일차 해탈에 그쳐 완전 평등, 자재신에 이르지 못한 사람이다. 한용운이 이 부분에 해당되는 『유마경』의 해설 작업을 한 것에 비추어 보면 이것은 뜻밖의 사태다. 무엇 때문에 한용운은 묘유(妙有)와 진여(眞如)의 경지 이

전의 사랑을 노래한 것인가. 이에 대한 해답은 그가 불교도에 그친 사람이 아니라 시인이기도 했음을 감안하면 저절로 답이 나온다. 진술의 차원에서 화자가 선사의 설법을 이의 없이 받아들였다고 표현하면 그것은 증도가의 차원이지 좋은 의미에서 훌륭한 시가 되지는 않는다. 시에서 종교의 교리는 새롭게 재해석되어야 한다. 그것을 한용운은 이 작품의 화자를 통하여 실현시키고자 한 것이다.

그를 보내며

그는 간다 그가 가고 싶어서 가는 것도 아니요 내가 보내고 싶어서 보내는 것도 아니지만 그는 간다[1]

그의 붉은 입설 흰 니 가는 눈썹이 어여쁜 줄만 알었더니 구름 같은 뒷머리 실버들 같은 허리 구슬 같은 발꿈치가 보다도 아름답습니다[2]

걸음이 걸음보다 멀어지더니 보이랴다 말고 말랴다 보인다

사람이 멀어질수록 마음은 가까워지고 마음이 가까워질수록 사람은 멀어진다

보이는듯한 것이 그의 흔드는 수건인가 하였더니 갈마기보다도 적은 쪼각 구름이 난다[3]

四十四. 그를 보내며

한용운의 한글 시에는 유난히 한자 표기가 많이 나온다. 이 시는 그 가운데 예외라고 할 정도로 한글 표기로만 이루어진 작품이다. 부드러운 가락에 시상(詩想)도 까다롭지 않아 내용을 손쉽게 파악할 수 있다. 화자가 여성이 아니라 남성으로 추정되는 점도 주목에 값한다.

1) **그는 간다 그가 가고 싶어서 가는 것도 아니요 내가 보내고 싶어서 보내는 것도 아니지만 그는 간다:** 우리가 일상생활을 통해 겪는 이별은 대개 세 개의 유형으로 나눌 수 있다. 하나는 자신이 주체가 되어 이루어지는 이별이다. 그리고 다음 하나가 상대방이 일방적으로 결정하고 가는 경우다. 세 번째가 그 어느 쪽도 아닌 제3자에 의해 이루어지는 이별이다. 여기서의 이별은 마지막 경우다. 화자의 말 속에는 두 사람 어느 쪽도 원하지 않는 이별을 아쉬워하는 마음이 살뜰하게 담겨 있다. 이것은 이 작품의 소재가 된 이별이 화자가 실제 겪은 일을 바탕으로 했을 가능성을 점치게한다.

2) **그의 붉은 입설 흰 니 가는 눈썹이 어여쁜 줄만 알었더니 구름 같은 뒷머리 실버들 같은 허리 구슬 같은 발꿈치가 보다도 아름답습니다:** <입설→입술>, <니→이>. 지난날 우리는 미인의 형용으로 단순(丹脣), 호치(皓齒), 운발(雲髮), 세류요(細柳腰) 등의 말을 흔히 썼다. 여기 나오는 <붉은 입설>, <흰 니>는 그 우리말 판이다. 여기서 다른 부분과 달리 <아름답습니다>로 존대법 어미가 쓰인 것과 함께 승단의 선지식으로 일컬어진 한용운이 미인도(美人圖)를 그린 점이 주목된다. 우리는 여기서 승만경의 주인공인 승만공주를 떠올리게 된다.

승만공주, 곧 승만부인은 코살라국 사위성(舍衛城), 파사닉왕(波斯匿王)의 딸이었다. 어느 날 파사닉왕이 석가모니를 찾아왔을 때다. 성에서 급한 전갈을 가진 사자(使者)가 왕을 찾았다. 왕이 그에게 무슨 일이냐고 묻자 <왕비가 딸을 낳았습니다>라고 전했다. 그 말을 듣자 파사닉왕은 <수고 했다>라고 하면서 실망하는 빛을 감추지 못한 채 <왕녀(王女)였구나>라고 했다. 아들을 바란 나머지 섭섭해 한 것이다. 그러자 석가모니가 노래를 지어 불렀다.

여자아이라고 하드라도
사내보다 훨씬 훌륭한 사람은 있다
계율(戒律)을 지키고 슬기가 있고
부모를 공경하며 지아비를 극진하게 받드는
그런 여성이 낳은 아이는
이윽고 지상(地上)의 임금이 되는 법
그런 여성이 낳은 아들은
나라를 이끌어가는 사람이 되리

이렇게 석가모니의 축복을 받은 승만부인은 훗날 깊이 석가세존에 귀의하였다. 불경과 그에 관계되는 여러 문헌에는 이 부인이 아름다운 모습과 착한 마음씨를 가진 이로 나온다. 이 시에 나오는 여성 화자의 육감적 모습은 이런 승만부인의 모습에 수렴될 가능성이 크다.

3) **보이는듯한 것이 그의 흔드는 수건인가 하았더니 갈마기보다도 적은 쪼각 구름이 난다:** <갈마기→갈매기>. 이별의 자리에 흔히 등장하기 마련인 손수건 대신 <갈매기보다도 적은 쪼각 구름>을 이끌어들였다. 이것으로 그를 보내는 이별은 일상사나 관념의 테두리를 벗어나 선명하기 그지없는 한폭 그림이 되었다. 이제까지 우리는 한용운의 일부 작품에서 사상, 관념에만 신경을 쓴 나머지 혹 기법을 부차적으로 돌린 것이 아닌가 하는 생각을 가졌다. 그런 의혹은 이런 부분으로 깨끗이 해소되어 버린다. 『전편해설』은

이 부분도 불교의 존재의식으로 해석했다.

> <결국 그는 <갈매기보다도 적은 쪼각 구름>으로 변하고 만다. 이
> <쪼각 구름>은 <그의 흔드는 손수건>보다 좀 더 뚜렷한 공(空)의
> 상징(象徵)이리라.>(-『전편해설』, 199면).

우리가 이런 해석을 그대로 받아들이면 산과 물, 하늘과 구름,
삼라만상이 모두 다 견성(見性)의 개념에 수렴되어 버린다. 우리
가 사는 세상은 물리적인 차원만으로 이루어진 것도 아니지만 인
간과 우주의 모든 것이 선정(禪定)과 해탈지견(解脫知見)의 소도
구인데 그치는 것도 아니다. 형이하(形而下)의 세계와 형이상의
특수형태인 선(禪)의 차원은 구별되어야 한다.

金剛山

萬二千峯! 無恙하냐¹⁾ 金剛山아
너는 너의 님이 어데서 무엇을 하는지 아너냐
너의 님은 너 때문에 가슴에서 타오르는 불꽃에 왼갖 宗敎, 哲
學, 名譽, 財産 그 외에도 있으면 있는대로 태어버리는 줄을 너는
모를리라²⁾

너는 꽃에 붉은 것이 너냐
너는 잎에 푸른 것이 너냐
너는 丹楓에 醉한 것이 너냐
너는 白雪에 깨인 것이 너냐³⁾

나는 너의 沈默을 잘 안다
너는 철모르는 아해들에게 종작없는 讚美를 받으면서 시쁜 웃
음을 참고 고요히 있는 줄을 나는 잘 안다⁴⁾

그러나 너는 天堂이나 地獄이나 하나만 가지고 있으려므나
꿈 없는 잠처럼 깨끗하고 單純하란 말이다⁵⁾
나도 쩌른 갈궁이로 江건너의 꽃을 꺾는다고⁶⁾ 큰 말하는
미친 사람은 아니다 그래서 沈着하고 單純하랴고 한다
나는 너의 입김에 불려오는 쪼각 구름에 「키쓰」한다

萬二千峯 無恙하냐 金剛山아
너는 너의 님이 어데서 무엇을 하는지 모르지⁷⁾

271

四十五. 금강산(金剛山)

연 구분이 되어 있으나 산문 형식을 취한 작품이다. 금강산을 인격적 실체로 보고 그를 향해 마음속에서 일어나는 감정을 여과 없이 토로한 시다. 이 작품이 쓰였을 것으로 추산되는 1920년대 중반기 무렵은 우리 문단 안팎에서 하나의 사조 경향으로 민족적 문화주의가 형성되어 있었다. 당시 우리 사회의 상황이 이런 사조 경향을 부채질하는 분위기를 만들어내었던 것이다. 그 하나가 3·1 운동의 실패에 말미암은 것이었다. 3·1운동은 우리 민족이 전민 족적 역량을 동원한 만세시위였다. 이 비폭력, 평화적인 시위가 일 제의 총칼 앞에 무참히 유린되었다. 이때 다수의 민족운동자들이 국경선을 넘어 만주와 상해로 망명하고 임시정부를 세워 항일무장 투쟁 전선을 펴기는 했다.

그러나 한 민족이 펼칠 탈식민지(脫植民地), 반제(反帝) 투쟁은 국내에서도 광범위하게, 또한 기능적으로 전개될 필요가 있었다. 이 당면의 요구에 맞서 전개된 것이 일제의 눈길을 따돌리는 가운 데 동포들에게 민족의 역사, 전통과 민족의 긍지를 심어 주는 일 이었다. 한때 이 운동의 중심이 된 것은 국민문학파(國民文學派)였 다. 국민문학파를 형성한 것은 육당 최남선(六堂 崔南善), 춘원 이 광수(春園 李光洙)와 함께 가람 이병기(嘉藍 李秉岐), 위당 정인보 (爲堂 鄭寅普), 노산 이은상(鷺山 李殷相) 등이다. 이들은 실제 활 동을 통해 국어와 국자(國字)에 대한 선양활동을 펼쳤으며 우리 민족의 역사, 전통을 뼈대로 한 작품 제작을 주장했다. 또한 카프 의 계급주의에 맞서 조선정신과 조선혼의 현양, 작품화를 시도했 고, 그 결과로 전개된 것 가운데 가장 두드러진 것이 시조 부흥운

272   『님의 沈默』 총체적 분석연구

동이다. 국민문학파는 또한 우리 겨레의 생활 현장이 되어온 국토산하(國土山河) 순례 운동도 펼쳤다. 그를 통하여 민족공동체 의식을 진작, 확충시켜 나갔다. 한용운은 이 무렵까지 불교의 포교운동에 주력하고 있었고 특히 그 개혁사업을 주도했다. 따라서 문단에서는 권외에 속해 있었다. 그러나 그의 문필활동에는 명백하게 민족문화의 줄기를 계승하려는 의식의 단면이 내포되어 있었다. 1920년대 중반기 이후 「추야몽(秋夜夢)」 이하 상당량의 시조를 쓴 것은 그가 지닌 민족문화유산의 계승, 진작 시도의 단적인 표현이었다. 이 작품은 한용운의 그런 정신 경향이 문자화된 결과다. 선지식(善知識) 추구를 주류로 한 시집 『님의 침묵』에 이런 작품이 발견되는 것은 유쾌한 일이다.

1) **무양(無恙)하냐:** 한자 자전을 찾아보면 <양(恙)>은 근심, 걱정과 병을 뜻한다. <무양(無恙)>은 구식 편지글에 흔히 쓰이는 말로 무고, 별탈이 없는가의 뜻으로 안부를 묻는 말이다. 어른에게는 쓸수가 없고 평교(平交) 이하의 사이에 흔히 썼었다. 이것은 한용운이 금강산을 형제, 자매, 피붙이처럼 살뜰하게 생각했음을 뜻한다.

2) **너의 님은 너 때문에 가슴에서 타오르는 불꽃에 왼갖 종교(宗敎), 철학(哲學), 명예(名譽), 재산(財産) 그 외에도 있으면 있는대로 태어버리는 줄을 너는 모르리라:** 너의 님은 금강산의 님인 동시에 우리 민족의 역사, 전통, 정신의 총적이면서 그 융합을 통해 이루어지는 미래상이다. 그런 <님>이 금강산으로 하여 모든 것을 불태운다는 것은 이 산이 유일불이(唯一不二)의 존재임을 뜻한다.

3) **너는 꽃에 붉은 것이 너냐/ (……)/ 너는 백설(白雪)에 깨인 것이 너냐:** 일찍부터 금강산에는 네 계절의 별칭이 있었다. 그것이 봄 금강(金剛), 여름 봉래(蓬萊), 가을 풍악(楓岳), 겨울 개골(皆骨) 등이다. 여기서 <봉래>는 나뭇잎이 우거졌을 때의 금강산을 뜻하며,

<풍악>은 단풍을, <개골>은 나뭇잎이 모두 떨어지고 기암, 괴석으로 솟아 있는 금강산의 모양을 말한다. 한용운이 봄의 금강을 꽃으로 형용한 것은 같은 말을 되풀이 했을 때의 거부감을 감안한 결과일 것이다. 이렇게 보면 이 네 줄은 오랫동안 우리 주변에서 전승된 금강산 형용의 한글판임을 알 수 있다.

4) **너는 철모르는 아해들에게 종작없는 찬미(讚美)를 받으면서 시쁜 웃음을 참고 고요히 있는 줄을 나는 잘 안다:** <시쁜 웃음→시들하게 생각되어 웃는 웃음>. 금강산은 워낙 우리 민족에게 절대적 의의를 갖는 명산이다. 그러므로 여간한 사람들이 말이나 글로 찬미를 해도 금강산은 대수롭지 않게 생각한다. 이것을 『전편해설』은 공(空)의 경지에 결부시켜 해석했다. <종작 없는 찬미(讚美)를 바치는 <철모르는 아해들>은 공(空)의 경지를 깨닫지 못하면서도 깨달은 체 하는 사람들>(202면). 이 작품 어디를 살펴보아도 금강산이 인간 고해에서 벗어나 금강지(金剛智)를 얻고 대자대비를 거쳐 진여(眞如)의 차원에 이른 자취가 포착되지 않는다. 단순한 침묵이 공의 경지가 될 수 없음은 말 못하는 벙어리가 모두 석가여래불이 아님으로 명백히 입증된다. 시 읽기에서 논거가 제시될 수 없는 해석이 일반에게 수긍될 확률은 매우 낮다.

5) **너는 천당(天堂)이나 지옥(地獄)이나 하나만 가지고 있으려므나/ 꿈 없는 잠처럼 깨끗하고 단순(單純)하란 말이다:** 한용운의 미의식이 피력된 부분이다. 그에게 미(美)는 진리나 선과 별도로 있는 것이 아니라 종교적 진리나 선과 융합된 개념이다. 오랜 선정(禪定)의 경력을 통해 그는 진선미이 차원이 번잡한 장식이나 수사의 차원이 아니라 순결하고 단순한 쪽에 있음을 터득했다. 「꿈 없는 잠」은 그런 차원에 대한 한용운 나름의 비유다.

6) **쩌른 갈궁이로 강(江) 건너의 꽃을 꺾는다고:** <쩌른→짧은>, <갈궁이→갈고랑이>. 강건너 꽃은 길 갈구리로도 꺾어내지 못한다. 가능하지 않은 일을 하고자 허망한 생각을 하니까 미친 짓에 대비되었다.

만이천봉(萬二千峯) 무양(無恙)하냐 금강산(金剛山)아/ 너는 너의 님이 어데서 무엇을 하는지 모르지: 앞에 나온 둘째 줄의 <아느냐>가 <모르지>로 바뀐 점에 주의가 필요하다. 식민지 체제 아래서 우리 민족은 상상을 못할 정도로 극악한 상황을 겪고 있었다. 그런 상황을 민족의 영산이라고는 하나 필경은 자연일 수밖에 없는 금강산이 제대로 알 리가 없었다. 금강산의 절대성을 믿는 화자에게 이런 사실이 무궁 한(恨)을 부채질하고 무진한 생각을 자아내게 한 것이다. 이것은 이 시가 그 바닥에 상당히 짙은 민족의식을 깔고 있음을 뜻한다.

님의 얼골[1]

님의 얼골을 「어여쁘다」고 하는 말은 適當한 말이 아닙니다
어여쁘다는 말은 人間 사람[2]의 얼골에 대한 말이요 님은 人間의 것이라고 할 수가 없을만치 어여쁜 까닭입니다

自然은 어찌하야 그렇게 어여쁜 님을 人間으로 보냈는지 아모리 생각하야도 알 수가 없읍니다
알겄읍니다 自然의 가온대에는 님의 짝이 될만한 무엇이 없는 까닭입니다[3]

님의 입설 같은 蓮꽃이 어데 있어요[4] 님의 살빛 같은 白玉이 어데 있어요
봄 湖水에서 님의 눈ㅅ결 같은 잔 물ㅅ결을 보았읍니까 아츰볕에서 님의 微笑 같은 芳香을 들었읍니까[5]
天國의 音樂은 님의 노래의 反響입니다 아름다운 별들은 님의 눈빛의 化現입니다[6]

아아 나는 님의 그림자여요
님은 님의 그림자 밖에는 비길만한 것이 없읍니다[7]
님의 얼골을 어여쁘다고 하는 말은 適當한 말이 아닙니다

四十六. 님의 얼굴

　　예술론에서는 내용이 형식을 결정하는가 형식에 내용이 포괄되
는가 오랫동안 논쟁의 불씨가 되어 왔다. 『시경(詩經)』의 머릿글
을 통해 공자(孔子)는 <시언지(詩言志)>라는 말을 남겼다. 이때의
<지(志)>는 시인이 간직한 뜻을 가리키며, 마음, 또는 생각으로
해석이 가능하다. 이런 사정을 감안해 보면 공자는 내용주의자였
다. 편내용주의(偏內容主義)인 점으로 보아 불교의 문학관은 유교
보다 훨씬 그 수위가 높다. 『반야바라밀다심경』이나 『금강경』, 『법
화경』 등 불교 경전에서 말을 다듬고, 문채(文彩)를 의식한 자취를
찾아 낼 수는 거의 없다. 한용운의 이 작품 역시 그 예외는 아니
다. 이제까지 다른 작품이 그랬던 것처럼 여기서도 한용운은 묘유
(妙有)의 경지를 내용으로 삼았다. 그런 내용을 한용운이 각별하게
아름다운 가락에 담고자 한 자취도 뚜렷하게 포착되지 않는다. 그
럼에도 이 작품은 제 나름대로 격조를 갖춘 서정시가 되어 있다.
이것은 한용운 개인의 성과일 뿐 아니라 한국 불교문학의 자랑거
리가 아닐 수 없다.

1) **님의 얼굴**: 여기서 님은 묘유(妙有), 진여(眞如)의 경지에 이른 분
　을 인격화 시킨 것이다. 불교에서 묘유나 진여의 경지는 깨달음의
　문제로 실체가 없다. 실체가 없는 정신의 경지를 눈, 코, 입을 가
　진 인간의 얼굴에 대비시켰다. 우리 인간에게는 사상, 관념을 객체
　로 바꾸어 심상으로 제시하려는 본능이 있는 것이다.

2) **인간(人間) 사람**: 현대 국어에서는 인간(人間)을 사람과 같은 뜻으
　로 쓴다. 그러나 중국 고전을 보면 이 말은 사람이 사는 세상, 세

계, 사회의 뜻으로 쓰였다. <복사꽃 아득히 흘러 떠가고, 인간 세상이 아닌 또한 세계가 있다네(桃花流水杳然去 別有天地非人間)> - 이백(李白), 「산중문답(山中問答)」.

3) **자연(自然)은 어찌하야 그렇게 어여쁜 님을 인간(人間)으로 보냈는지 아모리 생각하야도 알 수가 없읍니다/ 알겠읍니다 자연(自然)의 가온대에는 님의 짝이 될만한 무엇이 없는 까닭입니다:** 불교 이전의 신앙에서 자연은 최고 선이며 구경에 속하는 진실이었다. 노자(老子)는 그의 『도덕경(道德經)』에서 인간이 참되게 사는 길을 <무위자연(無爲自然)>의 네 글자로 집약시켰다. 중국에 불교가 수입되면서 이런 자연 최우선론은 후퇴하지 않을 수 없었다. 불교에서는 묘유(妙有)와 진여(眞如)의 경지를 터득한 자는 자연뿐 아니라 일체만법(一切萬法)에 앞선다. 여기서 <님>은 바로 그런 존재다. <자연(自然) 가온데는 님의 짝>이 될 만한 것이 없다는 말은 그러므로 나온 것이다. <가온데>→<가운데>.

4) **님의 입설 같은 연(蓮)꽃이 어데 있어요:** 구경각을 터득한 석가여래 부처의 입술이 연꽃보다 더 아름답다는 표현. 연화는 불교를 상징하는 꽃으로 『법화경』에는 이 꽃이 본문(本門), 적문(迹門)의 개현(開顯)에 비유되어 있다.

연꽃을 매체로 한 본문(本門) 3유: ① 위련고화(爲蓮故華). 종본수적(從本垂迹)으로 가야에서 처음 성불한 적문(迹門)의 석가세존이 구원실성(久遠實成)의 본문 부처를 개현하기 위하여 생긴 것이라는 비유. ② 화개연현(華開蓮現). 개적현본(開迹顯本)으로 가야에서 성도한 석가세존이 참부처가 아니라 그 화신(化身)이라 지적하며 연꽃이 그것을 제치고 구원의 본불을 나타내는 것과 같은 이치로 나타난 것이라는 비유. ③ 화락연성(華落蓮成). 폐적립본(廢迹立本). 적문의 화신불을 폐하고 구원의 본불을 성립함을 연꽃이 아름답게 피어나 열매를 맺는 것에 비유.

5) **아츰 별에서 님의 미소(微笑) 같은 방향(芳香)을 들었읍니까:** <아츰→아침>. <아츰 볕>은 <아침 빛>의 오기로 생각된다. 미소는

웃음의 일종이니까 청각과 무관하다. 그것을 <들었읍니까>와 같이 말했다. 동양화의 화제로 난초 그림에 <내가 그 향기를 들은 바 천리가 유심하더라(我聞其香千里深)>가 있다. 이것은 비유의 예비 절차가 제거된 상태에서 제시된 공감각적 심상이다. 한용운은 그의 한글 시에 이와 같은 표현을 상당히 많이 썼다.

6) **천국(天國)의 음악(音樂)은 님의 노래의 반항(反響)입니다 아름다운 별들은 님의 눈빛의 화현(化現)입니다:** 한용운이 노래나 음악에 전혀 문외한이었음은 이미 드러난 바와 같다. 그럼에도 그는 상당히 빈번하게 그의 시에 노래를 등장시켰다.

　　제 곡조를 못 이기는 사랑의 노래는 님의 침묵(沈默)을 휩싸고 돕니다.

　　　　　　　　　　　　　　　　　　　　 — 「님의 침묵(沈默)」

　　근원을 알지도 못할 곳에서 나서 흙뿌리를 울리고 가늘게 흐르는 적은 시내는 굽이굽이 누구의 노래입닛가.

　　　　　　　　　　　　　　　　　　　　 — 「알수 업서요」

　　이웃 사람도 도라가고 버러지 소리도 끊쳤는데 당신이 가리쳐 주시든 노래를 부르랴다가 조는 고양이가 부끄러워 부르지 못하였읍니다

　　　　　　　　　　　　　　　　　　　　 — 「예술가(藝術家)」

　　흔드러 빼는 님의 노래 가락에 첫잠든 어린 잠자리의 애처러운 꿈이 꽃떠러지는 소리에 깨었습니다.

　　천국(天國)의 노래는 님의 노래의 반항(反響)입니다.

　　　　　　　　　　　　　　　　　　　　 — 「님의 얼골」

　　당신이 노래를 부르지 아니 하는 때에 당신의 노래가락은 역력히 들립니다 그려

279

　　나는 마음이 아프고 쓰린 때에 주머니에 수(繡)를 놓으라면 나의
마음은 수(繡)놓은 금실을 따라서 바늘 구멍으로 드러가고 주머니 속
에서 맑은 노래가 나와서 나의 마음이 됩니다.
— 「수(繡)의 비밀(秘密)」

　　이런 예로 드러나는 바와 같이 한용운의 시에서 노래는 대개 고
저장단, 곡조, 선율과는 무관하다. 그것은 예외 없이 석가세존이
터득해낸 묘유(妙有)와 진여(眞如)의 경지에 그 끈이 닿아 있다.
<화현(化現)>은 변해서 다른 것으로 나타나는 것, 불교에서는 이
를 화생(化生), 또는 화작(化作)이라고도 한다.

[7] **나는 님의 그림자여요/ 님은 님의 그림자 밖에는 비길만한 것이
없습니다**: 님, 곧 석가여래불은 삼천대천(三千大千) 십방세계(十方
世界)의 지존이며 영원무궁, 황하사겁(恒河沙劫) 이전부터 아승기
겁(阿僧祇劫)을 지나기까지의 아득한 미래에 걸친 절대자다. 그
앞에서 모든 존재는 그림자일 수밖에 없다. 그런 석가여래를 형용
해낼 수 있는 언어가 있을 리 없다. 이런 인식의 결과가 화자를
<님은 님의 그림자>로밖에 비길(비유할) 길이 없다고 노래하게
한 것이다.

심은 버들

뜰 앞에 버들을 심어
님의 말을 매랴드니
님은 가실 때에
버들을 꺾어 말채칙을 하얐읍니다[1]

버들마다 채칙이 되야서
님을 따르는 나의 말도 채칠까 하얐드니[2]
남은 가지 千萬絲는
해마다 해마다 보낸 恨을 잡어 맵니다[3]

四十七. 심은 버들

한 연이 4행, 한 행이 3보격을 기본으로 한 정형에 가까운 시다. 화자는 사랑하는 사람과 이별을 하여 가슴에 한이 맺혀 있다. 한을 심상화하기 위해 그는 버들가지를 매체로 삼았다. 이 시에서 님이 형이상의 차원에 이르지는 않았다. 따라서 이 시는 신앙을 노래한 것이 아니라 단순한 애정의 노래다.

1) **뜰 앞에 버들을 심어/ 님의 말을 매랴드니/ 님은 가실 때에/ 버들을 꺾어 말채찍을 하얐읍니다:** <말채칙>→<말채찍>. 초판『님의 침묵』에 오식이 된 부분이다. 우리 전통시가에서 버들은 흔히 도홍유록(桃紅柳綠)으로 쓰이며 봄을 가리키는 대명사가 된다. 또한 바람이나 비에 휘날리는 그 가지로 하여 수심을 자아내는 매체 구실을 했다. 한용운은 이 시에서 버들을 직접적으로 시름에 접속시키지 않았다. 그 매개항으로 그는 말을 등장시키고 버들은 채찍이 되게 했다. 화자는 처음 버들에 말을 묶어 두기로 작정한다. 그러나 떠나간 임은 오히려 그 가지로 채찍을 만든다. 그리하여 화자가 마음먹은 것과는 전혀 반대되는 상황이 벌어져 버들이 떠나가는 님의 말을 달리게 하는 것이다.

2) **채질까 하얐드니:** 채찍질 할까 하였드니, 채찍이 되어 님을 따라가는 내말도 잘 달리게 해 줄까 기대했더니의 뜻.

3) **남은 가지 수만사(千萬絲)는/ 해마다 해마다 보낸 한(恨)을 잡어맵니다:** 1연에서 버들가지는 분명히 님의 말을 달리게 하는 채찍이었다. 그것이 2연에서 전혀 그와 반대 작용을 한다. 화자는 <님을 따르는 나의 말>도 버들로 채찍질 할까 기대한다. 그러나 막상 화자의 차례가 되자 상황은 어처구니없는 것이 된다. 같은 버들가지가 화자의 길을 가로막는 포승으로 변해버리는 것이다. 『전편해

四十八. 낙원(樂園)은 가시덤불에서

　불교는 그 교리를 설명하기 위해 때때로 대비법을 쓴다. 물리적 영역과 형이상의 범주에 드는 차원을 대비시키는 것이 그것이다. 『반야바라밀다심경』에 나오는 <색즉시공(色卽是空) 공즉시색(空卽是色)>이 이런 경우의 한 예가 된다. <색즉시공>과 <공즉시색>을 우리말로 풀이하면 <있는 것은 없는 것이며, 없는 것은 있는 것이다>라고 된다. 불경에 생소한 사람들에게 이런 진술은 강한 의문을 불러일으킨다. 있는 것은 있는 것이며 없는 것이 없는 것인데 이것이 무슨 억설일까 하고. 이것을 설명하기 위해 불교학자 가운데 한 사람이 유화(喩話)를 만들어 내었다. 어느 깊은 산속 후미진 길을 이름 높은 스님이 가고 있었다. 마침 살인강도가 그를 기다리고 있었다. 그는 불쑥 스님 앞에 나타나 시퍼런 칼날을 그의 가슴에 들이대었다. 그리고 물었다. "너는 무엇 하는 놈이야." 고승대덕은 조용히 대답했다. "부처님을 섬기는 불제자다." "응 그래. 네가 그렇게 지극정성으로 섬기는 부처라는 물건은 어디 있느냐." "이 가슴속에 있다." "가슴속이라고 했어. 그렇다면 이 칼로 네 가슴을 잘라야겠다. 네가 그렇게 끔찍하게 섬기는 부처가 거기 있다니, 좀 보아야겠어." 살인강도는 소리 높이 외치면서 스님의 가슴에 시퍼런 칼을 들이대었다. 그러나 절대절명의 위기를 맞고도 고승대덕은 동요하지 않았다. 그는 나직한 목소리로 노랫말을 만들어 도적이 들을 수 있게 불렀다. "해마다 해마다 죽은 듯한 나뭇가지에 벚꽃은 핀다. 벚꽃이 핀다고 나무 등걸을 잘라 보아라 거기에 벚꽃은 없다." 스님의 이 노래는 색즉시공(色卽是空)의 이치를 가리킨 것이다. 그 반대의 노랫말도 가능하다. "가을이 되어

285

나뭇잎이 떨어지면 나무는 잠을 잔다. 나무의 등걸을 잘라 보아라 거기에 벚꽃은 없다. 그러나 봄이 오거든 다시 나뭇가지를 보아라. 등걸에는 없었던 벚꽃이 가지 위에 고운 모양을 하고 핀다." 이것이 곧 공즉시색(空卽是色)이다. 물론 이 이야기는 불교의 포교담(布敎譚) 가운데 하나다. 스님의 훌륭한 말을 듣게 되자 살인강도는 곧 칼을 던지고 그 앞에 무릎을 꿇었다. 그리고는 개과천선(改過遷善)을 맹세하면서 머리를 깎고 불제자가 되는 길을 걸었다. 이런 이야기를 통해 우리는 하나의 교훈을 얻게 된다. 그것이 불교의 유화에는 자연현상을 이용한 것이 매우 많다는 점이다. 한용운의 이 작품도 그 예증을 자연에서 빌린 것이다.

1) **죽은 줄 알었든 매화나무 가지에 구슬 같은 꽃방울을 맺혀 주는 쇠잔한 눈 위에 (……)/ 그밖에 다른 하늘에서 오는 알 수 없는 향기는 모든 꽃의 주검을 가지고 다니는 쇠잔한 눈이 주는 줄을 아십니까**: 여기서 매화나무 가지의 <죽은 줄 알았든> 모양은 무(無)와 공(空)을 가리킨다. <구슬 같은 꽃망울을 맺혀주는 쇠잔한 눈>은 색(色), 곧 유(有)를 나타낸다. 따라서 이 시의 첫 번째 문장은 <색즉시공(色卽是空)>을 내용으로 한 것이다. <다른 하늘에서 오는 알 수 없는 향기>로 된 표현에 주목이 필요하다. 불교, 특히 대승으로 발전된 이후 불교가 궁극적으로 추구한 것은 공(空)이다. 이것을 심상으로 제시하기 위해서 불교는 천(天)의 개념을 도입했다. 여기서 <다른 하늘>이라고 한 것은 불교의 하늘이 이승의 하늘에 그치는 것이 아니라는 뜻을 내포한다. 범천(梵天)과 사왕천(四王天), 도리천(忉利天), 야마천(夜摩天), 도솔천(兜率天), 변화천(變化天), 자재천(自在天) 등이 모두 다른 하늘이다. 한용운은 이런 표현으로 <꽃의 주검>이 문자 그대로의 죽음이 아니라 <알 수 없는 향기>로 바뀌어 다시 살아나며 유(有)가 될 수 있음을 말했다. 두 번째 문장은 <공즉시색(空卽是色)>의 우리말

판이 그렇게 된 것이다.

2) **단풍은 노래도 부르고 울음도 웁니다**: 단풍은 자연의 일부인 나무가 가을을 맞아 변화된 모습이다. 그것을 의인화시킨 과정을 거치지 않은 채 노래 부르고 울음도 운다는 표현을 한 것은 매우 당돌하며, 그에 못지 않게 엉뚱하다. 이것 역시 한용운이 터득한 생사일여(生死一如)의 경지를 그 나름대로 표현한 것으로 보아야 한다.

3) **일경초(一莖草)가 장육금신(丈六金身)이 되고 장육금신(丈六金身)이 일경초(一莖草)가 됩니다**: 일경초(一莖草)- 한줄기로 된 풀, 보잘것없는 것의 비유. 장륙(丈六)- 부처의 상, 높이가 1장 6척으로 된 것이 많아서 이렇게 말한다. 『관무량수경(觀無量壽經)』에 <아미타불은 신통술을 마음대로 부리며 십방국에 걸쳐 모양을 드러내고 혹은 작은 몸집이 되어 1장 6, 8척의 몸이 된다(阿彌陀佛神通如意 於十方國 變現自在 或現大身 滿虛空中 或現小身 丈六八尺)>라고 있다. 이와 비슷한 예화를 『후한서 서역전(後漢書 西域伝)』에서 볼 수 있다.

세상에 전하기를 명제(明帝)가 꿈을 꾸니 금빛을 한 키 큰 사람이 보였는데 이마에 광명이 있었다. 황제가 신하들에게 물었더니 어느 신하가 아뢰었다. 서역에 신이 있는데 이름을 부처(佛)라고 하며 그 모양은 키가 1장 6척으로 황금빛을 하고 있답니다. 황제가 이에 천축(天竺)으로 사신을 보내어 불법을 얻어오게 하니 드디어 중국에 그 모양을 그린 그림이 나오게 되었다.

世傳明帝夢見 金人長大 頂有光明 以問君臣 或曰 西方有神名曰佛 其形長丈六尺而黃金色 帝於是 遣使天竺 問佛道法 遂於中國 圖畵形象焉

또한 『벽암록(碧巖錄)』 1권 제8칙 「수시(垂示)」에 다음과 같은 구절이 있다.

어느 때는 한 줄기의 풀이 1장 6척의 석가여래불 금빛 몸이 되고 어느 때는 1장 6척의 석가여래불 금빛 몸이 한 줄기 풀이 되기도 한다.
有時將一莖草 作丈六全身用 有時將丈六全身 作一莖草用

　　이것은 해탈지견(解脫知見)의 차원을 말한 것으로 묘유(妙有)와 진여(眞如)의 자리에서는 이름 없는 초목과 삼천대천(三千大千) 세계를 두루 비치는 부처가 같다는 뜻이다. 한용운이 지은 시의 위의 구절은 『벽암록』의 한 구절에서 따온 것이다.

[4] **고통(苦痛)의 가시덤불 뒤에 환희(歡喜)의 낙원(樂園)을 건설(建設)하기 위하야 님을 떠난 나**: 일체 번뇌를 끊고 해탈을 하기 위해서는 수도자가 살을 깎고 뼈를 뜯어내는 고통을 감수해야 한다. 그것을 <가시덤불→가시덤풀>에 비유했다. 낙원 건설은 극락왕생의 또 다른 표현이다. 극락은 그 다른 이름이 불국토(佛國土)다. 불국토는 부처가 주재(主宰)하는 곳인데 낙원을 건설하기 위해 <님-부처>를 떠난다고 했다. 이때에 제기되는 의문은 불교의 속성을 생각해보면 곧 풀린다. 수도자가 오도(悟道)의 경지에 이를 수 있는 길은 하나밖에 없다. 그것이 그 누구의 도움도 받지 않는 상태에서 스스로의 정진, 수도로 해탈지견(解脫知見)의 경지에 이르러야 하는 점이다. <님을 떠난 나>는 이런 불교의 속성에 비추어 파악되어야 한다.

참말인가요[1)]

그것이 참말인가요 님이여 속임 없이 말씀하야 주서요

당신을 나에게서 빼앗어 간 사람들이 당신을 보고 「그대는 님이 없다」고 하얏다지요[2)]

그래서 당신은 남모르는 곳에서 울다가 남이 보면 울음을 웃음으로 변한다지요[3)]

사람의 우는 것은 견딜 수가 없는 것인데 울기조처 마음대로 못하고 웃음으로 변하는 것은 주검의 맛보다도 더 쓴 것입니다

그러면 나는 그것을 변명하지 않고는 견딜 수가 없습니다

나의 生命의 꽃가지를 있는대로 꺾어서 花環을 만들어 당신의 목에 걸고 「이것이 님의 님이라」고 소리쳐 말하겠읍니다[4)]

그것이 참말인가요 님이여 속임 없이 말씀하야 주서요

당신을 나에게서 빼앗어 간 사람들이 당신을 보고 「그대의 님은 우리가 구하야 준다」고 하얏다지요

그래서 당신은 「獨身生活을 하겠다」[5)]고 하얏다지요

그러면 나는 그들에게 분풀이를 하지 않고는 견딜 수가 없습니다

많지 안한 나의 피를 더운 눈물에 섞어서 피에 목마른 그들의 칼에 뿌리고 「이것이 님의 님이라」고 울음 섞어서 말하겠읍니다[6)]

四十九. 참말인가요

　산문형식에 독백체로 이루어진 작품이다. 단 여기서 화자의 독백은 그 혼자만의 넋두리에 그치지 않는다. 그것은 당신을 대상으로 하고 있다. 여성으로 유추되는 화자는 당신에게 끊임없이 가슴속에 담긴 생각을 토로한다. 그에 대해 독백의 상대인 「당신」은 한마디 응답도 없다. 이것은 이 시가 단순 구조에 의한 것이 아니라 표층구조와 다른 의미맥락을 그 바닥에 깔고 있음을 의미한다. 한용운의 시 가운데도 읽기가 비교적 까다로운 작품이다.

1) **참말인가요**: 이제까지 한용운의 시 제목이 의문문으로 된 것은 모두가 신앙시였다. 그러나 이 시는 그들과 달리 민족의식을 바닥에 깔고 있는 시다. 화자가 '참말인가요'라고 묻고 있는 상대는 식민지 체제하에서 민족의식을 가진 사람이다. 그를 향해서 핍박받는 민족적 현실에 뒤따른 감정을 토로하고 있는 것이 이 시다.

2) **당신을 나에게서 빼앗어 간 사람들이 당신을 보고 「그대는 님이 없다」고 하았다지요**: 여기에는 적어도 서로의 입장이 다른 세 유형의 인간이 나온다. ①은 당신, ②는 나, ③은 나에게 당신을 빼앗아간 사람들. 이 가운데 ③은 일제다. ①은 민족해방투쟁을 하는 투사로 유추가 가능하며 일제가 나로부터 그런 당신을 빼앗아 갔다. 일제가 ①을 보고 「그대는 님이 없다」고 한 것은 국권을 상실한 민족이 무슨 지킬 나라가 있느냐고 폭언을 한 것이다.

3) **당신은 남모르는 곳에서 울다가 남이 보면 울음을 웃음으로 변한다지요**: 1910년 우리 민족이 일제에게 나라를 빼앗기자 우국지사 가운데 여러 사람이 망국의 슬픔을 이기지 못하여 스스로 목숨을 끊었다. 그 가운데 한 사람으로 황매천(黃梅泉)이 있었다. 그는 지

리산 밑에서 국치(國恥)의 비보를 듣고 절명시 네 수를 남긴 다음 음독자살했다. 그 셋째 수 2행은 <새 짐승 슬피 울고 산 바다도 찌푸렸다/ 무궁화 이 나라는 이제 가고 없어졌네(鳥獸哀鳴海岳嚬/ 槿花世界沈淪)>로 되어 있다. 여기 나타나는 바와 같이 나라가 망하니 사람뿐만 아니라 새 짐승까지가 슬피 운다. 이 비분강개를 폭압, 강권정치로 우리 민족 위에 군림한 일제가 그대로 보아 넘길 리가 없었다. 우국충정을 가슴에 지닌 <당신>은 이 어기찬 상황에 대해 비통한 심정이 되지 않을 수 없다. 그러나 그가 흐르는 눈물을 일제의 지배체제 아래서는 마음대로 보일 수가 없다. 식민지적 상황에서 눈물과 울음은 남이 보지 않는 자리에서만 울고 흘릴 수 있었다. 남이 보면 애써 그 울음을 웃음으로 바꾸지 않을 수가 없는 것이 주권을 잃은 겨레의 어기찬 현실이었던 것이다.

4) **나의 생명(生命)의 꽃가지를 있는대로 꺾어서 화환(花環)을 만들어 당신의 목에 걸고 「이것이 님의 님이라」고 소리쳐 말하겠읍니다**: <꽃가지> 앞에 <나의 생명(生命)>으로 된 수식어가 붙었음을 주목해야 한다. 이것은 화자가 마음속에 가꾼 가장 아름다운 혼을 꽃으로 대입한 것이다. 이렇게 보면 「이것이 님의 님」이라고 하는 외침은 조국을 위해 화자가 민족의 제단에 그의 목숨을 바치려는 각오가 되어 있음을 은유형태로 말한 것이다.

5) **「그대의 님은 우리가 구하야 준다」/ (……) 「독신생활(獨身生活)을 하겠다」**: 일제는 우리 민족 운동자에게 반제투쟁을 포기하고 전향하면 안락한 생활, 상당한 지위와 명예를 약속했다. 앞문장에는 그런 뜻이 담겨 있다. 그에 대해 <「독신생활(獨身生活)을 하겠다」>는 어떤 불이익이 있더라도 민족을 향한 일편단심을 바꾸지 않겠다는 각오를 담은 말이다.

6) **많지 안한 나의 피를 더운 눈물에 섞어서 피에 목마른 그들의 칼에 뿌리고 「이것이 님의 님이라」고 울음 섞어서 말하겠읍니다**: 앞에 나온 <생명의 꽃가지>는 한몸을 던져 국권회복을 기하고자 한 화자의 의지를 상징했다. 여기서 그런 의지는 <나의 피>를 <그들

의 칼에 뿌리고>와 같이 직설적으로 표현되어 있다. 이때의 <칼> 은 말할 것도 없이 무력으로 우리 주권을 강탈한 일제를 가리킨 다. 화자에게 눈물은 이미 드러난 바와 같이 국권 상실에서 빚어 진 비통한 심경에서 빚어진 것이다. 그것을 피에 섞어서 뿌리기로 한 것은 민족을 위해 결사항쟁의 길을 가겠다는 화자의 의지를 밝 힌 것이다. 이와 같이 이 시는 은유형태를 풀어보면 그 바닥에 도 저한 항일 저항의 의지가 내포된 작품이다.

꽃이 먼저 알어

옛집을 떠나서 다른 시골에 봄을 만났읍니다
꿈은 이따금 봄바람을 따러서 아득한 옛터에 이릅니다[1]
지팽이는 푸르고 푸른 풀빛에 묻혀서 그림자와 서로 따릅니다[2]

    길가에서 이름도 모르는 꽃을 보고서 행여 근심을 잊을ㅅ까 하
고 앉었읍니다
    꽃송이에는 아침 이슬이 아즉 마르지 아니한가 하았더니 아아
나의 눈물이 떨어진 줄이야 꽃이 먼저 알었읍니다[3]

五十. 꽃이 먼저 알어

한글 시가 아닌 한용운의 한시(漢詩)에는 고향을 소재로 한 것이 한두 편이 아니다. 그의 돈오시(頓悟詩) 가운데 하나인 「정사년(丁巳年) 밤 열시작(十時作)」 첫머리 두 줄은 <사나이 가는 곳 어디 고향아니리만/ 몇몇 사람 나그네로 타향에서 시름했나(男兒到處是故鄕/ 幾人長在客鄕中)>로 되어 있다. 이밖에도 「사향(思鄕)」 1, 2와 「사향고(思鄕苦)」, 「여회(旅懷)」, 「회포(懷抱)」, 「음정(吟情)」, 「우중독음(雨中獨吟)」, 「사야청우(思夜聽雨)」 등은 모두가 그 내용에 고향을 그리는 정을 담고 있는 것이다.

한시의 경우와는 달리 『님의 침묵』에 실린 한용운의 사향가(思鄕歌)는 이 한편 뿐이다. 단 이 시에서 한용운이 고향 그리는 정을 진술 형태로 읊은 것은 아니다. 이 작품의 화자는 고향을 떠나 나그네로 떠도는 몸이다. 마침 돌아온 봄을 맞아 그는 밀려드는 향수를 계절로 빚어진 정감으로 바꾸어 읊었다. 한자어가 전혀 섞이지 않고 전편이 순수 한국어로 된 것도 한용운의 시로서는 이례적인 것이다.

1) **옛집을 떠나서 다른 시골에 봄을 만났습니다/ 꿈은 이따금 봄바람을 따라서 아득한 옛터에 이릅니다:** 출가(出家)하여 중이 된 사람은 흔히 탁발을 하면서 이곳저곳을 떠돈다. 그런 신분에 봄이 오면 고향집 그리운 정은 한결 더해질 것이다. 둘째 줄은 화자의 그런 심정을 진술형태로 읊은 부분이다. 『전편해설』은 이에 대해서 다시 <공(空)과 깨달음의 경지를 가리킨다>라고 해석했다. 위의 두 줄에 번뇌를 넘어 해탈(解脫), 견성(見性)의 경지가 열린 낌새는 전혀 포착되지 않는다. 나그네가 타향에서 옛집을 생각하는 것

은 수도의 과정일 뿐이다. 그것을 정각(正覺), 대오(大悟)의 경지
와 일치시킨 것은 너무 지나친 논리의 비약이다.

2) **지팡이는 푸르고 푸른 풀빛에 묻혀서 그림자와 서로 따릅니다**: 동
아시아 문화권에서 지팡이는 자연과 산천을 소요하는 도사나 탁
발승의 상징이다. 그것이 <그림자와 서로> 따른다는 것은 자연과
인간이 일체가 되었음을 뜻한다. 불교에서 그림자는 이미 드러난
바와 같이, 꿈 곧 여몽(如夢)을 가리키기 위한 십유(十喩)의 하나
다(자세한 것은 이 책 十八, 「잠없는 꿈」 주석란 1) 참조). 여기서
그림자는 지팡이로 상징된 인간의 심상을 구체화시켜 주는 것이
아니라 부정하는 개념이다. 이것을 『전편해설』은 <지팡이라는 인
위(人爲)는 <푸르고 푸른 풀빛에 묻혀서> 자연과 합치고 무(無)
인 <그림자>로 더불어 있다>라고 해석했다. 완전하게 빗나간 풀
이다. 특히 <그림자>, 곧 영(影)을 무(無)와 공(空)의 등식관계로
본 것은 가화(假化)를 본체와 혼동한 것으로 있을 수 없는 오해다.

3) **꽃송이에는 아츰 이슬이 아즉 마르지 아니한가 하얐더니 아아 나
의 눈물이 떨어진 줄이야 꽃이 먼저 알았읍니다**: 꽃송이에 맺힌
아침 이슬은 우리가 흘리는 눈물과 그 모양이 너무도 같다. 앞부
분은 거기서 빚어진 느낌을 바탕으로 삼은 것이다. 고향을 등지고
타향을 떠도는 화자는 자기도 모르게 눈물을 흘린다. 두보(杜甫)
의 「춘망(春望)」에도 이에 대비될 수 있는 구절이 있다.

> 난리에 쫓기니 꽃에도 눈물을 흩뿌리겠고
> 이별의 한으로 새소리에도 마음이 뒤설렌다
> 感時花濺淚
> 恨別鳥驚心

이런 떠돌이 신세에 뒤따른 눈물을 한용운은 매우 독특하게 표
현했다. <나의 눈물이 떨어진 줄이야 꽃이 먼저 알았읍니다>. 너
무나 명백한 사실로 꽃은 식물의 한부분이다. 인간이 아닌 식물의

한부분인 꽃은 인지능력이 없다. 그럼에도 한용운은 여기서 그런 진실을 뒤엎는 말을 했다. 이에 대해서 『전편해설』은 한용운의 「선(禪)과 인생(人生)」에서 다음과 같은 부분을 인용했다.

> 영운조사(靈雲祖師)는 도화(桃花)를 보고 견성(見性)하였느니 그것은 누구라도 아는 일이지만, 영운(靈雲)이 도화를 보고 견성(見性)할 때에 그 도화가 영운(靈雲)을 보고 견성한 줄은 천고(千古)에 아는 사람이 없으니 그것은 일대한사(一大恨事)다.(『전집』(2), 317면.)

이 인용을 통해 우리는 「꽃이 먼저 알어」의 마지막 구절이 영운고사(靈雲故事)의 번안판임을 알 수 있다. 『전편해설』이 이것을 놓치지 않은 것은 긍정적으로 평가되어야 할 일이다. 그러나 이것이 곧 <꽃이 먼저 알어>를 오도(悟道)의 노래로 판정케 하는 것은 아니다. 그 이유는 간단하다. 불교도가 쓴 모든 시가 증도가나 점송(拈頌), 찬불가(讚佛歌)인 것은 아니다. 지난 세기에 우리는 이미 시인과 시를 혼동하는 경향을 <의도의 오류(intentional Fallacy)>라고 지적, 극복한 바 있다.

讚頌

님이여 당신은 百番이나 鍛鍊한 金결입니다[1]
뽕나무 뿌리가 珊瑚가 되도록[2] 天國의 사랑을 받읍소서
님이여 사랑이여 아츰볕의 첫걸음이여

님이여 당신은 義가 무거웁고 黃金이 가벼운 것을 잘 아십니다[3]
거지의 거친 밭에 福의 씨를 뿌리옵소서
님이여 사랑이여 옛 梧桐의 숨은 소리여[4]

님이여 당신은 봄과 光明과 平和를 좋아 하십니다
弱者의 가슴에 눈물을 뿌리는 慈悲의 菩薩이 되옵소서
님이여 사랑이여 얼음 바다에 봄바람이여[5]

五十一. 찬송(讚頌)

이 시에서 찬송의 대상이 된 것은 <님>이다. 전후 문맥으로 보아 그는 수도를 거듭한 나머지 세속적인 번뇌를 벗어나 중생에게 자비를 베풀게 되고 마음의 안정과 평화도 누리는 경지에 이른 것으로 추정된다. 그런 <님>을 향하여 아낌없이 기리고 받드는 입장으로 노래 부른 것이므로 이 작품은 예불경배에 속한다. 그와 아울러 이 작품에는 반제(反帝)의식도 엿보인다. 이것은 이 시가 단순 찬불가가 아니라 항일저항의 의지도 담은 것임을 뜻한다.

1) **님이여 당신은 백번(百番)이나 단련(鍛鍊)한 금(金)결입니다:** 승가에서는 석가여래불을 가리켜 금신(金身)이라고 한다. 많은 사찰의 법당에 대불이 금빛 찬란하게 장식된 이유가 여기에 있다. 불교에서는 수도자가 정각(正覺), 해탈지견(解脫知見)의 경지에 이르기 위해서는 갖가지 마장(魔障)을 물리치고 정진에 정진을 거듭해야 한다. 불경의 교주론(敎主論)에는 싯달다가 태자의 몸으로 왕궁을 떠나 고행에 들어간 다음의 이야기가 전한다. 그가 외도인의 세계를 벗어나 필파라(畢波羅) 나무 아래서 내관자성(內觀自省)의 선정(禪定)을 시작했을 때다. 그 앞에는 구담(瞿曇; 싯달다의 구도 때 붙인 이름)이 정각, 성불(成佛) 이르기를 꺾어버리고자 여러 차례에 걸쳐 마군(魔軍)이 습격했다. 구담의 성불(成佛)은 이 마군과 맞서서 악전고투를 겪은 다음 얻어낸 것이다. 여기서 백번(百番)은 구체적 숫자를 가리키는 것이 아니라 흔들림 없이 정진을 거듭한 수도의 자세를 뜻한다.

2) **뽕나무 뿌리가 산호(珊瑚)가 되도록:** 한자로 된 성어(成語)의 하나에 상전벽해(桑田碧海)가 있다. 그 뜻은 뽕나무 밭이 푸른 바다가

된다는 것으로 한때 사람이 산 고장이 바다로 바뀌어 버리도록 큰 변동이 일어났음을 가리킨다. 이 관습적 말법에 한용운은 산호를 추가시켰다. 뽕나무 뿌리가 바다 밑에 잠기어 수많은 세월이 흐르면 혹 그 일부가 산호로 변할 수 있을 것이다. 그렇게 오랜 세월이 흐른다는 것은 거의 초시간(超時間)의 경지를 가리킨다. 이런 표현으로 님의 위상을 절대적인 경지에 이른 이로 본 것이다.

3) **님이여 당신은 의(義)가 무거웁고 황금(黃金)이 가벼운 것을 잘 아십니다**: 불법에는 그 수행의 초기 단계부터 물질적인 것의 무의미함을 뼈에 사무치게 가리킨다. 여기서 황금은 물질적 가치를 집약시킨 상징물이다. 그에 대비된 의(義)는 초물질적 차원이다. 세속을 초월한 차원으로 절대적 의의를 지닌 정신의 경지다. 불법의 수행자는 전자를 극복해낼 것은 물론 후자도 그가 지향할 궁극의 목표라고 생각하지는 않는다. 일찍 출가하여 구족계(俱足戒)를 이수한 한용운이 이런 사실을 몰랐을 리가 없다. 그럼에도 그가 보살행의 전단계로 생각되는 차원의 이런 노래를 만든 까닭은 무엇인가. 여기서 우리는 한용운이 평생 멍에처럼 짊어지고 살아간 국가, 민족의식과 대사회의식을 감안할 필요가 있다.

불교에서 세속적인 비리나 부정은 여러 마장중의 하나일 뿐이다. 그러나 한용운이 처한 상황에서는 일제의 식민지 통치가 불법과 마장의 절대적 양상이었다. 특히 일제의 식민지적 수탈은 만해를 모든 것에 앞서 철폐시켜야 할 마장으로 생각하게 만들었다. 당시 우리 동포들은 모두가 하나같이 가난에 시달리었고 유리걸식 상태에 내몰린 상태였다. 한용운은 불교도이기 전에 이런 식민지체제하에서 신음하는 한민족의 한사람이었다. 그에게는 우리 동포의 생 자체가 문제였고 해탈·초공의 차원 개척은 그 다음의 일이었다. 그로 하여 만해는 해탈, 무아의 경지에 이르기 전에 부처님의 법력을 빌려 시대의 마장, 곧 주권의 침탈자인 일제를 물리치기를 기하는 반제투쟁의 길을 걷지 않을 수 없었다. 이런 생각으로 만해는 이 한 줄과 함께 <거지의 거친 밭에 복(福)의 씨를

뿌리옵소서>라는 행을 붙이지 않을 수 없었다.

⁴⁾ **옛 오동(梧桐)의 숨은 소리**: 이 부분은 <오동은 천년을 묵어도 항상 노랫가락을 갈무리하며(桐千年老恒藏曲), 매화는 추위에 시달리면서도 향기를 팔지 않는다(梅一生寒不賣香)>로 된 대련 구절을 연상하게 만든다. 천년 이천년의 세월을 맞고 보내면서도 오동나무가 노래의 가락을 잊지 않고 갈무리 한다는 것은 품격과 위의를 갖춘 인격적 실체에 대한 최고의 찬사다. 이것을 『전편해설』은 <도(道)를 얻은 경지>며 <이 경지에서 나오는 소리는 드러날 수 없는 <숨은 소리>>라고 해석했다. 여기서 오동나무는 <님>을 수식하기 위한 매체로 이용된 것이지 <님> 자체가 아니다. 그런 오동을 도와 공(空)의 차원에 직결시킨 해석은 또 하나의 오판이다.

⁵⁾ **님이여 사랑이여 얼음 바다에 봄바람이여**: <얼음 바다에>는 <얼음 바다의>로 고쳐 읽어야 한다. 여기서 <님은> 말할 것도 없이 해탈, 지견(知見)의 차원에 이른 불타를 가리킨다. 그가 이루어낸 사랑은 대자대비의 경지와 같은 차원의 것이다. 절대의 경지에 이른 사랑을 <봄바람>과 대비시키면서 사바세계를 <얼음 바다>라고 한 수사에 주의가 필요하다. 이때의 <얼음>은 우리와 우주의 삼라만상에서 생기를 빼앗아가 버리는 반자비(反慈悲)의 상징이다. 그 세계를 흔히 우리는 동토(凍土)나 설원(雪原)이라고 말해왔다. 만해가 <얼음 바다>로 바꾼 것은 유난히 심해(深海), 고해(苦海), 법해(法海) 등 말들이 많이 나오는 불경의 영향으로 생각된다.

論介¹⁾의 愛人이 되야서 그의 廟에

날과 밤으로 흐르고 흐르는 南江은 가지 않습니다²⁾

바람과 비에 우두커니 섰는 矗石樓는 살 같은 光陰을 따라서 다름질칩니다³⁾

論介여 나에게 울음과 웃음을 同時에 주는 사랑하는 論介여

그대는 朝鮮의 무덤 가운데 피었든 좋은 꽃의 하나이다 그래서 그 향기는 썩지 않는다

나는 詩人으로 그대의 愛人이 되았노라

그대는 어데 있너뇨 죽지 안한 그대가 이 세상에는 없고나⁴⁾

나는 黃金의 칼에 베혀진 꽃과 같이 향기롭고 애처로운 그대의 當年을 回想한다

술향기에 목마친 고요한 노래는 獄에 묻힌 썩은 칼을 울렸다

춤추는 소매를 안고 도는 무서운 찬바람은 鬼神나라의 꽃수풀을 거쳐서 떨어지는 해를 울렸다⁵⁾

가냘핀 그대의 마음은 비록 沈着하얐지만 떨리는 것보다도 더욱 무서웠다

아름답고 無毒한 그대의 눈은 비록 웃었지만 우는 것보다도 더욱 슬펐다

붉은듯 하다가 푸르고 푸른듯 하다가 회어지며 가늘게 떨리는 그대의 입설은 웃음의 朝雲이냐 울음의 暮雨이냐⁶⁾ 새벽달의 秘密이냐 이슬꽃의 象徵이냐

삐비같은 그대의 손에⁷⁾ 꺾기우지 못한 落花臺의 남은 꽃은 부

끄럼에 醉하야 얼골이 붉었다

玉같은 그대의 발꿈치에 밟히운 江언덕의 묵은 이끼는 驕矜에
넘쳐서 푸른 紗籠으로 自己의 題名을 가리었다[8]

아아 나는 그대도 없는 빈 무덤 같은 집을 그대의 집이라고 부
릅니다

만일 이름 뿐이나마 그대의 집도 없으면 그대의 이름을 불러
볼 機會가 없는 까닭입니다

나는 꽃을 사랑합니다마는 그대의 집에 피어있는 꽃을 꺽을 수
는 없읍니다

그대의 집에 피어있는 꽃을 꺾으랴면 나의 창자가 먼저 꺾어지
는 까닭입니다[9]

나는 꽃을 사랑합니다마는 그대의 집에 꽃을 심을 수는 없읍니다

그대의 집에 꽃을 심으랴면 나의 가슴에 가시가 먼저 심어지는
까닭입니다

容恕하여요 論介여 金石같은 굳은 언약을 저바린 것은 그대가
아니요 나입니다

容恕하여요 論介여 쓸쓸하고 호젓한 잠자리에 외로히 누어서
끼친 恨에 울고 있는 것은 내가 아니요 그대입니다

나의 가슴에 「사랑」의 글자를 黃金으로 새겨서 그대의 祠堂에
記念碑를 세운들 그대에게 무슨 위로가 되오리까

나의 노래에 「눈물」의 曲調를 烙印으로 찍어서 그대의 사당에
祭鍾을 울린대도 나에게 무슨 贖罪가 되오리까

나는 다만 그대의 遺言대로 그대에게 다하지 못한 사랑을 永遠
히 다른 女子에게 주지 아니할 뿐입니다 그것은 그대의 얼골과 같

이 잊을 수가 없는 盟誓입니다

　容恕하여요 論介여 그대가 容恕하면 나의 罪는 神에게 懺悔를
아니한대도 사러지겠읍니다[10]

　千秋에 죽지않는 論介여
　하루도 살 수 없는 論介여
　그대를 사랑하는 나의 마음이 얼마나 즐거우며 얼마나 슬프겄
는가
　나는 웃음이 제워서 눈물이 되고 눈물이 제워서 웃음이 됩니다
　容恕하여요 사랑하는 오오 論介여[11]

五十二. 논개(論介)의 애인(愛人)이 되야서 그의 묘(廟)에

논개(論介)는 널리 알려진 바와 같이 임진왜란 때 진주성을 유린한 일본군의 한 부대장인 게다니(毛谷大助)를 유인하여 그를 끼고 남강에 뛰어들어 순국한 의기(義妓)다. 만해(萬海)의 이 시가 발표된 시기는 1920년대 중반기였다. 그 무렵 일제는 문화정치를 표방한 바는 있다. 그러나 아직도 총독부의 철권정책은 엄연했고 악명 높은 검열도 되풀이 되었다. 그런 상황 속에서 만해는 이와 같이 민족의식을 담은 작품을 써서 발표한 것이다.

[1] **논개(論介)**: (?-1692년, 선조 27년). 성이 주씨(朱氏)로 전라도 장수(長水) 출생. 임진왜란 때 왜군의 침공으로 진주성이 함락되자 아수라같이 밀려드는 왜적을 맞아 왜군의 장수 하나를 유인하여 그를 껴안고 남강 벼랑 끝에서 몸을 던져 순국한 의기(義妓)이다. 논개가 투신한 바위를 의암(義岩)이라고 하며 그 언덕에 논개의 순국 영혼을 기리는 사당(祠堂)이 서 있다. 유몽인(柳夢寅)의 『어우야담(於于野談)』에는 짤막하지만 논개가 살다간 자취를 밝힌 기록이 있다.

> 논개는 진주의 관기였다. 계사년(癸巳年)에 창의사 김천일(倡義使 金千鎰)이 진주성에 입성하여 왜적과 싸우다가 마침내 성이 깨어져 군사는 패하고 백성은 모두 죽었다. 논개는 얼굴에 화장을 하고 옷을 차려입은 다음 촉석루(矗石樓) 아래의 가파른 바위 위에 서 있었는데 바위 밑은 깊은 강물이었다. 왜병들은 그를 바라보고 침을 삼켰으나 감히 접근하지 못했는데 그 가운데 장수 하나가 거들먹거리며 앞으로 나섰다. 논개는 미소를 띠고 이를 맞이하니 왜장이 그녀를 꾀어 보고자 했다. 논개는 끝내 왜장을 끌어안고 강물에 뛰어들어 함께 죽

었다.

論介者 晋州官妓也 當萬歷癸巳之歲 金千鎰倡義使 入據晋州以抗倭
及城陷軍敗 人民俱死 論介凝粧靚服 立于矗石樓下峭岩之巓 其下萬丈
直入波心 群倭見而悅之 皆莫取近 獨一將挺直進 論介笑而迎之 倭將誘
而引之 論介遂抱持其倭 投于潭俱死

논개의 순국사실은 해달과 함께 명백한 것이었다. 그러나 그의
신분이 기생이라고 하여 조정에서는 그를 봉작하여 신위로 받드
는 것을 탐탁하게 생각하지 않았다. 이에 지방민과 일부 벼슬아치
들이 그의 사적만이라도 밝히려는 운동을 끈질기게 펼쳤다. 그들
의 노력에 힘입어 경종 2년에 논개가 투신, 순국한 바위 위에 「의
암사적비(義巖事蹟碑)」가 섰다. 그 비문(碑文)은 정식(鄭栻)이 썼
다.

한용운이 그 앞에 서서 <용서 하여요 논개여>를 되풀이한 사당
은 영조 16년(1740년)에 건립되었다. 한용운 이전에 논개의 사당과
의암을 돌아보고 글이나 시를 쓴 사람에 정다산(丁茶山), 경상감
사 이지연(李止淵) 등이 있었다. 또한 한 말에 국치를 당하여 약
을 먹고 순국한 황매천(黃梅泉), 장지연(張志淵) 등도 논개의 죽음을
제재로 한 작품을 썼다. 그 가운데 7언 율시로 된 황매천의 「의기사
감음(義妓祠感吟)」은 아래와 같다.

풍천 나루 입서리에 물조차 향기롭다
갓끈 빨고 얼굴 씻어 의랑에게 절하노라
난초 같은 자질로서 왜적을 죽이다니
초가집 아낙으로 열사 대열 끼었구나

장수땅 늙은이들 제 고장을 자랑하고
촉석루 단청 아래 나라 제사 올린다네
생각건대 선조 때는 인물도 많았느니
기적(妓籍)조차 천추에 빛을 내어 찬란하다

楓川度口水猶香
濯我鬢眉拜義娘
蕙質何由能殺賊
藁砧已自使編行

壯漢父老誇鄕産
矗石丹靑祭國殤
追想穆陵人物盛
千秋妓籍一輝光

2) **날과 밤으로 흐르고 흐르는 남강(南江)은 가지 않습니다**: 물리적
인 차원으로 보면 남강은 강물이다. 강물이니까 밤과 낮을 도와서
흘러간다. 그러나 가냘픈 여자의 몸으로 논개가 적장의 목을 안고
빠져 죽은 순국의 기억은 우리의 가슴속에 불망(不忘)의 비가 되
어 서 있다. 이 기억을 간직한 남강은 흘러가는 것이 아니다. 이것
으로 한용운이 하늘에 사무치는 논개의 의기를 역설로 강조한 것
이다.

3) **바람과 비에 우두커니 섰는 촉석루(矗石樓)는 살 같은 광음(光陰)
을 따라서 다름질칩니다**: 촉석루는 진주 남강 언덕에 선 진주성의
한 누정이다. 누정은 건물이니까 제 힘으로 움직이지 못한다. 그러
나 그 발치가 되는 언덕에는 의기암(義妓巖)이 있다. 의기암은 우
리 역사상 호국의 여신이 된 논개(論介)의 옛일을 불러일으킨다.
그와 더불어 우리 마음은 임진왜란 당시로 아득히 되돌아간다. 이
것을 은유화시키면 <촉석루>가 광음을 따라서 달음질치게 된다.

4) **나는 시인(詩人)으로 그대의 애인(愛人)이 되얏노라/ 그대는 어데
있너뇨 죽지 안한 그대가 이 세상에는 없고나**: 일제는 한일합방과
함께 우리 주변의 일체 민족적인 움직임을 싹이 돋기가 무섭게 잘
라 버렸다. 은유형태이기는 하지만 그대, 곧 논개(論介)의 애인이
된다는 것은 명백하게 일제를 향해 저항의식을 가졌음을 뜻한다.

<죽지 안한 그대가 이 세상에는 없고나>: 한용운과 같이 민족사를 되새길 줄 아는 사람들에게 논개는 죽어 없어진 것이 아니라 가슴속에 생생이 살아 있다. 그런데 살아 있어 아침 저녁으로 만날 수 있어야 할 논개(論介)가 이 세상에서는 만날 길이 없다. 한용운은 역설적인 상황을 이렇게 말하여 민족적 현실을 어기차한 것이다.

5) **나는 황금(黃金)의 칼에 베혀진 꽃과 같이 향기롭고 애처로운 그대의 당년(當年)을 회상(回想)한다①/ 술향기에 목마친 고요한 노래는 옥(獄)에 묻힌 썩은 칼을 울렸다②/ 춤추는 소매를 안고 도는 무서운 찬바람은 귀신(鬼神)나라의 꽃수풀을 거쳐서 떨어지는 해를 울렸다③:** ①에서 <황금의 칼에 베혀진>은 석가세존과 같은 지존의 섭리에 따른 영예로운 죽음으로 읽을 수 있다. <그대의 당년(當年)>은 적장과 함께 남강에 뛰어든 바로 그때. ②의 <목마친>→<목이 메인>으로 생각되며 <옥에 묻힌 썩은 칼>은 제구실을 못할 자리에 갇혀 있는 칼, <울렸다>는 <울리었다→울게 하였다>로 읽을 수 있다. 이렇게 읽으면 이 부분이 짐짓 흐리게 될 수도 있는 애국심이 마음속의 칼을 울게 하였다로 해석이 가능하다. ③ <무서운 찬바람>은 적장을 죽이기로 한 논개의 처절한 마음. <얼렸다>는 <얼게 하였다>. 이렇게 읽으면 이 부분은 논개가 스스로의 마음을 다지고 구국의 제단에 한목숨을 던지기로 한 매운 정신을 형상화한 것임을 알 수 있다.

6) **그대의 입설은 웃음의 조운(朝雲)이나 울음의 모우(暮雨)이냐:** 조운모우(朝雲暮雨)는 송옥(宋玉)의 작품 「고당부서(高唐賦序)」에 나온다.

　　일찍 초나라의 양왕이 송옥(宋玉)과 더불어 운몽의 언덕에 노닐며 고당의 경치를 바라보았더니 그 꼭대기에 운기가 있어 곧바로 치솟다가 별안간 그 모양을 바꾸었다. 순식간에 변화가 무궁하니 왕이 송옥에게 물었다. "이것이 무슨 기운인가." 송옥이 대답했다. "이른바 조운(朝雲)이라는 것입니다. 옛날에 선왕께서 한 번 고당에 노니신바 몸이 노곤하여 낮잠을 잤지요. 꿈에 한 부인이 나타나 가로되 <첩은 무산에 사는 계집이온바 고당에 오신 나그네에게 임금께서 고당에 노니신다고 듣고 잠자리를 살펴드리도록 하라는 천거를 받았습니다.> 임금이 기쁘게 여겼더니 물러나면서 말하기를 <첩은 무산의 남쪽 높은 언덕바지 돌 틈에서 사읍는 바 아침에 구름이 되고 저녁에는 비가 되어 아침마다 또한 저녁마다 양대(陽臺) 아래에 있읍니다>라고 했다. 왕이 꿈에서 깨어나 역시 아침에 선녀가 말한대로 운우가 있음을 보고 무산에 묘를 세우고 이름을 조운(朝雲)이라고 했다.

昔者楚襄王 與宋玉遊於雲夢之臺 望高唐之觀 其上獨有雲氣 崪兮直上 忽兮改容 須臾之間 變化無窮 王問 玉曰 此何氣也 玉對曰 所謂朝雲者也 王曰 何謂 朝雲 玉曰 昔者先王嘗遊高唐 怠而晝寢 夢見 一婦人曰 妾巫山之女也 爲高唐之客 聞 君遊高唐 願薦侵席 王因幸之 去而辭曰 妾在 巫山之陽 高丘之岨 旦爲朝雲暮爲行雨 朝朝暮暮 陽臺之下 旦朝視之如言 故爲立 廟 號曰 朝雲

　　여기 나오는 바와 같이 <조운모우(朝雲暮雨)>의 원뜻은 남녀가 서로 정을 나누는 것을 뜻한다. 그러나 한용운은 그와 관계없이 논개가 적장을 안고 몸을 던질 때의 착잡하며 처절한 심정을 이렇게 노래했다.

7)　**삐비같은 그대의 손**: 충청도 방언으로 삘기라고도 함. 문맥으로 보아 작고 가냘픈 손의 모양을 가리키는 듯하다.

8)　**옥(玉)같은 그대의 발꿈치에 밟히운 강(江) 언덕의 묵은 이끼는 교긍(驕矜)에 넘쳐서 푸른 사롱(紗籠)으로 자기(自己)의 제명(題名)을 가리었다**: <그대의 발꿈치>는 논개의 발을 가리키며 <교긍(驕矜)>은 긍지로 거드름까지를 피움, <사롱(紗籠)>은 깁으로 둘러싼 등롱, 논개의 발길이 닿은 남강가의 옛 자리가 보람에 넘쳐 있다는 뜻.

9)　**아아 나는 그대도 없는 빈 무덤 같은 집을 그대의 집이라고 부릅**

니다/ (……) 그대의 집에 피어있는 꽃을 꺾으라면 나의 창자가 먼저 꺾어지는 까닭입니다: <그대도 없는 빈 무덤 같은 집>: 진주 남강가에 선 논개 사당. 한용운은 여기서 매우 철저하게 논개의 죽음을 자신의 항일민족의식과 일체화시키고 있다. 한용운의 이 작품이 나오기 한 해 전 변영로(卞榮魯)의 시집 『조선(朝鮮)의 마음』이 출간되었다. 거기에 실린 「논개(論介)」도 한용운의 이 작품과 비슷한 내용으로 된 것이었다. 일제는 변영로의 시집에 대해 판매금지 처분을 했다. 그러나 변영로보다 논개 예찬이 한결 농도가 짙은 이 시를 수록한 한용운의 시집에 대해서는 아무런 제재 조치가 없었다. 이것을 총독부가 큰 문제로 삼지 않은 것은 한용운 시가 은유형태로 된 까닭이었을 것이다. 한용운은 이 시를 발표한 다음에도 논개를 절찬하는 산문을 써서 남겼다.

> 남강(南江)의 언덕 촉석루(矗石樓) 아래의 작은 묘(廟)에서 저문 날의 향연기(香煙氣)와 함께 제사를 받는 것은 기생으로 장삼이사(張三李四)를 송영(送迎)하던 논개의 화용월태(花容月態)가 아니라 나라를 사랑하기 위하여 일명만고(一瞑萬古) 옥쇄화비(玉碎花飛)의 순국을 바친 논개의 의절이다.
>
> — 「선(禪)과 인생(人生)」,『전집』(2), p.311.

[10] 나는 다만 그대의 유언(遺言)대로 그대에게 다하지 못한 사랑을 영원(永遠)히 다른 여자(女子)에게 주지 아니할 뿐입니다 그것은 그대의 얼굴과 같이 잊을 수가 없는 맹서(盟誓)입니다/ 용서(容恕)하여요 논개(論介)여 그대가 용서(容恕)하면 나의 죄(罪)는 신(神)에게 참회(懺悔)를 아니한대도 사러지겠읍니다: 앞문장에서 한용운은 논개가 그에게 유일절대의 여성임을 밝혔다. 이어 이런 그의 생각은 신앙의 차원으로 치달린다. 사람이 잘못을 저지르면 그는 신에게 참회를 하고 용서를 구해야 한다. 그럼에도 여기서 화자인 한용운은 논개가 그를 용서하면 그럴 필요를 느끼지 않는다고 했

다. 이것은 그의 마음속에 새겨진 논개가 마침내는 사랑과 존경의 차원을 넘어 신격(神格)이 되었음을 뜻한다.

11) **나는 웃음이 제워서 눈물이 되고 눈물이 제워서 웃음이 됩니다/ 용서(容恕)하여요 사랑하는 오오 논개(論介)여:** <제워서> – <못 이겨서>, 기본형 제우다: 겹다. (김재홍(편), 『시어사전』, 902면.) 웃음은 논개의 장한 죽음을, 그리고 눈물은 그가 여자로서 젊은 나이에 조국을 위해 순국한 일을 생각한 나머지 나온 말이다. 그 러므로 되풀이 용서를 구한 한용운의 마음속에는 민족을 위해 논 개처럼 한몸을 내어던질 결의와 각오가 도사리고 있다고 보아야 한다.

後悔

당신이 계실 때에 알뜰한 사랑[1]을 못하얐읍니다
사랑보다 믿음이 많고 즐거움보다 조심이 더하얐읍니다
게다가 나의 性格이 冷淡하고 더구나 가난에 쫓겨서 병들어 누운 당신에게 도로혀 疎闊하얐읍니다[2]
그러므로 당신이 가신 뒤에 떠난 근심보다 뉘우치는 눈물이 많습니다[3]

五十三. 후회(後悔)

『님의 침묵』에서 단골이 된 여성화자가 등장한다. 그가 한때 삶을 함께 한 상대방에게 잘 모시지 못한 점을 사죄하는 마음을 담고 있는 시다. 편지글 형식을 취하고 있으며 의미맥락으로 보아 정신적이 차원에서 형이상의 차원에는 이르지 못했다. 마음속에 깊이 간직된 사념을 이 이성으로 생각되는 상대방에게 토로한 것으로 보아서 단순 애정시로 보아야 할 작품이다.

1) **알뜰한 사랑:** <알뜰한 사랑> → <살뜰한 사랑>. 알뜰하다는 말은 사람에 대해서 쓰는 것이 아니라 살림과 같이 물질적인 경우에 쓰는 것을 원칙으로 한다.

2) **나의 성격(性格)이 냉담(冷淡)하고 더구나 가난에 쫓겨서 병들어 누운 당신에게 도로혀 소활(疎闊)하얏읍니다:** 화자는 가난한 가운데 병까지 든 지아비를 섬긴 사람이다. 문맥으로 보아 그 지아비를 지극, 정성으로 섬기고 싶었으나 그렇지 못했던 일을 생각하며 뉘우치는 입장이다. 또한 병들어 누워 앓다가 가셨다는 것으로 보아 화자의 <당신>은 이 세상을 떠난 것으로 해석된다. 초판『님의 침묵』에는 <소활(疎闊)>이 <疎濶>로 오자가 나 있다. 오식이므로 정정했다.

3) **당신이 가신 뒤에 떠난 근심보다 뉘우치는 눈물이 많습니다:** <떠난 근심>은 떠나간 다음에 구차한 살림으로 어떻게 살아갈까 하는 생각에서 빚어진 것이다. <뉘우치는 눈물이 많습니다>는 앞으로 살길이 아득하다는 생각보다 생전에 극진히 받들지 못한 후회의 정을 앞세운 표현이다. 이것을『전편해설』은 <진공묘유(眞空妙有)의 진리(眞理)를 깨달았다는 뜻이다>라고 해석했다. 지아비를

추모하는 아내의 생각이 아무리 사무쳐도 그것이 해탈, 지견(知見)의 차원에 이를 수는 없다. 『전편해설』식 해석은 단순 애정과 대자대비의 차원을 혼동해 버렸다. 이 시는 가난 속에서 살다간 지아비를 아내가 사무치게 그리는 사부곡(思夫曲)의 하나에 그치는 작품으로 증도가의 차원에는 이르지 못한 것이다.

사랑하는 까닭

내가 당신을 사랑하는 것은 까닭이 없는 것이 아닙니다
다른 사람들은 나의 紅顏만을 사랑하지마는 당신은 나의 白髮
도 사랑하는 까닭입니다[1]

내가 당신을 긔루어하는 것은[2] 까닭이 없는 것이 아닙니다
다른 사람들은 나의 微笑만을 사랑하지마는 당신은 나의 눈물
도 사랑하는 까닭입니다[3]

내가 당신을 기다리는 것은 까닭이 없는 것이 아닙니다
다른 사람들은 나의 健康만을 사랑하지마는 당신은 나의 주검
도 사랑하는 까닭입니다[4]

五十四. 사랑하는 까닭

한용운의 작품으로서는 드물게 행과 연 구분이 제대로 되어 있다. 2행 3연으로 된 여섯 줄의 작품이며 내용으로 보아 애정시에 속한다. 각 연의 첫줄이 <까닭이 없는 것이 아닙니다>로 끝나며 그 다음 줄에서 화자가 그에 대한 사연을 밝히고 있다. 시의 내용이 상대방에 대한 사랑을 담고 있으면서 화자의 의식 가운데 불교도로서의 감각이 진하게 내포된 점에 주목해야 한다.

[1] **다른 사람들은 나의 홍안(紅顏)만을 사랑하지마는 당신은 나의 백발(白髮)도 사랑하는 까닭입니다**: <홍안(紅顏)>은 젊어서 혈색이 좋고 아름답게 보이는 모양, <백발(白髮)>은 나이가 많아져서 흰 머리칼이 머리를 휘덮어 초췌해진 모습을 가리킨다. 홍안만이 아니라 백발도 사랑한다는 것은 사랑의 차원이 겉보기를 넘어 높은 정신의 경지에 이르렀음을 뜻한다. <홍안(紅顏)>, <백발(白髮)>은 우리 전통시에 자주 쓰인 소재다. 그 한 보기가 되는 것에 임제(林悌)가 황진이의 무덤을 찾아 읊은 시조가 있다.

> 청초(青草) 욱어진 골에 자는다 누웠는다.
> 홍안(紅顏)은 어디 두고 백발(白髮)만 묻혔는다.
> 어즈버 잔 잡아 권할 이 없으니 글로 설워하노이다.

[2] **긔루어하는 것**: <그리워하는 것>, 이미 이 책머리의 「군말」에 그 사용례가 나와 있다.

[3] **다른 사람들은 나의 미소(微笑)만을 사랑하지마는 당신은 나의 눈물도 사랑하는 까닭입니다**: 앞에서 화자는 당신을 젊음과 늙음을 구별하지 않는 것으로 노래했다. 여기에서는 미소 → 기쁨과 눈물

315

→슬픔도 다 같이 사랑하는 사람으로 말하고 있다. 이것은 곧 <당신>이 불제자로서의 마음을 가졌음을 뜻한다. 불교에서는 수도자가 지녀야 할 마음의 자세를 <직심(直心)>이라고 한다. 직심(直心)의 뜻은 <세상만사를 동체의식(同體意識)을 가지고 평등하게 보는 마음>이다. 이 마음은 <신심(深心)> - 지극히 선한 마음과 통하며 나아가 그 경지가 <대비심(大悲心)> - 그지 없이 자비스러운 마음으로 승화된다. 여기서 <당신>과 <나>의 성격이 드러난다. 이 시의 당신은 <보살행>을 실천하는 사람이다. 그리고 <나>는 그를 사무치게 믿고 따르는 사람이다.

4) **다른 사람들은 나의 건강(健康)만을 사랑하지마는 당신은 나의 주검도 사랑하는 까닭입니다**: 불교에서는 죽음 곧 사(死)를 생(生), 로(老), 병(病)과 함께 네 가지 고통(四苦)의 하나로 본다. 죽음은 이 세상에서의 목숨이 끊어지는 것임으로 중대한 일이 아닐 수 없다. 그러나 불교에서는 생과 사 자체를 인연이 있어 사대(四大)가 모이고 흩어지는 것이라고 생각한다. 그 나머지 정각(正覺)에 이른 단계에서 죽음은 하나의 현상으로 해석될 뿐이다. 여기서 우리는 화자가 노래한 <당신>이 번뇌의 씨앗을 끊고 보살행의 큰길에 들어섰음을 유추하게 된다. 그런 의미에서 이 시는 연가이면서 동시에 제행무상(諸行無常)의 경지에 바탕을 둔 형이상시이기도 하다.

당신의 편지

당신의 편지가 왔다기에 꽃밭 매든 호미를 놓고 떼어 보았습니다
그 편지는 글씨는 가늘고 글줄은 만하나 사연은 간단합니다
만일 님이 쓰신 편지이면 글은 쩌를지라도 사연은 길터인데[1]

당신의 편지가 왔다기에 바느질 그릇을 치어놓고 떼어 보았습니다[2]
그 편지는 나에게 잘 있너냐고만 묻고 언제 오신다는 말은 조금도 없습니다
만일 님이 쓰신 편지이면 나의 일은 묻지 않더래도 언제 오신다는 말을 먼저 썼을 터인데

당신의 편지가 왔다기에 약을 다리다 말고 떼어 보았습니다
그 편지는 당신의 住所는 다른 나라의 軍艦입니다
만일 님이 쓰신 편지이면 남의 軍艦에 있는 것이 事實이라 할지라도 편지에는 軍艦에서 떠났다고 하얐을터인데[3]

317

五十五. 당신의 편지

이 작품은 시집 『님의 침묵』 가운데도 상당히 짜임새가 있는 것 가운데 하나다. 여성으로 생각되는 이 작품의 화자는 두 사람을 대상으로 그의 정회를 펴고 있다. 그 하나가 <당신>이며 다른 하나가 <님>이다. 표면상 <당신>이 부정적인 심상으로 제시된데 반해서 <님>은 그 반대로 이상적인 인격을 지닌 사람이다. 그러나 그 실에 있어서 이들은 별개의 존재가 아니라 동일 인물이다. 입지(立地)와 상황에 따라서 달리 파악되는 동일 인물의 심상을 나누어 말한 결과가 <당신>과 <님>이 되었을 뿐이다. 한용운은 이 시에서 한 인물을 상반되는 형태로 제시한 다음 궁극적으로 <당신>이 <님>으로 완성되기를 바라는 소망을 노래하고 있다. 당시 우리 시단의 수준으로 보아 이것은 유례가 드문 복합구성의 노래며 짜임새를 갖춘 작품이다. 내용으로 보아 일단 애정시의 갈래에 든다. 그러나 이때의 애정은 세속적인 의미의 사랑 놀음에 그치지 않고 상황에 대한 인식의 자취도 가지고 있다. 이것은 이 노래가 단순 애정시에 그치는 것이 아니라 반제의식(反帝意識)도 가졌음을 뜻한다.

[1] **당신의 편지가 왔다기에 꽃밭 매든 호미를 놓고 떼어 보았습니다/ 그편지는 글씨는 가늘고 글줄은 만하나 사연은 간단합니다/ 만일 님이 쓰신 편지이면 글은 쩌를지라도 사연은 길터인데:** 앞에서 이미 지적된 바와 같이 여기서 <당신>은 <님>과 같은 사람이다. 동일인물을 이렇게 다른 대명사로 나누어 구별하고 있는 것은 상황이 바뀌자 화자에게 <님>이었던 당신이 부정적인 쪽으로 그 심

상이 바뀌어 버렸기 때문이다. <당신>-편지를 보낸 이: 편지글의 분량은 많지만 사연, 곧 내용이 간단하다. <님>-화자가 마음속으로 섬겨온 사람, 그의 글은 분량이 짧지만 많은 사연이 담겨 있을 것이다. 이 작품은 한용운이 읽고 많은 영향을 받은 타고르의 『채과집(探果集)』4와 대비가 가능하다.

　　잠을 깨니 날이 새고 그이의 편지가 와 있었습니다
　　사연은 모르겠습니다. 읽지를 못합니다.
　　현자(賢者)는 그의 책과 함께 가만히 남겨 두겠습니다. 그이를 괴롭히지 않겠습니다. 왜냐하면 그이가 편지의 사연을 읽을 줄 알지 모르니까요.

　　편지는 내 이마에 대고 가슴에 안도록 하지요.
　　밤은 고요에 잠기고 별들이 하나 둘 떠오를 때까지 나는 그 편지를 무릎에 놓고 가만히 있겠습니다.
　　바스락거리는 나뭇잎이 그 편지를 크게 읽어줄 것입니다. 흐르는 시냇물도 그것을 읊조려줄 것입니다. 칠현성(七賢星)이 하늘에서 그 편지를 나에게 노래 불러 줄 것입니다.
　　나는 찾고자 하는 것을 아직도 찾아내지 못했습니다. 배우고자 하는 것은 터득하지 못하였습니다. 그럼 이 읽지 않은 편지는 내 짐을 가볍게 해주고 내 생각을 노래로 바꾸어주었습니다.
　　　*칠현성(七賢星)- 북두칠성

I woke and found his letter with the morning.
I do not know what it says, for I cannot read.
I shall leave the wise man alone with his books, I shall not trouble him, for who knows if he can read what the letter says.

Let me hold it to my forehead and press it to my heart.
When the night grows still and stars come our one by one I will spread it on my lap and stay silent.

The rustling leaves will read it aloud to me, the rushing stream will chant it, and the seven wise stars will sing it to me from the sky.

I cannot find what I seek, I cannot understand what I would learn; but this unread letter has lightened my burdens and turned my thoughts into songs.

위와 같은 타고르의 시와 「당신의 편지」가 그 의미 내용으로 완전하게 일치되는 것은 아니다. 타고르의 시에서 편지를 보낸 사람은 <현자(賢者)>다. 처음부터 그는 <내>가 그의 편지를 못 읽으리라는 것을 알고 있다. 그러나 나는 문자로서 그를 못 읽을 뿐이다. 화자는 현자의 편지를 나뭇잎 소리를 통해서 그 사연을 알아들을 수 있다. 또한 흐르는 시내가, 그리고 별들이 그것을 노래해 주어서 알 수 있는 것이다. 이로 미루어 이때의 현자는 바로 득도자, 또는 브라만이다. 이에 반해 한용운의 작품에 등장한 당신은 그의 속마음을 화자에게 제대로 전해내지 못하는 사람이다. 이는 한용운의 작품에서 편지를 보낸 사람이 현자가 아니라 그 길에서 벗어난 자임을 말해준다.

그러나 『채과집』과 한용운의 한 작품에 나타난 차이는 끝내 합치점이 없이 모순, 이반으로 끝날 성격의 것은 아니다. 「당신의 편지」에서 편지는 <님>에게서 온 것이 아니라 <당신>에게서 온 것이다. 이것은 우리에게 부정적인 심상을 가진 <당신>이 아니라 <님>에게 온 편지였을 경우의 가능성을 점치게 만든다. 그때 한용운의 작품에 나오는 편지는 아주 짧은 것, 문자로 적힌 것보다 문자 밖의 사연이 더욱 많은 것이 될 수가 있다. 문자 밖의 사연이란 눈으로 읽는 것이 아니라 마음이 읽는 것이며 나아가 자연의 소리나 그 메아리 또는 노래의 개념에 수렴되는 울림으로 듣는 것이다. 이런 차원에 이르면 「당신의 편지」는 <바삭거리는 나뭇잎>, <흐르는 시냇물> 또는 <칠현성(七賢星)>이 그 사연을 읽어서 전해주는 타고르의 편지와 별 차이가 없는 것이 된다. 『전편해설』은 이에 대해서 다음과 같이 말했다.

> 이 작품에서는 <당신>과 <님>이 구별되어 있다. 그리고 당신의 편지는 <글씨는 가늘고 글줄은 많으나 사연은 간단하다>고 한다. 그러므로 <당신>은 표현만 복잡하고 내용은 빈약한 경지(境地), 즉 깨달음이 없는 경지라고 할 수 있다.
>
> 이와 반대로 <님이 쓰신 편지이면 글은 짜를지라도 사연은 길다>고 하니까 표현은 간단하지만 내용이 풍부한 경지, 즉 깨달음의 경지를 가리킨다.

문예비평과 시론이 생명선으로 지켜야 할 것이 해석의 전제로 논리적 과정을 세워나가는 일이다. 앞에서 이미 예들이 거듭되었지만 『전편해설』은 <눈물>=대자대비로 판독하고 포도주의 향기를 보살행이나 정각(正覺)의 길과 직결되는 것으로 단정했다.(이 책 「포도주」 주석란 3) 참조) 이것은 아무리 범박하게 보아도 작품의 의미 맥락을 제대로 짚은 작품 읽기가 아니다.

2) **바느질 그릇을 치어놓고 떼어 보았습니다:** <치어놓고>→<치워놓고>. 기본형 <치우다: 물건을 다른 데로 옮기다, 정리하다, 소제하다>. <바느질 그릇을 치어놓고>로 이 작품의 화자가 여성임이 명백해진다. 이것은 또한 타고르의 시에서 화자가 끝내 그 성별이 명시적으로 포착되지 않는 것과 좋은 대조가 된다. 타고르는 그의 중요 작품집에서 중성화자를 많이 등장시켰다. 이에 반해 한용운은 그의 시에서 여성화자, 그것도 아름답고 조신한 심상으로 떠오르는 여성들을 즐겨 그려내었다.

3) **당신의 편지가 왔다기에 약을 다리다 말고 떼어 보았습니다/ 그 편지는 당신의 주소(住所)는 다른 나라의 군함(軍艦)입니다/ 만일 님이 쓰신 편지이면 남의 군함(軍艦)에 있는 것이 사실(事實)이라 할지라도 편지에는 군함(軍艦)에서 떠났다고 하얏을터인데:** 여기

서 우리가 주목해야 할 것에 두 가지가 있다. 그 하나는 편지를 띄운 당신의 주소가 둘째 줄에서 <다른 나라의 군함(軍艦)>, 셋째 줄에서 <남의 군함(軍艦)>으로 되어 있는 점이다. 여기서 <군함>은 일차적으로 군국주의의 상징이다. 「조선독립(朝鮮獨立)의 서(書)」에서 한용운은 군국주의 침략자로 1차 대전의 도발자인 독일의 카이젤을 들었다. 그를 비판한 다음 한용운은 카이젤을 무찌른 연합군도 그 방법이 거의 같다고 지적했다. <연합군측도 독일의 군국주의를 타파한다고 큰소리를 쳤으나 그 수단과 방법은 역시 군국주의의 유물인 군함과 총포 등의 살인도구였으니 오랑캐로서 오랑캐를 친다는 점에서는 무엇이 다르겠느냐>. 이어 3장 2절 「조국사상」에는 다음과 같은 부분이 나온다. <반만년의 역사를 가진 나라가 오직 군함과 총포의 수가 적은 이유 하나 때문에 남의 유린을 받아 역사가 단절됨에 이르렀으니 누가 이를 참으며 누가 이를 잊겠는가>.

여기 나오는 반만년 역사의 나라는 말할 것도 없이 한용운의 조국인 우리나라다. 그것을 유린한 나라가 일제임은 달리 군말이 필요하지 않는 일인데 그 상징으로 쓰인 것이 군함과 총포다. 이와 아울러 우리가 지나쳐 보아서 안 될 것이 <군함>에 <다른 나라>, <남> 등의 한정사를 붙인 점이다. 이때의 <우리가> 아닌 <다른 나라>, <남> 등의 말이 지닌 내포 속에는 은연중 일제를 향한 적의가 깔려 있다고 보아야 한다. 여기서 우리는 명백하게 이 시에 담긴 반제항일(反帝抗日) 의식을 읽을 수 있다. 이것이 우리가 이 연에서 주목할 첫째 의미 내용이다.

다음 우리가 주목해야 할 것이 형태, 기법상의 특징이다. 세 연으로 이루어진 이 작품에 <당신>이 부정적임에 반해 <님>이 긍정적인 인물임은 이미 지적된 바와 같다. 이와 아울러 어법상 <당신>은 모두가 직설법으로 묘사되었음에 반해 <님>에는 예외 없이 가정법이 쓰였다. 형이상 시에서 가정법은 대상을 부각, 강조하기 위해 사용되는 기법이다. A. 마아블의 「연인에게」는 그 내용이 이성에게 사랑을 호소하는 작품이다. 화자는 가정법을 써서 <우리에게 충실한 세계, 그런 시간이 있다면>으로 그의 말을 시작한다. 그에 뒤따르는 것은 굉음을 내고 지나가버리는 전차(戰車)에 비유된 시간이며 그에 따라 눈앞에 펼쳐지는 황량한 사막이다. 이런 상황은 <그대>도 나이를 들면 <지닌 아름다움도 찾아낼 수가 없게 될 것>이라고 경고로 들리는 가정법의 말로 이어진다. 이것으로 화자가 그의 연인에게 사랑을 강조하고 있음을 지나쳐 보아서는 안 된다. 「당신의 편지」의 의미구조 또한 이런 형이상시의 이론과 완벽하게 일치한다. 이미 되풀이 확인한 바와 같이 이 작품의 화자는 <님>을 사랑하며 변심한 <당신>에 비판적이다. 그런 <님>을 부각하기 위해 가정법을 쓰고 있는 것이다. 이것으로 「당신의 편지」가 의미구조와 기법 양면에서 형이상의 차원을 구축한 것이며 그와 아울러 일제 총독부의 검열망을 따돌리면서 민족의식을 담아낸 작품이 되었음을 알 수 있다.

거짓 이별[1]

당신과 나와 이별한 때가 언제인지 아십니까

가령 우리가 좋을대로 말하는 것과 같이 거짓 이별이라 할지라
도 나의 입설이 당신의 입설에 닿지 못하는 것은 事實입니다

이 거짓 이별은 언제나 우리에게서 떠날 것인가요[2]

한해 두해 가는 것이 얼마 아니된다고 할 수가 없읍니다

시들어가는 두 볼의 桃花가 無情한 봄바람에 몇 번이나 슬쳐서
落花가 될가요

灰色이 되여가는 두 귀밑의 푸른 구름이 쪼이는 가을볕에 얼마
나 바래서 白雪이 될까요[3]

머리는 희어가도 마음은 붉어갑니다

피는 식어가도 눈물은 더워갑니다

사랑의 언덕엔 사태가 나도 希望의 바다엔 물결이 뛰놀어요[4]

이른바 거짓 이별이 언제든지 우리에게서 떠날 줄만은 알어요

그러나 한손으로 이별을 가지고 가는 날(日)은 또 한손으로 주
검을 가지고 와요[5]

五十六. 거짓 이별

만해의 한글 시에는 유난히 이별을 제재로 한 것이 많다. 이 작품 앞에 나오는 것 가운데도 「낙원(樂園)은 가시덤불에서」, 「참말인가요」, 「후회(後悔)」, 「사랑하는 까닭」, 「당신의 편지」 등이 그에 준하는 것들이다. 이 작품은 바로 앞의 「당신의 편지」와 그 제작 동기가 비슷하며 「논개(論介)의 애인(愛人)이 되어서 그의 묘(廟)에」와도 시상(詩想)에서 유사성이 있다. 기법면으로 보면 이 작품은 행과 연 구분 처리를 대범하게 했다. 이것은 이 작품이 다른 여러 한용운의 한글 시처럼 의미 내용 중심으로 쓰였음을 뜻한다.

[1] **거짓 이별**: 사전을 찾으면 이별이란 육신이 서로 떨어짐을 뜻한다. 우리 속담에는 몸이 헤어지면 마음도 멀어진다는 것이 있다. 그러나 어떤 경우에는 육신이 떨어져 있어도 마음이 더욱 서로를 그리는 예가 있다. 이 시의 제작 동기가 된 것은 그런 이별이다. 한편 불교에서는 이별, 곧 별리(別離)를 중생의 고업(苦業) 가운데 하나로 잡는다. 불교 사상에서 고업(苦業)은 다음과 같이 구분된다.

① 고고(苦苦): 우리가 감각기관을 통해서 느끼게 되는 괴로움이다. 도를 넘게 덥거나 춥거나 할 때 느끼는 고통이며 병들어 일어나는 아픔을 빚어내기도 한다.

② 괴고(壞苦): 몸이 쇠잔해지거나 가진 것을 여의였을 때, 성한 것이 파괴되거나 사라졌을 때 느끼는 고통이다.

③ 행고(行苦): 세상사가 무상하게 변천하므로 빚어지는 고통이다. 사랑하는 사람이나 아끼는 사물과 헤어지게 되는 고통인 애별이고(愛別離苦), 싫거나 미워하는 사람 또는 사물과 만나서 부딪히게 되는 고통인 원증회고(怨憎會苦), 구하여도 얻지 못 할 때

생기는 괴로움인 구부득고(求不得苦)가 이에 속한다.

　여기 나타나는 바와 같이 이별은 행고(行苦)의 하위 개념에 속한다. 이 작품의 제목이 「거짓 이별」로 된 것에는 한용운식 계산이 포함되어 있다. 이별을 불교사상의 하위 개념만으로 해석하면 고통으로서가 아니라 깨끗이 잊어버려야 할 세속사의 하나다. 그러나 서로의 사이가 절대적일 때 그 사랑은 고업(苦業)의 차원을 뒷전으로 돌릴 수가 있다. 이 시의 제목에는 애별이고(愛別離苦)의 아픔을 감수하면서 사랑의 끈을 놓치 않겠다는 화자 나름의 결의가 바닥에 깔린 것으로 보아야 한다.

2) **가령 우리가 좋을대로 말하는 것과 같이 거짓 이별이라 할지라도 나의 입설이 당신의 입설에 닿지 못하는 것은 사실(事實)입니다/ 이 거짓 이별은 언제나 우리에게서 떠날 것인가요:** <좋을대로>, 초판에서는 이 부분이 <좋을 째로>로 되어 있다. 오식이므로 바로잡았다. <입설 → 입술>. <나의 입설이 당신의 입설에> → <나의 입술이 당신의 입술에>. 한용운의 시에 빈번하게 나오는 육감적 표현이다. 이런 표현은 그 자체로 의미를 가지는 것이 아니라 별도의 의도에 따라 사용된 것이다. 여기서는 화자와 당신 사이의 사랑을 감각화 시키기 위해 쓰인 기법의 결과다. 이별이란 사람과 사람이 헤어지는 것이지 이별이 사람을 떠나가게 하는 것이 아니다. 그럼에도 여기에는 이별을 인격적 실체로 바꾸어 놓고 그것이 두 사람을 헤어지게 한 것인 양 말했다. 이 역시 한용운 나름의 시적 수사(詩的 修辭)다.

3) **시들어가는 두볼의 도화(桃花)가 무정(無情)한 봄바람에 몇 번이나 슬쳐서 낙화(落花)가 될가요/ 회색(灰色)이 되어가는 두 귀밑의 푸른 구름이 쪼이는 가을볕에 얼마나 바래서 백설(白雪)이 될까요:** <슬쳐서→스쳐서>, 기본형 스치다: 서로 약간 닿아서 지나가다. 두 볼의 도화(桃花): 젊어서 두 뺨에 보이는 붉은 빛. 젊음의 상징으로 여인의 아리따운 모습. 두 귀밑머리의 푸른 구름: 나이 젊은 때는 머리칼이 검다 못하여 푸른 빛깔이 돈다고 하여 한

자어로 ˙청빈(靑鬢)이라고 ˙한다. 그것이 회색(灰色)이 되었다는 것
은 나이를 먹고 고생을 겪어 귀밑머리의 빛깔이 많이 바랬다는 뜻
이다. 다시 그 귀밑머리가 백설처럼 흰 빛깔로 변할 때를 생각한
것이 이 부분이다.

4) **머리는 희어가도 마음은 붉어갑니다/ 피는 식어가도 눈물은 더워
갑니다/ 사랑의 언덕엔 사태가 나도 희망(希望)의 바다엔 물결이
뛰놀어요:** 한용운이 지어 부른 애정가의 기본형태가 모두 갖추어
져 있는 부분이다. 첫째 행과 둘째 행의 전반부는 육근(六根)의
하나인 안(眼)과 신(身), 근(根)에 수렴되는 개념이다. 그에 대응되
는 첫째 줄과 둘째 줄의 후반부는 육경(六境)의 하위 개념인 색처
(色處)와 촉처(觸處)에 수렴된다.

	육근(六根), 육내처 경역	육경(六境), 육외처 경역
1행	머리는 희어가도(안처)	마음은 붉어 갑니다(색처)
2행	피는 식어가도(신처)	눈물은 더워갑니다(촉처)

이 도표로 명백해지는 바와 같이 한용운의 애정가는 완벽하게
유심철학의 기본사상인 심(心), 의(意), 식(識)의 틀에 의거한 것이
다. 피상적으로 읽으면 셋째 줄은 앞선 두 줄과 맞지 않게 된다.
화자는 첫째 줄과 둘째 줄에서 사랑하는 이와 헤어진 현실을 안타
까워하고 있다. <사랑의 언덕에 나는 사태>는 아무리 엄격하게
해석해도 그 연장형태다. 그것을 <희망의 바다엔 물결이 뛰놀아
요>로 받으면 이 시의 문장은 의미의 역학을 일탈하여 심장마비
상태에 들어간다. 이렇게 제기되는 문제 상황에 대해 우리는 불교
가 다루는 사랑에 두 종류가 있음을 상기해야 한다. 이미 되풀이
나온 바와 같이 그 가운데 하나는 갈애(渴愛)라고 이름이 붙은 사
랑이다. 그리고 다른 하나가 보살행의 단계에서 이루어나가야 할
대자대비(大慈大悲)의 차원에 속하는 사랑이다. 이런 인식과 함께
우리는 다시 이 시의 제목이 「거짓 이별」임을 상기해야 한다.

327

이 시의 문맥으로 보아 화자가 사랑하는 사람과 헤어져 있음은
엄연한 사실이다. 그럼에도 그는 구태여 그가 겪는 이별에 거짓의
두 자를 붙였다. 이것은 그의 사랑이 갈애(渴愛)의 상태를 극복하
여 진리의 경지에 이르기를 기하는 것임을 뜻한다. 사랑의 언덕이
사태를 일으킴에도 불구하고 <희망의 바다>가 열리는 까닭이 여
기에 있다. 『전편해설』은 이 부분에 대해 <불(佛)과 중생(衆生)을
갈라놓는 <거짓 이별>은 깨달음의 경지(境地)에서는 물론 없지만
현실(現實)의 상황(狀況) 속에서도 없어져야 한다>라고 해석했다.
앞에서 자세히 드러난 바와 같이 한용운에게 거짓 이별은 참사랑,
곧 대오정각(大悟正覺)을 위해 치러야 할 통과의례로 설정된 것이
다. 이것을 업장으로 규정해서 배제해버리면 득도(得道)의 전제 조
건이 되는 마장(魔障)과의 대결을 회피, 부정하는 것이 된다. 『전편
해설』의 해석은 이로 보아서 문예비평의 기본원칙을 어긴 것이
된다.

5) **한손으로 이별을 가지고 가는 날(日)은 또 한손으로 주검을 가지
고 와요**: 한손은 석가여래불의 지고지대(至高至大)한 힘의 상징이
다. 그가 이별을 가지고 간다는 것은 화자와 당신이 번뇌에서 벗
어나 영원한 나라로 입적(入寂)하는 차원이다. 그것은 아직 성불
(成佛)이 되지 않은 화자의 시각에서 보면 <죽음>인 것이다. 이것
으로 이 작품의 성격도 분명해진다. 이 작품은 처음부터 끝까지
증도가(證道歌)로 시종되지 않았다. 그 씨날로 애정시의 무늬도
지닌 점이 이 시의 특징이다.

꿈이라면

사랑의 束縛이 꿈이라면
出世의 解脫도 꿈입니다[1]
웃음과 눈물이 꿈이라면
無心의 光明도 꿈입니다[2]
一切萬法이 꿈이라면[3]
사랑의 꿈에서 不滅을 얻었읍니다[4]

五十七. 꿈이라면

사상과 관념이 시가 되기 위해서는 그 감각화가 이루어져야 한다. 그럼에도 이 시는 철저하게 이런 창작시의 이론을 배제하고 있다. 말씨도 사상 전달의 일차적 도구로 사용되고 있을 뿐 예술적 의장에 대한 배려가 잘 나타나지 않는다. 『님의 침묵』에 수록된 시 가운데도 예가 드물 정도의 관념시다.

1) **사랑의 속박(束縛)이 꿈이라면/ 출세(出世)의 해탈(解脫)도 꿈입니다:** 석가모니가 속세의 번뇌에 벗어나고자 좌선 사유, 곧 선정(禪定)에 들어가 깨친 것이 불교의 근본교리 가운데 하나인 12연기설이다. 석가세존은 12연기설이 워낙 고차원의 것이라 일반 대중이 그것을 터득하기에는 너무 어려울 것이라고 생각했다. 이에 그는 설법(說法)을 단념하려고까지 했다. 그때 범천(梵天)이 나타났다. 범천은 석가여래에게 만약 어렵다고 설법을 하지 않으면 중생들은 끝없이 미망에 빠져 헤맬 뿐 번뇌를 끊지 못하게 될 것이며 고해에서 헤어나지 못할 것이라고 했다. 범천의 말에 마음을 고쳐먹은 석가여래불은 사제설(四諦說)을 고안해 내었다. 4제의 종류와 유형은 다음과 같다.

① 4제: 고, 집, 멸, 도(苦, 集, 滅, 道)

고제(苦諦)- 자각이 없는 가운데 빚어지는 고뇌의 현실 세계.

집제(集諦)- 현실세계의 원인과 이유.

멸제(滅諦)- 자각이 있는 (불교적 인식에 눈을 뜨게 된) 이상세계.

도제(道諦)- 이상세계의 원인과 이유.

② 집제(集諦)와 삼애(三愛)

4제 중에서 사랑은 집제(集諦)에 내포된 개념이다. 집제에서 집

(集)이란 물질, 도는 물체가 모여서 일어나는 원인 곧, 집기(集起) 를 가리킨다. 『사제경(四諦經)』에는 고(苦)의 원인과 이유가 <가 는 곳마다 쾌락을 좇아 사랑을 갈구하는 데 있다>고 밝혔다. 여기 서 갈구하는 사랑을 불경에서는 갈애(渴愛)라고 한다. 갈애에는 <욕애(慾愛)>, <유애(有愛)>, <무유애(無有愛)> 등 세 종류가 있 다.

　　욕애(慾愛): 5욕, 곧 감각적 욕구를 추구한다. 현실적인 애욕, 즐거 움을 따르는 것으로 철저하게 쾌락주의의 원칙에 따르고자 한다.
　　유애(有愛): 이때의 유(有)란 존재하는 모든 것을 가리킨다. 물질은 물론 지위나 명성에 집착하는 것도 유애의 범주에 든다. 이와 아울러 정신적 가치에 집착하는 것도 유애에 속한다. 나아가 선정(禪定)을 거쳐 극락왕생하여 천국에 살고 싶다는 욕망추구까지가 이 범주에 포함된다.
　　무유애(無有愛): 무유(無有)란 존재하지 않는 것, 곧 무를 가리키며 공(空)에 수렴되는 개념이다. 어떤 존재도 영원불변하는 것은 없다. 따라서 그 어느 것에 집착해도 절대 평정한 자리는 없으며 자유와 평화를 누리는 데 방해가 된다. 이런 차원의 사랑은 식(識)과 상(相), 법(法)에 대한 집념조차를 버림으로써 가능하다. 따라서 무유애(無有 愛)도 불교에서는 궁극적으로 지양, 극복되어야 할 과제일 뿐이다.

　불교의 사랑을 이렇게 정리해 놓고 보면 <사랑의 속박(束縛)> 이란 곧 욕애(慾愛)나 유애(有愛)에 해당되는 개념임을 알 수 있 다. 그것은 번뇌에 깊이 연계된 개념이다. 따라서 당연히 우리가 해탈하는 데는 굴레가 된다. 다음, 출세(出世)의 해탈이란 무유애 (無有愛)로 잡을 수 있는 사랑이다. 이미 드러난 바와 같이 이 역 시 석가여래가 가리킨 참 진리의 길은 아니다. 이렇게 보면 <사랑 의 속박>과 <출세의 해탈>이 모두 해탈, 자재신(自在身)이 되기 위해서는 마장이 된다.

2) **무심(無心)의 광명(光明)도 꿈입니다:** 심(心)이 불교에서 차지하는

의의에 대해서는 이 책 「?」의 주석란 1)에서 자세히 밝힌 바와 같다. 다시 한 번 되풀이하면 불교에서는 모든 번뇌가 인간의 마음에서 일어나는 것으로 본다. 그 해소 방법으로 일체 욕망을 끊고 마음을 비우는 길이 있다. 이 경지에 이르는 것이 곧 무심(無心)의 차원이다. 수도자가 무심(無心)의 경지에 이르면 그는 곧 3세(三世)의 업장에서 해탈하여 영생불멸하는 세계에 이를 수 있다. 이때 그는 자유, 자재, 무한 광명의 자리에 오를 수 있는 것이다. 그러나 앞에서 드러난 바와 같이 그것을 탐하고 집착하면 그 역시 편애가 된다. 이런 시각에서 나올 수 있는 말이 <무심의 광명=꿈>이라는 등식관계 설정이다.

3) **일체만법(一切萬法)이 꿈이라면**: 여기서 법(法)이란 삼라만상을 생성 변화하게 하는 근본 이치를 가리킨다. 또한 법계(法界)의 준말로도 쓰이는데 이때의 뜻은 견성(見性)의 경지를 넘어 이를 수 있는 진리의 세계를 가리킨다. 그 일체가 꿈이라는 것은 견성(見性)과 해탈지견(解脫知見), 대오대각의 차원까지가 물거품이라는 생각을 은유형태로 말한 것이다.

4) **사랑의 꿈에서 불멸(不滅)을 얻겠읍니다**: 이미 드러난 바와 같이 세속적인 사랑은 불교에서 갈애(渴愛)라고 하여 배제, 부정되는 개념이다. 화자는 그 꿈을 통하여 불멸(不滅)의 차원에 이르겠다고 말했다. 요귀를 부처로 섬기겠다는 것이나 지옥을 극락으로 삼겠다는 것과 꼭 같은 말이다. 불경에는 다른 종교의 경전과 달리 빈번하게 이런 역설이 섞여 있다. 그런 단면이 매우 농도를 짙게 하는 점으로 보아 이 시는 한용운의 신앙시 가운데도 가장 불교적 색채가 강한 작품이다

달을 보며

달은 밝고 당신이 하도 그루었읍니다
자던 옷을 고쳐 입고 뜰에 나와 퍼지르고 앉어서[1] 달을 한참
보았읍니다

달은 차차차 당신의 얼골이 되더니 넓은 이마, 둥근 코, 아름다
운 수염이 역력히 보입니다
간 해에는 당신의 얼골이 달로 보이더니 오날 밤에는 달이 당
신의 얼골이 됩니다[2]

당신의 얼골이 달이기에 나의 얼골도 달이 되얐읍니다
나의 얼골은 그믐달이 된 줄을 당신이 아십니까[3]
아아 당신의 얼골이 달이기에 나의 얼골도 달이 되얐읍니다

五十八. 달을 보며

화자가 여성인 한용운의 시에는 일정한 정식(定式)이 있다. 여성 화자는 거의 모두가 이별한 님을 그리워한다. 그 말들도 매우 애절한 감정을 담고 있어 피상적으로 읽으면 그들은 단순한 사랑 노래로 생각될 수가 있다. 그러나 한용운의 작품에서 님은 거의 예외가 없이 그 외연이 불법(佛法)의 한 가닥에 끈이 닿아 있는 것이다. 그리하여 이 유형에 속하는 한용운의 시는 대부분이 증도가(證道歌)의 성격을 띠며 형이상시로 판정될 수 있다. 이 작품 역시 그 가운데 하나다. 한용운은 여기서 달을 객관적 상관물로 하고 화자가 당신을 향해 품은 그리움을 풀도록 했다. 그 결과 이 작품에서 관념은 관념으로가 아니라 감각적 실체로 전이되었다. 이것은 이 작품이 제 나름의 수준을 가지고 있음을 뜻한다.

1) **퍼지르고 앉어서**: <퍼질러 앉다>. 경상도와 충청도의 사투리식 표현. 조심성 없이 편하게 앉다.

2) **달은 차차차 당신의 얼골이 되더니 넓은 이마, 둥근 코, 아름다운 수염이 역력히 보입니다/ 간 해에는 당신의 얼골이 달로 보이더니 오늘 밤에는 달이 당신의 얼골이 됩니다**: <차차차>는 <차차>의 오식이거나 오기로 보인다. 이 시는 처음부터 줄글로 쓰인 것으로 그 가락은 화자의 말씨와 의미 내용을 통해 자연스럽게 빚어지도록 되어 있다. 그렇다면 <차차>를 <차차차>로 표현하여 음성구조 상의 맛이 살아나는 것이 아니라 오히려 그 반대가 된다. <둥근 코> 다음의 <아름다운 수염>으로 <당신>의 모습이 비로소 남성적인 것이 된다. 남성 가운데도 <둥근 코>, <아름다운 수염>을 가진 사람은 그 상호가 원만한 경우다. 이것으로 <당신>은 올

바르게 몸을 가지려는 사람 곧 지계(持戒), 인심(忍尋)의 나날을 보내며 한마음으로 청정심에 살기를 기하는 사람임을 알 수 있다.

이 부분의 둘째 줄은 <당신>을 향해 화자가 사무치는 그리움을 가졌음을 뜻한다. 달이 당신의 얼굴이 되는 것과 당신의 얼굴이 달이 되는 것의 차이는 주제어가 무엇이냐 하는 것뿐이다. 이런 비유법이 사용된 의도는 달과 당신, 자연과 당신이 일체가 되어버리는 차원을 표현하려는 데 있다. 그리고 그 동기의 핵심이 되고 있는 것이 화자가 당신을 향해 품은 그리움의 정이다. 이것을 『전편해설』은 아공(我空)과 법공(法空)의 개념에 수렴시키고 이 부분을 아법이공(我法二空)의 대승불교철학으로 풀었다. 여기까지 의미 맥락으로 보아 아직도 <당신>은 해탈자재신(解脫自在身)의 경지에 이른 자취가 포착되지 않는다. 따라서 『전편해설』의 해석은 속단에 속한다.

3) **당신의 얼굴이 달이기에 나의 얼굴도 달이 되았습니다/ 나의 얼굴은 그믐달이 된 줄을 당신이 아십니까:** 이 부분의 첫째 문장까지는 불법의 경지로 읽지 않아도 무방하다. 세속적인 사랑에도 흔히 이신동체(異身同體)라는 말을 쓰기 때문이다. 그러나 나의 얼굴을 그믐달로 바꾸어버린 것은 그런 방식의 해석에 그칠 수가 없는 표현이다. 그믐밤은 달이 없는 때다. 그럼에도 나의 얼굴=그믐달과 같은 등식관계를 세워버리면 이것은 <나>의 일방적인 부정이다. 이제까지 우리가 살핀 바와 같이 불교에서 해탈과 득도(得道)는 끝내 <내>가 이루어내어야 하는 일이다. 그럼에도 왜 이와 같이 화자가 수도, 정진의 논리적 과정을 무시하고 당돌한 비유를 쓴 것인가. 이런 의문을 풀기 위해서는 한용운의 『십현담주해(十玄談註解)』 한부분을 참고할 필요가 있다.

이글이글 불타는 큰 화로 속에 피어난 연꽃에 비유해볼까
  (비) 백화(百花)는 원래 한 물건도 범접할 수 없는 홍로와 같은 당체(當體)에서 나온다.

(주) 성질이 허공과 같아서 이름도 붙일 수 없는데, 불꽃 속의 연꽃으로 비유를 하였으니, 그 말은 있으되 실지는 없는 것을 취한 것이다. 그것을 말은 하되 이름이 없고, 그것을 비유는 하되 실물이 없으니 불꽃 속의 연꽃을 또한 어찌 비유할 수 있으리요.

將喩紅爐火裡蓮

(批) 百花元從火裡生

(註) 性若虛空 無以爲名 喩之火中蓮 取其名有實無也 道之無名 喩之無物 火中蓮 亦何足世喩哉

불법에서 묘유(妙有), 진여(眞如)의 경지는 워낙 말과 글로 나타낼 수가 없는 차원이다. 이 불가능을 가능한 것으로 만들기 위해 불교는 매우 격렬한 방법으로 언어를 사용한다. 위의 부분에 나오는 매우 격렬한 모순어법은 그런 의식과 함께 쓰인 것이다. 따라서 화자의 얼굴이 그믐달이 된 것은 자신의 부정이 아니라 <당신>에(진여의 경지) 대한 절대적 귀의심으로 보아야 한다. 다만 이런 반어가 불교의 경전들에만 나오는 것은 아니다. 이런 경우의 우리에게 좋은 보기가 되는 것이 고려가요의 하나인 「동동(動動)」이다.

삭삭기 셰몰애 별헤나는
삭삭기 셰몰애 별헤나는
구은 밤 닷되를 심고이다
그밤이 움이도다 삭나거시아
그밤이 움이도다 삭나거시아
有德ㅎ신님믈 여희ㅇ와 지이다

玉으로 蓮ㅅ곶을 사교이다
玉으로 蓮ㅅ곶을 사교이다
바희우희 接柱ㅎ요이다
그고지 三同이 퓌거시와
그고지 三同이 퓌거시와

有德ᄒ신님 여희ᄋ와 지이다

므쇠로 텰릭을 몰아나는
므쇠로 텰릭을 몰아나는
鐵絲로 주롬 바고이다
그오시 다 헐어시아
그오시 다 헐어시아
有德ᄒ신님 여희ᄋ와 지이다

　보기로 든 첫째 연에서 화자는 구운 밤을 물기가 전혀 없는 세
모래 벌에 심겠다고 한다. 그리고 그 밤이 눈을 터서 삯이 날 것
같으면 <님>과 헤어지겠다고 한다. 다음 연도 그와 아주 흡사한
내용으로 되어 있다. 화자는 먼저 연꽃을 옥에 새긴 다음 그것을
바위 우에 접을 붙인다. 옥으로 된 연꽃은 애초부터 생명이 있을
리 없다. 그럼에도 그 꽃이 필 것 같으면 임과 이별할 수 있다고
한다. 이것은 매체가 다를 뿐 생명을 기대할 수 없는 상황을 설정
하고 그럼에도 나무의 새 싹과 함께 바위 우에 꽃이 피어나는 상
황을 설정한 것이다. 그러니까 문맥으로 보아서는 『십현담주해』의
한부분과 완전 일치되는 말법이다. 다만 여기서 꼭 하나 주의할
것이 있다. 다 같은 반어임에도 「동동」의 이 부분은 남녀의 애정
을 제재로 한 것일 뿐이다. 매우 강하게 실험적인 언어가 쓰였음
에도 이 작품이 형이상시가 되는 것은 아니다. 그러나 「달을 보며」
에는 명백하게 불교의 교리를 바탕으로 한 형이상시의 단명이 드
러난다. 이것은 한 가지 이야기를 가능하게 만든다. 즉 「동동」처럼
단순한 애정의 노래는 형이상시가 아니다. 적어도 진여(眞如)의
경지를 유추할 수 있는 작품만이 완전한 의미의 형이상시가 되는
것이다.

因果律[1)]

당신은 옛 盟誓를 깨치고 가십니다

당신의 盟誓는 얼마나 참되얐습니까 그 盟誓를 깨치고 가는 이 별은 믿을 수가 없읍니다

참 盟誓를 깨치고 가는 이별은 옛 盟誓로 돌어올 줄을 압니다 그것은 嚴肅한 因果律입니다[2)]

나는 당신과 떠날 때에 입맞춘 입설이 마르기 전에 당신이 돌 어와서 다시 입맞추기를 기다립니다[3)]

그러나 당신의 가시는 것은 옛 盟誓를 깨치랴는 故意가 아닌 줄을 나는 압니다

비겨 당신이 지금의 이별을 永遠히 깨치지 않는다 하야도 당신 의 最後의 接觸을 받은 나의 입설을 다른 男子의 입설에 대일 수 는 없읍니다4)

五十九. 인과율(因果律)

　　바로 앞에 나온 「달을 보며」와 그 의미맥락이 거의 같은 작품
이다. 표층구조로 보면 이 작품은 애정시다. 화자가 여성이며 이별
한 당신을 살뜰하게 그리는 점도 같다. 그러나 이 작품의 바닥에
는 불법의 감각이 깔려 있다. 단순 애정시가 아니라 형이상의 세
계를 가진 점으로 보아 두 작품은 공통분모를 가진다.

　1)　**인과율(因果律):** 국어사전을 찾아본다. 그에 따르면 인과율은 인과
　　법칙과 같은 뜻으로 되어 있다. 이 세상의 모든 일은 원인에서 발
　　생한 결과다. 원인이 없이는 아무 것도 일어나지 않는 것이라는
　　원리를 가리켜 인과율이라고 한다. 그러나 이 작품에서 이 말은
　　불교의 교리와 상관관계를 가진다. 불교의 현상론 가운데 하나에
　　윤회전생설(輪廻轉生說)이 있다. 윤회전생설에 따르면 전생에서
　　선행(善行)을 많이 한 사람은 이 세상에서 고귀한 신분으로 태어
　　나며 종생토록 평화와 행복을 누릴 수가 있다. 그 역으로 이 세상
　　에서 거짓말과 도적질을 일삼고 주색에 빠지며 살생을 삼가지 않
　　는 자는 무간지옥(無間地獄)에 떨어진다. 그는 다음 세상을 노예
　　나 버러지로 살게 된다. 이것을 불교에서는 선인선과(善因善果),
　　악인악과(惡因惡果)라고 한다.
　　　고대 인도에는 불교의 전단계부터 윤회사상이 뿌리를 뻗고 있었다.
　　브라만교의 대표적 경전인 카타카 범서(梵書)(Kātaka, brahmana)에
　　는 인간의 조상인 마누(manu)의 이야기가 나온다. 일찍 그는 물
　　고기 한 마리를 위기에서 구해 주었다. 이 착한 행위, 곧 선인(善
　　因)으로 하여 그는 천지개벽의 대홍수가 일어났을 때 물고기의 도
　　움으로 혼자 살아 남았다는 것이다. 석가여래 부처에 의해서 이
　　윤회사상이 크게 부각, 재해석된 다음 불교의 중심 교리 가운데

하나가 되었다. 즉 선인선과(善因善果)와 악인악과(惡因惡果)의 이론이 개선, 심화되어 계승된 것이다. 다음은 한용운이 『화엄경』의 일부를 인용, 제시한 것이다.

　이때 문수보살이 보수보살에게 물어보되 부처님의 제자여 모든 중생이 사대(四大)를 다 같이 가지며 아(我)와 아소(我所)가 없거늘 어떤 이치로 혹은 고통을 받으며 혹은 즐거움을 누리게 되는 것입니까. 또는 어떤 이는 몸과 마음이 깨끗하고 바르며 어떤 이는 더럽고 비뚤어져 버리는 것입니까. 혹은 이 세상에서 한 선악의 행동을 이 세상에서 보답 받게 되며 혹은 이 세상에서 한 선악의 행동을 저 세상에서 받게 되는 것입니까. 보수보살이 답하기를 그가 한 행업(行業)에 따라 이와 같은 과보(果報)가 생기는 것인 데 비유하면 맑은 거울이 그것을 비추는 물건의 질에 따라 나타나는 모양이 각자 같지 않음과 같고 업성(業性)도 또한 그와 같지요. 마술사가 네거리에서 여러 물건의 모양을 보여주는 것과 다를 바가 없는 것입니다.(현대어역 필자)
　(華嚴經 爾時에 文殊菩薩이 寶首菩薩에게 問하시되 佛子야 一切 衆生이 四大가 等有하며 我와 我所가 無하거늘, 云何로, 혹 受苦하고 혹 受樂하며 혹 端正하고 혹 醜陋하며 혹 現報를 受하고 혹 後報를 受합니까. 寶首菩薩이 答하시되, 其 所行業을 隨하여 如是한 果報가 生함이라, 譬컨대, 淨明鏡이 其 所對의 質을 隨하여 現像이 各 不同함과 如하니, 業性도 亦如是하여, 田의 種子가 各名 相知치 못하되 自然히 出生함과 如하며 幻師가 四衢道에 在하여 衆色相을 示現함과 如하니라.)

2) **참 맹서(盟誓)를 깨치고 가는 이별은 옛 맹서(盟誓)로 돌아올 줄을 압니다 그것은 엄숙(嚴肅)한 인과율(因果律)입니다**: 화자인 나와 <당신>은 일찍 이별을 하지 말자고 맹서한 사이다. 그럼에도 그 당신이 맹세를 지키지 않고 나를 떠나 버렸다. 이것은 세속적인 차원에서 보면 거짓을 말한 것이며 배신행위다. 그러나 불법의 큰 틀 속에서 보면 그것은 반드시 선인정과(善因正果)의 테두리로

돌아오게 되어 있다. 화자가 이것을 특히 강조하여 <엄숙한 인과율(因果律)>이라고 한 까닭이 여기에 있다.

3) **당신과 떠날 때에 입맞춘 입설이 마르기 전에 당신이 돌아와서 다시 입맞추기를 기다립니다**: 일찍부터 우리 주변에서는 애타게 사람을 기다리는 것을 일각여삼추(一刻如三秋)라고 형용해왔다. 이 반대 표현으로 한용운은 <입설이 마르기 전에 (······) 다시 입맞추기를 기다립니다>라고 했다. 이것으로 화자의 애타게 당신을 기다리는 모양이 매우 감각적으로 제시되었다. 사상, 관념의 감각화가 여기에도 나타나 있는 것이다.

4) **그러나 당신의 가시는 것은 옛 맹서(盟誓)를 깨치려는 고의(故意)가 아닌 줄을 나는 압니다/ 비겨 당신이 지금의 이별을 영원(永遠)히 깨치지 않는다 하야도 당신의 최후(最後)의 접촉(接觸)을 받은 나의 입설을 다른 남자의 입설에 대일 수는 없습니다**: 옛 맹서를 고의로 깨고자 한 것이 당신의 의도적인 행동의 결과가 아니었다는 것은 화자가 윤회사상의 일부를 마음속에 간직하고 있음을 뜻한다. <당신의 가시는 길>→<당신이 가시는>의 오식이다. <비겨→이를테면>. 이 부분 후반부의 문장은 유교로 치면 정절(貞節), 또는 열녀불경이부(烈女不更二夫)의 정신을 표현한 것이다. 불교의 틀은 유교보다 더 크다. 불교에서는 신도가 지켜야 할 행동의 준칙에 십악참회(十惡懺悔)가 있고 그 세 번째가 사음중죄금일참회(邪淫重罪今日懺悔)다. 불제자가 정절을 지키지 않고 몸을 함부로 굴리면 다음 세상에 축생(畜生)으로 태어날 수도 있다. 이런 윤회전생의 사상이 바탕에 작용한 결과가 <나의 입설을 다른 남자의 입설에 대일 수는 없습니다>로 표현된 것이다.

341

잠꼬대

「사랑이라는 것은 다 무엇이냐 진정한 사람에게는 눈물도 없고
웃음도 없는 것이다[1] 사랑의 뒤웅박을 발길로 차서 깨트려 버리고
눈물과 웃음을 띠끌 속에 合葬하여라

理智와 感情을 두디려 깨쳐서 가루를 만들어 버려라

그러고 虛無의 絶頂에 올러가서 어지럽게 춤추고 미치게 노래
하여라

그러고 愛人과 惡魔를 똑 같이 술을 먹여라

그러고 天痴가 되던지 미치광이가 되던지 산송장이 되던지 하
야버려라[2]

그레 너는 죽어도 사랑이라는 것은 버릴 수가 없단 말이냐

그렇거든 사랑의 꽁무니에 도롱태를 달어라[3]

그레서 네 멋대로 끌고 돌아 다니다가 쉬고 싶으거든 쉬고 자
고 싶으거든 자고 살고 싶으거든 살고 죽고 싶으거든 죽어라

사랑의 발바닥에 말목을 처놓고 붙들고 서서 엉엉 우는 것은
우스운 일이다

이 세상에는 이마빡에다 <님>이라고 새기고 다니는 사람은
하나도 없다

戀愛는 絶對自由요 貞操는 流動이요 結婚式場은 林間이다」

나는 잠결에 큰소리로 이렇게 부르짖었다

아아 惑星 같이 빛나는 님의 微笑는 黑闇의 光線에서 채 사러

지지 아니하얐읍니다[4]

　잠의 나라에서 몸부림치든 사랑의 눈물은 어늬덧 벼개를 적셨
읍니다

　容恕하서요 님이여 아모리 잠이 지은 허물이라도 님이 罰을 주
신다면 그 罰을 잠을 주기는 싫습니다[5]

六十. 잠꼬대

한용운의 한글 시로는 드물게 남성이 화자가 된 작품이다. 화자의 화두가 되어 있는 것은 <사랑>이다. 그 사랑을 부정, 배제하고 참다운 사랑의 길로 나가려는 것이 이 작품의 핵심 의도다. 불교사상의 중심이 되는 대자대비의 차원을 노래한 점에서 형이상시이기는 하나 기법이 그것을 밑받침하지 못한 작품이다.

1) **사랑이라는 것은 다 무엇이냐 진정한 사람에게는 눈물도 없고 웃음도 없는 것이다**: <진정한 사람에게는>에서 <사람>은 <사랑>의 오식으로 판단된다. <뒤움박>→<뒤웅박>. 그렇지 않다면 다음에 이어진 <눈물도 없고 웃음도 없는 것>이라는 진술이 요령부득으로 남는다. 불교에서 사랑에 두 종류가 있음은 이미 제시된 바와 같다. 그 하나가 갈애(渴愛)다. 갈애는 집착과 편견을 일으키게 하여 도를 닦는 자에게 번뇌의 씨앗이 된다.

진정한 사랑이란 보살행을 거치는 가운데 이루어지는 대자대비의 사랑이다. 대자대비의 사랑은 무아와 묘유(妙有)의 경지에 이를 수 있다. 따라서 눈물과 웃음이 있을 리 없다.

2) **이지(理智)와 감정(感情)을 두드려 깨쳐서 가루를 만들어 버려라/ (……)/ 그리고 천치(天痴)가 되던지 미치광이가 되던지 산송장이 되던지 하야버려라**: 묘유(妙有)와 해탈지견(解脫知見)의 차원에서 이루어지는 것이 불교의 진정한 사랑이므로 이지와 감정은 아예 문제가 되지 않는다. 오도정각(悟道正覺)을 위해서는 그런 것이 모두 무의미하다는 것과 함께 일체 세속적인 행동기준도 타파해버려야 할 일이다. 첫째 줄에 이은 석 줄은 그것을 말한 것이다. 참고로 혹암(或庵)(1108-1179)의 임종게(臨終偈)를 들어본다.

쇠나무에서 꽃 피고
수탉이 알을 낳았구나.
칠십이년을 살았으니
요람의 밧줄을 끊어 버리노라.
(鐵樹開花/ 雄鷄生卵/ 七十二年/ 絶搖籃繩)

—『벽암록』, 제4칙 호자무수(胡子無鬚)

혹암화상(或庵和尙)은 『벽암록』의 저자 원오극근(園悟克勤)의
제자인 호국경원(護國景元)의 제자였다고 전한다. 일대의 선지식
인 그가 무쇠나무에 꽃이 필 수 없다는 것과 달걀은 암탉만 낳는
다는 사실을 몰랐을 리가 없다. 『벽암록』에 나오는 그의 역설은
묘공(妙空)과 진여(眞如) 경지를 설파하기 위한 방편으로 쓰인 것
이다. 「잠꼬대」의 이 부분도 그에 준한다. 한용운도 그가 생각한
<진정한 사랑>, 대자대비의 경지를 이런 극단적 말로 표현한 것
이다.

3) **그레 너는 죽어도 사랑이라는 것은 버릴 수가 없단 말이냐./ 그렇**
거든 사랑의 꽁무니에 도룽태를 달어라: <도룽태>→<도룽태: 나
무로 만든 간단한 수레, 또는 바퀴>. <진정한>의 관형어가 붙지
않았으므로 이때의 사랑 또한 갈애(渴愛)에 속한다. <도룽태를 달
아라>는 그에 매달리거나 집착하지 말라는 것을 그렇게 표현한
것이다. 다시 한 번 갈애는 집착으로 번뇌의 씨앗이 되니까 이런
표현이 나온 것이다.

4) **아아 혹성(惑星) 같이 빛나는 님의 미소(微笑)는 혹암(黑闇)의 광**
선(光線)에서 채 사러지지 아니하얏읍니다: 혹성은 항성(恒星)과는
달리 위치가 일정하지 않은 별이다. 위치가 일정하지 않으므로 뜻
밖의 방위에서 나타나 사람들을 놀라게 한다. 한용운이 이런 수식
어를 앞에 놓고 <님의 미소>를 말한 것에 주의가 필요하다. 그는
이것으로 님을 묘유(妙有)와 진여(眞如)의 차원을 개척한 석가여
래불에 대비시키고 있다. 모든 광선은 빛을 발한다. 따라서 흑암의

광선이란 존재하지 않는다. 이 역시 한용운이 참선(參禪)을 통해서 얻어낸 지혜에 그가 애용한 반어법(反語法)을 사용한 결과로 보아야 한다.

5) **용서(容恕)하서요 님이여 아모리 잠이 지은 허물이라도 님이 벌(罰)을 주신다면 그 벌(罰)을 잠을 주기는 싫습니다:** 제목으로 나타나는 바와 같이 이 작품 둘째 연까지의 말은 모두 화자가 잠꼬대로 한 것이다. 그 내용으로 보아 그것은 일종의 법어(法語)에 속한다. 이 법어를 화자가 당당하게 내세우지 못하는 것은 <님>이 곧 진리 자체이기 때문이다. 그것으로 벌을 받는다고 해도 <잠을 주기는> 싫다고 한 것에도 주의가 필요하다. 화자는 이미 상당한 수도정진(修道精進)을 거쳐서 의식이 있을 때는 물론 잠결, 곧 의식이 분명하지 않을 때 그가 한 언동에도 책임을 질 수 있게 되었다. 그 나머지 이런 표현이 이루어진 것이다.

桂月香[1]에게

桂月香이여 그대는 아리따웁고 무서운 最後의 微笑를 거두지 아니한채로 大地의 寢臺에 잠들었읍니다[2]
나는 그대의 多情을 슬퍼하고 그대의 無情을 사랑합니다

大同江에 낚시질하는 사람은 그대의 노래를 듣고 牧丹峯에 밤놀이 하는 사람은 그대의 얼골을 봅니다[3]
아해들은 그대의 산 이름을 외우고 詩人은 그대의 죽은 그림자를 노래합니다

사람은 반드시 다하지 못한 恨을 끼치고 가게 되는 것이다
그대는 남은 恨이 있는가 없는가 있다면 그 恨은 무엇인가
그대는 하고 싶은 말을 하지 않습니다

그대의 붉은 恨은 絢爛한 저녁놀이 되야서 하늘길을 가로막고 荒凉한 떨어지는 날을 도리키고자 합니다
그대의 푸른 근심은 드리고 드린 버들실이 되야서 꽃다운 무리를 뒤에 두고 運命의 길을 떠나는 저문 봄을 잡어매랴 합니다[4]

나는 黃金의 소반에 아츰볕을 받치고 梅花가지에 새봄을 걸어서 그대의 잠자는 곁에 가만히 놓아드리겠읍니다
자 그러면 속하면 하룻밤 더디면 한겨울 사랑하는 桂月香이여[5]

六十一. 계월향(桂月香)에게

앞에 나온 「논개(論介)의 애인(愛人)되야서 그의 묘(廟)에」와 짝을 이루며 우리말로 된 한용운의 애국시를 대표한다. 화자가 반제, 민족의식을 직접 토로한 부분은 나타나지 않는다. 논개의 경우와 같이 계월향의 죽음을 찬미함으로써 간접적으로 항일저항의 의도를 표출하고자 한 작품이다. 이것은 일제 식민지 체제하라는 특수 상황에서 빚어진 부득이 한 보호색 쓰기의 결과였을 것이다.

1) **계월향(桂月香)**: 이조 선조 때의 평양 명기(名妓)(?-1592). 임진왜란 때 평안도에 북상한 왜군의 장령을 교묘한 계략으로 유인하여 애인인 평안도 병마절도사 김응서(金應瑞) 장군에게 인계, 목을 베이게 한 다음 최후를 자청하였다. 그에 관한 기록으로 정사(正史)에 올라 있는 것은 없고 『연려실기술(燃藜室記述)』에 전하는 것이 있다.

> 이때 소서행장(小西行長)의 부장(副將)은 용력이 비길 데 없는 자였다. 싸움에 항시 앞장서 진지(陣地)를 함락시켰기 때문에 행장(行長)이 몹시 아끼고 일을 맡겼다. 평양 기생 계월향(桂月香)은 그에게 붙잡혀서 지극한 사랑을 받았는데, 행여 빠져나가 도망쳐 버리려고 해도 잘 되지 않았다. 그에게 교태를 부리며 말하여 서문(西門)에 가서 가족들 안부를 알아보고 오겠다고 청을 했다. 왜장(倭將)이 허락해 주었다. 계월향이 성(城)에 올라가 <우리 오빠는 어디 있나요> 애달프게 연달아 소리쳐 부르기를 그치지 않았더니, 김응서 장군이 그 소리를 듣고 다가왔다. 계월향은 그를 맞이하여 <저를 탈출시켜 주시면 죽음으로써 그 은혜를 갚겠습니다>라고 했다. 김응서 장군이 그것을 허락하여 스스로 계월향의 친오빠를 자칭하고 성 안으로 들어갔다.

계월향은 왜장이 한밤중에 곤히 잠들고 있음을 살피고 김응서 장군을 인도하여 군영 안으로 들어가 보니, 왜장은 의자에 기대어 자고 있었다. 그러면서도 그는 두 눈을 부라리고, 두 손에는 각각 칼을 한 자루씩 어루만지고 있었는데, 얼굴 전체가 온통 상기하여 마치 사람을 베어 칠 기세로 보였다. 김응서 장군은 칼을 빼어 그의 목을 베었다. 왜장의 머리가 이미 땅에 떨어졌는데도, 오히려 칼을 던질 수 있어 한 자루는 벽에 맞고, 한 자루는 기둥에 꽂혔으며, 칼날이 반쯤이나 파고들었다. 김응서 장군은 그 머리를 차고 문 밖으로 나왔으며, 계월향도 뒤를 따랐다. 그러나 김응서 장군은 두 사람이 다같이 적진을 빠져 나갈 수는 없다고 생각하여, 칼을 휘둘러 계월향을 베고, 성을 넘어 돌아왔다. 다음날 새벽에야 왜적은 자기 편 장군이 죽은 것을 알고, 몹시 놀라 소동이 나고 사기가 꺾이었다.

時行長副將 有勇力絶人者 嘗先登陷陣 行長倚重而委任焉 府妓桂月香爲其所獲 極見愛 幸欲脫不得 請往西門審問親屬 倭將許之 桂月香登城哀呼曰 吾兄何在 連呼不已 應瑞應聲往赴 桂月香迎謂曰 若使我得脫 以死報之 應瑞許之 自稱桂月香之親兄而入城 桂月香伺倭將之中夜睡熟 引應瑞入帳下 倭將方據椅坐宿 張兩目按雙劍 滿面通紅 有若斫人者然 應瑞拔劍斬之 倭將頭已落地 而猶能擲劍 一着壁一着柱 沒入伴刃 應瑞 佩其頭出門 桂月香隨後 應瑞度不能兩全 揮劍斬之 蹂城而還 翌倭賊知 其死 大驚擾奪其志 「平壤志」

2) **그대는 아리따웁고 무서운 최후(最後)의 미소(微笑)를 거두지 아니한채로 대지(大地)의 침대(寢臺)에 잠들었읍니다:** 그 모양이 아름다웠으니까 계월향의 미소도 <아리따웁고>가 되었다. 또한 사랑을 위해서 죽음까지를 각오했으니까 그의 미소가 무서운 것일 수도 있었다.

3) **대동강(大同江)에 낚시질하는 사람은 그대의 노래를 듣고 모란봉(牧丹峯)에 밤놀이 하는 사람은 그대의 얼골을 봅니다:** 이런 구절을 쓰게 된 시대배경은 일제식민지 체제하였다. 여기서 낚시질하는 사람이나 밤놀이하는 사람들은 유별나게 민족의식을 가진 사람들이 아니라 평범하게 일상을 사는 사람들이다. 그런 사람들이

여가를 즐기는 자리에서까지 계월향의 소리를 듣고 어두운 언덕과 하늘에 그의 모습을 그린다. 이것은 일제치하의 우리 서민들에게도 널리 민족적 감정이 깔려 있었음을 뜻한다.

4) **그대의 붉은 한(恨)은 현란(絢爛)한 저녁놀이 되야서 하늘길을 가로막고 황량(荒凉)한 떨어지는 날을 도리키고자 합니다/ 그대의 푸른 근심은 드리고 드린 버들실이 되야서 꽃다운 무리를 뒤에 두고 운명(運命)의 길을 떠나는 저문 봄을 잡어매랴 합니다:** 한자어로 나라를 위한 외곬의 마음을 단심(丹心)이라고 한다. 또한 근심, 곧 수(愁)에서 파생된 말에는 애수(哀愁), 우수(憂愁)와 같은 말이 있으나 청수(靑愁), 남수(藍愁) 등의 용례는 나타나지 않는다. 한용운이 이런 한문의 사용례를 몰랐을 리가 없다. 그럼에도 여기서 색감이 유달리 진한 말을 쓴 것은 한(恨)과 수(愁)를 최대한 강조하려는 의도가 작용한 결과로 파악된다. 계월향의 한은 말할 것도 없이 왜적에게 나라가 짓밟혀 그의 목숨이 끊긴 것에 상관된다. 그 한이 하도 크니까 그는 <떨어지는 날을 도리키고자>하며 저무는 <봄을 잡어매랴>고 한다.

5) **나는 황금(黃金)의 소반에 아츰별을 받치고 매화(梅花)가지에 새봄을 걸어서 그대의 잠자는 곁에 가만히 놓아드리겠읍니다/ 자 그러면 속하면 하룻밤 더디면 한겨울 사랑하는 계월향(桂月香)이여:** <아츰별>→<아침별>. 여기서 <아침별>은 <아침빛>으로 읽어야 한다. 아침빛, 매화가지 등은 암흑과 폐칩을 뜻하는 어둠과 겨울을 물리치고 새로 해가 솟아오르는 광복, 민족 해방을 상징한다. 그것을 잠자는 계월향 곁에 놓고자 하는 생각은 일제의 철통 같은 강권정치 속에서도 민족해방의 의도를 끝내 저버리지 못한다는 뜻이다. 다음 줄이 앞서 한 줄과 완전하게 짝이 된다. 여기서는 암흑이 물러갈 시간이 빠르면 하룻밤으로 되어 있고 늦어도 한겨울로 나타난다. 이것은 우리 민족이 일제의 기반에서 벗어나는 일이 한시도 유예될 수가 없다는 것으로 매우 뚜렷하게 민족의식을 바닥에 깐 표현이다.

滿足[1]

세상에 滿足이 있너냐
있다면 나에게도 있으리라

세상에 滿足이 있기는 있지마는 사람의 앞에만 있다
距離는 사람의 팔길이와 같고 速力은 사람의 걸음과 比例가 된다
滿足은 잡을래야 잡을 수도 없고 버릴래야 버릴 수도 없다[2]

滿足을 얻고 보면 얻은 것은 不滿足이요 滿足은 依然히 앞에 있다
滿足은 愚者나 聖者의 主觀的 所有가 아니면 弱者의 期待뿐이다
滿足은 언제든지 人生과 堅的平行이다[3]
나는 차라리 발꿈치를 돌려서 滿足의 묵은 자최를 밟을까 하노라

아아 나는 滿足을 얻었노라
아즈랑이 같은 꿈과 金실 같은 幻想이 님 기신 꽃동산에 둘릴
때에 아아 나는 滿足을 얻었노라[4]

六十二. 만족(滿足)

시 작품 가운데는 소재를 우리 주변의 일상사에서 택한 것이 매우 많다. 그런 소재에 시인들은 그 나름의 재미있는 해석을 가한다. 그 위에 다시 시가 요구하는 말솜씨를 곁들이면 한편의 시가 되는 것이다. 한용운의 이 작품 역시 그런 시 제작의 기본 요건을 갖추고 있는 것 가운데 하나다.

1) **만족(滿足)**: 만족의 반대어는 불만(不滿)이다. 마음이 흡족하지 못하고 부족하다는 느낌이 생기면 불만의 상태를 가리킨다. 한용운은 이런 사실에 착안하여 이 시를 만들었다. 불교도로서 그는 사바세계의 속중들이 끝없이 더 좋은 것, 풍족한 것, 아름다운 것을 탐하고 그들을 쟁취하려는 무리들임에 착안했다. 그것을 다스려야 마음의 자유와 평정이 이루어진다. 이 시는 이런 현상을 지적하는 데 바탕을 두었다. 유형으로 치면 이 작품도 신앙시에 속한다.

2) **세상에 만족(滿足)이 있기는 있지마는 사람의 앞에만 있다/ 거리(距離)는 사람의 팔길이와 같고 속력(速力)은 사람의 걸음과 비례(比例)가 된다/ 만족(滿足)은 잡을래야 잡을 수도 없고 버릴래야 버릴 수도 없다**: 일상생활에서 우리 자신이 언제나 만족보다 불만에 싸여 있음을 이렇게 말했다. 실제 우리가 불만을 느끼는 것은 현재의 일에 대해서이다. 지나간 일에 대해서 우리가 불만을 느끼고 그것으로 번민을 하는 일은 거의 없다. 이것을 공간 개념과 시간 개념으로 바꾸면 <사람의 앞에만 있다>, <거리는 (……) 팔길이와 같고 속력은 사람의 걸음과 비례가 된다>와 같은 표현이 가능하다.

우리는 한용운이 영국의 형이상파 시인들 작품을 읽었으리라고 생각하지 않는다. 그럼에도 이 시에는 A. 마아블의 「사랑하는 연인에게」에 쓰인 것과 비슷한 기법이 나타난다. 「사랑하는 연인에게」에는 화자와 그의 연인의 관계를 나타내는 비유의 매체로 컴퍼스의 두 다리가 이용되었다. 그것과 아주 흡사하게 한용운의 이 시에도 화자는 <사람>과 <만족>의 관계를 거리로 제시했다. 특히 이 연 마지막 줄인 <만족(滿足)은 잡을래야 잡을 수도 없고 버릴래야 버릴 수도 없다>는 A. 마아블 시에 나오는 객관적 상관물로서의 컴퍼스를 생략한 상태의 상관관계 제시로 생각될 수 있다.

3) **만족(滿足)은 언제든지 인생(人生)과 수적평행(竪的平行)이다:** 한자 자전을 찾아보면 <竪>자의 뜻으로 <곧다, 바르다>가 나와 있다. 그 출전으로 제시된 『진서(晉書)』에 따르면 <곧고 바르게 서있어 비뚤어지지 않다(直堅不斜)>라고 되어 있다. 따라서 여기 나오는 수적평행(竪的平行)이란 직립평행(直立平行)에 해당되는 말이다. 우리가 알고 있는 한 평행이란 공간상 선을 전제로 한 개념이다. 기하학의 선, 또는 선분(線分)은 너비나 깊이, 높이를 갖지 않는 개념이다. 그럼에도 한용운이 이런 말을 굳이 그의 시에 쓴 까닭은 무엇인가. 이것은 '소리없는 메아리, 그믐밤의 달'식 표현으로 우리 자신의 욕망이 현실적으로 이루어질 수가 없음을 강조하기 위해 쓴 표현으로 보아야 할 것이다.

4) **아아 나는 만족(滿足)을 얻었노라/ 아즈랑이 같은 꿈과 금(金)실 같은 환상(幻想)이 님 기신 꽃동산에 둘릴 때에 아아 나는 만족(滿足)을 얻었노라:** <아즈랑이>는 <아지랑이>의 방언식 표기. <님 기신>은 <님 계신>의 방언. 불교에서 석가여래의 자리, 또는 극락정토가 광명천지이며 아름다운 노래와 함께 만다라화, 만수사화 등이 가득한 곳임은 이미 드러난 바와 같다(이 책 「님의 침묵」 주석란 7) 참조). 여기 나오는 <님 기신 꽃동산>이 바로 그런 공간이다. 이렇게 보면 이 작품의 화자는 이미 탐욕을 저버리지 못하는 욕계(欲界)의 사람이 아니다. 그는 해탈하여 견성(見性), 묘유(妙有)의 경지에 도달한 사람이다.

353

反比例[1]

당신의 소리는 「沈默」인가요

당신이 노래를 부르지 아니하는 때에 당신의 노래가락은 역력히 들립니다 그려

당신의 소리는 沈默이여요[2]

당신의 얼골은 「黑闇」인가요

내가 눈을 감은 때에 당신의 얼골은 분명히 보입니다 그려

당신의 얼골은 黑闇이여요[3]

당신의 그림자는 「光明」인가요

당신의 그림자는 달이 넘어간 뒤에 어두운 창에 비칩니다 그려

당신의 그림자는 光明이여요[4]

六十三. 반비례(反比例)

3행 3연으로 이루어진 작품이다. 각 연의 첫줄은 모두 의문문으로 되어 있는데 그 의문은 다같이 불교의 교리를 화두로 한 것과 상관관계를 가진다. 첫 줄에 이어 둘째 줄 이하는 화두에 대한 한용운 나름의 해석이다. 그것이 관념어로서가 아니라 객관적 상관물의 제시로 이루어져 있다. 마지막 줄은 여성어미로 끝나지만 그 어조는 매우 단정적이다. 말씨로만 보면 이 부분에서 그들은 고대 경전에 나오는 잠언을 연상케 만든다. 이런 여러 사실들로 보아 이 시는 한용운의 작품 가운데서도 단연 두드러져 보이는 형이상시에 해당된다.

1) **반비례(反比例):** 역비례라고도 하는 이 말은 초등 수학에 쓰여 온 말이다. 이미 우리가 살핀 바와 같이 불경에는 그 독특한 교리를 설명하기 위하여 이항대립에 속하는 말을 빈번하게 쓴다. 그 대표적인 보기가 유(有)에 대한 무(無)이며, 색(色)에 대한 공(空)이다. 이것은 불교가 베다경이나 우파니샤드로부터 물려받은 세계인식의 한 유산 같은 것이다. 베다나 우파니샤드를 바탕으로 한 브라만교에서는 인생과 세계를 본질적으로 파악하려는 시도와 함께 자연과 인생을 대립시키고, 물질과 정신을 별도로 파헤치고자 했다. 불교도 이런 사물의 본질 탐구에 대한 정신 자세를 브라만교에서 물려받은 것이다.

불교가 인생과 세계의 본질을 추구하면서 유무(有無), 생사(生死)를 화두로 삼게 되자 우선 양자는 서로를 부정하는 배제개념이 되었다. 생(生)에 대해서 사(死)는 상극하는 개념이다. 유(有)와 무(無)도 서로 대립되는 뜻을 가지고 있다. 이것을 우리는 상파관계

(相破關係)라고 한다. 그러나 인생과 세계의 참모습은 이 상파관계만으로 설명될 길이 없다. 천박한 그런 생각으로는 겨울에 죽은 듯 얼음에 덮인 땅에서 봄기운이 돌아오면 나무에 새싹이 나고 이윽고 가지마다 꽃이 피어나는 경이가 설명될 길이 없기 때문이다. 원시불교가 없는 자리에서 꽃이 피는 것을 화두로 삼게 되자 생(生) 대 사(死), 유(有) 대 무(無) 식 이항대립식 사고가 막을 내렸다. 이때부터 불타의 말에는 유무상생(有無相生)의 개념이 추가되었다. 이것을 불교의 교리는 상파상성(相破相生)으로 설명한다. 이 시의 제목인 「반비례(反比例)」는 상파상생의 원리를 한용운 나름대로 포착 제시하고자 한 시도의 결과로 보아야 한다.

2) **당신이 노래를 부르지 아니하는 때에 당신의 노래가락은 역력히 들립니다 그려/ 당신의 소리는 침묵(沈默)이여요**: 이미 우리가 되풀이 보아왔듯 석가세존의 세계는 묘유(妙有)의 경지이며 진여(眞如)의 세계다. 묘유의 경지나 진여의 세계는 일상적 차원으로는 설명이 되지 않는다. 거기에서는 무쇠 화로 속에서 연꽃이 피어나고 그믐밤에 달이 뜰 수도 있다. 단 그것이 가능하기 위해서는 꼭 하나의 전제가 선행되어야 한다. 그것이 우리가 욕계의 번민을 벗어나 해탈지견(解脫知見)의 경지에 득달하는 일이다. 여기서 화자가 <당신>이 부르지 아니한 노래가 <역력히 들립니다>라고 한 점이 그것을 뜻한다. 이런 차원이 명백히 인식되었으므로 <당신의 소리는 침묵(沈默)이여요>가 헛소리에 그치지 않고 현실성을 가지는 것이다.

3) **내가 눈을 감은 때에 당신의 얼골은 분명히 보입니다 그려/ 당신의 얼골은 흑암(黑闇)이여요**: 내용에는 차이가 있으나 구분은 1연과 꼭 같이 되어 있다. <흑암(黑闇)>이란 어둡고 캄캄하여 전혀 사물이 보이지 않는 상태를 가리킨다. 그런 상황에서 그 누구의 얼굴이 보일 리가 없다. 그럼에도 당신은 그런 상태가 되는 경우 곧, 눈을 감고나면 제 모습을 띠고 떠오른다. <당신>의 얼굴과 흑암(黑闇)이 등식화된 까닭은 바로 이런 상황으로 하여 가능하게

된 것이다.

4) **당신의 그림자는 달이 넘어간 뒤에 어두운 창에 비칩니다 그려/ 당신의 그림자는 광명(光明)이여요:** 이 연의 무대 배경은 어두운 밤이다. 어두운 밤에 달조차 넘어 가버리면 물체가 보일 리가 없다. 그럼에도 당신의 그림자는 그런 때에 어두운 창에 비친다. 그러니까 <당신의 그림자는 광명(光明)>이라는 말이 가능하게 된 것이다. 이것은 화자에게 당신이 절대적인 존재임을 강조하기 위해 쓰인 표현이다. 많은 경우 한용운은 그의 한글 시에서 내용을 우선시키고 유별나게 재미있는 말을 쓰고자 하지 않았다. 이 부분에서 그는 예외격으로 상당히 날렵한 말솜씨를 보이고 있다. 선승(禪僧)인 그의 시에서 이런 시적 의장(詩的 意匠)을 발견할 수 있는 것은 유쾌한 일이다.

눈물[1]

　내가 본 사람 가온대는 눈물을 眞珠라고 하는 사람처럼 미친 사람은 없읍니다

　그 사람은 피를 紅寶石이라고 하는 사람보다도 더 미친 사람입니다

　그것은 戀愛에 실패하고 黑闇의 岐路에서 헤매는 늙은 處女가 아니면 神經이 畸形的으로 된 詩人의 말입니다

　만일 눈물이 眞珠라면 님이 信物로 주신 반지[2]를 내놓고는 세상의 眞珠라는 眞珠는 다 띠끌 속에 묻어 버리겠읍니다

　나는 눈물로 裝飾한 玉佩를 보지 못하얏읍니다
　나는 平和의 잔치에 눈물의 술을 마시는 것을 보지 못하얏읍니다
　내가 본 사람 가운데는 눈물을 眞珠라고 하는 사람처럼 어리석은 사람은 없읍니다[3]

　아니여요 님의 주신 눈물은 眞珠 눈물이여요[4]
　나는 나의 그림자가 나의 몸을 떠날 때까[5]지 님을 위하야 眞珠 눈물을 흘리겠읍니다
　아아 나는 날마다 날마다 눈물의 仙境에서 한숨의 玉笛를 듣습니다
　나의 눈물은 百千줄기라도 방울방울이 創造[6]입니다

　눈물의 구슬이여 한숨의 봄바람이여 사랑의 聖殿을 莊嚴하는

無等等의 寶物이여

　아아 언제나 空間과 時間을 눈물로 채워서 사랑의 世界를 完成할까요

六十四. 눈물

그 말씨를 기준으로 하여 불교시는 두 갈래로 나누어 볼 수 있다. 그 하나가 고즈넉한 목소리로 제행무상(諸行無常)의 철리를 노래한 시다. 이 시집의 표제작이 된 「님의 침묵」이 바로 그런 작품이다. 이에 반해서 불교시 가운데는 말들을 상당히 실험적으로 쓴 것들이 있다. 이런 경우의 좋은 보기가 되는 것이 서산대사(西山大師)의 칠언절구(七言絶句) 한 수다.

> 돌 늙어 뽕나무 허문데 가을달 밝다
> 사람들 신선되니 아득한 바다
> 고금은 나그네 집 팽조(彭祖)와 애척이 다 같거니
> 백대흥망(百代興亡)이 석화(石火) 같을 뿐
> 石老桑枯秋月白
> 洞天人去海茫茫
> 古今逆旅彭殤遇
> 百代興亡石火光

세속적인 차원이라면 세월이 흘러도 돌에는 이끼가 낄 뿐이다. 그것을 늙는다고 하여 뽕나무가 오래되어 고목이 된 것에 대비시켰다. 팽(彭)은 팽조인데 전설 속의 은나라의 대부로 767세를 살았다고 한다. 그와 어릴 적에 죽은 아이가 한세상 산 것은 같다는 생각도 매우 당돌한 표현이다. 석화(石火)는 빠른 것을 비유한 한 자어다. 백대흥망을 눈 깜짝할 사이로 표현한 것도 그 말씨가 매우 과격하다. 이렇게 과격한 언어 사용의 시에 비하면 「눈물」은 다분히 온건한 입장을 취한 작품이다. 민족운동가로서 한용운은 점진

주의가 아닌 급진주의자였다. 그런 그의 시에 이처럼 온건한 말들
이 쓰인 것은 재미있는 현상이다.

1) **눈물:** 여기서 이 단어는 두 가지 의미맥락으로 쓰여 있다. 1연과 2
연에서 그것은 중생의 비애와 등가물이다. 그런 맥락에서 <눈물을
진주(眞珠)라고 하는 사람>을 미쳤다고 썼다. 그러나 3연부터 화
자는 그런 생각을 바꾼다. 화자에게는 <님>으로 하여 흘리는 눈
물이 있다. 여기서 <님>은 적어도 대자대비의 정신적 차원에 이
른 존재다. 그리하여 그의 눈물은 보살행의 상징으로 받아들일 수
있다. 그에게 눈물이 무등등(無等等)의 보물이 되는 까닭이 여기
에 있다.

2) **님이 신물(信物)로 준 반지:** 님이 장래를 맹세하면서 그 증표로
화자에게 준 반지. 이 작품의 <님>은 보살행의 큰 길을 걸어가는
분이다. 화자에게 그는 말할 것도 없이 물질의 차원인 보석을 뒷
전에 돌리게 한다. 그러니까 님의 <눈물>=<진주>보다 차원을 달
리한다. 이런 표현으로 여성 화자가 <님>에 바치는 사랑이 절대
적임을 강조한 셈이다.

3) **나는 눈물로 장식(裝飾)한 옥패(玉佩)를 보지 못하얐읍니다/ 나는
평화(平和)의 잔치에 눈물의 술을 마시는 것을 보지 못하얐읍니다
/ 내가 본 사람 가운데는 눈물을 진주(眞珠)라고 하는 사람처럼
어리석은 사람은 없읍니다:** <옥패(玉佩)>: 옥으로 된 패물. <패
물>은 옥이나 금으로 만든 장신구로 사람의 몸에 차는 것이다. 사
람들이 그의 신분이나 재력을 과시하기 위해 차는 것이 옥패다.
눈물로 그것을 장식한다는 것은 고민과 번뇌의 과정을 거쳐 장신
구를 지니게 됨을 뜻한다. 그 다음 줄도 앞줄과 거의 같은 의미맥
락으로 구성되어 있다. 평화의 잔치란 알력과 마찰, 전란이 끝나고
평정이 약속된 자리를 뜻한다. 그런 자리에서 사람들은 기뻐하며
행복에 겨워할 뿐 그것이 이루어지기까지의 인내와 고통의 과정

을 헤아리지 못한다. 이것은 보살행의 첫째 요건인 대자대비(大慈大悲)의 마음이 망각된 것이다. 이런 차원에서는 눈물의 참된 의미가 파악되지 못한다. 이런 사실을 비틀어서 눈물을 보석의 일종인 진주라고 말하는 것을 미친 짓이며 어리석다 라고 한 것이다.

4) **아니여요 님의 주신 눈물은 진주(眞珠) 눈물이여요:** 여기서부터 님이 제모습을 드러낸다. 그는 눈물의 참 값어치를 아는 존재로 보살행의 경지에 이른 득도자이다. 그러니까 앞의 경우와 달리 그의 눈물은 진주와 등가물이 된다.

5) **나의 그림자가 나의 몸을 떠날 때:** 중생의 생명이 다하는 것을 뜻한다. 불교에서 삼라만상이 가화(假化)며 환영(幻影)으로 생각됨은 이미 거듭 밝힌 바와 같다. 이승의 존재를 불교에서는 그림자에 비긴다. 그것이 내 몸을 떠났으므로 내 목숨이 다 한 것이다.

6) **나의 눈물은 백천(百千)의 줄기라도 방울방울이 창조(創造):** 화자는 님에게 바치는 사랑만을 일체로 믿는 사람이다. 그의 눈물은 사랑의 고통에서 온다. 여기서 화자는 고통이 따르는 사랑도 님을 섬기려는 외곬의 마음에서 참고 견디는 사람이다. 그리하여 그 고통은 고통에 그치지 않고 끊임없이 새 차원 개척에 기여하는 창조의 원동력을 이루는 것이다.

어데라도[1]

아츰에 일어나서 세수하랴고 대야에 물을 떠다 놓으면 당신은
대야 안의 가는 물ㅅ결이 되야서 나의 얼골 그림자를 불상한 아기
처럼 얼너줍니다[2]

근심을 잊을가 하고 꽃동산에 거닐 때에 당신은 꽃 새이를 슬
쳐오는 봄바람이 되야서 시름 없는 나의 마음에 꽃향기를 묻혀주
고 갑니다

당신을 기다리다 못하야 잠자리에 누었더니 당신은 고요한 어
둔 빛이 되야서 나의 잔 부끄럼을 살뜰이도 덮어 줍니다[3]

어데라도 눈에 보이는데마다 당신이 계시기에 눈을 감고 구름
위와 바다 밑을 찾어보았습니다

당신은 微笑가 되야서 나의 마음에 숨었다가 나의 감은 눈에
입맞추고 「네가 나를 보너냐」고 嘲弄합니다[4]

六十五. 어데라도

불교는 중생뿐만 아니라 우주의 삼라만상, 일체만물(一切萬物)
이 불성(佛性)을 가졌다고 본다. 이 정신적 유산을 불교는 인도의
선행 종교인 브라만교에서 물려받았다. 원시 인도인들은 우주가
브라만이며 그 현상 형태를 아트만이라고 생각했다. 그들은 하늘
과 땅, 강과 산, 바다와 들판이 모두 아트만으로 가득 차 있는 양
믿었다. 이 작품은 그런 세계관의 한용운 판이다. 여기서 <당신>
은 바로 브라만인 동시에 그 지양극복 형태인 석가여래불의 화신
일 수 있다. 표면상 부드러운 말들로 되어 있는 이 작품은 그리하
여 상당히 농도가 짙은 형이상의 차원을 내포하고 있는 것이다.

1) **어데라도:** <어디에나>의 방언 표기로 생각된다. 이 시의 내용이
   우주의 삼라만상 그 무엇에나 불성(佛性)이 간직되어 있음을 말한
   것이다.

2) **아츰에 일어나서 세수하라고 대야에 물을 떠다 놓으면 당신은 대
   야 안의 가는 물결이 되여서 나의 얼골 그림자를 불상한 아기처럼
   얼너줍니다:** <아츰→아침>, <얼너줍니다→얼러 줍니다>. 기본형,
   <어르다> : <구슬르고 달래다>. 대야의 물에서 절대자의 손길을
   느끼며 꽃동산을 부는 바람에 보살의 입김을 되새기고 있는 것이
   이 부분이다. 이것이 브라만의 단계로 거슬러 오르면 불교의 선행
   형태인 윤회사상이 될 수 있다. 브라만 사상과 흡사하게 불교도
   우주의 삼라만상에서 영성을 느끼는 면이 있다. 이런 시각에서 보
   면 이 작품은 타고르의 『신월(新月)』과 대비 가능한 부분을 가지
   고 있다.

갈때가 되었습니다. 어머니 나는 갑니다.(……………) 나는 묘한 한 줄기 바람이 되어 어머니를 안을 겝니다. 그리고 어머니가 목욕을 하시면 나는 물속의 잔물결이 되어 어머니에게 입을 맞추고 또 맞출 것입니다.

비가 나뭇잎을 두드리는 바람 센 밤이면 어머니는 침대에서 내 속삭이는 소리를 들으실 것입니다. 그러면 내 웃음이 어머니 방의 열린 창을 통해 번갯불처럼 비쳐갈 것입니다.

(…………………)

성대한 푸자의 축제날에 이웃 어린이들이 와서 집 근처에서 놀면 나는 피리의 가락으로 변하여 온종일 어머니의 가슴을 뛰게 해 드릴 겝니다.

It is time for me to go, mother; I am going.(………………)

I shall become a delicate draught of air and caress you; and I shall be ripples in the water when you bathe, and kiss you and kiss you again.

In the gusty night when the rain patters on the leaves you will hear my whisper in your bed, and my laughter will flash with the lightning through the open window into your room

(………………)

When, on the great festival of Puja, the neighbours' children come and play about the house, I shall melt into the music of the flute and throb in your heart all day.

R. Tagore, The End, The Crescent Moon, *Collected poems and Plays of Rabindranath Tagore*(London, 1967), p.80.

타고르와 한용운의 시 사이에는 말할 것도 없이 동질성만이 검출되지는 않는다. 우선 두 작품은 그 화자부터가 다르다. 즉 타고르의 작품에서 화자는 다른 사물로 바뀌어 나타나는 아기의 화신이다. 그러나 한용운의 경우에 있어서 화자는 님을 그리며 그 모습을 환상 속에서 보는 그 자신이다. 그러나 여기서 우리가 주목

해야 할 것은 두 작품이 지니는 이미지 제시의 기법이다. 타고르
가 그의 작품에서 물과 바람 등을 소재로 쓰고 있듯, 「어데라도」
에도 나의 그림자를 얼러 주는 것은 잔물결이며, 나의 마음에 꽃향
기를 무쳐주는 봄바람이다. 더욱이 「어데라도」의 허두에 나오는 불
쌍한 아기의 비유는 한용운 시의 성격을 파악하는 데 매우 중요한
암시를 준다. 이미 살핀 바와 같이 한용운은 그의 시에 아기의 심
상을 거의 이용하지 않았다. 그런 그가 여기에서 아기를 등장시키
고 있는 것이다. 이것은 이 작품이 타고르의 시와 긴절한 연관성
을 지님을 뜻하는 매우 유력한 증거가 될 수 있다.

3) **당신을 기다리다 못하야 잠자리에 누었더니 당신은 고요한 어둔
빛이 되야서 나의 잔 부끄럼을 살뜰이도 덮어 줍니다:** <고요한
어둔 빛>은 돈오(頓悟)의 경지에서 쓸 수 있는 표현. <어둔 빛>
이 화자와 함께 있음에 주의가 필요하다. 이와 같은 경지는 인간
과 세계인식의 큰 슬기를 얻어낸 화자가 쓸 때 제격이 된다. 여기
에 나타나는 인생관은 한용운이 언제나 가깝게 두고 읽은 『유마
경(維摩經)』의 한부분을 연상 시킨다.

그때의 문수사리가 유마힐에게 물었다.
"보살(菩薩)은 어떻게 중생을 관(觀)하여야 하는가?"
유마힐이 대답하기를 환사(幻師, māyākāra, 마술사)가 마술로 만들
어 낸 인간을 보듯이 보살은 이렇게 중생을 보아야 한다고 했다.
보살은 지혜(智慧) 있는 자가 수중(水中)의 달을 보듯이 중생을 보
아야 할 것이요.
보살은 거울 속에서 자기 얼굴을 보듯이 중생을 보아야 한다.
보살은 뜨거운 여름철에 아지랑이 보듯이 중생을 보아야 할 것이요
보살은 소리내어 사람을 부를 때에 들리는 산울림처럼 중생을 보
아야 한다.
보살은 공중에 떠 있는 구름처럼 중생을 보아야 할 것이요.
보살은 밀려오는 파도의 물방울 보듯이 중생을 보아야 한다.
보살은 수면(水面)에 나타나는 물거품 보듯이 중생을 보아야 할 것

이요.

　보살은 파초 잎을 벗기고, 또 벗겨도 남는 것 없음을 보듯이 중생을 보아야 한다.

　보살은 결코 오랜 시간 머무른 일 없는 번개를 보듯이 중생을 보아야 할 것이요.

　보살은 지·수·화·풍·사대(四大)뿐이고 제오(第五) 대(大)란 것은 없듯이 그렇게 중생을 보아야 한다.

　보살은 색·수·상·행·식의 오음(五陰)뿐이고 제육의 음(陰)이란 없듯이 그렇게 중생을 보아야 한다.

　보살은 안식·이식 등 육식(六識)이 일으키는 육정(六情)뿐이고 제칠정(第七情)이란 없듯이 그렇게 보아야 한다.

— 관중생품, 『유마힐 소설경』

爾時 文殊師利問 維摩詰言 菩薩云何觀於衆生 維摩詰言 譬如幻師見所幻人 菩薩觀衆生爲若此 如智者見水中月 如鏡中見其面像 如熱時燄如呼聲響 如空中雲 如水聚沫 如水上泡 如芭蕉堅 如電久住 如第五大如第六陰 如第七情 「觀衆生品」, 『維摩詰所說經』

　불교, 특히 대승불교에서 일체 유정물(有情物)은 인연의 집합일 뿐, 때가 되면 모두가 티끌로 돌아간다고 생각한다. 위에 제시한『유마경』에는 그런 사상이 명백하게 제시되어 있다. 중생을 환인(幻人)이나 수중월(水中月), 경중상(鏡中像)으로 본다는 것이 그 구체적 표현이다. 이것을 뒤바꾸어 표현한 것이 위와 같은 한용운의 한 구절이다. 이것으로 우리는 이 시가 표층구조와 달리 저층구조에서 매우 완강하게 불교 사상의 일단을 내포하고 있음을 알 수 있다.

4) **당신은 미소(微笑)가 되어서 나의 마음에 숨었다가 나의 감은 눈에 입맞추고 「네가 나를 보너냐」고 조롱(嘲弄)합니다:** 이미 되풀이 드러난 바와 같이 불교가 지향하는 궁극의 차원은 무아의 경지이며 묘유(妙有)의 세계다. 묘유의 세계는 말이나 글이 통하지 않는다. 거기서 서로의 생각은 느낌이나 분위기로 전달되고 수용되어 퍼져나갈 뿐이다. 그것의 집약된 형태가 미소며 메아리며 흐릿

한 그림자다. 여기서 한용운이 노래한 것은 그런 차원이다. 해탈지견(解脫知見)의 상징으로 당신을 내세우고 그를 통해서 <나>에게 <네가 나를 보너냐> 한 것은 불교의 비의(秘義)를 인격적 실체가 이루어내는 활동으로 제시한 것이다.

떠날 때의 님의 얼골

꽃은 떨어지는 향기가 아름답습니다
해는 지는 빛이 곱습니다
노래는 목마친 가락이 묘합니다
님은 떠날 때의 얼골이 더욱 어여쁩니다[1]

떠나신 뒤에 나의 幻想의 눈에 비치는 님의 얼골[2]은 눈물이 없는 눈으로는 바로 볼 수가 없을만치 어여쁠 것입니다
님의 떠날 때의 어여쁜 얼골을 나의 눈에 새기겠습니다[3]
님의 얼골은 나를 울리기에는 너머도 야속한듯 하지마는 님을 사랑하기 위하야는 나의 마음을 즐거웁게 할 수가 없습니다
만일 그 어여쁜 얼골이 영원히 나의 눈을 떠난다면 그때의 슬픔은 우는 것보다도 아프겠읍니다[4]

六十六. 떠날 때의 님의 얼골

　단순 애정시에 속하는 작품이다. 이미 살핀 바와 같이 한용운의 시에서 화자는 그 대부분이 <나>로 나타난다. 불교의 개념을 이 끌어들이면 <나>는 크게 세 가지로 구분될 수 있다. 그 하나가 속아(俗我) 또는 가아(假我)다. 불법(佛法)에 눈뜨기 전 중생들은 그 자신이 오온(五蘊)의 일시적인 화합에 지나지 않음을 모른다. 아직 그들은 세속의 인연에 얽매인 그대로 있으며 오욕, 칠정(五 慾, 七情)이 빚어내는 미망에 휩싸여 있을 뿐이다. 이런 차원의 중 생은 참 자신이 무엇인지 알려고도 하지 않는다. 이런 중생을 일 괄하여 속아(俗我)라고 한다.

　중생 가운데는 어떤 기틀로 속아를 벗어나 변하지 않고 소멸하 지도 않는 자아를 찾아나서는 사람들이 있다. 그는 자신 안에 숨 어 있는 불성(佛性)을 찾아내어 어느 단계에서 인생과 우주의 참 뜻이 무엇인가를 파악해내고자 한다. 그 왕성단계에서 중생은 해 탈지견(解脫知見), 자족(自足), 무아(無我)의 경지에 이른다. 즉 번 뇌의 씨앗을 끊어 던지고 스스로 묘유(妙有)의 차원에 이르려고 시도한다. 이들을 불교에서는 진아(眞我)라고 한다. 여기까지가 불 교식인 인생관이다.

　한용운식 애정시의 기능적인 이해를 위해서는 속아, 진아와 함 께 그 중간 개념의 <나>가 인정되어야 한다. 흔히 있는 예로 중 생이 자아에 눈떴다고 해도 그가 곧 해탈, 자재신(自在身)이 되어 진아(眞我)가 될 수는 없다. 불성에 눈뜬 다음 중생은 줄기찬 수도 를 통하여 일체의 마장을 물리치고 영원한 생명의 길을 탐구하여 진리의 문을 열어야 한다. 이 과정의 <나>도 속중(俗衆)에게는 분명한 자아다. 이런 시각을 통해서 보면 「만족(滿足)」, 「반비례(反比例)」, 「어데라도」는 애정시인 동시에 불법(佛法)의 감각이 좀 더 짙게 깔려 있는 작품이다. 이에 대해서 「떠날 때의 님의 얼골」에는 그것이 크게 희석화 되어 있다. 이런 이유로 우리는 이 시를 단순 애정시로 판정할 수밖에 없다.

1) **꽃은 떨어지는 향기가 아름답습니다/ (……)/ 님은 떠날 때의 얼골이 더욱 어여쁩니다:** 그 제목으로 보아 이 시는 이별가다. 이별가인 이 시에서 첫째 단락을 이루는 이 네 줄은 전주부와 함께 본창(本唱)에 해당된다. 앞에 나오는 세 줄에서 각각 낙화, 낙일, 노래의 종장을 아름답고, 곱다고 한 것은 떠날 때 <님>의 얼굴이 빚어내는 인상을 강조하기 위한 것이다. 참고로 밝히면 이 시는 고려가요 「가시리」나 김소월의 「진달래꽃」과 같은 이별의 노래다. 이별의 노래인데 <님>은 아직 <나>의 곁을 떠난 것이 아니다. 이런 사실을 들어 이 작품이 이별가가 아니라고 할 수는 없다. 시와 문학에서는 때로 주제를 강조하기 위해서 가정법이 원용될 수 있기 때문이다.

2) **나의 환상(幻想)의 눈에 비치는 님의 얼골:** 어느 해석에서 여기 나오는 <환상의 눈>을 독립시켜 가아(假我) 의식에 의한 것으로 해석했다(『전편해설』). 그 나머지 이 시가 선정(禪定)의 결과로 얻어낸 공(空)의 경지를 노래한 것이라는 설명이 이루어졌다. 이미 드러난 바와 같이 이 시의 화자는 진아(眞我)의 경지에 이르기 전의 속중 가운데 하나다. 그런 그가 득도정각(得道正覺)의 자리에서만 얻어낼 수 있는 공의 경지에 이르렀을 리가 없다. 시 해석에서 지레짐작은 속단과 오판을 낳을 뿐이다.

3) **님의 떠날 때 어여쁜 얼골을 나의 눈에 새기겠습니다:** 여기에 이르기까지 이 시의 화자는 여성이며 그가 <님>에 대해 품은 애정이 형이상의 차원으로 변화된 자취는 드러나지 않는다. 그럼에도

『전편해설』을 통해 송욱 교수는 이 부분을 『벽암록』의 제16칙에 나오는 <평창(評唱)>의 일부 <마음과 눈이 서로 비춘다(心眼相照)>를 이용한 다음과 같이 진공(眞空), 묘유(妙有)의 견지라고 해석했다.

'<님의 떠날 때의 어여쁜 얼굴>은 본성(本性)을 깨달은 <심인(心印)>을 뜻하며, 따라서 <나의 눈에 새기겠다>고 한다.' 이미 드러난 바와 같이 여기서 화자의 세계는 분명히 정각 이전의 차원의 애욕의 차원에 머문 것이다. 그런 화자가 <님>을 어여쁘다고 보았다. 이것은 견성(見性)의 경지와 전혀 차원이 다르다. 『전편해설』의 해석은 여기서 또 한 번 속중의 세계와 진여(眞如)의 경지를 혼동해 버렸다. 부분적인 것이기는 하나 심안(心眼)을 <마음과 눈>이라고 한 해석도 잘못된 것이다. 사전적인 뜻으로 심안(心眼)은 현상계를 넘어 마음으로 사물을 볼 줄 아는 경지의 것이다.

[4] **만일 그 어여쁜 얼골이 영원히 나의 눈을 떠난다면 그때의 슬픔은 우는 것보다도 아프겠읍니다:** 우리 주변의 통념에 따르면 이별가란 <내>가 상대자를 떠나보내면서 부르는 노래다. 「가시리」가 그랬고 「진달래꽃」이 또한 그랬다. 그런데 여기서 이별은 그와 다르다. 제기된 문제를 풀어가기 위해 당신의 얼굴이 <영원(永遠)히 나의 눈을 떠난다면>에 주목할 필요가 있다. 살아 생전의 이별에서 떠나가는 님의 모습은 총체적인 윤곽으로 남지 얼굴만으로 기억되지는 않는다. 이별의 자리에서 우리는 상대방을 그 모습이 멀어져 아주 시계에서 사라지기까지 보는 것이기 때문이다.

여기서 화자는 이별의 자리에서 기억할 것을 님의 얼굴로 국한시키고 있다. 뿐만 아니라 그런 상황을 <나의 눈>을 떠나는 것으로 표현했다. 이것은 <님>이 단순하게 화자의 시야에서 떠나는 것을 의미하지 않는다. 앞에서 이미 우리는 불제자의 이별이 물리적 시간이나 공간의 차원이 아니라 심안(心眼)의 개념에 수렴됨을 파악했다. 그렇다면 여기서 <님>이 화자의 시야에서 사라지는 것은 존재의 소멸을 뜻한다. 즉 죽음의 심상에 수렴되는 것이다. 결

국 이렇게 보면 한용운이 이 시의 허두가 낙화와 지는 해, <목마
친 노래>로 형상화 된 까닭이 명백해진다. 그것은 이 시의 화자가
그의 님을 마지막 보내는 자리에서 부른 처절한 심경을 담은 것이
기 때문이다.

最初의 님

맨츰에 만난 님과 님은 누구이며 어늬 때인가요
맨츰에 이별한 님과 님은 누구이며 어늬 때인가요
맨츰에 만난 님과 님이 맨츰으로 이별하였읍니까 다른 님과 님
이 맨츰으로 이별하였읍니까[1]

나는 맨츰에 만난 님과 맨츰으로 이별한 줄로 압니다
만나고 이별이 없는 것은 님이 아니라 나입니다
이별하고 만나지 않은 것은 님이 아니라 길가는 사람입니다
우리들은 님에 대하야 만날 때에 이별을 염려하고 이별할 때에
만남을 기약합니다[2]
그것은 맨츰에 만난 님과 님이 다시 이별한 遺傳性의 痕跡입니다

그러므로 만나지 않는 것도 님이 아니요 이별이 없는 것도 님
이 아닙니다
님은 만날 때에 웃음을 주고 떠날 때에 눈물을 줍니다
만날 때의 웃음보다 떠날 때의 눈물이 좋고 떠날 때의 눈물보
다 다시 만나는 웃음이 좋습니다
아아 님이여 우리의 다시 만나는 웃음은 어늬 때에 있읍니까[3]

六十七. 최초(最初)의 님

한용운의 님은 매우 복합적인 동시에 다의적(多義的)이다. 이 경우 우리는 「군말」의 허두에 놓인 몇 줄을 기억할 필요가 있다. <님>만이 님이 아니라 긔룬 것은 다 님이다. 중생(衆生)이 석가 (釋迦)의 님이라면 철학(哲學)은 칸트의 님이다. 장미화(薔薇花)의 님이 봄비라면 마시니의 님은 이태리(伊太利)다.> 이런 구절들에 나타나는 바와 같이 한용운에게 님은 그리는 것, 섬기고자 하는 것을 통틀어 일컫는 이름이다. 이와 아울러 한용운은 그의 <님>을 통해서 사상, 관념의 다양한 변화를 노리기도 했다. 한용운이 아닌 다른 시인의 경우 한 작품에서 <님>은 대체로 한자리에 초점이 맞추어진다. 정몽주의 「단심가(丹心歌)」에서 그것은 고려 왕조의 임금이며, 황진이의 시조에서 그것은 화자가 살뜰하게 생각하는 정인(情人)이었다. 한용운에게도 그것은 해탈지견(解脫知見)의 자재신(自在身)이거나, 조국이었고, 또한 몇몇 작품에서 드러난 바와 같이 이성의 애인이었다. 그런데 이 작품에서 <님>은 같은 작품내에서 의미의 내포가 다르게 파악되어야 할 존재다. <맨 츰에 만난 님과 님>. 이런 말들에서 우리는 당황할 필요가 없다. 같은 작품, 같은 행의 님이 전후해서 나와도 그 앞의 님과 바로 다음의 님은 동일하지 않은 별개의 존재다. 뿐만 아니라 여기서 <님>은 바로 앞서 작품의 <님>과도 다른 심상을 가진다. <떠날 때의 님의 얼굴>에 <님>은 애정시의 그것이었다. 그러나 이 작품에서 <님>은 그와 달리 형이상의 차원을 내포한다. 단적으로 말하여 이 시는 <님의 침묵>이나 <이별은 미의 창조>와 동류항으로 묶일 수 있는 형이상의 시다.

맨츰에 만난 님과 님은 누구이며 어늬 때인가요/ 맨츰에 이별한[1]
님과 님은 누구이며 어늬 때인가요/ 맨츰에 만난 님과 님이 맨츰
으로 이별하였읍니까 다른 님과 님이 맨츰으로 이별하였읍니까:

<맨츰>→<맨첨, 맨처음>, 사투리 표기를 그냥 둔 것은 그것으로
한용운의 시가 지니는 말투를 살리려는 생각에서다. 이 부분의 기
능적 이해를 위해서 우리는 먼저 두 가지 정도의 의문을 갖는 것
이 좋다. 첫째 이 작품의 제목은 <최초의 님>이다. 그럼에도 여기
서 그런 <님>의 그림 만들기, 곧 심상 제시가 나타나지 않는다.
그와 달리 <만난 님>, <이별한 님> 등 다분히 추상적인 말들이
쓰였다. 그 까닭이 무엇인가 하는 점이 우리가 가져야 할 첫째 의
문이다.

다음 이 시는 <만난 님>, <이별한 님>과 함께 <만난 님과 님
은 누구이며 어느 때인가요>, <이별한 님과 님은 누구이며 어느
때인가요> 등으로 되풀이 <님>이라는 말을 썼으나 그 외연이 조
금씩 다르게 파악된다. 이것이 무엇을 뜻하는 것인가와 그 결과
이 부분이 어떻게 읽힐 수 있는가가 우리 앞에 제기되는 두 번째
의문이다.

첫째 질문에 대한 해답은 만남과 이별 등의 말이 전후 문장의
지배적인 개념임을 생각하면 곧 들어난다. 한용운이 속한 승가의
세계에서 만남과 헤어짐의 사유형태는 회자정리(會者定離), 회필
유리(會必有離) 등으로 집약되는 제행무상(諸行無常)의 세계. 이
런 판단의 논거는 이 시의 다음 부분에 나오는 <우리들은 님에
대하야 만날 때에 이별을 염려하고 이별할 때에 만남을 기약합니
다>로 더욱 보강된다.

이 시에서 <님>이 지닌 뜻을 제대로 파악하려면 불교의 우주
관, 곧 세계인식의 체계를 알아야 한다. 이미 지적된 바와 같이 불
교는 현상계의 인식을 수(受), 상(想), 행(行), 식(識) 등의 범주로
나누어 생각한다. (이에 대한 것은 이 해설 <고적한 밤>의 2항
<제법공상(諸法空相)> 부분 참조.) 이때의 수(受)는 우리 자신의

감각적 수용작용, <상(相)>이 표상작용(表象作用), <행(行)>이 마음을 가다듬고 다스리는 것, 곧 의지작용(意志作用)인 데 비해 <식(識)>은 우주의 삼라만상과 인생의 여러 일들을 식별 구분해 내는 경지를 가리킨다.

불교에서 식경(識境)이라고 하는 정신작용을 생각하는 경우 우리는 매우 중요한 문제와 맞닥뜨린다. 안, 이 비, 설, 신(眼, 耳, 鼻, 舌, 身) 등의 범주에 드는 식별작용에서는 우리가 현상들을 체험으로 느끼거나 알 수 있다. 앞에서 이미 지적된 바와 같이 그 작용을 가능하게 하는 소의근(所依根)이 있는 것이다. (이에 대해서는 이 글 「?」의 해설 1항의 ④ <오식을 넘어서 – 무의식계의 발견> 참조.) 그러나 의식의 소의(所依)가 되는 의근(意根)은 그와 다르다. 이때 우리의 정신작용은 감각기관을 통해서 이루어지는 것이 아니라 의식 이전의 상태, 곧 전의식이나 무의식을 토대로 이루어진다. 불교에서는 이것을 아뢰야식(阿賴耶識)이라고 한다. (상게 해설, 1항 ⑤참조.)

불교는 아뢰야식을 모든 현상과 존재가 전개되는 기본 종자, 도는 근본심(根本心)이라고 본다. 이 식(識)이 작용함으로써 우주 생성의 제법(諸法)이 일어나며 또한 제법이 법을 창조할 수 있는 종자도 그 자체에서 전이, 변화, 성숙시킬 수가 있다. 유심철학에서는 아뢰야식은 물질계와 정신의 영역에 드는 모든 현상, 곧 제법(諸法)을 생성하게 만드는 원인이 되고 그와 아울러 삼라만상이라는 결과를 이룩하는 능력이 되기도 한다.

아뢰야식 또는 장식(藏識)은 그 자체로는 만법(萬法), 제상(諸相)의 종자일 뿐이다. 우리가 수도, 정진을 거듭하여 대각(大覺)의 경지에 이르면 그것은 해탈, 견성(見性)의 차원에 이르러 진여(眞如)가 된다. 그러나 범부(凡夫)의 경지에 머물러 미망을 헤어나지 못하면 그것은 무명(無明)의 늪에서 헤어나지 못한다. 전자의 완성형태를 우리는 무아(無我), 법공(法空)의 경지라고 하며 그런 차원의 의식을 여래장(如來藏)이라고 한다.

우리가 불교의 본체론에 대해 이 정도의 지식을 가진다면 이 시의 허두에 나오는 <님>의 뜻을 파악하는 데 큰 어려움은 없을 것이다. 여기서 <님>은 만해가 일생을 바쳐서 터득하고자 한 진여(眞如)의 경지다. 사무치게 정진을 했다고는 하나 만해가 그 경지에 완전무결하게 득달하여 성불을 하고 자재신(自在身)이 된 것은 아니었다. 그는 그 전 단계에 머물면서 아뢰야식, 또는 장식(藏識)의 차원을 파고들어 그를 통해 견성(見性)의 차원을 구축하려 노력했을 것이다. 그것을 인격적 실체로 제시한 것이 <님>이다. 득도, 성불을 못했으므로 그는 그 <님>의 실체가 무엇이며 어느 때 그가 <님>을 만나게 되는지도 알 수 없었다. 이 처절한 법상(法相) 탐구의 목소리를 담은 것이 이 부분이다.

2) **만나고 이별이 없는 것은 님이 아니라 나입니다/ 이별하고 만나지 않은 것은 님이 아니라 길가는 사람입니다/ 우리들은 님에 대하야 만날 때에 이별을 염려하고 이별할 때에 만남을 기약합니다:** 첫 줄에서 <나>는 아직 회자정리(會者定離)의 철리를 체질화시키지 못한 속중으로서의 나다. 둘째 줄의 <님>은 이미 제행무상(諸行無常)의 철리를 터득한 분이다. 그에 반해서 길가는 사람은 속중으로 회자정리(會者定離)의 차원에 이르지 못한 경우다. 이렇게 보면 이 부분은 이 시집의 표제작인 「님의 침묵」의 한 구절 <우리는 만나 때에 떠날 것을 염려하는 것같이 떠날 때에 다시 만날 것을 믿습니다.>의 변주(變奏)형임을 알 수 있다.

3) **만날 때의 웃음보다 떠날 때의 눈물이 좋고 떠날 때의 눈물보다 다시 만나는 웃음이 좋습니다/ 아아 님이여 우리의 다시 만나는 웃음은 어늬 때에 있읍니까:** 이 작품의 마무리 부분이며 관념상으로는 회자정리(會者定離)의 철리를 확인한 부분이다. 앞에서 되풀이 지적된 바와 같이 불교의 만남과 헤어짐은 연기설의 중심개념인 인연의 감각을 전제로 한다. 우주의 삼라만상은 인연이 있어 사대(四大)가 모이면 유(有)가 된다. 그 사대가 인연의 소멸로 흩어지게 되면 다시 존재는 무(無)로 돌아가는 것이다. 이 철리를

<님>과 <화자> 등 두 사람의 인격적 실체로 대비시킨 것이 이 부분이다. 다만 여기서 문맥화 된 이별의 심상은 「님의 침묵」의 경우와 크게 다르다. 「님의 침묵」에서 이별은 제 곡조를 못 이기는 사랑의 노래에 수렴되었다. 여기서 그것은 <다시 만나는 웃음>에 수렴되어 세속적인 애욕의 정과 함께 있다. 이것은 이 시가 끝내 해탈, 지견(知見)의 노래가 아닌 인간 욕망의 차원을 저버리지 못했음을 뜻한다.

두견새

두견새는 실컷 운다
울다가 못다 울면
피를 흘려 운다[1]

이별한 恨이야 너뿐이랴마는
울래야 울지도 못하는 나는
두견새 못된 恨을 또 다시 어찌하리[2]

야속한 두견새는
돌어갈 곳도 없는 나를 보고도
「不如歸不如歸」[3]

六十八. 두견새

앞에 나온 몇 작품에서와 같이 이 시의 소재가 되어 있는 것도 이별이다. 그러나 여기서 이별은 제행무상(諸行無常)의 감각을 곁들이지 않았다. 따라서 이 시는 형이상시가 아닌 단순 서정의 노래로 읽어야 한다. 다만 행간에 매우 여린 상태로 반제의식이 깔려 있다.

1) **두견새는 실컷 운다/ 울다가 못다 울면/ 피를 흘려 운다:** 두견새를 순수 우리말로 접동새, 소쩍새라고 한다. 깊은 밤 숲속에서 우는 소리가 구성지게 들리는 새다. 한자어로는 두견(杜鵑)이라고 하며 두우(杜宇), 불여귀(不如歸) 등의 별칭이 있다. 『촉왕본기(蜀王本紀)』에 따르면 망제(望帝)가 음란하여 신하의 아내를 범한 나머지 그의 자리를 쫓겨났다. 때에 두견새가 구슬피 울었는데 그 소리가 <불여귀(不如歸)>로 들렸기 때문에 그런 이름이 붙었다는 것이다. 이 두견은 마침 철쭉꽃이 필 때부터 울기 시작한다. 그리하여 철쭉꽃을 중국에서는 두견화(杜鵑花)로 부르기도 하는 것이다. 두견새 우는 소리는 가슴에 한을 지닌 사람을 연상하게 만든다. 그런 분위기로 하여 우리나라와 중국에서 여러 시와 글의 소재로 등장한다.

> 3월달 구강(九江) 땅에 두견새 날아드니
> 두견새 한 소리에 두견화가 피는구나
> 九江三月杜鵑來
> 一聲啼得一花開
>
> ― 백거이(白居易)

우리나라 시로는 「정과정곡(鄭瓜亭曲)」의 허두에 두견새, 곧 접동새가 등장하며 현대 시인으로는 김소월의 「접동새」가 특히 유명하다.

2) **이별한 한(恨)이야(냐) 너뿐이랴마는/ 울래야 울지도 못하는 나는/ 두견새 못된 한(恨)을 또 다시 어찌하리:** 초판 『님의 침묵』에는 <이별한 한(恨)이야>가 <한이냐>로 표기가 되어 있다. 오철이므로 바로잡았다. 사람으로 의인화된 두견새의 울음은 한으로 하여 우는 것이다. 그런데 화자는 한이 있어도 울 자유가 없다. 이것은 사적(私的)인 차원이기보다 일제 식민지 체제라는 특수 상황을 유추하도록 만든다. 일제 식민지 체제하와 같은 특수 상황에서는 국가, 민족과 맥락을 같이하는 감정에서 울음을 울 자유가 박탈 했다. 이렇게 보면 이 연의 바닥에는 한용운이 평생을 바쳐 사무치게 생각한 민족의식이 깔려 있는 셈이다.

3) **야속한 두견새는/ 돌어갈 곳도 없는 나를 보고도/ 「불여귀불여귀 (不如歸不如歸)」:** 이 시를 쓰기 전에 한용운은 집을 나와 승적에 이름을 올린 몸이었다. 승적에 몸을 둔 사람은 본래 속세와의 인연을 끊은 사람이다. 따라서 여기 나오는 돌아갈 곳 없는 나는 출가전의 집을 가리키지 않는다. 그렇다면 두견새 소리와 함께 생각난 돌아갈 곳은 무엇을 가리키는 것인가. 중국에서는 나라를 국가 (國家)라는 두 글자로 표기했다. 이 말 속에는 집의 집합형태가, 나라라는 뜻이 내포되어 있는 셈이다. 이렇게 보면 불여귀 소리를 들으며 한용운이 품은 한은 망국의 감정에서 빚어진 것이다. 여기서도 우리는 이 시에 담긴 한용운의 반제의식을 느낄 수 있다.

한용운의 「불여귀」가 지니는 문학사적 의의를 좀 더 각명하게 파악하려면 우리는 서정주의 「귀촉도(歸蜀途)」를 살펴야 한다.

눈물 아롱 아롱
피리 불고 가신 임의 밟으신 길은
진달래 꽃비 오는 서역 삼만리(西域 三萬里)

흰 옷깃 여며 여며 가옵신 임의
다시 오진 못하는 파촉 삼만리(巴蜀 三萬里).

신이나 삼아 줄 걸 슬픈 사연의
올올이 아로새긴 육날 메투리
은장도 푸른 날로 이냥 베어서
부질없는 이 머리털 엮어 드릴 걸.

초롱에 불빛, 지친 밤하늘
굽이굽이 은핫물 목이 젖은 새
차마 아니 솟는 가락 눈이 감겨서
제 피에 취한 새가 귀촉도(歸蜀途)운다.
그대 하늘 끝 호을로 가신 임하.

— 「春秋」(1943년 10월호)

　서정주의 자전적 에세이에 따르면 이 시는 1930년대 말경 최금
동(崔琴桐)의 시나리오인 「애련송」의 주제가 가사로 씌어진 것이
다. 한용운의 시와 꼭같이 이 작품도 한(恨)의 정조를 뼈대로 한
셈이다. 다 같은 한이라고 해도 한용운의 시에는 그것이 다분히
관념의 형태를 느끼게 한다. 그러나 서정주의 시에는 그것이 정서
와 가락의 상태로 용해되어 있다. 뿐만 아니라 한용운의 시에서
보다 서정주의 시에 나오는 한은 더욱 절실하며 우리의 마음에 닿
는 폭과 깊이가 넓고 크다. 따라서 이 작품은 한용운의 시 가운데
크게 성공작이 아닌 셈이다.

나의 꿈

　당신이 밝은 새벽에 나무 그늘 새이에서 산보할 때에 나의 꿈은 적은 별이 되야서 당신의 머리 위에 지키고 있겠읍니다[1]

　당신이 여름날에 더위를 못이기어 낮잠을 자거든 나의 꿈은 맑은 바람이 되야서 당신의 周圍에 떠돌겠읍니다[2]

　당신이 고요한 가을밤에 그윽히 앉아서 글을 볼 때에 나의 꿈은 귀따라미가 되야서 책상 밑에서 「귀똘귀똘」 울겠읍니다

六十九. 나의 꿈

불교의 교리에서 제일 전제가 되는 것이 우주의 삼라만상에 불성(佛性)이 있다는 것이다. 불성이란 브라만교의 단계에서는 영성(靈性)으로 해석되었다. 우주의 본체를 뜻하는 브라만 자체가 그 구체적 활동 형태를 아트만을 통해 이루어 나간다는 것이 우파니샤드식 세계관이다. 정통 불교에서 이와 같은 브라만식 생의 구성 요소는 배제·극복되었다. 그에 대체되어 이루어진 것이 오욕칠정(五慾七情)을 끊고 해탈을 기하면 무아(無我)와 초공(超空)의 경지에 이를 수 있다는 생각이다. 한용운도 얼마간의 수행기간을 거쳐 득도를 했으므로 이런 사실을 모르지는 않았을 것이다. 그 나머지 그는 우리 주변을 에워싼 여러 생명체의 신비를 꿈으로 전이시켰다. 여기서 <당신>은 화자, 곧 한용운 자신으로 해석되어도 무방하다. 그가 새벽과 여름날, 가을밤에 느낀 삼라만상의 신비스러운 모습을 꿈에서 본 것인 양 바꾸어 말한 것이 이 노래다. 따라서 이 작품은 서정단곡이지만 단순 풍경시가 아닌 형이상시의 갈래에 드는 작품이다.

1) **당신이 밝은 새벽에 나무 그늘 새이에서 산보할 때에 나의 꿈은 적은 별이 되아서 당신의 머리 위에 지키고 있겠읍니다:** 여기서 행위의 주체가 <나>인 점에 주의가 필요하다. 꿈이라는 매개항이 개입되었지만 나는 여기서 <적은 별>이 되기를 바라며 맑은 바람, 귀뚜라미가 되고 싶어 한다. 인간은 물론 천체(天體)의 하나인 별이 될 수가 없다. 이 불가능한 일을 가능한 양 말하고 있는 것이 이 작품이다. 이것은 이 작품이 우파니샤드 단계의 삼라만상=정령설과 상관성을 가지고 있음을 뜻한다(단 꿈을 매개항으로 하

여 그것을 해소한 점이 불법을 의식한 결과임은 이미 지적된 바와
같다).

2) **당신이 여름날에 더위를 못이기어 낮잠을 자거든 나의 꿈은 맑은 바람이 되야서 당신의 주위(周圍)에 떠돌겠읍니다:** 서술부의 소재
가 달라졌을 뿐 이 줄의 구문은 바로 앞행의 그것과 아주 같다.
그리고 다음 줄의 구문 역시 이 줄과 조금도 다르지 않다. 이것은
한용운이 이 시의 석 줄을 꼭 같은 구문의 문장으로 만들었음을
뜻한다. 이제 우리가 이들 석 줄의 문장 형태를 도식화해 보면 다
음과 같이 될 수 있다.

    (A) 보편적인 시간장소+(B) 특수한 의미를 지닌 시간 장소+(C)
시작품 속에서의 화자가 지닌 자격, 여건+(D) 그것이 일으키는 반응
과 그 결과.

한용운의 시에 나타나는 이런 형태의 구문은 타고르의 한 작품
과 동음이곡(同音異曲)으로 파악될 수가 있다. 이 작품은 앞에서
이미 그 일부가 인용된 타고르의 『신월(新月)』의 「마지막」과 대비
가 가능하다. 이 책 「어데라도」 주석(2) 참조.

의미 맥락으로 보아 「나의 꿈」과 「마지막」 등 두 작품 사이에
차이가 있다면 이 시에서 화자가 당신을 부르고 있음에 반해 「마
지막」에서 말을 거는 대상이 된 것은 어머니로 나타나는 점이다.
그러나 두 작품 사이에는 공통분모가 더 많이 발견된다. 「나의 꿈
」의 소재가 바람, 별, 귀뚜라미 등 자연의 일부임에 대해 「마지막」
에서 화자가 변신된 모습 역시 바람과 빛이며, 반딧불이다. 이와
같은 사실은 앞에 제시된 「나의 꿈」의 구문형식을 「마지막」에 대
비시켜보면 두 작품의 구문상 유사성이 뚜렷한 선을 긋고 나타난
다.

성대한 푸자의 제일(祭日)에(A)+이웃 어린이들이 와서 집 근처에
서 놀면(B)+나는 피리의 가락으로 변하여(C)+온종일 어머니의 가
슴을 뛰게 해 드릴 겝니다(D)

이와 아울러 우리가 주목할 것이 한용운의 시 세계가 갖는 소재
상의 당양성이다. 위의 대미를 통해서 드러나는 바와 같이 한용운
의 작품세계는 불교나 일상사에 국한된 것이 아니다. 타고르와 비
슷하게 그는 인생과 세계, 일상사와 영성의 영역이나 무명(無明),
법공(法空)의 세계를 다루었다. 이런 의미에서 한용운은 우리 현
대시사 상에서 유례가 없을 정도로 폭넓은 내면공간을 개척해낸
시인이다.

우는 때

꽃 핀 아침 달 밝은 저녁 비오는 밤 그때가 가장 님 긔루은 때
라고 남들은 말합니다¹⁾
나도 같은 고요한 때로는 그때에 많이 울었읍니다

그러나 나는 여러 사람이 모혀서 말하고 노는 때에 더 울게 됩
니다
님 있는 여러 사람들은 나를 위로하야 좋은 말을 합니다마는
나는 그들의 위로하는 말을 조소로 듣습니다²⁾
그때에는 울음을 삼켜서 눈물을 속으로 창자를 향하야 흘립니
다.³⁾

七十. 우는 때

　일상생활을 통해 우리가 맛보는 감정의 상태에 고독, 비애, 고통과 열락(悅樂) 등이 있다. 이들이 소박한 심리의 단계인 때 그것은 철학적 명제가 되지 않는다. 외롭다든가 슬픔, 아픔과 즐거움이 사유과정을 거쳐 관념으로 자리 잡기까지에는 한 체험자의 정신화 과정이 선행되어야 한다. 인생과 세계에 대한 상당한 성찰 과정을 거치고 나서야 원초적 감정 체험이 제모습을 갖춘 인식적 실체로 자리 잡을 수 있다.

　한용운의 이 시에서 제작 동기로 파악되는 것은 고독이다. 여기서 고독, 곧 외로움은 인간과 격리된 상태에서 빚어진 것이 아니라 그 반대의 경우에 나타나는 의식 현상이다. 이미 드러난 바와 같이 한용운은 철이 들자 곧 집을 떠났다. 그 다음 단계에서 사문(沙門)에 귀의하여 수도(修道) 선정(禪定)의 길을 걸었다. 산중에서 그는 오히려 새로운 정신세계 체험에 세속적인 단절감이나 고독을 체험할 여지가 없었을 것이다. 그러나 득도 후 다시 세간(世間)에 나갔을 때 거기에는 예상외로 많은 모순과 비리가 득실대었다. 그 것들을 체험하면서 그는 비로소 예상하지 못한 부피로 밀려드는 <나>와 세속적인 사람들 사이의 단절감을 맛보았을 것이며 그것이 그의 감정에 고독을 심어 주었을 가능성은 매우 크다. 여기 나오는 눈물과 울음은 이런 그의 정신적 체험에 밀착된 것으로 보인다.

1) **꽃 핀 아침 달 밝은 저녁 비오는 밤 그때가 가장 님 긔루운 때라고 남들은 말합니다:** <긔루운>→<그리운>. 「님의 침묵」에는 <긔

룬>으로 표기된 점에 주의가 필요하다. 한문에서 사시풍물(四時風物)을 말할 때 가장 흔한 대귀가 화조월석(花朝月夕)이며 풍조우야(風朝雨夜)다. 이런 때 사람들의 감정이 움직이는 것이 상례이기 때문에 이런 표현이 이루어진 것이다. 『전편해설』은 이것을 선정(禪定)의 경지로 해석하고 『벽암록』 한 줄을 인용했다.

> 티끌 한 알이 일면 그 속에 대지(大地)가 들고,
> 한송이 꽃이 피면 세계(世界)가 드러난다.
> 一塵擧大地收
> 一花開世界起

이미 되풀이 지적된 바와 같이 불교의 수도 과정 중 하나인 선정(禪定)은 단순감정의 범주를 넘어선 차원이다. 일상생활에서 우리가 느끼는 희로애락과 선정의 차원은 연속적인 것이 아니다. 따라서 꽃피는 아침 달뜨는 저녁에 님을 그리는 정을 『벽암록』의 한 구절에 결부시키는 것은 지나친 어귀해석이다. 시의 해석에 얼마간의 상상력이 개입하는 것은 사실이다. 그러나 논거를 제시할 길 없이 상상력만이 독주하게 되면 그것은 시의 해석이 아니라 소설이나 수상록 등 문학의 다른 양식을 쓰는 것이 되어 버린다.

2) **나는 그들의 위로하는 말을 조소로 듣습니다:** 초판 『님의 침묵』에는 이 부분 말미의 <-다>가 탈락되어 있다. 사소한 것이지만 오늘 우리는 그것을 바로잡아 <듣습니다>로 읽어야 한다.

3) **그때에는 울음을 삼켜서 눈물을 속으로 창자를 향하야 흘립니다:** 여기서 눈물은 물론 피가 섞여서 나오는 울음의 상징이다. 그것을 창자를 통하여 흐르게 한다는 것은 얼핏 생각하면 초현실파의 기법을 연상하게 만든다. 다만 지난 날 우리 주변에서 흔하게 사용된 한자어에 단장지통(斷腸之痛)이라는 것이 있다. 그 뜻은 <창자를 에이는 듯한 아픔>이다. 한용운의 시는 여기서 아픔 대신 눈물

을 대체시켜 놓았다. 그 이력서 사항으로 미루어 보면 모더니즘의 세례를 받은 적이 없는 것이 한용운이다. 그럼에도 여기에는 초현실주의의 단면을 느끼게 하는 부분이 나온다. 이것은 한용운이 끊임없이 언어를 새롭게 갈고 다듬었음을 뜻한다.

타골의 詩(The GARDENISTO)를 읽고[1]

벗이여, 나의 벗이여, 愛人의 무덤 위의 피어 있는 꽃처럼 나를 울리는 벗이여.

적은 새의 자최도 없는 沙漠의 밤에, 문득 만난 님처럼 나를 기쁘게 하는 벗이여.

그대는 옛 무덤을 깨치고 하늘까지 사모치는 白骨의 香氣[2] 입니다.

그대는 花環을 만들랴고 떨어진 꽃을 줏다가, 다른 가지에 걸려서 줏은 꽃을 헤치고 부르는 絶望인 希望의 노래입니다.[3]

벗이여, 깨어진 사랑에 우는 벗이여.

눈물이 능히 떨어진 꽃을 옛 가지에 도로 피게 할 수는 없읍니다.

눈물을 떨어진 꽃에 뿌리지 말고, 꽃나무 밑의 띠끌에 뿌리서요[4]

벗이여, 나의 벗이여.

주검의 香氣가 아모리 좋다하야도, 白骨의 입설에 입맞출 수는 없읍니다.

그의 무덤을 黃金의 노래로 그물치지 마서요. 무덤 위에 피 묻은 旗대를 세우서요.

그러나 죽은 大地가 詩人의 노래를 거쳐서 움직이는 것을 봄바람은 말합니다.[5]

벗이여 부끄럽습니다. 나는 그대의 노래를 들을 때에, 어떻게 부끄럽고 떨리는지 모르겠읍니다.

그것은 내가 나의 님을 떠나서, 홀로 그 노래를 듣는 까닭입니다.[6]

七十一. 타골의 시(詩)(GARDENISTO)를 읽고

　시인으로서 한용운은 『님의 침묵』에 실린 90편의 시와 그 밖에 상당 양에 달하는 시조, 자유시를 우리에게 끼친다. 그는 또한 「영화 화상에게 보냄(贈暎和和尙述未嘗見)」 이하 140여 편의 한시를 남기고 있으며, 그 질적인 수준도 한글 시를 능가할 정도로 높은 것이다. 그럼에도 한용운 자신이 그가 사숙했을 것으로 생각되는 시인의 이름을 든 예는 거의 발견되지 않는다. 이때에 꼭 하나 예외격으로 나타나는 시인이 있기는 하다. 그가 바로 이 작품의 제목이 된 R. 타고르이다.

　한용운이 타고르의 시에 경도된 정도는 이 작품 첫머리 한 줄을 통해서도 각명하게 드러난다. <벗이여, 나의 벗이여, 애인(愛人)의 무덤 위의 피여 있는 꽃처럼 나를 울리는 벗이여> 앞에서 우리는 이미 한용운이 그의 시 짓기에서 스승이거나 선배가 되는 그 누구의 이름도 들지 않았음을 지적했다. 그런 그가 타고르에게는 거의 귀의심이라고 할 정도의 찬사를 바치고 있다. 한용운이 이 시를 쓰기 전 타고르는 노벨 문학상을 탄 경력을 가지고 있었다(1913년). 그 스스로가 영역본으로 만든 『기탄잘리』는 1912년 발간과 동시에 영국 시단에서 단연 화제의 초점이 되었다. 그 공적으로 하여 타고르는 영국에서 기사의 칭호를 얻었다. 그러나 한용운의 의식성향으로 보아 이런 타고르의 위상은 끝내 참고 사항이 었을 것이다.

　한용운에게 타고르가 상당한 부피를 가진 자극계열의 원천으로 작용한 까닭은 그의 시가 갖는 내면 공간의 넓이와 깊이에 있었던 것으로 짐작된다. 이 경우 우리에게 좋은 참고자료가 되는 것이다.

『기탄잘리』의 책머리에 붙인 예이츠의 서문이다. 타고르의 시집을 읽고 감명을 받은 예이츠는 어느 벵골의 의사에게 타고르에 관해서 물었다. 그 의사는 예이츠에게 다음과 같은 대답을 했다.

"우리나라에는 많은 다른 시인이 있습니다. 그러나 타고르와 어깨를 겨눌 시인은 한 사람도 없습니다. 그러므로 우리는 이 시대를 라빈드라나드의 시대라고 말합니다. 그보다 더 유명한 시인은 유럽의 시인 가운데도 찾아내기가 어렵습니다. 타고르는 시 만이 아니라 음악으로도 시 못지 않게 위대합니다. 그의 노래는 인도 서부로부터 버마에 이르기까지 벵골 말이 통하는 곳이라면 어느 곳에서나 노래되고 있습니다. 타고르는 열아홉 살 때 첫 소설을 쓰고 나서부터 이미 이름을 드날렸습니다. 그가 어느 정도 나이를 먹어서 만든 희곡은 지금도 캘커타에서 상연 중에 있습니다. 나는 완벽한 그의 생애에 그지없는 찬사를 드립니다. 그는 아주 젊었을 적에 삼라만상을 소재로 한 많은 글을 썼으며 하루 종일 자신의 정원에 앉아 있는 습관을 가지고 있었습니다. 스물다섯 적부터 서른다섯 무렵까지 그는 크나큰 슬픔을 맛보았던 것입니다. 그때 그는 우리말(벵골어)로 가장 아름다운 시를 썼습니다.(……) 그 후 타고르의 예술에는 한층 더 깊이가 생기고 종교적이며 철학적이 되어갔습니다. 인류의 온갖 열망이 그의 찬미 속에 포함되어 있습니다. 그는 생을 거부하는 것이 아니라 생 자체에서 고백을 하는 우리의 성자(聖者) 가운데 으뜸가는 분입니다. 이것이 우리가 무슨 까닭으로 타고르에게 사랑을 바치는가 하는 이유입니다."

"We have other poets, but none that are his equal; we call this the epoch of Rabindranath. No poet seems to me as famous in Europe as famous as he is among us. he is as great in music as in poetry, and his songs are sung from the west of

India into Burmah wherever Bengali is spoken. He was already famous at nineteen when he wrote his first novel; and plays, written when he was but little older are still played in Calcutta. I so much admire the completeness of his life; when he was very young he wrote much of natural objects, he would sit all day in his garden; from his twenty-fifth year or so to his thirty-fifth perhaps, when he had a great sorrow, he wrote the most beautiful love poetry in our language(……)After that his art grew deeper, it became religious and philosophical; all the aspirations of mankind are in his hymns. He is the first among our saint who has not refused to live, but has spoken out of Life itself, and that is why we give him our love."-R. Tagore, *Gitanjali* (London, 1965)

여기서 유추될 수 있는바 타고르의 시는 적어도 두 가지의 특성을 가지는 것으로 나타난다. 그 하나가 명상적 세계를 전제로 한 아름다운 말솜씨며 다른 하나가 생 자체에 입각하면서 인간의 열망을 찬미가 형식으로 노래한 점이다. 내면 공간의 넓이와 깊이를 지닌 점에서 한용운의 시는 타고르의 작품과 매우 비슷하다. 그와 아울러 많은 한용운의 시에는 초월적 존재에 대한 동경이 담겨 있다. 이와 같은 공통점이 한용운으로 하여금 타고르에게 정신적 경도 현상을 일으키게 만들었으리라 추정된다.

1) **타골의 시(詩) GARDENISTO를 읽고:** 여기서 GARDENISTO는 타고르의 시집 『원정(園丁)』을 에스페란토로 표기한 것이다. 이것은 한용운이 읽은 타고르의 『원정』이 김억에 의해 번역된 것임을 뜻한다. 김억은 『원정』을 1924년 말 도서출판 회동서관을 통해 간행했다.

당시 그는 창작시와 번역시에 동시 진행형으로 힘쓰는 한편 국제 공통어인 에스페란토의 보급 운동에도 관계하고 있었다. 번역 시집 『원정』의 허두에 그는 Rabindranath Tagore, La Gardenisto, Tradukate et la anglo de verda E. Kim이라고 적어놓았다. 본래 『기탄잘리』나 『원정』, 『신월』 등의 타고르 시집은 벵골어로 발행된 것이다. 일본에서는 그 영역판이 입수되어 소개되었다. 한용운의 어학 능력으로 보아 그가 영어나 일본어판으로 『원정』을 읽었을 공산은 희박하다. GARDENISTPO란 표기로 보아 그가 김억의 번역판으로 그것을 읽었을 것으로 보는 것이 무난한 추측이다. 이것을 『전편해설』에서는 잘못으로 보고 'The Gardner'라고 고쳤다. 사소한 것이지만 논리적 근거 제시에서 혼란을 일으킨 경우이므로 바로잡아야 한다.

2) **옛 무덤을 깨치고 하늘까지 사모치는 백골(白骨)의 향기(香氣):** 무덤 속에 묻힌 백골은 오랜 시간이 흐르면 그 나름대로 풍화과정을 거쳐 흙의 일부가 될 것이다. 그것이 제 스스로 무덤을 깨쳐낼 리가 없다. 뿐만 아니라 육체가 썩어서 이루어진 백골이 향기를 가지는 일은 더욱 있을 수가 없다. 여기서 한용운이 노린 것은 하나다. 그는 벗이라고 부른 타고르를 내면 세계의 깊이와 높이로 받아들이고 있다. 그것을 그지없는 흠모의 정으로 느낀 것이 이런 표현을 가능하게 한 것이다.

3) **다른 가지에 걸려서 줏은 꽃을 헤치고 부르는 절망(絕望)인 희망(希望)의 노래입니다.:** 여기서 <꽃>→<꽃>으로 표기되었다. 구식 철자이므로 고치는 것이 옳다. 문맥으로 보아 <다른 가지에 걸려서 줏은 꽃을 헤치고>의 주인공은 앞부분에서 <꽃>을 주은 사람, 곧 타고르인 것 같다. 그가 무슨 이유로 이 부분과 같은 행동을 하는 것인지는 그 까닭이 잘 포착되지 않는다. 따라서 <절망(絕望)인 희망(希望)의 노래>도 의미의 외표나 내연이 적실하게 잡히지 않는 표현이다.

4) **눈물을 떨어진 꽃에 뿌리지 말고, 꽃나무 밑의 띠끌에 뿌리서요:**

떨어진 꽃은 본체가 아니라 그 변형이며 가지 끝의 나타남이다. 꽃나무 밑은 뿌리가 있는 곳이다. 한용운은 시, 특히 서정시를 쓰면서 그 말들이 자칫 인생과 우주의 진실에서 몇 단계 거리를 가지는 감정의 표현에 그칠 수 있다는 사실을 깨쳤을 것이다. 그가 『님의 침묵』 전편에 걸쳐서 빈번하게 형이상의 세계를 노래한 까닭이 여기에 있다. 또한 국내와 국외의 여러 시인들 가운데 타고르를 유독 좋아한 이유도 같은 각도에서 찾을 수 있을 것이다. 그런 그가 타고르를 향해 이런 주문을 한 까닭은 무엇인가. 이것은 한용운 자신이 그의 시에서 자칫 가벼운 감상을 토로하기 쉬운 정향을 경계한 것으로 보아야 한다.

5) **주검의 향기(香氣)가 아모리 좋다하야도, 백골(白骨)의 입설에 입 맞출 수는 없읍니다./ 그의 무덤을 황금(黃金)의 노래로 그물치지 마서요. 무덤 위에 피 묻은 깃대를 세우서요./ 그러나 죽은 대지(大地)가 시인(詩人)의 노래를 거쳐서 움직이는 것을 봄바람은 말합니다.:** 이 세 줄은 한용운의 타고르론인 동시에 그 나름의 시론이기도 하다. <주검의 향기(香氣)>는 생명 있는 것이 그 차원을 넘어서 입적(入寂), 진여(眞如)의 경지에 이른 세계다. 거기서는 화로에서 연꽃이 피어나고 우주가 해골바가지로 지배되는 가운데 맑은 바람, 밝은 달이 그와 함께 뜨고 흐른다.(『선가귀감』 중 「법안가풍(法眼家風)」을 말한 부분에 <촉루상간세계(觸髏常干世界), 비공마해가풍(鼻孔磨解家風) (……) 풍송단운귀령거(風送斷雲歸嶺去) 월화유수과교래(月和流水過橋來)>라고 있다. <해골바가지가 온 세계를 지배하고 콧구멍이 어느 때나 종족의 전통을 지배하고 흐른다. (……) 바람이 구름조각을 불어 산마루로 떠나가게 하고 맑은 흐르는 물을 따라 다리를 지나서 흘러오네>. 그런데 이 줄 후반부에서 한용운의 어조가 일변해 버린다. 이 부분에서 백골은 주검의 상징이며 무아(無我), 만상구적(萬象俱寂)의 은유 형태다. 거기에 입 맞출 수 없다는 것은 화자가 제행무상의 철리를 깨치기 전에 속하는 유정계(有情界)에 머물러 있음을 뜻한다.

여기부터는 이 시가 타고르를 두고 읊은 것임을 기억해야 한다. 타고르는 불교도가 아니어서 그의 시에 내면의 깊이가 있다 해도 해탈(解脫) 자재신(自在身)의 경지를 노래한 것이 아니다. 이것은 한용운 자신의 시에도 거의 그대로 적용되는 말이다. 여기서 한용운 자신은 타고르와 그의 시가 견성(見性)의 경지에 이르렀다기보다 그 전 단계에 머문 서정시임을 의식하고 있는 것이다.

이 연의 둘째 줄을 기능적으로 이해하기 위해서는 타고르의 시가 갖는 내면성을 다시 한 번 살필 필요가 있다. 이미 드러난 바와 같이 타고르의 시는 W.B. 예이츠에게 충격을 줄 정도로 독특한 내면세계를 가진 것이었다. 그의 시가 갖는 이런 단면에 대해서는 일찍 김억의 역시집 『원정(園丁)』이 나오자 이광수(李光洙)가 매우 적절한 평을 가했다.

> 서로 꾸밀 것도 없다. <그대로-머리도 빗을 것이 없이 단장도 할 것 없이 그대로 만나자.> 그대로 아름답고 그대로 반갑다. 타고르의 詩는 어느 것이나 이 情調 아님이 없거니와 그 中에도 이것이 가장 많이 드러난 것이 『園丁』이다. 『기탄잘리』는 모든 生命을 神으로 보고 내가 그 앞에 禮拜하는 情을 읊은 것이요, 『新月』은 모든 自然과 모든 生命을 나의 母로 보고 그 품에 안긴 나의 靈이 어리광하는 것이요, 『園丁』은 모든 生靈을 한동안 동산에 사는 愛人으로 보고 愛의 세레나데를 보내는 것이니, 結局 같은 情調를 다른 모양으로 表現함에 不過하다.(56)

여기서 나타나는 바와 같이 타고르는 자연과 그 변형인 삼라만상을 신으로 보고 그것에 귀의, 자신을 동일화 시키려는 시각의 시를 썼다. 이것은 일체의 유정물(有情物)이 부정, 배제되고 절대구적(絶對俱寂)의 경지를 요구하는 세계가 아니다. 그 이전 타고르의 세계에는 적어도 인간이 있다. 내가 있고 인생이 유의성을 갖는 세계에서 그 집약적인 상징이 되는 것은 <피>일 것이다. 이렇게 보면 한용운이 세우라는 <피 묻은 깃대>는 인간의 노래를 불러도 좋다는 찬성 발언인 동시에 한용운 나름의 맹세다.

마지막 줄의 <죽은 大地>는 제법무아인(諸法無我印)이나 열반
적정인(涅槃寂靜印)의 세계가 아니라 유정계(有情界)의 차원으로
보아야 한다. 불교는 번뇌를 떠나 인생과 세계의 본질을 터득하기
를 기하는 종교다. 그 차원에서는 인생과 세계의 본질을 파악하기
위해서 피상적으로 사물을 보아서는 안 된다. 개념전달에 그치는
언어를 통해서도 불교의 진리는 터득되지 못한다. 마음, 그것도 사
물의 구경을 알려는 사무친 마음이 이때 문제가 된다. 마음을 통
해 진리, 곧 도를 깨닫는 것은 도장을 찍는 것과 같이 확실한 일
이다. 불교에서는 이것을 심인(心印)이라고 말한다.

불교에서 사물의 진실을 확실하게 깨친다는 것은 곧 만상(萬
相)의 제법(諸法)을 살펴서 인식한다는 뜻이다. 여기서 법인(法印)
이라는 말이 생겼다. 불교는 그 세계관 인생관으로 하여 그 경지
를 셋으로 나눈다. 첫 단계에서 불교는 우주나 우리 인생을 2분한
다. 현상계가 그 하나이며 본체계가 그 하나이다. 이 현상과 본체
계는 다시 시간과 공간 개념으로 나누어지며 그에 대한 인식의 결
과가 유한, 무한, 무체(無體), 광대(廣大) 등으로 나누어진다. 그 총
괄단계에서 제행무상(諸行無常), 제법무아(諸法無我), 열반적정(涅
槃寂靜) 등 삼법인(三法印)이 성립되는 것이다.

이를 도표화 하면 다음과 같다.

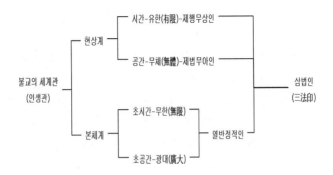

제행(諸行)이라는 것은 제법(諸法)만물이라는 말과 같은 뜻이다. 정신계와 물질계의 모든 현상을 불교에서 이렇게 말한다. 우주의 삼라만상은 끊임없이 생성 전변한다는 것이 이 사상의 골자다. 제법(諸法)이라는 것도 제행과 비슷한 개념이다. 불교는 삼라만상 일체만법(一切萬法), 즉 모든 현상적 존재가 유전변화(流轉變化)를 거듭한 뿐, 고정된 실체는 그 어느 것에도 없다고 생각한다. 만유(萬有)가 무시로 변하며 찰나에 태어나 없어지는 것이라면 법이나 아(我)에 실체가 있을 리 없다. 이런 생각이 전제가 되어 제법무아인(諸法無我印)이 성립된 것이다.

열반적정인(涅槃寂靜印)은 앞에 나온 두 법인과 그 범주가 다르다. 제행무상인이나 제법무아인은 불교가 철학적인 시각에서 인생과 세계를 판단함으로써 이루어진 진리관이다. 이때 문제되는 것은 도표에 나타난 바와 같이 현상계다. 이와 달리 열반적정인에서 화두가 되는 것은 현상계가 아닌 본체계다. 불교에서 현상계는 만상이 태어나서 자라는 것을 전제로 하는 세계다. 삼라만상에는 생성전변(生成轉變)이 반드시 일어나는 것이다. 이에 반해서 열반적정(涅槃寂靜)의 경지는 그 너머에 있는 부동, 불변의 세계다. 이런 경지에서 죽음은 생의 상대 개념이 아니라 자재구적(自在俱寂)의 차원이다. 이 연 셋째 연의 <죽은 대지(大地)>는 시인의 노래를 거쳐서 움직인다. 이때의 움직임은 죽은 대지의 부활을 뜻한다. 따라서 여기 나오는 봄바람은 무아(無我)와 묘유(妙有)의 경지에 이르지 않는 타고르의 차원이다. 그를 <벗이여 나의 벗이여>로 부른 점으로 보아 한용운 역시 그의 시를 완전히 대오정각(大悟正覺)의 도구로 삼지는 않은 것이다.

6) **벗이여 부끄럽습니다. 나는 그대의 노래를 들을 때에 어떻게 부끄럽고 떨리는지 모르겠습니다./ 그것은 내가 나의 님을 떠나서 홀로 그 노래를 듣는 까닭입니다.:** 이 연 첫줄이 <부끄럽습니다>로 되어 있음에 주의가 필요하다. 『전편해설』은 이 부끄러움을 <선정

(禪定)의 깨달음과 민족운동>을 떠날 수 없다는 역사의식의 결과로 보았다. 그러나 한용운은 여기서 명백히 부끄러움의 이유를 <나의 님을 떠나서 홀로 그 노래를 듣는 까닭>이라고 했다. 한용운의 님은 이런 경우 불법(佛法)의 범주에 속하는 것이다. 한용운의 이런 체험은 이와 아울러 <그대의 노래를 들을 때>에 일어난다. 여기서 우리가 파악할 수 있는 공통분모는 하나다. 타고르의 시에 인생과 세계를 성찰한 자취가 나타나기는 했다. 그러나 이것이 불법자체는 아니었다. 그럼에도 한용운 자신이 그의 가락과 세계에 깊이 이끌리고 있었다. 이것은 불제자로서 한용운이 시인의 길을 걷고자 할 때 일어난 정신현상이라고 보아야 한다. 그러면서 불제자인 한용운이 다른 범주에 드는 신앙에 이끌린 것은 떳떳하지 못한 일이다. 한용운의 부끄럼은 여기서 빚어진 것이다. 또한 이때의 부끄러움은 반드시 역기능으로 작용하는 것이 아니라 한용운의 시를 위해서 자양분이 되기도 한다. 이렇게 보면 <부끄럽습니다>의 뜻이 손쉽게 파악된다. 불제자로서의 한용운은 해탈, 자재신(自在身)의 경지가 아닌 세속적 감정을 토로한 시를 쓰고 있는 것이 우선 부끄러웠다. 그와 아울러 그의 시가 타고르의 것에 비해 깊이와 높이를 갖지 못한 점도 자랑스러울 수가 없었다. 이것을 선정(禪定)과 민족의식의 결과로 본 『전편해설』의 해석은 성립될 수가 없는 생각이다.

繡의 秘密[1]

나는 당신의 옷을 다 지어 놓았읍니다.
심의도 짓고 도포도 짓고 자리옷도 지었읍니다.
짓지 아니한 것은 적은 주머니에 수놓는 것 뿐입니다.[2]

그 주머니는 나의 손때가 많이 묻었읍니다.
짓다가 놓아두고 짓다가 노아두고 한 까닭입니다.
다른 사람들은 나의 바느질 솜씨가 없는 줄로 알지마는, 그러한
비밀은 나밖에는 아는 사람이 없읍니다.
나는 마음이 아프고 쓰린 때에 주머니에 수를 놓으랴면 나의
마음은 수놓는 금실을 따러서 바늘 구녕으로 들어가고, 주머니 속
에서 맑은 노래가 나와서 나의 마음이 됩니다.[3]
그러고 아즉 이 세상에는, 그 주머니에 널만한 무슨 보물이 없
읍니다.
이 적은 주머니는 짓기 싫어서 짓지 못하는 것이 아니라 짓고
싶어서 다 짓지 않는 것입니다.

七十二. 수(繡)의 비밀(秘密)

한용운의 시 가운데 화자가 여성이며 문장이 경어체로 끝나는 것에는 형이상시가 많다. 이 시 역시 그 가운데 하나다. 그의 시에서 한용운이 이런 장치를 이용한 이유를 추측해내는 일은 어려운 것이 아니다. 형이상의 세계, 특히 불교의 법리(法理)를 시에 담고자 하면 그 시는 고난도(高難度)의 것이 된다.

그런 작품은 독자들에게 외면당할 소지가 있다. 한용운이 형이상시에서 여성 화자를 등장시키고 경어체를 시용한 것은 사상, 관념을 직접 노래할 때 빚어지는 생경함을 완화시키기 위한 그 나름의 예술적 정치였다. 「수의 비밀」은 이 가운데서 성공한 작품의 하나다.

1) **수(繡)의 비밀(秘密):** 불교에서는 부처님을 믿으며 도를 닦는 수도승을 납자(衲子)라고 한다. 납은 누더기 옷을 뜻한다. 이것은 수도자가 복식에 신경을 쓰지 말고 검박한 차림으로 살아야 할 것을 가리키는 말이다. 본래 수도자가 입는 가사(袈裟)는 쓰레기 더미에서 주워내어 깨끗이 빨아서 입는 것이다. 가사를 분소의(糞掃衣), 또는 백납(百衲)이라고 하는 까닭이 여기에 있다. 일찍 수도자를 읊은 글에 <누가 알 것인가 누덕누덕 기운 옷 가운데/ 밝은 해가 솟아올라 하늘을 가로질러 감을(誰知百衲千瘡裡/ 三足金烏徹千飛)>이라고 한 것이 있다. 여기 나오는 삼족금오(三足金烏)는 태양을 가리킨다. 누더기를 걸친 채 도를 닦아도 마침내 그 세계가 묘유(妙有)와 진여(眞如)의 경지에 이르면 마치 밝은 해가 하늘을 가로질러 퍼지는 것 같음을 이렇게 비유한 것이다.

   불교의 복식관이 이와 같다면 수까지를 놓는 장식적 양상은 무엇인가. 이 경우에 우리는 일부 탱화에 나오는 보살이나 석가모니 대불의 황금색 찬란한 가사와 호박, 마노, 홍보색, 옥으로 장식한 복식을 떠올려 보아야 한다. 보살행의 단계에 이르기까지 불자는 백납(百衲)의 모습으로 수행을 한다. 그러나 일단 그가 해탈지신(解脫知身)의 차원에 이르러 진여(眞如)의 몸이 되면 누더기는 무의미하다. 그에게는 금은으로 장식된 눈부신 가사가 주어지는 것이다. 이렇게 보면 여기 나오는 수가 도를 닦고 있는 고행자의 것이 아니라 정각대오(正覺大悟)의 경지에 이른 지존(至尊)의 몫임을 알 수 있다.

[2] **나는 당신의 옷을 다 지어 놓았읍니다./ 심의(深衣)도 짓고 도포도 짓고, 자리옷도 지었읍니다./ 짓지 아니한 것은 적은 주머니에 수놓는 것 뿐입니다.:** 심의(深衣)는 저고리와 치마 모양으로 된 것으로 위와 아래가 이어진 옷이다. 옛 조정에서는 대부와 사족(士族)이 조례나 제의 때 차복(次服)으로 입었다. 또한 서민들도 길사 때 이 옷을 예복으로 이용했다. 도포(道袍)는 남자의 저고리 바지 위에 걸치던 옷으로 통상 예복이었다. 이 두 가지 옷에 잠자리 옷까지 지었다는 것은 남자가 입은 옷 일습을 모두 장만했다는 뜻이다. 이것으로 화자는 그가 한 마음으로 받드는 당신이 해탈·자재신(自在身)의 경지에 이르는 것을 믿어 의심치 않는 것이다.

[3] **나의 마음이 아프고 쓰린 때에 주머니에, 수를 놓으랴면, 나의 마음은 수놓는 금실을 따라서 바늘 구녕으로 들어가고, 주머니 속에서 맑은 노래가 나와서, 나의 마음이 됩니다.:** 송욱 교수는 『전편해설』에서 이 부분을 다음과 같이 해석했다.

> <나의 마은은 수 놓는 금실을 따라서 바늘구멍으로 들어가고, 주머니 속에서 맑은 노래가 나와서 나의 마음이 된다.> 여기서 우리는 <수놓는 금실>, <주머니속>, <맑은 노래> 그리고 <나의 마음> 등, 이 모든 이마주가 깨달음을 상징한다고 알아차릴 수 있다. 깨달음이란 결국 <나의 마음>을 깨닫는 일이니까 말이다.

원앙새를 다 수놓았으니, 그대가 마음껏 보기 바랜다. 금바늘을 가져다 남에게 주지마라.

鴛鴦綉了從君看. 莫把金針度與人. (수(綉)는 수(繡)와 같음. 도여(度與)는 도여(渡與))

깨달음 중에서 남에게 보일 수 있는 것이 <수 놓은 원앙새>라고 치면, 금바늘은 남에게 표현할 수 없는 깨달음의 비밀이다. 이를 萬海는 <그러한 비밀은 나 밖에는 아는 사람이 없다>, 혹은 <나의 마음은 수놓는 금실을 따라서 바늘구멍으로 들어가고>, 이렇게 표현하고 있다.

『전편해설』의 해석은 문면상에 나타나는 여러 요소를 뭉뚱그려 깨달음이라고 보고 있다. 이런 해석은 깨달음에 이르는 과정을 생략해 버린 상태에서 금이나 밝은 노래 등이 나오면 그들을 일단 묘유(妙有)나 진여(眞如), 정각(正覺)으로 단정하는 오류를 범할 수 있다. 그러나 불교에서 묘유나 진여의 경지에 이르려면 피나는 고행을 겪어야 한다. 이런 사실에 유의하는 우리에게 지나쳐 볼 수 없는 것이 <마음이 아프고 쓰린때>다. 화자가 그런 때 수를 놓으면 나의 마음이 수놓은 금실을 따라 바늘구멍으로 들어간다. 이때의 바늘구멍은 쓰리고 아픈 마음을 지닌 화자가 살뜰하게 생각하는 님의 옷을 짓는 마무리 단계의 일이다. 그것도 일심불란(一心不亂)으로 바느질을 하는 정성의 상징이다. 여기까지 화자의 마음은 아직 깨달음의 경지에 이르지 못한 것이다. 그런데 지극한 정성으로 주머니에 수를 놓아가는 과정에서 그는 그 이전의 <나>에서 당신, 곧 님의 마음을 느낄 수 있게 된다. 그 상태를 맑은 노래라고 한 것이다. 이렇게 보면 주머니에 수를 놓기 전의 나와 그 수를 놓는 나는 같은 <나>가 아니다. 전자가 세속적 번민에 헤맨 <나>라면 후자는 정각(正覺)의 뜻을 헤아려낸 <나>다. 이런 생각의 정당성 여부를 가늠하기 위해서 『벽암록』을 살펴보기로 한다.

　　가리켜 말하기를 사량분별(思量分別)을 모두 내버리면 쇠나무에도 꽃이 핀다. 그런 일이 있을 수 있는가? 있기는 있다. 그래서 아무리 꾀가 많은 자라도 놀라서 갈팡질팡 하게 되며, 자유자재로 활약할 수 있는 사람도 [사량분별을 깡그리 버린 인물을 만나면] 코를 꿰인 채 끌려 다니게 될 뿐이다. 말을 해보라, 이러한 실수가 어디에 있는지를! 그럼 다음을 보라.

　　육환 대부가 남전 화상과 이야기를 나누다가 이렇게 말했다. "조법사(肇法師)는 '천지와 나는 같은 근원에서 나오고 만물과 내가 하나이다'라고 했지요. 참으로 대단하지 않습니까!" 남전화상은 뜰 앞에 핀 꽃을 가리키며 "대부!" 하고 부르고는 "세상 사람은 이 꽃을 꿈결처럼 바라보기만 하지." 라고 대답했다.

　　垂示云, 休去歇去, 鐵樹開花, 有麽有麽. 點兒落節. 直饒, 七縱八橫, 不免穿他鼻孔. 且道, 訛在什麼處. 試擧看.
　　陸亘大夫, 與南泉語話次, 陸云, 肇法師道, 天地與我同根, 萬物與我一體. 也甚奇怪. 南泉, 指庭前花, 召大夫云, 時人, 見此一株花, 如夢相似

여기 나오는 쇠나무에 꽃이 피는 기적의 이해는 만법일여(萬法一如)의 진리를 터득한 자에게만 가능하다. 그 경지에 이르지 못한 채 헛 약은 자들은 그에 농락당할뿐이라는 것이다. 참으로 아는 것과 농락당하는 것의 차이를 말하기 위해 육환대사가 등장했다.
　　그가 조법사의 말을 인용하여 <천지여아동근(天地與我同根)>을 말하자 남천(南泉)이 꽃을 가리키며 <세상 사람들은 이 꽃을 꿈결처럼 바라보기만 하지>라고 했다. 그 바닥에 깔린 뜻은 말과 사물의 참뜻을 저버려 둔 채 나타난 현상에 얽매이는 것이 어리석다는 뜻이다. 이런 논리는 한용운의 이 작품 해석에도 그대로 적용되어야 한다. 주머니에 수를 놓기 전의 나와 수를 놓기 시작한

다음 나의 마음은 이미 같은 것이 아니다. 화자가 그것을 깨쳤을 때 그는 주머니를 만들어도 거기에 넣을 보물이 없음을 알게 된다. 진여(眞如)의 세계에서는 완성이 있을 수 없다는 것을 그가 깨쳤기 때문이다. <짓기 싫어서 짓지 못하는 것이 아니라 짓고 싶어서 다 짓지 않는 것입니다>는 그런 사연이 있어 나온 말이다.

사랑의 불

山川草木에 붙는 불은 燧人氏[1]가 내셨읍니다.

靑春의 音樂에 舞蹈하는 나의 가슴을 태우는 불은 가는 님이
내셨읍니다.

矗石樓를 안고 돌며, 푸른 물결의 그윽한 품에, 論介의 靑春을
잠재우는 南江의 흐르는 물아.

牧丹峯의 키쓰를 받고 桂月香의 無情을 저주하면서 綾羅島를
감돌아 흐르는 失戀者인 大同江아.[2]

그대들의 權威로도 애태우는 불은 끄지 못할 줄을 번연히 아지
마는, 입버릇으로 불러보았다.

만일 그대네가 쓰리고 아픈 슬픔으로 조리다가 爆發되는 가슴
가운데의 불을 끌 수가 있다면 그대들이 님 긔루은 사람을 위하야
노래를 부를 때에, 이따감 이따감 목이 메어 소리를 이르지 못함
은 무슨 까닭인가.

남들이 볼 수 없는 그대네의 가슴 속에도, 애태우는 불꽃이 거
꾸로 타들어가는 것을 나는 본다.[3]

오오 님의 情熱의 눈물과 나의 感激의 눈물이 마조 다서 合流
가 되는 때에, 그 눈물의 첫방울로 나의 가슴의 불을 끄고 그 다
음 방울을 그대네의 가슴에 뿌려주리라.[4]

七十三. 사랑의 불

이 작품의 화자는 한용운 자신으로 생각되는 남성이다. 그의 가슴에는 불타오르기만 하는 사랑의 불길이 있다. 그것은 단순한 남녀 간의 애정에서 빚어진 것이 아니다. 이 시에는 임진왜란 때 왜적의 침략에 맞서 싸우다가 순국한 논개(論介)와 계월향(桂月香)이 등장한다. 화자가 그들의 이름을 부른 것으로 보아 이 시는 일제 치하의 시대상황을 의식한 반제, 저항시다. 이 시에서 말들이 은유 형태로 사용된 까닭도 이런 시각에서 이해되어야 한다.

1) **수인씨(燧人氏):** 중국 고대의 전설에 나오는 삼황(三皇) 가운데 하나로 태호복희씨(太昊伏羲氏), 염제신농씨(炎帝神農氏)와 함께 황제(黃帝)로 일컬어진다. 태호가 하늘과 땅의 이치를 살펴 태주의 괘(卦)를 만들고 신농이 농사짓는 법을 가르쳤음에 대해 <수인씨>는 불을 피우는 법을 가르쳤다고 전한다. 『십팔사략(十八史略)』에 <수인씨에 이르러 비로소 부싯돌을 다루는 법을 가르쳐 사람들에게 화식을 하도록 했다(至燧人氏 始鑽燧 敎人火食). 또한 서간(徐幹)의 『중론(中論)』에 <태호는 하늘과 땅을 살피고 나서 8괘를 만들었으며 수인은 철이 바뀌는 것을 보고 나서 불을 지어냈다(太昊觀天地而量卦, 燧人察時令而觀火)>라고 있음.

2) **촉석루(矗石樓)를 안고 돌며, 푸른 물결의 그윽한 품에, 논개(論介)의 청춘(靑春)을 잠재우는 남강(南江)의 흐르는 물아. 모란봉(牧丹峯)의 키쓰를 받고 계월향(桂月香)의 무정(無情)을 저주하면서 능라도(綾羅島)를 감돌아 흐르는 실연자(失戀者)인 대동강(大同江)아.:** 일상생활에서 불을 끄려면 물이 필요하다. 그 물이 흐르는 줄기가 강이다. 한반도 안에도 강은 압록강, 두만강, 청천강, 대

동강, 한강, 금강이 있고, 섬진강과 낙동강이 있다. 한용운은 그 가운데 특히 논개가 적장을 안고 빠져 죽은 낙동강과(남강은 낙동강의 지류), 계월향이 김응서 장군을 유도하여 적장의 목을 베게 한 대동강을 택했다. 이것은 이 시가 일제에 저항하는 민족의식을 바닥에 깔고 있음을 매우 뚜렷하게 말해준다.

[3] **그대들의 권위(權威)로도 애태우는 불은 끄지 못할 줄을 번연히 아지마는, 입버릇으로 불러보았다./ 만일 그대네가 쓰리고 아픈 슬픔으로 조리다가 폭발(爆發)되는 가슴 가운데의 불을 끌 수가 있다면, 그대들이 님 긔루운 사람을 위하야 노래를 부를 때에, 이따감 이따감 목이 메어 소리를 이르지 못함은 무슨 까닭인가./ 남들이 볼 수 없는 그대네의 가슴 속에도, 애태우는 불꽃이 거꾸로 타 들어가는 것을 나는 본다.:** <슬픔으로 조리다가>, 두 말 사이에 <가슴을>이 빠져 있다. <슬픔으로 가슴을 조리다가>, <님 긔루운>→<님 그리운>, <이따감>→<이따금>, <때때로>, <이르지 못함>→<이루지 못함>, <그대들>은 대동강, 남강들이 의인화 되어 대명사로 표현된 것, <그대네가 쓰리고 아픈 슬픔으로 (……) 가슴 가운데의 불을 끌 수 있다면>, 일제 식민체제하를 사는 우리 민족의 의분은 하늘을 찌르고 땅을 휘덮는 것이어서 폭발직전에 있었다. 따라서 물의 상징인 낙동강이나 대동강으로도 그 불을 끌 수가 없었다. 이런 생각을 가정법으로 표현한 것은 이미 나타난 바와 같이 문장기법으로 표현의 효과를 한층 크게 살리고자 한 계산의 결과다.

    <그대들이> 이하는 강이 여울을 이룰 때의 소리를 의인화한 것이다. 여울에 이르러 강은 소리를 낸다. 그것은 슬픔을 가진 인간에 대비시키면 울음을 우는 것이 된다. 그런데 사람들은 너무 엄청난 슬픔 앞에서 목이 메어 소리를 내지 못한다. 논개와 계월향의 옛일을 생각하는 화자는 당시 우리 민족적 현실이 강도 식민지 체제하라는 일제의 생각 때문에 목이 잠겨 소리를 내지 못할 정도였다. <남들이 볼 수 없는> 이하는 한용운 나름의 역설이다.

<그대네>, 곧 강은 물이 흐르는 형태이므로 그 자체로는 불길이 될 수가 없다. 그러나 워낙 엄청난 민족의 의분으로 하여 의인화 된 강물은 비등점을 넘게 되고 마침내 그것은 <불꽃>이 되어 거꾸로 타들어간다. 분명히 물길임에 틀림없는 강이 불길이 될 정도로 이 시의 바닥에 깔린 민족의식은 처절하다.

4) **오오 님의 정열(情熱)의 눈물과 나의 감격(感激)의 눈물이 마조 다서 합류(合流)가 되는 때에, 그 눈물의 첫방울로 나의 가슴의 불을 끄고, 그 다음 방울을 그대네의 가슴에 뿌려주리라.:** 불교도 이면서 도저한 민족적 저항 운동가이기도 한 한용운에게 우리 국토산하와 그곳에 살다가 간 사람들은 모두다 정신적 님이다. 그 님은 또한 논개나 계월향의 이름으로 상징되는 바와 같이 나라 사랑의 정열에 산 사람들이기도 했다. 그들의 눈물과 그것을 의식하는 나의 눈물이 <마조다서>→<마주 닿아서>. 합류한다는 것은 일제가 패망하고 민족적 해방이 이루어지는 상황이다. 그때가 되어야 화자인 한용운의 가슴에 솟아오르는 민족적 의분의 불길을 끌 수가 있다. 또한 그 상징인 눈물을 논개와 계월향의 강인 대동강과 남강에도 뿌려 주겠다는 생각이다. 이것은 이 시가 은유형태로 이루어진 항일 저항의지의 집약 형태임을 뜻한다.

「사랑」을 사랑하야요

당신의 얼골은 봄하늘의 고요한 별이여요.

그러나 찢어진 구름 새이로 돋어 오는, 반달 같은 얼골이 없는 것이 아닙니다.

만일 어여쁜 얼골만을 사랑한다면, 웨 나의 벼개ㅅ모에 달을 수놓지 않고, 별을 수놓아요.[1]

당신의 마음은 티 없는 숫玉이여요. 그러나 곱기도 밝기도 굳기도, 보석 같은 마음이 없는 것이 아닙니다.

만일 아름다운 마음만을 사랑한다면, 웨 나의 반지를 보석으로 아니하고 옥으로 만들어요.[2]

당신의 詩는 봄비에 새로 눈트는 金결 같은 버들이여요.

그러나 기름같은 검은 바다에 피어 오르는, 百合꽃 같은 詩가 없는 것은 아닙니다.

만일 좋은 문장만을 사랑한다면, 웨 내가 꽃을 노래하지 않고, 버들을 讚美하여요.[3]

왼세상 사람이 나를 사랑하지 아니할 때에, 당신만이 나를 사랑하얐읍니다.

나는 당신을 사랑하야요. 나는 당신의 「사랑」을 사랑하야요.[4]

七十四. 「사랑」을 사랑하야요

　그 구성으로 보아 이 시는 동양 고전시가 양식 가운데 하나인 절구(絕句)를 연상하게 만든다. 절구는 4행이며 기승전결(起承轉結)로 이루어져 있다. 기(起)와 승(承)으로 의미내용이 시작되고 계승된다. 다음 전(轉)에서 의미맥락상의 전기가 마련되어 그것으로 작품의 중심부가 구성된다. 그리고 결로써 작품의 마무리가 이루어지는 것이다. 이 시의 표면적인 주제는 사랑이다. 그러나 이 시의 저층구조에서 의미 맥락의 중심이 되는 것은 <님>을 기리는 나의 마음이다.

　화자는 그 집약적인 표현을 시라고 생각한다. 그 표현 형태가 셋째 연이다. 이어 넷째 연이 첫째 연에서 셋째 연에 이르는 화자의 생각을 한데 이어 마무리를 짓고 있다. 한용운은 한글 시를 지은 시인인 동시에 이미 살핀 바와 같이 수작(秀作)의 이름에 값하는 다수의 한시(漢詩)도 읊었다. 그 가운데는 오도송(悟道頌)에 속하는 「남아도처시고향(男兒到處是故鄕)」이나 「관낙매유감(觀落梅有感)」 등 7언 절구가 상당수 포함되었다. 이 시의 결구는 한용운의 이와 같은 한시 소양에 말미암은 것으로 짐작된다.

　1) **당신의 얼골은 봄하늘의 고요한 별이여요. / (……)/ 만일 어여쁜 얼골만을 사랑한다면, 웨 나의 벼갯모에 달을 수놓지 않고, 별을 수놓아요.:** 첫 줄에서 아름다운 것은 <봄하늘의 고요한 별>이다. 둘째 줄에서 그것은 <구름 새이로 돌아 오는 반달>보다는 예쁘지 않은 것으로 표현되어 있다. 화자는 그럼에도 그의 사무치는 그리움을 뜻하는 베갯모의 수로 달을 택하지 않고 별을 수놓았다. 이

것은 그의 의식이 유미적 차원으로 지배되는 것이 아니라 그 이상의 경지에 이른 것으로 해석될 수 있다.

2) **당신의 마음은 티 없는 숫옥(玉)이여요. 그러나 곱기도 밝기도 굳기도, 보석 같은 마음이 없는 것이 아닙니다./ 만일 아름다운 마음만을 사랑한다면, 웨 나의 반지를 보석으로 아니하고, 옥으로 만들어요.:** 숫옥(玉)은 가공을 하기 전의 옥, 곧 갈지 않은 옥이다. 한자어로는 박옥(璞玉)이라고 하여 제 빛을 드러내기 전의 사람에 비유한다. 화자는 이 숫옥보다 아름다운 마음을 님과 다른 사람이 가질 수 있기를 바란다. 그러나 그는 사랑의 상징으로 다른 보석을 택하지 않고 옥을 골랐다. 이 역시 앞연과 같이 <당신>을 향한 외곬의 사랑을 가리킨다.

3) **당신의 시(詩)는 봄비에 새로 눈트는 금(金)결 같은 버들이여요./ 그러나 기름같은 검은 바다에 피어 오르는, 백합(百合)꽃 같은 시(詩)가 없는 것은 아닙니다./ 만일 좋은 문장만을 사랑한다면, 웨 내가 꽃을 노래하지 않고, 버들을 찬미(讚美)하여요.:** 첫째 연과 의미 내용의 구성이 거의 같다. 화자는 이 연의 주제어인 당신의 시를 <봄비를 맞아 눈튼 버들>에 비유한다. 아름답기로 말하면 그것은 검은 바다에 피어오르는 (온갖 더러움으로 가득한 이 세상, 곧 고해로 비유되는 사바세계를 가리키는 듯하다), 백합(百合)에 미치지 못한다. 그럼에도 화자는 꽃이 아니라 버들을 더 아름답다고 믿는다. 이 역시 그의 정신세계가 유미주의와는 다른 생명력에 기울어진 것임을 말해준다.

4) **왼세상 사람이 나를 사랑하지 아니할 때에, 당신만이 나를 사랑하았읍니다./ 나는 당신을 사랑하야요. 나는 당신의 「사랑」을 사랑하야요.:** 앞에서 이미 드러난 바와 같이 이 작품에서 <나>는 외형으로 나타난 아름다움만을 추구하는 탐미적 <나>가 아니다. 그가 섬기는 <당신>이 그런 나를 사랑한다. 화자의 사랑도 당신의 <사랑>에 대한 사랑이다. 이것을 한용운의 시와 문학에 대입시키면 매우 명쾌한 해석이 성립된다. 한용운의 시와 문학은 예술적 차원

구축에만 매어달리거나 아름다움만을 추구하는 것이 아니다. 그의
시는 불교의 진리로 추정되는, 보다 높은 정신세계를 바탕으로 한
것이다. 이렇게 읽으면 이 시를 일부 한용운의 신앙시가 갖는 의
미구조에 비추어 이해할 수 있다.

버리지 아니하면[1]

　나는 잠ㅅ자리에 누어서 자다가 깨고 깨다가 잘 때에, 외로운 등잔불은 恪勤한 把守軍처럼 왼 밤을 지킵니다.
　당신이 나를 버리지 아니하면, 나는 一生의 등잔불이 되야서, 당신의 百年을 지키겠습니다.[2]

　나는 책상 앞에 앉아서 여러 가지 글을 볼 때에, 내가 要求만 하면, 글은 좋은 이야기도 하고, 맑은 노래도 부르고, 嚴肅한 敎訓도 줍니다.
　당신이 나를 버리지 아니하면, 나는 服從의 百科全書가 되야서, 당신의 要求를 酬應하겠습니다.[3]

　나는 거울을 대하야 당신의 키쓰를 기다리는 입설을 볼 때에, 속임 없는 거울은 내가 웃으면 거울도 웃고, 내가 찡그리면 거울도 찡그립니다.
　당신이 나를 버리지 아니하면, 나는 마음의 거울이 되야서, 속임없이 당신의 苦樂을 같이 하겠읍니다.[4]

七十五. 버리지 아니하면

　　한용운의 한글 시에는 예경찬불가(禮敬讚佛歌)에 속하는 작품
이 거의 대부분을 차지한다. 이때 예찬의 내용이 되는 것은 인생
과 우주를 주재하는 통섭자다. 이 절대자를 한용운은 직접적으로
예찬하지는 않는다. 반드시 간접적인 입장을 택하여 여성 화자를
내세우고 그를 통해서 절대자를 그리도록 한다. 대부분의 한용운
시는 그 문장이 진술형태로 그치지 않았다. 많은 작품에서 한용운
은 여성 화자의 절대자 찬미를 객관적 상관물 이용으로 이루어내
고자 했다. 이것은 그의 신앙시가 심상 제시의 기법을 이용했음을
뜻한다. 이것으로 우리는 한용운이 그의 형이상시를 위해 이용한
전략의 일단을 짚어볼 수 있다.

1)　**버리지 아니하면:** 이 작품에서 피동적인 입장에 있는 사람, 곧 버
　　림을 받을 수 있는 사람은 나, 곧 화자다. 그에 대해 나를 버리려
　　하거나 떠나고자 하는 사람은 단순하게 화자를 배신하는 사람이
　　아니다. 그는 화자가 살뜰하게 섬기고자 하는 사람이기도 하다. 이
　　것은 이 시가 이항대립의 의식과 함께 그것을 구조화하는 감각을
　　가지고 있음을 뜻한다.

2)　**나는 잠ㅅ자리에 누어서 자다가 깨고 깨다가 잘 때에, 외로운 등**
　　잔불은 각근(恪勤)한 파수군(把守軍)처럼 왼 밤을 지킵니다./ 당신
　　이 나를 버리지 아니하면, 나는 일생(一生)의 등잔불이 되야서, 당
　　신의 백년(百年)을 지키겠습니다.: <각근(恪勤)> ― 삼가며 부지런
　　히 일하는 것. 중국의 고전인 『국어(國語)』에 <아침 저녁으로 삼
　　가고 힘쓰며 돈독함을 지키고 충성과 신의를 받들다(朝夕恪勤, 守
　　以敦篤, 奉以忠信)>라는 구절이 있다.

<파수군(把守軍)>-파수는 경계하여 지키는 것. 파수군은 그런 일을 맡아 하는 사람. 문맥에 따라 이 부분을 정리하면 다음과 같은 도표 작성이 가능하다.

당신→나, 화자가 사무치게 섬기고자 하는 대상
나→당신 생각에 자다가 깨다가 밤을 지새는 사람
등잔불→외로운 밤을 도와서 당신을 생각하는 화자가 자신, 곧 <나>를 비유하는 매체.

이런 내가 등잔불이 되어 <당신>의 백년을 지키겠다고 한 것은 당신을 향한 화자의 철저한 귀의심을 뜻한다.

3) **당신이 나를 버리지 아니하면, 나는 복종(服從)의 백과전서(百科全書)가 되야서, 당신의 요구(要求)를 수응(酬應)하겠읍니다.**: <복종(服從)의 백과전서(百科全書)>, 백과전서는 지식의 모든 분야를 두루 망라한 책. <복종의 백과전서>라고 하면 우리 몸과 마음이 가는 구석구석 미치지 아니 하는 곳이 없을 정도로 두루 복종할 것을 전제로 한 말이다.

4) **당신이 나를 버리지 아니하면, 나는 마음의 거울이 되야서, 속임 없이 당신의 고락(苦樂)을 같이 하겠읍니다.**: 이 행 바로 앞줄에서 화자는 당신을 기다리는 내 모습을 거울에 비추어 본다. 그가 웃으면 거울 속의 내가 웃고 그가 찡그리면 거울 속의 나도 그렇게 된다.

이 주종관계가 이 줄에서 뒤바뀌어진다. 여기서는 당신이 거울을 보는 주체가 되고 나는 그런 당신을 비추는 <거울-마음의 거울>로 기능 교체가 이루어진다. 그 다음 거울이 내가 <속임없이 당신의 고락(苦樂)>을 같이하는 매체로 이용되는 것이다. 이때 거울은 말할 것도 없이 절대 복종의 상징이 된다. 이것으로 관념적인 범주에 속한 복종, 귀의심이 뚜렷한 감각적 실체가 된다.

당신 가신 때

　당신이 가실 때에 나는 다른 시골에 병들어 누어서 이별의 키쓰[1]도 못하얐읍니다.

　그때는 가을 바람이 츰으로 나서 단풍이 한가지에 두서너 닢이 붉었읍니다.[2]

　나는 永遠의 時間에서 당신 가신 때를 끊어 내겠읍니다. 그러면 時間은 두 도막이 납니다.[3]

　時間의 한 끝은 당신이 가지고, 한 끝은 내가 가졌다가 당신의 손과 나의 손과 마조잡을 때에 가만히 이어 놓겠읍니다.[4]

　그러면 붓대를 잡고 남의 不幸한 일만을 쓰랴고 기다리는 사람들도 당신의 가신 때는 쓰지 못할 것입니다.[5]

　나는 永遠의 時間에서 당신 가신 때를 끊어 내겠읍니다.

七十六. 당신 가신 때

그 어조로 보아 이 작품의 화자도 여성이며 주제는 이별이다. 한용운 시의 정석대로 여기서 화자는 당신을 향한 그리움의 정을 토로한다. 그 당신은 영원의 시간에 닿은 세계를 지닌 점으로 보아 우리가 아침 저녁으로 대하는 일상인이 아니라 높은 정신적 차원을 가진 사람이다. 이런 이유로 이 작품은 단순한 사랑 노래가 아닌 형이상시로 보아야 한다.

1) **이별의 키쓰:** 키스는 개항 후 우리 사회에 도입된 서구적 충격(西歐的衝擊)의 부산물 가운데 하나다. 한용운의 성장환경은 비교적 보수적 분위기에 지배되어 있었다. 남녀 간의 애정표시에 지나지 않은 키스가 그에게 매우 자극적인 심상으로 비친 듯하다. 그 나머지 세속적인 애정관계를 노래한 자리에서 이 말이 단골 메뉴처럼 등장하는 것이다.

2) **그때는 가을 바람이 츰으로 나서 단풍이 한가지에 두서너 닢이 붉었읍니다.:** <츰>→<처음>, <닢>→<잎>. 일종의 아어(雅語) 취향으로 김억이 즐겨 이런 표기를 했다. 『님의 침묵』에 이런 말이 쓰인 것은 한용운이 김억의 시를 읽은 결과로 보아야 한다. 이와 아울러 한용운은 그의 시에 자주 색도감이 강한 심상의 말을 썼다. 그 가운데 하나가 가을 단풍이다. <푸른산 빛을 깨치고 단풍나무 숲을 향하야 난 적은 길>-「님의 침묵」.

3) **나는 영원(永遠)의 시간(時間)에서 당신 가신 때를 끊어 내겠읍니다. 그러면 시간(時間)은 두 도막이 납니다.:** 시간은 감각적 실체가 아니라 추상적 사유의 결과로 만들어낸 관념상의 개념이다. 이것을 끊어 낼 수 있는 양 말한 것은 한용운 나름의 독특한 표현이

다. 불교의 사상 체계에서 시간은 매우 특이한 의미망을 형성한다. 시간의 최소 단위를 불교에서는 찰나(刹那), 수유(須臾)라고 한다. 찰나는 차나(叉挐)라고도 음역이 되었다. 지극히 짧은 시간을 가리킨다. 120찰나가 1달찰나(怛刹那), 30달찰나가 1납박(臘縛), 30랍박이 1모호률다(牟呼栗多), 30모호률다가 1주야(晝夜)이다. 1주야인 24시간을 120×60×30×30으로 나눈 것이 찰나다. 곧 75분의 1초(秒)가 한 찰나다.

이와 함께 불교는 그 광막한 사상체계로 하여 큰 단위의 시간 개념도 매우 독특하게 설정했다. 겁(劫)의 개념이 그것을 대표한다. 우리가 쓰는 겁(劫)은 범어의 kalpa를 음역한 것이다. 당나라에 들어와서는 장시(長時), 대시(大時)로 번역하기도 했는데 인도에서는 범천(梵天)의 하루를 뜻했다. 1겁은 인간 세계의 4억 3천 2백만 년에 해당된다. 불경에서 이 시간을 소재로 한두 가지 이야기가 있다. 하나는 비유의 매체를 개자(芥子)로 한 것이다. <개자겁(芥子劫)>-사방 40리 되는 성중에 개자를 가득 채워놓고, 장수천인(長壽天人)이 3년마다 한 알씩 가지고 가서, 죄다 없어질 때까지를 1겁, 1개자겁이라고 한다. 이와 비슷한 것으로 불석겁(拂石劫) 또는 반석겁(盤石劫)이 있다. 반석 겁이란 사방 40리 되는 돌을 하늘 사람이 무게 3수(銖)되는 천의(天衣)로써 3년마다 한 번씩 스쳐간다. 그 돌이 달아 없어질 때까지의 기간을 한 불석겁이라고 한다.

또 겁에는 대·중·소의 3종이 있다. 둘레 40리 되는 성 또는 돌을 위에서 말한 바와 같이 하는 것을 1소겁, 사방 80리를 위와 같이 하는 것을 1중겁, 120리를 1대겁. 혹은 인수(人壽)겁이라고 한다. 8만 4천세 때로부터 백 년마다 한 살씩 줄어 10세 때 까지 이르고, 다시 백년마다 한 살씩 늘어 인수 8만 4천세에 이른다. 한번 줄고 한번 느는 동안을 1소겁, 20소겁을 1중겁, 4중겁을 1대겁이라고 한다. 또 한 번 늘거나, 한번 줄면 1소겁, 한번 늘고 한번 주는 동안을 1중겁. 성겁(成劫), 주겁(住劫), 괴겁(壞劫), 공겁(空劫)

이 각각 20중겁. 합하여 80중겁을 1대겁이라 한다.

이 작품에서는 이런 시간 개념이 아니라 막연하게 <영원의 시간>이란 말을 썼다. 그러나 그 내포 속에는 겁의 개념이 포함되어 있다고 보아야 한다.

[4] **시간(時間)의 한 끝은 당신이 가지고, 한 끝은 내가 가졌다가 당신의 손과 나의 손과 마조잡을 때에 가만히 이어 놓겠읍니다.**: 불교에서 시간은 절대적 정신의 경지를 가리키기 위한 방편에 지나지 않는다. 그 표현의 하나가 <영원(永遠)의 시간>이다. 거기서 시간을 토막내겠다는 것은 당신과 나 사이의 시간이 그 만큼 중요하다는 생각이다. 또한 <당신 손과 나의 손>이 마주 잡힐 때 그것을 이어 놓겠다는 것은 화자에게 사랑이 불법(佛法)까지를 초월한 것임을 뜻한다. 이것을 단순하게 반 불교, 이단의 생각이라고 돌려서는 안 된다. 화자가 당신을 그리는 마음이 불법까지를 뒷전에 돌릴 정도로 강렬한 것이라고 보아야 한다. 불교가 다른 종교와 다른 점은 견성(見性), 해탈지견(解脫知見)의 차원에 이르기 위해서는 때로 그 원리를 이렇게 부정할 수도 있는 점이다. 한용운의 시가 단순한 사랑 노래가 아니라 그를 넘어선 형이상 시인 까닭도 여기에 있다.

[5] **붓대를 잡고 남의 불행(不幸)한 일만을 쓰랴고 기다리는 사람들도 당신의 가신 때는 쓰지 못할 것입니다:** 당신의 가신 때는 화자와 그가 이별한 때다. 화자에게 그것은 고통의 극이며 불행 자체이기도 하다. 그런데 사람들 가운데는 남의 불행만을 골라서 쓰고자 하는 이들이 있다. 화자와 <당신> 사이의 시간을 끊어버리면 사람들은 두 사람 사이의 이별을 써낼 수가 없다. 시간 없는 현실과 사건이 있을 수 없기 때문이다. 이것으로 우리는 당신 가신 때, 곧 이별이 화자에게 시간의 원리까지를 넘어서게 만들도록 절대적인 것임을 알 수 있다.

妖術[1)]

가을 洪水가 적은 시내의 쌓인 落葉을 휩쓸어 가듯이, 당신은 나의 歡樂의 마음을 빼앗어 갔읍니다. 나에게 남은 마음은 苦痛 뿐입니다.

그러나 나는 당신을 원망할 수는 없읍니다. 당신이 가기 전에는, 나의 고통의 마음을 빼앗어간 까닭입니다.

만일 당신이 歡樂의 마음과 苦痛의 마음을 同時에 빼앗어 간다 하면, 나에게는 아모 마음도 없겠읍니다.[2)]

나는 하늘의 별이 되야서, 구름의 面紗로 낯을 가리고 숨어 있겠읍니다.

나는 바다의 眞珠가 되얐다가, 당신의 구두에 단추가 되었읍니다.

당신이 만일 별과 眞珠를 따서 게다가 마음을 너서, 다시 당신의 님을 만든다면, 그 때에는 歡樂의 마음을 너주서요.[3)]

부득이 苦痛의 마음도 너야 하겠거든, 당신의 苦痛을 배어다가 너주서요.

그러고 마음을 빼앗아가는 妖術은 나에게는 가리쳐 주지 마서요. 그러면 지금의 이별이 사랑의 最後는 아닙니다.[4)]

七十七. 요술(妖術)

표층구조로 보면 이 작품의 주제어가 되고 있는 것은 이별이다. <나>로 나타나는 화자가 당신을 향해 면면한 그리움을 토로한 점으로 보아서는 사랑 노래라 할 수 있다. 그러나 이 작품 바로 앞의 「당신 가신 때」와 꼭같이 이 시는 불교의 인생관을 바닥에 깔고 있다. 그 밀도가 앞에 나온 몇 개 작품보다 훨씬 강한 것이 이 시다. 그러므로 이 작품 역시 단순 애정시가 아닌 형이상시다.

1) **요술(妖術):** 국어사전을 보면 요술에는 두 가지 뜻이 있다. ① 여러 가지 재주로 사람의 마음을 현혹하게 만드는 기법. ② 상식적인 차원, 또는 초자연적인 능력으로 기이한 일을 행하여 보이는 술법. 이 시에서 일차적 소재가 되어 있는 것은 마음(心)이다. 일상적인 차원이라면 그 누구도 우리의 마음을 끊어낼 수 없다. 그것을 빼앗아 갈 수는 더더욱 없는 것이다. 그런데 이 시의 의미 맥락에 따르면 그런 내 마음을 당신이 빼앗아 가버렸다. 이것은 에누리 없이 말해서 <당신>이 초자연적인 능력으로 기이한 일을 행한 것이다. 이 작품의 제목이 「요술」로 된 까닭이 여기에 있다.

2) **가을 홍수(洪水)가 적은 시내의 쌓인 낙엽(落葉)을 휩쓸어 가듯이, 당신은 나의 환락(歡樂)의 마음을 빼앗어 갔습니다./ (……)/ 만일 당신이 환락(歡樂)의 마음과 고통(苦痛)의 마음을 동시(同時)에 빼앗어간다하면, 나에게는 아모 마음도 없겠습니다.:** 이 부분 서두에 나오는 <낙엽>은 자취 없이 빼앗긴 <마음>을 비유한 것이다. 한용운의 한시(漢詩) 솜씨는 상당히 높은 수준에 이른 것이었다. 그런 그가 한글 시에서 관념적 사실인 마음을 구체화하기 위해 이런 매체를 썼다. 이것은 당시 우리 시단의 수준으로 보아도 반드

시 최량의 기법이 아니었다. 그러나 독학으로 한글시를 쓴 한용운
이 이런 수사도 생각해낸 것은 우리를 미소를 짓게하는 부분이다.
이와 아울러 여기 나온 <환락(歡樂)의 마음>과 <고통(苦痛)의 마
음>은 각각 다음과 같이 복합적인 의미를 가진다.

	첫째의 의미	바닥에 깔린 2차적 의미
환락의 마음	서로가 만나서 사랑하였으므로 빚어진 것	세속적인 사랑, 번뇌의 씨앗이 될 수 있다.
고통의 마음	서로가 헤어지게 되어 마음이 상하게 된다.	이별의 아픔을 통해 무상(無常)의 경지에 이르게 된다.

　　둘째 줄, <가기전에는 나의 고통의 마음>을 빼앗아 갔다는 것
은 일종의 역설이다. 화자에게 이별은 고통일 수밖에 없다. 그러나
그 전에 그는 당신과의 만남을 통해서 한때나마 환락에 젖을 수
있었다. 그것에 역점을 두면 고통도 즐거움으로 바뀌어지는 것이
어서 이런 표현이 가능하다.

　　세속적인 차원에서 마음은 두 가지다. 고통의 마음과 환락의
마음이 그것이다. 그런데 환락의 마음은 이별과 함께 빼앗겼다. 또
한 고통의 마음은 두 사람이 만난 동안 사라진 것이다. 두 가지
마음이 모두 빼앗긴 것이라면 <나>의 마음은 없는 것이다. 이것
은 화자가 당신으로 하여 무심(無心)과 무아(無我)가 되었으며 공
(空)의 경지에 이르게 되었음을 뜻한다. 이렇게 보면 한용운은 이
연을 통해서 불교의 법보론(法寶論) 가운데 하나인 유심(惟心)의
경지를 그 나름대로 가락에 실은 것이다.

3) **당신이 만일 별과 진주(眞珠)를 따서 게다가 마음을 너서, 다시
당신의 님을 만든다면, 그 때에는 환락(歡樂)의 마음을 너주서요:**
이 줄 앞에서 하늘과 별은 각각 사무치게 당신을 따르고자 하는
<나>의 상징이었다. <게다가>→<거기에다가>, <너주서요>→

<넣어주서요>. 당신이 만드는 <님>은 바로 <나> 자신이다. 그러나 여기서부터 <나>는 이 앞의 <나>와 차원을 달리한다. 앞의 <나>는 이별을 아파하고 만남에 즐거움을 느낀 존재였다. 그런 그가 <아모 마음>도 없는 단계를 거쳤다. 그러니까 여기서 <나>는 세속적인 차원을 넘어서 해탈의 경지에 들어선 것이다. 그런 그가 당신에게 다시 <나>에게 고통이 아닌 즐거움을 더해주기를 부탁한다. 이것은 이별이 싫다는 것이며 그를 통해 화자의 당신에 대한 사랑을 더욱 강조하려는 것이다. 다음 한줄 <부득이 고통(苦痛)의 마음도 너야 하겠거든 당신의 고통(苦痛)도 빼어다가 너주서요>도 위와 꼭같은 의미맥락으로 읽어야 한다.

4) **마음을 빼앗아가는 요술(妖術)은 나에게는 가리쳐 주지 마서요./ 그러면 지금의 이별이 사랑의 최후(最後)는 아닙니다.**: <마음을 빼앗아가는 요술>에 다시 한 번 주의가 필요하다. 이런 경지와 무아(無我)와 해탈의 경지에 이르는 것은 같은 맥락에 속한다. 또한 불교에서 이런 경지는 사랑과 미움, 이고사별(離苦死別)의 고통에서 벗어나는 경지를 뜻하며 참 진리로 통하는 문이 열리는 길 몫을 차지한다.

그런데 이 작품의 화자는 그것을 거부한다. 무슨 까닭인가. 불교의 참 진리, 해탈지견(解脫知見)의 차원은 육신이 개입되는 사랑은 물론 이성간의 정신적 사랑도 배제, 극복되어야 할 것을 전제로 한다. 그런 사랑은 번뇌의 씨앗이 되며 끝내 극락, 왕생, 열반의 길을 막는 마장(魔障)으로 하기 때문이다. 화자는 그럼에도 불도의 완성을 바라는 대신 후자를 택하기로 한다. 이것은 또 하나의 정신적 사랑이면서 아주 철저하게 님을 섬기는 마음 자세를 드러낸 것이다.

당신의 마음[1]

나는 당신의 눈썹이 검고, 귀가 갸름한 것도 보았읍니다.

그러나 당신의 마음을 보지 못하얏읍니다.

당신이 사과를 따서 나를 주랴고, 크고 붉은 사과를 따로 쌀 때에, 당신의 마음이 그 사과 속으로 들어가는 것을 분명히 보았읍니다.[2]

나는 당신의 둥근 배와 잔나비 같은 허리와를 보았읍니다.

그러나 당신의 마음은 보지 못하얏읍니다.

당신이 나의 사진과 어떤 여자의 사진을 같이 들고 볼 때에, 당신의 마음이 두 사진의 새이에서 초록빛이 되는 것을 분명히 보았읍니다.[3]

나는 당신의 발톱이 희고, 발꿈치가 둥근 것도 보았읍니다.

그러나 당신의 마음을 보지 못하얏읍니다.

당신이 떠나시랴고, 나의 큰 보석반지를 주머니에 너실 때에, 당신의 마음이 보석 반지 너머로 얼골을 가지고 숨는 것을 분명히 보았읍니다.[4]

七十八. 당신의 마음

「요술(妖術)」에 이어 또 하나 <마음>을 제재로 한 작품이다. 차이가 있다면 전자가 이별을 전제로 한 마음을 다룬 데 반해 이 시는 단서가 없는 상태에서 그것을 정서화했다. 이 시는 형태로 보아 거의 정형시에 가까운 틀을 가지고 있다. 3연 첫줄은 모두가 당신의 겉모양을 다루었다. 그 마지막 역시 <분명히 보았읍니다>로 통일되어 있다. 다음 둘째 줄은 <그러나 당신의 마음을 보지 못하였읍니다>로 나타난다. 셋째 줄은 화자가 사랑하는 <당신>의 행동을 그린 전반부와 그 다음에 이루어진 사건의 결과를 말한 후반부로 나누어진다. 전반부에서 <당신>의 모습은 객관적 상관물을 통해 뚜렷하게 감각적 실체가 된다. 그리고 후반부에서 다시 그것이 다른 매체로 전이되어 나타난다. 이런 과정을 거쳐 마음이라는 관념상의 현상이 뚜렷하게 볼 수 있는 객체로 탈바꿈했다. 이 작품은 관념이 관념에 그치지 않고 정서화된 성공작이다.

1) **당신의 마음:** 불법이 다루는 마음은 크게 나누어 두 가지다. 하나는 속인, 또는 중생들이 갖는 마음으로 우리 주변의 여러 현상들을 차별하는 마음이다. 일상생활 속에서 우리는 끝없이 대소, 장단, 선악과 유무를 구별하고 손익과 미추(美醜), 고락에 구애된다. 이런 마음은 우리가 자유, 무장무애(無障無礙)의 경지를 여는 데 방해가 된다. 이와 달리 불가에서는 여러 차별상을 극복하고 자재(自在), 평등(平等)의 차원에 이르려는 마음이 있다. 이런 마음의 자리는 대개 언어를 떠나 있는 깨달음의 경지다. 그리하여 이 차원의 마음을 특별히 심인(心印)이라고 부르기도 한다.(이에 대한 자세한 것은 이 책「길이 막혀」주석란 (1) 참조)

속인의 마음도 그렇지만은 심인(心印) 단계의 마음은 득도 이전의 사람들이 전혀 가늠할 수가 없다. 이 작품에서 한용운은 그것을 감각 가능한 실체로 제시하고자 시도했다.

2) **당신이 사과를 따서 나를 주라고, 크고 붉은 사과를 따로 쌀 때에, 당신의 마음이 그 사과 속으로 들어가는 것을 분명히 보았읍니다.**: 되풀이 된 바와 같이 마음은 감정, 또는 의식상의 것이지 감각할 수 있는 것이 아니다. 그러나 사과는 과일의 일종이므로 색채를 가지며 계량도 가능하다. 그 사과를 선물하려고 포장하면 선물하려는 사람의 마음도 거기에 담긴다. 이때 마음이 사과와 함께 볼 수 있고 만질 수 있는 것으로 전이되는 의사 객체화(擬似客體化) 현상이 일어난다. 한용운은 이런 심리작용을 이용하여 관념의 범주에 속하는 마음을 감각적 실체로 전이시켰다.

3) **당신이 나의 사진과 어뜬 여자의 사진을 같이 들고 볼 때에, 당신의 마음이 두 사진의 새이에서 초록빛이 되는 것을 분명히 보았읍니다.**: <어뜬>→<어떤>. 『전편해설』의 주석에 따르면 <초록빛 눈 <green eye>는 질투를 가리킨다. 이것을 직설적으로 해석하면 당신의 마음이 감정에 의해 움직였음을 뜻한다. 마음이 실체가 없으므로 그 움직임 역시 객체화 되지 않는다. 그것을 한용운은 독특한 표현으로 선명하게 눈에 보이는 그림처럼 제시한 것이다.

4) **당신이 떠나시랴고, 나의 큰 보석반지를 주머니에 너실 때에, 당신의 마음이 보석 반지 너머로 얼굴을 가리고 숨는 것을 분명히 보았읍니다.**: 보석반지는 여자의 상징이며 그 마음 자체다. 그것을 이별에 즈음하여 <당신>에게 화자가 선물한 것이다. 당신이 그것을 소중하게 간직하려고 주머니에 넣은 것이다. <너실 때>→<넣으실 때>. 일상적인 차원이라면 그 때 당신의 마음도 보석과 함께 들어가야 한다. 그것, <보석반지 너머로 얼굴을 가리고 숨는 것>에는 어떤 의미가 있는가.

우리나라의 전래민요에 <행주치마로 얼굴 가리고 입만 방긋>하는 것이 있다. 이 노래의 주인공은 정든 님을 오랜만에 만난 여인

네다. 그 자리에서 얼굴을 드러내고 활짝 웃는 것이 아니라 행주치마라도 조금, 얼굴을 가리고 미소로 정든 님을 맞는다. 이에 유추 될 수 있는 의미의 줄기는 명백하다. <내>가 준 보석반지를 <당신>은 참으로 소중하게 생각한다. 그 나머지 그의 마음이 보석반지 너머로 얼굴을 가리고 숨게 되는 것이다.

여름밤이 길어요

당신이 기실 때에는 겨울밤이 쩌르더니,[1] 당신이 가신 뒤에는 여름밤이 길어요.

책력의 內容이 그릇되었나 하았더니, 개똥불이 흐르고 버레가 웁니다.[2]

긴밤은 어데서 오고, 어데로 가는 줄을 분명히 알았읍니다.

긴밤은 근심 바다의 첫 물ㅅ결에서 나와서, 슬픈 音樂이 되고 아득한 沙漠이 되더니, 필경 絶望의 城 너머로 가서, 惡魔의 웃음 속으로 들어갑니다.[3]

그러나 당신이 오시면, 나는 사랑의 칼을 가지고 긴 밤을 베혀서, 一千 도막을 내겄습니다.[4]

당신이 기실 때는 겨울밤이 쩌르더니, 당신이 가신 뒤는 여름밤이 길어요.

七十九. **여름밤이 길어요.**

사상, 관념을 전제로 한 시에 두 가지가 있을 수 있다. 그 하나가 사상, 관념에 가벼운 생각을 곁들여 시를 만드는 경우다. 이것을 우리는 경형이상시(輕形而上詩)라고 할 수 있을 것이다. 이와 달리 형이상시 가운데는 관념이나 사상의 본질을 건드린 것이 있다. 한용운의 시로 치면 한시로 「관매유감(觀梅有感)」이나 이 시집에 담긴 「알 수 없어요」가 그에 속한다. 이들을 우리는 본격적인 형이상시, 또는 중형이상시(重形而上詩)라고 이름 지을 수 있다.

이 작품은 어느 편인가 하면 전자의 테두리에 드는 시다. 이 작품의 주제는 이별이다. 화자는 사랑하는 사람과의 이별이 해소되어 즐거운 만남이 이루어지기를 바란다. 이별을 해소시키고자 하는 방법이 재미있다. 이별은 화자에게 밤이 몇 갑절 길어진다고 느끼게 만든다. 그것을 해소하는 방법으로 화자는 칼을 사용할 것을 생각한다. 칼로 긴 밤을 베어서 토막침으로써 그의 안타까움을 없애려는 것이다. 여기에는 사상, 관념을 본질로 다루려는 자취가 나타나지 않는다. 따라서 이 작품은 경량급 형이상시에 속한다.

1) **쩌르더니:** 짧더니, 쩌르다-쩌르더니는 경상도와 충청도 일부 지방의 방언.

2) **책력의 내용(內容)이 그릇되였나 하였더니, 개똥불이 흐르고 버레가 웁니다.:** 책력(冊曆)의 <역(曆)>은 달과 계절, 시령(時令) 등을 날짜에 따라 적어놓은 것을 가리킨다. 그 분량이 적지 않았으므로 고대 중국에서는 그것을 책으로 엮어 내었다. 책력이라는 말은 여기서 나왔다. 앞에 놓인 <당신이 가신 뒤에는 여름 밤이 길어요>

433

에 주의. 가을이나 겨울밤은 긴 것이지만 여름밤은 짧다. 그것이 길게 느껴지니까 혹 책력이 잘못되었나 의심을 해 본 것이다. 개똥불—곧 반딧불이가 날고 벌레가 우는 계절은 여름이다. 그것으로 화자는 때가 여름밤임을 확인한 것이다.

³⁾ 해당 없음

긴 밤은 근심 바다의 첫 물결에서 나와서, 슬픈 음악(音樂)이 되고 아득한 사막(沙漠)이 되더니, 필경 절망(絶望)의 성(城) 너머로 가서, 악마(惡魔)의 웃음 속으로 들어갑니다.: 불교에서 근심은 의정(疑情)의 다른 이름이다. 그것은 수도자가 청정심을 갖는 데 마장으로 작용한다. 화자에게 근심이 일어나도록 하는 매체가 긴 밤이다. 여기서는 그것이 슬픈 음악이 되고 아득한 사막이 된 다음 악마의 웃음 속으로 사라진다. 여기서 우리가 주의할 것이 한용운의 서구취향이다. 불교는 이미 드러난 바와 같이 중인도를 발판으로 일어난 종교다. 당시 인도 전역은 울창 숲으로 덮여 있었다. 그런데 한용운은 여기서 사막을 등장시켰다. 또한 악마도 기독교에서 쓰는 말이다. 불교에서는 신앙에 저해 요인으로 작용하는 일체를 통틀어 마(魔) 또는 마장(魔障)이라고 한다. 한용운은 한시와 달리 한글 시에서는 빈번하게 기독교 문화의 영향이 느껴지는 말들을 썼다. 그 결과로 나타난 것이 위와 같은 서구적 어휘의 사용이다.

　　마(魔에) 대해서는 이기영(李箕永), 『유마힐소설경』의 역해주에 의거 그 개념을 정리해 본다.

　　　마(魔); mara, 마라(魔羅)의 준말, 살자(殺者), 탈명(奪命), 능탈명자(能奪命者), 장애(障碍)라고 옮긴다. 『보요경(普曜經)』 제6에는 석존(釋尊)이 성도(成道)할 때, 마왕(魔王) 파순(波旬)이 네 딸을 보내 괴롭혔다고 한다. 마왕은 욕계(欲界)의 제6 타화자재천(他化自在天)의 높은 곳에 살고 옳은 가르침을 파괴하는 신(神)이다. 이를 천자마(天子魔)라고도 한다. 또 마의 의미를 내관적(內觀的)으로 해석해서 번뇌로 중생을 괴롭히는 모든 것을 마라고 일컫기도 한다. 내마(內魔)와 외마(外魔)의 이마(二魔)가 있다.

내마(內魔): 자기의 신심(身心)에서 생기는 마장

외마(外魔): 외계(外界)로부터 가해지는 마장

『대지도론(大智度論)』권5에서는 제법실상(諸法實相)을 제외(除外)한 다른 모든 것을 '마'라고 한다. 『유가론(瑜伽論)』권29에서는 다음의 사마(四魔)를 손꼽았다.

오음마(五陰魔): 오온(五蘊), 제마(除魔), 온마(蘊魔), 오중마(五衆魔), 음계입마(陰界入魔), 죽음이 작용하는 대상.

번뇌마(煩惱魔): 미래의 생(生)을 느끼게 하며 인간을 죽음에 이르게 하는 번뇌.

사마(死魔): 죽음 그 자체.

천자마(天子魔): 죽음을 초월하고자 하는 자를 방해하는 마왕. 여기에 죄마(罪魔)를 더하여 마자를 5마로 보는 견해도 있다.

— 이기영 역해, 『유마힐소설경』, 39~40면.

4) **당신이 오시면, 나는 사랑의 칼을 가지고 긴 밤을 베혀서, 일천(一千) 도막을 내겠읍니다.:** 밤은 여기서 사랑을 방해하는 마장의 다른 이름이다. 그 밤을 칼로 베인다는 것도 한용운 나름의 시적 의장이다. 밤이나 낮은 시간의 단위이므로 실체가 없다. <베혀서>→<베어서>. <도막>→<토막>. 밤을 칼로 베일 수 있는 양 표현한 것이 시적 장치가 되어 있다. 이런 표현은 황진이(黃眞伊)의 시조를 연상하게 만든다.

> 동지달 기나긴 밤을 한 허리를 둘헤내어
> 춘풍 니불아래 서리서리 넣었다가
> 어른님 오신날 밤이어드란 굽이굽이 펴리라

두 시인의 상상력 사이에 차이가 있다면 한용운이 비판적 심상의 말을 쓴 데 대해 황진이가 포괄, 긍정적인 시각을 취한 것 정도다. 다음 줄 <기실 때>는 <계실 때>의 방언이다.

冥想[1]

　아득한 冥想의 적은 배는 갓이 없이 출렁거리는 달빛의 물ㅅ결에 漂流되야, 멀고먼 별나라를 넘고 또 넘어서 이름도 모르는 나라[2]에 이르렀읍니다.

　이 나라에는 어린 아기의 微笑와 봄아츰과 바다소리가 슴하여 사람이 되았읍니다.

　이나라 사람은 玉璽의 귀한 줄도 모르고, 黃金을 밟고 다니고, 美人의 靑春을 사랑할 줄도 모릅니다.[3]

　이나라 사람은 웃음을 좋아하고, 푸른 하늘을 좋아합니다.

　冥想의 배를 이나라의 宮殿에 매었더니 이나라 사람들은 나의 손을 잡고 같이 살자고 합니다.

　그러나 나는 님이 오시면, 그의 가슴에 天國을 꾸미랴고 돌어왔읍니다.[4]

　달빛의 물ㅅ결은 흰 구슬을 머리에 이고 춤추는 어린 풀의 장단을 맞추어 우줄거립니다.

八十. 명상(冥想)

불법(佛法)의 감각을 이용한 한용운의 작품은 크게 두 유형으로 나눌 수 있다. 그 하나는 표면상 애정이나 풍경을 노래한 듯 보이는 것으로 그 실에 있어서는 불교의 철리를 바탕으로 한 작품이다. 이에 반해서 한용운 시 가운데는 겉보기에 불법을 다룬 듯 보이면서 애정이나 풍물을 제재로 삼은 것이 있다. 이 작품은 후자에 속하는 시다. 여기서 한용운은 무아(無我)나 초공(超空)의 경지를 다룬 것이 아니라 다시 인간의 애정을 노래했다. 그러나 여기서 애정은 속중의 그것이 아니라 궁극적으로 보살행의 경지와 그 끈이 닿아 있다.

[1] **명상(冥想):** 사전을 찾아보면 명상은 눈을 감고 깊이 생각하는 것을 가리킨다. 브라만교 때부터 인도에서는 우주와 인생의 근본 이치를 터득하려는 방법으로 명상법이 성하게 이용되었다. 불교는 마음을 맑고 조용하게 함으로써 현상을 넘어 본체계의 참 모습을 터득하기를 기하는 종교다. 그것을 불교 나름의 수행법으로 개발한 것이 선정(禪定), 또는 참선(參禪)이다. 불교는 수도자에게 미혹을 끊어버리고 우리 마음을 고요히 가라앉히어 인생과 삼라만상의 참 모습을 파악하도록 유도한다. 이것을 개념화시킨 말이 선정(禪定)이다. 여기 나오는 명상은 그 의미의 외연과 내표가 거의 모두 선정에 수렴될 성격의 것이다.

[2] **이름도 모르는 나라:** <이름 모르는 나라>는 멀고먼 별나라를 넘고 또 넘어서 있는 곳이다. 불교의 공간 개념 가운데는 삼계(三界)라는 것이 있다. 욕계(欲界)와 색계(色界), 무색계(無色界) 등이 그것 들이다.

① 욕계(欲界): 감각적 욕구로 지배되는 세계. 육욕과 식욕, 재물소지욕이 가득한 자리로 지옥, 아귀, 축생, 아수라, 육욕천(六欲天)이 모두 이에 속한다. 우리가 사는 인간이 바로 이 범주에 든다.

② 색계(色界) : 감각적 욕구로 지배되는 자리에서는 벗어난 경지다. 그러나 아직도 형상의 굴레에서는 자유롭지 못한 차원에 속한다. 여기에 초선천(初禪天) 이하 제2, 제3, 제4 선천(禪天)이 속해 있다.

③ 무색계(無色界) : 육욕과 식욕, 재물욕 등 감각적 욕구의 차원은 물론 일체 형상의 굴레에서도 벗어난 경지를 가리킨다. 순수한 선정(禪定)의 세계로 1) 허공이 무변하다고 생각하는 공무변처(空無邊處), 2) 마음의 작용에 끝이 없다고 생각하는 식무변처(識無邊處), 3) 존재하는 것이 있을 수 없다고 체득이 된 무소유처(無所有處), 4) 욕계와 색계에 속하는 생각은 없으나 현기(玄機)와 통하는 생각, 미미하며 묘유(妙有)와 맥락에 닿은 생각이 있을 수도 있음을 인정하는 경지. 생각이 있는 것도 아니요, 없는 것도 아니라는 묘리를 체득한 비상비비무상처(非想非非無想處) 등의 경지가 이에 포괄된다. 불법(佛法)의 경지를 이와 같이 정리하면 이름도 모르는 나라가 욕계와 색계를 넘어서 있는 경지며 무색계와 맥락을 같이할 것으로 생각된다.

3) **이 나라에는 어린 아기의 미소(微笑)와 봄 아츰과 바다소리가 합(合)하여 사람이 되았읍니다./ 이 나라 사람은 옥새(玉璽)의 귀한 줄도 모르고, 황금(黃金)을 밟고 다니고, 미인(美人)의 청춘(靑春)을 사랑할 줄도 모릅니다.:** 앞문장은 선정(禪定)으로 터득된 무아(無我)와 묘공(妙空)의 경지다. 불경에 어린 아기의 비유가 등장하는 예는 극히 드물다. 그 예외격으로 『벽암록(碧巖錄)』의 다음과 같은 구절이 있다.

도를 닦는 사람은 어린이와 같아야 한다. 거기에는 명예와 치욕,

그리고 공명이라든가 역경과 순경(順境)이 들어설 자리가 없다. 빛깔을 보아도 눈은 장님과 같고 소리가 있어도 귀는 먹어서 들을 수가 없다.

(學道之人. 要復如嬰孩. 榮辱功名. 逆情順境. 都動他不得. 眼見色與盲等. 耳聞聲與聾等.)

— 『벽암록』 권8. 제80칙, 평창(評唱).

이런 구절로 미루어 <어린 아기의 미소>는 욕계와 색계를 벗어난 진리와 영원한 생명의 상징이다. 황금과 미인의 청춘은 색계 이전의 욕계에 속하는 것이며 옥새도 그에 준한다. 이렇게 보면 명상(冥想)의 배를 타고 화자가 이른 곳이 어디인가가 명백하게 드러난다. 그는 불교에서 무색계(無色界)로 일컬어진 무아(無我), 묘공(妙空)의 자리에 이른 것이다.

4) **명상(冥想)의 배를 이 나라의 궁전(宮殿)에 매었더니, 이 나라 사람들은 나의 손을 잡고 같이 살자고 합니다./ 그러나 나는 님이 오시면, 그의 가슴에 천국(天國)을 꾸미랴고 돌아왔습니다.:** 화자는 일단 명상을 통해서 무아(無我)의 경지에 이른 사람이다. 그러나 사무치게 그리는 <님>과 다시 만나리라는 기대를 저버리지 못한다. 이것은 그가 선정(禪定)에서 얻어낸 궁극적 정신의 경지를 되살려서 한 몸의 열반에 그치지 않고 중생제도(衆生濟度)의 의지도 가졌음을 뜻한다. 이것은 불교에서 가장 큰 난제가 되는 지상에서의 불국토 건설을 화자가 지향하고 있음을 뜻한다. 따라서 이 시는 불교의 철리를 바탕으로 한 작품이지만 엄격한 의미에서 보면 증도가(證道歌)는 아니다.

七夕[1]

「차라리 님이 없이 스스로 님이 되고 살지언정, 하늘 위의 織女星은 되지않겠어요, 네 네.」 나는 언제인지 님의 눈을 쳐다보며 조금 아양스런 소리로 이렇게 말하얐읍니다.

이 말은 牽牛의 님을 그리우는 織女가 一年에 한번씩 만나는 七夕을 어찌 기다리나 하는 同情의 咀呪였읍니다.[2]

이말에는 나는 모란꽃에 취한 나비처럼, 一生을 님의 키쓰에 바쁘게 지나겠다는, 교만한 盟誓가 숨어 있읍니다.

아아 알 수 없는 것은 運命이요 지키기 어려운 것은 盟誓입니다.

나의 머리가 당신의 팔 위에 도리질을 한지가 七夕을 열번이나 지나고 또 몇 번을 지내었읍니다.

그러나 그들은 나를 용서하고 불쌍히 여길 뿐이요, 무슨 復讐的 咀呪를 아니하얐읍니다.[3]

그들은 밤마다 밤마다 銀河水를 새에 두고, 마주 건너다 보며 이야기하고 놉니다.

그들은 해쭉해쭉 웃는 銀河水의 江岸에서, 물을 한줌식 쥐어서 서로 던지고 다시 뉘우쳐 합니다.

그들은 물에다 발을 잠그고 반비식이 누워서, 서로 안보는체 하고 무슨 노래를 부릅니다.

그들은 갈잎으로 배를 만들고, 그 배에다 무슨 글을 써서 물에 띄우고, 입김으로 불어서 서로 보냅니다. 그러고 서로 글을 보고,

理解하지 못하는 것처럼 잠자코 있읍니다.

그들은 돌어갈 때에는 서로 보고 웃기만 하고 아모 말도 아니
합니다.[4]

지금은 七月七夕날 밤입니다.

그들은 蘭草실로 주름을 접은 蓮꽃의 위ㅅ옷을 입었읍니다.

그들은 한 구슬에 일곱빛 나는 桂樹나무 열매의 노르개[5]를 찼
읍니다.

키쓰의 술에 醉할 것을 想像하는 그들의 뺨은, 먼저 기쁨을 못
이기는 自己의 熱情에 醉하야, 반이나 붉었읍니다.

그들은 烏鵲橋를 건너갈 때에, 걸음을 멈추고 위ㅅ옷의 뒷자락
을 檢査합니다.

그들은 烏鵲橋를 건너서 서로 抱擁하는 동안에, 눈물과 웃음의
順序를 잃더니, 다시금 恭敬하는 얼골을 보입니다.

아아 알 수 없는 것은 運命이요, 지키기 어려운 것은 盟誓입니다.

나는 그들의 사랑이 表現인 것을 보았읍니다.

진정한 사랑은 表現할 수가 없읍니다.[6]

그들은 나의 사랑을 볼 수는 없읍니다.

사랑의 神聖은 表現에 있지 않고 秘密에 있읍니다.

그들이 나를 하늘로 오라고 손짓을 한대도, 나는 가지 않겠읍니다.

지금은 七月七夕날 밤입니다.

八十一. 칠석(七夕)

이 작품은 두 가닥의 의미 맥락으로 이루어져 있다. 전반부에서 이 시는 견우와 직녀로 상징되는 남녀 간의 사랑에서 오랜 기다림 다음의 만남을 다루었다. 그것으로 사무치게 그리는 두 사람, 견우와 직녀 사이를 정서화시킨 것이다. 그러나 후반부에 이르면 이 시의 화자는 두 사람의 사랑이 지양, 극복되어야 할 경지라고 믿는다. 그를 통해서 불법의 절대적 차원에 이른 사랑을 노래한 것이 이 시다. 한용운이 쓴 많지 못한 불교적 애정시의 하나다. 소재로 우리나라의 전래 설화가 이용된 것이 주목된다.

1) **칠석(七夕):** 음력 7월 7일. 중국의 민간 전설로 이날 하늘의 별자리 가운데 하나인 견우(牽牛)와 직녀(織女)가 은하수를 건너서 만난다고 한다. 견우는 은하수의 서쪽에 있고 그 빛이 매우 밝다. 직녀는 은하수의 동쪽에 있는데 그 빛이 미미하고 은은할 뿐이다. 이날이 가까이 오면 하늘의 까치들이 모여 직녀와 견우가 만날 수 있도록 다리를 놓는다. 그 이름을 오작교(烏鵲橋)라고 한다. 또한 하늘에 큰 비가 오면 은하수가 불어나 직녀가 다리를 건너가지 못하게 된다. 이에 칠석(七夕)에 비가 오면 그것을 견우의 눈물이라고 한다. 다만 그 전날 비가 내리면 그것은 직녀가 타고 가는 수레를 씻어주는 비라고 전해 내려온다. 『세시잡기(歲時雜記)』에 다음과 같은 구절이 있다<7월 6일날 비가 오면 수레를 씻는 것이요, 7일날 비가 오면 눈물을 뿌리는 것이다(七月六日 有雨謂之 洗車雨 七日雨則 曰洒淚雨)>.

칠월칠석(七月七夕)의 슬픈 전설에 제재를 택한 시로는 중국의 두보(杜甫), 이상은(李尙隱), 우리나라의 이곡(李穀), 이옥봉(李玉

峯) 등의 작품이 있다. 현대시인의 것으로는 임학수(林學洙)의 「견우(牽牛)」와 함께 서정주(徐廷柱)의 「견우(牽牛)의 노래」가 있다. 이 가운데 서정주의 것은 8·15 후 우리 시가 낳은 수작으로 평가받아 온 작품이다.

우리들의 사랑을 위하여서는
이별이, 이별이 있어야 하네

높았다, 낮았다, 출렁이는 물ㅅ살과
물ㅅ살 몰아 갔다오는 바람만이 있어야 하네.

오 - 우리들의 그리움을 위하여서는
불타는 홀몸만이 있어야 하네

도라서는 갈 수 없는 오롯한 이 자리에
불타는 홀몸만이 있어야 하네!

織女여, 여기 번쩍이는 모래밭에
돋아나는 풀싹을 나는 세이고……

허이언 허이언 구름속에서
그대는 베틀에 북을 늘리게.

눈썹같은 반달이 중천에 걸리는
七月七夕이 도라오기까지는.

검은 암소를 나는 먹이고
織女여, 그대는 비단을 짜ㅎ세.

— 서정주 「견우의 노래」, 전문.

2) 「차라리 님이 없이 스스로 님이 되고 살지언정, 하늘 위의 직녀성

(織女星)은 되지않겠어요, 네 네.」(……)/ 이 말은 견우(牽牛)의 님을 그리우는 직녀(織女)가 일년(一年)에 한번씩 만나는 칠석(七夕)을 어찌 기다리나 하는 동정(同情)의 저주(咀呪)였읍니다.: 괄호에든 화자의 말은 <님>에 대한 사랑이 절대적임을 뜻한다. <동정(同情)의 저주(咀呪)>를 『전편해설』은 <깨달음의 경지는 직녀와 견우 관계로서 표현할 수 없는 것이기 때문에 직녀에 대한 <동정(同情)의 저주>는 동정도 아니고 저주도 아닌 의정(疑情)을 뜻한다)고 해석했다. 이런 판단에는 적어도 한 가지 명백한 착오가 내포되어 있다. 이 노래는 견우와 직녀가 주인공이 아니라 <님>에 대한 화자의 관계를 읊은 것이다. 견우와 직녀는 그런 사랑을 강조하기 위한 소재에 지나지 않는다. 그것을 의정으로 판단하고 이시의 근본 의미 내용으로 잡은 것은 주객을 전도해 버린 일이다.

여기서 화자가 직녀와 견우에 대해서 품은 감정은 이중 구조를 갖는다. 일 년에 한번밖에 만나지 못하는 운명의 주인공이니까 화자가 견우와 직녀에 동정을 보낸 것이다. 그러나 <님>을 사무치게 그리는 화자의 입장으로 보면 견우와 직녀는 긍정적으로 생각되는 이름이 아니다. 전설이라고는 하나(그렇기 때문에 더 의미의 폭이 큰 것일 수도 있다.) 그들은 이별하여 일 년에 한번밖에 만나지 못하는 연인이라는 나쁜 선례를 남겼다. 사무치는 사랑으로 <님>과 함께 하고자 하는 화자에게 그런 선례는 단순하게 남의 일이 아니라 저주 일 수가 있는 것이다. 이렇게 읽어야 다음 줄에 나오는 <일생(一生)을 님의 키쓰에 바쁘게 지나겠다는 교만한 맹세>가 손쉽게 이해될 수 있다.

3) 그들은 나를 용서하고 불쌍히 여길 뿐이요, 무슨 복수적 저주(復讐的 咀呪)를 아니하았습니다: 그들은 견우와 직녀를 가리킨다. 앞에서 나온 바와 같이 여기서 화자는 칠석(七夕)을 열 번이나 지나는 세월 동안 님의 팔 위에서 도리질을 하는 행복을 누리고 있다. 견우와 직녀는 한해에 한번밖에 은하수를 건너서 만나지 못하는 사이다. 여느 경우라면 자신들의 어기찬 신세를 슬퍼하는 나머

지 화자의 신세를 시새움 하고, 저주를 보낼 수도 있을 것이다. 그럼에도 그들은 <복수적 저주>를 하지 않는다. 여기에는 화자가 견우와 직녀에게 보내는 존경심이 포함되어 있다.

4) **그들은 밤마다 밤마다 은하수(銀河水)를 새에 두고, 마주 건너다 보며 이야기하고 놉니다./ (……)/ 그들은 갈잎으로 배를 만들고, 그 배에다 무슨 글을 써서 물에 띄우고, 입김으로 불어서 서로 보냅니다. 그러고 서로 글을 보고, 이해하지 못하는 것처럼 잠자코 있읍니다./ 그들은 돌아갈 때에는 서로 보고 웃기만 하고 아모 말도 아니합니다.:** 이 부분에서 <그들>이 누구를 가리키는가가 우선 문제다. 그 해답은 이 부분 바로 앞연에서 찾을 수 있다. 즉, 화자는 거기서 <칠석(七夕)을 열번이나 지나고> 또 더 지냈다. 이것은 앞의 경우와 뒤의 견우, 직녀가 그 심상을 달리하고 나타낸다. 앞의 <견우>, <직녀>는 <내>가 마음속으로 객체화한 것, 곧 타자일 수가 있다. 그러나 여기에 이르러 그들은 곧 님을 그리는 내 마음 자체이다. 이 화자의 이별없는 행복을 여느 경우라면 견우와 직녀는 당연히 저주했을 것이다. 그러나 <그들은> 그런 나를 용서하고 불쌍히 여길 뿐이다. 이것으로 그들, 곧 견우와 직녀의 심상에 용서의 심상이 추가된다. <내>가 저주한 견우. 직녀→그러나 견우와 직녀는 그런 나를 오히려 불쌍히 여긴다.→그들. 이런 도식에 따라 <그들>은 내 마음속에서 앞의 경우와 다른 제3의 실체가 된다.

이 부분에서 또 하나 주목되어야 할 것이 있다. 어조와 구문으로 보아 이 부분은 타고르의 『신월(新月)』 가운데 한편인 「해안에서」에 대비될 수 있다.

무한한 세계의 해안에 아이들은 모입니다.
무궁한 하늘은 머리 위에 고요하고, 뒤볶이는 물결은 요란스러운 소리를 냅니다. 무한한 세계의 해안에 아이들은 소리를 지르며, 춤을 추며 모입니다.

그들은 모래로 집을 지으며, 그들은 조개껍질로 장난을 칩니다. 그들은 나무 잎사귀로 배를 만들어서는 해적해적 웃으며, 그 끝을 넓고 깊은 바다에 띄웁니다. 아이들은 세계의 해안에서 장난을 합니다.

그들은 헤엄칠 줄을 모르며, 그들은 그물 던질 줄을 모릅니다. 진주잡이는 진주를 잡으려 물속으로 들어가며, 상인들은 배를 타고 갑니다. 많은 아이들은 조약돌을 모아서 또다시 헤쳐버립니다. 그들은 숨은 보물을 찾지도 아니하며, 그들은 그물 던질 줄도 모릅니다.

바다가 큰 웃음을 하며 높이 웁니다. 하면 해안은 흰 듯 빛나며 히쭉히쭉 웃습니다. 죽음을 가지고 다니는 물결은, 어린 아이의 요람을 흔드는 때의 어머니와도 같이, 아이들에 의미없는 노래를 노래해줍니다. 바다는 아이들과 함께 놉니다. 하고 해안은 흰 듯 빛나며 히쭉히쭉 웃습니다.

무한한 세계의 해안에 아이들은 모입니다. 폭풍우는 길도 없는 하늘에 헤매며, 배는 행로 없는 물결에 깨여집니다. 죽음은 사방에 가득합니다. 아이들은 장난을 합니다. 무한한 세계의 해안에 아이들의 대회가 있습니다.

— 번역 김억(金億), 『신월(新月)』(문우당 서점, 1923)
다만 철자법은 다소 손질을 가했음.

On the seashore of endless worlds children meet.

The infinite sky is motionless overhead and the restless water is boisterous.

On the seashore of endless worlds the children meet with shouts and dances.

They build their houses with sand and they play with empty shells.

With withered leaves they weave their boats and smilingly float them on the vast deep.

Children have their play on the seashore of worlds.

They know not how to swim, they know not how to cast nets.

Pearl fishers dive for pearls, merchants sail in their ships, while children gather pebbles and scatter them again.

they seek not for hidden treasures, they know not how to cast nets.

The sea surges up with laughter and pale gleams the smile of the sea beach.

Death-dealing waves sing meaningless ballads to the children, even like a mother while rocking her baby's cradle.

The sea plays with children, and pale gleams the smile of the sea beach.

On the seashore of endless worlds children meet.

Tempest roams in the pathless sky, ships get wrecked in the trackless water, death is abroad and children play.

On the seashore of endless worlds is the great meeting of children.

–Collected Poems and Playe of Raloindranath Tagore. pp.51~52.

타고르의 시와 김억의 작품 사이에 차이가 전혀 없는 것은 아니다. 한용운의 이 시에서 주인공이 견우와 직녀임에 반해 타고르의 경우는 어린이다. 또한 김억의 것이 전체시의 한 연임에 비해 타고르의 것은 4연으로 된 한 편의 시다. 그러나 이런 차이점에도 불구하고 한용운 시에는 타고르를 읽은 자취가 뚜렷하게 나타난다. 우선 타고르의 시에 웃음이 히쭉히쭉으로 되어 있는데 한용운의 시에도 그와 형태가 거의 같은 의태첩어가 쓰여 있다. 타고르의 것에 물장난의 구절이 있는 것과 갈잎배가 등장하는데 그들 소재는 한용운의 시에도 나타난다. <반비식이 누어서>→<조금 비스듬히 누워서>.

5) **열매의 노르개:** <노르개>→<노리개>. 앞줄 <난초실로 주름을 접은(잡은) 연꽃 깃옷>과 대가 된다. 이것은 견우와 직녀가 이승의 사람들이 아닌 하늘나라의 사람임을 뜻한다.

6) **나는 그들의 사랑이 표현(表現)인 것을 보았읍니다./ 진정한 사랑은 표현할 수가 없읍니다.:** 불법의 세계에서 참된 사랑은 무아(無我)나 묘공(妙空)의 경지에 이른 차원의 것이다. 무아(無我)와 묘공(妙空)의 경지에 이른 사랑은 말과 글, 그 밖의 어떤 몸짓으로도 표현될 수가 없다. 그럼에도 견우와 직녀의 사랑은 몸짓으로 나타나는 것이다. 화자가 이것을 부정한 것은 그가 생각한 진정한 사랑, 대자대비(大慈大悲)에 이른 사랑이 견우, 직녀의 차원을 넘어서 있음을 뜻한다. 이 시에서 만해는 칠월칠석의 견우와 직녀를 이용하여 세속적인 사랑을 천상의 것으로 부각시켰다. 그러면서 그런 사랑이 구경의 것이 아님을 다시 무아와 묘공(妙空)의 경지를 내비침으로써 부정하고 있는 것이다. 이것으로서 그의 의도가 어느 정도 윤곽을 드러낸다. 만해는 세속적인 사랑과 절대적인 차원(불법의 대자대비)을 대비시킴으로써 사랑의 궁극이 어떻게 부각될 수 있을 것인가를 이 시에서 물어본 것이다.

生의 藝術

몰난 결에 쉬어지는 한숨은 봄바람이 되야서, 야윈 얼골을 비치는 거울에 이슬꽃을 핍니다.[1]

나의 周圍에는 和氣라고는 한숨의 봄바람 밖에는 아모 것도 없읍니다.

하염없이 흐르는 눈물은 水晶이 되야서, 깨끗한 슬픔의 聖境을 비칩니다.

나는 눈물의 水晶이 아니면, 이 세상에 寶物이라고는 하나도 없읍니다.[2]

한숨의 봄바람과 눈물의 水晶은, 떠난 님을 긔루어하는 情의 秋收입니다.

저리고 쓰린 슬픔은 힘이 되고 熱이 되야서, 어린 羊과 같은 적은 목숨을 살어 움직이게 합니다.

님이 주시는 한숨과 눈물은 아름다운 生의 藝術입니다.[3]

八十二. 생(生)의 예술(藝術)

애정시의 범주에 속하는 작품이면서 그 성격이 특이하다. 많은 만해의 애정시에서 화자는 여성이다. 그러나 이 작품의 화자는 여성이 아니며 그렇다고 적실하게 남성으로 판정될 수도 없다. 성으로 보면 중성에 속하는 화자가 그의 마음에 간직된 사랑을 노래한 것이 이 작품이다. 의식성향으로 보아 예경대불(禮敬大佛)의 마음을 담고 있으므로 증도가(證道歌)로 보아야 한다.

1) **몰난 결에 쉬어지는 한숨은 봄바람이 되야서, 야윈 얼골을 비치는 거울에 이슬꽃을 핍니다.:** <몰난결>→<모르는 사이>, 한숨이 봄바람이 되는 비유형태는 선뜻 납득이 가지 않는다. 그 비밀은 <거울에 이슬꽃을 핍니다>로 속뜻을 드러낸다. 이때의 이슬꽃이 갖는 일차적 의미는 눈물이다. 그러나 거울에 비치는 자신의 눈물을 화자는 꽃으로 전이시키고 싶었다. 그 나머지 탄식의 상징인 한숨이 봄바람이 된 것이다.

2) **하염없이 흐르는 눈물은 수정(水晶)이 되야서, 깨끗한 슬픔의 성경(聖境)을 비칩니다./ 나는 눈물의 수정(水晶)이 아니면, 이 세상에 보물(寶物)이라고는 하나도 없읍니다.:** 이것은 이성에 대해 절절한 그리움을 품은 화자의 마음을 읊조린 것이다. <눈물>은 <수정(水晶)>의 마음을 나타낸다. 『전편해설』은 이에 대해서 다음과 같이 해석했다.

> <깨끗한 슬픔의 聖境>은 大慈大悲의 境地며, <水晶이 된 눈물>은 자비가 곧 지혜라는 뜻이다. 따라서 자비와 깨달음이 하나가 되는 경지(눈물의 수정)야 말로 이 세상에서 가장 귀중한 <보물>이라고 할 수 있다.

이런 판단에는 반드시 선행되어야 할 불교적 인생관이 전제되어 있지 않다. 이미 되풀이 지적된 바와 같이 불교에서 궁극적 유의성을 가지는 눈물은 대자대비(大慈大悲)의 차원에서 나타나는 것이다. 대자대비는 속중의 경지와 엄격하게 구별된다. 특히 <수정이 된 눈물>이 지혜라는 해석은 엄청난 논리의 비약이다. 이런 해석보다 이 비유에서 주지와 매체의 관계를 눈물과 수정의 외형상 유사성으로 잡는 것이 좋다. 두 물체는 다 같이 투명하며 또한 순수한 면을 가진다. <눈물이 수정이 아니면 이 세상에 보물>이 없다는 것은 화자의 정신적 지향의 제도중생에 있음을 뜻한다. 이때에 비로소 <눈물의 수정(水晶)>이 대오정각(大悟正覺)의 경지에 이른다. 그와 아울러 해탈·법열의 차원에 이를 수 있으니까.

3) **한숨의 봄바람과 눈물의 수정(水晶)은, 떠난 님을 기루어하는 정(情)의 추수(秋收)입니다./ (……)/ 님이 주시는 한숨과 눈물은 아름다운 생(生)의 예술(藝術)입니다.:** 여기서 우리가 지나쳐 볼 수 없는 것이 봄바람과 눈물의 수정을 <정(情)의 추수(秋收)>로 등식화시킨 점이다. 불교가 일체의 번뇌를 벗어나 정각대오(正覺大悟)를 기하는 종교임은 이미 지적된 바와 같다. 그런데 수행 방식으로 불교는 타력교(他力敎)와 자력교(自力敎) 등 두 개의 유형으로 나눌 수 있다. 불교도에게 석가세존은 워낙 지고지상(至高至上)이며 절대적이다. 그의 분신에 속하는 아미타불에 귀의함으로써 불제자는 왕생정토(往生淨土)의 길이 열린다. 이 단계에 머문 수도의 단계는 타력교(他力敎)에 속한다. 그러나 본래 불교는 자기 스스로의 정진을 통하여 정각대오의 경지에 이르러야 하는 종교다. 이것을 자력정각(自力正覺)이라고 한다.

이 작품의 화자는 처음에서 끝까지 <님>을 기루어 하며 믿고 따르고자 할 뿐이다. 이것은 이 시가 불교적이라고 하더라도 그 경지가 궁극에 이르지 못한 것임을 뜻한다. 이렇게 보면 <생(生)의 예술(藝術)>에서 <생>은 무아(無我), 초공(超空)의 경지에는 이르지 못한 것으로 성문승(聲聞乘)에 속하거나 수도의 초발심(初發心) 단계에 속한다고 보아야 한다. 다만 이 시의 화자가 <님>을 받들고자 하는 결의는 비상할 정도로 뜨겁다. 그런 점에서 이 작품은 정각대오(正覺大悟)의 경지에 이른 것은 아나나 명백하게 일념 예불(禮佛)의 정념을 바닥에 깐 것이다.

꽃싸움

당신은 두견화를 심으실 때에, 「꽃이 피거든 꽃싸움하자」고 나에게 말하얐습니다.

꽃은 피어서 시들어 가는데, 당신은 옛 맹서를 잊으시고 아니 오십니까.[1]

나는 한손에 붉은 꽃수염을 가지고 한손에 흰 꽃수염을 가지고, 꽃싸움을 하야서 이기는 것은 당신이라 하고, 지는 것은 내가 됩니다.

그러나 정말로 당신을 만나서 꽃싸움을 하게 되면, 나는 붉은 꽃수염을 가지고 당신은 흰 꽃수염을 가지게 합니다.

그러면 당신은 나에게 번번히 지십니다.

그것은 내가 이기기를 좋아하는 것이 아니라, 당신이 나에게 지기를 기뻐하는 까닭입니다.[2]

번번히 이긴 나는 당신에게 우승의 상을 달라고 조르겠습니다.

그러면 당신은 빙긋이 웃으며, 나의 뺨에 입맞추겠습니다.

꽃은 피어서 시들어 가는대, 당신은 옛맹서를 잊으시고 아니오십니까.[3]

八十三. 꽃싸움

<꽃싸움>은 <꽃쌈>으로 표기하는 것이 옳다. 한자어로는 화전(花戰)으로 쓰기도 한다. 국어사전을 찾아보면 이 말은 두 가지의 뜻을 가진다. ① 여러 가지 꽃을 꺾어가지고 그 수효의 많고 적음을 겨루는 놀이. ② 꽃이나 꽃술을 가지고 맞걸어 당겨 끊어지는 쪽이 지고 그 상대방이 이기기로 하는 내기. 내용으로 보아서 이 시는 ②를 제재로 한 노래다. 이 시는 화자가 이별한 님을 그리는 노래며 애정시다. 그러나 단순 애정시로 그치지 않는 것으로 불교의 신앙에서 빚어진 인생관이 담겨 있다. 이렇게 보면 이 작품은 애정시이면서 정신의 닻줄이 불교의 교리에 닿아 있는 형이상 시이기도 하다.

1) **꽃은 피어서 시들어 가는데 당신은 옛 맹서를 잊으시고 아니 오십니까.:** 당신은 여기서 화자와 한 약속을 소중하게 지키기로 한 사람이다. 그런 화자의 당신은 일찍 약속한 꽃싸움 철이 지나가는데도 돌아오지 않는다. 그것을 야속하게 생각하는 것이 이 작품이다. 여기까지 읽으면 이 시는 단순 애정시로 판독될 수 있다.

2) **그것은 내기 이기기를 좋아하는 것이 아니라, 당신이 나에게 지기를 기뻐하는 까닭입니다.:** 불교의 지향하는 바가 사바세계의 번뇌를 끊고 인간 고해를 헤쳐 나가기를 기하는 데 있음은 이미 되풀이 지적된 바와 같다. 이것으로 수도자 자신은 중생고에서 벗어나서 구제를 받을 수가 있다. 그러나 대승불교의 단계에서 이런 수행관은 저 혼자만의 구제를 위한 것이라 하여 지양·극복되어야 할 것으로 보았다. 대승은 <나> 혼자만이 아니라 널리 무변중생(無邊衆生)의 제도를 지향하게 되었다. 대승불교에 이르러 불교는

보살행을 뜻하게 되었고 그 방편으로 생각된 것이 보시(布施)다.

보시(布施)는 dāna의 역어로 타인에게 주는 것, 은혜를 베푸는 것(희사(喜捨), 남을 위하여 기쁜 마음으로 재물을 내놓는 것). 돈이나 물품을 주는 것뿐만 아니라 따뜻한 마음, 남을 내 자신처럼 아끼는 마음을 가지고 보살피는 것까지를 이 범주에 넣는다. 한용운은 『불교대전(佛教大典)』에서 이 보시를 밝히기 위해 『화엄경』 일절을 인용했다.

불자야 보살은 대시주가 되어 무릇 소유물을 모두 베풀고 주되 그 마음이 평화롭고 조용하여 뉘우치거나 아쉬워하지 않고 덕이 될 것을 바라지 않으며, 이름을 내거나 이익이 남을 탐하지 않는 것이다. 다만 일체 중생을 구호하며 그들 모두를 넉넉하게 도움이 되기를 바랄 뿐이다.

— 현대어역 저자.

佛子야 菩薩은 大施主가 되어 凡 所有物을 다 能施惠 하되 其心 平等하여 悔吝이 무하며 果報를 不望하며 名稱을 不求하며 利養을 不貪하고 但一切 衆生을 救護하며 一切衆生을 饒益하기 위하느니라
— 『한용운전집(3)』, 211면.

한마디로 보시라고 해도 그것은 목마른 사람에게 샘물을 길어 주는 것에서부터 진리를 구하는 자에게 해탈지견(解脫知見)의 체험을 갖게 하는 것까지 그 내용과 범위가 매우 넓고 다양하다. 이것을 불교의 법문, 유파에 따라서는 재보시(財布施), 법보시(法布施), 무주상보시(無住相布施) 등으로 나누어서 설명하기도 한다.

① 재보시(財布施): 불교에서 재물이란 돈이나 물건만을 뜻하지 않는다. 그 범위는 내 것이라고 생각하는 일체의 값진 것들을 가리킨다. 불제자는 그 수행이 어느 정도의 경지에 이르면 <나>와 <남>을 구별하지 않고 동등하게 생각하는 일이 가능해진다. 이것을 실생활에서 실천으로 옮기고 재시(財施)가 이루어질 수 있

는 것이다.

② 법보시(法布施): 불교의 신자 가운데는 이름만을 절에 올렸을 뿐 불법이 무엇인지는 전혀 가늠하지 못하는 자가 있다. 보살행을 제대로 실천하려면 스님은 이에 대해서 자상한 가르침을 베풀어야 한다. 그리하여 수도자로 하여금 해탈, 영생, 진리를 깨치도록 하며 자신을 구제하는 데 그치지 않고 상구보리(上求菩提), 하화중생(下化衆生)의 경지를 열어주는 차원이다. 이에 대해서는 원효(元曉)의 『대승기신론소(大乘起信論疏)』에 다음과 같은 구절이 있다.

> 만약 중생이 진리를 구할 것 같으면 자기가 알고 있는 좋은 방편(方便)을 써서 말해주어야 한다. 이런 일은 명예나, 이익 존경받기 위해 할 것이 아니라 오직 나에게 이익이 되며(수도상의 이익을 뜻함), 남의 구제를 위하여 도움이 되게 하는 것을 가리키며 참 진리의 길로 마음을 돌리게 하는 것을 지향해야 한다.
> 若有衆生 來求法者 隨已能解方便 爲說不應貪求名利恭敬 唯念自利利他 廻向菩提故法施

③ 무외보시(無畏布施): 사바세계의 속중들은 언제나 불안에 싸여 있고 공포에 떤다. 무외보시는 그들을 안심시키며 마음의 평화를 갖도록 힘써야 한다. 이밖에도 보시에는 무주상보시(無住相布施)가 있다. 만사에 얽매이지 않고 집착을 갖지 않도록 유도하는 것이 이 보시가 노리는 바다.

보시의 이런 개념이 비추어보면 「꽃싸움」에서 <당신>이 보인 행위의 뜻이 명백해진다. 그는 <무주상보시>의 정신을 가진 자로 오직 상대방의 마음을 기쁘게 해 주기만을 바란다. 얼핏 생각하면 (꽃싸움은 단순·소박한 논리로 뚜렷하게 베푼 것이 없다고 생각할 수 있다. 그러나 상대방의 마음을 즐겁고 기쁘게 해 주는 것은 돈이나 물질을 떠난 높은 경지의 보시다.) 바로 여기에 이 시가 형이상의 단면을 내포했다고 보는 까닭이 있다.

3) **그러면 당신은 빙긋이 웃으며, 나의 뺨에 입맞추겠읍니다./ 꽃은 피어서 시들어 가는대, 당신은 옛맹서를 이지시고 아니오십니까.:** 초판 『님의 침묵』에는 <옛 맹세를 잊으시고>가 <이지시고>로 되어 있다. 교정의 잘못이므로 바로잡아야 한다. 이 부분에 나오는 마지막 줄은 첫연 둘째 줄에 이미 나온 것이다. 같은 내용을 두 번이나 되풀이한 것은 화자가 당신에 경도된 정도를 말해준다. 그 의미 맥락의 중심을 이루는 것이 당신에 대한 그리움이다. 이런 까닭으로 우리는 이 시가 일차적으로 사랑 노래이며 그에 곁들여 불교의 인생관을 담고 있음을 알게 된다.

거문고[1] 탈 때

달 아래에서 거문고를 타기는 근심을 잊을까 함이러니, 츰 곡조가 끝나기 전에 눈물이 앞을 가려서, 밤은 바다가 되고 거문곳줄은 무지개가 됩니다.[2]

거문고 소리가 높었다가 가늘고 가늘다가 높을 때에, 당신은 거문곳줄에서 그늬를 뜁니다.

마즈막 소리가 바람을 따러서 느투나무 그늘로 사러질 때에, 당신은 나를 힘 없이 보면서 아득한 눈을 감습니다.[3]

아아 당신은 사러지는 거문고 소리를 따러서 아득한 눈을 감습니다.

八十四. 거문고 탈 때

　이 시는 「생(生)의 예술(藝術)」이나 「꽃싸움」과 유를 같이하는 이별가다. 앞의 두 작품이 살아서 헤어진 사이를 노래한 것임에 반해 이 시는 사별(死別)을 노래하고 있는 것이다. 이 작품에는 불교적 인생관이 포착되지 않는다. 그런 점으로 보아 이 시는 형이상시가 아닌 단순 애정시다.

[1] **거문고:** 한자어로는 현금(玄琴)이라고 한다. 국악기의 하나로 밤나무와 오동나무를 붙인 통 위에 6개의 줄을 걸어놓은 현악기. 왼손으로 줄을 짚고, 오른손으로 술대를 잡아 줄을 튕겨 연주한다. 거문고의 원조는 중국 진(晉)나라 때의 칠현금이다. 고구려에 전해진 것이 신라에 들어와 개조, 거문고로 정착한 것이다. 그 사이의 사실이 『삼국사기』에 기록되어 있다.

　　『신라고기(新羅古記)』에 말하기를 『처음 진(晉)나라 사람이 칠현금(七絃琴)을 고구려에 보냈는데 고구려 사람은 비록 그것이 악기라는 것을 알았으나 그러나 그 소리와 타는 방법을 알지 못 하였다. 나라 사람으로서 그 소리와 타는 방법에 능한 사람을 구하여 후하게 상을 줄 것을 말하였다. 때에 제이상(第二相)인 왕산악(王山岳)이 그 본양(本樣)을 두어두고 여러 번 그 법제(法制)를 개량하였다. 악기를 만들고 겸하여 일백여 곡을 지어 이를 연주하니 이때에 현학(玄鶴)이 날아와서 춤을 추었다. 그리하여 악기의 이름을 현학금이라 하였는데 뒤에는 다만 현금(玄琴)이라』하였다. 신라 사람인 사찬공영(沙湌恭永)의 아들 왕보고(王寶高)는 지리산 운상원으로 들어가서 50년 동안 거문고 타는 법을 수학하여 스스로 새로운 곡조 30곡을 만들었다. 이를 득(得)에게 전하도록 명하고 득(得)은 이를 귀금선생(貴金先生)에게 전하고, 선생이 지리산으로 들어가서 나오지 않으므로 신라왕이 금도

(琴道)가 끊어질까 걱정했다. 이찬윤흥(伊飡允興)이 마침 그 소리를 전한다고 말하므로 남원공사를 맡겼다. 그는 남원에 이르러서 총명한 소년 둘을 뽑아 금도(琴道)를 닦게 하였는데 두 소년은 안장(安長)과 청장(靑長)으로, 그들을 산중으로 들어가 금도(琴道)를 이어받게 하니 선생이 이들을 가르쳤으나, 그것은 비밀스럽고 가락은 알려지지 않았다. 이에 윤흥(允興)이 그 부인과 함께 그를 찾아가서 말하기를 『우리 임금께서 나를 남원(南原)으로 파견한 것은 다름 아니라 선생의 기법(技法)을 전하고자 하는 것이었는데 그 비전(秘傳)하는 것이 있어도 전하지 않으므로 나는 임금에게 복명(復命)하지 못하고 있는 것입니다』하고 술을 가져다가 부인을 시켜 올리게 한 다음 예의를 갖추어 정성을 다하였다. 그런 다음에야 표풍(飄風) 등 3곡을 전수받게 되었다.

> 新羅古記云初晉人以七 絃琴送高句麗. 麗人雖知其爲樂器. 而不知其聲音及鼓之之法. 購國人能識其音而鼓之者, 厚賞. 時第二相王山岳存其本樣. 頗改易其法制而造之. 兼製一百餘曲以奏之. 於時玄鶴來舞. 遂名玄鶴琴. 後但云玄琴.羅人沙飡恭永子玉寶高入地理山雲上院. 學琴五十年. 自製新調三十曲. 傳之續命得. 得傳之貴金先生. 先生亦入地理山不出. 羅王恐琴道斷絶. 謂伊飡允興方便傳得其音. 遂委南原公事. 允興到官. 簡聰明少年二人. 曰安長,淸長. 使詣山中傳學. 先生敎之. 而其隱微不以傳. 允興與婦偕進曰. 吾王遣我南原者. 無他, 欲傳先生之技. 于今三年矣. 先生有所秘而不傳. 吾無以復命. 允興捧酒. 其婦執盞膝行. 致禮盡誠. 然後傳其所秘飄風等三曲.

2) **달 아레에서 거문고를 타기는 근심을 잊을까 함이러니, 츰 곡조가 끝나기 전에 눈물이 앞을 가려서, 밤은 바다가 되고 거문곳줄은 무지개가 됩니다.:** <츰>→<처음>, 물리적인 차원에서라면 밤은 다만 먹빛으로 어두운 공간일 뿐이다. 또한 거문고 줄이 무지개가 되는 기적도 일어날 수가 없다. 우리말의 비유형태에 <눈물의 바다>라는 표현이 있다. 한용운은 이것을 이용하여 밤이 바다가 되었다고 하였다. 또한 거문고가 일으키는 가락에 눈물이 어우러지면 하늘에 무지개가 걸리는 기적도 일어날 법하게 된다.

3) **마즈막 소리가 바람을 따러서 느투나무 그늘로 사러질 때에, 당신
은 나를 힘 없이 보면서 아득한 눈을 감습니다.**: <마즈막>→<마
지막>, <따러서>→<따라서>, <느투나무>→<느티나무>. <마지
막 소리>의 사라짐은 상승이 아니라 소멸이 심상을 곁들인 것이
다. 이와 아울러 <당신>이 힘없이 나를 보면서 <아득한> 눈을
감는다. <아득한>이란 부사에 주목해야 한다. 얼마 동안의 수면이
라면 <아득한>이란 말을 쓰지 않을 것이다. 이것으로 우리는 이
시가 화자가 영원히 눈을 감는 <당신>에게 바치는 이별의 노래임
을 알 수 있다.

오서요

오서요,[1] 당신은 오실 때가 되얏어요, 어서 오서요.

당신은 당신의 오실 때가 언제인지 아십니까, 당신의 오실 때는 나의 기다리는 때입니다.[2]

당신은 나의 꽃밭에로 오서요, 나의 꽃밭에는 꽃들이 피어 있읍니다.

만일 당신을 좇어오는 사람이 있으면, 당신은 꽃속으로 들어가서 숨으십시요.

나는 나비가 되어서 당신 숨은 꽃 위에 가서 앉겠읍니다.

그러면 좇어오는 사람이 당신을 찾을 수 는 없읍니다.

오서요, 당신은 오실 때가 되얏읍니다, 어서오서요.[3]

당신은 나의 품에로 오서요, 나의 품에는 보드러운 가슴이 있읍니다.

만일 당신을 좇어오는 사람이 있으면, 당신은 머리를 숙여서 나의 가슴에 대입시요.

나의 가슴은 당신이 만질 때에는 물 같이 보드러웁지마는, 당신의 危險을 위하야는 黃金의 칼도 되고, 鋼鐵의 방패도 됩니다.

나의 가슴은 말ㅅ굽에 밟힌 落花가 될지언정, 당신의 머리가 나의 가슴에서 떨어질 수는 없읍니다.[4]

오서요, 당신은 오실 때가 되얏읍니다, 어서 오서요.

당신은 나의 죽엄 속으로 오서요, 죽엄은 당신을 위하야의 준비가 언제든지 되야있읍니다.

만일 당신을 좇어오는 사람이 있으면, 당신은 나의 죽엄의 뒤에 서십시요.

죽엄은 虛無와 萬能이 하나입니다.

죽엄의 사랑은 無限인 동시에 無窮입니다.[5]

죽엄의 앞에는 軍艦과 砲臺가 띠끌이 됩니다.

죽엄의 앞에는 强者와 弱者가 벗이 됩니다.

그러면 좇어오는 사람이 당신을 잡을 수는 없읍니다.

오서요, 당신은 오실 때가 되얐읍니다, 어서 오서요.

八十五. 오서요

　　민족운동자로서의 한용운을 생각할 때마다 고개를 쳐드는 의문
이 있다. 불교는 그 원시 단계에서부터 인간이나 역사를 초극하고
자 한 종교로 애국, 애족 등의 개념을 뒷전에 돌린 신앙이다. 무아
(無我), 초공(超空), 진여(眞如) 등의 말에는 민족, 국가사상의 근간
을 이루는 시간이나 공간 개념이 개입할 여지가 없었다. 민족운동
자로서의 한용운은 이런 불교의 교리와 독립운동자로서 가질 수밖
에 없었을 역사의식 사이에 빚어지는 논리상의 모순, 충돌을 어떻
게 해석하고 대처한 것인가.

　　민족운동자로서의 한용운은 실제 활동에서도 치러야 할 화두가
있었다. 불교는 일단 그 문을 들어서면 수행자들에게 상당히 엄격
한 계율을 요구한다. 10선계(善戒), 10중금계(重禁戒) 등은 그 대표
격이 되는 계율인데 그 허두에 놓이는 것이 불살생(不殺生)이다.
식민지 체제하의 애국, 애족이란 침략자에 맞닥뜨려서 그들과 끊
임없는 혈전(血戰)을 벌이는 일이었다. 이것은 경우에 따라서 인명
을 빼앗고, 대규모의 살육도 피할 길이 없는 상황의 선택이었다.
불제자로서의 한용운이 스스로 택해서 불살생(不殺生)의 계율을
어기는 일이 어떻게 설명 가능한 것인가. 한용운은 이 두 개의 모
순 충돌하는 정신의 범주를 어떻게 소화, 문맥화하면서 불제자인
동시에 민족운동자로서 살아야 했던 것인가. 이 작품은 이렇게 제
기되는 두 개의 의문을 화두로 삼고 그에 대한 해답의 실마리를
찾아내고자 한 의식이 반영된 시다. 이 작품의 근본의도가 된 것
은 민족의식이다. 이와 아울러 이 시에는 불교도로서 한용운이 터
득한 슬기가 내포되어 있다. 단적으로 말하여 이 작품은 반제, 저

항의 의식이 줄기를 이룬 시다. 그와 아울러 이 시에는 그 밑바닥에 파사현정(破邪顯正)으로 집약되는 불교의식이 깔려 있다.

1) **오서요:** 다음 줄에서 곧 드러나지만 이 서술어의 주어는 <당신>이다. 그 당신이 바로 한용운으로 민족 해방 투쟁, 조국의 광복을 위해 싸우는 독립운동가다.

2) **당신의 오실 때는 나의 기다리는 때입니다.:** 흔히 우리가 쓰는 말에는 두 가지가 있다. 그 하나는 말을 지시개념의 각도를 쓰는 경우다. 이런 말로 이루어진 문장 형태를 우리는 진술(陳述)의 차원이라고 한다. 이와 달리 적지 않는 경우 우리는 말을 지시개념으로 쓰는 것이 아니라 함축적 의미를 갖도록 쓴다. 그 기본 형태가 비유다. 얼핏 보면 이 문장은 진술로 생각될 수 있다. 그러나 실에 있어서 이 문장은 비유형태에 의한 것이다.

여기서 <나>는 당신이 오는 때를 사무치게 기다리는 사람이다. 그리고 그 기다림은 수동적인 형태로만 이루어지지 않는다. 화자는 당신이 오는 때를 단축시키기 위해서 행동을 취하는 사람이다. 그 행동이 본격화 되어 당신이 오는 것을 방해하는 요소를 배제, 제거하기를 기한다. 그런 <나>의 시도가 성공하여 장애가 철폐되면 그때가 곧 <당신>이 오는 때다. 『전편해설』은 이것을 <깨달음이 자비와 투쟁을 통하여 우리 민족의 독립을 이룩하고, 민족 전체를 구제하는 때를 가리킨다>라고 해석했다. 또한 <우리 민족의 독립과 번영은 우리 자신의 책임이기 때문에 당신이 오실 때는 나의 기다리는 때>라고 해석하기도 했다. 범박하게 보아도 이런 생각에는 민족운동과 불법의 세계가 갖는 상반성(相反性)을 인식한 자취가 잘 드러나지 않는다. 여기서 당신은 불교사상과 별개인 조국이며 민족해방의 장이다. 따라서 오시는 때와 기다리는 때의 동일시는 민족의식에 의한 열기로 해석되어야 한다.

3) **당신은 나의 꽃밭에도 오서요, 나의 꽃밭에는 꽃들이 피어 있읍니**

다./ (······)/ 나는 나비가 되야서 당신 숨은 꽃 위에 가서 앉겠읍니다./ 그러면 좇어오는 사람이 당신을 찾일 수 는 없읍니다./ 오서요, 당신은 오실 때가 되았읍니다, 어서오서요: 형태와 의미맥락으로 보면 이 부분은 타고르의『원정(園丁)』12번 작품과 대비될 수 있다.

만일에 그대가 분주(奔走)하게 그대의 동이를 채우고 싶거든 오십시요. 오오 나의 호수(湖水)로 오십시요.

물결이 그대의 말을 쓸어안고 자기(自己)의 비밀(秘密)을 소곤거리겠습니다.

비의 그림자는 모래 위에 덮이고 구름은 그대의 눈섭 위에 무겁은 머리털처럼 삼림(森林)의 푸른 줄 위에 낮게 덮였습니다.

나는 그대의 발자국의 리듬을 잘 압니다. 그것들이 나의 맘속에서 놉니다.

오십시요 만일 그대가 그대의 동이를 채워야 하겠거든 오오 나의 호수(湖水)로 오십시요.

만약에 그대가 게으르게 정신없이 앉아서 동이를 물위에 띄우고 싶거든 오십시요. 오오 나의 호수(湖水)로 오십시요.

풀밭의 경사(傾斜)는 새파랗고 들꽃들은 한없이 많습니다.

그대의 생각은 깃을 떠나는 새처럼 그대의 어둡은 눈으로서 아득여 나오겠습니다.

그대의 면사(面紗)는 그대의 발아래 떨어지겠습니다.

오십시요 만일에 그대가 게으르게 앉아야 하겠거든 오오 나의 호수(湖水)로 오십시요.

만일에 그대가 그대의 노름을 끊이고 물속으로 들어가고 싶거든 오십시요. 오오 나의 호수(湖水)로 오십시요.

그대의 푸른 웃옷을 강(江) 언덕에 놓아 둡시요. 푸른 물은 그대를 둘러싸며 그대를 숨길 것입니다.

물결은 그대의 목에 키스하려고 발끝으로 서며 그대의 귀에 소곤

거리겠습니다.

오십시요 물에 들어가고 싶거든 오오 나의 호수(湖水)로 오십시요.

만일 그대가 미쳐서 죽음으로 뛰어들어야 하겠거든 오십시요. 오오 나의 호수(湖水)로 오십시요.

그것은 차고 한(限)없이 깊습니다.

그것은 꿈도 없는 잠처럼 어둡습니다.

그 밑에는 밤과 낮이 하나입니다. 그리고 노래는 침묵(沈默)입니다.

오십시요. 만일에 그대가 죽음으로 뛰어들고 싶거든, 오오 나의 호수(湖水)로 오십시요.

— 김억의 번역에 의거함. 단 구식 철자들은 다소 손을 보았다.

If you would be busy and fill your pitcher, come, O come to my lake.

The water will cling round your feet and babble its secret.

The shadow of the coming rain is on the sands, and the clouds hang low upon the blue lines of the trees like the heavy hair above your eyebrows.

I know well the rhythm of your steps, they are beating in my heart.

Come, O come to my lake, if you must fill your pitcher.

If you would be idle and sit listless and let your pitcher float on the water, come, O come to my lake.

The grassy slope is green, and the wild flowers beyond number.

Your thoughts will stray out of your dark eyes like the birds from their nests.

Your veil will drop to your feet.

Come , O come to my lake if you must sit idle.

If you would leave off your play and dive in the water, come, O come to my lake.

Let your blue mantle lie on the shore; the blue water will cover
you and hide you.

The waves will stand a-tiptoe to kiss your neck and whisper in
your ears.

Come, O come to my lake, if you would dive in the water.

If you must be mad and leap to your death, come, O come to
my lake.

It is cool and fathomlessly deep.

It is dark like a sleep that is dreamless.

There in its depths nights and days are one, and songs are
silence.

Come, O come to my lake, if you would plunge to your death.

— R. Tagore. *The Gardener*, Collected Poems and plays.

한용운과 타고르의 작품 사이에 차이가 있다면 타고르의 시에
나타나는 무대, 매체가 호수임에 반해서 한용운의 것에는 그것이
꽃밭이 되어 있는 정도다. 타고르의 영어판 시의 원문에 나타나는
바와 같이 그대는 you이며 한용운은 그것을 <당신>으로 바꾸었
다. 타고르의 시에서 화자가 그의 호수로 <그대>를 불러오듯 한
용운도 <당신>을 꽃밭으로 오라고 되풀이 초대한다. 이런 형태상
의 유사성에도 불구하고 의미맥락으로 두 작품을 살피면 그 사이
에는 근본적 거리 같은 것도 없는 바 아니다. 타고르에게 호수는
자연의 일부인 동시에 인간과 유정물이 돌아가 그 품에 안길 마음
의 고향이다. 그러나 한용운의 시에서 꽃밭은 민족의식과 함께 적
을 맞이해 싸울 공간이며 그를 통하여 나와 당신, 우리를 지켜낼
저항적 무대이기도 하다.

『원정(園丁)』을 쓰는 단계에서 타고르에게는 <나>와 민족까지
를 포괄하는 개념으로서의 <우리>에 대한 적(敵)이 없었다. 그가
이런 범신론적 평화주의를 극복한 것은 태평양 전쟁이 중반기에

접어든 다음부터다. 일제의 군대는 그 무렵에 버마 일역을 장악하고 인도 침략을 기도했다. 이 무렵부터 타고르는 「원정」이나 「신월」의 경우와는 전혀 다른 쉿된 목소리로 침략자 타도의 참여시를 썼다. 이에 비하면 한용운의 이 시에는 타고르보다 훨씬 앞서 침략자에 대한 반항의식이 담겨 있다. 무엇보다 여기서 <당신>은 단순한 자연인이 아니다. 일제에 맞서 반식민지 투쟁을 시도하는 한사람으로서의 그가 당신이다. 이들 사실로 미루어 보면 한용운은 분명히 타고르의 영향을 받았다. 그러나 그가 이 작품에 담은 의미내용, 또는 의식은 타고르와 다른 것으로 전혀 그 독자적인 것이었다.

4) **나의 가슴은 당신이 만질 때에는 물 같이 보드러웁지마는, 당신의 위험(危險)을 위하야는 황금(黃金)의 칼도 되고, 강철(鋼鐵)의 방패도 됩니다./ 나의 가슴은 말ㅅ굽에 밟힌 낙화(落花)가 될지언정, 당신의 머리가 나의 가슴에서 떨어질 수는 없읍니다.:** 이 부분에서 우리는 우선 의미맥락 파악의 문제와 맞닥뜨린다. 거듭 지적된 바와 같이 이 시에서 <당신>은 나라, 겨레가 인격화된 형태다. 그를 쫓는 자는 일제다. 일제의 무력 위협에 죽기를 무릅쓰고 나를 보호할 것을 마음속으로 다지고 있는 것이 이 시의 화자다. 그런데 적의 총칼 앞에서 <나>와 <우리>, 곧 민족을 지키기에는 <꽃밭>이나 물같이 보드라운 나의 가슴이 너무 연약한 심상을 가진다. 이 현실과 이상의 모순 충돌 양상을 우리가 어떻게 받아들여야 하는 것인가.

한용운의 반제, 민족 독립을 향한 의지는 기미 독립 선언의 공약 3장 중 1절이 단적으로 드러난다. <최후(最後)의 일인(一人)까지 최후(最後)의 일각(一刻)까지 민족(民族)의 정당(正當)한 의사(意思)를 쾌(快)히 발표하라.> 이것은 최남선의 독립 선언서 본문이 처음부터 끝까지 무저항, 평화적 시위를 지향한 데 대한 반발로 작성된 것이다. 적어도 여기에서는 민족의 독립을 일제의 정책 방향 변경에만 기대하는 대타적 의존, 초수주의가 배제되어 있다.

문면 배후에 민족의 독립을 지향하는 확고부동의 의지가 담겨 있는 것이다. 한용운은 이와 꼭 같은 의식을 훗날 체험담 형식을 빌려서도 남겼다.

　　지금은 벌써 옛날 이야기로 돌아갔읍니다마는 기미 운동이 폭발될 때에 온 장안은 ××××소리로 요란하고 인심은 물 끓듯할 때에 우리는 지금의 태화관, 당시 명월관 지점에서 ××선언 연설을 하다가 ×××에 포위되어 자동차로 호송되어 가게 되었읍니다. 나도 신체의 자유를 잃어버리고 자동차에 실려 좁은 골목을 지나서 마포 ×××로 가게 되었읍니다. 그때입니다. 열두서넛 되어 보이는 소학생 두 명이 내가 탄 자동차를 향하여 ××를 부르고 두 손을 들어 또 부르다가 ××의 제지로 개천에 떨어지면서도 부르다가 마침내는 잡히게 되는데 한 학생이 잡히는 것을 보고도 옆의 학생은 그래도 또 부르는 것을 차창으로 보았읍니다. 그때 그 학생들이 누구이며, 또 왜 그 같이 지극히도 불렀는지는 알 수 없으나 그것을 보고 그 소리를 듣던 나의 눈에서는 알지 못하는 사이에 눈물이 비오듯 하였읍니다. 그는 그때 그 소년들의 그림자와 소리로 맺힌 나의 눈물이 일생에 잊지 못하는 상처입니다.

　　　　　　　　— 「평생(平生)을 못 잊을 상처」, 『전집(1)』, 253~254면.

　이 글을 한용운이 『조선일보』를 통해 발표한 것이 1932년도다. 이 무렵에 일제는 이미 만주를 장악하여 괴뢰정부를 세우고 침략의 전단을 대륙으로 확대시키기에 여념이 없었다. 이 무렵부터 그들은 한반도에 삼엄한 전시체제를 펴고 후방 단속에 혈안이 된 것이다. 이런 상황 속에서 한용운이 명백하게 <최후의 일인까지 최후의 일각>까지로 집약된 독립선언서의 공약삼장 중 일절을 돌이키게 하는 글을 쓴 까닭이 어디에 있었는가. 이 물음에 대해 제출할 답안의 내용은 너무도 간단, 명백하다. 그것이 한용운이 평생을 통하여 민족운동을 위해 바친 의식의 철저함이며 뜨거운 정신의 열도(熱度)다. 이렇게 도저한 반제의식, 독립의 의지를 지닌 그가 물같이 보드라운 가슴으로 적을 막겠다는 것은 모순을 가진다. 이에 대해서는 다음 행이 주목되어야 한다. <나의 가슴은 발굽에 밟힌 낙화(落花)가 될지언정>. 여기서 발굽은 일제의 야만적인 무력탄압을 뜻한다. 그에 맞서 낙화처럼 죽음도 불사하겠다는 것은 시각을 달리하면 들끓는 반제의식이 그렇게 표현된 것이다. 따라서이 부분은 평면적으로 받아들일 것이 아니라 한용운이 평생을 통틀어 외곬으로 지켜나간 민족해방과 독립을 지향한 염원으로 보아야 한다.

5) **당신은 나의 죽엄 속으로 오서요, 죽엄은 당신을 위하야의 준비가 언제든지 되야있읍니다./ 만일 당신을 좇어오는 사람이 있으면, 당신은 나의 죽엄의 뒤에 서십시요./ 죽엄은 허무(虛無)와 만능(萬能)이 하나입니다./ 죽엄의 사랑은 무한(無限)인 동시에 무궁(無窮)입니다.:** 여기서 <죽엄>은 <죽음>의 오철로 시체가 아니라 사(死)를 뜻한다. 불교에서는 인간을 고해(苦海)라고 본다. 이때 문제 되는 괴로움의 유형이 생고(生苦), 노고(老苦), 병고(病苦), 사고(死苦) 등이다. 사고(死苦)의 사(死)는 육체적인 죽음을 뜻하며사문(沙門)에서는 그것을 중생이 느끼는 여러 고액(苦厄) 가운데하나로 보고 지양, 극복해야 할 과제로 삼는다. 이미 확인된 바와같이 이 작품에서 당신은 국가, 민족을 위해 싸우는 사람, 곧 민족운동자를 가리킨다. 그렇다면 한용운이 그를 <죽음> 속으로 오라는 것은 어떻게 된 것인가. 이렇게 제기된 문제에 대해 우리는 불교의 전단계인 브라만 신앙의 일단을 검토할 필요가 있다.

우파니샤드에 따르면 우주와 삼라만상을 지배하는 것은 브라만이다. 이 사상은 브라만이 우주를 구성하는 일체 존재의 창조자라는 생각에서 출발한다. 그러면서 아트만도 브라만과 같은 일체존재의 창조자라고 우파니샤드에는 기록되어 있다. 이에 브라만과아트만이 같다는 <범아일여(梵我一如)>의 사상이 형성된 것이다. 이렇게 보면 브라만교는 애초부터 초월적 존재와 개체로서의<나>를 같다고 보는 신인동격(神人同格)론을 기본 전제로 한 종교다. 이 신인동격설은 유태교나 기독교와 그 입장이 근본적으로 다르다. 유태교와 기독교에서는 인간이 죄를 짓고 천국에서 추방되었으며 그 자체에 진리와 영생의 길을 마련할 장치가 갖추어지지 못한 것으로 본다. 그러나 브라만교는 우리 자신에 범아(梵我)가 갖추어져 있으므로 내도자(內導者-antaryamin), 또는 불패자(不敗者-aksara)를 간직한 것이 된다. 개체로서의 우리 자신이 불패자라는 것은 우리가 일체를 소유하며 유지자(有知者-vidvat)이며 더럽지 않은 존재, 불멸상주(不滅常住)와 함께 불사(不死-amita)라는 말도 된다. 범아일여(梵我一如) 사상은 그 전개과정에서 그에 부수되는 또 하나의 의문을 제기하도록 만든다. 우리 자신이 이와 같이 유지자(有知者)이며 불구불예(不垢不穢), 불멸불사(不滅不死)의 존재라면 인간 세상 어디에나 나타나는 혼란과 죄, 오탁현상은 어떻게 설명이 되는가. 원시 브라만교는 우리 인간의 또 다른 면을 개인아(個人我)라고 한다. 개인아(個人我)는 브라만과 아트만의 피조물(被造物)인데 이때의 우리 자신은 무지(無知), 무상(無常)이며 사멸(死滅)하는 존재다. 그렇다면 범아일여로서의 나와 무지, 무상, 전변사멸의 번뇌에서 헤어나지 못하는 이질적 <내>가 어떻게 설명될 수 있는가.

우파니샤드 넷째 편에는 이에 대해서 <저 불패자인 아트만은 본질과 개인아(個人我)가 질적으로는 동일(同一)하다. 그러나 양적으로는 차이를 가진다>고 하였다. 이와 같이 양적으로 차별이 생기는 것이 개인아(個人我)에 작용하여 속박과 고통을 일으킨다는 것이다. 브라만교에서 우리 개체를 인아(人我)라고 하는데 이 인아는 애욕(愛慾)에 따라서 지향하는 바를 이루어가며, 그 지향이 움직이는 바에 따라 행동한다. 이 행위를 우리는 업(業)이라고 한다. 그리고 개인아는 예외가 없이 그의 말미암은 대로 그에 상응하는 과(果)를 받도록 된다. 이것이 불교에까지 계승된 인과업보(因果業報) 사상이다.

정신유산의 일부를 브라만교에서 물려받은 불교는 그러나 인과

업보사상의 줄거리를 이용하면서 그 전제가 된 생성사멸(生成死滅)론은 그대로 수용하지 않았다. 브라만교에 따르면 이승에서 선한 사람은 저승에서도 선한 행동을 한다. 그에 반해 이승에서 무지하여 악업을 쌓은 자는 저승에서도 그것을 되풀이 한다는 것이다. 이런 브라만교의 윤회설에 따르면 업(業)은 언제나 일회과(一回果)를 누리게 된다. 이것을 일중응보(一重應報)라고 한다. 불교의 창시자인 석가여래는 브라만교의 이와 같이 관념론화 된 인생관을 비판적으로 수용했다.

그가 출가했을 단계에 브라만교는 상당히 강하게 본체론에 기울어 있었다. 석가여래는 이것을 지양, 극복의 당면과제로 잡았다. 그에 앞서 그는 우리 개개인이 일상생활에서 부딪치는 고통을 풀어나가고자 했다. 그에 따르면 삼라만상은 전변하는 것이며 제행(諸行)은 흐르는 물 같아서 무상(無常)한 것이었다. 태어나고 자라며 병들어 죽는 것도 그런 현상의 하나일 뿐이다.

석가여래는 제행무상의 철리를 깨치는 것을 극락왕생, 구원의 생을 누리는 길이라고 생각했다. 이 경지에 이르면 중생은 모두가 집착과 번뇌에서 벗어나게 되고 마침내 우리 자신이 묘유(妙有)와 진여(眞如)의 경지에 이를 수 있다. 묘유와 진여의 경지에 이르면 이미 거기에는 생과 사의 개념이 존재할 수가 없다. 불교의 큰 진리에 포괄되어 자재(自在)와 묘유(妙有)의 개념으로 화한다. 이렇게 보면 이 시에서 화자가 <당신은 나의 주검 속으로 오서요>라고 한 것은 화자가 불법의 무한, 광대한 세계로 당신을 부른 것이다.

그렇다면 이 작품에서 <당신>은 국가, 민족과는 무관한 불교적 세계를 노래한 데 그친 것인가. 이렇게 제기되는 물음에 대해 제대로 된 답을 얻기 위해서 우리는 만해의 정신세계를 다시 생각해 보아야 한다. 이미 드러난 바와 같이 그의 의식을 지배한 것은 두 가지였다. 그 하나가 반제, 민족의 독립을 추구한 의지다. 그와 아울러 만해의 내면세계를 이룬 또 하나의 축을 이룬 것에 묘유와 진여(眞如)의 경지를 지향한 정신이 있었다. 후자의 측면이 강하게 드러나는 작품을 우리는 중도가류라고 해야 한다. 그러나 불법의 감각이 내포되어 있더라도 전자의 감각이 더 강한 줄기를 이루고 있으면 우리는 그에 대해 반제(反帝)의 시라고 할 수밖에 없다. 그런 의미에서 이 작품은 민족의식을 바탕으로 한 시다. 다만 그 의식성향의 또한 경향에 불제자로서 만해가 지닌 초역사, 또는 묘유(妙有)와 진여(眞如)의 경지를 지향한 줄기도 내포된 점은 인정되어야 한다. 이렇게 만해의 의식을 더듬게 되면 우리는 그가 품은 반제의식(反帝意識)이 때로는 차원을 달리 하는 불교의 무량대법(無量大法)에 수렴되는 현상도 볼 수 있게 될 것이다. 이 시는 바로 만해의 의식세계가 가진 그런 이중성, 또는 복합성으로 이루어진 것으로 보아야 한다.

快樂

님이여, 당신은 나를 당신 기신 때처럼 잘 있는 줄로 아십니까.[1]

그러면 당신은 나를 아신다고 할 수가 없습니다.

당신이 나를 두고 멀리 가신 뒤로는, 나는 기쁨이라고는 달도 없는 가을 하늘에 외기러기의 발자최만치도 없습니다.[2]

거울을 볼 때에 절로 오든 웃음도 오지 않습니다.

꽃나무를 심으고 물 주고 붓돋우든 일도 아니합니다.

고요한 달그림자가 소리없이 걸어와서, 엷은 창에 소군거리는 소리도 듣기 싫습니다.

가물고 더운 여름 하늘에 소낙비가 지나간 뒤에, 산모롱이의 적은 숲에서 나는 서늘한 맛도 달지 않습니다.

동무도 없고 노르개도 없습니다.[3]

나는 당신 가신 뒤에, 이 세상에서 얻기 어려운 快樂이 있습니다.

그것은 다른 것이 아니라, 이따금 싫것 우는 것입니다.[4]

八十六. 쾌락(快樂)

　서정, 단곡(短曲)으로 작성된 애정시다. 한용운 애정시의 정석에 따라 이별을 제재로 한 것이기도 하다. 진술 형식을 취한 문장으로 시작되어 있으나 사이사이에 재치 있는 말솜씨를 밑받침한 비유가 쓰인 것이 주목된다. 특히 종결부분에서 기쁨이나 쾌락(快樂)과는 상관관계가 없는 슬픔, 곧 울음을 이끌어들여 그것을 쾌락과 일체화시킨 솜씨가 이색적이다. 이것은 이 작품이 서정시의 기본 요건인 기상(奇想)을 가지고 있음을 뜻한다.

[1]　**님이여, 당신은 나를 당신 기신 때처럼 잘 있는 줄로 아십니까.:** 신비평의 이론에 <의도의 오류>라는 것이 있다. 시론에서 제작자의 의도나 사상을 감안하여 작품을 해석하게 되면 그 판단은 불가피하게 오류를 범하게 된다는 이론이다. 『전편해설』은 아무런 도입부도 없이 이 작품의 해설을 <<님>은 공(空)이며 <나를 아는 것>도 공(空) 을 깨닫는 것이다>라고 지적했다. 이런 판단이 이루어진 것은 한용운이 불교도라는 이유 때문일 것이다. 세계문학사에 등장한 어떤 시인, 작가도 그가 믿는 신앙으로 작품을 꾸려낸 예는 없다. 그렇다면 『전편해설』의 이 작품에 대한 해석은 방향감각이 상실된 상태에서 이루어진 셈이다. 여기서 <님>은 이 작품의 문맥으로 보아 단순한 이성의 애인이다.

[2]　**기쁨이라고는 달도 없는 가을 하늘에 외기러기의 발자최만치도 없읍니다.:** <외기러기의 발자최>→<외기러기의 발자취>. 달이 없는 하늘은 어둠으로 가득 차 있을 뿐이다. 기러기는 무리를 지어 하늘을 난다. 외기러기가 어두운 밤하늘을 나는 예도 극히 드물지만 그렇다고 하더라도 거기에 발자취가 남을 리 없다. <기쁨> 다

음의 긴 구절은 비유의 매체로 쓰인 것이다. 그리고 그 뜻은 전혀 기쁨이 없다가 된다. 한용운은 그의 작품에서 심심치 않게 이와 비슷한 형태의 매체를 써서 그의 시를 만들어갔다. 이것은 그가 한국 시단의 국외자인 데서 빚어진 현상으로 그 자체가 우리를 미소짓게 하는 부분이다.

3) **고요한 달그림자가 소리없이 걸어와서, 엷은 창에 소군거리는 소리도 듣기 싫습니다./ (……)/ 동무도 없고 노르개도 없습니다.:** 여기서는 달이 (그림자) 의인화되어 그 나름대로 사람이 들을 수 있는 말로 소곤거린다. 시기적으로 보아 한용운의 이런 표현은 주요한의 영향을 받은 나머지가 아닌가 생각된다. 1923년 2월에 발간된 『폐허이후(廢墟以後)』를 통해서 발표한 주요한의 작품에 「봄달잡이」가 있다. <봄날에 달을 잡으러/푸른 그림자를 밟으며 갔더니/바람만 언덕에 풀을 스치고/달은 물을 건너 가고요>로 시작되는 이 시는 3연이 다음과 같다.

> 봄날에 달을 잡으러
> <밤>을 기어 하늘에 올랐더니
> 반쪽만 얼굴을 내다보면서
> <꿈이 아니었더면 어떻게 왔으랴>

한용운의 이 작품에서 달(그림자)이 의인화 되어 있듯 주요한의 <봄달잡이>에서도 달은 인간이 되어 말을 한다. 두 시인의 시가 다 같이 서정단곡이며 그 화자의 말씨가 부드러운 가락을 빚어내는 점도 공통된 점이다. <노르개>→<노리개>. 다만 차이가 있다면 주요한의 시가 가벼운 어조로 꿈을 기록한 데 반해서 한용운의 이 작품이 애상을 느끼게 하는 점이 다르다. 이는 한용운이 시의 소재로 이별을 택한 데서 빚어진 결과로 해석되어야 한다.

4) **나는 당신 가신 뒤에, 이 세상에서 얻기 어려운 쾌락(快樂)이 있읍니다./ 그것은 다른 것이 아니라, 이따금 싫것 우는 것입니다.:**

이미 언급되었지만 쾌락과 울음은 180° 다른 범주에 드는 감정형
태다. 한용운은 여기에서 진술형 말을 썼을 뿐 전혀 비유를 사용
하지 않았다. 그러면서 180° 다른 개념의 말을 엮어서 그의 진술
을 모든 독자들이 수긍하도록 만들었다. 아마추어 출신 시인인 한
용운의 작품이 그 나름의 기법을 구사한 자취를 여기에서 읽을 수
있다.

苦待[1]

당신은 나로 하야금 날마다 날마다 당신을 기다리게 합니다.

해가 저물어 산그림자가 촌집을 덮을 때에, 나는 期約 없는 期待를 가지고 마을 숲 밖에 가서 기다리고 있읍니다.

소를 몰고 오는 아해들의 풀잎피리는 제소리에 목마칩니다.[2]

먼 나무로 돌어가는 새들은 저녁연기에 헤염칩니다.[3]

숲들은 바람과의 遊戲를 그치고 잠잠히 섰읍니다. 그것은 나에게 同情하는 表象입니다.

시내를 따러 구비친 모랫길이 어둠의 품에 안겨서 잠들 때에, 나는 고요하고 아득한 하늘에 긴 한숨의 사라진 자취를 남기고, 게으른 걸음으로 돌어옵니다.

당신은 나로 하야금 날마다 날마다 당신을 기다리게 합니다.

어둠의 입이 黃昏의 엷은 빛을 삼킬 때에, 나는 시름 없이 문밖에 서서 당신을 기다립니다.

다시 오는 별들은 고운 눈으로 반가운 表情을 빛내면서, 머리를 조아 다투어 인사합니다.[4]

풀 새이의 버레들은 이상한 노래로, 白晝의 모든 生命의 戰爭을 쉬게하는 平和의 밤을 供養합니다.

네모진 적은 못의 蓮잎 위에 발자최 소리를 내는 실 없은 바람이 나를 嘲弄할 때에 나는 아득한 생각이 날카로운 怨望으로 化합니다.

당신은 나로 하야금 날마다 날마다 당신을 기다리게 합니다.

一定한 步調로 걸어가는 私情없는 時間이, 모든 希望을 채칙질하야 밤과 함께 몰어 갈 때에, 나는 쓸쓸한 잠자리에 누어서 당신을 기다립니다.

가슴 가온대의 低氣壓은 人生의 海岸에 暴風雨를 지어서, 三千世界는 流失되얐읍니다.[5]

벗을 잃고 견디지 못하는 가엾은 잔나비는 情의 森林에서 저의 숨에 窒息되얐읍니다.

宇宙와 人生의 根本問題를 解決하는 大哲學은 눈물의 三昧에 入定되얐읍니다.[6]

나의 「기다림」은 나를 찾다가 못찾고, 저의 自身까지 잃어버렸읍니다.

八十七. 고대(苦待)

이 시의 화자는 <당신>을 기다리는 사람이다. 그의 기다림은
당신에 대한 그리움이 전제가 되어 있다. 이것은 이 작품이 일단
사랑 노래의 범주에 속하게 됨을 뜻한다. 그러나 화자의 말씨 속
에는 희미하게나마 불교적 세계관, 특히 묘공(妙空)의 경지가 내포
되어 있는 듯 보인다. 그런 의미에서 이 시는 단순 애정시가 아니
라 관념을 내포한 것으로 형이상시의 범주에 속하는 작품이다.

1) **고대(苦待):** 사전을 보면 고대의 뜻이 <몹시 기다리는 것>으로 되
    어 있다. 우리 전통 사회에서는 집을 떠나가 돌아오지 않는 남편을
    기다리다가 끝내 스스로의 목숨도 버린 여인네의 슬픈 이야기가
    전한다. 신라 내물왕(奈勿王)대에 충신인 박제상(朴堤上)은 왜국에
    볼모로 잡혀간 왕의 아들을 구해서 본국으로 돌려보냈다. 그러나
    그는 왜왕을 설득시킬 때 사용한 거짓 계책이 폭로되어 옥에 갇힌
    다음 몹쓸 형벌을 받았다. 노한 왜왕은 처음 박제상을 꾸짖은 다음
    그가 왜국의 신하되기를 빌면 목숨을 구해주겠노라고 했다. 그러나
    박제상은 <차라리 계림(鷄林)의 개나 돼지가 될지언정 왜 나라의
    신하가 되는 것은 바라지 않는다>고 소리쳤다. 이에 분기가 탱천
    한 왜왕은 그를 불태워 죽였다. 『삼국유사(三國遺事)』에는 박제상
    이 왜국으로 떠난 다음 그의 부인의 이야기가 기록되어 있다.

      처음 박제상이 왜국으로 떠나게 되자 부인도 그 소식을 듣고 그의
      뒤를 좇았다. 그러나 따라잡지를 못하고 망덕사(望德寺)의 입구 남쪽
      백사장에 넘어져 길게 소리를 질렀다. 그로부터 그 백사장이 장사(長
      沙)로 불리었다. 친척 두 사람이 부인의 겨드랑이에 손을 넣어 돌아
      가자고 했으나 다리를 뻗고 발버둥쳐 응하지 않았다. 그 후 사람들은

그곳을 벌지지(伐知旨)라고 했다. 세월이 흐른 다음에도 부인은 그리운 마음을 이기지 못하여 세 딸을 이끌고 치술령(鵄述嶺)에 올라 왜국을 바라보면서 통곡하다가 죽었다. 그리하여 치술령 신모가 되었으며 지금도 그곳에 사당이 전한다.

初堤上之發去也 夫人聞之追不及 及至望德寺門南沙上 於臥長號 因名其沙曰長沙 親戚二人 扶腋將還 夫人舒脚坐不起 名其地曰伐知旨 久後夫人不勝其慕 率三娘子上鵄述嶺 望倭國痛哭而終 仍爲鵄述神母 今詞堂存焉

『동국여지승람(東國輿地勝覽)』의 기록에 따르면 치술령의 신모 사당 자리에는 박제상을 그리다가 죽은 부인의 육신이 화해서 이루어진 망부석(望夫石) 두 개가 있다. 이에 대해서는 박제상의 행적을 적은 「충렬공박제상실기(忠烈公朴堤上實記)」에 <박제상의 부인은 죽어 망부석으로 화하게 되었고 의로운 넋은 치술령의 새가 되어 바위굴 속에 들어가 숨으니 그 이름을 은을암(隱乙庵)이라 했다. (公妻金杖夫人 (……) 屍身化爲望夫石 孤魂化爲鵄述鳥 入於嚴下窟 因號隱乙庵)>고 있다.

한용운과 동시대 시인으로 이와 같은 기다림의 정서를 가락에 실어 읊은 시인에 김소월이 있다. <산산이 부서진 이름이여!/ 허공중(虛空中)에 헤어진 이름이여!>로 시작하는 김소월의 「초혼(招魂)」은 그 마지막 두 연이 다음과 같다.

설움에 겹도록 부르노라
설움에 겹도록 부르노라
부르는 소리는 비껴가지만
하늘과 땅 사이가 너무 넓구나

선채로 이 자리에 돌이 되어도
부르다가 내가 죽을 이름이여
사랑하던 그 사람이여!
사랑하던 그 사람이여!

한용운의 이 작품을 김소월의 것과 대비시키면 우리는 재미있는 사실을 발견할 수 있다. 흔히 우리는 그 정신세계에 있어서 김소월보다 한용운이 훨씬 더 행동적이며 열렬한 편이라고 생각해 왔다. 그러나 위의 두 작품을 읽은 다음 우리가 내릴 수 있는 판단 내용은 그와 180° 다른 것이다. 그 어조가 격한 점으로 보아서 김소월이 한용운보다는 한결 더하다. 왜 이런 현상이 일어난 것인가를 문제 삼는 일도 유의성이 있다. 김소월은 한용운과 달리 제행무상(諸行無常)의 철리(哲理)를 터득한 바 없다. 그의 기다림이 여과 없이 사무치는 그리움을 불러일으키는 쪽으로 기울자 위와 같이 처절하기까지 한 절규로 화한 것이다. 그러나 한용운은 사문(沙門)에 귀의한 후 사랑과 미움, 헤어짐과 기다림 등이 그 자체로 독주하는 경우의 폐해를 알고 있었다. 그 결과 이 작품이 김소월의 것과는 다르게 온건한 목소리를 이루게 된 것이다.

2) **당신은 나로 하야금 날마다 날마다 당신을 기다리게 합니다./(……) /소를 몰고 오는 아해들의 풀잎피리는 제소리에 목마칩니다.:** 여기서 행위의 주체는 <나>일 터이다. 그런데 이 시는 그 자리를 <당신>으로 바꾸어 놓았다. 그리하여 <내>가 당신을 기다리는 능동태가 아니라 <당신>이 나를 기다리게 하는 수동태 문장이 되었다. 얼핏 어색하게 생각되는 이 표현은 그 실에 있어서 <당신> 앞에 내 존재는 의미를 갖지 않는다는 한용운 나름의 생각에 의한 것이다. <목 마칩니다>→<목이 멥니다>. <풀잎피리>는 표준어로 <풀피리>라고 한다. 그 소리는 그 자체로 목이 메이지 않는다. 이것으로 우리는 풀잎피리가 의인화 된 것임을 알 수 있다. 이런 말들 역시 한용운 나름의 독특한 표현이므로 정신분석의 과제가 될 수 있다.

3) **먼 나무로 돌아가는 새들은 저녁연기에 헤염칩니다.:** 프랑스식 상상력의 이론에 따르면 나무는 땅에 닿아 뿌리를 뻗게 됨으로써 물의 심상을 지니게 된다. 그 반대로 줄기를 뻗고 잎을 피우며 꽃을

달게 되면 불의 심상에 수렴되는 것이다. 이런 이론에 따르면 나무, 그것도 먼 나무로 돌아가는 새들은 불의 심상을 지닐 수밖에 없다. 그럼에도 한용운은 여기서 새들을 <저녁연기에 헤엄칩니다>라고 했다. 정신분석학의 범주에 속할 이 도치형 상상력이 거듭 나타나는 것이 한용운의 시다. 이 역시 그의 시를 본격적으로 읽어야 할 우리에게 지나쳐 버릴 수가 없는 표현이 아닐 수 없다.

4) **어둠의 입이 황혼(黃昏)의 엷은 빛을 삼킬 때에, 나는 시름 없이 문밖에 서서 당신을 기다립니다./ 다시 오는 별들은 고운 눈으로 반가운 표정(表情)을 빛내면서, 머리를 조아 다투어 인사합니다.:** 『전편해설』은 이 부분을 다음과 같이 해석했다. <<어둠의 입>을 암(暗) 혹은 평등(平等)이라고 하면 차별상(差別相)을 삼킨다는 말이다. 그러므로 <고운 눈으로 반가운 表情을 빛내면서 머리를 조아리어 다투어 인사하는 별들은 天眞스런 境地를 암시한다.> 이것은 명백한 형이상시론이다. 그런데 이미 거듭 지적된 바와 같이 형이상시론은 작품에 사상, 관념의 요소가 내포되었을 때에 한해서 논거가 생기는 시론이다. 물리적인 차원에 그치는 시를 형이상시로 읽는 것은 그러므로 야차를 보살로 알고 섬기려는 것 이상의 착각을 범하는 일이다. 여기서 황혼의 빛을 삼키는 어둠의 입은 단순하게 어둠이 깔리는 저녁의 정경묘사일 뿐이다. 아침에서 시작하여 저녁에 이르기까지 우리 인간과 삼라만상은 깨어 있어 생존 경쟁을 벌인다. 그것을 한용운은 <생명(生命)의 전쟁>이라고 표현했다. 저녁이 되면 일단 인간과 날짐승, 들짐승들이 휴식을 취하게 된다. 그것을 은유형태로 말한 것이 <평화(平和)의 밤>이다. 아무리 범박하게 보아도 여기에 불교의 범주에 속하는 형이상의 경지는 내포되어 있지 않다. 따라서 『전편해설』의 해석은 많이 빗나간 것이다.

5) **가슴 가운데의 저기압(低氣壓)은 인생(人生)의 해안(海岸)에 폭풍우(暴風雨)를 지어서, 삼천세계(三千世界)는 유실(流失)되았읍니다.:** 이것은 기다림에 지친 화자가 마음속에 일어난 번민, 절망감

을 은유형태로 표현한 부분이다. 여기 나오는 삼천세계(三千世界)는 삼천대천세계(三千大天世界)의 준말이다. 고대 인도의 우주론에는 한 세계가 수미산을 중심으로 구산팔해(九山八海)로 이루어졌다고 생각했다. 그것은 또한 사주(四洲)와 일월(日月) 등을 합하여 일세계(一世界)가 된다. 1세계의 천배를 소천세계(小天世界)라 하고 소천세계(小天世界)의 천배를 중천세계(中天世界), 중천세계의 천배를 대천세계(大天世界)라고 했다. 이 부분에 이르기까지 이 시의 주제인 기다림은 적실하게 불법(佛法)의 감각을 바탕으로 하지 않았다. 이것으로 이 작품이 비로소 불교적 형이상시의 범주에 들 수 있게 된 것이다.

6) **우주(宇宙)와 인생(人生)의 근본문제(根本問題)를 해결(解決)하는 대철학(大哲學)은 눈물의 삼매(三昧)에 입정(入定)되았읍니다.:** <눈물의 삼매(三昧)>는 의미 맥락상의 모순, 충돌을 일으키는 말이다. 여기서 화자가 흘리는 눈물은 이별의 한에서 빚어진 것이다. <삼매(三昧)>는 범어 Samādhi의 역어. 정(定), 등대(等待)라고도 번역되는 말로 마음이 들뜨거나 침울하지 않고 평온한 상태를 가리킨다. 불교는 일체의 세속적 욕망을 끊고 청정심(淸淨心)이 되기 위해서 무념, 무상의 경지가 되도록 마음을 통일, 집중시키는 수련을 한다. 이때 얻어내는 무념, 무상, 무아의 경지를 삼매라고 한다. 그렇다면 이별의 한으로 흘리는 눈물과 삼매는 애초에 양립될 수 없는 개념이다. 이에 대한 해석으로 한용운이 그의 시에서 빈번하게 사용한 모순어법을 생각할 필요가 있다.

　　<소리없는 메아리>-「비밀(秘密)」, <그믐밤의 만월>-「?」, <수심(獸心)의 천사(天使)>-「?」, <흑암(黑闇)의 광선(光線)>-「잠꼬대」 등. 이들 말과 「눈물의 삼매」는 문장의 의미맥락으로 보아 한 가지 공통점이 있다. 그것이 시인이 그의 의도, 또는 사상, 관념상의 내용을 특히 강조하고자 한 경우에 쓰인 점이다. 이렇게 보면 여기에서 한용운은 화자가 당신에 바치는 그리움의 정을 무한대로 늘어놓고 싶었던 것 같다.

485

사랑의 끝판[1]

네 네 가요, 지금 곧 가요.

에그 등불을 켜랴다가 초를 거꾸로 꽂았읍니다 그려. 저를 어쩌나, 저사람들이 숭보겠네.

님이여, 나는 이렇게 바쁩니다. 님은 나를 게으르다고 꾸짖습니다. 에그 저것 좀 보아, 「바쁜 것이 게으른 것이다」하시네.[2]

내가 님의 꾸지럼을 듣기로 무엇이 싫겠읍니까. 다만 님의 거문곳줄이 *緩急*을 잃을까 저퍼합니다.[3]

님이여, 하늘도 없는 바다를 거쳐서, 느릅나무 그늘을 지어버리는 것은 달빛이 아니라 새는 빛입니다.[4]

홰를 탄 닭은 날개를 움직입니다.

마구에 매인 말은 굽을 칩니다.

이네 네 가요, 이제 곧 가요.[5]

八十八. 사랑의 끝판

　허두가 대화식 문장으로 시작하며 독백체가 섞여 있는 전후 두연의 산문시다. 각 행에 율격이나 기타 음성구조를 살리고자 한 계산의 자취가 거의 나타나지 않는다. 표면상 애정물로 읽히나 그런 가운데 화자가 인생의 새 출발을 모색하는 의식이 바닥에 깔려 있다.

1) **사랑의 끝판:** 많은 경우 만해의 시에서 말은 반어의 감각을 토대로 한다. 여기서도 끝판은 문자 그대로의 끝판이 아니라 참사랑의 시작이라고 파악될 수가 있다. 또한 이미 드러난 바와 같이 만해의 시는 <님>에 바치는 노래가 대부분이다. 그렇다면 이 시에서 <님>이 무엇을 뜻하는 것인가도 문제다.

2) **에그 저것 좀 보아, 「바쁜 것이 게으른 것이다」하시네.:** <바쁜 것이 게으른 것>과 같은 말법을 우리는 만해의 시집 여러 곳에서 보았다. 이 작품 하나 앞에 나온 「쾌락(快樂)」에도 <달도 없는 가을 하늘에 외기러기의 발자취 만치도 없습니다>가 있었다. 이런 말법은 불경의 여기저기에 나타나는 것으로 반어 또는 역설을 통해 논리를 넘어선 내용, 또는 절대의 경지를 제시하고자 할 때 사용되는 표현법이다. 이 말의 속뜻을 짚어내기 위해서는 이 시의 의식에서 뿌리가 되는 것이 무엇인가를 생각해 보아야 한다. 여기서 그것은 님에 대한 화자의 마음일 것이다. 그런 <님>은 그의 마음을 송두리째 지배하는 존재다. 이 부분은 그의 말을 이끌어들여서 그것을 심상화시킨 것이다.

3) **내가 님의 꾸지럼을 듣기로 무엇이 싫겠읍니까. 다만 님의 거문곳 줄이 완급(緩急)을 잃을까 저퍼합니다.:** <꾸지럼>→<꾸지람>, <저퍼하다>→<두려워하다>. 남녀, 특히 원만한 부부의 관계를 한

자어로 금슬(琴瑟)이 좋다고 한다. 이때의 금(琴)은 보통 거문고를, 그리고 슬(瑟)은 큰 거문고를 가리킨다. 거문고 줄이 완급(緩急)을 잃는다는 것은 남녀의 사이가 조화를 잃고 혼란에 빠지는 것을 뜻한다. 그런데 여기서 화자와 <님>의 관계는 문자 그대로 이신동체의 그것이다.

4) **하늘도 없는 바다를 거쳐서, 느릅나무 그늘을 지어버리는 것은 달빛이 아니라 새는 빛입니다.:** 이 시의 시각은 먼 동이 틀 무렵이다. 날을 새게 하는 빛을 <하늘도 없는 바다>라고 한 까닭이 궁금하다. 우선 <느릅나무 그늘을 지어버리는 것>은 중국 고전에서 그 전거를 찾을 수 있다. 『초학기(初學記)』를 보면 <회남자(淮南子)에 이르기를 저녁 해가 서쪽에 기울 무렵 해그늘이 뽕나무와 느릅나무에 걸리는 것이다(淮南子云 日西重 景化樹端 謂之桑楡)>라고 있다. 또한 두보(杜甫)의 「성도부(成都賦)」에 <나무 끝에 걸려서 지는 햇빛이/ 나그네 신세인 내 옷을 비추네(翳翳桑楡日/ 照我征衣棠)>라고 있다. 이런 전거에 비추어 보면 느릅나무는 저녁과 그에 이은 밤의 짝이 되는 객체다. 그것을 부정하여 <새는 빛>이라고 한 것이 만해다. 이것은 <하늘도 없는 바다>와 같은 맥락의 말씨다. 이것으로 이 시의 화자가 님을 생각하는 마음이 매우 절박하며 절대적 차원에 있음을 다시 확인하게 만든다.

5) **홰를 탄 닭은 날개를 움직입니다./ 마구에 매인 말은 굽을 칩니다./ 네 네 가요, 이제 곧 가요:** 앞줄에 이은 두 줄 역시 동트는 새벽, 새날에 대한 의식으로 지배되어 있다. 그리고 그 의식과 더불어 화자의 마음은 님과 함께 그것을 맞을 채비를 하리라는 각오로 들떠 있는 것 같다. 화자의 이런 의식상 흥분이 어디에 말미암은 것인가를 유추해보기로 한다. 이미 드러난 바와 같이 그 평생을 통해 한용운의 의식을 지배한 것은 세 가지다. 그 하나가 불교 유신의 의지였고, 두 번째가 민족해방을 위한 민족적 저항이었다. 그리고 마지막 하나가 시 문학을 중심으로 한 작품세계의 성공적 구축이었다. 마지막 경우는 <님의 침묵>을 노래한 것으로 일단

그 목적이 달성되었다. 그렇다면 다시 시를 위해 서둘러 <가요, 이제 곧 가요>라고 말하는 것은 이상하다. 다음 해탈지견(解脫知見)과 견성(見性)을 위한 수행은 서둘러 되는 일이 아니었다. 그러니까 아침저녁 참선을 거듭하고 불경을 공부하며 『십현담주해(十玄談註解)』에도 손을 댄 것이다. 그런데 민족독립운동은 그와 경우가 달랐다. 독립선언서의 공약 3장에서 한용운 자신이 밝힌 바와 같이 그것은 최후의 1인 최후의 일각까지 시도해야 할 투쟁이었고 일각도 유예할 수가 없는 활동이었다. 이렇게 시를 읽으면 첫 줄부터 나오는 화자의 다급한 목소리가 명쾌하게 이해될 수 있다. <초를 거꾸로 꽂았읍니다>로 나타난 흥분상태도 수긍이 간다. 특히 새벽을 알리는 닭의 날갯짓과 마구에 매인 말이 굽을 치는 모양은 식민체제의 속박을 벗어나려는 민족의식과 결부 설명될 수 있는 가장 적절한 심상이다. 여기서 이 작품에 대한 해석도 저절로 윤곽이 떠오른다. 한용운은 『님의 침묵』을 거의 다 만든 단계에서 그의 시가 뜻밖에도 불교의 세계와 함께 문학주의에 기울고 있음을 발견한 것 같다. 거기서 빚어진 반성이 이 시의 바닥에 깔린 것과 같이 그의 인식의 방향타를 반제, 민족운동 쪽으로 돌리게 한 것이다. 단 그런 인식이 식민지 체제하에서는 직설적으로 토로될 수 없었다. 이 시가 시작부터 은유형태를 취한 것은 그런 이유에서이다. 새 출발 의식을 부채질 한 것이라고 보아야 한다.

讀者에게

讀者여, 나는 詩人으로 여러분의 앞에 보이는 것을 부끄러합니다.[1]

여러분이 나의 詩를 읽을 때에, 나를 슬퍼하고 스스로 슬퍼할 줄을 압니다.

나는 나의 詩를 讀者의 子孫에게까지 읽히고 싶은 마음은 없읍니다.

그때에는 나의 詩를 읽는 것이 늦은 봄의 꽃수풀에 앉어서, 마른 菊花를 비벼서 코에 대히는 것과 같을른지 모르겠읍니다.[2]

밤은 얼마나 되얐는지 모르겠읍니다.

雪嶽山의 무거운 그림자는 엷어갑니다.[3]

새벽종을 기다리면서 붓을 던집니다.

八十九. 독자(讀者)에게

이 시집의 마무리를 짓게 된 작품이다. 머리에 놓인 「군말」은 여러 개의 비유를 가지고 있어 상징성이 강했다. 그에 반해서 이 작품은 대체로 진술 형태의 문장으로 이루어져 있으며 또한 산문체다. 이것으로 한용운은 일종의 뒷풀이를 한 듯 보인다.

1) **독자(讀者)여, 나는 시인(詩人)으로 여러분의 앞에 보이는 것을 부끄러합니다.**: <부끄러합니다>→<부끄러워합니다>. 이 작품은 그 제목부터가 타고르의 『원정(園丁)』 마지막 작품과의 상관관계를 점치게 한다. 타고르의 『원정(園丁)』에는 각 작품의 제목이 붙어있지 않다. 그러나 그 마지막 작품은 첫머리가 Who are you, reader (……)로 시작한다. 다음은 김억이 그것을 번역한 것이다.

> 讀者여, 이로부터 멧 백년 뒤에 詩를 넑을 그대들은 누구십니까?
> 나는 그들에게 봄철의 財産에서 꽃 한 송이를 드리지 못했읍니다.
> 그리고 저 구름 속에서 한 줄기의 黃金을 드리지도 못했읍니다.
> 그대들의 門을 여러 놓고 먼 곳을 보십시오.
> 그대들의 꽃핀 동산에서 百年前에 스러진 꽃들의 향기롭은 記憶을 모하 봅시오.
> 그대들의 맘의 즐겁음에 그대들은 어떤 봄날 아츰에 몇 百年의 세월을 거쳐서 즐겁은 노래를 보내면서, 노래한 사람이 있는 기쁨을 느끼게 될런지 모르겠읍니다.
>
> — 김억 역, 『원정(園丁)』, 158면.

(Who are you, reader, reading my poems an hundred years hence?

I cannot send you one single flower from this wealth of the

491

spring,   one single streak of gold from yonder clouds.

Open your doors and look abroad.

From your blossoming garden gather fragrant memories of the
vanished flowers of an hundred years before.

In the joy of your heart may you feel the living joy that sang
one spring morning, sending its glad voice across an hundred
years.)

타고르가 그의 시를 읽어줄 독자를 100년 뒤에 기대하고 있는
데 반해서 한용운은 시를 쓴 자신이 부끄럽다고 했다. 이것은 표
면상 두 시인의 입장이 다른 것으로 나타난다. 그러나 이런 진술
의 바닥에 깔린 의식을 따지고 들면 두 시인의 말은 공통분모를
가진다. 타고르의 연구서를 낸 E. 톰슨에 의하면 타고르는 유년 시
절에 정상적인 학교 교육을 배제해 버릴 정도로 시를 지향하는 성
향이 강했다는 것이다(E.Thompson, *Radindranath Tagore,* Oxford
Univ. press, 1926, p. 315). 그러나 타고르의 인생의 궁극적 목표를
시 쓰기로 삼은 적은 한번도 없었다고 한다. 그는 자라나면서 생
의 실현이 브라마의 터득으로 가능하다는 생각과 함께 시와 음악
이 그에 부수형태로 이루어져야 할 것이라는 믿음을 갖고 있었다.
한용운과 시의 관계도 타고르의 경우와 매우 비슷하다. 그는 평생
을 바쳐 불제자로 살기를 기했다. 민족운동에 투신한 일과 함께
한용운의 시 쓰기는 그가 불제자로서 사는 가운데 이루어진 또 하
나의 행동양태에 지나지 않았다. 이렇게 보면 『님의 침묵』 마지막
자리에서 그가 <부끄러합니다>라고 한 까닭이 100프로 이해될 수
있다.

2) **그때에는 나의 시(詩)를 읽는 것이 늦은 봄의 꽃수풀에 앉어서,
마른 국화(菊花)를 비벼서 코에 대이는 것과 같을른지 모르겠읍니
다.:** 늦은 봄은 한때 피어난 꽃들이 그 아름다운 모습을 자랑하다
가 시들고 떨어져 낙화가 되는 때다. 꽃은 갓 피어난 때도 아름답
지만 낙화로 꽃잎을 휘날리며 떨어지는 모습도 그에 못지않은 정

경을 나타낸다. 이와 달리 국화는 가을에 피는 꽃이다. 가을도 서
릿발 속에서 피어나기에 매운 기개를 상징한다. 국화를 오상고절
(傲霜孤節)의 꽃으로 일컫는 까닭이 여기에 있다. 그런 국화를 그
것도 그 앞선 해의 꽃으로 시들고 마른 것을 꽃수풀 속에서 대한
다면 어떻게 되는가. 한용운은 이런 표현으로 그의 시가 자신의
평생을 건 불교유신과 민족운동의 부수 형태임을 밝히려 한 듯하
다. 단 이 부분의 어미가 <같을른지 모르겠읍니다>로 된 데 주의
가 필요하다. 이것은 그의 시에 대한 가치판단에서 만해가 유보적
입장이었음을 뜻한다. 이런 말의 바닥에는 훗날까지 그의 시가 자
손에게 애송될 수 있을 것이라는 한용운 나름의 자긍심이 엿보이
기도 한다.

3) **밤은 얼마나 되얏는지 모르겠읍니다. 설악산(雪嶽山)의 무거운 그
림자는 엷어갑니다.:** <되얏는지> → <되었는지>. 설악산은 한용운
이 머리를 깎고 사문(沙門)에 귀의한 곳이며, 바로 이 시집 『님의
침묵』을 쓰기로 결심하고 탈고해낸 자리이기도 하다(백담사(百潭
寺)).

　이미 지적된 바와 같이 그림자는 빛깔의 한 형태이므로 무게가
있을 수 없다. 그것을 무거운이라고 한 것은 한용운 나름의 파격
적 언어 사용이다. 이때의 무거움은 짙은 어두움을 그렇게 표현한
것이며 <그림자가 엷어갑니다>는 때가 새벽에 이르렀음을 그렇게
표현한 것이다. 여기서 우리가 읽을 수 있는 것은 『님의 침묵』과
같은 중량급 형이상시들을 쓰고 난 다음 한용운이 느낀 일종의 허
탈감이다. <새벽종을 기다리면서 붓을 던집니다>는 그런 마음을
나타내고 있다.

만해 한용운 연보(萬海 韓龍雲 年譜)

연도 (나이)	월 일 (양력)	내 용
1879 (1)	8. 29	충청남도 홍성군 결성면 성곡리(結城面 城谷里) 491번지에서 부 한응준(韓應俊)과 모 온양방씨(溫陽方氏)의 둘째 아들로 태어나다. 을묘(乙卯), 음 7월 12일. 본관은 청주(淸州), 자는 정옥(貞玉), 속명은 유천(裕天)이며, 득도(得道) 후의 계명은 봉완(奉玩), 법명이 용운(龍雲), 법호는 만해(萬[卍]海).
1884 (6)		향리의 사숙에서 한문 수학. 『계몽편(啓蒙篇)』, 『소학(小學)』을 배우다.
1887 (9)		『서상기(西廂記)』를 읽고, 『통감』, 『서경』을 익혔다.
1892 (14)		향리에서 천안 전씨(全氏) 정숙(貞淑)과 결혼.
1897 (19)		을미의병(乙未義兵)의 한 갈래인 홍성지방 의병활동에 참가했으나 실패로 고향을 등지고 도피 생활이 시작되다.
1899 (21)		통감부의 추적을 피해 강원도 설악산에 들어가 백담사 근처를 배회하다.
1903 (25)		세계일주 여행을 뜻하고 원산을 거쳐 블라디보스트크로 갔으나 뜻을 이루지 못한 채 귀국.
1904 (26)	12. 21	맏아들 한보국(輔國) 출생(보국 내외 6·25때 월북. 북한에서 사망, 다섯 자녀를 두었음).
1905 (27)		설악산 백담사에서 김연곡(金蓮谷) 스승에게 사사. 머리를 깎고 중이 되다.
		백담사에서 전영제(全泳濟) 스승 밑에 들어가 정진, 수계

		(受戒).	
		백담사에서 이학암(李鶴庵) 스승에게 「대승기신론(大乘起信論)」, 「능엄경(楞嚴經)」, 「원각경(圓覺經)」을 배워 통달.	
1907 (29)	4. 15	강원도 건봉사(乾鳳寺)에서 수선안거, 곧 선수업을 시작하여 성취, 또한 같은 시기에 만화(萬華) 선사로부터 법을 받고 법호로 만해(萬海)를 쓰기 시작.	
1908 (30)	4	강원도 유점사에서 서월화(徐月華) 스승에게 『화엄경』 수학.	
		일본의 마관·궁도·경도·동경·일광 등지를 시찰하고 신문물을 받아들임. 동경 조동종(曹洞宗) 대학(현 고마자와(駒澤) 대학)에서 아사다(淺田) 교수의 주선으로 불교와 서양철학을 청강. 유학 중이던 최린(崔麟)과 교의를 가졌으며 10월에 귀국.	
		건봉사 이학암(李鶴庵) 스승에게 「반야경」과 「화엄경」을 배워 익힘.	
	12	서울에 경성 영진(永進) 측량강습소를 개설, 소장에 취임 (국토는 일제에 빼앗길지라도 개인 소유 및 사찰 소유의 토지를 수호하자는 이념으로 시작함).	
1909 (31)	7	금강산 표훈사(表訓寺) 불교강사로 취임.	
1910 (32)	3	중주원에 승려·비구니들의 '결혼허가 청원서'를 제출함.	
	9	경기도 장단군 소재, 화산강숙(華山講塾) 강사로 취임. 『조선불교유신론(朝鮮佛敎維新論)』을 탈고.	
1911 (33)	1	박한영·진진응·김종래·장금봉 등과 순천 송광사(松廣寺)에서 승려 궐기대회를 개최하고 이회광이 일본 조동종과 체결한 한일불교동맹 조약을 한국 불교 말살 시도로 선언하고 규탄 궐기대회를 가지다.	
	3	일제의 한국 불교 잠식 정책에 대항하여 송광사(松廣寺)에서 조선 임제종(臨濟宗) 종무원을 설치하여 서무부장 취임.	
		조선 임제종(臨濟宗) 관장에 취임.	
	5. 5	조선 임제종 종무원을 동래 범어사(梵魚寺)로 옮김.	
		경술국치를 당하자, 통분에 못 이겨 하다가 국경선을 넘어	

		중국 동북 삼성에 가다. 독립군의 훈련 상황을 시찰하다가 통화현 굴라재에서 일본 첩자로 오인되어 총격을 당함. 이 때 총상 치료에 마취 없이 총알을 제거하는 수술을 받고 귀국함.
1913 (35)	5	통도사(通度寺) 불교강사에 취임.
	5	『조선불교유신론(朝鮮佛敎維新論)』을 불교서관에서 발행.
	12	불교의 교리를 대중화하기 위해 『불교대전(佛敎大全)』 편찬을 계획하고 경남 양산 통도사의 대장경 1천여 부(1,511부, 6,802권)를 열람하는 초인적 정력을 발휘하여 원고를 완성.
1914 (36)	4	불교강구회(佛敎講究會) 총재에 취임.
	4	범어사에서 『불교대전』을 발행.
	8	조선불교회 회장으로 취임.
1915 (37)		영남·호남 지방의 사찰(내장사·화엄사·해인사·통도사·송광사·범어사·쌍계사·백양사·선암사 등)을 순례하며 곳곳에서 강연회를 열어 열변으로써 청중들을 감동시키다.
	10	조선선종 중앙포교당 포교사에 취임.
1917 (39)	4. 6	『정선강의 채근담(精選講義 菜根譚)』을 신문관에서 발행.
	12. 3	밤 10시경 오세암(五歲庵)에서 좌선하던 중 바람에 물건이 떨어지는 소리를 듣고 그 동안의 의심스러운 생각을 한 순간에 깨쳐 7언 절구로 된 오도송(悟道頌)을 남김.
1918 (40)	9	월간지 『유심(惟心)』을 창간하여 편집 겸 발행인이 되다(12월까지 3권을 발행하고 중단). 동지 창간호에 논설 「조선청년과 수양」, 「전로(前路)를 택하여 나아가라」, 「고통과 쾌락」, 「고학생」 등을 집필, 발표 또한 자유시 형식을 취한 [심(心)]을 발표하다.
	10	『유심』지에 「마(魔)는 자조물(自造物)이다」를 발표하다.
	12	『유심』지에 「자아를 해탈하라」, 「천연(遷延)의 해(害)」, 「훼예(毀譽)」, 「무용(無用)의 노심(勞心)」, 수필 「전가(前家)의 오동(梧桐)」 등을 발표 중앙학림(中央學林, 동국대학 전신) 강사에 취임.
1919	1-2	윌슨의 민족자결주의 제창에 자극을 받고 최린·오세창 등

(41)		과 민족자존의 길을 모색, 이것이 거족적 동원체제로 이루어진 항일만세시위의 봉화를 올리는 기틀이 되다. 독립선언서 작성에 임해서는 최남선의 본문과 함께 공약 3장을 추가하여 그 한부분에 <최후의 1인까지 최후의 1각까지>의 구절을 포함시키다.
	3. 1	경성 명월관 지점 태화관에서 민족을 대표하여 민족적 독립을 선언하고 일제에게 체포됨. 투옥될 때에는 민족대표들과 결의하여 변호사·사식·보석을 거부할 것 등 투쟁 3대 원칙을 결정하여 실천키로 함.
	7. 10	서대문 감옥에서 일본 검사의 심문에 대한 답변으로 「조선독립에 대한 감상의 개요」를 기초하여 제출. 후에 「독립선언이유서」로 게재되어 그 전문이 상해 임시정부 기관지, 『독립신문』 52호(1919.11.04)에 게재됨.
	8. 7	경성고등법원에서 3·1운동 주동자를 소위 내란피고사건으로 처리하고자 예심판사 임명.
1920 (42)	7. 12	3·1 만세 시위 주동자 공판 시작
	7. 16	변호사 허헌(許憲)이 공소불수리 신립(이의제기)으로 3·1운동 주모자 공판 성립여건미비라는 단서가 붙게 되어 민족대표 공판 연기.
	7. 17	민족대표에 대한 공판중지.
	8. 9	일제의 법정이 '공소불수리 사유에 해당하지 않는다.' 판결.
	9. 20	민족대표에 대한 공판 다시 시작.
	9. 24	공판 4일째 사실 심문을 받다. 이 자리에서 만해는 "독립은 민족의 자존심"이라고 당당하게 주장.
	10. 30	경성복심법원에서 손병희(孫秉熙) 등 민족대표 48인에 대해 판결선고. 한용운, 손병희, 최린, 권동진, 오세창, 이종일, 이승훈, 함태영 등 8인이 최고형인 3년형을 언도 받다.
		서대문 형무소에 수감되어 복역 중 일제가 3·1운동을 회개하는 참회서를 써내면 사면해주겠다고 회유했으나 단호하게 이를 거부.
1921 (43)	12	만해를 포함한 민족대표 가출옥, 최린, 함태영, 오세창, 권동진, 이종일, 김창준 등과 함께 경성감옥(후에 서대문 형

		무소)에서 석방됨. 음력 11월 24일.
1922 (44)	3	불교의 대중화를 위하여 법보회를 발기함(팔만대장경 번역과 2천년간 조선불교 역사에서 고승대덕(高僧大德)의 업적들을 수집·출판하기 위한 것이었음).
	4	조선불교청년회 주최로 [철창철학(鐵窓哲學)]이라는 제목의 강연을 가지다.
	10	조선학생회 주최로 천도교 회관에서 "육바라밀(六波羅密)"이라는 주제로 독립사상을 고취한 강연을 하다.
1923 (45)	2	조선물산장려운동을 적극 지원.
	4. 18	종로 청년회관에서 민립대학 설립 운동을 지원하는 강연을 가지고 「자조(自助)」라는 연제로 열변을 토하여 청중을 감동시키다.
1924 (46)	10	장편소설 「죽음」을 탈고하다(미발표). 이때를 전후하여 민중계몽과 불교대중화를 위해 일간신문의 발행을 구상한 바 있음. 마침 시대일보(時代日報)가 운영난에 빠지자 이를 인수하려 했으나 재정적 한계로 뜻을 이루지는 못하였다.
	11	한국불교운동의 활성화를 위한 청년조직 대한불교청년회 초대 총재에 추대됨.
1925 (47)	6	오세암(五歲庵)에서 『십현담주해(十玄談註解)』를 탈고.
	8	훗날 한국현대시의 고전이 된 사화집 『님의 침묵(沈默)』 탈고. 이 시집에는 「님의 침묵」이하 89편의 작품이 수록되었다(「군말」을 포함시키면 90편).
1926 (48)	5	『십현담주해』를 법보회에서 발행.
	5	시집 『님의 침묵』을 회동서관에서 발행.
	6	선학원에서 제2차 민족궐기인 6·10만세운동에 연루된 혐의로 예비검속을 당함.
	12. 7	동아일보에 「가갸날에 대하여」를 발표
1927 (49)	1	민족단일전선 신간회(新幹會) 발기인으로 참여.
	6	신간회 경성지회장에 취임.
	7	동아일보에 「여성의 자각이 인류해방요소」를 발표
	8	『별건곤(別乾坤)』지에 「죽었다가 살아난 이야기」를 발표.

	12	조선불교청년회를 발전적으로 해체하고 조선불교총동맹으로 개편, 휘하 제자들인 김상호·김법린 등과 일제의 불교 탄압에 맞서서 한국 불교의 자주화와 함께 대중화를 시도하다.
1928 (50)	1	『별건곤』지에 수필 「천하명기 황진이」를 발표
	6	『별건곤』지에 논설 「전문지식을 갖추자」를 발표.
	7. 26	『건봉사 및 건봉사 본말사 사적』을 편찬, 건봉사에서 발행
	8	만해의 아들 보국, 신간회 홍성지회 간사로 활동
1929 (51)	11	광주학생의거에 즈음하여 조병옥, 김병로, 송진우, 이인, 이원혁, 이관용, 서정희 등과 전국적인 지원활동을 펴기로 결의. 그 전략의 한 방편으로 민중대회 개최를 시도하다.
1930 (52)	1	『조선농민(朝鮮農民)』지에 논설 「소작농민의 각오」를 발표. 수필 「남 모르는 나의 아들」을 『별건곤』지에 발표
	5	김법린, 김상호, 이용조, 최범술 등이 조직한 승려비밀결사 만당(卍黨)에 참여, 그 영수로 추대되다.
1931 (53)	5. 16	민족단일전선인 신간회 해소(해체), 만해는 끝내 해소에 반대함.
	6	권상로(權相老)가 주재한 『불교(佛敎)』가 경영난에 빠지자 이를 인수하여 불교사 사장으로 취임하고 많은 논설을 발표(6·7월로 합집 84·85호 부터).
	7	전북 전주 안심사(安心寺)에 보관된 한글 경판 원본(금강경, 원각경, 은중경, 유합(類合), 천자문)을 발굴 조사하다. 「만화(漫話)」를 7월부터 9월까지 『불교』지에 발표
	9	논설 「정·교를 분립하라」, 「인도 불교운동의 편신(片信)」, 「국보적 한글 경판의 발견 경로」를 『불교』지에 발표
	9. 24	윤치호·신흥우 등과 나병 구제연구회를 조직하고 여수, 대구, 부산 등지에 간이수용소 설치를 결의하다.
	10	『불교』지에 시론 「한갈등(閒葛藤)」을 발표하기 시작하다. (다음해 9월에 끝냄). 논설 「중국불교의 현상」, 「조선불교의 개혁안」, 「불교개신에 대하여」 등을 발표.
	11	「섬라(타이)의 불교」를 『불교』지에 발표.

	12	『불교』지에 「중국혁명과 종교의 수난」 및 「우주의 인과율」 등을 발표. 『혜성(彗星)』지에 수필 「겨울 밤 나의 생활」을 발표.
1932 (54)		불교계의 대표인물 투표에서 최고득점으로 압도적인 지지를 받다(한용운 422표, 방한암 18표, 박한영 13표, 김태흡 8표, 이혼성 6표, 백용성 4표, 송종헌 3표, 백성욱 3표, 3표이하는 생략. 『불교』지 93호에 발표됨).
	1	조선일보에 수필 「평생 못 잊을 상처」를 발표. 「원숭이와 불교」를 『불교』지에 발표.
	2	「선(禪)과 인생」을 『불교』지에 발표.
	3	『불교』지에 「사법개정(司法改正)에 대하여」, 「세계종교계의 회고」 등을 발표.
	4	「신도의 불교사업은 어떠할까」를 『불교』지에 발표.
	5	『불교』지에 「불교 신임간부에게」를 발표.
	8	『불교』지에 「조선불교의 해외발전을 요망함」을 발표.
	9	『불교』지에 「신앙에 대하여」, 「교단의 권위를 확립하라」 등을 발표.
	10	『불교』지에 「불교청년 운동에 대하여」, 기행문 「해인사(海印寺) 순례기」 등을 발표. 「월명야(月明夜)에 일수시(一首詩)」를 『삼천리(三千里)』지에 발표.
	12	전주 안심사(安心寺)에서 발견한 한글 경판을 보각(補刻) 인출(印出)하다. 총독부에 발행을 요청했으나 거절당하고, 유지 고재현 등이 출연한 돈으로 간행. 이때를 전후하여 총독부의 민족지도자 회유책으로 식산은행이 작용하여 조선 유명 인사에게 일대의 국유지를 불하하여 주겠다고 했으나 결연하게 거절하고 받지 않음.
1933 (55)	1	유숙원(兪淑元)씨와 재혼.
		『불교』지에 논설 「불교사업의 개정방침을 실행하라」, 「한글경 인출을 마치고」를 발표.
	3	『불교』지에 「현대 아메리카의 종교」, 「교정(敎政)연구회 창립에 대하여」 등을 발표.

	6	『불교』지에 「선과 자아(自我)」, 「신러시아의 종교운동」 등을 발표.
	7	경영난으로『불교』지 휴간.
	9	수필 「시베리아 거쳐 서울로」를『삼천리』지에 발표
	10	『신흥조선(新興朝鮮)』지 창간호에 「자립력행의 정신을 보급시키라」는 논설을 발표. 이때를 전후하여 『유마힐소설경(維摩詰所說經)』을 번역하기 시작. 이 해 벽산 스님이 집터를 기증하고, 방응모(方應模), 박광(朴洸) 등 몇 분이 성금을 갹출하여 성북동에 <심우장(尋牛莊)>을 짓다. 총독부청사를 마주보기 싫다고 하여 북향으로 짓도록 한 것은 만해가 평생 품은 항일저항의 정신을 단적으로 드러낸 일이다.
1934 (56)	9. 1	재혼한 유숙원과의 사이에 딸 영숙(英淑) 태어나다.
1935 (57)	3. 8~ 13	조선일보(38-13)에 회고담 「북대륙의 하룻밤」을 발표
	4. 9	장편소설 「흑풍」을 조선일보에 연재하기 시작. (1936년 2월 4일 종결). 이때를 전후하여 대종교 교주 나철(羅喆)의 유고집 간행을 추진, 미제로 끝남.
1936 (58)		조선중앙일보에 장편소설 「후회(後悔)」를 연재하기 시작했으나 이 신문의 폐간으로 50회까지 계속되다가 중단. 단재 신채호(丹齋 申采浩)의 묘비를 세우다(글씨 오세창). 비용은 조선일보에서 받은 원고료로 충당.
	7. 16	정인보, 안재홍 등과 경성 공평동 태화관에서 다산 정약용의 서세(逝世) 100주년기념회를 개최.
	10	『조광(朝光)』에 「모종신범무아경(暮鐘晨梵無我境)」을 발표
1937 (59)	3	재정난으로 휴간 된『불교』지를 속간, 제목을 고쳐『신불교(新佛敎)』제1집을 냄. 소설 「철혈미인」을 연재하기 시작(2호를 연재하고 중단됨).
	3. 3	만주지역 독립 운동의 총수, 민족운동의 선구자 일송 김동

502   『님의 침묵(沈默)』총체적 분석연구

		삼(一松 金東三)이 옥사하자 유해를 심우장에 모셔다 5일 장을 지냄.
	4	『신불교』지에 「조선불교 통제안」을 발표.
	5	「역경(譯經)의 급무」를 『신불교』에 발표.
	6	「주지(住持) 선거에 대하여」, 「심우장설(尋牛莊說)」 등을 『신불교』에 발표.
	7	「선외선(禪外禪)」을 발표.
	8	「정진(精進)」을 『신불교』에 발표.
	10	『신불교』에 「산장촌묵(山莊寸墨)」을 연재하기 시작(이듬해 9월까지).
	11	제논의 「비시부동론(飛矢不動論)」과 승조(僧肇)의 「물불천론(物不遷論)」을 『신불교』에 발표.
	12	「조선불교에 대한 과거 1년의 회고와 신년의 전망」을 『신불교』에 발표.
1938 (60)	2	『불교』 신집에 논설 「불교청년 운동을 부활하라」를 발표.
	3	『불교』 신집에 종교 논설인 「공산주의적 반종교이상(反宗教理想)」을 발표.
	5. 18	『조선일보』에 장편소설 「박명」(薄命)」을 연재하기 시작(이듬해 3월 12일까지 연재).
	5	『신불교』에 논설 「반종교 운동의 비판」, 「불교와 효행」, 「나찌스 독일의 종교」를 발표.
	7	『신불교』에 「인내(忍耐)」를 발표.
	9	『신불교』에 「31본산회의(本山會議)를 전망함」을 발표.
	11	『신불교』에 「총본산 창설에 대한 재인식」을 발표. 항일 저항 불교조직인 만당(卍黨) 당원들이 일제에 피검되자 더욱 총독부 경찰의 감시가 심해지다. 이때를 전후하여 조선불교사를 엮으려는 구상을 가짐. 그 일단으로 「불교와 고려제왕」이란 제명으로 연대별 고려불교사의 자료 정리를 시작하다(미완성).
1939 (61)	8. 26	회갑을 맞아 박광, 이원혁, 장도환, 김관호가 중심이 되어 서울 동대문 밖 청량사에서 회갑연을 베풀다. 그 자리에는

		오세창, 권동진, 홍명희, 이병우, 안종원 등 20여 명이 참석함(음, 7월 12일).
	8. 29	민족독립운동의 비밀집회장소 구실을 한 경남 사천시 곤양면 다솔사에서 김법린, 최범술 등 몇 명의 동지와 후학들이 베푼 회갑 축하연에 참석하여 기념식수를 함.
	11. 1	조선일보에 『삼국지(三國志)』를 번역하여 연재하기 시작함(이듬해 8월 11일 중단됨).
1940 (62)	2	『불교』 신집에 논설 「<불교>의 과거와 미래」를 발표
	5. 30	수필 「명사십리」가 김동환이 주재한 『반도산하(半島山河)』에 수록되다. 창씨개명에 대하여 박광, 이동하 등과 반대운동을 벌이다. 「통도사사적」을 편찬하기 위하여 수백 매의 자료를 수집(미완성).
1942 (64)		신백우, 박광, 최범술 등과 단재 신채호의 유고집을 간행하기로 결정하고 원고를 수집. 이때를 전후하여 『태교(胎敎)』를 번역 강의함(프린트 본으로 간행하였으나 현재 전하지 않음).
1943 (65)		일제 침략전쟁 수행 정책으로 실시된 조선인 학병의 출정제에 반대. 일제가 요구한 찬조강연 거부.
1944 (66)	6. 29 (5. 9)	심우장에서 영양실조로 입적. 유해는 제자 박광, 김관호 등이 미아리 화장장에서 다비에 붙인 다음 망우리 공동묘지에 안장함. 세수 66. 법랍 39. 만해의 친필 원고 등은 남정 박광(朴洸)이 보관.
1948	5	최범술, 박광, 박영희, 박근섭, 김법린, 김적음, 장도환, 김관호, 박윤진, 김용담 등이 만해 한용운 전집 간행을 뜻하고 자료를 수집하기 시작함.
1950	6	6·25 사변이 일어나자 전집간행 사업이 중단됨.
1957		박광이 소장하고 있던 만해의 친필 원고 등을 최범술에게 인계.
1958	7	만해 한용운 전집 간행위원으로서 조지훈, 문영빈이 새로 참가하여 제2차 간행사업이 시작되다.
1959	2	고대문학회가 주축이 되어 한용운 전집의 간행을 위한 원고정리 시작.

1960	9	박노준(朴魯埻), 인권환(印權煥)이 『한용운연구(韓龍雲硏究)』(통문관)을 출간.
1962	3. 1	만해가 평생 나라, 겨레를 위해 헌신한 공적이 인정되어 대한민국 건국공로훈장 대한민국장(훈기번호 제25호) 수여됨.
1965	5	망우리 묘지 이장과 묘비건립을 논의(선학원)하였으나 실천에 옮기지 못함.
1967	10	"용운당 만해 대선사비 건립추진회"에서 "용운당 대선사비(龍雲堂 大禪師碑)"를 제작함.
1970	3. 1	"용운당 대선사비"를 탑골 공원에 세움.
1971		『만해한용운전집』이 구체화 됨. 신구문화사(新丘文化社)는 전집 간행위원회에서 수집 보관중인 원고를 인수하고, 김영호의 적극적인 활동으로 누락된 원고를 다수 수집하였으며, 최범술·조명기·박종홍·서경보·백철·홍이섭·정병욱·천관우·신동문 등을 위원으로 한 편찬위원회를 구성함. 최범술·민동선·김관호·문후근·이화형·조위규 등으로 제3차 간행위원회가 구성되었다.
1973	7	『한용운전집』 전6권 (신구문화사) 간행.
1977		한보국 북한에서 사망.
1979	6	김관호, 전보삼 등이 중심이 되어 신구문화사에서 '만해사상연구회'를 결성.
	9	신구문화사에서 『증보 한용운전집』 간행.
	12	망우리 만해묘소에 만해사상연구회 주도로 비석과 상석을 세움. 다음해 3월 1일 묘비 제막식 거행.
1980	6	만해사상연구회에서 『만해사상연구』 제1집 간행. <만해 탄생 100주년 기념강연회>를 조계사에서 개최.
1981	10	말년에 만해가 거처한 성북동 심우장에 만해기념관(관장 전보삼(全寶三))이 개관되다.
1985		만해 동상이 홍성군 남장리 언덕에 건립됨.
		북한에서도 김일성의 지시로 한용운의 작품을 발굴 소개하기 시작함.

1988		대한불교청년회가 주도하여 독립기념관에 한용운 대선사 어록비(語錄碑) 건립.
		만해 한용운의 문화지도(서울권, 홍성권, 설악권) 제작.
1990		성북동 심우장의 만해기념관을 남한산성 내로 이전 개관함.
1991		국문학 연구자들이 중심이 된 "만해학회"(한계전 주도)가 결성되다.
1992		만해 「오도송(悟道頌)」과 「나룻배와 행인(行人)」을 새긴 시비가 백담사에 세워짐.
		홍성군 결성면 성곡리 박철 부락에 만해 생가가 복원됨.
1993		『만해학보』 제1집 간행.
1995		제1회 '만해제'가 만해학회 및 홍성문화원 주최로 홍성에서 열리고 생가터 옆자리에 만해 추모 사당 '만해사(萬海祠)'가 준공됨.
		만해사상실천선양회(회장, 조오현 신흥사 회주)가 결성됨.
1996	8. 15	대한불교청년회 주최로 독립기념관에 만해어록비를 세우고 제막식을 가지다.
1997	11월	설악산 백담사에 만해 기념관이 세워짐
1999	8. 13 ~16	설악산 백담사에서 제1회 만해축전 <만해학 국제학술대회>가 개최됨. 이후 이 학술대회는 해마다 열리고 그 첫날 문학, 학술, 포교, 사회봉사 등 각 분야에 걸친 국제적 규모의 대상이 시상되기 시작했다.
2003	9. 23	백담사 입구에 백담사 만해마을 개관. 만해문학기념관과 학술회의실, 청소년수련관 등을 갖춘 본격적 문화시설로 발족.
2007	10. 19	홍성군 만해생가 앞에 만해체험관 개관.

인용 참고서 목록

[만해 저작 기본도서]

한용운, 『님의 沈默』 초판, 滙東書館, 1926. (영인)

한용운, 『님의 沈默』 재판, 漢城圖書株式會社, 1934. (영인)

한용운, 『님의 沈默』, 漢城圖書株式會社, 1950.

한용운, 『님의 沈默』, 進明文化社, 1950.

한용운, 『韓龍雲全集』, 新丘文化社, 1973.

한용운, 『朝鮮佛敎維新論』, 佛敎書館, 1913. (영인)

한용운, 『佛敎大典』, 弘法院, 1914. (영인)

한용운, 『精選講義菜根譚』, 東洋書院, 1917. (영인)

한용운, 『十玄談註解』, 法寶會, 1925. (영인)

[일반 참고서, 연구서]

崔南善(편), 『三國遺事』, 민중서관, 1954.

金鍾權(역), 『三國史記』, 대양서적, 1973.

梁柱東, 『古歌硏究』, 박문서관, 1943.

梁柱東, 『麗謠箋註』, 을유문화사, 1947.

宋 稶, 『님의 침묵』, 全篇解說, 과학사, 1974.

朴魯埻・印權煥, 『韓龍雲硏究』, 통문관, 1960.

尹在根, 『님의 침묵 연구』, 민족문화사, 1985.

李商燮, 『『님의 침묵』의 어휘와 그 활용구조』, 탐구당, 1984.

高 銀, 『韓龍雲評傳』, 민음사, 1975.

金載弘, 『韓龍雲文學研究』, 일지사, 1982.

金觀鎬·全寶三(편), 『韓龍雲思想研究』, 1981.

任重彬, 『韓龍雲』, 정음사, 1975.

崔台鎬, 『萬海, 芝薰의 漢詩』, 은하출판사, 1992.

김상웅, 『님의 침묵과 禪의 세계』, 새문사, 2008.

김광원, 『만해의 시와 十玄談註解』, 바보새, 2005.

Max Müller, *The Upanishads*, Oxford Univ. Press, 1879.

R. Tagore, *Collected Poems and Plays of Rabindranth Tagore*, New York, 1953.

R. Tagore, *Sadhana, The Realization of Life*, London, 1919.

E. Thompson, *Rabindranath Tagore. Poet and Dramadist*, London, 1926.

[불교관계 참고서]

李能和, 『韓國佛敎通史』, 경희출판사, 1963.

金東華, 『佛敎學槪說』, 백영사, 1954.

金東華, 『佛敎惟心思想의 發達』, 雷虛佛敎學術院, 2001.

金東華, 『禪宗思想史』(프린트판).

高亨坤, 『禪의 世界』, 삼영사, 1977.

李箕永(주해), 『반야심경, 금강경』, 한국불교연구원, 1987.

李箕永, 『維摩經講義』, 한국불교연구원, 2000.

李箕永, 『元曉思想(1, 2)』, 한국불교연구원, 2000.

大東佛敎硏究院(편), 『碧巖錄』, 보련각, 1970.

龍雲(역해), 『祖堂集(상, 하)』, 마가, 2006.

최동호(외 주해), 『禪宗永嘉集』, 세계사, 1996.

국역 禪林寶典, 장경각, 1987.

국역 趙州錄, 장경각, 1987.

西山大師, 禪家龜鑑, 법통사, 1967.

刊經都監(판), 楞嚴經諺解(영인본), 경인문화사, 1986.

中村元, 原始佛敎の 成立, 東京 春秋社, 1992.

中村元, 原始佛敎から 大乘佛敎へ 東京, 春秋社, 1986.

平川彰(外), 大乘佛敎とは 何か, 春秋社, 1972.

平川彰(外), 講座 大乘佛敎(3), 華嚴思想, 春秋社, 1972.

찾아보기

ㄱ

ㄴ

ㅂ

ㅈ

ㅊ

ㅌ

기타